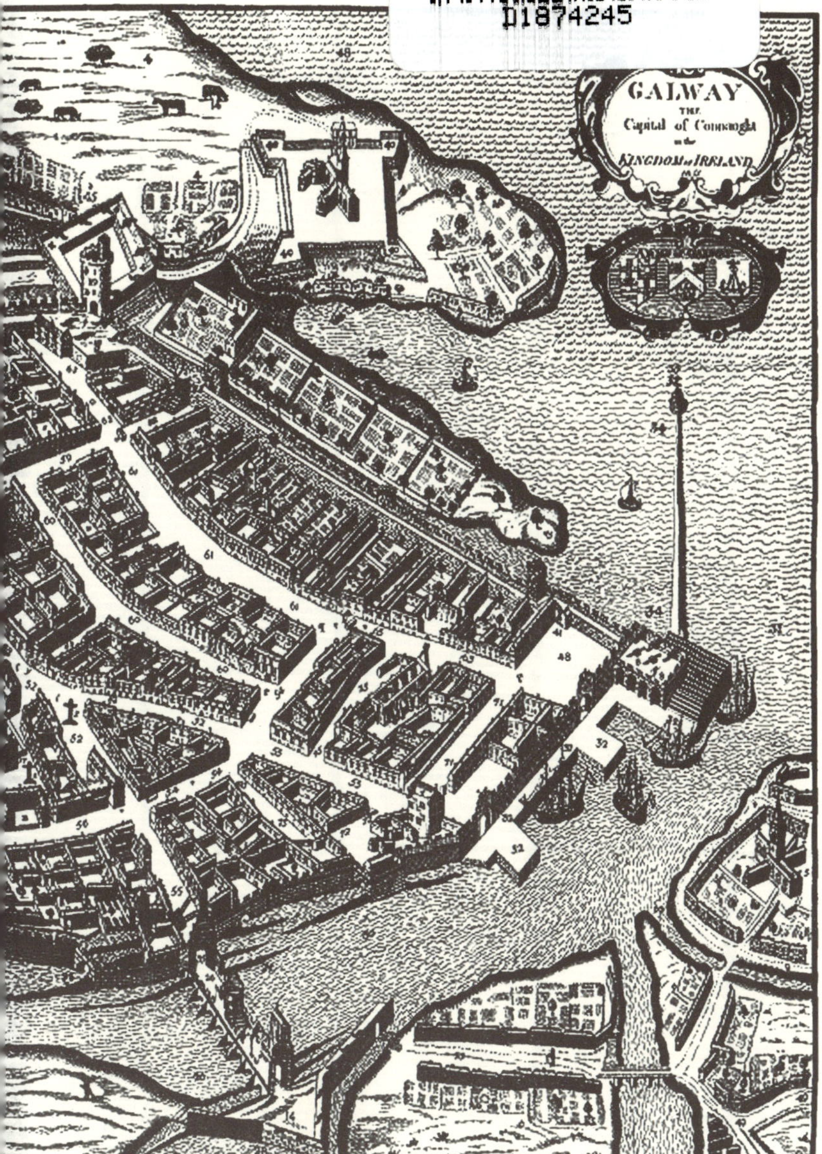
GALWAY
THE
Capital of Connaught
in the
KINGDOM of IRELAND

Paradies, irisch

Jürgen Lodemann

Paradies, irisch

Roman

Klöpfer & Meyer

– der Kulturhauptstadt

Vorbericht

In Galway am Atlantik, in der westlichsten Stadt Europas regierten im Mittelalter vierzehn große Familien. Von London aus waren sie an die irische Westküste geschickt worden. Das Fischerdorf blühte auf, Galway entwickelte sich unter den Dynastien der Lynch, Browne, Joyce, Blake, Skerrett und der anderen großen Sippen zur Handelsstadt, zu einem eigenständigen Stadtstaat. Galway wurde mehr und mehr unabhängig von der britischen Krone.

Um 1550 ereignete sich etwas Unerhörtes. Damals regierte die Stadt der Bürgermeister und Richter Fitzstephen Lynch. Was damals passierte, schildert James Joyce 1912 in italienischer Sprache in einer Zeitung in Triest. Seinen Artikel überschreibt er *La Città delle Tribù* – ›Die Stadt der Stämme‹.

»… Von allen Stämmen der berühmteste war derjenige der Lynchs. Über die Jahrhunderte hatten immer wieder Mitglieder dieser Familie den Posten des Bürgermeisters inne, wenigstens dreiundachtzigmal. Das tragischste Ereignis in der Geschichte der Stadt war ein Verbrechen, das der junge Lynch begangen hatte, der einzige Sohn des Bürgermeisters und Richters Fitzstephen Lynch.

Dieser Bürgermeister, ein reicher Weinhändler, hatte eine Reise nach Spanien gemacht, wo er wieder bei seinem Freund, bei einem gewissen Gomez, zu Gast war. Der Sohn dieses Gomez, der jeden Abend den Erzählungen der Gäste gelauscht hatte, fühlte sich vom weit entfernten Irland so sehr angezogen, dass er seinen Vater bat, den Gast begleiten zu dürfen, wenn dieser wieder in seine Heimat zurückkehrte. Der Vater zögerte. Die Zeiten waren unsicher, Reisende pflegten ihr Testament zu machen, ehe sie zu bekannten oder unbekannten Gestaden aufbrachen. Doch Bürgermeister Lynch verbürgte sich für die Sicherheit des Jünglings, und so reisten sie zusammen ab.«

Nach ihrer Ankunft in Galway, berichtet Joyce weiter, »befreundete sich der junge Spanier mit dem Sohn des Bürgermeisters, einem eigensinnigen jungen Mann, der einer Agnes den Hof machte, der Tochter eines anderen Handelsherrn. Bald aber verliebten sich auch Agnes und der Fremde ineinander, und eines Nachts …«

Hier verlassen wir den Zeitungsartikel. Nutzen von nun an Archive, Chroniken und neue Fundstücke. Und Jahrzehnte in Irland, auch in Nordirland.

Die Personen

aus den herrschenden Familien:

John Fitzstephen Marcus Tullius Lynch, Bürgermeister, Richter und Handelsmann
Mary Lynch, geborene Blake, seine Frau
Patrick Lynch, ihr Sohn
John Joyes, Handelsmann, Stadtrat
Elisabeth Joyes, geborene Skerrett, Johns Frau
Agnes Joyes, ihre Tochter, Freundin des Patrick Lynch
Daniel Blake, Handelsmann
Betty Blake, seine Frau, Schwester der Agnes Joyes
Patricia Blake, genannt Piepsie, Betty Blakes zweijährige Tochter
George Blake, Bruder des Daniel Blake
Julia Blake, Schwester von George und Daniel
Mutter Blake
Vater Blake
Ronald Skerrett, Handelsmann, Stadtrat
John Browne, Handelsmann
Alexander Kirwan, anglikanischer Stadtpriester

aus Spanien:

Juan Gomez
Ricardo Gomez, Juans Vetter, katholischer Pater
Alvarez Gonzalez, Baumeister
Costa, Steinmetz

aus den englischen Grafschaften:

Graf Cluricaun auf Killmanroy mit Gemahlin Theodora
Graf Cork auf Larminie mit Gemahlin Esther

Drawn and Engraved for Hardimans History of Galway

aus dem irischen Galway:

Marc Kelly, Schiffszimmermann, Werftbesitzer
Douglas O'Donnoghue, Bierbrauer, Stadtrat
Dorothy O'Donnoghue, geborene McDonnell, seine Frau
Frederic Fitzpatrick, Schreiber bei Lynch, Sänger, Kerkermeister, Henker
Jeremiah McDonnell, Seiler, Stadtrat
Martha McDonnell, seine Tochter
Jessy Murray, Lynchs Steuermann
Edward O'Flaherty, Hauptmann der Stadtgarde
Isobella O'Flaherty, seine Frau
Dun MacDonald, Steinmetz

aus der Unterstadt, dem dörflichen Vorort Claddagh:

William O'Brian, Fischer, Märchenerzähler, Stadtrat
Claire, Samuel und David, seine Kinder
Patrick MacBride, Fischer
Flann O'Flaherty, Edwards Vater, Fischer, Stadtrat
Roy Gallagher, Matrose
Tobby Keats, Knecht bei den Joyes
Helen, Dienstmagd bei den Joyes
Ronn O'Connel, Fischer
Mike Pitt, Fischer
Kate, Kräuterfrau

Vorabend

Patrick Lynch, der Junge mit dem zarten gelben Haar, legte sich einen neuen Schenkel zwischen die Zähne, sog und schlotzte das Fleisch und genoss es. Und sah, dass Alexander Kirwan, der Priester, wenn er sich zu Mutter Mary hinüberbeugte, zur fast blinden Lady Lynch, dass er dann seine Finger, als müsse er sich aufstützen, auf Julia Blakes Schenkel drückte. Pat sah sich das an, zog sich das Knöchelchen aus den Lippen, hielt das Wippende eine Weile zwischen Daumen und Zeigefinger vor sich hin, warf es dann wie einen lästigen Gedanken über die Schulter, schnippte es hinter sich in den Raum, betrachtete das Schwitzwasser auf Priester Kirwans Kopf, ließ sich das seidenweiche Fleisch im Mund zergehen und zum Gaumen rutschen und hörte am Geheul und Gefiepe hinter sich, dass auch die Köter Geschmack fanden an der Mahlzeit.

Schaufelte sich einen neuen Haufen Dampfendes aus dem Kessel und sagte sich, dass es höchste Zeit wurde, dass der Vater heimkehrte aus Spanien, weil seine Mutter nun doch zu blind geworden war, um noch erfolgreich die Abendtafel der Lynchs überwachen zu können. Früher waren Übergriffe von Geistlichen und Sippenhäuptlingen und anderen Gevattern von Mutter Mary mit Knurrlauten gestoppt worden und nach kurzem Lächeln hatte Lady Lynch dann ihre Unterhaltungen fortgesetzt. Inzwischen lächelte sie nur noch und das ermunterte viele, ach, die Mutter bemerkte weder Alexander Kirwans Finger auf Julias schönen Beinen noch das Treiben am unteren Ende des Tisches.

Dort war man zwar ebenfalls der Meinung, es werde Zeit, dass Bürgermeister John Fitzstephen Marcus Tullius Lynch heimkehren und für

Ordnung sorgen sollte, aber man hielt sich wenig an solche Einsichten, goss Wein im Unmaß durch die Gurgeln, verschüttete kostbaren Malaga, machte lautstark Aufhebens von der Menge der Wildkeulen, Geflügelschlegel, Austern oder Froschschenkel, die man verspeist zu haben vorgab, beteuerte sich wechselseitig, wie wenig man von einander hielt, im einzelnen wie im ganzen, und mahnte, schneller zu stopfen, damit die demnächst heimkehrenden Spanienfahrer vom Besseren weniger vorfänden, lallte Grobheiten und versprach sich nebenan im Badehaus greifstarke Nachspiele. Als Betty, die volle Frau, über ein solches Angebot ihres Schwagers George kreischen musste, sprang der weinselig fleischesdurstige Schwager auf den Tisch und wollte eben mit einer Gebärde, wie sie nur dem alten Fitzstephen Lynch zugestanden hätte, von oben herab eine Rede halten, als Mary Lynch, ohne mit ihrem Lächeln aufzuhören, den Kopf hob. »George, ich sehe zwar nur noch wenig, aber dafür höre ich um so peinlicher, was du für Reden führst, zumal mit den Frauen.«

Da grinsten die Tafelfreunde schadenfroh, sogar Hausmeister Frederic Fitzpatrick, der Sänger und Henker, der sonst still saß wie ein Stein, verzog einen seiner Mundwinkel, den schieferen, und, als Mary weiterredete, verschob er auch den anderen. »Und am Wackeln der Tischplatte spüre ich, wie George Schwätzbold unsere guten Abendsitten mit Füßen tritt. Komm auf den Boden, Junge.«

Dem George Blake hatte noch nie niederstädtische Maulfäule aus dem Hals geschwiegen. »Verehrte Lady Mary, was heißt ›gute Abendsitten‹, wo denn sind die geblieben, wenn wir hier seit zwei Stunden tafeln und Euer Frederic noch immer kein einziges Gebet gesungen hat, nicht mal ein unchristliches.«

Für diese Rede bekam der Mann auf dem Tisch deutlichen Beifall, »jawohl!« jaulte die Runde und »Frederic!« grölte es kommandostark, »weiß der Geier, George hat recht, wo bleibt Fitzpatricks Sangeskunst!«

»Wo bleiben die Gebete an die Gnomen?!« rief George.

Da meinte Pater Ricardo, der in Galway erst seit neun Monaten wohnte und an diesem Ort als erster mit einer Gabel zu speisen verstand, sich einmischen zu sollen. »Hochgeschätzte Mary Lynch, zwar seid Ihr hier die Frau des Hauses, die Herrin eines stolzen Hauses in nahezu spanischem Stil, zwar tragt ihr den Vornamen der Gottesmutter und Euer Sohn trägt den Namen des heiligen Patrick, doch an dieser Tafel und überhaupt in Lynch's Castle sind, seit Euer Gemahl seine neue große Reise begonnen hat, traurige Vorgänge zu beobachten, da ist immer mal wieder die Rede von Leprechauns, aber nicht nur von Zwergen, sondern auch von Elfen und Feen und Gnomen, niemals jedoch, solange ich hier bin, hörte ich Reden oder Lieder von der Himmelsmutter Maria oder vom heiligen Patrick.«

»Guter Pater Ricardo«, sagte die Mutter, »ihr erinnert mich an einen hageren Gesandten aus London, der meinen Mann eines Tages gefragt hat, ob die Lynchs es wirklich wagen würden, Galway eine eigene Verfassung zu geben, gegen die britische Krone. Da hat ihm mein Mann, da hat ihm Marcus Tullius geantwortet, Galway gehorche längst einer höheren Krone. Der Vernunft.«

»Der Vernunft?« In des Paters Antlitz schimmerte Enttäuschung. »Was hat Gottes Vernunft zu tun mit Kobolden und Geistern?«

»Unsere Stadt, wie ihr bemerkt haben dürftet, hat zu tun mit gleichem Recht für alle. Für Gnomen ebenso wie für Engländer oder Spanier oder für Leprechauns. Und sogar für die alteingeborenen Iren. Das finde ich überaus vernünftig.«

»Gestatte, Bruder im Geiste«, meldete sich da Alexander Kirwan, der Stadtpriester, der feiste und sehr zufriedene Mann, der hob nun beide Hände, also auch die Finger, die zuvor anderes gefühlt hatten, und sagte: »Die Sitten in diesem stolzen Hause, bester Don Ricardo, die finde auch ich überaus fromm und vernünftig, ja, und sogar gottesvernünftig. Kluge Kirchenväter raten seit langem, dass man die Gnomen und Erdkräfte, wenn sie friedlich bleiben sollen, täglich freundlich bedenken und besprechen soll, jedenfalls regelmäßig besingen.«

»Aber ja, klug ist es, sie zu besingen«, rief nun wieder George Blake und wendete sich auf dem Tisch nach allen Seiten herum, als erwarte er von irgendwoher noch Widerspruch. »Noch gestern hat mir Märchenmann O'Brian erklärt, dass sämtliche Gespenster seit je Latein verstehen und dass alles Latein, das die Katholiken von vorn lesen, bei den Gnomen von hinten gelesen wird. Zum Beispiel ›*Sator arepo tenet opera rotas*‹, diese Weisheit jedenfalls, so sagte mir der Märchenmann William O'Brian, die könne man sehr korrekt von vorn wie von hinten lesen und dann begreife man, es heiße dies in beiden Richtungen dasselbe: ›Der Schöpfer errichtet und vernichtet seine Werke im ewigen Kreislauf‹. Hört Ihr, Herr Pater Ricardo? und hörst auch du, Frederic Fitzpatrick? alle Klugen sagen, am ewigen Kreislauf ist schier nichts zu rütteln und das bedeutet: Jetzt bist du dran!«

So rief George und stand noch immer zwischen Schüsseln und Kesseln. »Und dran bist jetzt auch du!« grunzte er und stakste sieben rumpelige Schritte über den Tisch, Teller und Messer hatten zu hüpfen, und George fiel dort, wo seine Schwägerin Betty Blake hockte, auf die Knie, dass die Tafel krachte, beugte sich über die volle Frau und griff sich mit seinen Ruder- und Segelklauen Bettys Brust aus dem Mieder, und zwar die linke, weil an der rechten Piepsie saugte, ihr zweijähriges starkes Töchterchen, und drückte sein Maul so breit auf das rote Signal im Weißen, dass Frau Betty mehrfach nach Luft schnappen musste, als müsste sie niesen, George aber gab nicht nach, die gute Schwägerin bog sich hoch und ließ einen Schrei los, von dem die Hunde in der Halle zu jaulen begannen und von dem Großvater Blake die Bemerkung ableitete, die Deckenbalken, da sie auch jetzt nicht herunterstürzten, seien aus sorgfältig abgehangenem Eichenholz.

Bei diesem Spaß waren Kirwans Priesterfinger längst wieder auf dem sanften Rock des Fräuleins Julia und rutschten hingegeben ins Nähere und Wärmere, Mary Lynch aber erkundigte sich bei Pat: »Sohn, ich vermute, George benimmt sich unziemlich? Was machte er mit seiner Schwägerin?«

»Ich denke, er benimmt sich lustig«, antwortete Sohn Pat und beobachtete das Messer und die Gabel, mit denen Pater Gomez einen Hähnchenschenkel zu zerstückeln begann, dem frommen Gast aus Malaga gelang das mit Bedacht und Akkuratesse.

Frederic Fitzpatrick aber hatte sich nun erhoben, der stand nun da und wollte singen. George stieg zurück auf seinen Platz, Betty verstaute ihre Massen, Piepsie hatte derweil nicht aufgehört zu saugen. Henker Frederik, das Hausfaktotum der Lynchs, wollte jetzt also singen, doch bevor er den Mund auftun und Luft holen konnte, hörten Pat und fast alle, was Mary Lynch murmelte. »Wahrscheinlich geht's wieder um Wettstreit. Mit Wettstreit der Männer, mit Männerstreit begann und endet alles. *Opera rotas.*«

»Mit Streit?« fragte Sohn Pat, der Junge mit dem zarten gelben Haar.

»Mit Wettstreit«, sagte die Blinde.

Spaßbold George nickte: »Auch Märchenmann O'Brian sagt, Streiten und Wetten ist Anfang und Ende. Am Anfang, ich bin sicher, war's ein lächerlicher Hahnenkampf, der entscheiden sollte, wer von zwei Männern recht hatte. Hab ich recht?«

»Am Anfang von allem«, sagte Mary, »war ein jämmerlicher Wettlauf.«

»Ire gegen Ire?«

»Weil der König im Norden behauptet hatte, das Pferd des Königs im Süden sei langsamer als eine schwangere Frau, bestand der König im Süden darauf, dass seine Frau, die hochschwanger war, einen Wettlauf machen sollte mit dem Pferd des Königs im Norden.«

»Und das fand statt?«

»Das fand statt.«

»Wer gewann?«

»Die Frau war erste im Ziel. Im Ziel aber gebar sie. Und hat, im Sterben, Irland verflucht. Die jungen Männer zu immerwährendem Wetten und Streiten. Die jungen Frauen zu immerwährender Schwangerschaft.«

Als in der Schreckensstille, die nun folgte, alle ein wenig gründlicher anfangen wollten mit Nachdenken und schweigsam wurden, da hat der Sänger und Henker Frederic Fitzpatrick seinen Mund tatsächlich aufbekommen, hat aber nicht gesungen, sondern geredet, was selten, was höchstens alle drei Wochen vorkam. Und weil Fitzpatrick die Klage des Paters Gomez nicht überhört hatte, sagte er Folgendes: »Also gut, dann singe ich heute von Maria.«

Der krumme Henker und Sänger Frederic, dessen schiefe Figur statt eines ordentlich gerundeten Kopfes die Krone der Verkrümmtheit trug, wollte nun tatsächlich ein Maria-Lied singen, ein Freundlichkeitsliedchen, dem andalusischen Gast Gomez und Mary Lynch zuliebe. Frederics Linien von Kinn und Backen, von Stirn und Nacken schienen etliche Male unschlüssig gewesen zu sein, welche Richtung sie endgültig einschlagen sollten, immer wieder nahmen sie überraschend andere Wendungen. Und nun stand er da, dieser winkelreiche fünfundsiebzig Jahre alte Frederic Fitzpatrick, der Henker und Hausgeist in diesem enormen Bau, in Lynch's Castle, stand da mit einem roten Fleck über dem linken Backenknochen, der sich immer dann zeigte, wenn die Poesie ihn ergreifen wollte oder schon ergriffen hatte, riss sein Maul auseinander, heulte los und sang.

Pat, der gelbe Junge, hörte unterdessen nicht auf, an Froschschenkeln und Krebsscheren zu nagen. Neben ihm schaute seine Mutter lächelnd in sich hinein, unten am Tisch kippte George sich neuen Malaga ins Lästermaul, und Pater Ricardo aus Spanien tat unverändert so, als säße außer ihm und Mary nur der Heilige Geist an Lynchs Abendtafel und seien die wichtigsten Gottesgaben Hühnchenfleisch und Gabelzinken. Kirwan, sein deftiger Bruder von der anderen, von der neuen Kirche, besprach weiterhin stumm den Schoß der süßen Julia Blake, Fräulein Blake jedoch stierte auf die edlen Züge des spanischen Paters. Und Pat schloss die Augen und sah deutliche und von Mal zu Mal verlockendere Bilder seiner Agnes, der zweifellos Schönsten im keltisch gälischen Galway.

Frederic, mit knäbischer Nasenstimme, legte los.

> Vor Zeiten, ihr Freunde, da gab es zwei Brüder,
> in Galway gab's die, und zwar, ich meine
> James war der Große, mit dem ging es nieder,
> und John, tatsächlich, so schlicht hieß der Kleine.
> Maria, was hattest du vor mit den beiden?

Diese Frage beschäftigte auf der Stelle die gesamte Runde, die wurde sofort nachgesungen, mit Kraft und Vielstimmigkeit. Der Krumme tat derweil seine Nase in den Becher, ihre Fliederfarbe machte klar, dass er sie oft hineingesteckt hatte.

»Wo bleibt der Gnom!« schrie George. Fitzpatrick schien das zu überhören, sang unbeirrt die nächste Strophe.

Der Vater, der liebte den James, den Großen,
dem vermachte er Handel und Haus und Grund.
Seinen mickrigen John hat er so gut wie verstoßen,
der bekam nur die Klitsche mit Stroh von dem Hund.
Maria, was hattest du vor mit den beiden?

Jetzt fragten alle schon gleich beim ersten Mal, zusammen mit Frederic, was die immer wieder unerklärliche Maria mit den dermaßen verschieden ausgestatteten Brüdern im Sinn hatte, und der Sänger, diesmal vom Kehrreimsingen entlastet, nutzte die Pause zu einem doppelten Zug aus dem Topf, den er dann, als die Tafelbrüder die zagende Frage zu Ende geklagt hatten, der Nachbarin Betty hinschob, zum Nachfüllen.

Die Stimmung war gut. Zwar saß Pater Ricardo zwischen Pat und George unbewegt und aufrecht wie ein Grabkreuz und verzog keine Miene, jetzt aber legte er die Gabel immerhin beiseite und lauschte und es schien, als singe er die Maria-Zeile teilweise und zögernd mit, hatte jedenfalls sein schönes Gesicht ein wenig erhoben, blickte vom Hühnchenfleisch weg, sah zum singenden Hausmeister hinüber, ja, am Auf- und Zugehen seines feinen spanischen Mundes war zu erkennen, dass er den Refrain mitzusingen suchte, was bislang nicht vorgekommen war bei Frederics Liedern mit all ihren zweifelhaften Ereignissen. Mochte sein, die Anrufung der Christusmutter hatten den dünnen dunklen Mann in derart leichtsinnige Stimmung versetzt.

Wer nahm ein Weib und kriegte zwölf Kinder?
John war's und kriegte sie selten satt.
Allmählich verreckten ihm Rinder und Kinder,
James aber war der Lord in der Stadt.
Maria, was hattest du vor mit den beiden?

Nun, da die Ungerechtigkeit auf Erden wieder mal bewegend deutlich geworden war und geradezu himmelschreiend, jetzt, weil da auch jetzt nur noch ein Wunder helfen konnte, sang auch der kluge und fromme Don Ricardo den Schluss von Beginn an mit, und die junge Julia, glasigen Blicks, schlug gar ein Kreuz. Wie würde das wieder enden, sicherlich auch diesmal mit Bestrafung hier und mit Belohnung dort, fragte sich nur, für wen und wie das gelingen und wie das verteilt werden würde auf den armen John und den reichen James, mit dem ganz offensichtlich auch an diesem Abend vor allem die Lynchs gemeint waren oder aber die Blakes oder die Joyes. Georges Mutter, die alte Blake am unteren Ende der Tafel, die tuschelte aufgeregt erste Deutungen in ihres Gemahls Miesmuschelohren, offenbar hatte Großmutter Blake das neue Abendlied des Fitzpatrick durchschaut, Kirchenfrommes kam selten dabei heraus, der Pater würde sich wieder erschrecken müssen.

»Wo, zum Henker, bleibt der Gnom!« rief ihr Sohn, George Blake rief das diesmal an die Hallendecke, ließ das an die Balken hinaufschallen, weil er mit einer Antwort an diesem satten Abend schon gar nicht mehr rechnete, von diesem Sänger erst recht nicht, doch nach dem Gnom musste er rufen, das verlangte sein Ruf als Zwischenrufer und Schwätzbold.

> Früh trieb der John sein letztes Rind
> durch das Moor in die Stadt. Warum früh, fragt ihr?
> Weil am Markt dann erst wenige Viecher sind,
> da bekommt man vernünftige Preise dafür.
> Maria, was hattest du vor mit den beiden?

Pat Lynch bemerkte beim Kehrreimsingen, dass Julias glubschiger Blick immer noch allein dem Pater Ricardo galt, nicht etwa dem einheimischen saftigen Alexander Kirwan, der ihr den guten Griff machte. Zum Henker, statt sich an Galways ortseigenen Gottesmann zu halten, versenkte sich diese dumme Cousine in die südländische Fratze, mit Kalbsglanz in den Augen.

Früh kam auch der Gnom, drang durch Nebel und Moor
und bot unserm John ein Fass für das Rind.
Da zauberst du, was du willst, draus hervor,
ob Reichtum, ob Glück, ob Gesundheit fürs Kind!
Maria, was hattest du vor mit den beiden?

Pat mochte sich gar nicht beruhigen beim Anblick dieser Julia und vergaß diesmal, den Kehrreim mitzuheulen. Den einen walken lassen, dem anderen sich auftun? Rätselhaft fand er die halbgare Göre, schleunigst hinüber musste er zu seiner Agnes Joyes, die wartete längst, nun sah er wieder die listigen Glitzeraugen seiner Agnes, diese hellgrau blitzenden Augen unterm dunklen Haar, die konnten funkeln wie kein Stern am Himmel, und so überhörte Pat um ein Haar, wie glänzend es inzwischen dem armen John ging in Fitzpatricks neuer Ballade.

Der John, der griff zu, rollt' nach Hause das Fass
und lebte vergnügt und in gnomischen Freuden.
Doch der James bekam Wind, den störte der Spaß,
der konnte Vergnügen bei anderen nicht leiden.
Maria, was hattest du vor mit den beiden?

»Frederic!« schrie nun wieder der George und rief mitten in die Ballade eine seiner immer mal wieder unpassenden Fragen: »Wie, zum Henker, fühlst du dich, seit du im neuen Galway-Gesetz der Galgenvogel bist?« Keine Antwort kam, kein Kommentar, das war auch besser so, zu ergriffen war die Runde vom Lied über die feindlichen Brüder, zu neugierig, wie es enden würde mit dem großen James und dem kleinen John und mit dem Glücksfass, zu bewegt war die alte und ewig neue Geschichte der harten Ungerechtigkeit, als dass man sich jetzt an Frederics spezielle Aufgabe erinnern lassen wollte. Wie's denn wäre, hatte George vor der Abreise den Richter und Bürgermeister Lynch gefragt, als das neue Galway-Gesetz heraus war und von allen gebilligt und abgesegnet, wer denn, wenn's wirklich mal römisch-rechtlicher Ernst würde, wer denn dann die Vollstreckung auszuführen hätte. »Wozu haben wir unseren Frederic?« hatte Fitzstephen Marcus Tullius Lynch gemurmelt und an die Geschichte vom Köhler David Gallagher erinnert, der vor fünfundfünfzig Jahren tatsächlich aufgehängt worden war auf dem Galwayer Galgenplatz, auch damals schon vor dem Osttor. Und von wem? »Wozu haben wir unseren Frederic?!«

Frederic winselte weiter die Geschichte von Reichtum und Neid, und seine helle alte Stimme klang nun leiser, klang verzagt, ja schwermütig.

James handelte hoch und stapelte tief,
James bot unserm John halb Galway vor Hass,
doch erst, als er geheim mit Johns Eheweib schlief,
da wusste er alles vom Gnom und vom Fass.
Maria, was hattest du vor mit den beiden?

Diese wüste Wendung behagte dem Pater aus Spanien nun wieder gar nicht, diesmal beteiligte er sich nicht am Kehrreimsingen. Frederic Fitzpatrick aber kam nun zum Schluss, trat jetzt hinter seinen Stuhl, was er immer tat vor der letzten Strophe und das wusste man an dieser Abendtafel so gut, dass Großmutter Blake die Miesmuschelohren ihres Mannes endlich nicht mehr beflüsterte und sogar Julia ihren Blick von Don Ricardo löste, so dass nun alle nur noch sorgenvoll den krummen Sänger betrachteten. In der Hoffnung auf ein gutes Ende schlugen die Frauen noch rasch ein Kreuz, auch wenn das in der neuen Religion nicht mehr vorgesehen war.

Früh trieb auch James ein Rind durch das Moor.
Auch zu ihm drang der Gnom mit einem Fass für das Glück.
Doch sprangen elf Gnome daraus hervor,
die erschlugen den John in die Erde zurück –
Maria, das hattest du vor mit den beiden!

»Maria!« freute sich Mary Lynch, auch die Blakes samt Priester Kirwan freuten sich, Betty auch wieder lauthals, nur Pater Ricardo blieb still und hatte wohl allerhand Probleme mit dem tatkräftigen Zusammenwirken der Maria und der heidnischen Erdkräfte, alle anderen jedoch lehnten sich nun mit Behagen zurück und unter tiefen Schlucken, zufrieden, dass die Himmlische einmal mehr fürs Gute und Gerechte gesorgt hatte, man nickte, lächelte, rülpste, Pater Ricardo aber erhob sich, um zu gehen, verbeugte sich stumm zur Lynchmutter, als würde sie von seinem zierlichen Bückling was sehen können, der Spanier hielt auch in liederlichen Stunden korrekte Formen ein, mochte immerhin die himmlische Mary seine Manieren registrieren.

Pat und George blickten ihm nach, sahen, wie er gezirkelten Schritts aus der Halle ging, so gestochen und gerade setzte er die zierlichen Beine zwischen die verdauenden Hundebälger, dass George herausprusten musste und auch Betty und Pat zu kichern hatten, doch stören ließ sich der Spanier davon nicht, anmutig und unbeirrt zeigte er auf gezwirbelten Beinen seinen Schreitgang und verließ elegant die Halle, verließ sie durch eine dunkle Seitentür, George aber sprang auf und zog seine schwere Schwägerin vom Stuhl, stemmte die gute Betty samt Piepsie vor sich her und schob sie in Richtung Badehaus. Während die anderen dem quietschenden Strampelgespann nachblickten und zu folgen begannen und auch Priester Kirwan sich am Tisch nicht länger aufhalten mochte und dem fröhlichen Paar hinterdrein schwankte, dorthin, von wo man nun schon Plumpsen hörte und Spritzen und wirres Gekreisch, während also fast alle anderen hinüberschwappten ins Dampfende, in Herrn Marcus Tullius Fitzstephen Lynchs sagenhaftes Badehaus, sah der junge Pat Lynch, wie Fräulein Julia, wie die grüne glasige Julia zu Mary Lynch hinübergesäuselt hatte »Dann geh auch ich«, wie die jetzt kurz vor der Badehaustür zur Seite wich, durch die dunkle Seitentür, wie die auf ihren ungesicherten Weinbeinen plötzlich in eine ganz andere Richtung stakste, zum Hof hinüber, als sei sie es, die in Don Ricardos Kapellenhaus spanischen Unterricht zu nehmen hätte. Da sagte Pat: »Mutter, erlaube, dass ich zu Pater Ricardo gehe ins Kapellenhaus, zu spanischem Unterricht.«

Er stand auf, doch die Mutter hielt ihn fest. Ob Ricardo denn jetzt schon gehen und nicht lieber noch ein bisschen weiterfeiern wolle, fragte sie, bedauernswert blind. – »Er ist weg, als erster hat er sich verabschiedet«, sagte Pat und blickte zum anderen Ende der Tafel, weil er sehen wollte, wohin jetzt noch die alten Blakes gingen, ja, mit Ausnahme von Julia wollten alle hinter George und Betty und Kirwan her, allesamt ins Badehaus, wenn die Tür aufging, kam mit dem Fackellicht Johlen und Geschrei.

Nur Frederic Fitzpatrick, neben Mary und Pat Lynch noch immer an der Tafel, dem war das alles einigermaßen egal, der achtete auf keine Zwirbelbeine und Dampfschreie und Nebenwege, der sah weder diesen noch jenen Umtrieb mit Geistlichen oder mit Schwägerinnen, sondern zog sich die Weinkanne an seinen Platz, damit die nicht von Ann und den Küchenvetteln fortgeschleppt würde, zog sie dicht an sich heran, hängte sein winkelreiches Gesicht über den Topf und soff sich neue Gnomenkräfte an.

»Dann geh du nur, Jungchen«, lächelte Mary, hielt aber ihren Sohn noch fest. »Lern Spanisch, dein Vater wird sich freuen, wenn du dich mit dem Gomez-Sohn, der da kommen soll, sofort gut unterhalten kannst, obwohl ich mich erinnere, dass auch der junge Sohn unser Handels-Englisch schon ganz gut beherrscht hat und sogar das Lateinische. Solltest du jetzt aber, wie ich fast vermute, gar nicht zu Don Ricardo wollen, sondern –«, sie zog nun ihren Sohn noch enger an sich heran, so dass der saufende Frederic den Namen, den sie jetzt nennen wollte, nicht würde verstehen können, nein, von Agnes durfte vorerst niemand irgendetwas wissen, »– so will ich dir nur eines sagen: Dein Herz magst du elfmal riskieren. Doch niemals den Kopf verlieren.«

Pat nickte heftig, aber die Mutter sah das nicht, ach, die sah vollkommen andere Dinge. »Auch hab ich gehört, du hättest im Bowling Green, hättest im Kegelgarten die alte Schoß-Hexe Sheela-na-Gig wieder ausgegraben, obwohl Pater Ricardo sie ganz und gar verdammt hat, versenkt hat er sie im Erdreich.« – »Aber sie gehört an unsere Kirche St. Nicholas, seit je, Kirwan hat mir's erklärt, oben links über den Haupteingang gehört sie.« – »Schon wahr, nur der Pater sieht das anders, Seiler McDonnell hat ihm geholfen, das abzuschrauben und zu vergraben im Bowling Green, im Kegelpark, das Schreckbild, die Frau mit dem übergroßen Schoß.«

»Priester Kirwan hatte mich heftig gebeten, hol mir das Freudending wieder aus der Erde, die Gnomen muss man ehren wie die Heiligen. Kirwan will die Sheela-na-Gig wieder befestigen lassen vorn an St. Nicholas, neben der Meerfrau.« – »Ich weiß, Kirwan ist zum Glück lebenslustig. Überall, wo lustige Leute leben, prangen an Kirchen solche Steine, sogar in England.« Und ihr ›Jungchen‹ konnte sich nun endlich losmachen von der Mutter, schlich sich hinaus, Pat lief mit den Hunden in den Hof, aber am Kapellenhaus des Paters ging er vorüber, ging auch an Fitzpatricks Kerker vorbei. Schon seit drei Jahren stand das graue Verlies leer. Was scherte das alles ihn, den guten gelben Jungen, der sah nun die Augen und den wilden Schoß und gab, weil er fast über ihn gestolpert wäre, einem schenkelverfressenen Köter einen Tritt, dass der davonsprang, mit hellem Ton und schniefend.

Hier draußen roch er die Mondnacht, den lauen Wind, Südwind war das, mit solchem Wind würden die Schiffe bald hier sein, in diesem milden Wind sprang er über die Mauer auf die Hinterstraße, die zum Joyes-Haus hinunterführte, am stinkigen Kanalbach entlang. Wie dieses Kanalwasser heute so silbrig leuchtete, heute, an einem Dienstag, ekelhaft schön rumorte das zwischen bleichen Schädelsteinen hinunter, tat edel und elfengrau, dabei durfte in den Kanal nur donnerstags nicht geschissen werden, weil in dieser Stadt der Weinhändler, weil in diesem wasserreichen Galway an den Donnerstagen noch immer gebraut werden durfte, nach altverteidigtem Vorrecht des Bierbrauers Douglas O'Donnoghue.

Was wussten von solchen Vorrechten und Vorschriften Mond und Wasser und Elfensteine, das Brauwasser gurgelte in sich herum und zerspiegelte den alten himmlischen Freund, zersplitterte das Himmelslicht in vielerlei Glitzermonde und ließ das Silbrige neben Pat die Steine hinunterspringen zum Joyes' Castle hin, dorthin, wo Agnes wartete.

Wie er aber so den alten Hinterweg hinunterstolperte zum rauschenden Hauptfluss, zum wilden großen Corrib hin und wie er im Stolpern versuchte, die fünf lateinischen Wörter zu murmeln, die George gewusst hatte, die man von vorn wie von hinten lesen konnte und die so oder so dasselbe sagten – *opera arepo* – mehr fiel ihm erst mal nicht ein – und wie er zu bedenken begann, ob es stimmte, dass vor und hinter allem das Wettstreiten der Männer lauerte, da raunzten ihn plötzlich aus der Ecke an O'Brians Schafstall drei Großväter an. Die hatten sich von zuhause weggedrückt, hatten sich's gemütlich gemacht in der Ecke hinter William O'Brians Nebenhäuschen, bei der warmen Nacht hatten die ein Feuer mit Holz und Torf gezündelt, um zu räuchern und Bier zu bechern und über die neuen Zeiten zu grumbeln, und wie sie so gerade mittendrin waren im vorsichtigen oder frechen Gemäkel über Gott und Lynch und die stolze neue Galwaywelt, da kam Pat vorbei, der Kronprinz, na, da konnten die drei den schlecht an O'Brians Schafstall vorbeilaufen lassen und so tun, als wären sie gar nicht hier, nein, da hieß es: Komm her, Söhnchen, setz dich zu uns, schau, da ist noch ein Becher, aus dem hat zwar schon der Bierbär O'Donnoghue getrunken, aber der musste zu seinen Kesseln und Fässern oder wer weiß, wohin der musste – trink, Junge, trink was Gutes!

»Nicht wahr, du staunst, dass wir hier mitten in der Nacht herumsitzen?« – »Und du aber? so spät noch? wohin?« Das wollte O'Flaherty wissen. – »Lasst euch nicht stören.« – »Rendezvous mit einer geheimen Prinzessin, nicht wahr?«

»Zur Bucht hin. Schauen, ob sie vielleicht schon kommen, im Mondlicht wären sie jetzt zu sehen, beim Eingang der Bucht, am Black Head. Der Vater aus Spanien. Und die anderen zwei.«

»Keine Sorge, das würde gemeldet. Mit viel Geschrei.«

Die hatten sich aus Mauersteinen einen Ofen gesetzt, kniehoch nur, aber das reichte, um unten Holz und Torf einzulegen, um heftig Qualm räuchern zu lassen und um oben junge Heringe in den Rauch zu hängen, auf Weidenstöcke gespießt, gerade war wieder eine Spießrunde fertig, das sollte er mal probieren, auch wenn er im Castle schon gegessen hätte, so gute, so frisch Geräucherte bekäme er so bald nicht wieder, jedenfalls nicht mehr in Galway, knurrte MacBride, und Märchenmann O'Brian nickte dazu und Gottseidank, übers Essen und Trinken hatte man was zu reden mit dem jungen Lynch und der ließ sich von O'Brian den Lateinspruch vorsagen, den die einen von vorn und die anderen von hinten kannten und immer meinte der dasselbe, und Pat lernte das nun auswendig.

»Trinken kann man ebenfalls immer, das nützt von vorn wie von hinten, jedenfalls Dunkles vom O'Donnoghue.« O'Flaherty bot ihm noch einmal einen Becher, MacBride aber knurrte: »Bier und Hering? Ist ihm nicht gut genug. Engländer mögen Besseres.« – »Weil ich satt bin, bin ich Engländer?« – »Die Lynchs, die Joyes, die Blakes, sie allesamt bleiben Engländer.« – »Wie lange? Fünfhundert Jahre? Tausend?« – Aber Pat nahm dann den Becher und trank das Dunkle, tat das nicht ungern und setzte sich endlich.

Trank und schaute sich die alten Köpfe an, sah, wie ihre Gesichter leuchteten, vom Mond bekamen die Licht und ab und an vom Öfchen her, immer wenn der Deckelstein vom Feuer genommen wurde, sah er, wie da der Flammenschein über sie sprang und die wässrigen Augen blitzten. Diese Nölbaschen, diese Käuze, die musterten auch ihn sehr genau, den Junior, als ahnten sie, wohin es den in Wahrheit zog, jetzt noch in der Nacht, aber wenn sie's genauer gewusst hätten, dann hätten sie enorm zu denken und zu maunzen gehabt und wären nicht so freundlich geblieben auf ihre verknurrte Art.

»Schönes Plätzchen habt ihr hier.«

»Schon wahr«, seufzte O'Flaherty. Und der Rundkopf und Märchenerzähler William O'Brian erläuterte: »Man sieht die Bucht. Das ist das

Wichtigste. Siehst du, wie sie schimmert, hell unter den düsteren Bergen, von hier aus bis zum Black Head hin?«

In der Tat, hinter O'Brians Schafdach glitzerte es. Und fern darüber standen die schwarzen Schatten, die runden Felsenberge. Silberlicht goss sich über die Galway-Bucht und hob am hintersten Eck auch den Black Head dunkel heraus wie einen riesigen Geisterbuckel. Davor, vorn rechts sah man im Mondschimmer den Mount Golgatha, mit der Steilkante zur Bucht. Dieses Wassergeglitzer, klar, das weckte den alten Jammer in den Bierköpfen. Und dann war's Patrick MacBride, der das nicht länger zurückhalten mochte, nach einem Schluck aus dem Krug.

»Pat Lynch junior«, holte der alte Fahrensmann Patrick MacBride bedeutsam aus und hob beide Hände. »Unter deinem großen Vater mag Galway blühen, mag es wachsen und qualmen wie es will, dein großer Fitzstephen jedoch weiß im Grunde nicht, was er anrichtet. Du hörst es nicht gerne, aber wissen solltest du's. Rechtzeitig. In jungen Jahren musst du das begreifen, nicht erst, wenn alles zu spät ist und im Wasser liegt. Wenn dein Vater dich zum Ass und zum Obersten gemacht hat hier, und das wird er tun, sie werden dich wählen, schüttel nicht den Kopf, das wäre der erste Lynch, der das nicht versucht und der letzte, der das nicht geschafft hätte.«

Nach so viel Rede war dem Großvater MacBride die Kehle trockengelaufen, er schüttete sich Dunkles nach, ächzte, hustete, fand aber die weiteren Worte nicht. Mit Mondaugen schielte er hinter sich, und darauf hatte O'Flaherty, der rotglühende Vielweibermann, nur gelauert, ohne Zögern und langes Einleiten konnte und musste nun Flann O'Flaherty einspringen und fortsetzen.

»Pat, hier beim Feuer, kurz vor der Totenstunde, da sagen wir's dir, dem Kronprinzen, offen – sagen es auch ohne dass Fee Banchee erst ihre schwarzen Rufe hören lassen muss, die vermaledeite, die Todesfee.«

»Was willst du mir sagen?«

»Bevor dein Vater heimkehrt, morgen oder den Tag danach, schon jetzt sagen wir es dir in Deutlichkeit, und uns verrackerten Alten kann keiner eine Wahrheit krumm nehmen, wir liegen ohnehin bald unterm Grün –«

»Nun sag's ihm«, brummte O'Brian.

»Teufel, lass mich ausreden«, giftete O'Flaherty, »schenk lieber dem Jungen nach. Was ich sagen wollte – wir haben ein klägliches, ein Affenleben in unserem alten Claddagh, das doppelt so alt ist wie euer goldenes Galway. Und zwar seitdem die Räte der edlen Stadt Galway deinen Vater, der, Gott sei's geklagt, ein Ausbund ist an Vernunft, spätestens, seit die Herren Räte deinen Vater Tullius nicht nur fast alles regieren, sondern obendrein alles richten lassen. Ich weiß, was du sagen willst, Pat, du willst mir sagen, erstens sei ich doch selber im Rat von Galway und zweitens geht es uns gut, willst du sagen, ja, besser als je zuvor geht es uns, in der Tat, es geht uns kurios, so toll geht es, dass jeden Morgen euer Sänger Fitzpatrick nur eine von eueren Hausvetteln rausjagen muss, hinunter ins Claddagh, damit sie bei uns zur Küchentür reinschreien kann, Graf Cluricaun auf Killmanroy oder sonst ein versoffener englischer Adelssack hinter den Bergen braucht zwei Fass vom Einunddreißiger und zwar sofort, dann sucht man nicht lang und denkt nicht groß an frühere Fahrensfreiheit zur See, dann müssen wir ran, dann ist mein Sohn Edward oder sind die Söhne O'Brian oder Sohn MacBride gerade in wichtigen Soldatengeschäften unterwegs oder sie segeln mit unseren englischen Herrschaften um Andalusien herum und dienen den spanischen Geschäften des Herren Lynch oder des Herrn Joyes oder der Herren Blake, kurzes Elend: Ich alter Flann O'Flaherty und MacBride und der olle Märchenmann William, wir drei Saufnasen, wir sind dann dran, die Großväter selber spannen die Gäule vor und machen den Fuhrknecht für Väterchen Fitzstephens großartiges Galway – na? was sagt ihr? ist es so?«

»Es ist so«, bruddelte William O'Brian. – »Und man kann sagen, was immer man sagen will, Engländer bleiben sie«, knurrte MacBride. – »Auch das ist so«, nickte O'Flaherty, »selbst wenn die Lynchs, Blakes, Joyes und Skerretts noch weitere hundert Jahre spanische Schwimmpaläste bauen und wenn sie am Ende aus dem alten Fischfangstädtchen ein neues Rom machen.«

»Selbst dann bleiben wir Engländer?« Pat tat belustigt.

»Und neuerdings Protestanten«, sagte MacBride, »Papstverräter.«

»Die uns Iren für Papisten halten, für hirnrissig, für Barbaren«, wusste O'Flaherty.

»Und die uns schuften lassen wie Sklaven.«

»Sklaven?

»Als Fuhrknechte, als Dock- und Drecksarbeiter«, sagte MacBride.

William O'Brian freilich meinte: »Das hat auch sein Gutes.«

»Wieso, Dummbeutel«, kodderte MacBride. »Du meinst, wir kriegen fürs Kaputtrackern so viele Münzen wie nie zuvor, dreimal, fünfmal so viele wie die Großväter – aber für das Silber, das spür ich jeden Abend, verkaufen wir unsere Seele, muss ich das ausgerechnet dir erklären?«

Märchenmann William ließ sich nicht aus der Ruhe bringen. »Nicht nur die Bezahlung, auch die Sitten sind auf die Dauer netter geworden. Die Frauen und die Priester fröhlicher. Das Essen besser. Die Häuser gemütlicher und regendicht. Bei fast allen.«

»Ist das ein Trost?« fragte O'Flaherty. »Wir sind Fuhrknechte.«

»Handelssklaven«, verbesserte MacBride.

»Das nennt sein Vater anders. Das nennt er: Galway aus dem Schlaf reißen. Aber wo denn bleibt uns Schlaf! Sähe meine Mutter, für wen ich rackere und nach wessen Kommando – wehe über mich.«

»Sie sieht es, Flann«, knurrte MacBride, »sie sieht's gewiss.«

»Aus ihrem Fegefeuer heraus sieht sie's«, bestätigte O'Brian.

»Richtig. Und das ist das Üble am Fegefeuer, dass man in der Vorhölle endlich all die Niedertracht sieht, die auf Erden immer nur verhüllt umherschleicht, nett und lieblich eingekleidet. Sobald du aber zu deiner Mom kommst, Flann, fegt sie dir im Fegefeuer das Fell. Wirst sehen.«

So maulten die drei noch manchen Altersjammer und vergaßen bisweilen den jungen Mann, den unbändige Sehnsucht trieb, schon allzu lange wartete jetzt Agnes Joyes, die Schöne, die Liebevolle, die hellen Augen unterm dunklen Haar, aber nun hing er hier fest bei diesen drei Alten und musste freundlich sein und geduldig.

Und als O'Flaherty merkte, dass Pat sich gern davongestohlen hätte, wusste der eine andere Bosheit zu zischeln. »Vom spanischen Pater hörten wir, dass du den Stein wieder ausgegraben hast, die Teufelsfigur, das Bild vom schlingmäuligen Riesenschoß.«

»Das Bild, so hat's mir Kirwan erklärt, ist uraltes Galway-Gut – was hast ausgerechnet du gegen lustige Frauen. Erstens hat Priester Kirwan mich darum gebeten, weil Sheela-na-Gig zum Schmuck seiner Kathedrale gehört. Ab morgen wird sie an St. Nicholas wieder zu sehen sein. Und zweitens ist die Schoß-Hexe, sagt Kirwan, nicht nur Schmuck, sondern ein hilfreicher Schatz, ein Schutz gegen das Grimmigste, gegen die Banchees, gegen alle Übel und schwarzen Todesgeister, in euerem Claddagh wie in Galway.«

Da sagten sie erst mal nichts mehr, die Brummbrüder. MacBride stellte sich ins Dunkle und begann zu pissen und sagte: »Kann sein, da hat er recht. Das freche Schoßgesicht, das sorgt für Spaß. Vor allem für dich, Flann, das stimmt. Aber ansonsten bleiben die Übel bestehen. Denn die Verräter des Fischers Petrus, die englischen Stämme, die lassen von Galways goldenem Glück zwar Silbermünzen springen, am Ende aber nur den Dampf, der hier vor mir aufsteigt.«

Da lenkte im Feuerschein der Flann O'Flaherty seine Wasseraugen noch einmal auf Pat Lynch und jaulte: »Du meinst, ob wir nun über Fischgründe fahren oder mit Fassfuhren in die Grafschaften, da sei eines so gut oder schlecht wie das andere, Hauptsache sei eine gute Bezahlung?«

Pat zog es vor, nicht zu antworten, nickte nur und wollte endlich weg, dort unten im Joyes-Turm beim Hafen, über den Dächern im oberen Fenster, da meinte er immer noch Licht zu sehen, Agnes wartete. Nun beugte sich aber O'Flaherty noch einmal vor, zeigte ihm sein feuerrotes Triefgesicht, tätschelte Pats Schulter gönnerhaft, der listige Vielvater O'Flaherty, dessen Familiensinn in Galway bedeutenden Ruf genoss, zumal bei den Frauen, Witwentröster nannten sie ihn und erzählten sich bis hinunter nach Limerick, dass O'Flaherty auch Isobella, die Schwester seiner Frau, verheiratet mit seinem Sohn Edward, mit drei Buben versehen hatte, alle drei mit der Neigung zu feuerroten Gesichtern, hätte aber Frauen wie Kinder ordentlich versorgt und ließe sie allesamt in seinem breiten Haus wohnen, unten an der anderen Hafenseite, im Claddagh, in der irischen Niederstadt – O'Flahertys Familiensinn berechtigte ihn also zu solch großväterlichem Handauflegen, wenn auch kaum zu den Worten, die er jetzt meckerte: »Dein Alterchen, dieser John Fitzstephen Marcus Tullius Lynch, der ist mindestens der Zweitklügste zwischen Cork und Connemara, aber – weißt du, Pat – ich mache mir herzlich wenig aus allzu viel Klugheit, und, bei meiner mannstollen Großmutter, das ist die Wahrheit – die Wahrheit!« Zog die Hand von Pats Schulter zurück, rückte und ruckelte seine krummen Hüften zurecht und ließ, kaum hatte er zum zweiten Mal das Wort ›Wahrheit‹ herausgebracht, einen lang klagenden Darmwind in die Nacht heulen. Da sang er einen so traurigen und innigen Ton, dass Märchenmann William O'Brian kopfnickend und lächelnd gestehen musste, Flann O'Flaherty habe trotz seiner ungehobelten Sitten in den meisten Fällen schon doch auch recht.

»Wahrheit!« hörten sie nun jedoch von dort, wo MacBride inzwischen seine Hose geschlossen hatte, und »Londoner Geschwall!« rief der und dann: »›Wahrheit! Was ist das?‹, fragt schon Pilatus in der Bibel. Wahrheit, Freunde, hängt ab von der Menge der Drinks in meinem Hirn.«

»Wie wahr«, fand der Märchenmann O'Brian. »Mir jedenfalls macht Bier wahrere Wahrheiten als Malaga.«

»Pat, du hast es nie erlebt«, nörgelte MacBride, der sich wieder vor den Ofen hockte, »man kann es einem Lynchkopf wie dir auch gar nicht verdenken, dass du keine Ahnung hast. Als einer, der spanisches Latein kann und das Abrakadabra der Handelsgauner, als Kronprinz dieser schönen neuen Welt kannst du unmöglich wissen, was es heißt, dass die Seele auf eigenem Kahn fährt. Nicht gesteuert wird, sondern selber steuert.«

»Gott, es reicht«, mahnte Märchenmann O'Brian. »Was kann das Jungchen dafür?«

»Am Ende ist das Jungchen Lord Lynch, ist Ass und Boss und Häuptling und obendrein Richter«, fauchte Flann.

»Also gut, lassen wir ihn in Ruhe«, befand MacBride. »Und die Idioten, so sagt mir das jetzt mein siebter Drink, die Idioten sind in Wahrheit wir. Denn seit dieser nette Kronprinz neben uns sitzt, reden wir nicht mehr irisch, sondern schnarren dieses unsägliche Englisch, oh ja, wir selber, wir Saufsäcke sind in Wahrheit die Deppen, kriechen ihnen in den Hintern, sogar in ihre lächerliche Sprache. Sollen doch die Lynchs irisch reden statt lateinisch und spanisch.«

»Ich sag's ja«, ächzte Flann, »Gott lasse uns verwesen. Aber auch dein kluger Vater Marcus Tullius, in ein paar Jahren liegt auch er dort, wo nun Galways berühmtester Spanier liegen muss, unterm Dreck.«

»Aber Christophorus Columbus«, sagte O'Brian, »der hat zuvor immerhin eine neue Welt entdeckt.«

»Nichts anderes will mein Vater«, stieß Pat hervor.

»Was will er?« Die drei Alten richteten ihre Augen auf ihn, jeder ein bisschen anders als der andere, O'Brian recht eng, Flann aber sehr weit.

»Galway zu einer Neuen Welt machen. Hat er mir gesagt. Mit gerechten Gesetzen. Für alle, auch für Leute ohne Grundbesitz, auch für Leute, die gälisch reden.«

»Oh ja«, sagte Flann, »so etwas wollen viele Englische, so etwas lieben sie, die Heidenlümmel. Pater Ricardo hat uns das genau erklärt. Die Londoner Heidenlümmel wollen ein Paradies auf Erden, also nicht dort, wo es hingehört, nämlich zur heiligen Mutter Gottes, sondern hier unten in unserem Jammertal wollen sie prassen, weiß der Teufel, die englischen Schlaumeier und Klugredner versündigen sich.«

Pat schaute sich um. »Mein Vater macht im neuen Galway-Gesetz keine Ausnahmen. Hat Gälisch dem Englischen gleichgesetzt. Wer will, kann sogar Latein lernen und reden. Selbst Grainne Ni Máille, die Räuberin Grace O'Malley, hat Latein gelernt. Eines Tages, das seh ich schon kommen, da überfällt die wilde Grace mit ihren Männern abermals unser Galway und stellt uns dann Bedingungen in der Sprache der Römer. Aber redet nur weiter alle eure Klagen und Beschwerden, nur wäre es ein wenig sinnvoller, ihr würdet das alles meinem Vater sagen – ich jedenfalls muss jetzt heim.« Er stand auf. »Euer frisch Gebrautes ist gut, von dem versteht ihr was und nun genießt weiter unser irdisches Jammertal.« Und ging fort und tat, als ginge er zurück zum Turm, aus dem er gekommen war, zum Schein zurück zum Lynch-Castle, und es freute ihn, dass er ihnen zuletzt noch gut Bescheid gesteckt hatte, den Quengelbolden, den Nörgelkrautern, auch weil er vom Latein der Räuberfrau geredet hatte, sollten doch auch die Claddaghköpfe sich anstrengen und Denken lernen und Latein. Als er die Räuberin aus dem Connaught pries, waren sie baff gewesen, kam kein Wort mehr über die Sauflippen.

Weg war er, Pat Lynch, der ›Kronprinz‹, und nahm erst mal wieder die Richtung zurück, die Mäkelväter durften nicht das Geringste spitzkriegen von seinem Drang ins Joyes-Gelände. Vater Fitzstephen hatte ihn vor seiner Abreise beiseite genommen, »Pat, ich bemerke, wie gut du mit Agnes stehst.« – »Woher weißt du das?« hatte Pat gefragt und hatte damit alles verraten, so dass der Alte eine Weile nur freundlich lächeln konnte. Um schließlich zu sagen: »Lass es niemanden merken. Bis wir zurück sind.« – »Warum? Was ist falsch dran?« – »Wenn rauskommt, dass Joyes und Lynch sich verbinden könnten – ach – die Stadtpolitik lass mich machen. Warte drei Monate. Weck keine schlafenden Hunde. Ich wünsch dir Glück.«

Daran hatte Pat wiederholt zu denken und wollte verstehen, was an seiner Liebe zu Agnes falsch sein könnte oder gefahrvoll, was da zu verbergen war, wenn »Lynch und Joyes sich verbinden«, das wäre doch nichts weniger als das Ende eines sehr alten Wettstreits zwischen den beiden stärksten Clans in Galway. Pat hörte wieder die Stimme der Mutter, dein Herz magst du elfmal riskieren, doch niemals den Kopf verlieren. Diese Stimme hörte er auch jetzt, weitab von O'Brians Schafstall, als er über eine Mauer stieg und einen Umweg nahm und in ein sumpfiges Schweinefeld springen musste, in ein Wiesenstück, das zum Glück nach der wochenlangen Dürre trocken lag, da kam er auch im Dunkeln gut durch, blieb im Modder nicht stecken.

Auf dem verdorrt brackigen Terrain ging es zum Garten der Joyes, dort musste er auf eine zweite Mauer hinauf und oben weiterlaufen, in der Balance, der Mond schien hell genug, so dass auf der Mauerkante die Wackelsteine rechtzeitig zu erkennen waren, ja, auch auf dem Wackelsteinwall hielt Pat sich in gutem Gleichgewicht, balancierte in Eile, wie im Flug darüberhin, nun direkt auf das Joyes-Haus zu, unten im Saal war noch Licht, aber oben im Dachfenster nicht mehr, immerhin stand, wie verabredet, das Fenster zu ihrer Kammer offen, wenn das Mondlicht nicht täuschte.

Aber nun, zwischen dem Obstgarten der Joyes und dem Hof waren bis zum Burgturm nur noch wenige Meter, nur noch wenige Balancierschritte bis zur ersten Stallwand wären zu gehen gewesen, da brach unten im Joyes-Castle die Hallentür auf und polterten unter krachendem Gelächter zehn, zwölf oder noch mehr Hausgeister in den Hof, Sklavenfiguren lärmten und stoben da auseinander, wiehernd und paarweise, Pat blieb stehen im Schreck, stand starr auf der Mauer, da stolperten welche hinter die Bäume, mehrere verkrochen sich im Heuschuppen, einige gingen wohl zu den alten Räucherfischern und Zechern hinüber, nein, nicht alle bewegten sich weg, zwei jedenfalls verschwanden überhaupt nicht, diese beiden, zum Donner, die fanden es hier draußen

im warmen Wind am bequemsten und meinten, unter der Mauer, auf der Pat balancierte, sei es am gemütlichsten, die wollten sich's im Freien machen, ekelhaftes Packvolk. Pat erkannte den Tobby Keats, an der quiekigen Stimme merkte er, dass es der Tobby war, der vergriff sich an der Neuen, an Helen, an der frischen Küchenhilfe der Elisabeth Joyes, aus dem Connought, zugefahren mit einer der Fassfuhren wie so viele, die von Galways großem Glück gehört hatten und hier Arbeit suchten und fanden, klar, dass dieses junge Weib, dass diese lautlose glatte Helen dem Tobby Keats zu Willen war, auch die musste was tun, wenn sie was werden und bleiben wollte in dieser Stadt des Aufstiegs, wo man es als

Magd mit einem Balg vom Keats immer noch besser haben würde als sämtliche Hungerleider drüben im rauen und leeren Connaught, besser als die Sklaven dessen, der sich Graf Cluricuan nannte, des englischen Bauernschinders, des Londoner Lügengrafs und Mordlords.

Musste das aber nun ausgerechnet jetzt und hier sein, direkt unter Pat Lynchs Nase, an der Mauer, auf der er sich jetzt ein wenig hinter dem Apfelbaumstamm zu verbergen versuchte, auf der er nur noch fünf oder sieben Schritte bis zum Stall unterm Turm hätte gehen müssen, zum Haus der Agnes, just unter diesen Apfelbaum hier schob Tobby die Neue gegen den steinernen Wall, hob ihr den Rock, und die, so neu sie war, machte sehr verständig mit, hielt sich mit den Händen am obersten schweren Kantenstein fest, streckte dem Keats ihre Hinterkugeln hin, die schimmerten in der Mondnacht wie Milch in den Wannen, Himmel, nun trieben es die schlafenden Hunde, vor denen der Vater gewarnt hatte, direkt unter Pat Lynch, er hatte sich geduckt, als könnte das bisschen Apfelbaum ihn verschwinden lassen, das Baumgezweig war kaum doppelt so hoch wie die Mauer, wer denn im windreichen Galway konnte schon großartig über die Mauern hinauswachsen.

Patrick Lynch wartete also, kniend, das helle Gesicht wendete er ab, drehte sich zur Seite, zum offenen Fenster dort oben, das sah er jetzt deutlich offen, aber neben und unter ihm, zu seinen Füßen, da sah er auch, zum Greifen nah, die weißen Hände der tüchtigen Neuen, sah, wie diese Hände sich festkrallten an dem harten Eckstein und sah, was für eine Korbflasche diese Helen abgestellt hatte, neben ihren Händen hatte sie die dort hingestellt, Pat hätte zugreifen, hätte sich bedienen können, hätten ihn Vater und Mutter nicht von früh an vorsichtig gemacht und klug und bedachtsam, ach, aber wenigstens ein Schluck jetzt aus dieser Flasche, in dieser verdammten Wartezeit voller Grunzen und Keuchen, ein Schluck wäre jetzt hilfreich gewesen, immer neu geigten die beiden nun ein und dasselbe Musikstück, fiedelten die heiß geliebten Galwayer Grundmelodien so wie das ganze Nächte lang die Streicher und Fiddler und Pfeifer in Irish Town musizierten oder auch in der Oberstadt, mit der immer gleichen Lust die gleichen Folgen mal eine

Tonlage höher, mal tiefer, mal mit diesem, mal mit jenem Geschnörkel, diese gälische Ächz- und Hüpf- und Pieps-Musik aus dem Claddagh, die musizierte nun mit stoßendem Klatschen und Seufzen der Tobby Keats mit dieser biegsamen neuen Helen, das klang, als stapften da und schnauften Pferde, wenn sie die Wein-Fuhren ins Connaught hinaufzogen, in die Joyce-Berge zu den fernen Herrensitzen, wo es endlich auf der anderen, der nördlichen Hangseite steil hinabging und wo im Abwärtstanz hohe Fahrkunst nötig war und geschicktes Lenken und Eingreifen, lange konnte das nun unmöglich mehr gehen, wenn wenigstens der Mond nicht – das Gesicht ruhig halten – Gesichter schimmerten am hellsten –

Äußerste Heftigkeit war da sehr dicht bei äußerstem Stillhalten, und das Stillhalten war zweifellos die schwerere Aufgabe – *sator arepo tenet opera rotas* – inzwischen hatte Pat Lynch alle fünf Wörter perfekt im Kopf, aber sein Fuß begann nun zu kitzeln, das linke Gelenk wollte einschlafen, wenn er jedoch den linken Fuß bewegt hätte, wären Brocken in den Hof gefallen und am nächsten Tag wäre die Nachricht durch ganz Galway herum, vor welchem Haus der junge Lynch nachts auf die Knie zu sinken pflegte. Statt dessen erlaubte er sich jetzt den Griff zum kühlen Ding dort vor sich, griff im milchigen Licht frech zur Flasche, zur offenen, zur birnenförmigen im Korbgeflecht, hob die und nahm einen gründlichen Schluck und setzte das sanft und geräuschlos wieder ab, auf den bleichen Stein neben den weißen Mondlichthänden.

Bevor ein Steinchen ins Rollen geriet und schlafende Hunde wach wurden, kam die Gier des Tobby Keats an ihr Ziel, da durchzitterte auch den Mondhintern ein wonniges Beben, ein Anblick, der in Pat Lynch noch lange nachwirkte, fast wie ein Schrecken, denn die Antwort der Helen schien zu melden, das neue große Glück von Galway sei nun so allgemein geworden, dass es bis hinunter zu den Armen durchgeschlagen war, dort unten sogar zu den Frauen, ja, dass die Paradieslust nun alle ergriffen hatte, welch bewegende Signale.

Unter Seufzen und Japsen klatschte Keats seine flache Hand anerkennend auf die Kugeln, derb klang das, wie beim Pferdehandel, Helens

Rock fiel zurück, doch der praktische Standort bei der Mauer war damit noch nicht aufgegeben, Joyesknecht Tobby kraulte seine Neue im Rücken und Nacken und die ließ sich's gefallen, die zeigte sich hingegeben, sollte das Ganze etwa noch mal von vorn – *opera rotas* – da griff sich Pat einen der lockeren Mauersteine und schleuderte den mit Wucht drüben gegen das Schuppentor, wo die Holzwand mit dumpfem Donnern antwortete, die beiden Liebes-Arbeiter schraken zusammen und gewiss auch manche andere im Versteck dort drinnen und dahinter, Helen schnappte sich die Korbflasche, duckte sich unter Tobbys Verwirrung hindurch und rannte weg und sprang, darauf hätten sie schon vorher kommen sollen, in den nächsten Baumgarten hinüber, Tobby hinter ihr her, die tauchten unter zwischen Bohnen und Apfelbüschen – in Sheela-na-Gigs Namen, der Weg zum Joyes-Haus war endlich frei. Pat balancierte die letzten sieben Schritte, stieg auf das Ziegenstalldach, erreichte von dort das Wohndach und kroch auf allen Vieren über moosige Steinplatten hinauf, auf das offene Fenster zu, dorthin, wo im schwarzen Viereck der Dachgaube das vertraute Gesicht schimmerte, denn Agnes hatte den Lärm in Hof und Garten nicht überhört.

»Küchenschaben«, ächzte er beim Hineinrutschen ins Zimmer, »Lustpack.«

Sie bedauerte und küsste ihn und schmeckte ihn ab und empörte sich. »Bier! Nach O'Donnoghues Bier riechst du.«

»Drei Großväter bei O'Brians Schafstall, die hielten mich fest, die räucherten da und soffen und stänkerten gegen meinen Vater, deswegen das Bierstinken, die Verspätung, sollte ich denen sagen, auf mich wartet Agnes? Und wonach, bitte, duftest du?« Inzwischen war seine Nase in diesen wie in jenen Körperwinkeln. »Ganz und gar höllisch riechst du, nach Sheela-na-Gig, oder noch schlimmer, nach Agnes Joyes, teuflisch widerlich liederlich duftet hier alles nach Moor- und Meerfrau Jolly Joy Joyes –«

Gürtel und Kittel waren längst geöffnet, doch auch noch neben und unter ihm, auch in den Kissen blieb ihre Stimme erstaunlich deutlich. »Wann kommt er denn nun endlich, dein gewaltiger Vater?«

»Bei diesem Südwind schon morgen. Und Meerfrauen wirft er ins Wasser. Moorfrauen taucht er unter.«

»Und wenn dann der Empfang ist, der große städtische Empfang für den Gast aus Malaga?«

»Was dann?«

»Werden dann ausnahmsweise auch die bösen Joyes eingeladen? Nicht bloß Blödgesichtige wie die alten Blakes oder die Julia?«

Pat schnaufte, hatte alle Hände voll zu tun. »Merkst du nicht, dass ich dich einlade, höchstpersönlich hier und jetzt, besonders hier, erst recht hier vorn, mit allem, was dran ist, Teufel auch.«

»Julia Blake ist in St. Nicholas an mir vorbei, ohne Gruß, ohne Blick.«

»Sei froh. Die Glubschkuh.«

»Die setzte sich neben Isobella O'Faherty. Die brabbeln schon.«

»Lass die brabbeln. Neid. Dummheit.«

»Bierberserker! Wehe, ich bin nicht beim Empfang.«

»Hier und jetzt ist Empfang!« rief er und genoss ihre Empfangsgier, obwohl sie sich zu wehren schien und sich aufbog und ihn niederringen wollte, ihn, den Patrick Lynch.

»Ich verrate es deinem Vater, alles was du hier treibst, deinem glorreichen Vater und dann auch meinem, was du dir hier erlaubst, Frechheit, Dreistigkeit, Schamlosigkeit. Auch deiner armen blinden Mutter sag ich das, hey, du stieseliger Bierstinker – diesmal dachte ich, kommt er überhaupt nicht, heute ist er zur Julia. Oder zur Claire, zur süßen Claire –«

»Beschwer dich bei Tobby Keats, hier unten beim Schweineplatz, zehn Schritt vor euerm Turm musste Tobby es machen mit der Neuen, mit Helen.« – »Ich wollte schon rüber zu George.« – »Zu George?« – »Der müffelt nicht nach Bier. Der duftet.« – »Duftet? Wonach?« – »Nach rotem Malaga.« – »Wehe.« – »Du tust mir weh.« – »George Blake riecht ganz und gar nach deiner Schwester Betty, nach eurer breiten fetten Betty, mitsamt Piepsie.« – »Nichts Neues.« – »Zu George wolltest du? Ich warne dich!« – »Oh ja, warne mich. Du warnst so schön –«

So ging das eine Weile, ging als Warnen oder als Drohen und dann als Ringen hin und her, der Lustwettstreit sang und schnurrte an beiden

Leibern hinauf und quer und hinunter, Pat fand sich gepackt in seinen Nackenhaaren, wurde gedrückt und geknetet und umschlungen, so dass ihm, als er für einen Moment nicht aufmerksam war oder zu nachgiebig, Hören und Sehen verging, bis schließlich nur noch seine Seufzer blieben, grunztiefes Wonneklagen, über dem sie beide, Prinzessin und Kronprinz, in Abgründen versanken voller Milch und Mondlicht. Und ohne die Hunde von Galway geweckt zu haben, gegen die Lynch-Dynastie oder gegen den Joyes-Clan, leisteten sie so in Europas westlichstem Hafen der handelspolitisch günstigsten Verbindung die bestmögliche Vorarbeit, ja, es schien sich an der zentralen Antlantikseite Irlands auch diesmal nicht nur alles zum Guten zu wenden, sondern zu ungewöhnlich Lebendigem, zu den erstaunlichsten Prächtigkeiten.

Tag der Ankunft

Die Mittagsstunde war schon vorüber, da ging der Alarm durch die Stadt. Kinder schrieen es von Haus zu Haus, sie seien zu sehen, die drei Schiffe, zuerst das Lynch-Schiff, die Galeone des Richters, des Lord Mayors John Fitzstephen Marcus Tullius Lynch, aber auch schon das Joyes-Schiff und auch das der Blakes sei deutlich zu sehen, alle drei am Horizont, Frederic Fitzpatrick, der Sänger und Henkersknecht habe sie entdeckt, wie sie vor dem Black Head aufkreuzten, aber nein, nur deswegen habe er die gesehen, weil Kate, die Hexe, ihm das gesteckt und versichert hätte, nein, dies seien keine Wolken vorm Schwarzen Haupt der Burren-Buckel, nein, dies seien sie, die Heimkehrer, die drei Galway-Galeonen. Und so war es. Alle drei Schiffe waren eingetroffen und standen dort, noch fünf Meilen entfernt, standen unter voller Besegelung.

Ja, wie da nun alle Bewohner den gelb gebrannten Wiesenhügel bei der Fischerstadt Claddagh hinaufrannten, erst mal durch eine Tür in der Mauer, einer hilfsweisen Tür in der hilfsweisen Stadtmauer fürs Fischerdorf, die Tür war sehr eng, die ließ immer nur einzeln jemanden hindurch, da war Geschiebe und Geschimpfe, da war unter den Leute eine allgemeine, eine aberwitzige Aufregung.

Sogar Mutter Mary ließ sich hinaufführen auf den Hügel, obwohl sie doch gar nichts sehen konnte, von der Bucht nichts und von all der Aufregung nichts, die nun auf dem Hügel herumwuselte, trotzdem, sie wollte dabei sein und ließ sich berichten. »Jawohl! alle drei!« tönte Priester Kirwans begeisterter Bass, und Sohn Patrick bestätigte es, und von der Stadt her kamen nun auch die Blakes, um auch nur wieder dasselbe zu verkünden, als wären noch nie zuvor drei Segler auf den Hafen von Galway zugetrieben. Immerhin, drei Kauffahrtschiffe von dieser Größe? Von solcher Pracht? Daran konnte sich nicht einmal Großvater William O'Brian erinnern, Galways lebende Chronik, Galways Märchenmann.

Aber mit dem Einlaufen war das an diesem Tag so eine Sache. Zwar waren auf allen Schiffen, wie jeder sah, der sehen konnte, alle Segel gesetzt, aber der laue Südwind, der die schöne stolze Flotte früher als erwartet am Horizont herangeschoben hatte, dieser Südwind, der flaute nun vollkommen ab.

Die Luft stand. Und die drei großartigen Handelssegler desgleichen.

Stille legte sich über das Land. Die felsigen Burren-Berge leuchteten, als sei auf den kahlen Höhen Schnee gefallen. Helligkeit und Stille legte sich über die Menschen und das Meer, als hätten sich sämtliche Nebelfeen und Windbräute in Sonnenfeuer aufgelöst, als sei alles Fauchen und Pfeifen der Sturm-Gnome, das sonst fast durchs ganze Jahr die Atlantikstadt heimsuchte, erstarrt in Stille.

Windstille? Wann war in Galway je ein Tag ohne Wind gewesen. Von Alexander Kirwans rotem Schädel rutschten Schweißtropfen in den Nacken. Betty Blake, Tochter Piepsie am weißen Busen, ließ sich aufs harte Gras nieder, Flann O'Flaherty kniff die Triefaugen eng und murmelte alte gälische Flüche und William O'Brian wusste von solchen Flüchen noch ältere, unverständliche und zweifellos noch wüstere. Da kratzten sich viele den Kopf, und an die hundert Leute starrten eine träge Stunde oder zwei auf das graue Wasser hinaus. Dort hinten rührte sich nichts. Und hier, rings um Galway, tat sich ebenfalls nichts. Aus war's. Nur unten am Claddagh-Hügel krümmte sich das kleine Trag- und Zugtier von Mike Pitt, da krümmte sich dieser alte Esel und schickte seine rauen Schreie über die Stadt und auf die Bucht hinaus, sieben Schreie hintereinander weg, über die wartenden Leute hinweg, als wollte der Esel sie allesamt verhöhnen.

Aus war's. Auch Mary Lynch, den Stillstand schnuppernd, hatte zu lächeln aufgehört. Man sah, wie sie mit erhobenem nassen Finger einem Luftzug nachspürte und keinen fand und wie sie den Kopf schüttelte.

Jeder, der mitkriegen wollte, wie es denn nun noch weitergehen könnte, hielt sich in ihrer Nähe auf. Und dann sagte Frau Mary leise: »George und Pat und Tobby«, sagte sie, »wann war euer letztes Wettrudern? Ist mein Pat unter euch noch immer der Beste?«

Weiter musste sie gar nicht reden, »Ja!« schrieen George und Pat und »Das wollen wir doch mal sehen!« und waren im gleichen Augenblick davon, rannten den Hügel hinunter durchs kleine Tor zurück und von dort über die Wege und Abkürzungen und Abkürzungen und fanden am Hafen den Tobby Keats beim Ausführen der gleichen Idee, der Helen-Besteiger bestieg nun eines dieser vielen kleinen Einmannboote, mit der die Jüngeren schon immer mal gern die Reise über die große Galway-Bay riskiert hatten und nun ruderten sie alle drei, jeder fuhr ein anderes, jeder eines der dunkel geteerten Kleinboote hinaus auf die Bucht, um sie heimzuholen, wenigstens die Kapitäne, die Herren Lynch und Joyes und Blake, und vor allem den wichtigen Gast aus Malaga, wenn er denn, wie verabredet, wirklich mitgekommen war. Wenigstens den Spanier und die drei Haus- und Schiffsherrn, die mussten sie nun wirklich heimholen, nachdem ihre wunderbaren Kaufmannsschiffe so kurz vor der Heimkehr von allen guten Luftgeistern verlassen worden waren.

Die drei jungen Männer ruderten jetzt offensichtlich auch gegeneinander, um die Wette ging es da, und wie es immer wieder neu zu solchem Wetteifer kam, das fragte man sich ja schon oft in Galway, schon immer beim Bier und immer häufiger auch beim Wein und hörte dann über solche Wettbewerbe die unterschiedlichsten und abenteuerlichsten Betrachtungen, denn auch in dieser sehr lebensfrohen Stadt Galway war schon so mancher zur Spitze gelangt und Bester geworden und am Ende doch wieder ganz und gar verschwunden nach ganz unten hin, im Bier oder im Wein. Einige hielten sich bei solchen Überlegungen an das Lateinwort, das auch, wenn man es rückwärts las, Sinn ergab, andere, besonders wenn sie in der gälischen Niederstadt wohnten, in der ›Irish Town‹, im Claddagh, die schoben dieses neuerdings alles beherrschende Bemühen ums fortwährend wechselnde Glück auf den Ungeist der Engländer, auf das Kaufmanns- und Besitzstreben der mächtigen Handelsfamilien, auf deren eigenartigen Unternehmer- und Unruhegeist und Ehrgeiz, der sich seit kurzem zusätzlich verstärkt zu haben schien durch die neuen lutherisch protestantischen Poltergeister aus Deutschland.

Nun also lagen in der spiegelglatten Galway-Bay drei schwarze Kleinboote im Wettstreit – im vordersten, klar, ruderte Pat Lynch, im zweiten rackerte George Blake, der witzige Schwätzer, und hinterdrein schlug Joyesknecht Tobby Keats mit seinen Wasserprügeln die graue, die blanke bleierne Fläche, dort, wo sonst unentwegt Wellen und Unruhe wogten, wo heute aber alles vollständig brav und glatt und breit blieb und unbewegt. Knecht Tobby bewies offenbar Herren- und Engländersinn, der hielt sich offenbar zurück, als sollte auch die Joyes-Sippe gut im Rennen liegen.

Vom Aussichtshügel beim Claddagh waren inzwischen die meisten zum Hafen geeilt, Mary, geführt von Pater Don Ricardo, Betty mit dem großen Säugling und auch Alexander Kirwan, der Stadtpriester, der sich einen Hocker zum Sitzen an den Kai bringen ließ. Da beobachteten sie, wie sich noch weitere Ruderer bereit machten und wie einige darum stritten, wer jetzt ebenfalls einsteigen durfte und wer nicht, damit auch John Browne und Ronald Skerrett und andere weniger wichtige Herrschaften heimzuholen wären von ihrer spanischen Dreimonatsreise.

Pats gelber Haarwuschel, so viel sah man klar, der leuchtete an der Spitze der kleinen Regatta, der Pat ruderte mit Kraft. Und wer in sein Inneres hätte hineinhören können, hätte sich zu wundern gehabt, denn Pat sagte sich jetzt den Kehrreim vom gestrigen Abend auf, zu jedem Ruderschlag einen schweren Silbenschlag – Maria, was hattest du vor? – mit den beiden? Wenn er sich umblickte, weit voraus, noch sehr weit vor sich sah er die drei festliegenden Handelsschiffe, aber während er rackerte, bei der Arbeit im Wasser sah er immerzu seine Verfolger, und spürte plötzlich in seinen Armen so was wie Unsicherheit.

Was zum Teufel trieb ihn, unbedingt diesen ersten Rang zu halten, George und Keats, vor allem diesen Joyes-Knecht und Lüstling Tobby Keats keineswegs näher kommen zu lassen? George Blake hatte mit dem

Erster-Sein wohl weniger Probleme, der zog eher in Gelassenheit die Holzplatten durch das graue Wasser. Aber die Ruder des gelenkigen Keats, die ratterten und klatschten laut über die stille platte See. Fast so wie gestern Abend an der Steinmauer, als der mit dieser Helen vorm Joyes-Haus seine Männerlust befriedigte, schon wieder setzte dieser Kerl seine Pferdestärke ein und kam dem George Blake immer näher und womöglich auch ihm, dem Kronprinzen.

Pat hätte es gern wie George gemacht, gelassener. Was hinderte ihn? War er kein Ehrgeiziger, kein Engländer? sondern ein anderer, ein besonderer? Inzwischen wirklich ein Ire? Oder trieb ihn an, dass er wusste, wer dort hinten, in seinem Rücken, unter den Felsküsten auf ihn wartete, dass dort jetzt zweifellos auch diese drei Schiffsbesatzungen das Wettrennen beobachteten? Ja, er spürte, dass jetzt Galways interessanteste Leute, dass alle Clan-Herren und vor allem sein eigener Vater ihm und seinem Eifer zuschauten, dem Wettrudern des jungen ›Lord Lynch‹ mit den Konkurrenten. Pat warf kurz den Kopf wieder zurück und sah die drei goldbraunen Prunk-Galeonen noch verdammt weit weg, so ein Horizont liegt nicht gleich hinter der nächsten Ecke, Richtung Black Head war mehr als eine volle Stunde zu rudern, da galt es, einen Vorsprung dauerhaft zu halten, mit den Holzplatten das walfischfarbene Wasser unentwegt zu durchwühlen. Zum Glück war ja die Bay heute ganz und gar ruhig, spiegelblank und absolut still, da konnte man die Bretter in eindrucksvoll großen Bögen durchs glatte Wasser ziehen und in großer Lässigkeit.

Inzwischen würden sie auf den Galeonen über der Reling hängen und auf die zeigen, die sich da näherten, jetzt konnten die sich bereits streiten oder wetten, welches Boot vorn lag, wer hier Sieger werden würde und ob man das schon erkennen könnte mit den Gläsern, ob Pat Lynch im vorderen Boot saß, ja wer käme denn sonst in Frage. Sprechbold George, wusste Pat, dem sah es nicht ähnlich, unbedingt Erster sein zu wollen, witzig zu sein und die Lacher für sich zu haben, war ihm wichtiger, dem reichte es, wenn er Bester war mit dem Mund. Und für den Fischerbengel Keats gehörte es sich einfach nicht, sich vorzudrängen, und die anderen weiter hinten, das waren Ältere und weniger Wichtige. Die Kräftigsten waren mitgefahren nach Cadiz und Malaga, die hatten teilgenommen an der größten Galwayer Handelstour, die je ausgelaufen war von der irischen Ozeanküste, aus dem nebligen Norden weit hinab in den sonnenheißen Süden, bis Genua sogar. Nur er, Pat, hatte auch diesmal nicht die Erlaubnis bekommen. Und der andere, der George, hatte gar nicht mitgewollt, hatte es vorgezogen, in der Stadt lustig und irisch zu leben.

Die Männer auf den Schiffen sollten getrost staunen, auch der Gast aus Malaga sollte staunen, der Neue, der Juan, der würde ihn, Pat, schon jetzt kennenlernen. Und dann auch die Frauen, die bei der Rückkehr am Kai stehen würden und Ausschau hielten, auch die würden sehen, wer hier Erster und Bester war. Frauen, die ihre Männer einschätzten, heimlich oder mit offenem Wort, die über ihre Männer streiten und mit Worten ebenfalls wetten würden. Galt der irische Wettstreitfluch auch für die Frauen? Oder nur für Hahn gegen Hahn? Häuptling gegen Häuptling? Als unaufhörlicher Antrieb und Kreislauf, mit dem der Schöpfer seine Werke errichtet und wieder vernichtet? *Sator opera arepo tenet rotas –*

Auch die Frauen, wusste Pat, liebten das, die würden mit den Fingern auf den Sieger zeigen, ungeniert mit denselben Fingern, mit denen sie sich sonst an Mauerkanten festkrallten, ja, Finger der Frauen wie der Kinder würden auf die zurückkehrenden Boote zeigen und alle würden streiten und schreien, ja da ist er, nein dort, na wer wohl? Patrick, aber nein, der Neue, der Gast, dieser Juan Gomez, den nämlich würden sie als erste erkennen wollen. Glaubte Pat zu wissen.

Welcher Geist ritt seinen Vater, noch eine weitere südländische Fratze nach Galway zu bringen? Nach den Metz- und Baumeistern, die das Lynch-Castle in spanischem Stil errichtet und ausgeschmückt hatten, und nach diesem seltsamen Pater Ricardo nun wiederum einen von der wichtigen Sippe der Gomez. Eine Geschäftsbeziehung war dieser junge Don Gomez, klar, Stadtpolitik war das, das lass lieber mich machen, mein Junge, jawohl, Vater, das lasse ich dir gern, Marcus Tullius, da bist du in Irland der Größte, mit dem Abrakadabra der Handelsgauner.

Stimmen jetzt? Stimmen von den Schiffen? Er wendete sich um, jawohl, die Strecke war fast geschafft, er näherte sich den drei Holzburgen. Vorn, wie konnte es anders sein, am weitesten gefahren war das Lynch-Schiff, mit dem Luchs als Galionsfigur. Das Joyes-Schiff hatte am Bug die Meerjungfrau, eine Meer- oder Moorfrau, friedlich rundlich und fröhlich, das war wohl nicht Lynch-Art, für die Lynchs musste an der Spitze ein Raubtier drohen, sagten die Leute.

»Pat! hierher!« Das war die Stimme von Roy Gallagher, des Bordjungen, der hat eine Stimme, die war wie gemacht für den Atlantik, die sollte dieser Roy auf Zuckerwasser ansetzen, um Likör draus zu brennen, wie ihn die Frauen in Frankreich liebten. »Gratuliere!« schrie die Likörstimme, »Pat holt uns raus hier! rettet uns Havaristen!« Hoch herab von der goldbraunen Schiffswand bebaumelte ihn der Roy Gallagher mit Seil und Strickleiter.

Pat fing das Tau, zog sich ganz heran an den tief ins Wasser getauchten Riesenholzbauch, an den stolzen Bau aus Kellys Werft, was aber halfen diesem Palast nun Größe und Stolz, die Pracht hatte sich seit sieben Stunden nicht mehr bewegt, obwohl sämtliche Segel gesetzt waren, nichts rührte sich, schlaff hing das alles in den Rahen, schlappte seufzend hierhin oder dorthin, je nachdem wie die schwere Weinwanne sich noch mal hob und neigte in den letzten Resten einer alten Dünung –

»Halt fest!« schrie Roy, »jetzt kommt er, das ist Don Juan!« Aha, das also war er, der stieg jetzt dort oben in die Leiter, kam als erster, dieser Juan Gomez setzte die Füße flink in die Tausprossen, naja, von hier unten war nichts gegen dessen schnelles Klettern einzuwenden und nichts gegen seine engen Beinkleider in hellem Leder, wenn der übrige Kerl ähnlich gelenkig war, wäre der womöglich ein Gewinn, doch nun schaltete sich von oben auch der Alte ein, der Handelsherr und Vater und Bürgermeister: »He, Roy und Pat, haltet mich gefälligst fest!«

»Du bist Patrick?« Der junge Gomez sah zum Glück nicht spitz aus und hohl wie sein Vetter Ricardo, der zeigte das ziemlich normal ernährte Gesicht eines Achtzehnjährigen, rund und vergnügt schien der wie Pat selber, nur ein bisschen gedunkelt, die Haut wie helles Bier, helle

Bierhaut von der Nase bis in die Fingerspitzen und die Haare blauschwarz, wie bei Agnes, oder noch düsterer.

»Sohn, komm, gib mir die Hand, hallo, ja, da sind wir und es ist sehr gut, dass ihr uns aus diesem Stillstand rausholt, von diesem verdammten Black Head«, so redete der Alte und umarmte den Sohn, ließ sich rasch auf das Sitzbrett nieder und sagte zum Juan, »hock dich neben mich, ja, das ist mein Pat, der rettet uns, ich denke, ihr versteht euch, mein Gott, wie ähnlich ihr euch seid, gleich groß, bisschen dunkler der eine, achtzehn Jahre jung, wie gut, dass Pat uns befreit aus der Blamage, herrje, kurz vor Galway, von dem alle glauben, das sei sturmumtost und wolkenverhangen, kurz vor der Heimat geht uns die Luft aus und schlaffen die Segel ab!«

So redete der Alte wieder ganz wie der Alte, und Pat legte sich in die Riemen und riskierte zwischendurch kleine Blicke auf den Malaga-Lackel, wirklich, das hätte schlimmer kommen können, mit dem ließe sich womöglich reden und nicht wie mit Pater Ricardo nur spanische Kirchenweisheiten lernen, bittere Lehren aus bitteren Jesus- und Maria-Geschichten.

»Was gibt's Neues? sind alle gesund? die Fässer leer? die Grafen voll?«

Bevor Pat eine Antwort fand, war Juan aufgestanden, der Gast wollte mit Pat den Platz tauschen und rudern, also gut, warum nicht, Pat stellte sich auf, und da standen sie sich nun für einige Augenblicke gegenüber im schwankenden Boot und schafften ihn ganz elegant, den Tausch der Plätze, der für Momente, als sie aneinander vorbei balancierten, aussah wie eine Umarmung.

»Gibt es neue Gerichtssachen? Hat Henker Frederic neue Lieder? Hat Pater Ricardo meine Galwayer wieder katholisch gemacht? Was macht der Handel?«

»Seit fünf Wochen sammeln wir nur noch Bestellungen, müssen vertrösten, weil nichts mehr in den Kellern ist, nur letzte Reserven. Eine Bischofsfuhre aus Dublin musste umkehren, leer. Der Fuhrmann, als wir ihm sagten, dass wir's ihnen bringen würden quer hinüber, sobald ihr aus

Malaga zurück wärt, war baff und meinte, da sollten wir gleich auch dem Rektor der hohen Universität und den Dekanen das Gleiche nach Dublin schaffen, wo kämen die sonst so gut an Jerez und die neuen Sorten direkt aus Andalusien.«

»Der Kerker?«

»Blieb leer. Edward war streng, seine Stadtwache sorgt für gutes Benehmen.«

»Und meine Blinde? Wie hat sie regiert?«

»Sie merkt mehr als andere. Bei Tisch, wenn die Holzplatte wackelte, hat sie gedroht, Manieren sollten wir lernen, für den Gast aus dem Land, in dem die Sonne nicht untergeht.« Pat schielte auf den, der da ruderte. »Spanien, auch Malaga habe eine althöfische Kultur, aber wir Iren sollten nicht länger so tun, als staksten wir wie keltische Häuptlinge durch Sümpfe und Nebel und als flögen nachts unsere Frauen auf Besen über die Galway-Bay zu den Burrenbergen hinüber, um die Männer zu schrecken wie die Schoßhexe Sheela-na-Gig.«

»Bravo, Mary. Meine Blinde, sie durchschaut uns.«

Da redete der rudernde Gast, redete in einwandfreiem Englisch. »Deine Mutter, Pat, muss wunderbar sein. Mein Vater spricht oft von ihr.« Dann lachte der und tat, als sei er verlegen. »So eine wie Lady Lynch, hat er gesagt, so eine bringst du dir mit, nach Malaga!« Lachte, ziemlich dreist lachte dieser Südling und fügte noch hinzu, auf kratzigeren Besen als die andalusischen Hexen dürften auch die keltischen nicht reiten. Grinste und ruderte.

Auch Fitzstephen lachte, versuchte jetzt aber, den Hafen zu erkennen. »Haben Edward und Kelly alles vorbereitet? den Platz, die Tische? die Präsente, die Fahnen?«

»Seit wir euch kommen sahen, scheucht Edward seine achtzig Gardisten und schwingt die Peitsche wie Held Herkules.«

»Wenn alle Schiffe im Hafen sind, dann feiern wir, dann laden wir auch die Grafen ein, jedenfalls Cluricaun und Killmanroy, morgen, spätestens übermorgen. Heute freu ich mich auf Mary und aufs Dampfbad. Haben die Claddagh-Leute mitgebaut am vierten Schiff?«

»Kelly hat viele überzeugt, aber frag ihn selbst. Einige maulen lieber und grollen, Brauer O'Donnoghue, MacBride oder Flann, die würden am liebsten wieder Heringe fangen und Makrelen. So jedenfalls reden sie. Auch O'Brian denkt wohl so.«

»Und du? Und Agnes?«

Pat blickte erschrocken zu Juan, der mit seinen spritzenden Ruderschlägen gehörig lärmte, aber wohl doch jedes Wort verstand. »Keine Sorge, Juan kennt deine Geschichte. Er hat gelobt, sie geheim zu halten. Also? wie steht's? Die Hunde schlafen?«

Pat nickte. »Morgen oder übermorgen, wenn die Grafen ins Haus kommen und die anderen alle, dann könntest du doch gut – sehr gut –«

Rings um die Augenwinkel verwandelten sich John Fitzstephens Lachfältchen ins väterliche Sorgenfeld. »Es wird alles zu einem guten Ende kommen. Was du angezettelt hast mit Agnes – höchst klug von dir, selber drauf zu kommen. Erst muss aber mit den Joyes geredet werden. Und wenn das gut geht, dann machen wir's bekannt. Sobald die Schiffe im Hafen sind. Sag Fitzpatrick, er soll seinen Hochzeitsgesang verbessern.«

»Der singt lieber Gnomenlieder.«

»›Gnomen‹?« fragte Juan.

»Fitzpatrick«, sagte Pat, »hat in seinem Kopf einhundertundelf Elfen. Hundert Feen und elf Gnomen. Mit denen macht er nachts Lieder.«

»Aha. Die will ich hören.«

Dieser Juan, das schien deutlich, der würde nicht verschlossen bleiben und unnahbar wie der zierliche dünne Don, den höchstens Maria-Reime bewegten.

Juan wollte mehr über Fitzpatrick wissen und Lynch erzählte, wie es war, als Frederic Fitzpatrick vor fünfundfünfzig Jahren zum ersten und einzigen mal auf dem Galwayer Galgenplatz das Fürchterliche haben machen müssen, kaum älter als achtzehn sei der gewesen. »Ich selber war erst sieben. Stephen Fitzpatrick hatte das Henker-Amt, war aber vor Aufregung krank, nicht aus dem Bett zu kriegen. Dann hat sein Sohn es getan, Frederic.«

»Frederic? Mit achtzehn?« – »Wenig älter.« – »Hat gehenkt? Kein Wunder, dass er so ist, wie er ist.«

Wieder blickte der Vater voraus, zum Hafen, wo sich viel zu bewegen schien, Pat dagegen sah, wie hinter ihnen George Blake seinen Bruder Daniel heranruderte, Bettys Mann Daniel Blake, den Kapitän des dritten Schiffs. »Keine Sorge, Pat, George holt uns nicht ein. Juan rudert stark. Ist auch als Segler vorzüglich.«

Pat biss sich auf die Lippen. »Und wann –«

»Was wann?«

»Ach, nichts. Um ein Haar hätte ich gefragt, wann auch ich mal mitfahren werde.«

Tief zu atmen hatte da der Marcus Tullius Lynch. »Nach Spanien besser nicht. Mit mir nicht. Du kennst den Grund. Eine Blindheit bei den Lynchs ist eine zu viel.«

Vor ihnen schien nun aus dem grauen Wasser die Stadt herauszuwachsen, Kirwans St. Nicholas-Kathedrale, die enormen Tore, die Stadtmauer, die vierzehn Sippentürme und in der Mitte, alle anderen überragend, Lynch's Castle, der vierkantige Bau im spanischen Stil.

Und unten am Hafen, als bunter Saum, eine winkende Menge, eine Front der Tücher und Röcke mit wimmelnden Kindern und Girlanden und Fahnen. Kommandant Edward O'Flaherty und Zimmermann und Bootsbauer Kelly, ja, sie hatten alles vorbereitet.

Lynch hob den Arm, wiegte ihn hin und her wie einen lebenden Schiffsbaum. »Schau, Juan, sieh dir das an! sieh, wie sie dich empfangen!«

Juan ließ die Ruder sinken, der alte Lynch winkte langsam weiter, das Boot schwankte ein wenig und nun scholl ein vielhundertfacher Ruf über das Wasser, ein Heulen aus gut tausend Stimmen in tausend Begeisterungen. Da wuselten nun und wogten überall Hände und Arme und Tücher, Juan Gomez schaute und blickte lächelnd zurück auf den Mann, dem er sich anvertraut hatte – sie mochten wohl stimmen, die Legenden und Lobreden über diesen Mann, diesen Lord Mayor und Obersten Richter und Handelsherrn, der einen guten Namen hatte zwischen Genua und Venedig, zwischen Cadiz und Malaga und Lissabon, bei den Herren der Hanse ebenso wie bei Italienern, Portugiesen und Andalusiern – die Lynchs und endgültig dieser hier, die waren drauf und dran, im Entlegenen eine neue Welt zu schaffen.

Gomez ruderte weiter, und Pat sah verstohlen auf den winkenden Mann neben sich, auf das graue große Gesicht. Die Lynchs, hieß es, hätten fertiggebracht, was vor ihnen keinem Nordländer und keinem Engländer gelungen war. Den Engländern seien im Umgang mit mittelmeerischen Herrschaften immer nur Seeschlachten eingefallen und Raubzüge, Streit und Kampf, mit den Südländern wie mit den Irländern. Und dieser hier? Eigensinnig vertrugen sich diese Lynchs mit den Kelten, galten inzwischen selber als Iren, jedenfalls verwünschte diesen hier die Regierung in London. Ein Ire sei der, eine nicht mehr zu berechnende Mischung aus englischem Geschäftssinn und irischem Witz. Im Reich der britischen Krone galt Galway inzwischen als zweitwichtigster Hafen, neben London.

Und der andalusische Señor Christophoros Gomez, ähnlich namhaft wie der Galwayer Handelsherr, dem rund um Malaga weites fruchtbares Land gehörte, der hatte diesem Mann aus dem Norden nun den einzigen Sohn anvertraut, hatte ihm diesen Juan mitgegeben auf die lange Reise in die unbekannte Sturm- und Nebelwelt, weil, so hatten es die Geschäftsfreunde sich gegenseitig beteuert, weil aus der Handelsbeziehung eine menschliche werden sollte zum Nutzen für viele Generationen in Malaga wie in Galway.

Das schoss dem Pat Lynch jetzt durch den Kopf, als er den Vater neben sich sah. Wie lange hatte der sich geplagt, wie sehr hatte schon dessen Vater und hatten schon die Vorväter Mühsal, Missgunst und Feindschaft auf sich genommen, bis so ein Augenblick wie dieser hier möglich geworden war – ein Einzelner vor dem jubelnden Hafen- und Stadtvolk, ein Einzelner, winkend verbunden mit Hunderten, mit Tausenden. Aus einem englischen Stamm kam er und genoss die Gunst der Iren? Pat spürte Nässe in seinen Augen. Weil er seinen Vater bewunderte, weil er ihn liebte.

Und wollte diesen Augenblick ohne Abstrich schön und großartig finden und unvergesslich. Juan schien Ähnliches zu denken. »Nein, Fitzstephen«, rief der, »nicht mich bejubeln sie, die meinen dich, dich allein! Wie einen König empfangen sie dich, König Cicero Marcus Tullius!«

Nun ja, John Fitzstephen Marcus Tullius wurde an diesem Tag wohl wirklich empfangen wie ein Fürst, zeitweise mit übermanierlichem Stimmaufwand all der Neugierigen am Hafen. Als übertrieben wertete das Geschrei der Heimkehrer selbst, der schüttelte den Kopf. »Meine ach so schnell verrückten Galwayer, da kreischen sie wie die Möwen, wie die Esel, tun aufgeregt und überrascht – haben sie etwa geglaubt, wir fänden den Rückweg nicht? Columbus hätte die andere Welt nie entdeckt, hätte er nicht Seeleute von hier mitgenommen, aus Galway, die halfen ihm beim richtigen Windgebrauch. Beim genauen Orientieren.«

So laut das Volksgeschrei dem Oberhaupt der Stadt nun entgegenschlug, mindestens ebenso forsch, ja drängend plagte die Leute am Hafen die Ungeduld, wer und wie denn nun der andere war im Boot, groß war die Neugier auf diesen unbekannten jungen Gast. In dieser Angelegenheit wurde allerdings nicht geschrieen, da hielt sich vorerst alles eher stumm und manierlich und die Blicke blieben wie zufällig.

Bis hinauf in die Hebekräne waren sie geklettert, bis in die breiten Riesenräder mit den Sprossen, die sonst die Fässer zu hieven hatten, all die Kran-Arme und Hebe-Greifer und Leitern waren von den Jüngeren erklettert worden, auch von jungen Frauen, und je näher sich das kleine Boot heranschob an den Außenkai, um so stiller wurde die Menge, nun galt es, den ersten guten Scharfblick zu tun auf das Wundertier, das da gekommen war aus dem mächtigsten Land der Erde. Und dieser Malaga-Fasan, wie sah er aus, was tat der? ließ der sich rudern? Nein, der bewegte selber den Kahn, der ihn aus dem toten Windloch herausholte, der ruderte auch jetzt noch, als der irische Hafen erreicht war, sicher steuerte der den alten und den jungen Lynch ins innerste Bootsbecken, am Spalier der gaffenden Leute sicher vorüber, und weil Ebbe war, stand das Wasser ungewöhnlich tief und standen die Galwayer sehr hoch über diesem ersten Boot, wie selbstverständlich manövrierte der junge Mann das an den schwarzen Kaimauern vorbei, lenkte das zur breiten Steintreppe und legte an, als hätte er selten was anderes getan und sei in Galway zuhause. An der Treppe stützte er die Hand auf die untere Stufe, hielt das Boot, während Pat das Seil nach oben warf, damit Mike Pitt festmachen und Fitzstephen Lynch als erster in Ruhe ans irische Land steigen konnte.

»Kein Pater. Und kein Grafengockel«, zischelte Betty Blake ihrer Schwester ins Ohr, der schönen Agnes. Die tat eher so, als langweile sie dieser Umtrieb. Mutter Blake dagegen, auch Elisabeth Joyes, die Frauen wiederholten Bettys Erkenntnis, die sagten das Lob laut weiter, so laut, dass viele es hören konnten, und das war's, was die Runde machte, das war das erste Urteil. »Kein Grafengockel. Zum Glück.«

Pat, noch unten im Boot, suchte unter den Gesichtern am Kai. Nicht leicht war in der Menschenmenge seine Agnes zu finden, in dem Gedränge rund um John Fitzstephen, ja, das Gedränge um den Vater versperrte ihm den halben Himmel, aber nein, da stand sie, mit ihren dunklen Haaren halb verborgen hinter ihrer Mutter, hinter Elisabeth Joyes stand sie und tat uninteressiert, als gebe es ringsum kein Geschiebe, kein aufgeregtes Geraune. Was blieb ihr auch übrig, den jungen Lynch durfte sie nicht beachten und den Gast aus Malaga, den konnte sie auch zwischendurch, nur mal so, bei kleinen Kopfdrehungen und Seitenblicken gut ins Auge fassen.

Lady Marys ›Jungchen‹ stieg endlich ebenfalls die Steintreppe hinauf und tat nun ebenfalls, als interessiere er sich nicht im geringsten für seine Umgebung, auf alle Fälle nicht für die siebzehnjährige Joyes-Tochter, obwohl niemand mehr staunte, wenn sich die Blicke von Männern oder Frauen auf diese grazile Agnes richteten. Pat ging immerhin im Menschengedränge sehr dicht an ihr vorüber, so dicht, dass ihre Hände sich kurz berührten und niemand bekam das mit.

Nun war er doch, gegen die trägeren Neigungen seines Gemüts, Erster geworden im Wettkampf der Ruderer, aber im Hafen sah es nun so aus, als habe der Spanier gewonnen. Mit diesem Interesse für den

Neuen musste sich Pat wohl abfinden, das würde sich irgendwann wieder legen. Jetzt kam auch das George-Boot, drüben aber, inmitten der rufenden Leute, umarmte Fitzstephen noch immer seine Mary, dicht neben Lady und Lord Lynch machte der Pater Gomez segnende Arm- und Handbewegungen, die machte er offenbar besonders für seinen jungen schönen Vetter, und der Vetter Juan verbeugte sich ein wenig vor dem Geistlichen und küsste dem hageren Mann den Ring. »Willkommen Juan«, sagte der, »in Galway erwarten dich hochinteressante Verhältnisse.« – »Ich denke, hier gibt's auch Menschen.« – »Weiß Gott, zum Beispiel erwartet dich diese Lady, die in Galway deine Mutter sein wird, begrüße Mary Lynch!«

Juan wandte sich der Blinden zu, nahm ihre Hand, hielt sie fest und sagte: »Lady Lynch, hundertmal habe ich euch zu grüßen von meinem Vater, von Christophoros Gomez!« Und verbeugte sich tief vor Mary und küsste ihr die Hand. Lady Lynch blickte lächelnd in eine Ferne und meinte: »Nicht nur der Schnellste ist er, höre ich, sondern auch, aus dem Gesäusel ringsum meine ich es gut zu verstehen, sondern auch hübsch, nun denn, Juan Gomez – willkommen in Galway und Dank für die Vater-Grüße! Ich hoffe, du fühlst dich wohl in unserer kuriosen Stadt, weniger bei den Verhältnissen als bei vergnügten irischen und englischen Menschen.«

Den Pat begrüßte nun in dem Gewühl eigentlich keiner, obwohl der doch am schnellsten gerudert hatte, jedenfalls in der ersten Hälfte des Wettstreits. Nur die volle Betty, die furchtbar aufgeregt und mit Piepsie im Arm immer wieder zur Molenspitze hinausgetrabt war, um Ausschau zu halten nach Georges Boot und nach ihrem Gatten Daniel, allein die kräftige Betty fiel Pat um den Hals und drückte den Jungen an ihren Busen und an ihr Baby, als habe sie ihren Mann Daniel im Arm, der jetzt aber bei seiner Mutter stand, ein zweites Mal knautschte und presste die Daniel-Frau den Pat, seltsam, dachte der, sehr seltsam, wie sehr schlechtes Gewissen sich abstrampeln muss und heimliche Umtriebe beruhigen, selbst wenn es wie gestern Abend nur Badehaus-Umtriebe waren unterm öligen Segen von Kirchenbruder Kirwan. Betty ließ ihn gar nicht mehr los, das sollte wohl bedeuten, wir zwei sind uns ganz und gar vertraut und keineswegs gram, nicht wahr, außerdem bist du der, den meine schöne Schwester Agnes haben will und den sie kriegen wird, nein, ich verrate nichts von dem, was ich von euch beiden weiß und, dafür sagst du jetzt nichts von meinem Dampfbadvergnügen und wir zwei tun uns auch dann nichts, wenn es demnächst brenzlig wird und Schwager George, dieses lose Maul, meinem Daniel schon draußen im Boot allerhand gesteckt haben sollte aus purer Protzerei und wenn mir das mein lieber langsamer Danny demnächst frischwarm vormault – ein Segen, endlich war sie wieder fort, Betty mit Baby Piepsie, von dem die Frechsten in der Stadt, vor allem Isobella O'Flaherty, die Ähnlichkeit mit Schwager George Blake längst klar erkannt haben wollten.

Pat verzog sich, erholte sich von der prallen Mutter beim stillen Fitzpatrick, der auch heute kein Wort redete und keine Bewegung riskierte, erholte sich beim schweigsamen Hausgeist und Henker und vor allem bei der wunderbaren Vorstellung, dass er, Pat, morgen Abend, oh ja, vielleicht schon morgen Abend seine Agnes endlich ohne jede Vorsicht und Heimlichkeit würde umarmen dürfen, ihren quirligen Leib und nicht mehr nur den kräftigen heißen Fleischsack Betty.

Frederic blieb still, in seinem vielfältigen Gesicht rührte sich auch jetzt wenig oder nichts, zweifellos beobachtete er aber alles sehr genau und strickte sich gewiss auch mitten in diesem Leutelärm eine neue Ballade. Pat strich davon, streunte um andere Gruppen herum, zur Steintreppe zurück, sah, dass inzwischen auch das dritte Boot landen und anlegen wollte, Pat eilte dorthin und half dem Agnes-Vater, half dem gewichtigen John Joyes beim Aussteigen, half Tobby Keats beim Anlegen und Festmachen und dem Alten beim Erklimmen der Treppe. Dankbar ließ der sich hinaufziehen, sank oben ächzend in Frau Elisabeths Arme und knurrte und brummte mit breitem Behagen. Warum erschienen die Eltern der Agnes dem Pat Lynch plötzlich so anders? Die kannte der doch seit je, doch die wirkten nun fremd, ach, die waren nun Schwiegereltern, ohne dass sie das bislang wussten, die sollten ab morgen oder übermorgen ganz offiziell Pats enge Verwandte sein. Wieder so ein Schreck, der den jungen Lynch forttrieb, auffallen durfte er in der Nähe der Joyes-Familie keineswegs, vorerst besser nicht hier herumstehen, bei Agnes schon gar nicht, und so stravanzte er nun dicht an Julia Blake vorüber, das war verständlich, aber auch nicht ganz ungefährlich, Julia galt als gierig nach Männernähe, ›mannstoll‹ hieß das, Pat sah noch rechtzeitig in den Mundwinkeln seiner Agnes den kleinen Spott, er reihte sich nun gerne ein in den Zug der Leute, die zum Hafenplatz hinübergingen.

Da sah man sie nun für Augenblicke nebeneinander gehen, die beiden jungen Männer, die Gleichaltrigen, denen ihre Väter bestimmt hatten, Freunde zu sein und späterhin gute Handelspartner, möglichst lebenslang. Die schienen einander tatsächlich ähnlich, beide Achtzehnjährigen schlank, gleich groß, trugen auch beide den losen, den gegürteten Leinenkittel der jungen Leute, der schon bei den Hüften endete, darunter die ledernen engen Beinkleider und an den Füßen nicht etwa Holzschuhe, nein, die Kronprinzen gingen nicht wie die Claddagh-Iren, nicht plump, klapperig und schlotterig, sondern die gingen auf weichen guten Ledersohlen, ach, die gingen, als würden sie ein wenig federn und wippen wie zweijährige Hengste, in Spannung und Kraft.

Aber während der dunkelhaarige Gast ein hellgelbes Hemd trug in einem breiten roten Gürtel, einem Gürtel mit kleinen Taschen und auch auf der Innenseite sicherlich mit den beliebten geheimen Fächern, einen gelben Kittel also mit weit offenem Hals und tief herablappendem Kragen und während auch die engen Hosen diese hell gebleichte Farbe zeigten, bevorzugte der hellhaarige Pat auch jetzt die unveränderten Dunkelfarben von Wolle und Tierhaut, die Ockerfarbe, die Erdfarbe, auch im kragenfreien Kittel, der gehalten wurde von einem fast schwarzen Gürtel, ebenfalls mit kleinen Taschen außen wie innen, aus der gleichen Schweinshaut wie die Hosen. Auffälliger erschien der elegante Mann aus Malaga, stämmiger, ja wilder wirkte der Jüngling aus der Festungsstadt an Europas Westrand, aus dieser alten Hafen- und Hauptstadt des kargen und kahlen und steinigen keltischen Connemara, des gälischen Connought.

John Fitzstephen, Mary und Pat Lynch hatten den Juan Gomez in die Mitte genommen, führten ihn durch die Spaliere der neugierigen Leute auf den weiten quadratischen Platz neben der Stadtmauer, weh, wer hätte in diesen strahlenden Augenblicken ahnen können, dass wenige Tage später wiederum ein Zug fällig war unter der Führung des alten Lynch, wiederum durch das Spalier zuschauender Galwayer, dann aber unter schauerlichen, unter grauenvollen Zeichen, dann zum Galgenplatz hin.

An diesem sonnigen Tag der Ankunft war der viereckige Platz hinterm Hafen von vier Fahnenmasten markiert, an zweien hing die spanische Königsflagge, sie hätte nun stolz wehen sollen, hing aber in der Windstille ganz und gar regungslos herab, an den zwei anderen Masten hing schlaff das Banner der freien Stadtrepublik Galway, auf dem eine Galeone zu sehen war, eines der Handelsschiffe, die den Reichtum gebracht hatten, anfangs nur den englischen Stämmen, ein ansehnlicher Bau, von denen inzwischen auf Kellys Werft ein vierter entstand. Und zwischen den beiden Stadt-Standarten hingen in stolzer Reihe und in prachtvollen Farben die Wappen der vierzehn alten englischen Sippschaften.

Am hinteren Platzrand hatte sich mit blinkenden Hellebarden die Stadtgarde aufgestellt, gut achtzig junge Spießgesellen aus der Niederstadt, merkwürdig hellhäutig standen sie da unter ihren schwarzen Nasenhelmen, in der dunklen spanischen Kriegstracht, die Lynch in Cadiz hatte anfertigen lassen und die er von seiner vorletzten Reise mitgebracht hatte.

Der Anführer der Garde, der grimme Edward O'Flaherty, Sohn des rotgesichtigen pfiffigen Flann O'Flaherty, der schwenkte nun, Juan zum Gruß, über seinem Haupt einen glänzenden Stab mit Falkenfedern, zeigte dazu aber, dem schmucken Stab und dem hellen Tag zum Trotz, das finsterste Gesicht, nicht nur, weil er meinte, dass ein Droh- und Grimm-Gesicht einen Gast aus einem fernen großen Land am ehesten beeindrucken müsste, sondern auch, weil dieser Herr Edward sowieso von grimmiger Gemütsstimmung war, ach, fast jeder auf dem Hafenplatz wusste, dass seit Jahren Oberst Edwards listiger Vater Flann ihn, Edward, bei seiner Frau Isobella lustvoll auszustechen verstand.

Davon allerdings, von den Ursachen des Edwardschen Grimms erläuterte nun der alte Lynch seinem Gast nichts, führte ihn statt dessen in die Mitte des Gevierts, wo drei lange Tische aufgestellt waren, bedeckt mit Galways hauptsächlichen Handelsgütern. Tausende Augen von allen Seiten, auch von den Mauern und Fenstern herab, von überall, von wo man den Auftritt überschauen konnte, beobachteten jeden Schritt, jede Geste dieses jugendlichen Juan Gomez, der nun überrascht stehen blieb. Denn gleich hinter den drei Tischen, an einem strammen Holzgerüst, hingen als besondere Gabe nebeneinander mit offenen Gebissen drei stattliche Haifische, erbeutet von den Claddagh-Fischern, und Lynch ließ den alten O'Brien erzählen und seit Tagen wurden hier die Leute nicht müde, von den drei außerordentlichen Fängen zu erzählen, von den Kämpfen mit den Raubfischen, im Jux nannten Kinder und Leute den mittleren, den größten, den Lynch-Hai und die beiden anderen die Joyes- und Blake-Haie, und Juan ließ es sich nicht nehmen und tat nun so, als begrüße er die drei Ungeheuer mit einer leichten Verbeugung und verneigte sich dann aber auch zu all denen, die ihn sehr gern betrachteten.

Auf dem ersten der drei Tische lagen Dinge, die aus dem Süden nach Galway gelangten, Seidenstoffe, Samt, Teppiche in tiefroten Mustern, Gewürze, vor allem aber die Fässer für den Malaga, den Jerez und den Sevilla-Wein. Allein vom Malaga seien in den letzten beiden Jahren, sagte Lynch, mehr als tausend Tonnen nach Irland gelangt und seien alle jedesmal sofort und günstig verkauft worden.

Auf dem nächsten Tisch hatte man Handelsgüter aus dem übrigen Europa ausgebreitet, all das, was mit Gewinn von Galway aus in den Gegenhandel zu bringen war, nach Portugal wie nach Spanien und bis nach Italien, Spitzen aus Flandern, Tuche aus England, Schmuck, Granat und Glas aus Böhmen, Salz, Kupfer und Silber aus Deutschland – Lynch zeigte und erklärte seinem Schützling alles, die schönen Kannen und die Teller und Ringe und den kostbaren Halsschmuck, aber auch Waffen, dieses und jenes ließ er den Gast anfassen, hochheben, schätzen, vieles kannte der junge Mann von daheim, manches noch nicht oder in anderer Güte.

Und führte den Juan dann zum dritten Tisch. Da lag in der Sonne, was von Galway aus nach Spanien oder ins übrige Europa zu liefern war, Bauholz, Zimmermannsholz für den Schiffbau, Schafwolle in großen Ballen, Felle und Häute, kunstvoll Gestricktes, aber auch Gefärbtes, dazu Honig, getrockneter Fisch und Getreide. »Jährlich viertausend Malter Getreide verlassen Galway und es werden jährlich mehr«, sagte Lynch, und zu den Rinderhäuten bemerkte er, die seien aus den Connemara-Bergen, direkt erhandelt von den wilden O'Malleys und ihrer Häuptlingsfrau Grace, die manche für eine Räuberhauptfrau hielten. »Du siehst, auch mit den keltischen Wilden treiben wir friedlichen Handel, was beiden Seiten ungleich besser bekommt.« – »Und wie bezahlen die O'Malley-Leute?« – »Mit Vieh, mit Rindern und Pferden. ›Vieh‹ ist unser Wort für Geld und Gebühren, für ›*fee*‹. Außerdem handeln wir gern mit diesen hier!« Dazu zeigte Lynch auf die Falken, die Raubvögel standen auf Armen und Fäusten von Falknern, wies dann aber auch auf eine Meute von Jagdhunden und Rennhunden. Juan hockte sich in die Knie, griff sich eines der jüngeren Tiere, nahm es bei den Pfoten, kraulte ihm den Nacken und spielte mit ihm, die Menge beobachtete es aufmerksam.

Zuletzt führte Lynch den jungen Mann ganz hinaus auf die sonnige Seite des Platzes, dort warteten unter frisch gebrochenen wilden Fuchsiensträuchern, unter blutroten Blütenkugeln drei junge Mädchen, da warteten Julia Blake, Martha McDonnell und Claire O'Brian und jede trug ein Geschenk für Don Juan, je ein kostbares Beispiel von einem der drei Tische: Julia präsentierte einen fremdartigen Teppich aus Russland, Martha ein blutrotes Granathalsband aus Böhmen und Claire hielt in ihren Händen ein fein geschnitztes Eichenholz, das nannte Lynch eine Galwayer Spezialität, das waren zwei Hände, die ein Herz fest in den Fingern hielten. Und auf dem Herzen prangte eine Krone. Dieses Eichenholzzeichen wolle er seinem Gast gelegentlich genauer erklären und Juan wunderte sich abermals und dankte.

Auf Lynchs Wink blies vom Hafentor ein Wächter ein heftiges Signal, es wurde still, John Fitzstephen Marcus Tullius Lynch stieg auf ein kleines Podest, stand nun im Schmuck leuchtend roter Fuchsienblüten, schaute sich nach allen Seiten um und begann zu reden, sprach ein Willkommen auf den Gast. Dieser Gast Juan Gomez sei nicht Gast allein des Bürgermeisters, sei nicht nur Gast in Lynchs Castle, sondern Gast des ganzen freien Galway, ja, Juan Gomez sei hiermit anbefohlen allen, die ihn auf diesem Platz umstünden. »Bürger«, rief er, »Bürger der freien Stadtrepublik Galway, seht, was wir ihm schenken: von Kelly gefertigt aus hartem Eichenholz das Herz in beiden Händen. Nur wer sein Herz in die Hände nimmt und Abenteuer wagt, nur der gewinnt das Glück, nur dem gebührt die Krone, und zwar die wahre Krone, die eines gerechten, eines vernünftigen Gemeinwesens. Wieder haben wir es gewagt, sind hinaus für zwölf Wochen, sind in den fernen Süden und haben abermals Freunde gewonnen – heißen wir diesen jungen Mann aus Malaga von Herzen willkommen, diesen wichtigsten Gast, den Galway je zu begrüßen hatte! Willkommen!« – »Willkommen«, echote die Menge und »Goldenes Galway!« stimmte Edward O'Flahertys Stadtgarde an, und auch dieser Chorus der Männerstimmen wurde sofort übernommen von allen auf dem Platz, das schallte gegen die Mauern und über den ganzen Hafen hinunter bis zum stark rauschenden Corrib hin.

»So wie Patrick mein einziger Sohn ist, so ist Juan in Malaga einziger Sohn des Señor Christophoros Gomez, Galways Handelsfreund seit sehr vielen Jahren. Dass Señor Gomez seinen Sohn mitreisen ließ in dieses für ihn so ferne und andere Land, das sollten wir ihm danken mit unserer absoluten, mit unserer großzügigsten Gastfreundschaft. Umsorgen wir ihn aufmerksam, diesen Gewährsmann unseres Galwayer Glücks, hüten wir ihn wie unseren eigenen Sohn! Denn es ist wahr, nur zusammen mit unseren Freunden haben wir Großes erreicht und haben wir weiterhin Großes im Sinn nach Art der Tiger und der Löwen: Es lebe Galways Goldenes Zeitalter!«

Da lärmten die Leute auf dem neuen quadratischen Platz, ließen sie auch jetzt den Sprechchor vom goldenen Galway hören ›nach Art der Tiger und der Löwen‹ und riefen in immer neuen Wellen reichlich Beifall, als hätte das allgemeine Trinken und Feiern bereits begonnen. »Das Haus«, sagte Lynch, als wieder Ruhe eintrat, »das Gebäude in der Marktstraße, in dem vor dreihundert Jahren die ersten Lynchs gewohnt haben, das zeigt, wie ihr wisst, noch heute die kapitolinische Wölfin, an deren Zitzen Romulus und Remus saugten, bekanntlich die Begründer des ewigen Rom. Großes also hatten schon vor dreihundert Jahren Galways Gründer im Sinn. Und so ist es geblieben! bis heute!« Lynch hielt sich die rechte Hand aufs Herz und rief: »Auch wenn wir erfolgreich sind wie Tiger und Löwen, niemals vergessen wir unsere drei vernünftigen, unsere freundlichsten Einsichten, erstens: Gerechtigkeit!«

»Gerechtigkeit für alle!« antworteten in guter Übung die Galwayer, angeführt von der Stadtgarde, rings hatten sich alle die Hände auf die Brust gelegt, dorthin, wo das Herz schlägt, auch bei den achtzig Gardisten.

»Zweitens«, rief Lynch, »Wohlstand!«

»Wohlstand für alle!« kam es in breiter Welle von allen Seiten.

»Und drittens: Verfassung!«

»Verfassung für immer!« rief die Menge, auch beim dritten Ruf blieben die Hände auf den Herzen.

»Als Willkommenssegen für unseren Gast, als sturmfesten Schutz vor jeder Art Unbill wird nunmehr unser Stadtpriester, wird Alexander Kirwan jetzt den ältesten Segen sprechen, den wir kennen, ja, Freund Juan, nun spricht er das, was in gälischer Sprache überliefert ist, spricht das in unserer neuen, in der englischen Sprache, und anschließend wird, hier und jetzt, ein im Neumond geborenes Tier sein Blut lassen, ebenfalls als Schutzzauber für unseren jungen Gast, zum Schutz vor allen alten und neuen Schadensgeistern.«

Lynch trat zurück und nun betrat der sehr beliebte Kirwan das Fuchsienpodest und zog den Spanier mit sich hinauf, zog ihn zwischen das leuchtende Blütenrot, so dass auf der kleinen Bühne jetzt Jedermann den Juan Gomez genau betrachten konnte. Der erschien vielen sehr schön, ja, ein Ansehnlicher war das, ein beträchtlicher junger Mann. Stadtpriester Kirwan hob seine linke Hand hoch über seinen roten Kahlkopf, spreizte an dieser linken Hand alle fünf Finger, legte dann die gespreizten Finger auf den dunklen Haarschopf des jungen Gomez und sprach in feierlichem Ton den alten Segen in der neuen Sprache.

Freund Juan Gomez, diese Finger mögen dich schützen!
Sie mögen dir verschließen das Tor der Wellen!
Sie mögen dir verschließen das Tor der Waffen!
Sie mögen dir segnen die Seele wie den Körper!
Denn in diesen fünf geweihten Fingern
wohnen fünf und fünfzig fröhliche Elfen!
In jedem Finger also elf vergnügte Elfen!
Und alle elf Elfen werden dir jederzeit helfen!
So sei es! So ist es! Amen!

Hob seine Segenshand mit den gespreizten fünf Fingern hoch in die Sonne, hob auch die andere Hand, spreizte alle seine zehn Finger und siehe, auch die vielen Leute ringsum hoben ihre Hände und spreizten ihre sämtlichen Finger, hoben sie zu einem Wald von vielen tausenden beschwörenden und segnenden und wogenden Fingern. Und so bannten und zauberten jetzt die Galwayer alle miteinander aus jedem Finger je elf helfende Elfen, also viele tausend mal fünf und fünfzig stärkende Geisterkräfte.

Aus dem Dunkel des Stadttors führte dann die schwankende Gestalt des Frederic Fitzpatrick ein Kalb heran, dem waren die Augen mit schwarzem Tuch verhängt, Frederic zog es zum Priester Kirwan hin in die Mitte des Vierecks, leitete es vor das Fuchsienpult, wo der grimme Edward bei einem alten keltischen Steinkreuz schon auf sein Opfer wartete. Der Türmer blies wiederum sein Signal, Trommeln und Trompeten ließen sich hören, der finstere Lanzenmann senkte die Waffe gegen das Tier, das, da es nicht mehr fortgezogen wurde, seinen kleinen Schwanz lustig hin- und herschlug und an Frederics Seil noch einen bockigen Sprung tun wollte, ehe es getroffen wurde. Vom Lanzenstich fiel es um und machte mit den Beinen noch zwei, drei weglaufende Bewegungen.

Als sein Lebensblut floss, schossen rings von den Stadtmauern elf Kanonen Salutschüsse. Nach dem Donner und dem Widerhall aus der Bucht von den fernen Burren-Bergen her tönte nun auch von Kirwans Kathedrale die Glocke, die dem St. Nicholas geweiht war.

Pat versuchte, in Juans Gesicht zu lesen, suchte zu erkennen, welchen Eindruck ihm all diese Handlungen machten, doch der schlanke Spanier stand neben dem feisten Priester und verzog keine Miene. Auch John Fitzstephen Marcus Tullius blickte eher unbeteiligt, beinahe leidend, schaute jetzt nur vor sich hin. Hatte zwar ebenfalls die gespreizte Hand gehoben, doch schon öfter hatte Pat ihn unzweideutig das alte blutige Segensopfer bedauern hören, nur schweren Herzens lasse er solche Handlungen noch zu, den Bewohnern der Unterstadt zuliebe, die an solches Brimborium unbedingt glauben wollten, noch seien die Leute dort nicht so weit, noch ließe sich so etwas nicht einfach verbieten und ganz und gar ersetzen durch den vernünftigen dreifachen Stadtwunsch. Immerhin, im neuen Galway-Gesetz war das Tier-Opfer nicht mehr vorgeschrieben, wurde es nicht mal mehr erwähnt.

Lynch hatte es dann eilig, von dem roten Rinnsal fortzukommen, holte den Juan von dem Podest herunter, führte ihn mit Mary Lynch aus dem Fahnenviereck heraus in das Stadttor hinein, Pat und alle übrigen Heimkehrer folgten ihnen, auch die drei jungen Frauen mit den erlesenen Geschenken, nur die Garde blieb zurück, die finsteren Edward-Gesellen mit ihren Todeswaffen passten auch gar zu schlecht zum fröhlichen Häuserschmuck und zu den üppig gedeckten Tischen, zur Pracht der Girlanden und Blüten überall und zu den Fahnen über der Straße, zu den Standarten der Galwayer Sippschaften und zum Banner der freien Stadt mit den stolzen Galeonen, John Fitzstephen und Lady Lynch führten den schönen Spanier die Hauptstraße hinauf zum Kastell der Lynchs und als erste folgten ihnen Patrick Lynch und Frederic Fitzpatrick.

Aus den Häusern hier wie dort schauten und winkten Kinder und Greise, die Mütter mit den Kleinsten. Gleich hinterm Tor, in Herrn Edward O'Flahertys Haus, sah man die drei streng behüteten Frauen des listigen alten Flann, Isobella, Myra und Jane, und dicht über ihrem

Fensterbrett blühte die Galerie ihrer rotgesichtigen Kinder, von denen Edward, der Stadthauptmann, fünf als die Seinen bezeichnete, ach Menschengeist, ach Herzensgüte, ach Wahrheitswahn und Glaubenszauber.

Rings tönte das Geschrei der vorauslaufenden Kinder, da war aber auch schon das Gebrüll von Schweinen, denen es jetzt ans Leben ging für das große kommende Begrüßungsfest, ja, oben unterm Lynch-Haus empfing sie bereits Bratenduft, der zog über die Straße und alles, was an missratenen Jagdhunden umherstreunte, das jappte und fiepte inzwischen vor Gier und Appetit und biss sich gegenseitig aus dem Weg oder jaulte unterm Schmerz der Tritte, mit denen sie vor den rauchenden Küchenhöhlen vertrieben werden mussten.

Vorm Lynch-Haus hielt Juan an, ohne dass jemand ihn dazu aufgefordert hätte. Mehrstöckig erhob sich da die Steinburg der wichtigsten Galwayer Sippe, höher als alle anderen Häuser war der vierkantige Wohnturm massiv aus grauen und grünlich dunklen Kalkquadern gebaut mit Erkern und gedrehten Zinnen und Simsen und Säulen im maurischen Stil, mit Wappen und Rankenwerk aus steinernen Weinblättern, als Wasserspeier dienten Löwenhäupter, Luchsgesichter und Drachenköpfe. Als Wunderwerk galt dieses Turmhaus und wurde gepriesen weit über Connemara und das gälische Connought hinaus bis nach Dublin, wo es das Gerücht gab, der Teufel selbst habe den Turm der Lynchs über Nacht gebaut, in der Nacht vom 16. auf den 17. Juni 1455 und seither ginge es aufwärts mit Galway, scheinbar aufwärts in der Stadt derer, die abtrünnig waren vom Papst und vom wahren Glauben.

Inzwischen galt die gesamte Stadt mit ihren ähnlich geschmückten Palästen als Wunder im grünen Land der niedrigen Strohhütten, wo sich in diesem wilden Westen der Insel die Bauernkaten meist hinter felsigen Wiesenbuckeln duckten. In der weiten fernen Einsamkeit der Connemara-Moore und der kahlen Rundberge erhob sich an der atlantischen, flachen Küste mit prächtigen Häusern eine ringsum gut befestigte Handelsstadt, die stolze Erfolgsstadt der Galwayer Kaufleute, und als höchstes Haus prunkte nun hier die Lynchburg und wirkte mit ihrem Flachdach auf den jungen Spanier so überraschend und heimisch, dass selbst dieser junge Señor Juan, der Herrensohn aus Malaga, stehen bleiben musste, um bewundernd hinaufzublicken.

»Baumeister war der Vater deiner Mutter.«

»Alvarez Gonzales?«

»Der war bis zum Schluss ein guter Freund meines Vaters.«

»Und das Bild dort? die Skulptur überm Eingang? Was ist das?« – Juan ging näher heran, trat unter den Steinbogen des Eingangs und schien verwirrt, sah zu der steinernen Figur hinauf, die da über der Tür hing, als sollte jeder, der diesen Lynchturm betreten wollte, einen Moment erschrecken oder wenigstens stehen bleiben und zögern und nachdenken. Die Skulptur schien ein Wesen, von dem nicht klar war, ob es Tier war oder Mensch, das war eine Gestalt, die ein kleineres Wesen in ihren Armen hielt, als hielte ein Großes ein Kleines oder ein Erwachsener ein Baby – doch ob es dies Kleinere nun küssen und hüten wollte oder aber fressen und vernichten, das blieb unklar. Denn die Lippen des Größeren hatten sich leicht geöffnet und zeigten die Reihen der Zähne. Was da über der Tür zum Lynch-Haus zu sehen war, blieb überaus zweideutig, ganz und gar rätselhaft. Aufs Küssen deutete die Umarmung, aufs Fressen deuteten die gebleckten Zähne.

»Gälisch ist das, keltisch«, sagte Lynch. »Alvarez hat seinen Steinmetz Costa ein altes Keltenbild nutzen lassen, das brachte er eines Tages aus der einsamen Gegend hinter den Joyce-Bergen, von dort, wo noch jetzt die irischen Häuptlinge hausen, die O'Flahertys und die O'Malleys mit der wüsten Frau Grace.« – Juan schien sich von dem Anblick nicht lösen zu können. »Küsst das Große das Kleine? Oder beißt es?«

»Jeder sieht das so, wie er's braucht.«

Lynch legte dem Juan Gomez die Hand auf die Schulter und wies nun auf die Schar der Mägde, der Küchen- und Hausknechte, die sich unterm Kommando des Hausfaktotums Frederic an der Hauswand aufgereiht hatten, die Gasse entlang, und die den Andalusier nun anstarrten, als würden neuerdings Gnome, Leprechauns und mörderische Cluricauns auch am hellichten Tag in Galway erscheinen. Lynch stellte sie vor als seine und damit auch als Juans Dienstgeister und sagte ihnen, dies sei der Gast, der jetzt für gut zwei Monate mit ihnen unter einem Dach wohne, in Patricks Turmzimmer.

Und als der Alte dann seine Mary beim Arm genommen hatte, um mit ihr über den Innenhof und den hinteren Eingang seine Burg zu betreten, empfahl er den Juan Gomez noch einmal ausdrücklich seinem Sohn, Pat möge dem Gast alles im Haus und in der Stadt zeigen, nicht nur zweifelhafte Steinbilder, nicht nur Fratzen an den Fassaden von St. Nicholas und am Lynch-Castle, nicht nur Bilder vom Fressen oder vom Verschlingen.

Pat, froh, sich aus dem Leute-Gedränge fortstehlen zu können, zeigte Juan als erstes die große Halle unten hinter dem Turm, den Saal unter den mächtigen Balken, die bislang alle Lügenballaden von Frederic und alle Lachschreie der Betty Blake und vieler anderer Lebenslustiger überstanden hatten, zeigte ihm dann hinter der Halle die Küche mit den Feuer- und Wasserstellen und mit all den hilfreichen Leuten, die hier unter den Augen des Gastes wieder zu den Bratspießen griffen, zu den Würzdosen, Messern, Wassertöpfen und Weinkannen und die hier wie dort aus faserigen Erdklumpen, die aus braunschwarzen Torfstücken grünbläulich tanzende Flammen lodern ließen.

Pat führte Juan auch durch den Innenhof und zeigte ihm Ricardos Kapellenhaus und den Kerkerturm und den Stall mit den Pferden, mit dem Federvieh und den Milchschafen, als letztes dann stiegen sie hinab in die Gewölbe des Badehauses mit den Feuerungen und Wasserleitungen und Badefässern und dem besonderen Weinkeller dahinter. Stiegen schließlich über die Innentreppe in den Turm hinauf und im Stock über der

Halle sah Juan das Zimmer von Pats Vater, sah dort das denkwürdig bemalte Bleiglas, das ›Fenster der Vernunft‹, und kamen dann im obersten Stockwerk in den Schlafraum, in dem Juan nun wohnen würde, zusammen mit Pat.

Juan ging an das Fenster, sah aus der Höhe rings die Dächer im gleißenden Sommerlicht, schaute die gekrümmte Hauptstraße hinunter, über die lange Reihe der festlichen Banner und leuchtend roten Blütenzweige, auf den Farbenschmuck überall und die Pracht, die in großer Kurve bis zum Hafen hinunterreichte.

»Ich hatte gedacht, in Irland erwarten mich Nebel und Regen und traurige Gestalten, in Felle vermummt. So sagten sie's mir zu Hause. Und nun gibt es hier weder graue Gespenster noch grauen Regen und nicht einmal Wind. Dein Vater Fitzstephen hat mir unterwegs erklärt, wenn von Lynch's Castle aus die Berge dort hinter der Bucht dicht und klar zu sehen seien, dann würde es demnächst regnen. Wenn sie nicht klar zu sehen seien, dann regne es schon. Jetzt aber sind sie deutlich zu sehen und die Sonne brennt.« Er wandte sich um, betrachtete lächelnd den Pat Lynch.

»Ich weiß«, sagte der, »die Gelehrten in Dublin wissen es seit langem genau, nur Armut, Steine und sündiges Gebet gibt es hier. So sagen es auch die in London und im übrigen Europa.«

»Und was gibt es in Wahrheit?«

»Die Hölle. Nämlich vierzehn uralte englische Sippschaften, die so frevelhaft sind, ein gutes Leben zu wollen für alle hier in Galway.«

»Für die in London ist das frevelhaft?«

»Und noch immer für manche Iren, weil sie's von ihren Alten so gelernt haben. Das Paradies sei nun mal nicht von dieser Welt, wissen die und euer Pater Ricardo bestärkt sie darin.«

»Mein Vetter ist nicht einverstanden? nicht mit dem Regiment der Lynchs?«

»Fitzstephen Lynchs neues Galway-Gesetz öffnet allen Menschen die Stadt und den Markt. Sogar den Seeräubern O'Flaherty und den O'Malleys.«

»Warum ist Ricardo dagegen? Auf dem Hafenplatz hatte ich nicht das Gefühl, dass hier viel gelitten wird. Mein Vater jedenfalls schätzt den deinen hoch ein. Und hat recht, wenn er sagt, einen besonderen, einen eigenen Zauber habe deine Mutter. Er verehrt sie und hat bedauert, dass sie diesmal die Reise nicht mitmachte.« Juan ging im Zimmer herum, wollte wohl das Gespräch von einem heiklen Thema wieder wegführen, schaute sich um, untersuchte, wohin die nächsten Türen führten, blickte auch wieder über die Wendeltreppe nach unten und sagte, Pat solle ihm den Gefallen tun und ihm dort unten das Dampfhaus genauer erklären und am besten umgehend in Betrieb nehmen, Schiffsschmiere und Hitze klebten ihm am Körper. Und plötzlich stand dieser Juan schon da, hatte den Gürtel geöffnet, den Kittel über den Kopf gezogen, die Hose fallen lassen und, ja, stand nackt. Pat hatte kaum Zeit, zu erschrecken, nun sprang der schon, nur mit seiner dunkleren Haut bekleidet, die Wendeltreppe hinunter und lief unten durch die große Halle, Pat folgte ihm, behielt immerhin die Hosen noch an, jetzt war also so einer im Haus, ein Schneller, ein Fröhlicher, nicht mehr nur der geziert düstere Pater Ricardo mit seinen bedächtig gedrechselten Schritten und nicht mehr nur die Alten und Trottel und Geduckten und seltsamen Heiligen, Pat lief dem neuen Wundermann hinterher, hörte aber schon unterwegs, wie unten Fitzpatrick ihm im größten Baderaum die Dampflöcher aufriegelte und als auch Pat unten war, nun auch er ganz nackt, hörte er im Dampf den jungen Fremden sagen, er, Pat, müsse wissen, dass bei ihnen im Süden so ein gemeinsames Baden ungewöhnlich sei, dort regiere streng die kirchliche Vernunft und die Bischöfe hätten seit je durchschaut, dass alles Übel ausgehe von Weib und Leib.

Pat dachte an das Wort von den spanischen Hexen auf kratzigen Besen, traute sich aber nicht, nach Einzelheiten zu fragen – jetzt noch nicht – sondern lächelte nur und stieg auf eine Bank, um die beiden Wasserstrahlen vom Deckenträger herunterplatschen zu lassen, den heißen und den kalten, Juan sprang zwischen beiden Strahlen hin und her und schrie und sang und lachte, sang unter der prasselnden Fülle, Pat solle sich zu ihm stellen, doch der legte sich auf den breiten Dampfrost, durch den nun heiße Wolken stiegen. Als der Warmwasserschwall zu Ende war und auch der kalte nur noch tröpfelte, sprang Juan in den Rundbottich, sprang in ein Kaltwasser, tauchte hinein bis zu den Schultern, kam wieder hoch, schnappte nach Luft und prustete und legte sich dann ebenfalls auf das Lattengerüst, dicht neben Pat. Der sprang auf, nahm gleichfalls ein Bottichbad und legte sich dann wieder auf den Rost, neben den Gast, in gutem Abstand.

Eine Weile stiegen die Dämpfe zwischen ihnen auf. Während Pat Bewegungen jetzt nicht für angebracht hielt oder riskant, ruckte und streckte sich der andere, schien wieder singen zu wollen und nahm dann Anlauf zu neuen Fragen. »Ich würde ganz gerne begreifen«, sagte der, »ob ihr nun noch katholisch seid oder neuerdings lutherisch oder was.«

Pat dachte eine Weile. »Wenn ich das wüsste. Wir sind hier so verschieden wie möglich. Katholisch sind vielleicht noch die Ureinwohner, die Leute im Claddagh.«

»Dieser blutige gälische Segenstod und das Fingerspreizen, war das katholisch?«

»Am besten, du nimmst das nicht allzu ernst, wir spielen hier gerne und wetten und streiten. Priester Kirwan selbst glaubt nicht an solches Theater, auch nicht an diese Fingerspiele. Er macht das für die Iren, weil mein Vater ihn drum gebeten hat. Die ältesten Iren wollen zu gern katholisch bleiben und eigentlich und am liebsten auch ein bisschen heidnisch. Insgeheim sind sie immer noch keltisch und abergläubisch, und William O'Brian, der alle Sagen und Märchen kennt, meint, dass in Irland das Katholische nur ein Spiegelbild des Keltischen ist, man müsse die alten Zeichen nur anders herum lesen, dann käme man zu denselben Weisheiten über unser Leben. So sieht das auch Priester Kirwan, der die neue Kirche vertritt. Ach, in Wahrheit, denke ich, geht es diesen wie jenen um ihre geheimen Sicherheiten. Sicherheiten für alle Fälle, für die diesseitigen ebenso wie die jenseitigen Fälle.« Pat konnte sich nicht erinnern, je an einem Stück so viel geredet zu haben und war verwirrt. Vor diesem schönen Jungen konnte er plötzlich über die schwierigsten Dinge reden, vor diesem hier geriet er gar nicht ins Stocken wie vor Pater Ricardo oder vor seinem bedeutenden Vater.

»Kirwan also ist euer Stadtpriester?«

»Kommt aus einer der ältesten Familien und liebt Leib und Weib, du wirst es sehen. Zum Beispiel hält er sich nicht etwa wie andere Geistliche von Irland bis Schottland irgendeine Konkubine, die ihm den Haushalt führt und das Bett wärmt, sondern er freut sich mal mit dieser und mal mit jener Freundin. Auf jeden Fall betrügt er so seinen Bischof in Dublin um den Konkubinenzins, den die anderen Brüder seit langem zu zahlen haben. Im vorigen Sommer war ein Prälat hier, der sollte Alexander Kirwan zur Ordnung rufen, doch dem jungen Kaplan bekam die Nacht mit ihm und Alexanders Freundinnen schlecht, Kirwan und Flann O'Flaherty haben dem frommen Mann aus Dublin dermaßen eingeheizt, ihn verwirrt und überfordert, dass sie den guten Gottesfürchter am anderen Tag halb tot in seine Fuhre legen mussten, die ihn zurückbrachte zur Ostküste. Seitdem ist aus Dublin keiner mehr gekommen, um Kirchenzins zu holen. Kirwan und katholisch? Mit Alexander, dem Kathedralenhüter Kirwan, mit dem ist wunderbar zu singen, zu feiern, zu völlen und alles Lebendige zu lieben, du wirst es sehen.«

Juan, auf dem Rücken liegend, legte nun die gefalteten Hände unter seinen Kopf und blickte zur Decke. »Und wer sorgt hier nun wirklich für das, was du für die Hölle hältst?«

Pat schielte zu ihm hinüber, biss sich auf die Lippen, kratzte sich mit den Fingern durchs Haar. »Zwischen den vierzehn großen einst englischen Familien oder Stämmen sind die Verhältnisse verwickelt und kaum durchschaubar, jedenfalls für mich.«

»Mein frommer Vetter redete als erstes von den ›Verhältnissen‹ hier.«

»Sind alte vertrackte Geschichten. Mein Vater liebt das, frag ihn, im Kleinkrieg von Turm zu Turm macht ihm keiner was vor.«

»Keine Sorge. Ich frag ihn und tu alles, wie es bei euch üblich ist. Na klar. Eh tatsächlich die Hölle los ist. Oder die Familien. Was auch in Malaga oder Cadiz so ziemlich dasselbe ist.«

Pat lag dann eine Weile ruhig. Versuchte die Worte, die er gehört und die, die er gesagt hatte, noch einmal abzuhorchen. Inzwischen war ihm nicht mehr recht wohl bei seinen Reden, er wusste nicht, ob er dies neue andere Leben da neben sich rundweg begrüßen sollte oder ob es richtiger wäre, vorsichtiger zu sein.

Er hätte jetzt schon ganz gern mit Juan auch über ihre Väter geredet. Oder darüber, weshalb die Mutter seit ihrem letzten Besuch in Malaga fast blind war. Als sie mit einem Augenleiden heimkehrte aus Spanien. Über diese Dinge kannte er nur Gerüchte, Vermutungen, Witzeleien. Sicherlich wusste Juan Genaueres. Und nun hatte er von Marys Eigenheit und Zauber geredet. Was hielt Pat jetzt ab, den freundlichen Kerl zu fragen? Die Sorge, er, Pat, durchschaue nicht nur die Galwayer Verhältnisse nicht, sondern erst recht die spanischen Dinge viel zu wenig, würde womöglich beleidigen und kränken. Er hätte diesen Jungen jetzt gern gefragt, ob auch Juan seinem Vater nachfolgen solle als Handelsmann und Stadtpatron oder ob Juan es womöglich machen werde wie in Galway der junge Browne, der abgehauen war, als sein Vater Jonathan im Sterben lag. Als der alte Browne tot war und die Frauen im Haus um das Sterbelager herumgestanden hatten, da war ihnen der ›Kronprinz‹ Jo abgehauen nach London, um als Matrose anzuheuern, um nur ja nicht Handel und Amt des Vaters übernehmen zu müssen, das er immer verachtet hatte als Geldschacher und Reichtumsrafferei, weit jenseits von dem, was ein spannendes Leben sei mit Liebesgeflüster und Traumzauber. So nämlich hatte der Jo es ihm, Pat, gestanden.

Von solchen Sachen hätte er gern auch mit Juan geredet, irgendwann würde das möglich sein, oder? Könnte er den fragen, ob Juan so einen wie Jack Browne verstehe? Nein, vorerst fürchtete er, bei solchen Fragen würde er, Pat Lynch, die Übersicht verlieren und die Sicherheit und der Spanier würde ihn am Ende furchtsam finden oder schwächlich oder seltsam und ungeeignet als Kronprinz. Stattdessen redete Pat nun von Dingen, die alle in diesem Alter gewiss interessierten, er redete von Lustsachen.

»Stadtpriester Kirwan will an seiner Kathedrale wieder das heidnische Steinbild einfügen, gleich vorn neben dem Eingang, wo es sonst immer zu sehen war.«

»Großes frisst Kleines?«

»Keine Männer, sondern eine Sheela-na-Gig.«

»Eine was?«

»Ein Hexenbild, ein keltisches. Da sieht man eine steinerne Frau, die ihre Beine spreizt. Mit allem, was die Frauen dort haben. Kirwan sagt, solch ein Zeichen war am Anfang an all unseren Kirchen. An allen heiligen Häusern in Irland. Auch in Schottland.«

»Mit allem, was die Frauen dort haben?«

»Priester Kirwan nennt es das ›Tor des Lebens‹.«

»Bei uns zeigen die Kirchen Maria. Und das Leiden am Kreuz. Bei euch das Tor des Lebens?«

»Bei einigen Figuren ist das Tor riesengroß. Sehen aus wie Schlingmäuler. Diese Frauen öffnen es sich mit den Fingern, dass es klafft.«

»Es klafft?«

Sie schauten sich an, die nackten Achtzehnjährigen auf der geheizten Bank und der Gast schüttelte den Kopf und sagte: »In Spanien hieße das anders.« – »Wie?« – »›Tor des Todes‹.«

Pat hatte es ja geahnt, dieser schöne Junge wusste Dinge, die machten schwindelig, die nahmen ihm die Übersicht. »Und was ist dies Tor für dich?«

»Wie hat es dein Vater gesagt? Jeder sieht das so, wie er's braucht.«

Wo war Juan Gomez? Davongesprungen war der, weggeschlichen hatte der sich, auf nackten Füßen ohne Geräusch, unbemerkt aus dem Badehaus hinaus, aber jetzt, hinter der halb geöffneten Tür gellte aus der großen Halle ein Schrei, Küchenvettel Ann polterte einen Eimer in die

Ecke, hatte den losgelassen, als die dunkle Haut dicht vor ihr aufgetaucht war, ach ja, nun mussten sich auch die Hausleute an diesen Neuen gewöhnen, Pat trabte hinter dem her, Ann aber, als sie, ihren Eimer wieder in der Hand, auch den Kronprinzen so sah, wie sie Juan gesehen hatte, tat ihm keinesfalls den Gefallen, das Blech abermals fallen zu lassen, sondern schüttelte nur den Kopf.

Als Juan in Pats Schlafraum zurückgekehrt war, da hatte dort Pater Ricardo gestanden, in Pats Zimmer. Stumm sah er dem Vetter Juan beim Ankleiden zu. Und bat dann den Juan, mit ihm hinüberzugehen ins Kapellenhaus, zu einer ersten Unterweisung. Beim Hinausgehen griff der jüngere Gomez sich Pats Bauernleier von der Wand, die umklammerte er wie ein Rettungsholz.

✠

Im Zimmer über der Kapelle, zwischen Stehpult und Büchern, schritt der ältere Gomez bedeutsam hin und her und erklärte seinem jüngeren Verwandten, er fühle sich verpflichtet, ihm, Juan, Aufklärung über die wichtigsten Verhältnisse in dieser Stadt zu geben, in der nun auch Malagas Kronprinz einige Zeit leben müsse. Ricardo wisse zwar, dass der Vetter sich für seine Aufklärungen seit je wenig interessiert habe, doch empfehle er ihm nun dennoch, in dieser fernen und nicht ungefährlichen Weltgegend auf einige gut gemeinte Ratschläge zu achten. Dazu durchmaß Don Ricardo sein kühles Kapellenzimmer, versuchte aber seitlich, aus den Augenwinkeln heraus, mitzubekommen, was der junge Mann inzwischen anstellte.

Der hatte sich in der hinteren Ecke auf einen Hocker gesetzt und suchte die Sperre zu finden, mit der in der alten Leier die Kurbel festgehalten wurde. Der Geistliche, die Hände auf dem Rücken, ging dicht an ihm vorbei, schritt wieder zurück in den hinteren Raum und redete. »John Fitzstephen Marcus Tullius Lynch, den seine Gemahlin und seine nächsten Freunde bisweilen nur Marcus Tullius nennen, ist dabei, für Galway eine Ordnung des Glücks zu schaffen, ja, so nennt er das, eine Ordnung des Glücks. Darunter versteht er eine, die diese stolze Stadt unabhängig machen soll von sämtlichen anderen Mächten. Eine freie Stadtrepublik strebt er an, eine Neue Welt, so nennen es manche. Und diese Neue Welt soll frei sein von Dreierlei: von der römisch-katholischen Kirche, von Macht und Gesetz der englischen Krone und frei auch von der übrigen irischen Insel und ihren englischen Grafschaften. Diese Freiheitspolitik, diese ›Ordnung des Glück‹ betreiben die Lynchs seit nun gut dreihundert Jahren. Und das derzeitige Stadtoberhaupt, der Freund deines Vaters, ist an diesem selbstherrlichen Ort Bürgermeister und Richter und zugleich wichtigster Handelsherr, alles in einer Person. Die Lynchs treiben ihr Freiheits-Bestreben auf einen riskanten Gipfel.«

Juan hatte die Sperre endlich gefunden und konnte die Kurbel nun einsetzen und die Leier drehen, doch schien er mit dem, was jetzt an klagenden Tönen zu hören war, wenig zufrieden.

Der Pater ging weiter durch sein Zimmer, hielt vor der Marienstatue an, holte tief Luft, bekreuzigte sich vor der Mutter Gottes und wandte sich wieder an seinen Vetter. »Die Lynchs haben es fertiggebracht, dass in der einstigen Fischersiedlung derzeit nur noch so viele Fischer leben, wie für die Versorgung der Stadt und für einen geringen Handel gebraucht werden. Diesen Wenigen, da sie kaum Konkurrenz haben, bringt das Fischen Wohlstand, freilich nicht annähernd so üppigen Reichtum wie den Kaufleuten das Handeln bringt mit den überseeischen Sachen oder den Handwerkern ihr Schiffshandwerk. ›Wohlstand für alle‹. Du hast es gehört. Das Volk wiederholt mit Lust die Rufe, die Marcus Tullius Lynch hier in die Welt setzt, die Leute wiederholen das mit Begeisterung.«

Ricardo hielt inne, betrachtete Juan und sein Spiel mit dem alten Instrument, schien einen Moment lang gewillt, seinen Vortrag abzubrechen oder den Vetter zur Ordnung zu rufen, redete dann aber weiter, im Ton eine Spur schärfer. »Ich mache es kurz. Auch wenn du mir mit jaulenden Leier-Tönen zu verstehen gibst, dass dich das, was ich sage, herzlich wenig interessiert. Aber ich will mir später nicht vorhalten, ich hätte dich nicht gewarnt. Hätte dir nicht rechtzeitig erklärt, wie die Verhältnisse hier sind, wie die Missverhältnisse in dieser Stadt aussehen, die Politik in Galway, die interne wie die auswärtige.«

»Ich höre dir gut zu.«

»Jede der größeren Sippen hier hat entweder ihr eigenes Kauffahrtschiff, oder sie ist dabei, sich eines zu bauen, eine vierte prachtvolle Galeone entsteht eben jetzt auf Kellys Werft. Aller Handel wird vom Lynch-Haus zentral vermittelt, organisiert und verteilt. Wer noch kein Schiff hat, der mietet Platz auf den vorhandenen. Schiffsbesitz ist der entscheidende Vorteil, den Lynch jeder der großen städtischen Sippschaften nahelegt.« Der Pater drehte sich auf dem Absatz um, als entsetzten ihn die quietschenden Töne, die der Vetter produzierte, ging wieder hinüber zur Mutter des Christus, seufzte, kam aber vom Gottesbild energisch zurück. »Die Lebenstollheit unter dem Priester der neuen Kirche, unter diesem feisten Herrn Kirwan, ein gewisses Wurschtigsein, diese Grundhaltung der Galwayer gegenüber allem, was unsere heilige, unsere von Gott gestiftete Kirche bislang bewegt hat –«

Er brach ab, hoffte wohl, durch solch einen plötzlichen Abbruch Juans Aufmerksamkeit zu wecken, doch der spannte nur weiter die Saiten und drehte wieder das Rad, probierte, drückte verschiedene Tasten und stimmte und verbesserte die quäkenden Leiersaiten zu einem, wie er fand, immer besseren, immer bissigeren Akkord.

»Das Sich-gehen-Lassen, die Lässigkeit hier, das ist es, was den irischen Galwayern als wahres Glück vorschwebt. Die Iren mögen die englischen Tüchtigkeiten wenig oder nur so weit, wie ihnen das im Handel und im Handwerk nützlich ist, diese keltischen Iren verachten, ja, sie hassen nicht nur die eifernden, die unablässigen Geschäftigkeiten der alten britischen Stämme, sondern verabscheuen ebenso die englischen Raubgrafen rings auf dem Land, wo die Viehbauern in erbärmlichen Umständen leben müssen und noch immer gälisch oder keltisch sprechen. Lynch weiß das alles und bedenkt das, wann immer er wirbt und redet und seine städtischen Angebote macht. Er rät, er leiht Geld, auch kleine Beträge, er will, dass am Ende wenigstens jeder größere Familienstamm, auch die gälischen, über eigene Handelsschiffe verfügt und am städtischen Umsatz beteiligt ist. So wie das inzwischen auch in den großen Städten Spaniens und Portugals üblich wurde und in denen Italiens, in Genua, in Venedig oder Florenz.«

Juan hatte nun Zusammenklänge gefunden, die ihm gefielen, die er für genügend giftig und lustig hielt und die er nun in Melodien auflösen wollte. Mit der Rechten drehte er an dem länglichen Kasten das Kurbelrad, mit der Linken drückte er die Hebel. »Die Lynchs sind im Ort seit langem die Reichsten, aber Markus Tullius leiht nun sein Geld auch aus, jeder, der Handel will oder Handwerk, bekommt Kapital, auch geringe Summen, freilich immer gegen Zins, wenn auch gegen geringeren als er in London verlangt wird. Zins, sagt er, erinnert die Verschuldeten ans Arbeiten. Und all diese Gegebenheiten, mein lieber Herr Vetter, die sorgen mithin für eine Dreiteilung der Galwayer. Zuunterst hausen hier die irischen Fischer, die gälisch keltischen Leute im alten Dorf Claddagh, dort, wo die Dächer aus Stroh sind, zwar geht es auch ihnen recht gut und sind sie leidlich zufrieden, aber sie bleiben bei ihrer alten Lebensweise und bei ihrer schrecklichen Muttersprache. Insgeheim, im Herzen bleiben sie keltisch und heidnisch, obwohl sie römisch-katholisch erzogen wurden. Wohnen unten hinter diesem wasserstarken Corrib-Fluss, sind glücklich in ihren niederen, in ihren strohgedeckten Hütten.«

Ricardo unterbrach sich abermals, vielleicht, weil er die Tonfolge, die Juan spielte, von Malaga her kannte. Er seufzte, meinte wohl für einen Moment, sich ein weiteres Mal an die Gottesmutter wenden zu sollen, trat dann aber dichter heran an den Musikanten. »Aus dieser Unterstadt Irish-Town holt Lynch sich seine Stadtsoldaten, das sind gälisch sprechende Kerle, sämtlich hörig dem Kommandanten Edward O'Flaherty und seinem Drill. Finsterling Edward glaubt, je martialischer die Disziplin, desto englischer sei seine Truppe. Schon deswegen wird Kommandant Edward im Grunde verachtet und gern auch verspottet, vor allem deswegen, weil sein eigener Vater mit ihm und mit Edwards Frau Isobella Schindluder treibt, unaussprechliche Unanständigkeiten. Ich sehe, auch Liederlichkeiten interessieren dich nicht. In der Mitte der Galway-Gesellschaft wuchs in den letzten dreihundert Lynch-Jahren, eingegliedert in den Betrieb der Handelsstadt, die Sektion der Handwerker, vordem ebenfalls Fischer, heute Helfer beim Handel, Fahrensleute, Schiffsbauer, Seiler, Bauleute. Die meisten sprechen neben dem Irischen das Englische, erstaunlich viele auch Latein. Und all diese tüchtig Gewordenen sind seit Neustem dem anglikanischen Reformgeist verfallen, dem, was Lynch Vernunft nennt und Freiheit und Verfassung.«

Juan sang einen spanischen Text, hörte aber gleich wieder auf, schaute den Priester an, verlegen lächelnd. Da nun aber auch der fromme Vetter schwieg, wiederholte Juan die Weise, ohne zu singen, wiederholte sie auf dem Instrument und spielte die Melodie ganz zu Ende. Von zwei der vier Saiten tönte dazu gleichbleibend die Bauern-Quinte.

»Diese Mittelgesellschaft wohnt nicht mehr unten in den Strohhütten von Irish Town, sondern haust neben und mit den vierzehn großen Stämmen im Stadtmauer-Ring, in der Oberstadt, arbeitet als Brauer oder Zimmerleute, als Fuhr- und Fahrensmänner, einige wurden ebenfalls Händler, die besorgen den inneren, den irischen Handel, liefern den Wein und die anderen Waren an die Grafschaften oder holen von dort diejenigen Güter nach Galway, die mit den Schiffen hinausgehen sollen, die Wolle, das Vieh, die Häute.«

»Und schließlich? In der obersten Schicht? da regiert die Hölle?«

»Wie bitte?«

»Du wolltest mir drei Gruppen Galwayer beschreiben.«

»Zuoberst regieren die Familien, die vor dreihundert Jahren aus London hierher geschickt wurden, mit denen diese Heiden-Region zivilisiert, mit denen der Widerstandsgeist im gälischen Connaught gebrochen werden sollte, auf dass die keltische Barbarei verwandelt würde in fortschrittlichen englischen Händlergeist. Diese vierzehn Herrschaftsfamilien waren vormals selber Landräuber und Seeräuber und hatten der britischen Krone so gut gedient, dass sie belohnt werden sollten mit Land im Westen der irischen Insel, dort, wo bis dahin noch keine Briten siedelten, weil die Region zu felsig und der Boden zu sauer und das Volk zu widerspenstig ist, das sind die Sippen der Kirwans, Skerretts, Brownes, Blakes oder Joyes und vor allem die Lynchs. Nunmehr vom Reformgeist besessen, der ihnen sagt, dass man nur sein Herz in die Hände nehmen muss und dann könne man alles erreichen und verbessern, besessen sind sie von den neuen protestantischen Umtrieben, träumen von Unabhängigkeit, von Freiheit. Obwohl einige recht fromm tun, wollen sie jedoch letztlich auch Freiheit von Gott. Ihnen und ihrer Vernunftreligion huldigt der unwürdige Stadtpriester, der Fettwanst Alexander Kirwan, ein Lüstling und Schwächling.«

Ricardo blieb vor Juan stehen: »Ich weiß, dass dich die Töne auf dieser barbarischen Leier mehr interessieren als alles, was ich dir hier gesagt habe. Du wirst mir später keine Vorwürfe machen können, ich hätte dich nicht gewarnt. Hab dich jetzt ausreichend hingewiesen auf Unterschiede, auf Spannungen, auf Gefahren. Auf teuflische Irrwege.«

Juan schaute freundlich und verwundert auf zu seinem gottesfürchtigen Vetter, nickte ein wenig, lächelte, erhob sich dann von seinem Hocker, sagte »Ja« und »Danke, Ricardo« und, ein wenig verlegen: »Willkommen, Vetter, willkommen vorm Tor des Lebens.«

Pater Ricardo schien fragen oder widersprechen zu wollen, wendete sich dann aber energisch ab und stellte sich an sein Schreibpult neben dem Fenster. Dort öffnete er mit einem schweren Schlag eines seiner gewichtigen Bücher und tat, als müsse er, in erhabener Konzentration, in eine andere und bessere und höhere Welt hinein, jenseits aller irdischen Teufeleien, in ein makelloses, in ein rein geistiges Sein. Juan betrachtete ihn, sah dann wieder auf sein Instrument, tastete an dem alten Holz herum, als sei was daran entzwei gegangen oder bedenklich geworden oder sogar gefährlich. Da er das nirgends bestätigt fand, nickte er noch einmal »Danke, Vetter!« und ging hinaus, ging summend und singend zurück zu Pat Lynch.

✠

Dort, in Pats oberem Zimmer, hängte er die Leier zurück an den Nagel. »Ich weiß jetzt, dass eure Stadt des Teufels ist. Ich bin gewarnt worden. Gotteslästerliche Übeltäter seid ihr, liebt lutherische oder englische Freiheiten. Oder auch anti-englische. Allzu genau hab ich die Mahnungen meines Vetters allerdings nicht verstanden. Was eigentlich übel daran sein soll, wenn es allen in Galway gut geht. Auch war deine Leier ganz schön verstimmt und es dauerte, bis ich endlich die Sperre gefunden hatte und die Saiten neu einstellen konnte. Komm mit, ich will raus aus dieser sündhaft vermaledeiten Burg, möchte jetzt endlich sehen, wo hier die Gnomen hausen, diese barbarischen Kobolde, diese gefährlichen fünf mal elf Elfen, die mir euer gottloser Kirwan ins Hirn gebetet hat, dieser feiste Schwächling und Lüstling. So nennt ihn mein Vetter.«

Pat warf sein spanisches Lernbuch zurück auf das Bett. »Die Gnomen findest du tags über nur weit draußen, im felsigen Connaught-Land, aber gut, ich zeig sie dir, komm, wir nehmen die Pferde.« Schon setzte er vor Juan die Wendeltreppe hinab, in den Hof hinunter, fragte unterwegs den Spanier, ob der lieber den ruhigen, den schönen Apfelschimmel nehmen wolle oder eher den energischen Schwarzen? Die quirligen Eigensinnigen habe er am liebsten, grinste Juan, jedenfalls bei den Pferden, dazu lachte der wieder auf eine Art, die Pat vergessen ließ, mitzulachen. Zumal der Rappe, der quirlige Schwarze, gar nicht den Lynchs gehörte, sondern den Joyes, der stand hier als Gast, und zumal dieser Hengst ihr gehörte, der Agnes Joyes, der stand hier seit kurzem für ihre gemeinsamen nächtlichen Ausritte, für die neuen sommerlichen Abenteuer von Pat und Agnes, von denen bislang auf keinen Fall irgendwer etwas wissen durfte.

Frederic Fitzpatrick half ihnen beim Satteln, ließ unverständliche Laute hören, gälische, die auch Pat nicht verstand, und der spanische Gast setzte dann auf dem Schwarzen unterm kurzen Zügel in Wechselsprüngen über den Hof, sprengte zwischen Kapellenhaus und Küche und Kerker hinaus auf die Straße, so dass Frederic sich in der Einfahrt an die Wand drücken und im Schreck das Kreuz schlagen musste, Pat ritt voraus, zeigte den Weg, drehte sich immer wieder um und sah, wie der Hengst zu zittern schien vor überschüssiger Kraft, in seiner Springlust setzte der mal hierhin, mal seitwärts dorthin, tänzelte wohl auch, tanzte übers krumme Pflaster die geschmückte Straße hinunter, rutschte und stolperte über die Corrib-Brücke durch das Fischerdorf Claddagh hindurch, schien auch hier vielfach auf andere und eigene Wege zu wollen, mochte sich kaum beruhigen und zügeln lassen und machte ab und an so energische Sätze, dass Hunde und Kinder zwischen die Strohhütten flüchteten und Juan, gleich hinter den letzten Fischerkaten, meinte, nun endlich, auf diesem guten Boden müsse das Tier ja wohl bekommen, was es unbedingt wollte, freien Ausritt im Galopp.

Pat jagte knapp vor dem Spanier davon über die Heide, der Staub stieg, und so preschten nun beide quer über die vielerlei kleinen Halbinseln am Ufer der Galway-Bay entlang in Richtung Westen, sprengten durchs hoch aufspritzende flache Ufergewässer, gelangten durch Birkengestrüpp bis hinter die Ruine von O'Brians Mühle, von dort auf die freie Heide und flogen dann in der stillen Hitze dahin, jetzt der Spanier voraus, und ehe Pat ihn wieder einholen konnte, waren beide schon sehr weit hinaus bis unter die Hügel von Salthill, die alle aussahen, als hätte sie der Ozean in der Mitte gekappt und halbiert.

Querfeldein behielt Juan stets seinen kleinen Vorsprung vor Pat, als ginge es auch jetzt um irgendeine Wette, und so hetzten beide schließlich den Mount Golgatha hinauf, auf den alten Galgenberg, über den Henker Fitzpatrick an den Abenden in Lynchs Castle schon allerhand wirrsinnige Lieder gesungen hatte, um am Ende, wenn er von George oder Betty oder anderen gefragt wurde, jedesmal mit zuckendem Kopfnicken zu beteuern, dass auch die wüstesten und auch die wunderbarsten Balladen von diesem Berg die reine Wahrheit berichteten, und da ging es fast immer um die grausige letzte Lebensstation oder aber um phantastische Rettungen. Diese Geschichten hatte Frederic wohl meist von seinem Henker-Vater, einige auch von der alten Kate. Hexe Kate wohnte hier draußen, am Nordhang des Galgenhügels, und wer hier draußen wohnte, der musste die Galgengerüchte schließlich am besten durchschauen. Pat jedenfalls versicherte, Kate sei eine weise Frau, auch wenn viele sie als Hexe beschimpften, ›Hexe‹ sei aber für Frederic wie für die gälischen Gemüter kein Schimpf, sondern ein Titel, der Respekt verdiene, manchmal freilich einen mit Grausen und Grusel.

Nach dem Hetzgallop ging es nun nur noch den gelben, den strohig vertrockneten Wiesenhang hinauf zum Galgengipfel, gegen die Sonne glänzte die verdorrte Fläche braunrot, unter den Hufen wirbelten Halmbüschel hoch, federleichte bleiche, auch rote. Über der Ebene im Osten, weit hinter der Stadt standen riesige Rauchsäulen, schwarze Türme bis in den Himmel hinauf, im Land dort im Osten brannten Wälder. Eine so lange Windstille und wolkenferne Trockenzeit hatten Pat und alle Jüngeren nie erlebt.

Auf der halben Höhe, in den Hang hinein duckte sich ein niedriges Strohhaus mit Steinmauern, die rohen Steine weiß gekälkt. Aus dem Kamin qualmte es, als blauer Strich stieg der Rauch steil hinauf in die Höhe. Juan und Pat sprangen ab, zogen die Pferde am Halfter, die dampften, keuchten, Nässe lief in Striemen die Felle hinab und eben wollte Pat noch sagen, Juan hätte gut getan, die Tiere frei rennen zu lassen, als beide Pferde wie auf ein Zeichen gemeinsam Widerstand leisteten, kraftvoll an den Riemen rissen, Juans schwarzer Hengst drehte die Augen ins Weiße, warf den Kopf, beide Tiere rissen sich auf, stiegen senkrecht, da gab's kein Halten, die lösten sich, rasten davon, galoppierten mit hochgestellten Ohren und Schweifen über den Hang hinunter, den Weg, den sie gekommen waren.

Unten, in der Senke, wo es feuchter war und das Gras noch ein wenig grün, beruhigten sie sich, liefen sie einige Male im Kreis mit schlagendem Schweif, wurden nach und nach ganz still und nach kurzem Stehen und Kopfsschütteln begannen sie dort, wo in der Mulde Feuchtigkeit geblieben war, zu grasen.

In der Tür der Steinhütte stand sie, die alte Kate. Klein war sie, aber nicht krumm und verbogen, sondern aufrecht. Klein und dünn wie eine Zwölfjährige. Und auch so gelenkig schien sie und fix, beweglich wie ein Kind, nur an den hellgrauen Haaren und der verknitterten Haut war zu sehen, wie alt sie war, es hieß, älter sei sie als Fitzpatrick, aber auf Pat wirkte sie jünger. Wenn sie so wendig und so zwölfjährig weitermachte, würde sie hundert Jahre alt werden und mehr. Wenn sie's inzwischen nicht längst war.

»Kate, du verjagst uns die Tiere!«

Die Alte redete leise und wenn Pat ihre Antwort richtig verstand, dann hatte sie gemeint, die Pferde liebten den Geruch nicht.

»Geruch?«

»Zwiebelluft. Kräuterrauch. Denn ich mach jetzt ein Wettergebräu, morgens und mittags und zur Mitternacht, auch ihr wollt doch, dass wieder Wind kommt. Das zwiebelt die Tiere in die Nasenhäute. Wer ist das?«

»Das ist Juan Gomez. Er kam mit Vater eben jetzt aus Malaga. Was sagst du zu ihm?«

Die Alte trat etwas näher, die Tür fiel hinter ihr zu. »Wann hat er Geburtstag?«

Juan schien belustigt, antwortete dann aber. »Im September, am neunzehnten.«

Die Hand legte sie übers faltige Gesicht, die kleine welke Hand über die Augen, gegen die Sonne, schaute Juan eine Weile stumm an, ließ dann die Hand sinken und drehte sich zurück zu ihrer Räucherhütte, wollte gehen.

»Sag was!« rief Pat. »Gefällt er dir nicht?«

»Soll abhauen!«

»Was passt dir nicht an ihm? Antworte!« Pat ging auf sie zu, rasch, als wollte er sie beim dunkelgrauen Kittel packen, aber dicht vor ihr blieb er lieber stehen. Und dann redete sie sehr schnell. »Stimmt jetzt alles nicht, das Licht nicht, der Wind nicht, das Wetter nicht, der Mann nicht. Schick ihn weg, Pat.« Und flüsterte, damit es der andere nicht hören sollte. »Heute scheinen acht Sonnen.« Und dann wieder: »Besser weg mit dem!« und »Vermaledeit!« Und schien irgendwie aus ihrem Verstand herauszufallen und hob drohend den dürren Arm. Und mit geschickter Drehung, ehe Patrick sie packen konnte, verschwand der Kinderkörper in dem Schuppen.

Pat stieß gegen die Tür, schon war die versperrt, er warf sich dagegen, dass es krachte, griff sich vom Stapel unter der Traufe ein paar Prügel, schmetterte Brennholz und dicke Klötze gegen den Eingang. Schließlich gab er es auf und schaute zurück auf den Spanier. Der lächelte und schüttelte den Kopf.

Pat Lynch klopfte sich die Hände sauber und der Mann aus Malaga fragte, ob Pat von den Sitten in den Deutschländern und in Italien gehört hätte, wo Frauen wie Kate verbrannt würden, auch in Spanien und in Frankreich. – Pat nickte und knurrte, er habe davon gehört. Auch wenn ihn diese Kate oft in Wut brächte, sie sei eine weise Frau. Es gebe halt geheime Dinge, die nur solche Frauen verstünden, weil sie die Draußenwelt besser durchschauten, könne Kate Krankheiten kurieren, Kate wisse, wie man Schwangerschaft erreiche oder vermeide und all solche Sachen und Kate werde in Galway auf keinen Fall verbrannt.

Juan nickte, wies dann aber den Hügelhang hinauf gegen den sehr hellen Himmel. In feinen hohen Dunstschleiern hatte sich das weiße Sonnenlicht gebrochen. Da hatte sich der Sonnenglanz aufgeteilt zu acht glitzrig schimmernden Zusatzsonnen. In weitem Kreis umgaben die neuen acht ihr Ursprungslicht und bildeten alle miteinander einen weit ausgebreiteten Himmelskristall.

Den Rest des Weges, zum Gipfel hinauf, gingen sie zu Fuß. Schweigend. Rappe und Apfelschimmel grasten unten in der Senke, in Ruhe. In der Luft stand Brandgeruch.

Schließlich hat dann Juan wieder eine Frage gestellt. Nein, antwortete Pat, oben auf der alten Schädelstätte gebe es vom Galgen keine Spur mehr. Der junge Fitzpatrick habe den Brian Gallagher vor sehr vielen Jahren vor dem Osttor aufgeknüpft, auf dem neuen Grünen Platz, wo die Leute heute Viehmarkt hielten und wo seit Gallagher aber niemand mehr gehenkt worden sei und wo die jungen Leute an den Festtagen sich wie Ritter gegenseitig vom Pferd zu stoßen versuchten.

Was der Gallagher verbrochen habe? Seine Frau habe der erwürgt, weil auch sie als Hexe gegolten habe, Gallaghers Meiler hätte sie verhext, hätte Brian Gallaghers Arbeit von Monaten verdorben. Gallagher sei Köhler gewesen, habe aus Holz Holzkohle gebrannt, die sehr begehrt war in den Steinburgen der vierzehn Familien, wo es die Kamine gebe und im Winter die Kälte und bei den Lynchs verbrenne man solche Kohle ebenso gern wie den Torf, auch unten im Badehaus. Köhler Gallagher, so würden noch heute manche behaupten, habe mit dem Mord an seiner Frau eine Schadens-Fee, eine Banchee-Fee aus der Welt geschafft, wofür ihn die meisten Bischöfe, wenn sie in Galway noch etwas verfügen dürften, in Ehren gesetzt hätten, doch in Galway, unter Großvater Frances Lynch, sei Gallagher als Mörder gehängt worden, auf dem Platz vor dem Osttor, als John Fitzstephen Marcus Tullius Lynch erst sieben Jahre alt war und Frederic Fitzpatrick erst neunzehn, aber dennoch zum erstenmal ein Henker.

Pat konnte diese Geschichte, die er oft gehört hatte, ohne Stocken erzählen und so ausführlich ausschmücken, dass sein schnaufendes Erzählen bis zum höchsten Punkt der Kuppe reichte. Der Mount Golgatha sah nur vom Norden, vom Land her wie eine freundlich zugerundete Kuppe aus, auch dieser Hügel war in Wahrheit in der Mitte halbiert, die südliche Hälfte war von der Brandung gekappt, war verschwunden, die hatte der Ozean verschlungen – plötzlich öffnete sich vor ihnen, klaffte im sanften Wiesenhang ein Bruch, das stürzte da jäh ab, von der Spitze weg senkrecht hinab.

Als sich dieser Abgrund auftat, stützte Juan sich auf den Boden, sank der wie im Schreck auf die Knie. Den Pat befiel kein Schwindel, der kannte sich aus hier. Sonst, so erklärte er, an anderen Tagen höre man die See schon hundert Schritte, bevor man sie sähe. Da höre man unten das Meer rumoren und toben, nur heute, bei diesem Bleiwetter, sei es ungewöhnlich still, da habe sich die Erde wohl ein bisschen unvorbereitet vor Juan aufgetan.

In der Tat, selbst hier oben ging keine Luft. Kein Gräserwispern flüsterte. Liebstöckel verdorrte, den Himmel überzogen von Horizont zu Horizont dünne Rauchschleier. Und im hellen Dunst glommen im Westen, in der Abendhälfte des Himmels acht fahle neue Sonnen, geordnet zu einem Riesenkreis. Diese außergewöhnliche Erscheinung erinnerte Pat Lynch an den Tag, an dem über Irland die Sonnenfinsternis gewesen war, an dem Hühner und Gänse sich in ihre Ställe verkrochen, weil sie meinten, der Tag sei zu Ende.

Obwohl sie sich verachtfacht hatte, schien aber die mittlere, die wahre Sonne jetzt achtfach schwächer. Eine hellgraue Dämmerung breitete sich von Horizont zu Horizont, und unter diesem fahlen Licht sah das Meer tot aus, aschgrau. Und am Ende der Galway-Bucht, dort wo im Westen beim Buckel des Black Head der offene Atlantik begann, da standen noch immer die drei schweren Schiffe. Lagen fest im Tor zum Ozean, im Eingang zur breiten Galway-Bucht, noch immer ohne Bewegung, seit ihrer Ankunft nur sehr wenig weiter nach Osten gerückt, von der Flut ein wenig näher herangeschoben an die Küstenstadt Galway, die am inneren Ende der tiefen Bucht lag, näher heran auch an den Mount Golgatha, den alten Galgenberg.

Wo hinterm Black Head der Dunst bis an den Ozean hinabreichte und düster wurde, dort, so erklärte der junge Lynch, seien an anderen Tagen die Felsen der Aran-Inseln zu sehen. Stunden, ja halbe Tage schon hätte er hier oben im Sturmwetter gesessen, auf diesem halbierten Buckel und habe gern den Orkan um die Ohren, das Wüten von Westen her mit dem Getöse der Brandung dort unten, ab und zu sei dann auch das Krachen und Bersten der abwärtsgehenden Brocken und Platten zu hören. »Die See keilt und kalbt«, so redeten dann die Alten. »Sie laugt und wäscht die Küste aus, holt sich den salzigen Kern aus dem Berg. Der Kern auch im Galgenhügel, sagt Märchenmann William, besteht aus Salz, so wie fast alle Hügel auf dieser Seite der Bucht, und davon heißt dieser Küstenstreifen Salthill.«

Und dicht vor Juans Knien waren Risse im Boden. Direkt vor Pats Füßen, der aufrecht stehen blieb. In der ungewöhnlichen Hitze lösten sich Moos und Graspolster von den weißgrauen Steinen, darunter öffneten sich kahle weiße Spalten ins Finstere hinab, im bleichen Weiß ein schwarzer Untergrund. Je näher man sich an diese Kanten vorwagte, desto zerrissener war das Gelände, der Grund war durchlöchert, und durch die vordersten Öffnungen schimmerte aus der Tiefe das verschattete, das schwarze Wasser.

»Ist er nicht wunderbar, unser Galgenberg? Unser Mount Golgatha im Salthill?«

»Das Erhängtwerden wunderbar?«

»Galways Märchen-Großvater, der alte William, der beteuert, früher hätten sie die Verurteilten von hier hinuntergeworfen. Freilich erst, wenn sie genügend lang gehangen, wenn Raben und Möwen sich bedient hätten.«

»Märchenhaft. Köstlich.«

»Aber noch nie war es hier so ruhig. Sonst hörst du hier oft deine eigenen Worte nicht, so pfeift das, das tobt, das brüllt. Als ich zur Welt kam, sagt O'Brian, sei ebenfalls Orkan gewesen und in der Bucht und am Hafen Springflut. Bei Orkan schützen auch die Aran-Inseln die Galway-Bay nicht, der Ozean stürzt sich bis an diese inneren Küsten. Damals hätte das Unwetter den alten Galgen in die Tiefe gerissen.«

»In der Nacht, in der du zur Welt kamst?«

»Erzählt William O'Brian.«

»Was das bedeutet, hat er dir gewiss ebenfalls erzählt.«

»Irgendwann, sagt er, würde ich Galway vollkommen verändern. Behauptet er.«

»Ach? Und? Was sagst du?«

»Das glaube ich nicht. Nicht im geringsten.«

»Warum nicht?«

»Bin kein Veränderer. Mir scheint, es ist schon ganz gut so, sehr sinnvoll, so, wie es jetzt ist. Unter Markus Tullius Fitzstephen wurde niemand mehr gehängt. Soll ich klüger sein als alle meine Vorväter?«

»Nur eure Seeleute da unten, die dürften den Stillstand so ganz gut nicht finden. Die setzen kleine Boote. Die wollen nun ebenfalls an Land.« Im Gegenlicht und in den Luftspiegelungen versuchten sie zu erkennen, ob sich die Schiffe dort unten nicht doch ein wenig bewegten. Noch immer hatten die sämtliche Segel gesetzt. Juan tat sich die Hand über die Augen. »Der letzte Berg dort hinten, der so hell glänzt, geradezu weiß, warum nennt ihr den Black Head? Der schimmert hell, sieht bleich aus wie ein Schädel. Wie ein Riesenschädel.«

»Black Head ist ein Geisterberg. Der ist aus hellem Kalk, aus zerfressenem bleichen Stein, wie Knochen. Wie aus uralten, aus versteinerten Knochen. Aus Korallen und Gerippen. Nachts, gegen den Mond, ist Black Head aber schwarz. Die Iren sagen, dort gebe es so wenig Bäume, dass man dort nicht mal jemanden hängen könne. Dort gebe es aber auch zu wenig Wasser, um jemanden zu ersäufen. Und zu wenig Erde, um jemanden zu verscharren. Darum ist Black Head ein Berg, der irgendwie nicht von dieser Welt ist. Sondern ein Geisterberg.«

»Sag mir, was muss ich verbrechen, um von deinem Vater gehenkt zu werden?«

»Je, was du dir denkst. Henken? Henker ist Fitzpatrick.«

»Dein Vater ist oberster Richter.«

»Auch in der neuen Verfassung ist das ärgste Vergehen ein Mord. Mörder würden gehängt. Aber auch, wer Handel und Wandel ruiniert, gilt als Mörder. Als Mörder am Gemeinwohl.«

»Und das hat unter deinem Vater niemand gemacht?«

»Niemand.«

»Und wie macht man das? Handel ruinieren? Wenn du mich jetzt hier hinunterstößt?«

»Dann – oh Gott – dann wäre das Kapitalverbrechen, und zwar doppelt. Dann müssten sie mich zweimal hängen. Je, bei der Glatze von Priester Kirwan, an was denkst du!«

»In euerem Wappen steht semper fidelis. ›Immer treu‹. Wie verstehst du das? Was heißt hier ›treu‹?«

»Immer gesetzestreu.«

Das Meer glänzte wie Pech. Breitbeinig stand Pat über einem Steinspalt und meinte, die Tiefe zwischen den Beinen zu spüren. Kirchturmhoch über dem Pechmeer stand er und dieser neue Freund aus Andalusien redete Dinge, die schwindelig machten. Unten am Kliffrand lag das Wasser unbewegt und lichtlos, da rumorte und gurgelte es an diesem Tag nur schwerfällig und heimtückisch, als würde da geklagt und gemurrt. In den Kesseln unter den Felsbrücken und in den Seitenlöchern, wo es sonst wütete und donnerte, da lagerte das Wasser jetzt schwarz, schwer und dick vor den Wohnungen der Leprechauns und Feen.

»Der Galgenberg und alle Salzhügel hier, so munkelt der alte William O'Brian, die würden schon dann, wenn unsere Urenkel alt seien, verschwunden sein. Nicht nur, weil die Hügel im Inneren aus Salz sind, sondern auch, weil sie zu hoch sind für die flache Küste bei Galway.«

»Zu hoch?«

»Am Ende, so heißt es, wird rings um Galway alles platt sein und seicht, flach und brav wie Irlands Atlantikküste sonst nirgends. Nur drüben hinter unseren drei hilflosen Schiffen, diese bleichen harten Schädelfelsen beim Black Head, die würden bleiben, sagt Märchenmann William.«

Nach den Wiedersehens-Geplänkeln mit den realen Hausgeistern, nach den Duschen und Dämpfen, die Frederic Fitzpatrick seinem Herrn Lynch wieder auf den Leib mischte wie seit nun mehr als fünfzig Jahren schon, nach einem guten krachenden Heimatbrot und Kohl mit Speck und Lachs und Whiskey in der Halle, zusammen mit Mary, Frederic und Ricardo, wobei die schwierige Landung der Schiffe in allen Einzelheiten neu erörtert wurde, nach diesem ersten Wiedereintritt in die alten Gewohnheiten zog sich Lynch zurück in seinen inneren Raum, vor das große Fenster aus spanischem Glas, bemalt mit der siegreichen Schlacht Fürst Philipps, der schon zu Lebzeiten als Philipp der Vernünftige gepriesen wurde. Das Bild zeigte in leuchtenden Farben den Sieg des Monarchen und seiner Getreuen über eine extrem fanatische Vorhut der Mauren im Jahr 1207. John Fitzstephen Marcus Tullius Lynch hatte das Kunstwerk vor zwei Jahren Stück für Stück von einer seiner andalusischen Reisen mitgebracht und hatte es in seinem Galwayer Haus von spanischen Handwerkern neu zusammensetzen lassen zu einem dunklen, zu einem seltsam beredten Fenster. Vor dieses ›Fenster der Vernunft‹ also zog Lynch sich zurück, nicht ohne zuvor Don Ricardo einen Wink gegeben zu haben, und der Pater erschien dort nach kurzer Zeit ebenfalls.

Lynch schloss die Tür, bot Ricardo einen Stuhl und setzte sich an den kleinen Schachtisch. Dort schüttete er sich Wein aus der Karaffe – der Pater trank keinen – und fragte: »Wie geht es meiner Neuen Welt?«

Der Geistliche betrachtete in Ruhe den Herrn des Galwayer Glücks, dem die Haare noch grauer geworden waren und der in seinem schwarzen spanischen Kostüm ein fast ebenso gestrenges Bild bot wie der streitbare und vernünftige König Philipp im Fenster.

»Galway geht es gut. Und solange Ihr Eure schöne und eigensinnige Stadt mit Eurer leibhaftigen Person verkörpert, wird es ihr weiterhin gut gehen.«

»Aber?«

»Sobald aber, Gott möge es verhüten, Euch etwas zustoßen sollte, Unglück auf der Reise, Krankheit, Alter, dann –«

»Dann?«

»– wird auch das Glück von Galway vergehen.«

Der Pater hatte leise gesprochen und in Ruhe. Die beiden hier hatten es nicht eilig mit ihrer Unterredung, hatten wohl schon oft auf solche Weise miteinander nachgedacht. Da wollte keiner einen Punkt überhören oder unterlaufen, wollte jeder den anderen sorgfältig anhören und ausreden lassen und auch die Seitengedanken abwägen und erörtern.

»Wie soll ich das verstehen, Freund Ricardo. Inzwischen haben wir unsere Verfassung festgeschrieben. Im Rat sitzen vernünftige Leute. Und außerdem habe ich einen Sohn, der meine Arbeit, so scheint es, bewundert. Es sieht alles so aus, als hätten fast alle hier Galways Glück und seine Ordnung erkannt und anerkannt, sind ja alle irgendwie Teilhaber, viele sogar tüchtige Teilhaber. Nicht nur unsere alten Sippen, auch Eure katholischen Iren, auch Zimmermann Kelly, der Seiler McDonnell, der Märchenfischer O'Brian, wer denn, bitte, noch nicht?«

»Erkannt? Anerkannt?« – Der schmale Geistliche schien zu lächeln. –

»Wann hat man etwas von Grund auf erkannt – wenn man eine Ordnung und ihre Regeln übernimmt, wenn man Vorgeführtes nachmachen kann wie Papageien? Oder wenn man diese Ordnung in seine Seele nahm und zum Herzschlag seines Daseins machte?« Wieder setzte der Pater eine seiner Pausen, wollte sich an diesem Abend offenbar besonders viel Mühe geben und nichts Unbedachtes sagen. »Zur Ordnung seines Daseins hat das Galwayer Glück nur einer in dieser Stadt gemacht, John Fitzstephen Marcus Tullius Lynch. Die übrigen haben die Regeln erlernt, haben begriffen, dass bei einer Teilhabe diese und jene Vorteile winken. Eure neue Ordnung der Vernunft wird für klug und vorteilhaft gehalten. Geliebt wird sie nicht. Geliebt werden können nur Maria oder Sankt Patrick oder –«

»– oder im Claddagh allerhand Geistervolk, ich weiß. Fürchten oder lieben kann man nicht nur Jesus und Maria, sondern auch die Gnomen und Feen. Das wolltet Ihr doch sagen, oder?«

Der Pater hätte gern noch einige andere Heilige nennen wollen, aber nun schwieg er.

»Vor unserer Abreise habt Ihr mir den Rat gegeben, unterwegs nachzudenken, ob es nicht sinnvoll sei, gegen London die katholische Kirche wieder einzusetzen. Als Religion eines unabhängigen Galway. Gegen das anglikanisch-lutherische London die Stimme des ewigen Rom.«

»Zu welchem Ergebnis seid Ihr gekommen?«

»Ich fürchte, in dieser Sache kommen wir nicht zusammen. Zurück in ein ewiges Joch? Die Papstkirche, die auch in Malaga herrscht, in Porto und in Genua, sie erscheint mir als das vollkommene Gegenteil alles Freien und Städtischen. Sie erscheint mir selbstherrlich. Sogar erpresserisch. Presst sich aus unseren vielfachen Ängsten vielfache Vorteile. Aus unserer Furcht vor der Not und dem Tod holt sie ihre Macht und kocht sich Zaubersüppchen. Der bestmögliche Angstschutz, da bin ich mir sicher, ist ein gerechtes Miteinander, so wie wir das in Galway versuchen. Die beste Medizin für alle Übel bleibt nun mal das Licht der Vernunft –«, Lynch blickte auf das dunkel leuchtende Glasfenster, auf die Schlacht des tüchtigen Philipp, »– dieses freundliche Licht will ich hier immer neu anzünden, auch in den verstocktesten Seelen. Zugegeben, bis jetzt lieben viele noch sehr ihr keltisches Brimborium.«

»Aber gerade dieses prächtig leuchtende Fensterbild zeigt doch, dass es auf dieser Welt sehr viel herrlichere Dinge zu lieben gäbe. Da stürmt Phillip der Vernünftige für den alleinseligmachenden Glauben in den Kampf gegen die Mauren, die sein Reich besetzen wollen – warum? Weil er Jesus und Maria liebt, weil er mit seinem Leben den wahren Glauben retten will.«

»Phillips Geschichte geht ein wenig anders. Von denen, die mir das Fenster hier einrichteten, weiß ich es genauer. Den Beinamen ›der Vernünftige‹ bekam dieser Philipp nicht, weil er für Eure Kirche stritt, sondern weil er diejenigen abwehren wollte, die ihm und seinen Untertanen ihren Willen aufzuzwingen drohten. Der katholische Phillip hatte gar nichts gegen Muslime, auch nichts gegen Juden, ließ all solche Menschen gern in seinem Reich und seinen Städten wohnen. Aber er hatte was gegen solche, die einzig ihre eigene Sicht auf die Welt gelten lassen und allen anderen aufdrängen wollten, dieser außerordentliche Phillip hier, der pries Toleranz und sprach von Freundlichkeit. Und vertreibt auf diesem Bild die Fanatischen. Das war es, was mich entzückte. Das war es, was ich unbedingt nach Irland holen wollte.«

Aus dünnem und unbewegtem Gesicht schaute der Pater auf den Mann mit den kräuselnden Fältchen rings um die Augen. »Das Licht in Eurem Philipps-Fenster, das empfinden Eure Iren als Kälte. In den Klugen wie in den Verstockten wie in den Schwerfälligen ist der Wunsch nach Wärme. Nach allumfassender Liebe. Und die gewährt einzig der Trost aus der Ewigkeit. Unsere wunderschöne Religion. Ohne hinterhältige Kalkulation. Diese süßen Sicherheiten gewährt allein unsere Erlösungsverheißung. Gewährt Schutz vor dem allgegenwärtigen ewigen Tod.«

»Nun habt Ihr wieder sehr schön geredet, fast in singendem Tonfall. Und wenn einer so begeistert ist, dann, das hab ich wiederholt beobachtet, wird ist er fähig, Entscheidendes zu ignorieren.«

»Was ignoriere ich?«

»Eure Kirche, von der Ihr sagt, sie vermeide die hinterhältige Kalkulation, wusste die Angst, vor der sie uns schützen will, selber immer hingebungsvoll zu schüren. Seit Jahrhunderten, mit starken Worten, mit grausigen Höllenbildern.«

»Selbst dann, wenn eines Tages die volle irdische Vernunft über die Menschen kommen sollte, selbst dann wird diese Angst in uns allen bleiben und tief drinnen schaben und kratzen – die Angst vor dem unfasslichen Sterben.«

»Was also sollte ich tun?« Lynch nahm einen Schluck, setzte dann das Trinkglas, das gewiss kostbar war, sanft zurück auf den Schachtisch. Und schien seine Frage nicht gestellt zu haben, weil ihm etwa nicht klar gewesen wäre, was er zu tun hätte.

»Solange Ihr, als ein strahlender Stadtpatriarch, beinahe so prächtig wie Philipp der Vernünftige, solange Ihr allen, auch den schwächlichen Figuren, leibhaftig vorlebt, was getan werden sollte, so lange wird Galway sich weiter aufs Erstaunlichste entwickeln. Die Geschäfte werden florieren, die Stadt wird wachsen und jeder alte Krauter und Kleingläubige wird sich vollauf damit beschäftigen, ein kleiner Fitzstephen Lynch zu werden. Das hat aber mit Vernunft wenig zu tun. Nichts mit Einsicht in Eure Ordnung. Selbst wenn Ihr diese Ordnung in drei schönen Grundsätzen zusammenfasst und diese Sätze auf offenem Platz von allen nachsprechen lasst, selbst dann ist das alles nur kindliches Nachäffen und Papageiengeschnatter.«

»Was statt dessen wäre vernünftig?«

»Ordnung und gerechtes Miteinander sind allzu anstrengend. Die Menge will Liebe.«

Lynch trank wieder vom Roten aus dem schweren Kristallglas. Und redete dann sehr leise. »Schon die ersten Lynchs hatten sie im Kopf, diese, wie Ihr sagt, allzu anstrengende Ordnung. Diese Ordnung, so scheint mir, ist geboren aus Freundlichkeit und Gerechtigkeitssinn, ich behaupte sogar, aus Liebe. Nicht nur aus Eigenliebe. Endgültig verwirklicht ist diese Freundlichkeits-Idee erst jetzt, im neuen Galway-Gesetz.« Er setzte sein Glas langsam neben die Karaffe und blickte auf das Fenster, dorthin, wo Philipp die Blindwütigen unter den Mauren entscheidend besiegte. König Philipp hatte da nicht etwa ein sicheres Feldherrnzelt bezogen, um aus der sicheren Ferne und von oben herab nur zuzuschauen, wie seine Ritter und Knappen rackerten und rauften, stachen und blutig säbelten, sondern der Fürst stürmte auf seinem Apfelschimmel als leuchtendes Vorbild voraus, gegen die Schar der offenbar Vernunftlosen, ja, er schlug sich vorbildlich, vorneweg hieb er zu, in der ersten Reihe, gegen Blindheit und Dumpfheit, gegen Verranntheit und Unfreundlichkeit.

»Was also wäre notwendig? in Zukunft?«

Während sich der Bürgermeister und Handelsherr im Sessel zurücklehnte, saß sein Ratgeber aufrecht auf der vorderen Kante des Stuhls, die zierlichen Beine überkreuz gestellt, und sprach seine Worte mit guten Betonungen. »In Vernunft und Klarheit fühlt sich die träge Menschennatur nicht wohl. Von klugen Einsichten wird niemand glücklich. Die Menschen wollen ihren großen dumpfen Leib fühlen und pflegen, wollen ihre armen Seelen nicht mit Sorgen und Gedanken beunruhigen. An Licht, Aufhellung und Wahrheit sind sie im Grunde gar nicht interessiert, jeder genaue Blick zeigt ihnen ja nur neue Schrecken und Gefahren. Ihr aber wollt sie herausreißen aus ihrem träumenden Dusel und Dämmer, ihr zerstört ihnen ihre dumpfen Behaglichkeiten, zerteilt ihre Arbeit und macht ihnen mit Eurer klugen Ordnung unangenehme Gedanken. Sorgt für neue Fremdheiten und Anstrengungen. Zwar respektieren sie Euch, aber sie lieben Euch nicht. Euch und Eure Neue Welt.«

Lynch setzte das Glas, das er hatte nehmen wollen, wieder ab, warf sich in seinem schwarzen, in dem spanisch geschnitzten Lehnstuhl herum und hob die Hände. »Im Hafen hatte ich jetzt einen anderen Eindruck von diesen armen Seelen. Sie johlten, sie waren vergnügt, sie schienen schier außer sich. Und es geht ihnen ja auch so gut wie nie, nicht wahr? Weiß der Himmel, ich lasse ihnen ihren Irrsinn, ihre Träume, ihren gälischen Fünf-Finger-Segen, ihre Veitstänze, wann immer sie wollen, lasse ihnen sogar das Blutopfer und die keltischen

Gebete und auch – Euer junger Vetter wird es hier noch erleben – ich lasse sie tage- und nächtelang Feste feiern, saufen, erzählen und keltisch singen und sagen und träumen, was sie wollen. Mir scheint, noch nie war so viel Lust und Vergnügen am ›dumpfen Leib‹ der Leute öffentlich im Schwange wie jetzt.«

»Aus Berechnung macht ihr das«, antwortete der trockene Mann. »Aus schierer Kalkulation lasst ihr sie ihre Irrlichtereien ausleben, ihre Vollmondnächte und Gaumenfreuden und ihre bedenklichen Phantasien und Koboldkapriolen. Doch die Leute spüren, dass diese Unterhaltungen Dreingaben sind, Zuckerbrot zur kalten klaren Knute. Im Claddagh jedenfalls wissen sie genau, dass es Euch nicht um das Herz und um die Hand mit den gespreizten Fingern zu tun ist, sondern um die Krone für die Händler-Vernunft, um Ertrag, Gewinn und Wohlstand.«

»Am Ende unserer Anstrengungen, unserer in der Tat mühevollen Reisen bis nach Cadiz oder Genua steht als Ergebnis fest: Wohlstand nicht nur für vierzehn alte Stämme, sondern für alle.«

»Eure großen und kleinen Kredite gebt Ihr nicht aus Güte oder aus Liebe, sondern aus Berechnung. Die Herzen erreicht Ihr nicht. Zu den Ängsten im innersten Inneren der Iren stoßt Ihr niemals vor, nämlich dorthin, wo sich auch jetzt noch eine wie die Hexe Kate ungestört tummeln kann, wo nach wie vor die Gnomenlieder Eures Fitzpatrick blühen oder die Märchen des William O'Brian und wo dieser Herr Kirwan seine schlimmen Späße treiben kann mit den Resten alten Kirchenguts oder mit der teuflischen Sheela-na-Gig-Fratze. Alles was ihre Tiefen bewegt, ihre Träume, ihre Seelen, dahin gelangt Ihr nicht mit Euren Geldgaben für Jedermann, mit Euren Zinsgesetzen, auch nicht mit Euren Freundlichkeiten, mit Eurer klugen Gerechtigkeitsrepublik.«

Ricardo wartete nun ab, ob Lynch vielleicht ein drittes Mal fragen würde, was zu tun sei. Aber Lynch schwieg. Der betrachtete nur den rechten unteren Winkel seines Vernunftfensters, eine mathematische, eine navigatorische Zeichnung zeigte da, wie Kapitäne immer neu ihren Kurs berechnen konnten und Gefahren umgingen. Immer am winkelreichen Westrand des europäischen Kontinents entlang führte der Kurs, von Spanien und Portugal in den Norden, durch die wilde, die sturmreiche Biskaya-Bucht, um die vielerlei Klippen der Bretagne herum in den nebligen und buchtenreichen Norden des an seinen Küsten kleinteilig zerstückelten Erdteils.

Als Lynch nun immer weiter schwieg, setzte der Pater endlich nach und redete in einem Ton, der um einiges bedeutender tat als zuvor, ja, er gab sich jetzt feierlich. »In brennender Sorge um Euere und Eurer Vorfahren Verdienste am Glück dieser Stadt hatte ich schon vor Eurer Abreise gesagt, Ihr dürft die Hilfen der alten Kirche nicht länger ignorieren. Wohlstand, Gerechtigkeit und Verfassung werden, wenn Ihr sie der reinen Vernunft aussetzt, irgendwann zerfallen in Neid und Streit. In diesem scheinbar glücklichen Galway, in dem Ihr mit so viel Sorgfalt und Klugheit das horizontale Leben sinnvoll gegliedert habt, fehlt diejenige Richtung, die in die Tiefe führt und in die Höhe.«

»Wenn jeder gleiches Recht hat, vermissen kluge Leute keine Höhe und Tiefen. Aber schön und gut, verklärt nur weiter Eure höheren Paradieseswonnen. Die Lynchs versuchen, diesen Wonnen schon auf Erden eine Chance zu geben.«

»Hochmut ist das, Anmaßung.«

»Aber treibt nicht auch Eure Kirche Spuk und Brimborium? Ebenfalls aus purer Berechnung? Gaukelt nicht auch sie ihren Bilderzauber, ihre Weihrauchgesänge in rattenfängerischer Absicht? Weil sie die Menschen mit Magie bannen will, berauschen, trunken machen, betäuben, vom Denken ablenken? Wer Eure Unfasslichkeiten fassen soll, wer glauben soll, der muss zuvor offenbar durch Beräucherung und Beduselung in einen absonderlichen Zustand versetzt werden, und ich gebe es zu, in diesen Methoden der Berauschung und Entzückung war Rom seit je unzweifelhaft meisterlich und förderte die entzückendsten Künste.«

Fitzstephen Lynch blickte kurz hinüber auf seinen katholischen Freund und lächelte. »In meinem horizontal gegliederten Galway kann jeder, wenn er will, sich auch berauschen und singen und Lust haben. Er kann aber auch gelehrtes Latein sprechen oder kluges Englisch und sogar das Gälischkeltische. Rein aus eigenem Verstand kann jeder, der will, erkennen, warum das neue Galway-Gesetz vernünftig ist, nämlich hilfreich für Jedermann, gewinnbringend und lebensfreundlich. Pater Ricardo, wer will von mir erwarten, dass ich unsere seit Generationen klug und liebevoll durchdachten Einrichtungen, dass ich unser Handelssystem, das den meisten ein verbessertes Leben brachte, Engländern wie Iren, Gläubigen wie Andersgläubigen, wer erwartet von mir im Ernst, dass ich dies alles in Gefahr bringen sollte zugunsten von Spuk und schön gesäuselten Phantasien und klingelndem Brimborium, zugunsten von Lügen und Irrwitz über Wahrheiten, die niemand fassen kann, zugunsten von unbegreiflich reinen – rein geistigen – Jenseitshöhen?«

»Ich«, sagte der Pater. »Ich erwarte das. Und lasse Euch gern die Ansicht, es sei die Kirche ein kindischer oder märchenhafter Spuk. Bleibt nur bei Eurer Meinung, wir Kirchenleute seien Betrüger, die unter Gaukeleien verbergen, dass es ihnen um Macht geht. Wer in dieser Welt seine Kindlichkeit und seine Seele ständig verleugnen muss, der verkümmert im Kern – wir Kirchenleute sprechen da von Seele – der mag zwar als vernünftige Person erscheinen, lebt aber in Wahrheit hohl, ungeborgen und ungeliebt. Der scheint zwar vor Kraft zu strotzen und aufrecht zu stehen wie eine alte Eiche, ist in Wahrheit aber ohne Halt, ist hohl, verstockt und erstorben.«

»Und wo, bitte, steht unser Pater Don Ricardo im Saft? Nicht mal diesen hier trinkt er, unser spanischer Gast und Jenseitsgeist!«

Der Pater beachtete diesen Spott nicht, sondern redete leise weiter. »Ich biete sie Euch an, Stadtoberhaupt Lynch, biete Euch die Geschichten und Bilder und Gesänge der Kirche, die Harmonien des von Gott gestifteten, des ewigen, des alleinseligmachenden Heils. Auf dass dieses Heil Eure kluge Handels-Ordnung mit herzwärmendem Leben erfülle.« Pater Ricardos Stimme wurde sehr leise. Verengte sich dabei zu einer Schärfe, die dem, der hier um Rat gebeten hatte, unangenehm schien, sogar der Klang des Wortes ›herzwärmend‹ schien ins Trommelfell zu schneiden. »Eure weltliche Herrschaft, John Fitzstephen Marcus Tullius, sie wird am Ende nichts ausrichten ohne die geistliche.«

»Umgekehrt, ihr Geistlichen seid am Ende hilflos ohne uns Weltliche.«

»Ach, auch in den lutherischen Deutschländern haben sich jetzt die Dümmsten, die Bauern, von der Vernunft erleuchten lassen wollen. Blutig sind dort die Bauern zu Felde gezogen gegen kirchliche und weltliche Obrigkeit. Auch diese lutherischen Tölpel wollten eine bessere ›Ordnung‹, haben gewütet und gebrandschatzt. Und Gott hat sie scheitern lassen, kläglich scheitern. Im Wahnwitz endet es, wenn Menschen die Ausrechnungen ihres Gehirns für Wahrheit halten und zur Herrschaft einsetzen über ihre Seelen. Lynch, ihr seid der erste, den die MacBrides und die O'Flahertys am Tage des Zorns aufhängen werden auf dem neuen Galgenplatz vor dem Osttor.«

»Wenn sie nicht aus Versehen erst einmal Euch packen, der ihnen die Gnomen und die Meerfrauen vergrault, der ihnen die Sheela-na-Gig vergräbt, ausgerechnet im Kegelgrün, wo nachts jeder halbwegs ortsfeste Ire den Lustgeist laut seufzen hören musste.«

»Jetzt, da Ihr Erfolg habt, Euch von London freizumachen, da befreit Euch endlich auch von dieser neuen, von dieser nichtswürdigen Londoner Macht-Kirche! Kehrt zurück zur liebevollen, zur trostreichen römischen Mutter!«

Lynch trank wieder einen ruhigen Schluck und betrachtete den bleichen Pater mit Gelassenheit. »Ricardo, Euer Angebot scheint mir kein bisschen liebevoll, sondern durchsichtig. Ein letztes Rettungsmanöver fürs lecke Kirchenschiff. Ach, verzeiht mir, aber Euer Seelenbordell klammert sich seit je an alles Profitable. An Fürstenprofit wie an Kriegsglück. Nun also auch an den Erfolg einer freien Handelsstadt. Nein, mein Lieber, Euer Angst-Angebot ist nur ein weiteres Einlullungsgeschäft und so etwas benötigen wir nicht. Für Brimborium, Farbe, Spuk und Witz, für Geschichten, Gesänge und Lustzauber können wir hier ganz allein sorgen, genießen unser Galway-Glück am liebsten in Freiheit. Ohne Höllenangst, ohne die Zwänge und Vorschriften aus Rom, ohne die Verachtung von Leib und Weib. Ergo, aus purer Vernunft. So ist es, mein Lieber, und so lehne ich Euer Angebot ab. Von unseren Freuden, Freundchen, muss niemand Ängste leiden und Gewissensnot.«

Sprach's, trank aus und stand auf. Geleitete Ricardo aus dem Philipps-Raum, stellte aus Höflichkeit weitere Gespräche in Aussicht und begab sich zu Lady Mary, der er noch vieles zu erzählen hatte.

✠

Patrick, oben auf dem alten Galgenberg, legte nun ebenfalls die Hand über die Augen, tatsächlich, eines der drei Schiffe, das erste, bewegte sich. Aus dem Holzbauch des vordersten, aus dem Lynch-Schiff, das an den Seiten je zweiundzwanzig Öffnungen hatte, aus denen Kanonen hätten schießen können, wenn welche an Bord gewesen wären, schlugen Hölzer in die See. Und das Schiff gewann an Fahrt. Das älteste, das größte, die Handelsgaleone mit dem Luchs am Bug wollte heimkehren – aus eigener Kraft – wie das?

»Sie haben die Ladung verschoben, haben hart gearbeitet«, freute sich Juan. »Haben die Fässer zur Seite gewuchtet.«

»Jede zweite Luke scheint geöffnet. An der Backbordseite arbeiten elf Ruderer.«

Und nun bewegte er sich tatsächlich, der goldbraune, der schwer beladene Handelsfrachter, der schob sich nun deutlich sichtbar über den grauen Spiegel der Galway-Bucht. Wenn das Lynch-Schiff noch heute den Hafen erreichen würde, dann, sagte Pat, sei Aussicht, dass noch an diesem Tag oder spätestens morgen der große Willkommensspaß beginne. »Ein üppiges Fest. Dir zu Ehren.«

Da meinte Juan, er fühle sich in Galway unnötig beachtet, mit allzu viel Aufmerksamkeit, überschüttet mit Reden und Geschenken. In Andalusien sei es umgekehrt, da bringe der Gast die Geschenke. Er habe in seinem Gepäck einen Ring für Mary Lynch, ein Geschenk von seinem Vater, dieser Ring sei eine Wespe, aus Gold und aus einem Tigeraugenstein gebildet, dieses Kleinod werde er Pats Mutter verehren, sobald dafür ein guter Moment komme. »Vielleicht morgen, bei eurem Fest.«

Dicht unter ihnen flog eine Wildente die Abbruchkante entlang, zwei Erpel dicht hinterher. Patrick sah ihnen nach, dem schweren schnellen Flügelschlag. Auch unter den Wildtieren Wettstreit, dachte er, gerade so, wie er selber heute beim Rudern unbedingt Erster hatte werden sollen und wollen, gegen alle anderen.

»Warum ist Galways Galgenplatz nicht vorm Haus des Richters, warum war das hier draußen auf einem Berg?«

»MacBride und O'Flaherty und einige andere in der Stadt meinen, auf diesem Hügel lag der Galgen nicht weit von der Unterstadt Claddagh, dem irischen Fischerdorf am nächsten. Weil man die Kleinen eher hänge als die Großen, sei dies der günstigste Platz gewesen. Auch läge dieser Ort in Richtung Connaught, da wirke er wie eine Warnung gegen die räuberischen Häuptlinge, gegen die O'Malleys und O'Flahertys, zumal gegen die Seeräuberin Grace.«

Von der Räuberin Grace musste Pat nun Genaueres erzählen, das tat er ausführlich und wie in Trance, nebenher freilich schoss ihm der Gedanke durch den Kopf, wie gut es sei, dass Juan ihn noch immer nicht nach Agnes gefragt hatte.

Die acht Nebensonnen waren inzwischen fast verblasst, die wollten verlöschen. Unten im Tal, wo die Pferde in Ruhe grasten, zogen Schatten auf. Der Rauch von Kates Kräuterhütte stieg weiterhin dünn und steil und ungestört in die trübe Höhe und verteilte sich weit oben zart nach allen Seiten. Kate ist es, sagte sich Pat, Hexe Kate macht den Schleier, macht selber das Wetter und den Sonnenspuk. Ach, die Hexen und Gnome, die durchschauten ja seit je auch das Klügste, das Latein, freilich von der Kehrseite her, die beherrschten perfekt die Herrschaftswörter Roms und seiner Priester und waren also mindestens so im Recht und im Bilde wie die Pfaffen hier oder dort.

Eher wie nebenbei erzählte Pat dem Juan Gerüchte und Sagen über die Grainne Ní Máille oder Grace O'Malley, die, wie die guten Familien in Galway behaupteten, mit mehreren Ehemännern gleichzeitig verheiratet sei und die eine zügellose Seeräuberhorde befehligte und die auch schon mehrfach das gut befestigte Galway bedroht hatte, überm Westtor, zum wilden Corrib drohte eine alte Inschrift den O'Flahertys blutige Rache an. Berichtete dann auch ungefragt von seines Vaters Rechtspraxis, welches Aufsehen es gegeben habe bis nach London hin, dass Galways Gericht die Urteile nicht mehr nach Londoner, sondern nach Galwayer Gesetzen fälle. Zum Beispiel würde hier das Nichtzahlen der Steuer oder die Erbschleicherei auch noch nach zehn Jahren mit Geldstrafen belegt werden, wogegen man in Dublin, Limerick oder Cork wie in London davonkäme, wenn binnen drei Jahren der Steuer-Betrug oder das Fälschen der Erbschaft und der Testamentsbestimmungen unbemerkt geblieben war. Das Beharren auf einer eigenen Rechtsprechung auch in Nebensachen, das rechne Lynch ebenfalls zu seiner Neuen Welt, zu einer gerechten Republik-Politik oder Ordnung der Vernunft, das habe nicht nur die Unabhängigkeit der Stadt begründet. All solche vermeintlichen Kleinigkeiten hätten den Aufschwung des Handels und der Marktfreiheit, die für alle gelte, bewirkt. Und außerdem –

Aber dann schwieg Pat. Hatte selten so viel geredet und musste sich eingestehen, dass er das meiste nur den Tischreden seines Vaters nachgesprochen hatte oder den Erzählungen des alten O'Brian. Juan schien gut zugehört zu haben.

Pat warf einen Stock über den Klippenrand und dachte wieder an die fünf lateinischen Wörter vom ewigen Rotieren, aber er schwieg. Schaute rundum über den Horizont, als wollte er prüfen, ob wieder Wildenten um die Wette flögen. Aber der Dunsthimmel blieb leer und die Dämmerung wollte die Linien zwischen Meer und Himmel nach und nach ganz auflösen.

Um Juan zu zeigen, wieviel er von ihm hielt oder halten wollte, ging er im Zwielicht ein wenig zur Seite und drehte eine Steinplatte um, holte unter der Platte aus einem Erdloch ein Ziegenfell, wickelte das auseinander und zeigte dem eleganten Mann ein Holzstück und ein Messer. Eine Schnitz-Arbeit. Klar, ein Schiff würde das werden, eine der

Galeonen, wie sie in Galway gebaut wurden und mit denen, wer sein Herz in beide Händen nahm, hinausfahren konnte und sollte in die Welt.

Pat schnitt ein wenig an dem Schiffskörper herum, tat, als höhle er weiter aus, mit einiger Verlegenheit machte er das, unsicher, was dieser Mann aus Malaga von solch einem Schnitzversteck denken würde. Außer Agnes, mit der er oft hier hinaufgeritten war, wusste niemand, was er in den vielen Stunden hier oben überm Krachen der Brandung anstellte. Sinnieren und laut in den Lärm hineinreden und ein Handelsschiff schnitzen. Ein Bild herstellen. Aber kein Großes, das ein Kleines frisst oder küsst. Sondern eine prächtige, eine irisch-englische, eine Galwayer Kaufmanns-Galeone, wie auf dem Wappen der Stadt.

Nun saß er mit dem spanischen Gast schon gut zwei Stunden hier oben, machte sich jetzt mit ein wenig Verlegenheit an dem bauchigen Schnitzleib zu schaffen, sorgte mit dem Messer für Genauigkeiten, für Verbesserungen an den je zweiundzwanzig Öffnungen backbord wie steuerbord. Juan hatte sich abgewendet, schaute dorthin, wo das wirkliche Lynch-Schiff nun immer deutlicher vorwärts kam.

»Und Agnes?« Diese Frage hatte der Gast nun also doch noch gestellt, der junge Gomez.

»Was meinst du?«

»Ich bin neugierig. Wünsche mir, du würdest mir ein bisschen erzählen. Von deiner Agnes.«

»Oh, Agnes Joyes. Sie ist schön, sie reitet gut, sie lacht wunderbar und sie ist – ja, sie ist so schön, dass ich nicht weiß, wie ich sie beschreiben soll.«

»Du hättest sie mir vorstellen können.«

»Unmöglich. Noch soll niemand wissen, dass wir zusammen sind. Du wirst sie sehen, sehr bald sogar. Sie war unten am Hafen, hat beobachtet, wie du uns gerudert hast.«

»Ihr Haar ist dunkel? Oder blond, braun, rot?«

»Dunkel. Aber die Augen sind hell. Glitzern hellgrau. Du wirst sie sehen. Vielleicht heute Abend noch.« Pat schwieg, wickelte sein geheimes Holzschiff in das Fell und verbarg es unter der bleichen Steinplatte. Und hat dann, als sie hinuntergingen über die dunkelnde Wiese, Töne aus der Kräuterhütte gehört, zischende von heulenden meinte er unterscheiden zu können, heulende von klappernden, und ihm war klar, die Stunde der Kobolde und der Feen hatte begonnen.

✠

WÄHREND LYNCH NOCH MIT LADY MARY durchsprach, was alles in den letzten drei Monaten sich ereignet hatte, in der Stadt wie in Irland, aber auch in den Städten auf der langen Seereise in den Süden, kam die Nachricht ins Haus, die Crew im Luchs-Schiff habe Seitenluken öffnen können und begonnen, das Schiff in den Hafen zu rudern. Da unterbrachen Fitzstephen und Mary ihren Rapport, lief der Bürgermeister mit vielen anderen die bunte krumme Straße hinunter, um unten am Kai das Manöver zu beobachten. Ja, in der Dämmerung näherte sich da der goldbraune Galeonen-Palast und das sah aus, als schwebe der bereits dicht vor der Einfahrt. Auf dem hohen Flutwasser ragten die vielfenstrigen Aufbauten weit über die Vormauern, ja, das sah auch jetzt wieder so aus, als gleite da aus dem Zwielicht ein Untier hervor mit zweimal zweiundzwanzig Augen, als nähere sich da der Stadt ein Riesenkäfer, der aber jetzt, im letzten Abendlicht, noch einmal goldfarben glänzen wollte, der seine steilen Masten wie Fühler ausstreckte und jedenfalls auf seinen zweiundzwanzig emsig bewegten Beinen unbedingt in den Hafen strebte.

Rechtzeitig vorm Einfahrtstor zog die Mannschaft die Ruder ein, das Schiffstier glitt herein, Taue warf man auf die Mole und von Land her zogen nun Kellys Werftleute den Koloss endgültig an das Pier und zurrten ihn vielfach fest. Und als alles beigebracht, geglückt und gesichert war, da war dann wieder ein Winken und Schreien und stürmisches Umarmen und Lachen der Heimkehrer. Aber noch am Hafenplatz beriet

Lynch mit den Steuerleuten, wie sie denn nun am anderen Tag auch die beiden übrigen Schiffe hereinholen könnten.

Doch da wusste eigentlich niemand so recht, wie das anzustellen sei, auch Lynch sah vorerst keine Möglichkeit. Beide, das Joyes-Schiff wie das Blake-Schiff hatten keine seitlichen Luken, da blieb nur, für den nächsten Tag auf den Wind zu hoffen, auf den in Galway immer Verlass gewesen sei. Wer es für sinnvoll hielte, der solle getrost in Kirwans Kathedrale gehen und möge dort ausführlich zu St. Nicholas beten oder zu Maria oder zu anderen günstigen Geistern und sollte in seinen Bitten und Gebeten nicht vergessen, dass über Nacht auf keinen Fall neue Piratenbanden aus Connemara kämen mit ihren raschen Ruderschiffen, um draußen beim Black Head ungestört die kostbare Fracht zu plündern.

Lynch versuchte, alle Ängstlichen zu beruhigen, vor allem dem verzagten Daniel Blake redete er gut zu, er jedenfalls teile die Sorgen vor den Räubern nicht. Galways Oberhaupt hatte mit den Häuptlingen der O'Flahertys und O'Malleys erträglichen Frieden geschlossen, trieb mit denen seit Jahren guten und ehrlichen Handel und keinen Kleinkrieg mehr wie das noch unter Frances Lynch üblich war und unter fast allen anderen älteren Bürgermeistern.

John Fitzstephen Marcus Tullius, da er nun schon mal außer Haus war, ließ sich auf der Werft von Kelly auch gleich den Fortgang beim Bau des vierten Schiffes zeigen, beriet mit ihm und den Zimmerleuten die Besorgung neuer Holzarten, was schwierig zu werden schien, weil unter der Trockenheit nun auch im Connought die Wälder brannten und weil einige englischen Landlords der Stadt Galway ihre Vorräte nicht mehr verkaufen wollten. Und Lynch ordnete dann für die nächsten Wochen den Einsatz der heimgekehrten Matrosen an, ihre Arbeiten auf der Werft, beim Bau der vierten und möglichst bald auch der fünften Galwayer Handelsgaleone.

Auf dem Rückweg, längs der fahnengeschmückten Hafenstraße, kehrte er bei Edward und Flann O'Flaherty ein, beim Rotkopf mit dem quersinnigen Familienleben, ermahnte den Flann mit Geduld ein weiteres Mal, aber nicht etwa, um ihn von seinem herrischen Gebaren im Umgang mit dieser oder jener Frau abzubringen, sondern erinnerte den rotgesichtigen Widerborst dringend daran, endlich mit der Untertiefung seines Hauses zu beginnen, das nötige Geld bekomme er jederzeit, auch und erst recht unterm Gebäude der Galwayer O'Flahertys sollte ein Weinlager eingerichtet werden, am Hafen fehlte es noch immer an Lagerfläche. Edward und Flann O'Fahertys Steinhaus gleich hinterm unteren Tor, das wäre ein guter, ein hilfreicher Platz.

In derselben Sorge um die ständig zu geringen Fassungskräfte zog er zwei Häuser weiter Erkundigungen ein über die anderen, über die fast fertiggestellten Keller unter den Anwesen des William O'Brian und des Patrick MacBride. Nirgends vergaß er neben den besorgten und mahnenden die freundlichen und die ermutigenden Worte. Und jeden, den er hier sah und traf, den lud er auf den nächsten Abend ins Lynch-Haus. Im großen Saal hinter Lynchs Castle sollten morgen der Spanier und die Rückkehr der Schiffe gehörig und ausführlich gefeiert werden. Fast überall hatte er kleine außerordentliche Geschichten zur Hand, Schilderungen des südlichen Lebens in Lissabon, in Cadiz und Malaga und in Italien und versprach jedem, der sich stark genug fühlte und an dem etwa die Reihe noch nicht gewesen war, ihn das nächste Mal mitzunehmen auf die große Fahrt.

Freilich aus seiner eigenen Familie, das wusste man, würde er nie jemanden mitnehmen. Und der Grund blieb rätselhaft. Weil im Süden Insektenstiche drohten? Ereignisse, die blind machten? Der alte Flann O'Flaherty, kaum hatte Lynch Flanns Haus verlassen, entwickelte seinen Frauen eine höchst eigenartige Theorie über Lady Marys Erblindung, raunte wunderliche Einzelheiten von Liebessachen in Malaga und von Eifersucht.

Inzwischen kehrte Fitzstephen Lynch in seinen Burgturm zurück, sprach wieder vieles mit seiner Frau, Lady Marys rastloser Marcus Tullius redete mit ihr über den Stand der seit fünf Wochen aufgelaufenen inländischen Bestellungen. Schnell war mit ihr und mit Fitzpatrick die Reihenfolge abgemacht, wer aus den neuen Vorräten zuerst zu beliefern sei und wer in der Stadt diese dringlichsten Frachten ins Landesinnere zu übernehmen hatte. Nachdem die Verfügungen vom Schreiber Frederic in Listen eingetragen waren, damit die Anordnungen allen, die der Fuhrdienst traf, in richtiger Abfolge weitergesagt werden konnten, sprach der Hausherr Lynch mit der Ehefrau Mary über das Fest und fragte, was schon vorbereitet sei, was nicht, redete mit ihr über Anns Küchenhelfer, über die Vorräte, auch schon über die Sitzordnung in der Halle und im Hof, über die Ausstattung und Anordnung der Tische, über die Einladungen im Ort und im Umland und vereinbarte, dass unten in der Feierhalle, im Vorraum vor dem großen Kamin wieder der besondere Tisch mit den Geschenken für Juan Gomez zu sehen sein solle, der Tisch mit dem rätselhaften Teppich, mit den roten Granat-Kleinodien und mit dem Herzen in den Händen, dem die Krone zustand – Lob und Preis.

Und dann erst, als die letzten Anweisungen getroffen und die schnellen jüngeren Leute hinausgeschickt waren mit Botschaften und klaren Aufträgen, erst dann nahm Lynch seine Frau in seinen Philippsraum hinüber, leitete sie in den Lehnsessel vor dem dunkel schimmernden Fenster und fragte sie in der Stille, ob ihr an Patrick eine Veränderung aufgefallen sei.

Mary schwieg, lächelnd. Lynch saß in jenem Stuhl, auf dessen Vorderkante zuvor Pater Ricardo gesessen hatte. Und die Frau meinte dann, es sei ihr in den letzten Wochen wohl manches merkwürdig vorgekommen an dem Jungen, unter anderem, dass er sich bei Tisch nicht mehr lauthals wie sonst an den Späßen über die Frauen beteiligte und solche Sachen nun fast ganz dem Schwätzbold George überlassen hätte. Daraus vermute sie, dass Pat dies Thema seit kurzem Grund zu ernsteren Überlegungen gebe.

Leider könne sie ihm aber nichts Genaueres sagen, schon weil sie sich darum gar nicht besonders kümmern wolle, bekanntlich würden junge Leute in solchen Dingen seit je lieber eigensinnig und selbständig vorgehen und zweitens habe sie genügend Vertrauen in ihren Pat, etwas wirklich Wichtiges werde der schon auch freiwillig den Eltern anvertrauen. Schließlich fehle ihr inzwischen das nötige Augenlicht, um etwa bei der Erwähnung bestimmter Namen in Pats Gesicht Veränderungen bemerken zu können, ein Lächeln etwa, ein Augenleuchten oder gar ein Erröten.

Bei diesen Worten hatte sie einen Ellenbogen auf das Schachtischchen gestützt und waren Stirn und Augen unter ihre Hand geduckt. Es sei ihr aber aufgefallen, dass Pat neuerdings nicht nur oft schweige, wo er früher lärmend gelacht habe, sondern auch, dass er seit kurzem den spanischen Unterricht selber verlange, ja dass er beinahe pedantisch Lernstunden mit Don Ricardo ansetze, zu denen sie ihn früher habe drängen müssen. Sie vermute, dass hier mancher Unterricht nur für die Mutter als spanisch ausgegeben wurde und in Wahrheit anderem gegolten habe, doch habe sie deswegen weder Ricardo noch Pat selbst fragen und in Verlegenheit bringen wollen und habe ihrem Sohn zuletzt nur noch raten können, zwar sein Herz zu riskieren, nie aber den Kopf zu verlieren.

Marcus Tullius schmunzelte und trat vor sie hin. »Mir hat er's gestanden.«

»Jesus. Was weißt du? Wer ist es?«

»Agnes Joyes.«

Sie stand auf, lehnte sich an ihren Mann, wurde umarmt und meinte dann leise: »Also doch. Das ahnte ich. Wie schön, wie wunderbar. Pat und Agnes also. Lynch und Joyes. Oje, das wird heftig. Das gibt Neid.«

»Darin sind wir geübt.«

»Zum Glück.«

»Möglichst noch heute wünscht Pat sich, dass dieses Glück hinausposaunt wird.«

»Natürlich. So ist er.«

»Also geben wir's morgen Abend bekannt?«

»Vorausgesetzt, Kontrakopf stimmt zu«, sagte sie.

»So ist es. Wir müssen zu John Joyes hinüber. Noch heute Abend. Er wird kapitulieren. Er muss. Von jetzt ab fehlt seinen Kontras die Luft in den Segeln, ach, einen größeren Gefallen hätte Pat uns gar nicht machen können.«

»Maria, das hattest du vor mit den beiden«, sang Mary.

»Wie bitte?«

»So endete Fitzpatricks Tischlied, gestern Abend.«

»Frederic sollte jetzt ein Hochzeitslied spinnen. Ein Galwayer Glückslied.« Lynch ging ein paar entschieden ruhige Schritte in dem halbdunklen Raum hinein, drehte sich um und betrachtete das wild-finstere Bild aus den frühen spanischen Maurenkriegen. »Pat hat es also ganz und gar für sich behalten. Länger als drei Monate lang. Wie ich's ihm geraten hatte. Bravo. Braver Sohn.«

»Morgen Abend schon? Ist das der richtige Moment? Ist das nicht zu viel für ein einziges Fest?«

»Wenn die Schiffe am Kai liegen. Dann wird das Fest ein Triumph. Allerdings ein doppelter.« Kam wieder zu ihr zurück, gemächlich und zufrieden. »Allein der Besuch und die Begrüßung des jungen Gomez, allein das gibt ein städtisches Glücksfest. Galway glänzt. Die Claddagh-Leute sagen zwar – Steuermann Jessy hat mir unterwegs ausführlich erklärt, was er von seinem Großvater wusste –, schon vor tausend Jahren habe ihr Fischerdorf geglänzt, schon in den heidnischen Zeiten hätten ihre keltischen Ahnherren Galway gegründet.«

»Galway gegründet?«

»Ihr Häuptling oder König hätte auf der Wiese, auf der heute ihre Strohhütten stehen, einen Rundum-Zaun errichten lassen, weit ums heutige Dorf herum das, woraus die Engländer dann den Namen für jede Sorte Stadt abgeleitet hätten, vom Wort ›Zaun‹ bekanntlich ihr ›Town‹, für alle Zeiten das Wort für die befestigte Stadt, auch auf diese Weise, auch mit Wörtern hätten die Briten am Ende die Kelten beraubt. Lassen wir ihnen den Streit um Geschichten, solchen Gerüchtekrieg, den lieben sie und verwetten darauf das Häuschen ihrer Großmutter, aber der Abend morgen, der wird glänzen, denn der gehört nun nicht nur dem Juan Gomez, der gehört nun auch unserem Patrick.«

»Und Agnes. Agnes Joyes.«

»Der gilt nun auch der Vereinigung der Lynchs mit den Joyes.« Er schnalzte mit der Zunge. »Die Herren in Limerick oder Cork täten klug, sie würfen sich jetzt die dreihundert Fuß von den Cliffs of Moher in die Antlantikbrandung. Weil sie nur dann noch irgend Aussicht hätten, in Irlands Geschichte je erwähnt zu werden.« Marcus Tullius lachte stark und breit, trank dann wieder vom Jerez und sagte, gern gönne er den Claddagh-Leuten ihre Wackelsteinmauern und Zäune und auch die Gründungsgeschichte in Sachen Town of Galway, Hauptsache, die beiden restlichen Schiffe kämen bis morgen Abend ungeplündert in den Hafen.

Mary richtete ihre schwachen Augen zu ihrem Mann empor, schien ihm ins Gesicht sehen zu wollen. »Wir sollten zu den Joyes hinüber.«

Fitzstephen blickte über seine Frau hinweg auf den stürmisch-vernünftigen König der Spanier. Der wies auf seinem springenden Apfelschimmel zurückschauend nach vorne, mutig war der und klug. Und die Blinde sah zu ihrem Mann auf und schien sehr bewegt.

✠

Während dieses Gesprächs der Gatten drehte sich in Halle, Hof und Küche und rings durch die abendliche Stadt das Mühlenwerk der neuen Anordnungen und Ausführungen. Faktotum Frederic Fitzpatrick, der die Lieferungen und Einladungen regelte und überwachte, der bekam nun mitten in all seinen wichtigen Tätigkeiten plötzlich von Lynch persönlich ebenfalls den Auftrag zu einem Botengang. Zu den Blakes? Zu einem der Raub-Grafen? Nein, zu den Joyes. Er stand verdattert, schien nichts verstanden zu haben, die Küchenfrau Ann musste es ihm wiederholen und erklären, Frederic solle bei den Joyes den Besuch des spanischen Gastes ankündigen, den Besuch aller Lynchs, noch für diesen Abend.

Auch nach Pat wurde gerufen. Der, kaum mit Juan heimgekehrt, war eben im Begriff, einen der vielen Botenritte zu übernehmen, den zum

Grafen Cluricaun auf Killmanroy, als aber plötzlich vom Besuch bei den Joyes die Rede war, lief er rot an, was in der Dunkelheit außer der alten Ann niemand bemerkte. Und auffallend schnell und gern war der junge Lynch bereit, dem schnellen Tobby den Weg hinüber nach Killmanroy Keats zu überlassen, Tobby kam soeben zurück von Larminie und meinte nun, maulen zu müssen, wer denn jetzt noch zum Torfholen wegführe, was denn wohl wäre, wenn morgen das Badehaus kalt bliebe, diese Bescherung, diese Verspottung durch die Gäste, den Hohn der Herrschaften, den möge dann der junge Lynch auf die eigene Kappe nehmen, so mäkelte der und wollte doch nur unbedingt, wusste Pat, auch diese Nacht noch zu seiner Neuen aus den Joyce-Bergen, zu der mondhintrigen Helen.

Küchenvettel Ann beruhigte den Tobby Keats, zum Torfholen wäre auch Hütejunge Marc in der Lage, wenn Fitzpatrick ihm drei andere Jungen mitgäbe, dieser Marc aber beschwerte sich dann seinerseits darüber, dass man ihn zum Torfholen mit zwei Ochsen und drei halbgaren Jungens wegschicken wolle. Am Ende jedoch zog noch jeder mit seinem Vieh und Auftrag durch Tore und Höfe und Hinter- und Hauptstraßen, und selbst die älteren Einwohner erinnerten sich nicht, je so viele verschiedene Umtriebe in, vor und rings um Lynchs Castle beobachtet zu haben, das ging bis tief in die Nacht hinein – freilich, geruhsam war es dort selten zugegangen.

Die Tage sind sehr lang im späten Juni, noch immer wollte es nicht vollkommen finster werden, zumal auch in dieser Nacht ein großer Mond die Dächer in sein Silberlicht tauchte. Man sah, wie John Fitzstephen Marcus Tullius seine Mary beim Arm genommen hatte und wie er sie aus der Hofeinfahrt heraus führte, wie er sie über die geschmückte krumme Straße zum Haus der Joyes hinunter geleitete und wie Patrick und dieser Juan, wie dieser neue Gomez ihnen folgten, jetzt nahm etwas offenbar sehr Wichtiges seinen Lauf, da kletterte nun der Kronprinz nicht mehr über Hinterwege und Nebenpfade und über Schweinewiesen und bröckelnde Mauern. Vergnügt, so schien es, gingen die vier die sumsende duftende Straße hinab, schritten unter den Girlanden und

Fahnen hinunter und hatten zu grüßen, in den Eingängen saßen oder standen noch immer diese und jene Nachbarn, schwatzten und tranken miteinander in Galways schiefen Straßen und einige, Alte wie Junge, mussten schon jetzt wieder musizieren.

Pat war sich sicher, in der Dämmerung einer Seitengasse Kate erkannt zu haben, die kleine Figur mit den hellen Haaren, die verschwand, wenn er es richtig gesehen hatte, in William O'Brians Kellerneubau. Er behielt das für sich. Auch O'Brians Enkel Samuel und David hatten helles Haar und liebten Versteckspiele in Kellern und Baustellen.

Kate oder nicht, dem Gang der Lynchs mit ihrem interessanten Gast Gomez, dem schauten in aller Offenheit viele Wohlwollende zu. Die Abordnung hatte kaum das Joyes-Haus erreicht, da war es auch schon herum in der Stadt, wem Lynch die Ehre des ersten spanischen Besuchs zugedacht hatte, nicht den Blakes, nicht den Skerrets, sondern dem Stamm, von dem Lynchs Vormachtstellung seit je am meisten beneidet und beharkt worden war, dem Joyes-Clan. Wäre nur erst herumgewesen, was da nun in Wahrheit verabredet wurde, kein Maul in Galway wäre so schief gewachsen, wie es dann hätte aufgetan und verzogen werden müssen, wobei übrigens die Bewohner von Limerick behaupteten, der Name ›Galway‹ sei entstanden aus den scheelen oder schiefen Wegen dieser Stadt, weil Galways Straßen so unentwirrbar krumm und planlos verknäuelt seien, deswegen, erklärten sie, sei Galway eine Stadt der Schiefmäuligen und Scheeläugigen, in der die Bewohner auf ihren eigenartigen Straßen ständig zum Hintenherumgehen gezwungen seien, zum Umwege- und Auswege-Suchen, weil dort ein keckes Vorwärts nie zu lernen sei und ein rechtes Geradeaus schon gar nicht.

Nun, an diesem Tag lief im alten Galway noch fast alles ziemlich gerade und gut, ohne Neidhammelei, ohne aufgescheuchte Hunde. Wenn man's richtig überdenkt, dann war in diesem Moment neben dem stets grimmen Edward höchstens noch ein Einziger im Ort missgestimmt, nämlich der Braumeister Douglas O'Donnoghue. Denn O'Donnoghues Bierhaus stand an diesem Tag der Vorfreude und des allgemeinen Hin und Her vollkommen leer. Woher hätte der Brauer wissen können, wie sehr und wie bald und warum sich das alles von Grund auf ändern würde und warum dann auch in Galway das Biertrinken wieder ungewöhnlich stark in Mode kam.

O'Donnoghue, obgleich kein Engländer, war ein tüchtiger und ehrgeiziger Mann, stand darin nur wenig hinter Lynch oder Joyes zurück, aber Douglas O'Donnoghue war mit seinem Bierbetrieb mehr und mehr ins Hintertreffen geraten, und das in einem Ort, der vom starken Corrib-Fluss in Überfülle Wasser geliefert bekam für ein unablässiges Brauwesen. Seit Jahren aber drehte sich hier fast alles um Weine, um bewunderte und begehrte Südweine aus Portugal und Spanien.

Und nun veranstaltete dieser Lynch seine spanischen Demonstrationszüge ausgerechnet am seit alters festgelegten Brautag, am Abend des Donnerstags, der sonst für viele noch immer ein Abend in O'Donnoghues Bierhalle gewesen war. Dieses feierliche Gewese und Gehabe um den Spanier, um den Sohn eines Weinhändlers, das sprach allen Erklärungen Hohn, die fortwährend und großtönend allgemeine Wohlfahrt verkündet hatten und Gerechtigkeit für alle.

O'Donnoghues Grimm hielt sich unter der Oberfläche, und Lynch konnte zuversichtlich sein und wohlgestimmt, als nun das Joyes-Haus sich auftat, ja, John Fitzstephen betrat die Halle seines alten Konkurrenten zum erstenmal mit angenehmen Gefühlen, hatte an diesem Abend im Glücksspiel der Galwayer Stadtpolitik zwei Trümpfe auszuspielen, die den widerspenstigen und schwer berechenbaren John Joyes, die seinen ›Kontrakopf‹ endgültig auf die eigene Seite bringen würden, nicht nur bei den Entscheidungen im städtischen Rat.

Mit solchen Überlegungen warteten die drei Lynchs und ihr Gast im Schimmer der Fackeln, die in der Joyes-Halle aufgesteckt und angezündet worden waren. In Galways Gericht und Stadtrat führte Lynch seit mehr als zwanzig Jahren den Vorsitz über die sechs Räte und gab mit seiner siebten Stimme fast immer den Ausschlag. Unter den sechs Ratsherren wären zukünftig, da war er sich sicher, nur noch drei Schwierige, nämlich der alte irische Familienquerkopf O'Flaherty, der Frömmler Jeremiah McDonnell und der Brauer O'Donnoghue. Wenn John Joyes hier und jetzt alle Vorschläge akzeptierte, dann blieben die drei irischen Störenfriede in der Minderheit, drei gegen vier.

Pats Jungengesicht mit den ein wenig nach oben gesetzten Wangenknochen, mit der schlitzartig verschmitzten Augenpartie und dem gelben Haarberg, das war ein liebenswertes, ein ganz normal englisch-irisches Galway-Gesicht. Dass aber John Joyes, als er nun mit Elisabeth und Agnes die Halle betrat, dieses Gesicht vor allen anderen Gesichtern stehen sah, dazu noch mit unruhigen Augen und mit zum Sprechen geöffneten Mund, das verwirrte den Kontra-Häuptling. Der hatte mit dem Frontmann John Fitzstephen gerechnet und mit dem spanischen Gast, dem jungen Gomez, aber da stand ihm nun dieser grüne Junior im Weg und begann auch schon zu reden: »John Joyes«, begann der mit verhusteter Stimme, »seht es mir nach, ich bin ziemlich aufgeregt, weil – denn – ich halte – ich halte heute um Eueren besten und schönsten Besitz an, um die Hand von Agnes!«

»Himmel hilf!« platzte es aus dem breiten Alten heraus, »heilige Mary rette mich vor diesen grausamen, vor diesen fürchterlichen Lynchs«, so rief er und drehte sich weg und einmal ganz um sich selbst, und hinter ihm meinte das Landfräulein Helen, Tobbys Neue aus dem Apfelbaumgarten, die hier zum Getränkeservieren eingeteilt war, die meinte später, Tochter Agnes hätte, als Pats kleine Rede bis zum Namen ›Agnes‹ vorgedrungen sei, einen leichten, einen sehr leisen Schrei getan oder sogar einen winzigen Hüpfer, wie es halt so aussieht, wenn eine große Veränderung durch den Menschen hindurchfährt und das Zwerchfell vor Schreck zucken muss und zugleich vor Freude.

Vater John Joyes hüpfte nicht, der war nach seinem Dreher auf einen Stuhl gesunken. Als dann aber Fitzstephen Lynch mit der rechten Hand eine elegante Heiligen- oder Gnadengeste ausführte und »Verzeih meinem Sohn!« brummelte, da stand der Hausherr fix wieder auf und ging auf Lynch zu, wandte sich aber seitlich weg zu Mary und schließlich wieder ganz herum, zurück zu seiner Gemahlin. »Verdammtes Gnomen-Galway, jetzt macht mich dieses Pack aber fertig, wie? Elisabeth! Agnes, was sagt ihr Frauen! He, Elisabeth, wie siehst du das! Kann man denn, zum Donner, seine Youngsters keine drei Monate allein lassen? Hättest du nicht aufpassen können, Lillibeth, zum Teufel, hier ist womöglich alles abgesprochen, wie? Pat lächelt? Agnes lächelt? und wenn die dich haben will? wie siehst denn du selber das, verrücktes Tochtertier? willst denn du Agneshuhn den Gockel haben? und Elisabeth, hast du davon gewusst?«

Gemahlin Elisabeth stand noch immer dort, wo die Anfrage oder Mitteilung des Pat Lynch sie hingebannt hatte. Nun sagte sie, stockend und vor Rührung ein bisschen weinend, aber doch sehr deutlich: »Gar nichts habe ich gewusst, nicht mal geahnt hab ich, wie verrückt sie tatsächlich ist, unsere Tochter, deine Tochter, verrückt und heimtückisch ist sie ganz offensichtlich. Aber weswegen, John, warum sollten wir beiden was dagegen haben – wenn's unserer Betty schon bei dem kuriosen Daniel Blake so gut geht, wie sehr dann erst Agnes beim Kronprinzchen Patrick, oder? Na! Schluss mit der Stadtpolitik, nun komm her, du Missratene, du Entsetzliche!«

Sie zog Agnes aus Helens Armen. Die Neue aus den Joyce-Bergen hatte die Küchensachen auf den Tisch stellen müssen und Agnes ein bisschen festhalten, Lady Elisabeth zog also die Tochter zu sich her und drückte sie an ihre Brust, deren Mächtigkeiten Pat an die Mächtigkeiten der Agnes-Schwester Betty erinnerten. »Kind, dein Vater hat bis jetzt überhaupt nichts Deutliches gesagt, der ist überrumpelt, der hat sich in seiner Verwirrung sogar an dich gewendet und an mich, hat gefragt, ob wir ihn, ob du ihn haben willst – wie? willst du?« Agnes, in den Mutter-Armen, kehrte den übrigen fast den Rücken zu, grinste ein bisschen unpassend frech nur zur Helen hin und nickte. »Erstens hab ich ihn längst. Und zweitens hab ich dem Pat Lynch aber auch auf eure blöde Frage längst geantwortet, ja, einverstanden bin ich, ich will.«

»Donnerwetter!« polterte der Herr des Hauses und tat immer noch rau und wüst, und allen war klar, nur raubauzig konnte dieser alter Fahrensmann sein überraschtes Glücklichsein herauslassen. Und nur weil er von Grund auf sehr einverstanden war mit diesem Überfall, ließ er an diesem denkwürdigen Donnerstag die Frauen an das Ruder. »Doch spüre ich eine kritische Mahnung meiner Gemahlin. Ich hätte das Politische nicht bedacht, hätte feige den Mund gehalten – nur weiß jeder, wo Frauen agieren, hat unsereiner seit je wenig Chancen. Heute Abend war uns ja nur gemeldet worden, es käme ein Lynch-Besuch und das sei der Antrittsbesuch von Señor Gomez Junior, den kenne ich zwar gut, aber Elisabeth kennt ihn noch gar nicht, wo ist er denn jetzt, da seht ihn, bescheiden und gewiss verwundert hält er sich im Hintergrund und wartet, ob dies Frauen- und Familientheater irgendwann ein Ende findet, ja, Juan, ein Kreuz ist das mit der Kinderpest, dass sich das alles ständig neu kreuzen und verkuppeln muss, komm her, Juan, kommt alle, nun setzt euch doch endlich, ich jedenfalls muss sitzen, mir wackeln die Knie, und Helen, mir verdorrt die Gurgel –«, er setzte sich wieder, stand jedoch abermals auf. »Juan, du lieber Gast, dich übergeht man in diesem unwirtlichen Haus ganz und gar ungehörig, zum Glück kennen wir uns seit Malaga, gelegentlich sahen wir uns unterwegs in den Häfen – Elisabeth! Agnes! hier haben wir ihn, den Wunderknaben, den Kronprinzen aus Andalusien, den wir natürlich vor allem für euch Frauen mitgebracht haben!« Und, immer weiter schwadronierend, weil er seinen verwirrten Kopf mit vielen Wörtern beruhigen musste, ergriff er nun die Hände seines alten Widersachers Lynch und schüttelte sie, übertrieben heftig. »Mein Gott, ich kann noch überhaupt nichts Vernünftiges sagen, Fitzstephen, du hexst, du schubst mich jetzt ganz schön hinein in das hinterste Hafenbecken, wie? alter Streitbock, jetzt hast du gewonnen, oder?«

»Du nicht?«

Während die beiden Häuptlinge sich mit Hingabe und sehr bewegt die Hände schütteln und die Schultern stoßen und beklopfen mussten und sich auch noch im Platznehmen beim Sitzen komisch an den Händen festhielten, als seien sie halbwüchsig oder kindisch, ließ sich Mary Lynch von Juan dorthin führen, wo sie Elisabeth hatte sprechen hören. Mary ertastete und umarmte die Joyes-Frau, dann auch die Tochter und sagte: »Elisabeth, hier können auch wir Frauen in Wahrheit gar nichts machen, glaub mir, auch ich habe bis zu diesen Nachmittag nichts von den Heimlichkeiten gewusst, schier nichts, höchstens geahnt hab ich was, aber keine Namen gewusst, bin also genauso hintergangen worden wie du – Kind Agnes, ihr beiden sollt glücklich sein! Und ihr solltet wissen, mein Marcus Tullius gab vor einer Stunde beim spanischen Steinmetz einen Hochzeitsstein in Auftrag, wie ihn noch keines unserer Häuser geschmückt hat, denn, nicht wahr, wir dachten, wenn bis morgen Abend auch die beiden anderen Galeonen im Hafen sind und wenn dann sowieso alle bei uns den Gast aus Malaga feiern, dann verkünden wir euren schönen Entschluss gleich mit, ist euch das recht?«

Elisabeth wollte antworten, aber die Antwort dröhnte schon und noch schneller aus John Joyes Kapitänsmaul. »Jawohl, alles rundherum in einem einzigen großen Galwayer Sippschaftsfest und Wonnevergnügen, oh ja, gleich morgen Abend werden wir üben müssen in Sachen Eintracht, werden sehen, ob zwei so nicklige Leithammel wie Fitzstephen und ich sich in einer einzigen Halle eine ganze Nacht lang vertragen können, also gut, einverstanden, morgen Abend, dann trompeten wir das alles hinaus und Elfendunst und Galgentod, jetzt aber ist Schluss mit dem Seelenkäse, diese grünen Kinder drängen sich vor unsere wahre Hauptfigur, vor den Prinzen aus Malaga!«

Das sahen auch die anderen so, den Gast Juan dermaßen zu ignorieren sei herzlos, sei boshaft. Mary ergriff den Arm und die Hand des jungen Spaniers. »Juan, du wirst es längst registriert haben, bei dieser wunderbaren Frau hier handelt es sich um die liebenswürdige Elisabeth Joyes, und die Schöne dort, das ist ihre Tochter Agnes Joyes und in diesem Augenblick haben wir alle hier eine aufregende, eine überraschende Vereinbarung zu treffen zwischen zwei Häusern, die sich in den letzten hundert Jahren gewiss mehr als hundertmal gestritten haben und wieder versöhnt und meist ging es um lächerliche Sachen und heute geht es nun endlich einmal um freundliche, um fröhliche, um zauberhafte.«

Juan löste sich vom Arm der Mary Lynch und begrüßte Elisabeth und Agnes mit schönen, mit zweifellos althöfischen Bewegungen, nahm aber Mary Lynch gleich wieder beim Arm, um sie dorthin zu führen, wo sich nun auch alle anderen niederließen vor gefüllten Bechern.

Pat saß nun neben der großen Elisabeth, die er eigentlich nie gemocht hatte, weil sie ihm einfach zu groß erschien und zu streng und zu laut. Nun strich ihm diese breite Frau durchs zarte Haar, als wollte sie ihm irgendeine Missetat verzeihen. Pat zog seinen Kopf von ihrer Streichelhand fort, wohl etwas zu auffällig, aber das war ihm nun beinahe gleichgültig.

So saßen sie nun endlich alle, hockten um die Joyes-Tafel herum und tranken und versuchten, unbefangen miteinander zu reden. Mochte sein, die Zwänge der Stadtpolitik, die Notwendigkeit, schlau bleiben zu müssen in jeder Situation, ließen hier die sonst in Galway so sehr geliebte Lockerheit vorerst nicht ungehindert los.

Da erhob sich Lynch, zog aus dem Wamsbeutel seines schwarzen Oberrocks ein Kästchen, anderthalb Hände lang war das und höchstens eine Hand breit, ein edles Möbelchen, auf dem Steine blinkten, zweifellos kostbare. Dieses Schatzkästchen stellte er vor sich hin auf den Tisch und sagte: »Überall in den Straßen seht ihr nun und hört und riecht ihr inzwischen die Vorbereitungen für das kommende Gefeiere, und fast alle in Galway meinen jetzt, sie müssten sich und ihr Haus putzen und es müsste allenthalben zischen, qualmen, brutzeln, brodeln und blinken und glitzern, und wenn bis morgen Abend auch die beiden anderen Schiffe im Hafen liegen, klar, dann wird allerdings gefeiert, mindestens drei Tage lang – damit dann aber auch du, Agnes, einigermaßen vorbereitet bist und mir gut gesonnen, obwohl ich mit deinem Vater oft und gerne zu zanken hatte, habe ich dir aus dem andalusischen Süden eine Kleinigkeit mitgebracht, schließlich war ich neben Pat der einzige, der wusste, welche Rolle du von nun an spielen wirst in der wunderbaren Geschichte vom glücklichen Galway.«

Er hob das Kästchen, öffnete es und reichte es so, geöffnet, der jungen Nachbarin hinüber – und es wird schon stimmen, wenn Helen oder Eileen, wie die Gälen sie nannten, später behauptete, dass Agnes in diesem Moment abermals einen ihrer Freudenhüpfer getan hätte, dieses Schreckenszucken mit dem leisen Schrei von tief unter dem Zwerchfell her.

Denn was Agnes nun zu sehen bekam, das bot zum Hüpfen guten Grund, da handelte es sich um ein Diamant-Collier, um ein Geschmeide von ungeheurem Wert, das hob Agnes aus dem Kästchen, das zeigte sie mit offenem Mund ihrem Vater, ihrer Mutter, das legte sie kurz an ihren schönen weißen Hals, tat die Pracht dann aber rasch zurück, klappte den Kästchendeckel zu und sprang zu dem hinüber, der das geschenkt hatte, küsste den obersten Richter und Bürgermeister und umarmte ihn. Da murmelte der und war wieder ein wenig verlegen, »Ach, ihr guten Herzen, bitte treibt es allmählich ein wenig langsamer mit dem Freuen und Küssen, wir werden das alles noch gründlich auskosten können und genießen – erst mal, vergesst das nicht, müssen die zwei restlichen Schiffe in den Hafen. Erst dann kann das Feiern und Fressen und Küssen unbändig loslegen.«

Agnes aber klappte das Kästchen wieder auf, legte das filigrane Geschmeide noch einmal an und da leuchteten ihre Augen fast so wie diese Kleinodien auf ihrer Haut. Ihre Eltern sahen das gern, und Fitzstephen nickte wohlgefällig und beklagte nun wie zuvor schon John Joyes, dass man keine drei Monate aus der Stadt wegbleiben dürfe, schon stellten unbedachte Kinder die Stadtpolitik auf den Kopf. Kästchen und Schmuck wanderten um den Tisch, jeder bestaunte und befühlte das aufrichtig, auch Juan, der ein spanisches Wort sagte, von dem die Handelsherren zu diskutieren begannen, was es bedeutete, ob feenhaft oder betörend oder phantastisch, und Don Juan, der dann von den blitzenden Steinen in seinen Händen zu Agnes aufblickte, meinte, die passten auf jeden Fall.

»Passen wozu?« fragte Agnes.

»Zu dir.«

Ob die Helläugige unter ihrem dunklen Haar rot wurde, war in der dämmrigen Halle nicht auszumachen, auch Elisabeth betrachtete und bewunderte das Präsent ausführlich und fragte, ob dies Geschenk zu Spanien passe, ob ganz Andalusien so üppig sei wie dieser Schmuck und sie bat Juan Gomez, von seinen Eltern zu erzählen und von seinen Geschwistern und wie sie wohnten und lebten in Malaga. Juan lächelte, er habe keine Geschwister, sei der einzige Sohn bei den Gomez wie Pat bei den Lynchs. Beteuerte dann aber mit Vergnügen und nicht ohne Stolz, dass auch bei ihnen im Süden überaus üppige Feste gefeiert würden, neugierig sei er, wie das in Galway gehe, wo er schon jetzt spüre, dass auch hier insgeheim heftig gefiebert und gedrängelt würde in Vorfreude und Neugier. Während er redete, lehnte Agnes ihren Kopf ganz kurz an Pats Schulter und betrachtete den jungen Fremden, nahm unter dem Tisch Pats Hand, sah aber weiterhin den Spanier an und hörte zu, wie der redete, wie gern, wie klangreich, wie fröhlich. Tuschelte, während der Fremde redete, ihrem Pat ins Ohr, er möge Juan fragen, ob er mehr seiner Mutter ähnlich sehe oder seinem Vater, sie glaube, Juan sehe aus wie seine Mutter.

»Warum?« zischelte Pat. – »Er hat ein Maria-Gesicht.« – Ob er sich nun genierte, eine solche Frage zu stellen oder was sonst ihn bewog, er flüsterte, er fände solche Fragen kindisch, nur Tanten und Ammen redeten solche Sachen vom Ähnlichsein. Agnes kniff ihn unter dem Tisch in den Handrücken, überm Tisch trank sie aus seinem Becher und betrachtete unverwandt den jungen Mann, das Mariagesicht, beobachtete den Andalusier mit ihren funkeligen Diamantaugen, während Mutter Elisabeth lauthals Vergleiche zog und ›Juan‹ und ›John‹ zu Gleichklängen erklärte und die gleichen Bedeutungen dieser Namen als günstiges Zeichen deutete und daraus noch viele Erkenntnisse zog über gute Beziehungen, zum einen zwischen den Clans, die jeweils einen John als Häuptling hätten, den Lynchs wie den Joyes und künftig auch den Gomez in Malaga, zum anderen zwischen den Üppigkeiten im Irischen wie im Spanischen.

Die beiden Johns hatten sich unterdessen von Juans Schilderungen der Gomez-Güter anregen lassen zu Betrachtungen über das Wachsen der eigenen Besitzungen, über den gegenwärtig gut strömenden Geschäftsfluss aus den Quellen des Señor in Malaga. Wohlwollend blickten die Patrone zu den Jungen hinüber und sahen in den Brautleuten offenbar ein gekröntes oder schon fertig gebratenes Wachtelpaar, das auf einer Galwayer Festtafel glänzte, die Hausherren jedenfalls sahen Bilder in satten Farben, Gemälde von Prosperität und Hoffnung.

Lynch berichtete dann mit genauen Zahlen, wie stark die Bestellungen auch in den Monaten ihrer Abwesenheit gewachsen seien und die Reserven gesunken, als hätte die Sommerhitze über der irischen Insel die Fässer ausgetrocknet, auch die in Klöstern und Schlössern, bei weiterem Vergrößern von Flotte und Vorratskellern glaube er, Lynch, in den nächsten drei Jahren an eine Verdoppelung der bisherigen Geschäfte. Bei solchen Aussichten verstanden die Väter sich immer besser, die tranken sich eins ums andere mal zu. Elisabeth und Mary hatten ebenfalls Wichtiges miteinander zu reden, Anordnungen für den nächsten Abend, falls bis dahin die Schiffe geborgen seien, die Pläne für das Fest im Lynch-Castle sollte auch Elisabeth wissen und akzeptieren und mitbestimmen, ja, die Joyes-Lady war mit fast allem einverstanden, auch die irischen Galwayer, auch die nicht-englischen Familien aus dem Claddagh sollten eingeladen sein, die aus Irish Town hätten aus Platzgründen freilich im Hof zu tafeln, kein Problem, ein Vorzug sei das sogar bei solch sommerlichem Sonnenwetter.

Pat sah einige Male Agnes von der Seite an und wenn er an die vergangene Mondnacht auf der Mauer dachte und an all die anderen hindernisreichen Nächte davor, da konnte er an die traumhafte Wendung der Dinge noch gar nicht recht glauben. Wo blieben nun die beißenden Hunde, wo irrlichterte nun Kates Gekeife von den acht falschen Sonnenkugeln und vom vermaledeiten und unpassenden Gesicht. Statt dessen also ein Mariagesicht?

Elisabeth und Mary berieten unterdessen, welche Zeichen und Buchstaben in den Hochzeitsstein der Joyes & Lynch am besten zu meißeln seien, in den breiten dunklen Stein, so wie er in den Fassaden fast aller großen Galwayer Steinhäuser seit je vom Glück und Stolz irgendeiner besonders prunkvollen Heirat Zeugnis ablegte. In den letzten Jahren hatte den dunklen, den grüngrauen Schmuck-Quader der Dun MacDonald aus Spiddle zu meißeln gehabt, dessen Spezialität die Meerjungfrauen waren, von denen eine den Bug des Joyes-Schiffs zierte und von denen Dun MacDonald gewiss auch eine besonders Schöne auf den Stein der Lynchs und der Joyes würde zaubern können. Nein, in diesem Fall sollte aber der Meister Costa beauftragt werden, der spanische Steinmetzkünstler aus Cadiz, der überm Portal des Lynch-Castle dieses rätselhafte Doppeltier geschaffen und der zuletzt auch unten vorm Hafen das Blake-Kastell ansehnlich hergerichtet und geschmückt hatte und der in Spiddle mit Dun MacDonald gut zusammen arbeitete. Hochzeitssteine waren bislang immer noch im heimischen Stil geschlagen worden, aber der gälische Dun MacDonald schien ein Ire von zweifelhaften Gesinnungen, schon deswegen, weil er sich bis heute weigerte, auch nur ein einziges Wort englisch zu sprechen. Meister Costa aus Cadiz dagegen war ein gewandter, ein manierlicher Mann, der Latein, das andalusische Spanisch, der das Englische und das Portugiesische sprach, und wenn in Galway jemand das Recht und die Fähigkeit hatte, einen Hochzeitsstein nicht im keltischen, sondern im neuen prächtigen Spanien-Stil zu schaffen, dann dieser Señor Costa.

Von der Gegenseite des Tisches lehnte sich Juan zu Pat hinüber, ja, legte ihm die Hand auf die Schulter und sagte vertrauensvoll leise, der Galwayer Kronprinz habe eine beneidenswerte Wahl getroffen, er gratuliere ihm sehr und freue sich mit ihm. Und bat ihn dann flüsternd, seine Gratulation auch Agnes zu vermitteln und ihr zu sagen, sie sähe einem schönen andalusischen Mädchen ungewöhnlich ähnlich, einem, das er sehr verehre.

Das war nun wohl kein Tantengerede mehr und kein Ammengeschwätz, irgendeine Ausrede schien jetzt nicht möglich, Pat gab das also weiter, ließ nichts aus und beobachtete, wie Agnes unter dem Hals ein rotes Hautleuchten bekam, dort, wo das Geschmeide gelegen hatte und wo wohl nur Pat diese Veränderung bemerkte, diese Erhitzungsfarbe. Agnes dankte und erbat sich von dem jungen Gomez, falls es zu einer andalusischen Hochzeit käme mit dem verehrten Mädchen in Malaga, dass man sie unbedingt zu dieser Hochzeit einladen müsse, sie und Patrick Lynch aus Galway.

Das wurde vereinbart, unterdessen gelobten sich John Lynch und John Joyes, den Wein im kommenden Winter an die Grafen keinen Deut billiger zu liefern als an die Klöster und Bischofssitze, von nun an solle niemand mehr bevorzugt werden wie noch im vorigen Winter die englischen Grafen Cork und Cluricaun, nur weil diese räuberischen Landlords das neue Galway-Gesetz zwar beschimpft, aber dann doch akzeptiert hatten, nein, jetzt war Schluss mit allen Zugeständnissen, sowohl für die englischen und irdischen Herrschaften hierzulande als auch für diejenigen, die mit viel Gewinn den Himmel vertraten. »Gerechtigkeit für alle!«, murmelten sich John und John Fitzstephen eines der drei Galwayer Grundrechte zu und beschlossen, umgehend auch die anderen Galwayer Familien auf das Prinzip der Preisgleichheit einzuschwören.

Dann aber fragte John Joyes, was denn geschehen solle, wenn auch am nächsten Tag kein Wind aufkäme, wenn das Joyes- und das Blake-Schiff weiterhin draußen auf dem Wasser lägen, hinten am Eingang zur Bucht. »Das wäre in der Geschichte Irlands der erste und einzige Tag ohne Wind«, sagte Lynch, »aber selbst dann, Freund Joyes, wenn ein so einzigartiger Tag wirklich kommen würde – wir werden eine Lösung finden.« Auf diese Antwort des Lord Mayors erfolgte rund um den Tisch allgemeines Humpenheben – als könnte heftiges Trinken das verschwundene Windwetter zurückzaubern.

So endete dieser Abend in wärmenden Harmonien. Länger wollte man ihn, in Gedanken an den folgenden, nicht dauern lassen, man nahm sich beim Abschied in die Arme, beteuerte sich neue und alte Zuneigungen, auch wenn die alten oft nur im Geheimen oder hinter diesen und jenen Bosheiten geblüht hätten. Pat und Agnes küssten sich erstmals vor aller Augen, ließen sich dabei von keinem Kommentar stören, Pat folgte dann aber auch den anderen und trat mit Mary und ihrem Marcus Tullius und mit dem spanischen Gast hinaus in die Dunkelheit.

Die Nachtluft tat den warmgeredeten Köpfen gut. Immer noch schien ein voller Mond auf die Dächer und auf die stillen Fahnen. Es war hell genug, diesmal brauchte ihnen nicht heimgeleuchtet zu werden.

Juan griff, das war wohl eine seiner althöfischen Manieren, Lady Mary unter den Arm und führte sie die kurvige Straße hinauf. Pat schaute unterwegs am schimmernden Turm von St. Nicholas hinauf und sah über dem Vierkantturm die Unzahl der Sterne, sah, wie am Himmel der

Dunstschleier vom Tag sich verzogen hatte. Doch irgendeine Luftbewegung war auch jetzt nicht zu spüren.

Über der langen krummen Hauptstraße hingen die Wappenbanner der vierzehn alten großen Familien schlaff herab, und bei den kurzen wechselnden Zurufen hier in eine Gasse und dort in einen Hof wurde klar, dass noch immer niemand wusste, wie morgen die Schiffe, die nicht gerudert werden konnten, in den Hafen zu holen wären. Die lagen in dieser Nacht also weit draußen unter den dunkeln Burrenbuckeln, unter dem Black Head. Aber eine solche Windstille, so viel war klar, konnte unmöglich bis morgen weiterdauern. Zum Lynch-Haus hinauf jedenfalls ging man in tatkräftiger, in zuversichtlicher Stimmung.

In der Toreinfahrt zur Lynch-Burg begegneten sie Roy Gallagher, der die letzte Einladung nach außerhalb überbracht hatte, ja, nicht nur Graf Cork, meldete er, nicht nur Cork auf Larminie samt Gattin Esther werde morgen Abend erscheinen, auch der wilde Herr Cluricaun auf Killmanroy, auch der hatte zugesagt und der wolle seine umfangreiche Gemahlin Theodora mitbringen und werde, so habe der sich ausgedrückt, hemmungslos mitfeiern und, ja, gnadenlos.

✠

PATRICK UND JUAN LAGEN in ihren gegenüberliegenden Ecken des Nachtzimmers im oberen Turm, lagen noch lange wach. Das Fenster stand offen. Vielleicht war es der starke Mond oder die für Irland ganz und gar ungewöhnliche Witterung und Stille, die Pat nicht schlafen ließen.

Nachdem er eine Weile in die Ruhe hinausgelauscht hatte, warf er sich herum und fragte in das Dunkel hinein, ob Juan also ebenfalls verlobt sei. – Ja, er sei es.

Die Antwort erschien Pat sehr knapp, sehr trocken. Das klang nicht so, wie die Stimmen redseliger und glücklicher Leute gewöhnlich klangen. Ein solches ›Ja, ich bin es‹, das sang nichts von Liebe und Sehnsucht wie in den Geschichten des Märchenmanns O'Brian oder in den Liedern des Frederic Fitzpatrick. Wann immer es bei Kirwan oder Sprechbold George oder Flann um die Liebe ging, da betonten die immer schon am Beginn ihre Wörter sehr sängerisch und liedhaft, so dass man ahnte, nun würde es wieder mal länger dauern als sonst, lustig oder traurig, jedenfalls ausschweifend und außerordentlich ausgedehnt.

Das Madonnengesicht aber war in seiner Antwort kurz geblieben und fast hart, und der redete dann nicht weiter. Und Pat wagte vorerst nicht, noch einmal zu fragen. Natürlich war der Gast aus Spanien nach so langer Reise und nach so vielfältig fremden Eindrücken müde.

Aber dann fragte der junge Lynch doch. Ob Juan verlobt sei mit dem andalusischen Mädchen, das er sehr verehre und das Agnes ähnlich sehe? Nein, mit dem nicht, hörte Pat aus der schwarzen Ecke.

Weiter kam nichts. Auch diese Mitteilung blieb knapp. Lange bunte Geschichten aus Andalusien, vielleicht Geschichten von Feindschaften zwischen Malaga und Cadiz oder zwischen verfeindeten Familien in ein und derselben Stadt, die schienen sich da anzudeuten, blieben aber verborgen. Wurden nicht erzählt. Wie farbig hätte William O'Brian mit wenigen Andeutungen weitere Neugier geweckt und wie fix hätte Frederic Fitzpatrick aus solchen Andeutungen eine Ballade gesponnen.

Pat gab nicht auf und beeilte sich, weil zu fürchten war, dass der Gast sonst einschlief. »Warum nicht?« fragte er. »Warum nimmst du nicht das Mädchen, das du liebst? Kannst du sie nicht alle haben? Immer wieder bekam ich zu hören, dein Vater sei der reichste bei euch – ist er nicht der Lord Lynch von Malaga?«

Juan antwortete nicht gleich. Schließlich kam eine Antwort, die Pat nicht sofort verstand. »Manchmal gibt es Frauen, vielleicht gibt es die auch bei euch, die kann man nicht ›haben‹. Bei uns jedenfalls gibt es die.«

Pat schwieg und überlegte, was da gesagt worden war, in das Mondlicht hinein. Fragte sich, ob er diesen Gomez überhaupt je verstehen könne. Ob er sich mit ihm wirklich befreunden würde. Dann wollte er sich wieder einen Ruck geben und wollte wieder reden, wollte bekennen, dass er von dem Ereignis, das man Verlobung nenne, verwirrt sei.

Der neben ihm würde dann ebenfalls ›warum‹ fragen. Pat dachte eine Weile nach und versuchte, vorweg eine Antwort zu finden. Pat würde dem Gast antworten: Seine heimlichen Besuche bei Agnes habe er hundertmal aufregender gefunden als einen solchen Familienbesuch wie an diesem Abend. Dieser Familienbesuch unter den Augen der mächtigen Frau Elisabeth Joyes und unter dem gewichtigen Gerede der Väter, das mache ihm Schwierigkeiten, obwohl oder vielleicht auch weil nun alles erlaubt sei, weil nun alles beredet würde und abgesegnet und weil das Leben von nun an absehbar und vorherbestimmt scheine bis ans Lebensende – *tenet opera rotas* –

Vielleicht war es aber nicht das, was ihn zögern ließ und zweifeln, vielleicht war es etwas anderes. Pat musste überlegen. Drehte sich um und blickte auf das Nachtlicht, das durchs offene Fenster auf den Holzboden schien. Kein Wind ging. Nur sanftes Atmen war zu hören. Der andere war eingeschlafen.

Er grübelte noch einige Zeit in ähnlicher Weise, stand dann auf und ging ans Fenster. Blickte in die nachtleere krumme Straße, sah, wie das Mondlicht über die grauen Dächer hinabfloss. Von fern kam kurzes Hundebellen. Beugte sich vor und sah weit hinten wieder den Black Head, unbeirrt buckelte im Westen der schwarze Felsberg gegen den Mondhimmel.

Zog sich wieder Kittel, Gürtel und Hose an, ging hinunter durchs stille Haus, durch Saal und Hof hinaus auf die hintere Straße, tappte auf den blassen Steinen die obere Abbeygate-Straße entlang, hörte den Kanalbach deutlicher als sonst und sah dann in der Ferne die Lichter auf der Bucht. Die kamen von den beiden Schiffen dort draußen. Als er weiterging, verschwanden die Lichter hinterm Dach der Joyes-Burg, er stieg an der vertrauten Stelle auf die Mauer der Schweinewiese. Alles im Joyes-Turm blieb diesmal in Ruhe. Balancierte über die Kanten, hielt Gleichgewicht und gelangte über das Stalldach auf das Wohndach.

Agnes empfing ihn wie sonst, mit fröhlichem, mit aufstachelndem

Spott und verstand kaum, warum er enttäuscht wirkte. Er suchte nach einer Ausrede, fand aber keine und sagte, es würde von nun an alles vorausschaubar. Und bat um Entschuldigung, dass er ihre Frage nach dem Mariagesicht nicht weitergegeben habe an Juan, gleich morgen werde er das nachholen.

»Vergiss es. Ich kann ihn selber fragen. Hauptsache, er findet mich, wie hat er das gesagt? ›Betörend, phantastisch, feenhaft‹.« – »Dich? Das Halsband fand er so.« – »Er fand, dass es zu mir passt. Auge um Auge, Stein um Stein.« – Agnes lachte und tröstete Pat sofort mit ihrem belustigt kichernden Leib, streichelte ihm das zarte Haar, den Nacken, den Rücken, so dass er bald nichts mehr erkennen konnte von all dem gleichbleibend Vorausschaubaren. »Berserker«, sagte sie noch und dann nichts mehr und wenig später hatte er vergessen, dass sie sich für das Mariagesicht interessiert hatte.

Die Sicherung der Schiffe und das Fest

Den nächsten Tag stand die Luft bewegungslos wie am vorigen. Gleich am Morgen begann der Himmel sich wieder zu verschleiern, das Licht schien blassgelb. Die beiden Frachtschiffe lagen nach wie vor weit draußen in der Bucht, beim Black Head, nur ein wenig nach rechts, nach Norden verrückt, die Mondströmungen hatten sie um einiges in Richtung Mitternacht bewegt.

Auf dem Platz am Hafen, wo noch immer die städtischen und die spanischen Willkommensfahnen regungslos an den vier Masten hingen, versammelten sich schon am Vormittag fast alle aus Galway. Und beinahe jeder hatte andere und bessere Vorschläge, wie man das Eulenschiff der Blakes und das Meerjungfrauenschiff der Joyes hereinholen könnte.

Die einen, Tobby Keats am lautesten, wollten Ruderboote vorspannen, alle kleineren ruderbaren Boote – an vielen langen Seilen erst vor das eine, dann vor das andere, um die Frachtschiffe hereinzuziehen.

Dagegen hatte McDonnell, der Seiler, einige Einwände und wollte wissen, warum man nicht auch in diese Schiffe Löcher hineinsägen oder schlagen könne, Löcher, wie sie im Lynch-Schiff waren und aus denen die Ruder das Wasser erreichten.

Gegen beide Pläne trugen die meisten viele Bedenken vor. Beim Verfahren mit den Seilen und den Ruderbooten wären so viele Boote nötig, dass man, George Blake sprach aus, was alle befürchteten, dass man in Limerick zusätzlich welche ausleihen müsse. Und am Ende, so ergänzte Pat MacBride, würden sich die vielen Ruderer auf dem Wasser nur gegenseitig behindern und man käme vor lauter hin- und hergespannten Seilen überhaupt nicht zu einem vernünftigen Zug.

Und die Löcher, sagte Steuermann Jessy Murray, die werde man doch nicht nachträglich in die Schiffswände sägen, das ergäbe Brüche im gespannten Holz, Schiffszimmermann Kelly nickte, das gäbe Brüche und Schwächen im Schiff, wenn später wieder Sturm käme, wär's aus, kein Schiff wäre nach solchen Eingriffen noch seefest. Die Kalfaterung aus Werg und Pech wäre zerstört, Planken und Seiten undicht für immer, die Stabilität zerstört, auf solch einem Schiff möchte er nicht Steuermann sein. Im übrigen, ergänzte Jessy, im übrigen liege schwere Ladung vor den Wänden, da könne man die Fässer und Teppichballen gleich mit durchbohren und zersägen oder ins Wasser werfen.

Nein, beides waren keine Lösungen und mit beidem wäre man auch bis zum Abend noch nicht fertig, und wer etwa wollte an diesem Abend nicht in die Lynchburg zur großen Feier.

So standen sie in Gruppen am Hafen, redeten, erhoben Einspruch, schwiegen, spuckten ins Wasser, schauten den Hunden zu, den Möwen, den Kormoranen, den springenden Salmen – die Ebbe war fast vorüber und mit der kommenden Flut musste in den nächsten fünf Stunden irgend etwas geschehen. Man sah sie schon wieder leibhaftig vor sich, sah sie heranrudern, die Piraten, die O'Malleys unter der Räuberin Grace und die altirischen O'Flahertys, sah, wie sie plündern würden und sich in Ruhe bedienen, draußen, bei den wehrlosen, bei den unbeweglichen Handelsgaleonen.

Ratlosigkeit herrschte. Der schönste Wald, den die Galwayer kannten, der Wald im Hafen, der Wald der Masten, der hatte sonst jeden Tag im Wind mehr oder weniger heftig geschwankt, hatte sich täglich ächzend und gebührend tief verneigt gegen das grüne Land und gegen den gewaltigen Ozean. Aber heute?

An eine solche Geschichte wusste sich selbst William O'Brian nicht zu erinnern. Kein Bericht handelte von solchem Stillstand. Irgendein Wind sei hier immer gegangen. »Auch Atlantis«, wusste der Märchenmann, »auch Atlantis hatte, bevor es unterging, elf Tage lang keinen Wind.« So redete der Märchenmann. Doch George, der Spaßbold, hielt dagegen und redete ernsthaft. »Was sollen solche Finsternisfabeln. Mit Angstmärchen füllen die Priester ihre Kirchen.«

»Dann sag du uns ein Mutmärchen«, rief Betty, aber George fiel weder ein Märchen ein noch ein Weg, wie man die Schiffe sichern könnte. Er sage es ja nicht erst heute, sprach McDonnell, der fromme Seiler, auch in Galway solle man Gott nicht versuchen, sondern bei seinen Leisten bleiben, nämlich vor der eigenen Küste, um Makrelen und Kabeljau zu fangen, auch Lachs und Heringe und mit Gottes Segen auch mal einen wilden Hai, aber wer als Kröte auf den Black Head klettere und von dort quer über die Bucht die zehn Meilen nach Connemara hinüberfliegen wolle oder gar noch weiter, bis Spanien und gar nach Italien, der müsse sich nicht wundern, wenn sich die Galwayer Kröten die Nase einschlügen.

Von solchen Sprüchen, wie sie vom frommen Jeremiah McDonnell und vom Bierbrauer O'Donnoghue nicht selten zu hören waren, kamen die stolzen Galeonen kein Stück näher. Nichts rührte sich. Man sah hinaus auf das Wasser, kratzte sich den Kopf und –

– da kam John Joyes eine Idee. Warum auch nicht von dem, schließlich war der ein Hauptnutznießer der südlichen Handelstouren, schließlich war eines der beiden Schiffe dort draußen sein Eigentum. »Freunde!« meinte der und hatte Gutgelauntes in der Stimme, ungewöhnlich bei dem Kontrakopf und Streithahn, seine Elisabeth tuschelte schon los, nun käm's. »Freunde«, rief der, »nehmen wir den Jeremia McDonnell nicht beim Wort, sondern bei seinen langen Seilen! Ha, wir brauchen ein Tau! Nichts weiter als ein langes, ein sehr langes Seil. So lang, dass es reicht von den beiden Schiffen dort bis an das Nordufer, wo sie heute Nacht schon von allein ein bisschen hingetrieben sind auf dem Flutstrom, ein Tau, das hinreicht bis unter den Galgenberg – und dann hilft uns alles nichts, dann ziehen wir die verdammten Kähne, erst den einen, dann den anderen, immer am Ufer entlang bis hierher.«

Dies war der erste Vorschlag, der außer dem, der ihn vorschlug, auch noch andere Fürsprecher fand. Doch hörte man auch Einwände. Ob er, der Joyes, sich eigentlich vorstellen könnte, meinte George Blake, der

Schwätzbrocken, wie schwer sein Kasten zu ziehen sei, seiner und ihr eigener, der Eulenkasten der Blakes, vor allem deswegen, weil man sie ja nicht einfach ans Nordufer ziehen wolle, sondern weil dann vom Schiff aus ständig gegenzusteuern sei, und das ginge dann endgültig über die Zugkräfte, selbst wenn man die Stadtgarde selbstverständlich mitziehen lasse und womöglich sogar die Frauen.

Diese Gegenrede tat vielen leid, die sich bereits ein allgemeines Tauziehen vorgestellt hatten und auf nichts weniger hofften als auf einen frühen Beginn des allgemeinen Gelages mit Trinken und Prassen.

So sank man allseits zurück ins dumpfe Denken, ja, der kluge George und auch Seiler Jeremiah McDonnell, fromm hin, fromm her, sie mochten recht haben: Solche Aktionen, gegen das Steuer, quer über die große Bucht, das war dann wohl wirklich eine Art Gottversuchen. Und wer denn hatte diese absolute Luftstille eigentlich hergestellt. Jedenfalls kein Mensch. War dies alles eine Prüfung? eine letzte Mahnung? vor allzu viel englischem Handelsstolz und Hochmut?

Und wie man noch so stand und brütete und als die Sonne fast schon in die Mitte des Himmels stieg und ihr Licht sich als gleißende Dunstschicht überallhin ausgebreitet hatte, da ereignete es sich, und davon hatte man später noch viel zu reden und zu rätseln und am selben Abend allerhand zu lächeln und zu unken, da geschah es, dass der Henker und Sänger Frederic Fitzpatrick tatsächlich seinen Mund aufsperrte, nicht zu einer Ballade, sondern zu einer Rede, zu einer einigermaßen ausführlichen, deutlich hörbar kam die aus krummem Maul und meinte, dass die in Limerick, wann immer die solche Probleme hätten wie sie jetzt hier in Galway, sich allesamt auf einem solchen still stehenden Schiff versammeln würden, große und kleine, reiche und arme, Männer und Frauen, um aus vollen Lungen gegen die Segel zu blasen.

Auch dies wieder ein verqueres Zeichen oder Vorzeichen. Seit vielen Jahren hatte der Henker und Hausgeist der Lynchs nicht an einem Stück dermaßen viel geredet. Noch lange zuckte es in seinen Mundwinkeln, so stark hatte ihn das erregt. Nur, mancher konnte sich den Gedanken nicht verkneifen, den George als erster laut werden ließ, dass Fitzpatrick als Schwänke-Erzähler nicht ganz so gut war wie als Balladensänger, die Märchen, sagte George, solle er dem O'Brian lassen.

Nun kam aber Tobby Keats noch mal zurück auf seine Idee mit den Ruderbooten. Wie es denn wäre, wenn man die Boote bei diesem ruhigen Wasser direkt rings um den Schiffsleib festmachte, rings an den Längsseiten so viele, wie daran passten, da verheddere sich kein Tau, gäbe es keine Verknäuelungen mit den Seilen, dann müsste es glücken.

Darauf sagte nun erst mal niemand was. Schließlich kam der Vorschlag von Tobby, dem Joyes-Knecht, man war nicht verpflichtet, zu dessen Naseweisheiten überhaupt was zu sagen, selbst wenn sie halbwegs vernünftig klangen. Nur die volle Betty, die wechselte ihre Piepsie vom linken Arm auf den rechten, denn schwer war das gute Kind geworden, und die füllige Frau murmelte: »Warum nicht?«

Mehr kam an diesem Mittag nicht heraus. Vielleicht war es zum Denken zu bedrückend geworden, einfach zu warm, ungewöhnlich heiß. Zum Glück erübrigte sich das Denken wenig später, denn inmitten der Hitze-Stunde brachte nun auch John Joyes seinen Plan vom Seilzug noch einmal vor. Wenn, so meinte er, beim Ziehen der Schiffe zum Galgenberg hinüber, zum Nord-Ufer hin, das Gegensteuern allzu viele Kräfte abzweige, was er wohl einsehe und wenn dann gar die Limericker um Hilfe zu bitten wären, was für ihn dasselbe sei wie drei Wochen kein Getränk trinken zu sollen, wie wäre es, wenn sie statt dessen jedes der beiden Schiffe voll Schiff voraus zögen, ja, hierher, direkt in den Hafen hinein! Man solle doch nur mal nachschauen, ein wie langes Tau sie zusammenbrächten, ohne in Limerick Ergänzungen ausleihen zu müssen. Wenn Jeremiah McDonnell, der Seiler, nur mal einigermaßen gründlich daheim aufräumen und alles zusammentragen würde, was er besäße, dann kämen mindestens drei Meilen zusammen, womöglich vier oder fünf, und das reiche dann vollkommen.

Da kam nun doch wieder Stimmung auf, die Volksfestfreunde wurden wieder lebhaft, rührten sich und wollten gleich hinauf, um in Jeremiahs Lager die Bestände zu mustern. Aber der Seiler nörgelte und maunzte, ein so langes Tau, sie seien wohl nicht mehr ganz richtig im

Kopf, ob den John die Hitze zu arg belaste, ein so langes Tau versacke in seiner ganzen Länge im Meerwasser der Bucht, das sauge sich voll und werde so schwer, dass kein Mensch es mehr heben, geschweige denn ziehen könne – nein, bei der gütigen Mutter Gottes, dann seien seine Seile weg, verdorben und verschwunden am Grund der Galway-Bay, und selbst wenn sie das Monstrum wieder herausbrächten, gut, dann solle man Gott danken, aber mit dieser schwergesogenen Schlange von vielen Meilen Länge die schwer beladenen Schiffe heranzuziehen, das, weiß der Himmel, sei unmöglich und wer das trotzdem versuche, der begehe Frevel, lästerlichen Frevel.

Da drängte von hinten, zuversichtlich, ja fröhlich Tobby Keats wieder nach vorn, drängte und war bereit, seinen Plan mit den vielen verschiedenen Booten listig zu verbinden mit dem neuen John-Joyes-Plan zu einer, wie es nun schien, machbaren Idee. Wie wäre es, meinte Tobby, und Betty nickte schon jetzt, wie wär's, wenn man alle ihre einhundertundsiebenundachtzig Ruderboote auf der ganzen Länge zwischen Hafen und Schiffen in gleichmäßigen Abständen verteile, was ja bei diesem ruhigen Wasser keine besondere Übung sei, und wenn alsdann das McDonnell-Tau über all diese Boote laufe, dann, ja dann versacke es nicht.

Oh ja, nun waren alle bis auf den Besitzer der Taue einhellig derselben Meinung, dies und nichts anderes müsse man versuchen. Und zwar jetzt, solange die Flut steige und die Seeräuber noch immer auf keinen dummen Gedanken gekommen waren. Und aus diesen Erwägungen konnte sich Seiler MacDonnel nun gar nicht mehr herauswinden.

Der ging also, verdrossen, gefolgt vom taten- und bratenhungrigen Volk, zu seinem Haus hinauf und öffnete seinen Schuppen, und dann wurde geschleppt, gekarrt, gewuchtet und gerollt und geknotet, dann wurde gerudert, gezogen und gebrüllt, und drüben die beiden schweren Schiffe, kaum hörten die von dem tolldreisten Plan, da strichen die alle ihre Segel, mit denen sie noch immer die Hoffnung auf Wind aufrechtgehalten hatten.

Und dann kam, nach langem Geschrei, Geschiebe und Geschimpfe endlich der große Augenblick. McDonnells Haupt-Tau hatte fünfmal ergänzt werden müssen, so weit war die Strecke bis zu den Schiffen. Nun aber, der Mittag war längst vorüber, da reichte es endlich vom Jungfrauenbusen am Bug des Joyes-Schiffs bis in den Galwayer Hafen hinein, und zwar lief das Seil am Ende über nur einhundertneununddreißig Boote und Bötchen hinweg und in jedem der Boote saß eines von den größeren Kindern und jedes musste sorgfältig paddelnd die passendende Position halten, unter dem Tau. Alle Großen und Erwachsenen dagegen waren als Zugkräfte eingeteilt, und das fromme Seil reichte, weil ja alles, was ziehen sollte, an diesem Seil auch noch zum Anfassen Platz finden musste, es reichte durch das Stadttor hindurch und die gekrümmte Straße bis zum Lynch-Haus halb hinauf.

Der finstere Edward trieb seine achtzig Stadtgardisten auf die Strecke längs zu der langen Leine, auch Frauen und die größeren Kinder, ja selbst Großmütter, wenn sie wollten, wurden jetzt gebraucht, alle sollten zugreifen. Und John Fitzstephen Marcus Tullius Lynch, der zunächst die Alten nur hatte zuschauen lassen wollen, packte nun persönlich mit an, samt seiner sehschwachen Mary. Ihr Marcus Tullius schien über all diese Vorgänge glücklich und konnte sich die Bemerkung nicht versagen, es sei dies wahrlich ein wunderbarer Tag, an dem endlich einmal alle Galwayer an ein und demselben Strang zögen, obwohl sie doch, weiß der Teufel, eine Mischung der unterschiedlichsten Leute seien, katholisch und protestantisch, keltisch und englisch, knauserig grantig und großzügig lebensfroh. Da mochte der grimme Flann O'Flaherty, neben Lynch ebenfalls am Seil und bereit, kräftig mitzuziehen, nicht unterlassen, seinen wichtigsten Glaubensartikel zu sagen: »Alle unter einem Hut, das ist nur für die Hüter gut.«

Ach, mochte da nun räsoniert werden was immer und wie immer, dieser zweifellos einmalige Augenblick in der Geschichte der Stadt wurde von nun an kommandiert von dem überaus aufgeregten Seilbesitzer Jeremiah McDonnell, den man auf das Stadt- und Hafentor gestellt hatte, damit er von dort aus das Schicksal seiner vereinten Seile überwachen, damit Jeremiah von dort oben den durch das Tor kriechenden

Lindwurm der ziehenden Galwayer befehligen konnte. Oder wenigstens das Zeichen geben für den Beginn der großen gemeinsamen Anstrengung.

Endlich standen sie also bereit. Die einhundertneununddreißig wichtigen Kinder, die paddelnden Kinder in den ebensovielen Booten hielten tatsächlich ihre Position, das Riesenseil lief nahezu trocken über die fast volle Länge der Bucht, Jeremiah McDonnell, auf dem Hafenturm für alle gut sichtbar, hob seinen Arm, zählte lauthals eins und zwei und warf dann seinen Arm mit einem großen »Drei!«-Schrei in weitem Bogen nach unten, so dass das alle sehen konnten, warf sich gleichzeitig selbst nach vorn über die Turmbrüstung, um von Beginn an verfolgen zu können, wie alles verlaufen würde –

– und sämtliche Galwayer, ob Engländer oder Iren, ob aus Irish-Town oder aus der Oberstadt, auch Juan Gomez und Mutter Mary Lynch, sie alle hängten sich nun außerhalb der Stadt wie innerhalb bis zum Lynch-Haus halb hinauf in das Tau, etliche rutschten und fielen, standen aber alle sofort wieder auf, ächzten und schnauften, hüben auf dem Hafenplatz wie drüben die zentrale Straße hinauf, da wurden nun Köpfe rot, da schwollen nun Stirnadern, Röcheln war zu hören und Stöhnen, da quälte sich eigentlich jeder so gut er konnte, endlich aber erlahmten die Kräfte –

– nichts hatte sich gerührt.

Bisschen, mochte sein, hatte das Tau sich gedehnt. Mehr nicht.

Schwer schnaufend ließ man los. Stellte sich zusammen, mit pumpenden Lungen. Mit fragenden Gesichtern. Einige meinten, Jeremiah McDonnell könnte recht haben, das Wetter sei eine höhere Sache und vom Menschen nicht zu ändern. Andere aber erklärten, man solle nicht so rasch aufgeben. Keuchend sagten das weniger die Jüngeren als die japsenden Älteren, die aus Erfahrung wussten, der Anfang, der sei jedes Mal das Schwerste, wenn der Anfang mal gemacht sei und das Schiff begonnen habe mit einer ersten Bewegung, dann liefe alles Weitere wie von selbst, dann liefe das in einem Rutsch durch bis zum Ende, man werde sehen.

Mochte so sein. Man hatte zu früh aufgegeben. Also traten alle wieder an das Seil, das Gerede verstummte, Jeremiah McDonnell auf dem Turm hob mit bedeutender Gebärde abermals den Arm, zählte bis Drei, ließ bei Drei den Arm auch diesmal heftig und gut sichtbar niederfallen, um sich alsdann, etwas weniger eilig, über die Mauer vorzubeugen, denn keine Bewegung seines Seils sollte ihm entgehen.

Aufs Neue stemmten sich Jung und Alt, Hoch und Niedrig in eine gemeinsame Richtung, zerrten und zogen und rutschten und ächzten und wollten nicht aufgeben, kriegten dunkelrote und nasse und verzerrte Gesichter, machten es ausdauernder und um einiges noch qualvoller als beim ersten Mal –

– aber keinen Zoll war das Seil weitergekommen. Ebenso wenig Herrn Joyes' schwimmender Handelspalast. Das vermaledeite Tau hatte sich bei diesem zweiten Zug nicht mal mehr gedehnt. Traurig ließ man ab, erschöpft. Rote Schädel sah man, Brustkörbe noch immer in kräftiger Bewegung, lange schwitzende Gesichter, die blickten einander an, ratlos. Und dann – mitten in diese keuchende Enttäuschung hinein, zu allem Überfluss, niemand hatte bislang irgendein Wort sprechen können, so knapp war noch immer die Atemluft – da keifte vom Dach des großen Bootsschuppens bei Kellys Werft die kleine weiße Kate. Aufhören sollten sie, gottlos und widerwärtig sei ihr Treiben, was die Elemente nicht erlaubten, solle der Mensch sich nicht herausnehmen, wolle er nicht verdammt sein, jawohl, verdammt! so pfiff es aus dem alten Kinderkörper mit heller Stimme, verdammt für immer, keifte das sonderbare Weib und war schnell wieder weg, im Schuppendach verschwunden.

Hilfesuchend schielten einige auf Priester Kirwan, der immer noch dort stand und keuchte, wo auch er gezogen hatte und wo er nun seltsam verfärbt schien, in einem schweißglänzenden Blauviolett bis unter das Doppelkinn, so sah man ihn stehen und ächzen, nun wischte der sich mit dem Ärmel die Tropfen von der Glatze und meinte, diese Hexe, die gehöre nun wirklich vom Mount Golgatha geschmissen, nun gehe sie entschieden zu weit, was gottlos sei und was nicht, dafür sei allein er zuständig, aber bitte, wer wolle, der könne ja getrost auf elfhundertelf Elfen warten, er zöge es vor, am heutigen Abend in Ehren und mit Gottes Segen an Lynchs Tafel ausführlich zu speisen.

Da war keiner, der ihm das nicht gerne geglaubt und der dem Priester wie sich selber das nicht von Grund auf gegönnt hätte. Nach Bruder Kirwans Antwort erholten sich die Geplagten ein wenig von Mühe und Hexenschreck. Und ein Mutiger wie George Blake konnte gar wieder Witze machen und die Küchen-Ann fragen, ob diese hochbetagte freche Kate nicht eine würzige Suppe gäbe, nicht schlecht dürfte die schmecken, nach seltenen Wurzeln und duftenden Kräutern.

Ann gab eine Antwort, die vielen zu denken gab und die bestätigte, was schon George vermutet hatte, denn Köchin Ann knurrte: »Altes Huhn, gute Suppe.« Als darüber sogar Fitzpatrick sein gebogenes Maul zu grinsendem Genießen verzog, fragte George den Henker, ob er zum großen Juan-Empfang am heutigen Abend schon eines seiner neuen Gebete gedichtet habe, eines, worin außer Maria nun doch auch spanische Priester und schöne Handelssöhne mitwirken müssten – da hob Frederic, ohne George anzuschauen, ein bisschen die Ellenbogen, tat wie ein Käfer, der sich aufpumpen wollte für einen Abflug, schaffte es aber nicht zu einer zweiten Ansprache an ein und demselben Tag, fiepte aus seinen unterschiedlich tief eingesunkenen Backen nur etwas Fluchendes und diesmal in einer Sprache, die niemand verstand, nicht mal die gälischen Gardisten kannten das Wort, zweifellos war das ein Geisterwort, ein Gnomenfluch oder ein Kommando jenes sagenhaften Küstenkönigs O'Flaherty, der die Engländer, als sie vor gut fünfhundert Jahren Irland zum erstenmal hatten erobern wollen, in die See zurückgeworfen hatte.

Inzwischen jedoch waren Pat Lynch und Roy Gallagher fort gewesen und kamen jetzt zurück und Pat führte drei Pferde heran und Roy Gallagher fünf Ochsen – ja Scham und Schande, die Zugtiere gehörten nun wirklich nicht bloß vor die Handelskarren, die konnte man sehr gut auch in Seile einspannen, da eilten nun alle, da sprang nun jeder nach Eseln und Schwengeln und Haken und Ösen und Ochsen, nach Riemen und

Gäulen, und Braumeister O'Donnoghue versuchte, die neue Fügung der Dinge in einen Triumph für das Fuhrgewerbe umzumünzen, das von der Bierzunft entwickelt worden sei, von wem sonst – das in Galway seit langem ignorierte Braugewerbe habe als erstes Pferdekräfte eingesetzt. Vom bierkutschenden Wagemut räsonierte er einiges an jeden hin, der das hören wollte oder nicht, stieg dann aber mit seinen Knechten ebenfalls hinauf zu seinem Anwesen und holte seine schweren Kaltblütigen.

Na, die wurden nun statt der Großväter und Großmütter in McDonnells Seil aller Seile eingehakt. Und als dann endlich mit viel Hin und Her Mensch und Vieh gut verteilt waren vom Hafen bis wieder halb hinauf zur Richterburg, da gab Jeremiah zum dritten Mal sein Zeichen vom Turm, diesmal merklich weniger bedeutsam, sondern fast verzagt. Und mit Gebrüll und Peitschenschlag legten sich Männer und Tiere und auch, nachdem sie ihre Piepsie der Großmutter Elisabeth in die Arme gedrückt hatte, die pralle Betty Blake, alle Kräftigen legten sich nun schräg ins Zeug und Geschirr, für Galways Goldenes Handelsglück spannte sich das Tau, da sah man all die Muskeln in den Pferdeärschen zittern und beben, Peitschenhiebe zeichneten Striemen auf die Felle, keuchen und rutschen mussten nun nicht nur die Menschen sondern auch die anderen Kreaturen, und siehe, ohne das vom dunstigen Himmel herab irgendein Strafgericht dazwischenfuhr, ein göttliches oder ein elementares – das Tau kam.

Die Pferde stampften nicht mehr auf der Stelle, und die Ochsen begannen zu gehen und die Menschen gingen angestrengt mit, der gemischte Zug gewann sogar Geschwindigkeit, das wankte zwar, aber das schritt doch durchs Hafentor erstaunlich rasch in die Stadt hinein, das zog die ganze lange schiefe Hafenstraße hinauf, kam oben am Lynch-Haus vorbei und gelangte am anderen Ende der Stadt zum Klostertor nach Osten hinaus auf die freie Heide – und John Joyes schwer beladener, tief im Wasser liegender Weintransporter hatte, als er endlich auf die Hafeneinfahrt zuglitt, gutes bierkutschendes Fuhrmannstempo.

Doch die Entfernung zwischen den Ziehenden und dem Gezogenen war sehr groß und auch die Distanz zum Kommandanten auf dem Turm hatte sich inzwischen so sehr vergrößert, dass keine Verständigung mehr blieb zwischen denen da draußen auf der östlichen Heide und dem verwirrten einsamen Seiler auf dem Tor am Hafen. Drüben jedenfalls, auf dem Gelände weit hinter der Stadt, dort hörte niemand von all den ostwärts Ziehenden den um seine Seile flehenden Jeremiah auf dem Turm.

Aber Lynchs Steuermann Jessy Murray, der für dieses ungewöhnliche Manöver das Lenken des Joyes-Schiffs fest in den Händen hielt, der war keiner, der solch einen ansehnlichen Bau an den Kai rammen ließ, der erkannte schon bald, wie das hier laufen wollte in Galway, der kappte rechtzeitig vor der Hafeneinfahrt mit scharfem Beil Jeremiahs Wunderseil, zum Glück im rechten Moment noch – und so steuerte Kontrakopfs Meerjungfrauenschiff sicher in sein vorbestimmtes Becken.

Die vielen Großeltern am Hafen und die Kinder in ihren weit mehr als hundert Booten, die alle rechtzeitig, als der Prachtkahn herangerauscht kam, zu den Seiten gepaddelt waren, die johlten nun allesamt und winkten und freuten sich, als sei auf dem Irischen Grün beim alten Lanzenkampf von Galwayer Stößen ein Corker Streithahn oder ein Limericker in den Sand geworfen worden.

Der Jubel aber dämpfte oder spaltete sich ein wenig, als dann die Seilzieher aus der östlichen Heide zurückkehrten und als von ihnen zu hören war, dass, als Jessy das Tau so plötzlich gekappt habe, dass da der Lindwurm aus Mensch und Vieh ganz schön ins Schleudern und ins Vorwärtsschießen geraten sei, ja, die meisten hätte es glatt hingeschlagen, so dass im Stolpern sehr viele Bürger übereinander flogen und dabei der große Ochse des Flann O'Flaherty den Priester Alexander Kirwan respektlos in den Hintern getreten habe.

Zum Erstaunen des Geistlichen lachte über diesen Bericht des George Blake seine Gemeinde auch am Hafen ein weiteres Mal recht herzlich. Aber die starke Betty massierte ihm nun Rücken, Steiß und Sitzfläche, tat das mit kundigem Griff, und als der Priester dann auch noch zu sehen bekam, wie einige ältere Frauen, bevor das zweite Schiffsziehen quer durch die Stadt beginnen sollte, Körbe brachten mit knackfrischem Backzeug und mit Wein, da betrachtete dies alles der Galwayer Gottesmann mit neuem Behagen.

So sehr der Schweiß nun auch an den Leibern klebte, inzwischen hatte alles den Anschein, als hätte das große Galwayer Gelage bereits begonnen. Einige, und das waren wohl nicht die klügsten, meinten sogar, es sollten öfter Schiffe in der Bucht liegen bleiben, da gebe es rundum was zum Freuen, da mache selbst härteste Arbeit Spaß und Frauen, Kinder und Alte hätten ebenfalls was davon.

Patrick Lynch kam es so vor, als hätten an diesem Tag die Frauen am meisten davon. Die konnten nun ungeniert beobachten, wie dieser Juan Gomez, während sein frommer Vetter, der Pater Ricardo, in all dem Tumult nirgends zu sehen war, allenthalben anpackte, am Seil wie beim Führen der Tiere, wie er energisch mithalf, seines Vaters Wein und die anderen Güter ans fremde Land zu ziehen. Wer freilich genauer hinschaute und prüfte, dem fiel auf, dass außer dem spanischen Geistlichen auch Fräulein Julia Blake nicht mitmischte, jedenfalls nicht bei diesem unerhörten Treiben am Hafen und in der Galway-Bay.

Was freilich bei den Frauen eine noch größere Rolle spielte als der leibhaftige Einsatz des schönen Juan, das waren die versteckten Zeichen, die an Bedeutung sogar die städtischen Schiffsmanöver zu übertreffen schienen, jedenfalls bei erfahrenen Frauen, bei den besonders scharf blickenden oder, wie die Limericker sagen würden, bei den scheeläugigen, die jedenfalls so gewitzt waren, dass sie entziffern konnten, was zwischen Pat Lynch und Agnes Joyes sich abspielte, diese zuweilen ganz gut lesbare neue Geschichte witterten diese Spitznasen und Winkeläugigen ebenso rasch heraus wie sich ihre Münder daran unter vorgehaltener Hand schief zogen, um daraus bis in den Abend hinein Gerüchte wachsen zu lassen, die immer deutlicher von großen städtischen Überraschungen raunten.

Mit dem letzten steigenden Flutwasser und in der ärgsten Nachmittagshitze war dann endlich auch die dritte große Galway-Galeone, war auch Blakes Eulensegler in den Hafen hineingebracht und gesichert, nun mochten die Gewitter kommen oder die Seeräuber – die Docks von Galway waren geschlossen. Es konnte gefeiert werden.

✠

Erst einmal aber dampfte es in den Badehäusern, hatten sich die Seilhelden gründlich zu säubern und ruhten sich gut aus. Still wurde der Ort. Nur die Düfte zogen weiter durch die verwinkelten Straßen. Zum Haus des Bürgermeisters karrten Küchensklaven Gesottenes, Gebratenes, Gedämpftes und Gekochtes, bewahrten es in schweren Kesseln und Tiegeln, da wurden immer noch mehr Kapaune geopfert und gerupft, weil sich herumgesprochen hatte, dass auch die gefräßigen Grafen erscheinen würden und dass obendrein sämtliche Claddagh-Leute eingeladen waren und alle in gleichem Maße zu essen bekämen und zu trinken, Drehspieße überm Feuer wurden gewendet, Braten gespickt, Knoblauch in Mörsern zerstoßen, Austern geöffnet, da dufteten Gewürze und Kuchen, wurden breite Tische in die Halle und in den Hof gerückt, das Feuerholz ergänzt und der Torf, wurden irische wie südliche Delikatessen sortiert und auf großen zierlichen Pilger- und Jakobsmuscheln verteilt und wurde nun alles, was andernorts nur Priestern, Grafen und Handelsherren zu essen erlaubt war, in Mengen herangeschafft und für alle bereitgestellt, in der Halle wie im Hof.

Als seien seit gestern die Duftwolken hunderte Meilen tief ins Innere der irischen Insel gezogen, nun lockten sie allerhand neue Leute in die Stadt, da liefen, wie immer bei solchen Gelegenheiten, von weither vielerlei Hilfssklaven zu, die kamen aus den Ziegen-, Schaf- und Rinderländern ringsum, aus den kahlen Bergen und Hügeln und Mooren, von überall aus den Abseiten der englischen Grafschaften, wo sie sich an anderen Tagen hart zu schinden hatten, überall, auch in den Hungerhügeln und in den felsüberstreuten Connaught-Regionen nördlich der Galway-Bucht hatte es sich verbreitet, es gab wieder was zu verdienen und zu essen in dieser besonderen Stadt der vierzehn alten Stämme, im goldenen Galway der Lynchs.

Das Fest, an das sich die Einwohner dieser wohlbestellten Hafenstadt noch lange Jahre hätten erinnern können, wenn sie sich nicht die Erinnerung an diese Tage aus fürchterlichen Gründen ganz aus den Köpfen geschlagen hätten, dieses Bankett der Bankette begann zunächst wie alle Feste in Galway, es begann mit Pracht und Lust und Hingabe, mit bestgelaunten Tollheiten im Lynch-Castle und in Halle und Hof dahinter.

Auch die Tageszeit, an der es in Gang kam, war noch ganz so wie es hätte sein sollen. Wenn die Hühner sich verkriechen wollen und das Großvieh zu fressen hat, dann soll man anfangen, so sagte es der alte Kalender, an dem Patrick bei Priester Kirwan vor zehn Jahren das englische Buchstabieren und Schreiben gelernt hatte und dann auch, aus demselben Kalender, das Lateinische und das Gälische, schließlich auch die wichtigsten Wörter im Spanischen.

In diesem Kalender blätterten nämlich zu dieser Abendzeit auch Juan und Pat auf ihrem Zimmer unterm Turmdach, schauten auf dem abgegriffenen Papier die bunten Zeichnungen an, die Miniaturen mit den Zahlen, die unten am Bildrand wiederholt wurden, wo die Bilder durch die Zahlen den Wörtern zugeteilt wurden, den englischen oder lateinischen oder keltischen Namen dessen, was da gemalt worden war, Auge, Ochse, Schiff, Wein, Geschäft, Gewinn. Zum ›Geschäft‹ war der Viehmarkt zu sehen und zum ›Gewinn‹ eine stählerne Kasse und darüber das stolze Lynch-Castle.

Pat buchstabierte und sprach Juan die gälischen Wörter vor, übte mit Juan aber auch spanische Sprechweisen und siehe, beide lernten im Nu voneinander und waren fähig, die Laute, obwohl sie für beide gründlich verquer klangen, sich nicht nur einzuprägen, sondern auch nachzusprechen, und Juan gelobte dem Pat sogar, er würde sich binnen kurzem aus diesem Kalender einige interessante Sätze aus der Sprache der irischen Ureinwohner zusammenfügen und listig anwenden. Dies Versprechen hat der junge Gomez dann tatsächlich gehalten, davon später, die Geschichte der Lynchs ist ja immer noch erst in den Anfängen.

Und Juan Gomez zögerte jedenfalls nicht, seine neuen Kenntnisse sofort einzusetzen, soeben noch hatte er gelernt und Pat Lynch hatte es ihm mit gälischen Wörtern zweimal vorgesprochen: »Ist es erlaubt, mit euch eine Jig zu tanzen?« – ›Jig‹ nannten sie im Englischen die überall in Europa verbreitete Gigue, und Juan hatte des weiteren die Frage gelernt ›Wie ist euer Name?‹ und das Kompliment ›Ihr gefallt mir sehr‹, denn der Andalusier wollte beim kommenden Fest nicht hilflos sein, dann, wenn unter den realen irischen Feen und Elfen, die er den Tag über im Claddagh und in der Stadt ständig zu beobachten gehabt hatte, eine interessante Bekanntschaft anzubahnen wäre.

Diese keltischen Wendungen also hatte er gerade in einer ersten Sprechlektion begriffen, als von unten aus dem Hof zum ersten Mal Musik zu hören war, ein schlagendes, ein frech hüpfendes Musizieren war das, eines zum Mutmachen und zum Tanzen, wenn auch keine Gigue, sondern ein keltischer Hüpftanz mit Tamburin und Trommeln, mit Leiern und Pfeifen, mit Zinken und Schellen. Als der Spanier dieses Gezwitschere hörte, ließ er das Buchstabieren, und Pat konnte beobachten, wie das Mariagesicht, das gerade noch zum Lernen konzentriert und ernst gewesen war, sich glättete, als hätte der Gast mit solch rüttelnden Tönen in dieser nordischen Ferne gar nicht gerechnet. Rasch sprach er noch einmal seine drei Sätze, konnte sie plötzlich auswendig, sprach das ohne Stocken und geradezu beschwingt und fast mit den richtigen Betonungen und machte sich auf und davon.

Sprangen beide die Wendeltreppe hinunter, am Zimmer des Vaters vorbei, das leer stand, dunkel und einsam leuchtete des klugen Philipps sehr früher Triumph über die Unvernunft, Juan eilte voraus, zur Halle hinab, Pat musste sich beeilen, gleich hinter der Hoftür fuhr ihnen dieses springlebendige Gezucke in die Ohren und in die Beine, da tanzten bereits die ersten, da stampfte und klatschte gälisches Volk vor den Musikanten-Fässern herum, links und rechts je zwei Fässer, ein paar Bretter quer hinüber, das war das Podium für die Fiedler, Trommler und Pfeifer, und Jüngere, aber auch einige Ältere aus dem Claddagh übersetzten die Hüpfmusik in eigenartig aufrechte, in steif getanzte Sprünge, die Beine kreisten und zuckten in abenteuerlichen Schlingfiguren, der obere Körper jedoch blieb merkwürdig starr, als habe er einen alten Schrecken zu überwinden.

Im Hauptraum hinter dem hohen Lynchturm, in der Burghalle also, da standen in großem Viereck die Tafeln für die vierzehn namhaften Sippen oder Stämme der Stadt und für den englischen Adel, für Galways bedeutende Gäste.

Juan und Pat standen im Vorraum zwischen Hof und Feierhalle, standen dort einige Augenblicke und zögerten und sahen sich um und sahen sich an. »Bin jetzt sehr neugierig, wie bei euch gefeiert wird.« Durch einen Mauerschlitz, durch eine ältere Schießscharte konnten sie in den Hof schauen und beobachteten, wie da die O'Brians und die MacBrides schon Platz fanden und auch die beiden Herren O'Flaherty mit ihren auffallend vielen Frauen und mit ihnen all jene Claddagh-Leute, die als ›Ureinwohner‹ gelten durften, die Ältesten hockten schon an den Tischen und tranken, doch einige Ältere und vor allem die Jüngeren tanzten auch und riefen den Eintreffenden derbe Dinge zu und begrüßten die Nachzügler und einige meinten das sehr stürmisch und umhalsten sich ringkämpferisch.

»Bei denen im Hof kannst du gut gälisch lernen. Am stärksten und dicksten keltisch sind die O'Flahertys und bei denen triffst du ziemlich rasch eine von den sagenhaften fünf mal elf Elfen!«

»Wenn, dann muss es eine irische sein.«

»Sind alles irische, im Hof wie in der Halle. Vater hat Galway für alle geöffnet und will überhaupt, dass am Ende niemand mehr unterscheiden soll zwischen irisch und englisch.«

»Grenzenlos Feen? auch für einen wie mich?« Der lächelnde Mann legte seine Hand auf Pats Schulter. »Hey, lass uns Freunde sein.«

»Bin ziemlich sicher, wir sind es längst, jedenfalls bin ich froh, dass nun einer wie du gekommen ist. Irgendwann aber musst du mir auch deine Malaga-Stadt erklären.«

Jetzt kam Lärm auch aus der Halle hinterm Lynch-Castle, und als Juan und Pat in der Hallentür erschienen, zeigten sich viele Plätze schon besetzt, an der Oberkante des großen Tischquadrats erhob sich Priester Kirwan von seinem Stuhl, Kirwan riss die Arme auseinander und wollte offensichtlich einen Begrüßungsruf für den Gast aus dem Süden ausstoßen, einen stürmischen, einen herzhaften, doch wurde aus Kirwans gut gemeintem Ruf ein Schmerzensschrei. Seine Arme, statt sie priesterlich und segnend ausbreiten zu können, zuckten zurück und landeten kläglich auf seinem ansehnlichen Hinterteil, dort wo O'Flahertys Ochse dem Gottesmann den überstürzten Tritt versetzt hatte.

Da mussten alle, die das beobachteten, von Neuem heftig lachen über ihren Geistlichen, doch dann breitete dieser junge Juan seine Arme so aus, wie es der Priester offenbar hatte tun wollen, ging auf den zu, nahm ihn bei den Schultern und fragte den Schmerzensmann graziös in der keltischen Sprache der gälischen Ureinwohner: »Ist es erlaubt, mit euch eine Jig zu tanzen?«

Und da dies viele in der Halle gut zu hören bekamen, verbreitete sich darüber das Lachen so rasch wie die Bratendüfte, und wenn je irgendein böser Bann über dem jungen Juan Gomez gelegen haben sollte, dann war der mit diesem Begrüßungsscherz endgültig gebrochen, im Hof wie in der Halle stieß man sich das als Neuigkeit in die Seiten, hustete schon jetzt vor Vergnügen, wann immer man sich wieder ausmalte, wie der schwere Alexander Kirwan, vom Ochsen betrampelt und lahm, mit dem schlanken Don Juan eine Gigue hätte tanzen sollen, und so war es in Galway wieder gleich am Beginn des Festes so, wie es in Limerick auch nach stundenlangem Betrinken selten wurde.

Ach hätte es nur halbwegs so bleiben können. Aber wo Leben ist, ist auch Verwandlung, das wusste schon jene altlateinische Hexenweisheit, und selten lebte lebendigeres Leben als in dieser denkwürdigen Nacht in der Burg der Lynchs und um sie herum, in einer Nacht, die sich dann so sehr ins Unheimliche und Außergewöhnliche veränderte, dass bislang niemand gewagt hat, diese Nacht genau zu erzählen, ja, auch im Land der genialen Sänger und Poeten noch niemand.

Auf dem dunkel gebrannten Kamin aus grauem Gestein, in dem an Winterabenden fast immer ein Baumstamm glomm und wo dann um den Baumstamm herum auch ein bläulich grünliches Torffeuer loderte, da standen nun die drei Gastgeschenke der Galwayer an den Don Juan, Teppich, roter Broschenschmuck und, aus Hartholz, das Herz in den Händen, dem die Krone gehören sollte, die Bewunderung.

Der steinerne Boden des Saals war mit duftendem Holzmehl und mit Heu bestreut, an den Wänden rings leuchteten Fackel- und Naphta-Lichter und in ihrem Licht schimmerten Wappenteppiche und Waffen. Und vorn, unter einem ölgetränkten Pergament an der Stirnseite, überm Lehnstuhl von John Fitzstephen Marcus Tullius Lynch, da hing ebenfalls, schwarz, in Ebenholz geschnitzt und kostbar wie eine Monstranz, das Herz, das in beide Hände zu nehmen war, wann immer es um das Glück des Einzelnen wie der Stadt ging und um den Mut zu neuen Unternehmungen.

Und nun erschien er auch endlich selbst in der Halle, der Handelsherr, Richter und Lord Mayor Fitzstephen Lynch, an diesem Abend trug er einen langen altspanischen Bliaud, ein langes hemdkittelartiges Obergewand aus schwarzem Seidenstoff, das war mit Gold verbrämt und von schmalen weißen Fellstreifen umsäumt, trug darunter braune enge Beinkleider aus kostbarem Cordoba-Leder und aus dem gleichen Leder glänzende schwarze Schuhe.

Mary Lynch führte er an der Hand, leitete sie zu ihrem Platz, auch Marys ungewöhnlich festliche Kleidung, ebenfalls dunkel und lang, gab im Saal sofort Anlass zu vielen Frauengesprächen, es war ganz offensichtlich, Lynch hatte aus Malaga auch seiner Gemahlin eine spanische Robe mitgebracht und dazu neuen Schmuck für die Ohren wie für die Hände. Der Hausherr winkte nun den jungen Spanier heran und ließ ihn neben Mary Platz nehmen. Da saß nun also der junge Gast an der Stirnseite, saß vor dem Bild vom Herzen in den Händen, und hatte den Platz neben der Frau, die sein Vater offenbar bewunderte.

Zwischen Juan und Pat blieb ein Sitz frei. Dass der für Agnes freigehalten wurde, das wussten bis dahin nur sehr wenige, doch die scharfsichtigen und die scheeläugigen Mütter und Tanten tuschelten inzwischen immer offener und es schien nahezu jede genau zu wissen, wer bei diesem besonderen Sommerfest dort sitzen würde, neben Patrick Lynch. Was die Tuscheltanten aber nicht mitbekamen, war, wie Lady Mary unter der Tischkante aus der Hand ihres jungen Nachbarn schon in diesen ersten Augenblicken ein Kästchen erhielt, das die gute Mary, schon weil es ihr so heimlich überreicht worden war, auch nur unter dem Tisch zu öffnen und zu betasten begann, im Inneren, auf zartem Samt, ertastete sie einen erlesenen Ring, Juan beschrieb ihn ihr leise und eindringlich, das Juwel war in goldgelben Streifen eine Wespe aus Gold und Tigerstein, und im tieferen Unterboden des Kästchens lag ein zweites Stück, ein edler Diamant-Anhänger, glitzrig und feurig wie ein Auge in hellster Sonne, so jedenfalls leuchtete das ungewöhnliche Stück alsbald am Hals der Blinden, Juan hatte es ihr sofort umhängen müssen, egal, was andere nun davon dachten, ihr Marcus Tullius jedenfalls bewunderte dies Präsent ebenfalls und Mary führte die junge Hand, die ihr das überreicht hatte, zum Mund und küsste sie. Den Wespenring aber hat Mary im Unterboden der Schmuckschatulle versteckt und ihrem jungen Nachbarn leise zugeraunt, über seines Vaters Erinnerungsstück wolle sie mit Juan irgendwann ausführlicher reden. Wozu es später auch noch kam, für wenige schöne Augenblicke.

Zwischen der Tür zum Badehaus und der Tür zur großen Küche intonierte nun eine zweite Kapelle, offenbar eine bessere und vornehmere, die blies und schlug eine feierlich fromme Festmusik mit Posaunen und Trommeln. Und als in der Festhalle nur noch sehr wenige Plätze frei waren, da gab es einen aufgeregteren Wink vom Eingang her, vom Hausgeist Frederic Fitzpatrick, der Hausherr erhob sich und eilte zum Portal und begrüßte nun etwas umständlich und sehr ausführlich Elisabeth und John Joyes, begrüßte auch seinen alten Konkurrenten auffallend bewegt, mit Umarmungen, nicht nur Elisabeth umarmte er und küsste sie auf beide Wangen, wie man hätte erwarten können und wie das bei manierlichen Gastgebern auch in Galway längst üblich war, sondern beachtlich herzhaft begrüßte er auch den eigenwilligen Kontrahenten John Joyes, ja, ausgerechnet den ›Kontrakopf‹ drückte er brüderlich an seine Brust, eine ungewöhnliche Umarmung war das, mit diesem Joyes geriet Lynch doch, zumal im Stadtrat, mehr als einmal pro Jahr vollkommen überquer – nun diese Herzlichkeit?

Was aber fast noch mehr verwunderte, war, dass Lynch nun auch noch eine dritte Figur der Joyes-Sippe in seine Arme schloss, die noch unverheiratete Tochter, die Agnes. Diese zweifellos Schöne, diese Dunkelhaarige und Helläugige, hinreißend war sie hergerichtet in einem zauberhaften weißen Kleid aus vielerlei Spitzen, und trug auf dem zarten Busen das neue Geschmeide, das, wenn diese Kostbarkeit tatsächlich Brillanten waren oder gar Diamanten, womöglich so viel wert war wie das ganze große Kauffahrtschiff, das am Bug den Lynch zeigte, den Luchs.

Derart auffallend hatte John Fitzstephen Marcus Tullius Lynch den Stamm der Joyes noch niemals begrüßt, auch wusste man ja, welchen Stamm er mit dem Gast aus Malaga als ersten besucht hatte, gestern Abend bereits, all diese Neuigkeiten wusste man rings im Saal und wenig später wussten von den Umarmungen auch die Leute im Hof. »Du Schönste aller Töchter!« hätte der Hausherr die Agnes Joyes angeredet, verbreitete George, der Schwätzbold, der das deutlich gehört haben wollte mit seinen großen Ohren.

Nicht genug der Neuigkeiten, nun führte Lynch die drei Joyes auch noch zu den Plätzen an der Stirnseite, neben seinen eigenen Sitz, so dass die Konkurrenten nun ebenfalls unter der Skulptur vom gekrönten Herz in den Händen saßen – zu seiner rechten Seite hatte das Stadtoberhaupt nun also Elisabeth und John Joyes plaziert und links von ihm saßen seine Mary, neben Mary der neue Gast aus Spanien und neben Juan Gomez die ›Schönste aller Töchter‹. Und neben Agnes wiederum sah man den

Patrick Lynch und das machte nun auch den Langsameren endgültig klar, was diese Sitzordnung bedeutete.

Kam ja auch hinzu, dass selbst den Stumpfäugigen auffiel, wie prächtig nicht nur Mary, sondern auch Elisabeth Joyes sich herausgeputzt hatte, als gelte es noch an diesem heutigen Sommerabend eine Großhochzeit nach alter Väter und Mütter Weise zu feiern und dabei die beiden Gräfinnen, falls sie tatsächlich an diesem Abend noch auftauchen sollten, auszustechen durch ungewöhnlichen Aufwand. Zum Beispiel zeigte sich die Joyes-Mutter in einer Hermelin-Stola, deren kostbaren Pelze zwischen arabische Seidenstoffe genäht waren, was Betty Blake aufgeregt in die uninteressierten Miesmuschelohren ihres Vaters zischelte und in die ebenfalls harthörigen ihres Gatten Daniel, zusammengehalten wurde dieser zweifellos frisch aus Malaga oder Porto importierte Umhang auf der linken Schulter von einer goldenen irischen Harfen-Brosche.

Wie Mary Lynch hatte auch Elisabeth Joyes ihr Haar zu Zöpfen geflochten und hatte die Zöpfe mit Elfenbeinkämmen zum Turm aufgesteckt, während bei Agnes, bei Julia und bei den anderen Unverheirateten das Haar offen blieb, bei Agnes nur von einem zarten Stirnband zusammengehalten, das perlenbesetzt blinkte, obendrein hatte sie in ihr dunkles Haar Goldtressen eingeflochten, ach, und ihr helles Kleid war am Hals tief ausgeschnitten und wurde unter der Brust von einem feinen dunklen Gürtel umschlungen, der besetzt schien mit vielen kleinen grünen Smaragden. Als Pat dies alles sah und verglich und überdachte, da gingen auch ihm viele neue Fragen durch den Kopf, vor allem, ob das Wettstreiten tatsächlich seit je und für immer nur eine Sache der Männer sei.

Als im Saal diese Kleider gesehen wurden und dieser Schmuck, da summte Staunen, da schwirrten Erwartungen durch die Halle und Neugier, Priester Kirwan hatte sich schon jetzt die Stirn zu wischen, welch ein Anblick aber auch, allein diese Agnes Joyes, welch eine Lieblichkeit zwischen den beiden schönen Jünglingen, zwischen Juan und Pat.

Kaum hatte Agnes Platz genommen, wohl wissend, dass fast alle sie in diesen Momenten beobachteten, kniff sie unter dem Tisch ihren Pat herzhaft ins obere Bein, ja, ziemlich weit oben, der kniff zurück und erzählte ihr die seltsame Begrüßung des Juan Gomez mit den herzlichen Freundlichkeiten des neuen irisch-spanischen und protestantisch-katholischen Tanzpaars Kirwan und Juan.

Auch Kirwan berichtete in diesem Moment seufzend und schwitzend von seiner Juan-Begrüßung, erzählte diese Begegnung seinem Bruder im Geiste, dem frommen Pater Ricardo, der ebenfalls erst jetzt neben ihm Platz genommen hatte, und Kirwan berichtete das mit so viel Eifer, dass um ein Haar Galways feist-fröhlicher Stadtpriester dem dünngliedrigen Juan-Erzieher und Lynch-Berater seine schwere Hand auf die Schulter geschlagen hätte, doch glitt die fröhliche Pranke im letzten Moment noch mit Mauersegler-Eleganz an Ricardos Rückseite hinab. Das beobachteten wiederum Agnes, Pat und Juan, die drei lachten und der junge Lynch erklärte seinem neuen spanischen Freund, dass der Priester der freien Stadtrepublik Galway besser nicht wissen sollte, was alles Juans Vetter, was alles dieser strenge und sehr fromme katholische Geistliche den Bischöfen in Dublin aus Galway melden würde.

Jetzt sah man den flinken alten Frederik beschwichtigend in den Hof hinausspringen und Ruhe gebieten, die Fiddler und Pfeifer brachen ihre gälische Stampftanzmusik ab, auch in der Halle verstummten die vornehmeren Weisen, von denen man vermuten durfte, dass es sich um alte englische Hoftänze gehandelt hatte, und nun schmetterten beide Kapellen gemeinsam durch Halle und Hof einen verwegenen Tusch. Auf dieses Signal hin schoss der alte Lynch so ungewöhnlich rasch von seinem Sitz in die Höhe, dass der nach hinten gekippt wäre, hätte ihn nicht Elisabeth, die in der Tat, da hatte Pat recht, immer recht umsichtig blieb, rechtzeitig aufgefangen und wieder hingestellt. John Fitzstephen Markus Tullius eilte ungewöhnlich rasch zum Haupt-Eingang der Halle, und an der Größe der Gebärde, mit der er nun eine neue Begrüßung begann, hätte die Gesellschaft ermessen mögen, wen es da jetzt zu empfangen galt, den seit langem als maßlos anerkannten Säufer und Schlagetot, den englischen Raubgrafen Cluricaun auf Killmanroy.

Dies waren zweifellos die größten Stunden der Stadt Galway, ja, es nahte nun wohl wirklich der Gipfel ihres später noch oft beschworenen ›Goldenen Zeitalters‹. Spanier und Herrschaften des altenglischen Adels mischten sich nun unter städtische Handelsleute und sogar unter irisches Fischervolk und ›Ureinwohner‹, wobei draußen im Hof auf Wunsch des alten Lynch außer den Tischen und Bänken für die Leute aus Irish Town auch noch ein besonderer Tisch aufgestellt worden war für die zuletzt hergelaufenen Haussklaven aus dem steinigen und elenden Connought, aus dem gebirgigen Connemara am Westrand der irischen Insel.

Graf Cluricaun, der kräftige und mächtige Mann füllte nun mit seiner Gemahlin Theodora die breite Eingangstür von Rahmen zu Rahmen vollständig aus. Beide warteten das Ende des neuerlichen Tuschgetöses gern ab, nickten lächelnd nach allen Seiten und präsentierten nicht ohne Stolz ihr goldrotes Gepränge und Gehänge aus Schmuck und Waffen, aus Samt und Seide, aus Rüstung und Pelzen. Herr Cluricaun, sonst ein Schrecken der Bauern und Hirten in seinen ausgedehnten Besitzungen, trug an diesem Abend, das versuchte er nicht mal zu verbergen, unterm seidenen Brokat-Umhang seinen alten Harnisch, sein Panzerhemd aus derben Lederschuppen. Gewitzt von manchem handgreiflich beendeten Bankett mit bürgerlichen Spitzbuben und Armbrust-Attacken, so schien dies zu verkünden: mit mir nicht, ihr Galwayer, mit mir hier und heute nicht!

Aus Bart und Hängebacken skeptisch grinsend senkte er seine ringglitzernden Hände in die dargebotene Hand des Stadtoberhaupts. »Willkommen«, bekam er von Lynch zu hören, »willkommen Graf Cluricaun auf Killmanroy, willkommen auch Eure edle Theodora, Ihr kommt heute zu einem Freudenfest und sollt Euer Kommen in keinem Augenblick bereuen«, so begrüßte sie der Gastgeber, und das hohe Paar hörte nicht auf, andeutungsweise zu lächeln und hämisch umherzublicken, als taxierten sie, mit wie wenigen Reitern dieser Haufen Wohlstand und Stadt zusammenzuschlagen wäre.

»Ja, Lynch, begrüß nur ordentlich deinen wichtigsten Malaga-Kunden, das will ich dir geraten haben. Man kann bei euch kaufen und zahlen bis zum Platzen und weiß nie, wie stark eure Preise noch weiter steigen und wie eure verdammten Freudenfeste enden!« Und schlug verheißungsvoll auf seinen Bauch, auf die ledernen Rüstungsteile, als hätte er schon jetzt geahnt, wie das in dieser Nacht enden würde, zum Beispiel mit ihm.

»Am fröhlichsten wird auch dieses Fest erst dann, wenn Ihr zum Wohl Eures wackeren Bauches Platz nehmen wollt neben den Schönsten und neben den Tüchtigsten«, sagte Fitzstephen und führte das eindrucksvolle Grafenpaar zu ihren Plätzen, die auch an diesem Abend weit auseinander lagen, Lynch kannte die Wünsche des Rauf- und Saufbolds genau. Die gewichtige Frau Theodora kam neben den harthörigen kleinen Handelsherrn Blake zu sitzen, der mit seinen lebhaften engen Augen kaum bis in die Höhe der stattlichen Theodora-Schulter reichte, doch Bettys tapferer Ehemann Daniel war weibliches Übergewicht seit langem gewöhnt, ja es schien, als fühle er sich recht wohl zwischen Frau Betty und Frau Tehodora.

An der anderen Seite seiner Betty blieb der Platz frei für einen weiteren, nicht weniger abenteuerlichen Landlord, mit dessen Eintreffen wohl weiterhin zu rechnen war, während nun der emsige Hausherr dem Grafen Cluricuan seinen Platz anwies an der Tafel gegenüber, wo auf den beträchtlichen Großgrundbesitzer ein breiter Sessel wartete.

»Killmanroy im Harnisch?« flüsterte Mary, als ihr Mann wieder neben ihr saß.

»Wird sich zu benehmen haben«, murmelte der, »selbst wenn nun auch noch sein alter Gefährte erscheint, Genosse Cork.«

»Der Schlimmste bleibt Killmanroy.« Mary wendete sich zur anderen Seite, begann, ihrem Nachbarn Juan flüsternd zu erläutern: »Ein Totschläger ist der. Ein Bauernschlächter. Hoffentlich bleibt er friedlich diesmal. Fitzstephen versucht ihn seit langem abzulenken und einzulullen, mit schönen Genüssen.«

Da wollte es nun das Fatum oder die acht Sonnen der alten Kate oder die fünf mal elf Elfen, dass Lynchs bislang so wohlüberlegte Sitzordnung ein wenig aus den vernünftigen Fugen geriet. Denn nun betraten, unpassend spät für kleinbürgerliche Leute wie sie, Jeremiah McDonnell, der verwitwete Seiler, und Martha, seine sehr junge schöne Tochter, die Halle, freilich nicht mit hochnäsiger Herablassung oder Wichtigtuerei erst jetzt, sondern weil Jeremiah alle Hände voll zu tun gehabt hatte mit dem Zurückwickeln seiner wertvollen Taue, seines sieben Meilen langen Seils, und weil er mit Tochter Martha als einzige in St. Nicholas die Zeit der Vesper beachtet hatte, die Stunde der Abendandacht, eine Stunde, um die sich an diesem wahrlich besonderen Tag nicht mal Priester Kirwan hatte kümmern mögen.

Kurzum, Lynch blieb, weil sonst keine passenden zwei Plätze nebeneinander mehr frei waren und weil er seinen an diesem Tage so besonders hilfreichen Seiler nicht in den Hof zu den Claddagh-Leuten hinausschicken wollte, Lynch blieb nun gar nichts anderes übrig, als die beiden frommen McDonnells neben dem mächtigen Grafen von Killmanroy Platz nehmen zu lassen, und zwar die schöne junge Martha dort, wo Lynch eigentlich Julia Blake hatte plazieren wollen, doch Julia hatte es fertiggebracht, nicht weit von dem von ihr so sehr verehrten Pater Ricardo zu sitzen. Martha saß nun also direkt neben dem schweren Herrn Cluricaun, hockte zwischen dem alten Übeltäter und ihrem frommen Vater Jeremiah, auch sie, die zierliche und sanfte Martha, war gewiss geeignet für jene geheime Taktiken, die Mary Lynch umschrieben hatte als ›mit Schönem ablenken und einlullen‹.

Vom guten Seiler und seiner stillen Tochter würde der englische Ritter gewiss keine unbotmäßigen Reden zu hören bekommen, im Gegenteil, nun bekam der Edle vielmehr zu sehen, was einen alten Streithahn und Händelsucher von allen wüsten Übergriffsgelüsten bestens abzulenken versprach, etwas köstlich Blühendes und sehr Junges spürte er nun an seiner Seite. Und da Vater McDonnell überdies im Begriff stand, sich künftig nicht nur als Seiler zu bewähren, sondern auch als Teilnehmer am großen Weingeschäft, mochten die beiden Männer getrost Handelsgespräche führen, über Fräulein Martha hinweg. »Ohne diesen Mann und seine Seile«, so hatte Lynch dem Raubritter den Tischnachbarn vorgestellt, »ohne Herrn McDonnell würde hier und jetzt niemand feiern können, ihm und seiner Tochter gehören Vorzugsplätze!« Und gab damit dem neuen Helden Jeremiah ausgiebig Gelegenheit, seine an diesem Tage vollbrachten Taten detailliert zu schildern, die zweifache Schiffseinholung dank dem entschlossenen Einsatz der kompletten McDonnellschen Hanfseilvorräte.

Während McDonnell diese Leistung nunmehr geschickt zu schildern begann, erschienen, abermals unter tüchtigen Tuschschlägen und wiederum von auffallender Aufmerksamkeit des Lord Mayors begrüßt, Graf Cork auf Larminie samt Gattin Esther. Auch ihnen widmete Lynch so höfische wie höfliche Redensarten, und jeder im Saal hatte während der Begrüßungszeremonie genügend Zeit, zu prüfen, ob sich nicht unterm zarten andalusischen Seidentuch, unter Corks Tunika ebenfalls ein Harnisch abzeichnete, aber man war sich bald einig, Cork hatte auf den Panzer diesmal verzichtet, kein Wunder, der größere Rauf- und Mordbold war Cluricaun.

Kaum hatte der ebenfalls ansehnliche Landlord Cork mit seiner beträchtlichen Gemahlin Esther Platz gefunden, der Graf also neben der guten Mutter Betty, die auch jetzt ohne Piepsie nicht sein mochte, da reichte eine schöne Küchensklavin, nämlich jene Helen oder Eileen, die sich Mary zum Servieren bei Elisabeth Joyes ausgeliehen hatte, diese Hübsche also, die als ›Landjungfer‹ bezeichnet wurde, die reichte dem Herrn auf Killmanroy nun eine goldene Schale mit dampfendem Wasser, reichte ihm das zum Reinigen der Hände, dazu glänzenden Damast zum Trocknen – der Gast Cluricaun patschte da gerne hinein, spritzte die Finger vergnügt ab in den weiten Halsausschnitt von Helens einfachem Leinenkleid und richtete dann auch wie aus Versehen das gleiche köstliche Missgeschick bei seiner Nachbarin Martha McDonnell an, bedauerte sein viel belachtes Gepatsche hierhin wie dorthin, pries die neuerdings so erstaunlich verfeinerten Sitten der Kaufleute und tupfte und rieb dann hilfreich mit dem guten Tuch Helens wie Marthas junges Fleisch wieder trocken. Seiler McDonnell musste bei all diesen Handlungen in seiner Erzählung von der Sicherung der Handelsschiffe innehalten und warten und hat die deftige Nettigkeit, die da von erlauchter Seite mit seiner süßen Tochter getrieben wurde, sehr genau wahrgenommen, womöglich allzu genau, nämlich mit grimmem, mit bitterem Stillhalten.

Nicht ohne Vergnügen beobachteten dagegen andere, auch Betty Blake, diese Tollpatschigkeiten, Betty hielt an der Brust auch jetzt ihre schwere Piepsie, die zwar Patricia hieß, aber bislang nur als Piepsie bekannt war, die von Betty auch nach zweijährigem Erdenleben täglich gut gesäugt wurde und die unter den üppigen Mutterkugeln ins Speckige gediehen war und ins Bequeme. Lord Cork auf Larminie, zwischen Betty und Elisabeth gut plaziert, betrachtete alle Vorgänge und Angebote mit Wohlgefallen, und als nun auch er von Helen die heiße Schale und frisches Tuch gereicht bekam, wurde auch von ihm keine Nachbarin vergessen und wurde auch Piepsie Blake ein bisschen nassgespritzt.

Die junge Mutter schob ihr Kind im Tuch auf den Rücken, sie füllte zusammen mit Herrn Cork die Schmalseite der langen Tafel vollständig aus. Betty gegenüber, zum Glück zwölf Klafter entfernt, saß Schwager George und feixte zu seiner prallen Freundin hinüber mit vielerlei mehrdeutigen Handbewegungen. Betty unterrichtete derweil Herrn Cork auf Larminie ebenfalls von den Ereignissen des Nachmittags, von der Leistung der ganzen zugkräftigen Gemeinde Galway und vom Ochsen-Unglück des anglikanischen Priesters Kirwan, Larminie und seine Gemahlin hoben lachend die feinen Humpen, um mit den Nachbarn und Nachbarinnen anzustoßen auf neue gute Stimmungen, aber auch um George und um den Stadtpriester Kirwan herum schepperten Gelächter und Becher, und dann schmetterte endlich und tuschte als Tafelmusik eine kraftvoll marschierende Speisen-Ouvertüre.

Zum schnellen Stampftakt marschierten jetzt zwei Dutzend und mehr Küchendiener in den Saal, trugen auf ihren Schultern dampfende Schalen und Schüsseln zwischen den Tischen herein, brachten Karaffen und Kessel, Phiolen und Amphoren mit dem Malaga und dem Piment, dem Franzwein, der mit Ingwer, Muskatnuss und Nelken gewürzt und mit Honig gesüßt war, andere Sklavenbataillone trugen hölzerne, irdene und silberne Platten, ohne Unterlass bedeckten sie sämtliche Tische im Takt der Musik mit Fischsuppen und Soßen, mit Braten vom Schwein, Rind, Schaf, Hirsch, Huhn, Wildente, Fasan, Wachtel, Rebhuhn, Kapaun, mit Meer- und Flusslachs, geräuchert oder gedünstet, mit Pfannkuchen, Krapfen, Oblaten und Waffeln, auch mit den sehr beliebten Mischungen aus Knoblauch, Petersilie und frischem Käse, die in den gerippten Pilger- oder Jakobsmuscheln serviert wurden, trugen dicke Bohnen auf und Kichererbsen in Rahm, mit Oliven, Zwiebeln, auch natürlich Möweneier und Muscheln und Austern, spanische Weinbergschnecken, Krebse, Hummer und wieder Froschschenkel, dazu Aprikosen und Goldäpfel, wie man die Orangen damals genannt hat, Obstgebäck, Käse, Kuchen und Birnenmost und Siruptaschen –

– da erhob sich nun ein solcher Duft von Kräutern und knusprigem Fleisch, da begann unter der Serviermusik sofort ein Klappern und Gluckern, ein Sumsen und Malmen, da war so viel zu greifen, zu spießen, zu schneiden, zu beißen und zu zerdrücken, dass selbst Alexander Kirwan und George Blake ihre Mundwerke endlich zu anderem als zum Raunen und Lästern und Frotzeln benutzen mussten und die Hunde fiepend und winselnd um die Tischbeine liefen, jämmerlich jieperten und mit ihren Schnauzen gegen die Menschenbeine stupsten, einander aus dem Weg bissen, die Augen nach oben drehend zu den vollen Platten hinauf, sich gierig mit den Zungen die Schnauzen leckten, um sich dann über die ersten herabfallenden Brocken zu stürzen.

So füllten sich nun Mensch und Tier ihre Leiber, schwelgten im Überfluss Hoch und Nieder, und die draußen im Hof bekamen nicht etwa minder Gutes wie bei solchen Gelegenheiten die Armen in Limerick oder in Dublin, nein, hier erhielten sie nicht bloß mit Bratensaft getränkte Brotscheiben, während das Fleisch die geistlichen und weltlichen Herren selber verzehrten, nein, in John Fitzstephen Marcus Tullius Lynchs Galway hatten die Ureinwohner seit Jahrzehnten Teil an allem, und da gab es höchstens den Unterschied, dass die Hohen im Vielessen bessere Übung hatten. Außerdem durften die adeligen Gäste vom silbernen Geschirr der Lynch-Sippe speisen, des Stadtoberhaupts, für die Leute im Hof blieben die hölzernen und die irdenen Geräte. Mehr

Privilegien jedoch gestand Lynch den Gästen und Bürgern der Oberstadt nicht zu.

In dieser warmen Nacht, in dieser ungewöhnlich windstillen Sommernacht war der Hof, war das Draußenfeiern und Essen und Trinken unter freiem Himmel von klarem Vorteil, so empfanden das zumindest die Fischer und die Frauen und die jungen Leute aus dem Claddagh, nur der allzeit kritische MacBride, der wollte kaum glauben, dass sie im Hof die gleichen Leckereien zu essen bekämen wie die vierzehn Sippschaften da drinnen mit ihren englischen Grafen und spanischen Gästen und mit dem bigotten Seiler Jeremiah McDonnell.

»Kein bisschen schlechter?« fragte er den O'Flaherty.

»Kein bisschen«, versicherte der, »Ann bekam klares Kommando. Fressen dasselbe wie wir. Haben nur statt unserer Steintöpfe die römischen Gläser, und für die Finger haben sie Tücher.«

»Pfaffe Kirwan«, wusste Tobby, »nutzt das Tuch nur, um sich seinen Specksaft aus dem Nacken zu wischen.«

»Auch ihr Wein ist der gleiche?«

»Aus denselben Fässern.«

»Hölzerne Becher sind von Vorteil. Nachher gibt's eh Prügelei.«

»Und was ich ebenfalls gesehen habe«, wisperte Tobby, »ihr solltet es euch anschauen, diese beiden Gomez, der Ricardo wie Juan, die essen mit den neuen Spießchen, die man Gabeln nennt.«

»Dann geht es uns wirklich besser hier draußen. In guter alter Fingerfreiheit.«

»Und nun, ach ja, nun erscheint er gar persönlich.«

Die Musikanten im Hof machten einen knallenden Tusch – ja, in der Burgtür war in der Tat das Stadtoberhaupt erschienen, Lynch hob dort ein kostbar rotes Römerglas, grüßte damit nach allen Seiten und rief: »Freunde! Drei Tage lang werden wir feiern, dort drinnen wie hier draußen! Denn erstens –«, er legte die Rechte auf sein Herz, »– Wohlstand!«

Aus allen Richtungen und Hofnischen scholl die Antwort: »Für alle!« Die meisten Esser und Trinker legten dazu die Hand aufs Herz und hoben Holzbecher und gespreizte Hände, und Jessy Murray, Tobby Keats und Marc Kelly riefen gemeinsam, was sie zuvor sehr gut miteinander verabredet hatten: »Es lebe der König von Connemara, lang lebe Fitzstephen Markus Tullius!«

Lynch lachte und legte seine Hand sehr freundlich auf die Schulter des Patrick MacBride, von dem er wusste, dass der in Galway zu seinen ärgsten Kritikern gehörte, ging dann auch hinüber zum Brauer O'Donnoghue und zu den Herren O'Flaherty und da war keiner, dem er nicht den besten Appetit gewünscht hätte und drei tolle Tage voller Lustbarkeit.

Unterdessen begann in der Halle ein leises Gespräch zwischen Juan Gomez und seiner mütterlichen Nachbarin Mary, und wir sollten diese Unterredung zur Kenntnis nehmen, obwohl sie intimste Saiten berührte. Juan war an diesem Abend wieder derjenige, der wohl am genauesten beobachtet wurde, ja, der zerteilte tatsächlich die Filetstücke auf seinem Silberteller nicht nur mit einem Messer, sondern der wusste sie dann auch noch mit einer dieser neuen Gabeln aufzuspießen, von denen Reisende schon aus Lissabon und aus London berichtet hatten, von Geräten also, mit denen man die Bissen wie an einem kleinen Dreifachspieß zum Munde führte, und Juan wandte sich erst, nachdem er den Fleischbissen fertiggekaut und geschluckt hatte und mit seinem Tuch den Mund gewischt und Roten getrunken, dieser manierliche junge Herr wandte sich erst danach an Mary Lynch, um mit ihr auf vertraulich leise Weise zu reden. »Dauernd habe ich an das zu denken, was mir mein Vater über Euch gesagt hat.«

»Was hat er dir gesagt?«

»Sie ist sehr schön, hat er gesagt.«

»Du wirst dich verhört haben. Sagte er nicht sie ›war‹?«

»Säße er jetzt und hier an meiner Stelle, dann würde er Euch antworten: So schön wie Ihr, Lady Mary, kann eine Siebzehnjährige niemals sein.«

Lady Lynch hob ihr Glas, schüttelte ein wenig den Kopf und lächelte. »Mir kommt die Art, wie du mir Freundlichkeiten sagst, sehr bekannt vor.«

»Ist Euch das unangenehm?«

»Was?«

»Dass ich Euch an meinen Vater erinnere?«

Lady Lynch trank. »Das habe ich nicht gesagt. Böse Zungen behaupten, ich hätte ihm in Malaga schöne Augen gemacht.«

»So dass Ihr, sagen die bösen Zungen, davon blind geworden seid?«

»Also hörtest auch du dieses Gerücht? Von deinem Vater?«

»Auch er hat gesagt: ›Böse Zungen behaupten‹. Und auch er hat gelächelt. Hat es also selber kaum geglaubt.«

»Es stimmt ja auch nicht.«

»Was stimmt also nicht?« Juan betrachtete sie aufmerksam. »Stimmt das mit den ›schönen Augen‹ nicht? Oder nur das mit den ›bösen Zungen‹ und dem ›Gerücht‹ nicht?«

»Die Blindheit kam durch ein Fieber.« Sie senkte den Kopf, schmunzelnd, und konzentrierte sich. Tat so, als habe sie nun wieder zu tun mit dem, was auf ihrem Teller lag. Versuchte ebenfalls, eine Gabel zu nutzen, der Blinden misslang das, der Brocken fiel zurück.

»Darf ich Euch helfen?«

»Nein danke, das will ich ohne Hilfe können.«

»Was also war damals die Ursache? Ein Fieber?«

»Nach einem Insektenstich in euerem schönen großen Garten kam ein tückisches Fieber. Seitdem, und das weißt du ja wohl, nimmt Fitzstephen nie mehr jemanden mit aus unserer Familie, nie mehr mit in den Süden.«

»Ich verstehe. Aus Angst vor dem Fieber.«

Einen kurzen Augenblick lächelten beide. Lächelten sich nun zu und tranken. »Mein Mann will nun mal alles ins Vernünftige bringen, all unsere Schwächen und Verrücktheiten. Nicht nur in Galway.«

Mary und Juan aßen dann eine Weile, bis der junge Mann fragte: »Könnte es sein, dass auch Euer Sohn zur Eifersucht neigt?«

»Pat? Eifersüchtig? Auf wen?«

»Zum Beispiel auf mich.«

»Warum?«

»Weil ich mit seinem wunderbaren Vater eine lange Schiffsreise machen durfte, er aber noch nie.«

»Ach. Der brave Junge.« Mary Lynch legte die Gabel weg, beugte sich wieder ein wenig zu ihrem Nachbarn und raunte, die schwachen Augen in den Saal gerichtet: »Wie kann ihn das kränken. Er weiß doch und alle wissen es, über kurz oder lang ist er hier der Erste. Dann kann er fahren, wann und wohin er will, so lang und wie oft er will. Und seit er Agnes besitzt, was will er mehr?«

»Verzeihung, dass ich mich einmische, es geht mich nichts an. Aber kann man eine wie Agnes besitzen?«

Lady Lynch schien überrascht. Juan sah, dass sie auch jetzt ein wenig den Kopf schüttelte und dann nickte. »Diese Frage kenne ich. So hat in Malaga auch dein Vater gefragt.«

»Wen?«

»Meinen guten Marcus Tullius.«

»Und mein spanischer Vater, als er mit Euerem Mann vom Besitzen redete, da meinte Christophoros doch wohl nicht Euch? Ob man eine wie Euch ›besitzen‹ könnte? Aber ich verstehe. Und frage nun lieber nicht weiter.«

»Und ich danke deinem Vater noch einmal sehr für sein sinniges Ringgeschenk. Für das wunderbare Fiebertier.«

Als wenn sie gehört oder gespürt hätte, dass auch von ihr die Rede war, blickte Agnes auf Juan, mit ihren großen hellen Augen sah sie ihn an und als der sich jetzt zurücklehnte, stellte sie dem Gast die Frage, die ihr niemand hätte verdenken können. »Du fühlst dich wohl bei uns?«

»Sehr. Und du? Wie geht es deinen Augen?«

»Meinen Augen?«

»Du siehst gut?«

»Warum sollte ich nicht?«

»Es könnte sein, Spanier bringen Fieber nach Galway. Augenfieber.«

»Ich sehe sehr gut. Zum Beispiel, wie gern du dich mit Mary Lynch unterhältst. Gefallen dir meine Augen nicht?«

»Sie sind die hellsten, die ich unter dunklem Haar je gesehen habe.«

»Böse Zungen sagen, mein Großvater hätte meinen Vater John, den sie hier in Galway den ›Kontrakopf‹ nennen, mit einer Spanierin gezeugt.«

»Solche Sachen erzählen böse Zungen oft auch in Malaga.«

»Und ebenso oft in den vierzehn Familien hier.«

»Deine Augen jedenfalls sind irisch.«

»Und die sehen messerscharf, wie interessant du zu essen verstehst. Ist dies der neue Hühner- und Gemüsespieß aus England?«

»Aus England? In Spanien ist er seit langem hilfreich.«

»Hilfreich wofür? Zeig's mir!«

»Hilft, mit Nachbarinnen gut ins Gespräch zu kommen. Möchtest du's mal probieren, mit dem Piekssspieß?« Schon reichte Juan ihr einen Gabelbissen, sie griff zu, ergriff Juans Gabelhand, nahm den Bissen in den Mund und tat, als schmecke sie zum erstenmal Fleisch vom Wildlachs. Sorgte dann aber dafür, dass auch Pat einen Gabelbissen bekam.

So ging das hier und dort und drinnen und draußen auf die verschiedenste Weise hin und her und immer häufiger sah man die wackeren Galwayer Fresser zu den englischen Tüchern greifen, nicht, um sich die Finger und die tropfenden Mäuler zu wischen, sondern um so wie Priester Kirwan es gleich zu Beginn praktiziert hatte, an Stirn und Hals den Schweiß aufzufangen.

Und als nun im Hof wie in der Halle fast alle Gesichter rot glänzten und es überall noch schmatzte und schmeckte und schlürfte, da meinte Fitzstephen Lynch, der wieder an der Kaminseite in der Halle saß, nun sei die Zeit gekommen nicht nur für eine Rede, sondern für eine längst überfällige Mitteilung.

Auf einen Wink von Frederic Fitzpatrick machten die Musikanten drinnen wie draußen ihren kräftigen Tusch. Der Lord Mayor erhob sich, in der Tür und in den Fenstern zum Hof drängten sich die Neugierigen, und Lynch sagte, es solle sich niemand im Genuss stören lassen, ihm sei es um zwei einfache Dinge zu tun, die niemandem den Appetit verderben könnten. Nun, da blickten doch fast alle von ihren Tellern auf und nicht nur die Frauen sahen nun sehr aufmerksam auf den festlichen Bürgermeister und obersten Richter.

Zum einen, sagte der, läge ihm auch in dieser Halle an einem kräftigen Willkommenstrunk auf den neuen Gast aus dem Süden. Diesen hoffnungsvollen jungen Mann, den lege er auch hier allen ans Herz, nicht nur, weil der nichts weniger verkörpere als das Wohl der Stadt Galway, sondern weil der so oder so ein ausgemacht zauberhafter Junge sei. Und John Fitzstephen Marcus Tullius Lynch bat dann noch einmal mit warmer, ja fast zitternder Stimme, diesen Jüngling an diesem und an allen folgenden Tagen wie einen eigenen Sohn zu halten oder wie einen eigenen Bruder und den jungen Juan Gomez die Ferne und die Fremde ganz und gar vergessen zu machen.

Er hob seinen dunkelroten Römer, und da tranken sie alle gern mit ihm auf Señor Juans Wohl, wobei einigen Tanten bereits das Herz klopfte vor Aufregung, ob sie recht hätten mit ihren Ahnungen von dem zweiten ›einfachen Ding‹, über das Lynch jetzt eine Mitteilung machen wollte.

»Alsdann will ich es kurz machen, für einige ist es wahrscheinlich kein Geheimnis mehr. Elisabeth und John Joyes freuen sich mit Mary Lynch und mir hier und jetzt, dass Agnes Joyes und Patrick Lynch sich seit kurzem nicht nur insgeheim, sondern seit heute Abend auch vor euch allen hier, vor allen Galwayer Augen und Ohren die Ehe versprechen wollen. Lasst uns –«

Was er nun noch zu sagen versuchte, ging unter in Hochrufen aus Halle und Hof. »Fünfundfünfzig gute Geister!« rief Priester Alexander, spreizte zweimal fünf Finger in die Höhe und die meisten taten es ihm nach, so dass abermals ein Wald wogte aus gut tausend Elfenfingern.

»Ja, feiern wir von nun an drei Tage lang drei junge Leute, preisen und feiern wir Juan und Agnes und Pat! Und freuen wir uns nicht zuletzt auch über unsere drei glücklich heimgekehrten Galway-Galeonen!«

So hatte Lynch geschickt die eine Schlauheit in die andere hineingewickelt, dieses Glück in jenes, und da konnte niemand dieser Unternehmung wohlgesonnen, jener aber gram sein. Überdies schmeckte es gerade in diesen Augenblicken fast allen allzu gut und war beinahe jedem so selig und satt zumute, dass, nachdem Lynch seine kleine Rede beendet hatte, aus vollen Herzen und Bäuchen ein vielkehliges »Halloo!« tönte und »Hoch!« und »Nehmt's Herz in beide Hände!« und »Glück und Segen!« und Priester Kirwan übertönte dann alle und wünschte lauthals: »Vielfingrig elf Elfen!« Ach, so glucksten und johlten nun unablässig neue Fröhlichkeitsrülpser.

Priester Kirwan aber beobachtete derweil, dass sein geistlicher Nachbar bei all diesem Gerufe und Gefreu ganz und gar still blieb, sah, dass Ricardo kein Glas hob und keine Finger spreizte und scheinbar ganz ungerührt mit seiner Gabel zu speisen fortfuhr. Das betrachtete Kirwan sich eine Weile nachdenklich, trank dann einen guten Schluck und fragte: »Ihr mögt sie nicht, Eure Finger?«

Pater Ricardo tat, als hätte er die Frage gar nicht gehört oder als hätte sie nicht ihm gegolten. Da griff sich der gottesfürchtige Alexander ein Entenbürzel von seinem Teller, biss ins krustige Fettfleisch tief hinein, lehnte sich in seinem Stuhl weit nach hinten und begann, hinter dem Rücken des spanischen Kirchenbruders ein interessantes Gespräch mit George Blake, eines, das gewiss niemand anderem galt als diesem offenbar ungerührten Don Ricardo, der freilich weiterhin so tat, als höre er nichts und die beiden Protestanten hinter seinem Rücken schon gar nicht. Doch der Wortwechsel der beiden Redebolde soll hier ebenfalls wiedergegeben werden, obwohl oder vielmehr gerade weil auch ihr Gespräch intimste Saiten berührte, wenn auch auf andere Weise als bei Mary Lynch und Juan.

»Jawohl, George, unser Fitzstephen hat recht.«

»Womit?«

»Mit seiner Rechnung zum Neuen Jahr 1555. Da wünschte der alte Lynch uns allen drei mal drei mal drei mal fünf mal elf Elfen. Das sind anderthalb tausend und sieben gute Geister. Allesamt nützlich, hilfreich gegen Neid, gegen Angst, Machtlust und Besitzwut.«

George kaute. »Das reicht fast. Für ein Paradies.«

Kirwan biss wieder ins Bürzel, kaute und schielte auf den geraden Rücken des stillen Essers auf dem Nachbarstuhl. »Und wahrlich, ich sage dir, nur eines gibt es, was noch mehr wert ist als solch ein mit Pfeffer, Koriander und Rotwein gewürzter Entenarsch.«

»Klar«, sagte George und kaute. »Galwaylachs. In Wacholder gedünstet.«

»Nein, der Gipfel von Gottes Schöpfung ist eine Elfe.«

»In Wacholder gedünstet.«

»Nein, Dummkopf. Eine Elfe in ihrer Begierde.«

George hörte auf mit Kauen. »Was sagst du da, Bruder Alexander. Manche Kirchenleute behaupten aber, das schmecke höllisch! das treibe uns alle nicht zu den Feen, sondern ins Fegefeuer!« Vergnügt feixte er gegen den steifen Rücken zwischen ihnen.

»Im Gegenteil«, rief Kirwan, »himmlisch schmeckt das. Denn die Fee, in ihrem heftigsten Appetit auf das Liebeswerk, sie beschert uns die hitzigsten, die saftreichsten, die zärtlichsten und seidenweichsten Teile des irdischen Leibes. Schenkt uns den paradiesischen Gipfel im Gipfel der Schöpfung. Das süßeste Menschliche als höllisch zu verurteilen, das können nur Teufel. Ignoranten. Heuchler.«

Da sahen sie, wie der Pater die Gabel niederlegte und sich dann nicht mehr bewegte.

»Aber vor kurzem«, sagte George, »wurde unser frecher Freudenstein von der Kirche genommen und tief vergraben, weil er die nackte Bosheit sei. Eine gefährliche Versuchung. Und zu deiner heißen Feenmahlzeit oder Frauenspeise«, mutmaßte George, »da empfiehlt sich, wenn man den ehrwürdigen Mahnungen aus Rom glauben soll, nur noch die Gabel, oder? weil alles Fleisch letztlich vom Übel sei –«

»Schwachkopf. Lass die Ratschläge aus Rom. Nicht die Gabel empfehlen neuste wie älteste Erfahrungen, sondern Finger und Zunge! Wahrlich, denn Leib und Weib mit ihren Liebeswerken harmonieren mit unseren Esswerken auf das Allerwunderbarste.« Sprach's, richtete sich hinter Ricardo wieder ein wenig auf und prostete zur Betty hinüber, die an der fernen Schmalseite der Tafel mit ihrem gräflichen Tischnachbarn heftig zu reden hatte, und in der Tat, zu dampfen, ja zu glühen schien sie, immerhin grüßte sie nun strahlend zurück. »George«, murmelte der schwitzende Kirwan, »was wären wir ohne unsere bewährten fünfundfünfzig Fingerfertigkeiten!«

»Aber nur, wenn jedem Finger und jeder Hand elf Elfen helfen.«

»So ist es, mein Sohn. So sei es, so war es und so wird es bleiben. Amen.«

Auch im Hof brummte und säuselte nun die Sommernacht wie von tausend Hummeln oder Sirenen oder Wespen, im hinteren Hof wie in der Halle, hier wie dort hob sich die Stimmung zusehends. Nicht jedoch beim Gardeführer Edward O'Flaherty. Der hatte sich im Hof an einen Seitentisch gesetzt, von dem er meinte, die Versammlung und ihre Ordentlichkeit am besten überblicken und kontrollieren zu können, der schaute nach wie vor eher griesgrämig, ließ jedenfalls seine Isobella so gut wie unbeachtet. Außer diesem Hauptmann Edward sah man auch Douglas O'Donnoghue ungut gelaunt, sah man den Braumeister hin und wieder gar den Kopf schütteln und seiner Frau Dorothy etwas ins Ohr zischeln. Offenbar konnte er kaum mehr ertragen, wie diese Lynchs und diese Joyes sich hier vor aller Augen durch Verkupplung ihrer Kinder einen nicht mehr einzuholenden Vorsprung verschafften. Nimmermehr würde dies wasserreiche Galway, diese vom starken Corrib-Fluss durchspülte Hafenstadt je eine Bier-Stadt werden. »Für ihre Händel und geheimen Verbredungen wird Gott sie irgendwann strafen«, sagte er laut vor sich hin. Und wenig später tat er sich auf diese Weissagung viel zugute.

Nun geschah es aber, dass Priester Alexander Kirwan, überwältigt von Wein und Menschen- und Leibeslust und Essenswürze, in einer zutiefst freundlichen Aufwallung seines Gemütes von seinem Platz aufstand und mit zerfließenden Gesichtszügen seine Arme ausbreitete, das tat er mit Bedeutung und Bedacht, weil er ja inzwischen wusste, wo in seinem Leib noch immer der Schmerz lauerte vom Tritt des Ochsen, und als nach seiner groß umarmenden Geste in der Halle fast alles still geworden war, begann er zu singen, ohne die Unterstützung der Musikanten, begann einen heulenden, ja bebenden, einen lang tragenden Gesang, der von weit unten herauftönte aus den Tiefen seines schweren Leibes:

Goldne Freunde! Holde Brüder!
Herzensschwestern! Fühlt es heiß!
Macht euch auf, mit mir zu singen!
Reicht die Hände rings im Kreis!

Da folgten ihrem Stadtpriester fast alle im Saal und wiederholten das, auch die im Hof taten es, Hände reichten sich Händen hin, jeder hatte seinen Nebenmenschen bei der Hand gefasst, Agnes gewiss gern ihren Pat, nicht ungern auch den Juan, und so, Hand in Hand, wiederholte die Festrunde den Gesang von den goldenen Freunden und Brüdern und von den Herzensschwestern und wiegte sich hin und her im behäbig breiten Gang von Kirwans Wiegemelodie. Auch der kleine Daniel hielt ergriffen die Hand seiner großen Nachbarinnen, Frau Bettys starke Hand, aber auch die sehr fleischige der großen Frau Theodora auf Killmanroy. Und der mächtige Cluricaun umgriff mit vielem Vergnügen Fräulein Marthas nettes Händchen.

Bruder Kirwan, recht rot im Gesicht und unter perlendem Schweiß, der legte jetzt seine Hand auf Pater Ricardos harte Schulter, holte Luft und posaunte weiter:

Spürt die Freude! Greift die Grüße!
Stoßt den Nachbarn nicht zurück!
Fühlt, wie wir zusammenwachsen –
diese Lust ist Galways Glück!

Don Ricardo aber blieb steif und aufrecht, fast alle anderen dagegen seufzten, wiegten sich in der Wiederholung der weiten langen Melodie, ja, und nun gab es auch im Hof dort draußen nur noch sehr wenige, denen die Augen nicht nass geworden waren. Ach, dieser sehr kluge Don Ricardo blieb einer von den offenbar Unberührbaren, von den jederzeit Trockenen. Im Hof freilich gehörten dazu auch Hauptmann Edward und Bierbrauer O'Donnoghue und Patrick MacBride, die jedenfalls versuchten, auch jetzt die Übersicht zu behalten, so gut es eben ging.

Und Kirwan sang abermals, diesmal so kräftig, dass ihm die Adern vom Halse standen, er sang, ja er rief seine Worte, als würde er sich in jedes einzelne Wort, in jede Silbe geradezu hineinknien:

Nicht erst morgen blüht das Leben!
Nicht in Jahren sind wir reich!
Heute! Hier! und jetzt! Ihr Freunde –
schlürft das goldne Himmelreich!

Da stimmten die Galwayer abermals in stärkster Gewissheit ein, nun neigten sie sich fast ausnahmslos in wiegenden Bewegungen hin und her und berührten gerührt den Nachbarn oder die Nachbarin, wischten sich die Augen, und als sie die Wiederholung zu Ende gesungen hatten, da sanken sich viele in die Arme. Bauernschlächter Killmanroy drückte und küsste innig das nette Händchen des Fräulein Martha McDonnell, der andere Mordgraf umfing die breite Betty samt ihrer Piepsie, und als der letzte Ton geheult und geplärrt war, da sprang man auf und jubelte und trank dem fülligen Sänger zu, Lynch eilte um die Tische herum zu ihm hin, musste unweigerlich hinüber auf die andere Seite der langen Tafel und umarmte ihn mit »Goldner Freund!« und küsste ihn auf die verschwitzten Wangen. »Bürger und Gäste!«, rief Fitzstephen in den Saal, »Freund Kirwan ist für Galways Glück weiß Gott der passende Priester, er ist unser Glücks- und Freunschaftspriester! Dank, Kirwan!«

»Ja, Dank!« schrieen viele im gleichen Ton und sogar Kontrakopf John und seine Elisabeth, auch die Blake-Eltern, fast alle wischten sich die Augen. Und auch im Hof war, wie gesagt, kaum einer unbewegt geblieben, nur der Stadthauptmann und der kritische MacBride und natürlich Bierhersteller O'Donnoghue, die taten noch immer überlegen und kühl, ließen sich jedenfalls wenig anmerken. Als Märchenmann O'Brian den Brauer fragte, ob ihm das Lied des Freundschaftssängers und Stadtpriesters nicht auch gefallen und den alten Groll ein bisschen aus dem Bauch gesungen hätte, da antwortete der Biermeister ruhevoll: »Schon meine Großmutter wusste, wes Brot ich ess, des Lied ich sing.«

»So ist es, Amen«, knurrte MacBride. »Lynch macht uns alle besoffen und Priester Kirwan hilft ihm dabei. Mit seinen Saufliedern.«

»Und nun«, murrte O'Flaherty, »nun hat der Glücksmensch sich obendrein mit seinem Widersacher verbändelt. Verflochten sind diese Joyes und Lynch nun wie zwei alte Unkräuter. Die im Herbst ein falscher Wind umeinander gewickelt hat.«

»Ein Ostwind«, nickte MacBride. »Ein Wind aus England.«

»Inzwischen«, wusste der Brauer, »gehört ihnen Galway. Wir leben in Lynch-City.«

»Nun ja, Joyes bleibt Nummer zwei«, meinte O'Flaherty. »Blake auf Platz drei.«

»Und wo bleiben wir?« MacBride schaute in die Runde. »Auf Platz Null?«

»Unten. Wir bleiben unten, zum Glück«, antwortete der Märchenmann, und als MacBride fragte, ob er richtig gehört, ob O'Brian ›Zum Glück‹ gesagt habe. Da sagte William: »Hast richtig gehört. Unten. Nicht zwischen den Haien, wo man oben bleiben und die anderen fressen muss.«

In der Halle war Lynch, nachdem er seinen geistlichen Freund Kirwan hatte hochleben lassen, wieder an seinen Platz zurückgekehrt, hielt sich eine Weile an der Lehne seines Stuhls fest, benötigte offenbar Halt und rief dann: »Und jetzt, Freunde – jetzt eröffnen unsere drei Glückskinder, eröffnen Juan, Agnes und Patrick das Tanzen!« Das rief er noch wie benommen, von Kirwans Gesang.

Die Musiker begannen eine englische Hofmusik, die drehten, strichen, schlugen, zinkten einen Schreit-Tanz, den nur noch die Älteren und Edleren ausführen konnten, auch die auf Larminie oder in Conneghary, das für seine feinsinnigen Sitten bekannt war im Gegensatz zu Killmanroy und Limerick, einen Tanz jedenfalls, den die Bürger von Galway nur noch zu sehr feierlichen Gelegenheiten vorführten, wenn sie ihn denn überhaupt noch zu tanzen verstanden.

Pat und Agnes erhoben sich, ebenfalls einigermaßen benommen vom reichlichen Essen, vom Malaga und von Kirwans schönem Nachbarlied und Freundschaftsgesang, erhoben sich und Juan tat das Gleiche, verbeugte sich tief vor Mary Lynch und sagte ihr seinen gälischen Spruch von der Gigue oder Jig. Lady Mary nickte, ja, sie wolle sich gern von ihm führen lassen, womöglich nach andalusischen Regeln, und dann bewegten sich die beiden Paare vor dem Podium der Musikanten und rund um die lange Tafel herum, bewegten sich unter den Augen der Gäste in langsamen Schritten und Wechselschritten und fast jeder, der nun zuschaute, meinte, die gute Vertrautheit der Verlobten gut erkennen zu können, aber auch die Umsicht und das Geschick und die offenbar althöfischen Manieren, mit denen Juan die fast blinde Mary umherleitete in tauschenden Figuren und gegenläufigen Schritten.

Der nächste Tanz war dann frei für alle, die Musikanten boten Schnelleres und Vergnügteres, da stürzten sich nun die Jüngeren vor die Fiddler und Piepser, George schnappte sich seine Schwester Julia, Betty griff sich ihren kleinen Ehemann Daniel, ließ aber Piepsie auch jetzt auf ihrem Rücken, ja, in der Schwenklust und Drehgier waren Betty und George Blake zweifellos die heftigsten. Die Älteren und die Fressfreunde, und das waren vorerst noch die meisten, hielten sich weiterhin an die Mahlzeiten, jedenfalls an die neu gelieferten herdfrischen, die stopften und kauten und schluckten nun wieder und die in der Halle schienen mit allem von Grund auf einverstanden, und der Graf Cluricaun auf Killmanroy so sehr, dass er sich über das Mädchen Martha hinweg zu Jeremiah McDonnell beugen musste und anerkennend und aus vollen Backen zum Seiler hinüberbrummen, auch die bürgerlichen Rotznasen wüssten sich inzwischen ganz manierlich zu benehmen und verstünden endlich einigermaßen ordnungsgemäß zu feiern, womit er aber nicht, wie McDonnell wohl glaubte, die Tänzer meinte, sondern die guten Mahlzeiten und die vielen Dutzend Weiterfresser rings an den Tischen. Sprach das an den Seiler Jeremiah hin und rülpste und tätschelte der Jeremiah-Tochter Martha gütig Wangen und Kinn, »Spürt die Freude!« riet ihr der Bauernschinder mit vollem Mund, »greift die

Grüße! Stoßt den Nachbarn nicht zurück!« Ja, ohne Zweifel, Kirwans Freundschaftslied hatte auch ihm über die Maßen gefallen.

»Doch, oh doch«, beeilte sich Seiler McDonnell mit seiner Antwort und redete verkniffenen Gesichts. »Auch ich finde, dieser junge Señor Gomez zeigt uns, wie elegant und wie höflich man feiern kann.« – »Fühlt, wie wir zusammenwachsen!«, säuselte Graf Cluricaun volksselig, raunzte auch diese Worte der McDonnell-Tochter ins Ohr und näherte sich mit seiner Pranke inzwischen ihren schönsten Stellen, als wollte er hier oder dort Wurzeln schlagen, an Stellen, die soeben noch der Priester Alexander Kirwan hinter dem Rücken von Pater Ricardo so hingegeben gepriesen hatte. »Dieser Juan Gomez«, wiederholte Marthas Vater, »dieser junge Herr zeigt den Leichtsinnigen in Galway, wie manierlich schon der jugendliche Mensch seinen irdischen Leib –«

Weiter kam er nicht, denn da die Musiker eine Pause gemacht und die Tänzer sich wieder gesetzt hatten, musste in diesem Augenblick, als rings an den Tischen wieder die Völlerei begann, der Graf Cork neben Betty Blake ungeheuerlich niesen, an der Stirn- und Schmalseite des langen Tisches explodierte das mit so ungewöhnlichem Krawall, dass man seinen Zwerchfellschrei nicht nur bis zum Hof und zur Straße hören konnte, wo neue Bettler sich drängelten, sondern dass die altenglischen Herrschaften in der Halle die Explosion auch aufs Wundersamste zu sehen bekamen, denn Graf Corks sehr großer Mund riss sich im Brüllen dermaßen auseinander, dass Hühnerknochen und Apfelreste geradewegs über den Tisch der wichtigen Leute spritzten und mit einigen Fetzen und Teilchen hoch dekorativ auf Frau Bettys breitem Hals landeten. Wer das in diesem Saal am Lustigsten fand, war Graf Cork selber, der krachendes Gelächter hinterherschickte, während die anderen sich eher ein wenig erschrocken hatten.

Piepsies Mutter putzte sich die Zueignung des Edlen in ruhiger Aufmerksamkeit fort und lächelte dem Herrn auf Larminie nett zu, nein, sagte sie, ihr mache auch dieser Spaß keinerlei Unannehmlichkeiten. Nur der Herr Killmanroy, der rügte seinen Genossen. »Cork ist schlecht in Form. An anderen Abenden pflegt er nach den ersten Gängen zu kotzen und kann dann neu fressen.« – »Warum«, so meldete sich neben ihm die zarte Martha, »mag er das heute nicht tun?« – »Wart's ab, meine Süße, der Abend fängt ja erst an.«

Frau Betty jedoch, als sie sah, wie ihr Schwager George vom anderen Ende der Tafel schadenfroh herüberflapste, da drohte sie dem, das Hühnerstück, das sie sich soeben aus dem Kleid gezogen hatte, an den Kopf zu werfen, ließ den Wurf dann aber sein, obwohl sie den George gewiss gut getroffen hätte, und gab das Geflügelteil ihrem Gatten Daniel in die Hand, der das Fleisch unschlüssig eine Zeit lang festhielt, so lange, bis ihm der Arm müde wurde und unter den Tisch sank, wo ein Köter ihm das Fettige aus den Fingern schnappte.

Für George Blake war die fröhliche Zwechfelldetonation des Grafen Cork ein Startzeichen für neue und noch lustigere Festesfreuden, und weil die Musik soeben ihre Pause machte, stach den Witzbold der Hafer und rief er quer durch den Saal dem krummen Frederic Fitzpatrick die Frage zu: »He Frederic! Galgenvogel! Jetzt erklär uns endlich, ob du wirklich an die Gnomen glaubst!«

Wider Erwarten, wonach der Henker und Sänger boshafte Fragen und Einwände selten oder nie beachtete und zu Antworten und Reden sowieso wenig Begabung hatte, erhob sich jetzt dieser schiefe Bade-, Schreib- und Kerkermeister des Hauses Lynch, raffte sich sehr bedächtig aus seinem Sitz, und beim Anblick seiner verbogenen Gestalt und seines schrägen und todernsten Gesichts, auch jetzt mit der roten Farbe über dem linken Backenknochen, da wurde es im Saal beinahe ganz still, und manch einer, der eben noch lieber zugebissen, gesogen oder geschluckt hätte, ließ das nun lieber sein, um sich eine etwaige Antwort des Fitzpatrick nicht entgehen zu lassen, ja, es kam nun zu Frederics zweiter Ansprache an diesem ereignistollen Tag.

»George Blake!«, so tönte es aus der zahnlosen Mundhöhle, diese helle Stimme klang wie Geisterkeifen, wie Grabespfeifen. »Glauben?« – Fitzpatrick schluckte, holte viel Luft und begann dann ein zweites Mal mit seinem feinen, mit seinem zierlichen, seinem fast kindisch klingenden Organ. »Sprechbold George, glauben? Glauben tue ich an Gott und an

Jesus Christus.« Er stockte wieder, aber beim dritten Anlauf brachte er's zu Ende. »Maria jedoch – und die Gnomen – die gibt es!«

Nach dieser denkwürdigen Neubetrachtung des Christlichen im Lichte des Keltischen blieb es erst einmal ziemlich still im Saal. Einige begannen dann leise zu murmeln, sehr vorsichtig, als würden laute Bemerkungen nicht in einen Raum gehören, in dem eine heilige Handlung vor sich ging.

»Donnerwetter«, brabbelte endlich Graf Cork. Und »Donnerwetter!« wiederholte dann auch Priester Kirwan und als den Stadtpriester nun fast alle Leute anschauten, ratlos, da meinte der, dass mit den neuen Aussagen des Kerkermeisters eigentlich jede christliche Theologie in Frage gestellt worden sei, in jedem Fall dann, wenn Henker Frederic als Theologe irgendeinen Ruf und Rang genösse. Kirwan blickte auf seinen Nachbarn, auf den mageren Pater, zog seine schweißbeperlten Stirnwülste in Falten und war ganz offensichtlich in heftiges Denken geraten, heischte mit seinem Grübelgesicht dringlich geistliche Auskunft von Glaubensbruder Ricardo, wollte wissen, ob, was dieser Laie soeben erklärt habe, wonach die Naturwesen existierten, die Geisteswesen aber nicht, ob das nicht auch unter den Gesichtspunkten des neuesten und engagiertesten Kirchensinns, wie ihn Pater Ricardo vertrete, eine schwere Gotteslästerung gewesen sei.

Doch vom Priester Gomez blieb eine Antwort aus. Der zierliche und dünne Mann legte zwar die Gabel von der linken Seite seines Tellers auf die rechte und schien dann auch Luft zu holen zu einer bedeutenden oder schneidend bösen Antwort, wendete sich auch dem Kirwan schon zu, doch in dem Augenblick, in dem er seinen schwitzenden Geistesbruder sah, verging ihm wohl die Lust oder der kluge Gedanke und er schwieg – schwieg mit einem schmerzlichen Ausdruck von Melancholie, Düsternis und Vergeblichkeit.

Und schon schoben sich weitere Ereignisse nach vorn, der Pater hätte dem anglikanischen Kirchenmann wohl sowieso nur boshaft bissig und keineswegs ernsthafte Kommentare geben wollen zu Fitzpatricks gewagten Ansichten, doch inzwischen rief unüberhörbar Sprechgnom

George in den Saal, rief dem Sänger und Hausgeist zu, wenn es so sei, wie er gesagt habe, dann sei es jetzt aber die höchste Zeit für ein Abendgebet, und zwar für ein glaubwürdiges, für ein Gebet an das, woran man nicht glauben müsse, sondern was es tatsächlich gebe.

»Ja, ein Lied auf die Leprechauns«, rief Betty, und diesen Zuruf ließ Frederic sich gern gefallen, und da er schon oder noch immer stand und es im Saal und vom Hof her einigermaßen still geblieben war, so begann er auf der Stelle, seine zahnlose helle Stimme zu erheben und fistelte der ergriffenen Runde die Ballade, die er sich zu John Fitzstephen Marcus Tullius Lynchs großem Tag ausgedacht hatte, zum Tag der doppelten Demonstration von Galways Größe und Glück.

In uralten Zeiten, da lebten im Ghue
die Menschen mit Buckeln, mit Höckern kalbsgroß,
die drückten den Leuten das Kinn bis zum Knie,
die wankten und ächzten, verwünschten ihr Los –
Maria, was soll uns die Last?

Während diese Maria-Frage sofort von fast allen nachgesungen wurde, meinten Voreilige, dieser Fitzpatrick komme auf immer ausgefallenere Gesänge, der sei gar selber ein Gnom oder Leprechaun oder sei dabei, einer zu werden, wer denn in Galway, bitteschön, sei bucklig, wenn nicht just Frederic selber? Aber nein, nicht die wirklichen Buckel seien gemeint, wussten Pfiffige wie George und Kirwan und »Ruhe!« zischten sie und O'Brian und Betty ebenso, und vom Hof her drängten sich die katholischen Niederstädter im Eingang und in den Fenstern, Frederic aber, nach einem guten Schluck aus seinem Steintopf, der auch heute vor seinem Platz stand, ließ weitere Unebenheiten aufheulen:

Bis endlich ein Starker sein Kinn hob zur Brust.
Den wählten zum Herrn sie, zum König im Ghue,
der sprach: Statt der Plage verschaff ich uns Lust,
und werkte und schaffte für alle und schrie:
Maria, was soll uns die Last?

Fast alle fragten sich beim Rundsingen, was wiederum dies bedeuten könnte, und einige Spitzfindige schauten aus den Augenwinkeln hinüber zum Herrn des Hauses, zu Fitzstephen Lynch. Der jedoch saß ohne Bewegung, nur ein wenig blass.

Eines Nachts hört der König im Garten ein Lied,
das, ehe es ausklingt, schon vorher verstummt –
da singt er nun selber den Schluss. Und was denkt ihr, geschieht?
Sein Buckel ist fort, ist zu Erde geklumpt.
Maria, was soll uns die Last?

Dem Liedsänger sei Dank, nun atmeten viele auf, die traurige Geschichte schien eine gute Wendung zu nehmen, der Kehrreim tönte diesmal lauter, ja trotziger, im Hof wie in der Halle, die Last war weg.

König Ghue ist nun Gott, man bewundert ihn tief.
Doch wächst auch der Neid, man kann nicht ertragen,
dass einer alleine nicht krumm ist und schief –
Drei stürmen sein Haus, König Ghue zu erschlagen.
Maria, was soll uns die Last?

Patrick Lynch, weil er günstig saß, konnte sehen, wie seine Mutter unterm Tisch ihre Hand über die ihres Marcus Tullius schmiegte.

König Ghue kann sich retten und flieht in den Garten
und singt den Gesang und mit Lust auch den Schluss,
und es kommen die Gnomen, Ghue kann's kaum erwarten:
O nehmt doch uns allen den schweren Verdruss!
Maria, was soll uns die Last?

Wie würde das enden? Mit Fitzstephens ›Gerechtigkeit für alle‹? Und wen wohl hatte der Sänger mit den Dreien gemeint, die das Haus des Königs Ghue stürmten? MacBride, O'Faherty und O'Donnoghue? Betroffen blickten die Hallengäste einander an, wagten keine Zwischenrede mehr und murmelten auch keinen Namen, obwohl jeder elf oder mindestens sieben hätte nennen können.

Fitzpatrick aber stellte sich jetzt hinter seinen Stuhl, und wer etwa noch löffeln oder messern wollte oder ein zähes Stück Fleisch im Maul hatte, der hörte jetzt zu kauen auf und hielt still, damit ihm in der Schlussstrophe keine Einzelheit entging.

Auch die Gnomen, die grünen, beginnen ihr Lied,
und der König singt neu und ganz frei seinen Schluss –
da erschlägt ihn die Gier. Wie es immer geschieht.
Heut schleppt man im Ghue auch im Kopf den Verdruss.
Maria, was soll uns die Last?

Da war Schweigen. Essen oder trinken mochte nun niemand. Seinen Kehrreim, seine Frage an Maria maulte der Sänger fast ganz alleine, zum Mitsingen regte das nicht an, jedenfalls nicht, wenn einer, der neu und frei seine Schlüsse sang, dafür von der Besitzgier erschlagen und zum Erdbuckel wurde.

Frederic kümmerte sich nicht um das Schweigen im Saal, der setzte sich, zog seinen Sitz dicht an den Tisch, Schieben und Knarren hörte man sein Stuhlholz durch die stille Halle und obwohl jeder ihn beobachtete, konnte er nun ungestört seinen irdenen Topf heben und trinken. Dann aber wagte Betty laut zu sagen, was die meisten gewiss dachten, dieses Mal sei sein Lied nicht annähernd so freundlich und fröhlich gewesen wie noch vor zwei Tagen die Ballade an Marys Abendtisch. Sogar Pat Lynch ließ sich vernehmen, Pat befragte den Frederic. Dieser König im Ghue sei doch selber keineswegs habgierig gewesen, jedenfalls nicht so wie jener James im Lied vor zwei Tagen, König Ghue habe doch Wohlergehen ›für alle‹ gewollt, oder? »Warum haben die Gier-Gnomen diesen einen Mutigen, den Freundlichen erschlagen?« – »Fitzpatrick, was soll uns dein Lied?« ergänzte George.

Aber Fitzpatrick äußerte sich niemals zu seinen Liedern, nie erklärte er irgendeine seiner Balladen. Er ließ sich auch nicht bewegen, zur Aufbesserung der Stimmung jene freundlichere Geschichte von den Brüdern John und James zu wiederholen, in der es am Ende den Ungerechten traf, nein, er sang alles immer nur einmal und ließ die Runde dann so, wie es halt kam, ließ sie jedes Mal in Glück oder Schreck allein.

Lynch aber versuchte, die bedrückten Hörer aufzumuntern, indem er seinen Sohn darauf hinwies, nicht Gnomen hätten den Neuerer Ghue erschlagen, sondern, als der König womöglich maßlos wurde, da sei wohl auch die Unvernunft gewachsen, die Gier. Und zu Erdbuckeln würden sie bekanntlich am Ende alle. Ach, auch diese erinnernde Mahnung machte die Leute in Halle und Hof nicht gerade fröhlicher, jedenfalls nicht sofort.

Wie tief der Mut der Feiernden gesunken war, davon konnte man sich überzeugen, wenn man sah, dass Bruder Kirwan sich abermals ausdrücklich an Bruder Ricardo wandte, ja, sorgenvoll gab er dem Pater zu bedenken, diesen Henkersänger Fitzpatrick, den sollten sie beide irgendwann mal zur Rede stellen, der treibe es jetzt wie die Hexe Kate entschieden zu weit, der unterhöhle mit seinen Erdgeisterliedern selbst eine so stabile und ehrwürdige Steinburg wie dieses Lynch-Haus, ja, dieser Gnomengläubige, der brächte Lynch-Castle, wenn er nur könnte, womöglich zum Einsturz, jedenfalls nähme der den unternehmungslustigen Kaufleuten des ›Goldenen Galway‹ am Ende noch Elan und Schwung.

Als die im Saal und im Hof weiterhin rätselten, was ihnen ›die Last‹ sollte, die der Sänger ihnen zugemutet hatte, da bekam zum Glück George Blake seinen abendlichen Koller und sprang auf. »Wir Lahmbäuche!«, schrie der Grobian plötzlich durch die Halle und »Wir Fettmolche!« und »Furzknochen!« und stampfte mit einem Fuß auf seinen Stuhl und mit dem anderen bereits auf den Tisch, »Wir Saufnasen und Schlappschwänze! lassen uns von dieser Nervensäge ins Bockshorn jagen?« Und stellte sich auf der üppig gedeckten Tafel breit hin und stand da nun sehr großartig zwischen allen Schüsseln.

Dankbar für diese Ablenkung sah und hörte die Gesellschaft, wie er von oben herab über sie hinwegbrüllte: »Ihr solltet euch mal sehen von hier aus, vor vollen Fleischtöpfen miese Mäuler! Lächerliche Hängeschläuche!«

Da verzogen sich denn doch schon wieder die ersten Mäuler zum Grinsen. »He, Brüderchen Daniel, du Witzfigur, lass diesen Honigkuchen! friss Muscheln und Austern, Betty wird es dir danken!« Da setzte es schon plattere Lacher, und mit »Weichlappen!« und solch deutlichen wie deftigen Urteilen begann George nun auch an diesem Abend quer über den Tisch zu trampeln, dreist rumpelte er von einem Ende der Tafel zum anderen, so dass Karaffen und Römergläser zu klirren hatten und dass Humpen, Schalen, Schüsseln und Salz- und Pfefferbüchsen mit Messern und Gläsern hüpften und klapperten.

»Als wäre hier nicht Erde und süße Last in Mengen!« rief George und beugte sich über die volle Mutter Betty, um ihr abermals Pracht und Fülle auszugraben, Betty jedoch, so sehr sie auch jetzt wieder kreischen musste, kannte ja diese Sorte Überfall schon gut und sah das lange genug kommen, hatte sich diesmal sehr viel besser im Griff, ja, nun holte sie selber aufheulend einen ihrer reichlichen Vorräte aus dem Kleid, drückte die Brust mit beiden Händen hoch und spritzte ihrem Schwager George von ihrem Überfluss allerhand gut gezielt ins Gesicht, so dass der Saal unterm Gekreisch der Gäste bebte.

»Betty!« empörte sich ihr Gemahl Daniel.

»Du bist ruhig!« fuhr sie den an und gab, treffsicher, auch ihm einen Strahl auf die Nase und gleich darauf auch dem Nachbarn auf der anderen Seite, dem Grafen Cork auf Larminie, dem das wider Erwarten gefiel, doch vom heftigen Hin- und Herschwenken ihres Leibes ging nun unter Frau Betty samt Piepsie der Stuhl aus dem Leim und krachte zusammen, mit plötzlichem Ruck saß Daniel Blakes Gemahlin unter dem Tisch, wo aber Piepsie auf ihrem breiten Rücken gut weiterschlummerte. Jedenfalls gefiel dieser Plumps nicht nur den beiden Grafen, sondern auch allen anderen Fress-Säcken sehr gut, George Blake sprang vom Tisch hinab zu seiner dicken Freundin und frohlockte: »Endlich eine Leiche! endlich ein Fest!« und griff der versunkenen Schwägerin stützend und kundig unter die Arme und wollte sie hochstemmen.

Die schrie gekitzelt auf, wand sich hin und her, George aber wuchtete die zerwühlte Frau vollends wieder empor, brachte sie über die Tischkante, und zwar so weit und so rechtzeitig, dass Betty gerade noch mitbekam, wie Graf Cork auf Larminie vergnügt seiner Gattin Esther ein Tuch aus dem Busen gezogen hatte, offensichtlich eines von flandrischer Spitzenqualität, und wie er damit nun ohne Weiteres dem Herrn Daniel Blake die fettgelbe Milchnase sauber putzte. Bei diesem Anblick stieß Piepsies Mutter zu all ihrem Gelächter und Gewieher jäh einen besonderen Freudenschrei aus, riss aber gleich anschließend die Augen entsetzt auseinander, ließ ihre Arme sinken, ließ die Augen sich drehen, sprang auf, zog das Piespie-Tuch fest an den Rücken und rannte dann mit schweinemäßiger Geschwindigkeit davon, ins Badehaus hinüber.

Hm, brummelte der mächtige Cluricaun, der sich in solchen Umständen auszukennen schien und mit Interesse der davongallopierenden Frau hinterhergeblickt hatte, hier habe mit Sicherheit der eine oder der andere Verschlussmuskel einem allzu großen Druck nicht mehr standgehalten, ja, der eine oder der andere.

»Wahrscheinlich beide«, gab sein Kumpane Cork zu bedenken und wollte seiner Gemahlin Esther das gesättigte Muttermilchtuch zurück ins Kleid stopfen, doch die zierte sich. So steckte Graf Cork auch dies dem Gemahl der Betty zu, der noch immer seiner entsprungenen Gattin nachstarrte.

Bei solchem Austausch von Zärtlichkeiten, den alle sehr unterhaltsam fanden, war die gute Stimmung einigermaßen wieder zurückgekehrt, und George, der die Holzglieder von Bettys zerkrachtem Stuhl ineinander fügte und mit kräftigen Hieben ins Haltbare schlug, der rief »Jawohl! Der eine oder der andere!« und verlangte, unterstützt von Priester Kirwan, der Henker und Sänger solle den Schaden, den er mit seiner traurigen Ghue-Ballade angerichtet hätte, schleunigst wieder gutmachen mit dem Stimmungsliedchen, das er an solchen Abenden seit langem immer neu zu singen pflegte: »Der eine oder der andere!«

Das war ein Appell, dem Frederic Fitzpatrick sich nie sehr lange entziehen konnte, zu ›der eine oder der andere‹ hatte er bislang noch bei jedem Fest wunderliche Verse gefistelt und gekeift. »Der eine oder der andere!« rief nun auch die Versammlung, und so erhob sich denn Lynchs

Hausgeist abermals, dieser schiefgebuckelte Mann, die Musikanten klopften und fiedelten bereits das Vorspiel, pfiffen und zupften das in Galway und drum herum ach so beliebte hüpfige Gestolpere, schon grinsten fast alle zur altbekannten Torkelmelodie, und Frederic begann:

Der eine Priester mag's nicht sein,
frisst lieber gut, liebt Weib und Wein –
der andere meidet Weib und Küche
und drischt mit Lust die trocknen Sprüche –
Wer hat das bessere Los ergriffen?
Gott sei's getrommelt und gepfiffen!

Der Schlussreim benötigte gar keine Wiederholung, schon bei ›wer hat‹ standen die meisten auf und sangen die wohlbekannten Kehrreimsprünge sofort mit und die, die zunächst sitzen geblieben waren, taten es ihnen allesamt nach.

Der eine säuft und schlägt und stiehlt
und nie die Seele Gott empfiehlt –
der andere täglich geht zur Beichte,
kennt keine Sünden, nicht mal leichte –
Wer hat das bessere Los ergriffen?
Gott sei's getrommelt und gepfiffen!

Den einen wie den anderen schien in Galway jeder gut zu kennen, man wusste Bescheid, man grinste, wieder ließen die Musikanten mit Penetranz ihre Springtöne los und trommelten und trällerten die singenden Leute mit Krakehl den Kehrreim durch die Halle und über den Hof. Wen alles in dieser Stadt würde Frederic heute noch aufknüpfen mit seinen Strophen?

Der eine denkt und fühlt sehr viel
und kommt beim Handeln nie zum Ziel –
der andre schafft sich Gold und Vieh,
denkt dafür selten und fühlt nie –

Wer hat das bessere Los ergriffen?
Gott sei's getrommelt und gepfiffen!

Der eine fährt durchs Riesenmeer
und seine Netze bleiben leer –
dem anderen schwimmt ein Heringsschwarm
von selbst in seinen Hafenarm –
Wer hat das bessere Los ergriffen?
Gott sei's getrommelt und gepfiffen!

Der eine hat die Lust zu saufen,
doch keinen Penny, Wein zu kaufen –
der andere hat das Geld in Fülle,
doch lebt er traurig und in Stille –
Wer hat das bessere Los ergriffen?
Gott sei's getrommelt und gepfiffen!

Der eine schlemmt am warmen Herd,
im Keller türmt sich Wert auf Wert –
der andre rackert, plagt sich ab,
sinkt krumm und früh ins Armengrab –
Wer hat das bessere Los ergriffen?
Gott sei's getrommelt und gepfiffen!

Ein Kluger lebt in Limerick,
kriegt seine Kinder nimmer dick –
ein Dummer lebt in Galway nur,
braucht dringend eine Hungerkur –
Wer hat das bessere Los ergriffen?
Gott sei's getrommelt und gepfiffen!

Weil Frederic also auch diesmal nicht vergessen hatte, den Limerickern eins auszuwischen, freuten sich die Leute sehr, johlten und tummelten sich immer tollhäusiger, schlugen im Takt auf die Tische, dass Schüsseln klirrten und Messer sprangen – die Stimmung in Lynchs Castle war nun so, dass Fitzpatrick, der Gnom, getrost hinter seinen Stuhl treten konnte zur Schluss-Strophe.

Der eine jammert und seufzt schwer:
Mein Becher, leider, ist halbleer –
der andere freut sich, kindisch toll,
Zum Glück, mein Becher ist halbvoll!
Wer hat das bessere Los ergriffen?
Gott sei's getrommelt und gepfiffen!

Unter »Hallo!« und »Frederic, was soll uns die Last?« und »Der Buckel ist weg!« schlugen und rumpelten Sänger und Spieler den Rundgesang zu Ende, man fühlte sich befreit, suchte sofort neue und weitere starke Bewegung, schon quinkelte, zirpte und schrillte die Musik wieder los, nun sprangen auch die Alten von den Sitzen, griffen nach einander, erfassten zum Tanz Hände und Hintern und schob einer den anderen durch den Drehtumult. Der große Herr Cluricaun drängte das Fräulein Martha ins Gewirbel, Graf Cork drückte seine ansehnliche Gemahlin Esther ins Gewühl, Frau Theodora wurde von Fitzstephen Marcus Tullius Lynch bewegt, und da kreiselten nun miteinander auch Agnes und Juan, wogegen Pat mit seiner Mutter Mary tanzte.

Leier und Pfeifen, Tamburin, Zinken und Schellen stürzten sie allesamt in tönende Wogen und berstende Brecher, als schüttele diese Halle ein Ozean der Freude und zöge die Meeresflut alle, die da tanzten, zu fernen glücklichen Inseln, wo keine Plage mehr hemmte, keine Mahnung und Regel, wo man denken und sagen und fragen konnte, was man wollte, so wie jetzt auch Agnes mit dem interessanten Gast aus Andalusien freimütig zu reden begann. »Du tanzt sehr geschmeidig, Don Juan.«

»Wie?«

»So federleicht, in allem so federleicht wie keiner hier. Du reitest, ruderst, du tanzt, du küsst allen wichtigen Ladies die Hand, kannst Englisch und Latein und schon ein bisschen Gälisch, kannst offenbar alles, hab ich recht?«

»Mit Elfen wie dir kann ich vielleicht wirklich alles.«

Und da es die Tanzmusik in diesem Moment so zu wollen schien, griff sie fest seine Hand und seinen Gürtel und fragte: »Greifst du die Grüße?«

»Das wünschte sich euer Stadtpriester Kirwan. Du glaubst ihm? gehorchst ihm?«

»Aber ja, er predigt Liebe.«

»Welche Sorte?«

»Die christliche, welche sonst?!«

»Wie liebt man christlich in Galway?«

Da blickte Agnes in die hintere Halle, wo Pat die blinde Mutter führte. »Wie man in Galway liebt? Das willst du wissen? Was würde es dir helfen, wenn ich dir das berichtete? beichtete? ›Kenn keine Sünden, nicht einmal leichte!‹«

Während diese beiden sich in gut gelaunter Neugier weiterdrehten, stolperte neben ihnen die imposante Betty über ihren Daniel und musste ihn auch an diesem Abend ungeniert beschimpfen als Tölpel, Trottel und Hinkel. »Da greif ich mir lieber den Bräutigam!« Und griff sich den Patrick Lynch, der seine Mutter soeben an ihren Platz zurückgeführt hatte und nun abermals vor die breite Piepsie-Mutter geriet.

Auch dieses Manöver beobachtete Juan, auch all die anderen Stolpereien und Wechselspiele und das Herumgereichtwerden, den amüsierte das sehr und er fragte Agnes: »Sind eure Feste immer solche Durcheinanderverdrehungen?«

»Ich weiß nicht, wovon du redest, aber wenn in Galway nicht ab Mitternacht etliche unter die Tische fallen, dann sind die Feste langweilig.«

»Dann hat diese Feier nicht schlecht angefangen.«

Neben ihnen führte die starke Betty den schlanken Pat umher und erkundigte sich: »Wie geht es dir mit meiner frechen Schwester Agnes?«

»Deine Schwester ist nicht frech.«

»Sondern?«

»Sondern die süßeste, die verrückteste, die –«, er fand das treffende Wort nicht, wollte sein Glück so treffend wie möglich beschreiben.

Betty half ihm: »Sag es ehrlich, sie ist hundertmal schöner als ich.«

»Schöner? Was denn ist schöner, einer wie George hält eine wie dich für das Schönste –«

»Nicht nur schöner ist Agnes, sondern auch hexiger.«

»›Hexiger?‹«

»Nicht zähmbar. Wie eine Katze. Und du weißt, dass sich nicht nur die Galwayer Männer am letzten Abend vor einer Ehe noch einmal ins Freie stürzen. Sondern oft auch die Weiber. Pass heute auf!«

Diese mahnende Erinnerung schwirrte ihm nun unter die zarten gelben Haare, dieses ›hexiger‹ und ›ins Freie‹ und ›wie eine Katze‹, das setzte sich zwischen den Ohren fest, als wollte es ausgebrütet werden. Pat blieb eine Weile stumm, ließ sich schieben und drehen und hatte zu grübeln. Unterdessen, am anderen Ende des Tanztrubels, da fragte seine Braut den jungen Spanier, ob die Leute in Malaga anders feierten als die hier in Galway. – »In Sommernächten am liebsten im Freien, auf Dächern, in Gärten.«

Und weil die Luft in der Halle dunstig geworden war, so dick, dass man aus dieser Fleischdampfluft fette Pfannkuchen hätte backen können, durchwürzt mit Kräuterduft und gutem Schweißsalz, so lag es nahe, dass die Joyes-Tochter Agnes sagen musste, man könne auch in Irland, jedenfalls in solchen Sommernächten, gut im Freien feiern, nicht nur in Halle und Hof, sondern auch sonstwo, sie könne dem Gast ein paar Auswege zeigen. Und führte Juan durch eine Tür aus dem Saal, freilich nicht in den Hof, nicht unter die stampfenden und kobolzenden Claddagh-Leute, sondern hinüber in das vorerst noch halbdunkle Badehaus, aber durch Dampf und Fackelschein führte sie den Spanier weiter fort auf die andere Seite der Stadtburg, quer durchs Badehaus dorthin, wo hinten im Stall, beim duftenden Heu, ihr Rappe und Patricks Apfelschimmelpferd in großer Ruhe standen, wo das schwarze wie das helle Tier die beiden jungen Leute erwartungsvoll beschnupperten.

Drüben in der Halle hatte sich Patrick vor der zupackenden Betty Blake inzwischen wieder zurückgeflüchtet ins gemächliche Tanzen mit der Mutter, fand nun aber in der wirbelnden Menge seine Agnes und den Juan nicht mehr und wollte eben der Mutter vorschlagen, mit ihm gleichfalls ins Freie hinauszugehen, in den Hof, als die Blinde, in sanfter Tanzbewegung, in eine ferne Himmelsrichtung hinauflächelte und sagte: »Jungchen, die Frau, die du bekommst, die ist flink, die ist lebhaft, die ist immerzu wach.«

»Deswegen mag ich sie ja. Aber –«

»Was ›aber‹?«

»Du siehst sie doch gar nicht.«

»Ich sehe anders als du.«

»Ja, sie ist wunderbar, wie eine Katze. Und ich liebe sie gerade deswegen.«

»Das ist gut. Das Flinke hast du nicht so wie sie. Sei aber deswegen nie betrübt, sondern froh. Hast eine kluge Wahl getroffen. Hast das beste Los ergriffen!«

»Manchmal schau ich sie nur an, minutenlang ohne ein Wort, schau sie mir an und freue mich.«

Mary wollte wieder etwas sagen, doch der Tanz war zu Ende, die Menge wollte zu den Tischen zurück und Pat wollte aus der Halle hinaus, aber nun stand hoch überm Gewühl schon wieder Sprechbold George, war auf einen Stuhl gestiegen und erklärte lauthals, nach Frederic Fitzpatrick müsse nunmehr auch der Märchendichter seine Kunst beweisen. »Wir wollen den William O'Brian hören. Vielleicht ist dann im Reiche Ghue alles wieder im Lot.«

Diese Ansicht wurde allgemein geteilt, man wischte sich die Stirn, setzte sich, trank und schaute zum alten William hinüber. Der bestieg die Musikantenbühne, nahm sich dort einen Schemel, setzte sich zurecht und sah aus seinem grauen Kugelkopf vergnügt auf die Menge herab. Die schob sich nun auch vom Hof her zur Tanzfläche, die hockten sich am Boden nieder und blickten erwartungsvoll zum Märchenmann hoch, offensichtlich gespannt und hoch interessiert an O'Brians immer mal wieder fabelhaften Neuigkeiten, so sehr interessiert, dass kaum jemand bemerkte, vielleicht nur Betty, wie drüben an der Kaminseite zwei Stühle leer geblieben waren. Als es still geworden war, begann William:

»Vor Jahren, da lebte in Galways Unterstadt der arme Fischer Mulley, das war der Urgroßvater von unserem Steuermann Jessy. Mulley Murray schikanierte nur selten seine Frau, verkaufte nie seinen Salm über Wert und war einfach ein kreuzbraver Mann. Als eines Nachts der Sturm sein Schiffchen gegen den Mount Golgatha schleuderte, da, das wissen hier die Älteren noch gut, überlebte der's nicht und kam zu den Seligen in den Himmel.

Ein gutes Stück vor der Himmelspforte traf Mulley aber den reichen Handelsmann Balthasar Browne, bekanntlich gleichfalls aus Galway, freilich aus der Oberstadt, der war soeben in seinem breiten Bett gestorben und wollte nun ebenfalls ins Paradies.

Da die beiden schon auf Erden ziemlich umgängliche Leute gewesen waren, suchte keiner einen Vorwand, den anderen loszuwerden und so gingen sie den Weg zum Himmelstor gemeinsam, einer neugieriger als der andere, was sie da oben erwartete.

Als sie, müde vom langen Aufstieg, endlich anlangten, klopfte Mulley an die goldglänzende Paradiesestür, und es dauerte nicht lange, da schloss der heilige Petrus persönlich die Pforte auf und, wen sah er an? wen ließ er herein? Allein den Reichen, allein den famosen Handelsherrn Balthasar Browne. Den Fischermann Mulley dagegen, den hatte er, wie es schien, nicht einmal bemerkt, ja, dem machte er vor der Nase die Tür zu.

Da stand er nun, unser kreuzbraver Mulley Murray. Hinter der heiligen Pforte brauste herrliche Musik, himmlischer Gesang. Mulley bückte sich ein wenig und schaute durchs Schlüsselloch und erblickte unbeschreiblichen Glanz. Und sah, wie man da drinnen den Geschäftsmann Browne mit Pomp aufnahm, goldglänzende Banner wurden geschwenkt, überall auf den Wolken Zimbel und Psalter gerührt, über die Sternenflure herab strömten musizierende und singende Engel und empfingen den Neuling mit Jubeln, Chorgesang und Frohlocken.

Den Fischer hinterm Tor, als er das sah, den wurmte das gewaltig. ›Weh über die alten Galwayer Ungerechtigkeiten, wenn sie ewig dauern sollen.‹ So klagte er und ›Wozu‹, fragte er sich, ›bin ich nun mein Leben lang kreuzbrav gewesen, wenn mir am Ende sogar im Himmel der reiche Schlemmer Balthasar vorgezogen wird. Schon als wir Kinder waren, schon als Pfarrer MacCabe uns die heilige Schrift lehrte, hat Browne es besser gehabt als ich. Der Kriecher MacCabe hat sich fast nur um ihn gekümmert, weil er vom Browne den Wein billiger bekam und manchmal umsonst. Und nun? Nun geht also das Unrecht hier oben nur immer so weiter?‹

Es schien, als würde es hinter der goldenen Tür endlich ein wenig stiller. Murray lauschte, schaute wieder durchs Türschloss und sah, wie sich der prunkvolle Empfang zurückgezogen hatte in die blauen Tiefen des Paradieses.

Aber dann, wider Erwarten, öffnete sich wie von Engelshand die enorme, die blendende Pforte ein weiteres Mal und es erschien abermals Sankt Petrus, der Fels, auf den unser Herr eine neue Welt hat bauen wollen. Der war also zurückgekommen aus der Unendlichkeit, tappte an den Mulley Murray heran, winkte schon von weitem ein wenig und rief ›Und jetzt bist du an der Reihe!‹ Und ließ dann auch den Mulley durch die schwere Pforte eintreten in die paradiesische Ewigkeit. Na also.

Wie der nun dort hereinkam und es ihm so war, als ob er schwebte, da hatte er wohl noch gehofft, jetzt werde auch für ihn musiziert und gesungen. Aber da war außer dem alten Himmelswächter weit und breit niemand, der ihn begrüßt hätte, nirgends Engelschöre mit Jubel oder mit Bannerschwenken. Nur eine einzige, eine geflügelte Elfe reichte ihm lieb die Hand und sagte, sie wolle ihm zeigen, wo es langginge und wo sein Platz sein solle in der blaugoldenen Ewigkeit.

Hinter ihnen, über die blinkenden und gleißenden Flure, tappte der alte Apostel mit dem Schlüsselbund. Sonst war alles leer und still in dem unendlichen Grund.

Da nahm der Galwayer Fischersmann, wie es zuweilen noch heute gälische Art ist, sein Herz in beide Hände und fragte den heiligen Gottesmann, warum denn jetzt, um der Gerechtigkeit willen, für ihn armen Schlucker niemand singe und frohlocke, während für den feisten Handelsherrn Browne solch üppiger Aufwand getrieben worden sei.

Und da er nun schon mal in Fahrt war, war es ihm auch grad egal, ob er nun zu frech wurde oder nicht, er musste den Himmelspförtner auch noch fragen, ob es demnach nicht nur auf der Erde, sondern auch in den Himmeln parteiisch zuginge wie in Irland und England oder wie im Stadtrat von Galway.

Da sah der tausendjährige Petrus ihn aus seinen vielen alten Gesichtsfalten freundlich an und schien zu schmunzeln. Und sagte: Mulley, du bist uns so lieb wie alle anderen, die hier heraufkommen. Glaub mir, du wirst die gleichen ambrosischen Freuden genießen wie dein alter Nachbar Browne. Nur schau, Fischer, verstehen musst du aber auch uns hier oben, so einer wie du, arm und kreuzbrav, so einer kommt alle Tage in den Himmel. Aber von denen, die auf Erden Besitztümer häufen und horten, von denen ist höchstens alle siebenundsiebzig Jahre einer trotzdem so liebevoll und freundlich gewesen, dass er zu uns hier herauf darf – da geraten wir alle einfach ein bisschen außer uns.«

Für diese Geschichte erntete der Märchenmann O'Brian von allen Seiten starkes »Hallo!«-Geschrei, da schallte auch vielfaches »Amen!« und »Bravo!« und wurden für ihn Krüge geschwenkt, vor allem von denen, die auf dem Boden gehockt hatten, ja, am lautesten drang das von den Claddagh- und Connought-Leuten zum William hinauf. O'Brian stand auf, nickte vergnügt und bemerkte nun freilich auch einige bedenkliche Gesichter in der Halle der wichtigen Leute, wo MacBride und O'Flaherty laut überlegten, ob in O'Brians Märchen mit dem Balthasar Browne nicht doch wieder mal niemand anderer als Lynch gemeint sei oder nun sogar John Joyes oder vielleicht gar die Saufnasen und Raffzähne aus den Grafschaften.

Kugelkopf William aber stieg vom Musikantenbrett und gab keine Kommentare, ließ sich nur gern mit Schulterklopfen und Zutrinken beglückwünschen. Lynch, wie immer, wenn sich etwas um Gerechtigkeit drehte, sprach ihm freundliches Lob aus. Nur einen Fehler scheine ihm diese wahre Geschichte zu enthalten. Dieser oder jener in Galway könnte nach diesem Märchen womöglich glauben, Armut werde in jedem Fall mit dem Himmel belohnt, Armut sei sogar eine Tugend. Solche Ansichten hoffe er in Galway gründlich auszutreiben, auch bei den ältesten Mütterchen unten in Irish Town und letztlich hinauf und hinunter durchs ganze steinerne Connaught.

Sah sich mit Munterkeit bei den Tischfreunden um, niemand widersprach ihm. »Und was denkt Pater Ricardo über O'Brians neue Geschichte? Ist sie fromm oder – «

»Fromm?«, rief Schwatzbold George dazwischen, »seht es dem Herrn Ricardo doch an, nicht fromm, sondern teuflisch verdreht ist die Geschichte, so denkt er, fromm ist sie von der falschen Seite her, von unten her, spitz gegen die Herren, das passt einem, der die Mächtigen sucht, in keiner Weise, seht's ihm an und wie sehr hat er sich erschrocken damals, als er die Fischer singen hörte unten am Hafen: ›Als Adam säte, als Eva spann, wo war denn da der Handelsmann?‹« George Blake hob sein Weinglas und blickte vorwitzig in die Runde. »Gott sei's getrommelt und gepfiffen!« Und sank weinschwenkend und lachend zurück auf seinen Stuhl. Pater Ricardo dagegen war bleich und schmal auf dem seinen sitzen geblieben.

Da sprang jedoch Jeremiah McDonnell auf und wollte dem Schwätzer George Entschiedenes entgegnen, hatte im zornig verzogenen Gesicht den Mund schon geöffnet, da hielt ihm der George fünf gespreizte Finger dicht vor das fromme Gesicht und rief: »Dich würde Frau Maria, wäre sie tatsächlich Gottes Mutter, fünfundfünfzigmal in deine eigenen Seile wickeln!« McDonnells Mund blieb offen und schien zu zittern, oh ja, seit Galway groß und reich geworden war und sobald nur genügend getrunken war, da geisterten durch diese Stadt Gedanken, die vordem nur Sodom und Gomorrah kannten.

✠

Agnes und Juan standen unterdessen weitab, am anderen Ende des Anwesens standen die beiden noch immer vor dem weißen und vor dem schwarzen Pferd, hörten das Atmen der Tiere und von fern eine neue Tanzmusik. Es war warm hier, es duftete nach Heu und auch nach den großen schönen Leibern der Tiere. – »Das schwarze ist meins.«

»Der Hengst?«

»Du glaubst es nicht?«

»Den reitest du? Unmöglich. Der ist ein Besonderer, bin heute auf ihm wunderbar wild dahingerast, mit Pat bis hinauf zu euerem alten Galgenberg, wie im Flug, den reitest du?«

»Ich könnte dir's zeigen. Wie im Flug.«

»Die Zarte, die Schöne will mir zeigen, wie sie zügeln und lenken kann? Obwohl sie so zart ist, so sanft?« Und berührte mit tastender Hand ihre Wange, berührte sie sehr zart und mit einem vergnügten Lächeln. Und würde dann gewiss noch mehr berührt haben, schrak aber plötzlich zusammen – Juan ebenso wie Agnes – denn eine hohe Stimme fuhr von oben herunter mitten zwischen sie. Von hoch über ihnen im Dach schrie eine kindlich helle Stimme herunter und kreischte »Galgenvogel!« und sie sahen noch, wie im Gebälk eine kleine Gestalt seitlich verschwand.

✠

Auch in der Tanzhalle, wo inzwischen wieder heftig hüpfende Bewegung war, weil man die Gedanken über Armut und Handel und Erdbuckel endgültig wegtreten und fortstampfen wollte, auch dort wurde kurz danach eine Erscheinung beobachtet. Die Kerzenlichter auf den Tischen, das Naphtafeuer in den Laternen, die Fackelflammen an den Wänden begannen plötzlich zu rauchen und zu flackern, anfangs meinte man, dies sei halt die immer wildere Drehbewegung der Tollhäusigen, das sei das Geschiebe und Gewoge der schnaufenden Kavaliere und Ladies, aber der Rauch zog nun hinauf ins obere Gebälk, als ginge dort hinauf ein Wind durch den Turm und aus dem Turmhaus hinaus in die Nacht. Die Musik brach ab, das Toben, das Tohuwabohu stockte, man hielt an und schaute hinauf, über die Wände in die dämmrige Höhe.

Und sahen, wie dort oben in der Hallenwand sich eine Klappe geöffnet hatte und aus der schwarzen Öffnung ein kleines helles Gesicht herabschaute, das mit den Augen funkelte wie eine Katze, das war die Kate, die Kräuterfrau, die schrie über die Menge: »Fröhliche Leute!« gellte ihr Schrei, »zappelige Leute! Zu spät, zu spät! Am Galgenplatz sah ich – Banchee!«

Und schrie das ›Banchee‹ mit sehr langem ›i‹ und verschwand.

Die Klappe schlug zu. Der Feuerrauch beruhigte sich, strich langsamer über die Köpfe und in das Gebälk, lag nun wie Nebel im Raum und verzog sich. Ein weiteres Mal stand und saß das Festvolk nun stumm, bedrückt von einem ungewissen Zeichen. Und jetzt blickten die meisten auf den, der sie vorhin allesamt in den glücklichsten Rausch gesungen hatte, schauten auf den Stadtpriester Alexander Kirwan. Einige aber, und das waren wohl die Klügeren, und George und Kirwan selber gehörten dazu, sahen sich nach Frederic Fitzpatrick um.

Weißgrau wie die Wand stand der in seiner Ecke, dicht neben dem Eingang, der Henker und Hexengesell. Mit Fragen bestürmten sie ihn, George brüllte, was das denn heiße, wenn Banchee sich zeige, er, der schiefe Galgenbruder, der wisse da doch Bescheid.

Lange tat Fitzpatrick seinen Mund nicht auf. Einige meinten später, seine Lippen hätten gezittert. Und Betty sagte, ob man das nicht sähe, in diesem Moment könne einer wie dieser Mann unmöglich reden, selbst wenn er es wolle, man solle ihn in Ruhe lassen, solle ihm zu trinken geben.

Aber dann hat George seinen Freund Frederic doch lispeln gehört. Und was er da zu verstehen glaubte, was war das? – Banchee, die Todesfee, habe er gesagt. Wo die sich zeige, habe Henker Frederic geflüstert, da werde einer gehenkt. Am übernächsten Tag.

Als diese Worte des Schreibers und Sängers die Runde gemacht hatten, schien das Fest endgültig gestört. Etliche wollten nun lieber heim. Aber Lynch rief den Musikanten zu, sie sollten weiterspielen und jetzt vom Lustigsten, nun erst recht. Das taten die auch, aber da wollte fast keiner mehr tanzen, auch das Reden kam erst mal gar nicht wieder in Gang, die Glieder schienen gelähmt, und wenn nun nicht der mächtige Graf Cluricaun auf Killmanroy in den Saal geschrieen hätte: »Maria! was soll uns die Last!«, wozu einige überrascht lächeln mussten, und wenn dieser Herr Cluricaun sich nicht selber die Martha McDonnell und wenn Cork auf Larminie sich jetzt nicht wieder die Betty Blake samt Piepsie gegriffen und wenn dazu nicht beide Raubritter, je eine Frau im Arm, gelärmt hätten: »Wer hat das bessere Los ergriffen?«, dann wäre es wohl kaum mehr was geworden mit dem Fest in dieser Nacht, nun aber entstand rund um die polternden Edelmänner doch noch mal wieder das allgemeine Gliederwerfen, Beineschlenkern und Füßestampfen, da schlossen sich fast alle abermals an, Lynch kam mit Elisabeth Joyes ins Drehen, John Joyes mit Mary Lynch, George schwenkte seine begeisterte Schwester Julia, und ja, da waren nun auch wieder Juan und Agnes im Saal, die aufgeregt berichteten, sie hätten durchs Dach im Stall die wunderliche Kate wandern gesehen, hätten von der Hexenfrau böse Rufe gehört, da mussten diese beiden freilich erst noch unterrichtet werden von Kates Schrei über der Festhalle und von Fitzpatricks Flüsterworten.

Pat überließ das Erzählen seiner klugen Mutter, er selber aber, wohl um Agnes zu zeigen, dass auch er sich auf Ausflüge verstand, griff sich zum neuen Schiebe- und Hüpftanz die Cousine Julia, drehte die Glubschäugige dem George aus den Armen und die Julia lächelte beiden jungen Männern zu und sah dann beim Tanzen auch den Pat so sonderbar an und so durchdringend und schien ebenfalls flüstern zu wollen, und wenn Pat Lynch ihr Gewisper richtig verstand, dann hat sie gemeint, an solchen Abenden, bevor man sich für immer festbinde, solle man sich, das sei doch bekannt, noch einmal gründlich ausleben, das sei gute Männer- wie Frauensitte in Galway, ja, solche und ähnliche Ratschläge lispelte Julia, bis Pat ihr schließlich sagte, er wolle sie in den Stall zu den Kühen bringen, denen sie in Ruhe von den dreistesten Frauensitten erzählen könnte, aber Julia ließ sich nicht wegbringen und abstellen, sondern drängte sich im Gegenteil immer dichter an ihn heran, ihre Augen sah er, wie sie groß vor ihm auf- und niederwippten, auch die Musik dröhnte dem Pat Lynch nun durch Kopf und Querfell, zum Glück tanzten jetzt Agnes und Juan, die seine Not bemerkt haben mochten, nahe an ihm vorüber, und im Tanzen rief er Agnes zu, ob sie also bei den Pferden gewesen seien und sah die Braut wieder davontänzeln und mit dem Gomez reden, die Unzähmbare, die Katze, die schnurrte mit dem Schönen.

Wo sich etwas Hässliches wie Kate gezeigt habe, sagte Agnes dem Mann aus Malaga, da betrachte sie einen wie ihn um so lieber.

»Nur dann?«

»Wem siehst du ähnlich? deiner Mutter? deinem Vater?«

»So schön wie ich ist in Malaga niemand, auch nicht annähernd.«

Da gab sie ihm links und rechts streichelnde Ohrfeigen und Pat, im Tanz mit der dringlichen Julia, hat das gesehen.

Dann tauchte in der Halle der alte Vielweibermann Flann O'Flaherty auf, verlangte Agnes als Tänzerin, bekam sie und zischelte ihr etwas ins Ohr vom Recht der ersten Nacht, schob sie über den Steinboden vorwärts und zurück, zu den Schlägen von Trommel und Tamburin und dachte nicht daran, als älterer Tänzer höfischen Abstand zu achten von der bräutlichen Tänzerin.

Pat sah, wie nun auch der Flann mit Agnes umsprang, in lodernder Altmännerlust, und sah auch noch, wie Flann mit ihr verschwand in der wabernden brodelnden Tänzermenge, und so, im Nachschauen, geriet nun Pat Lynch, der Junge mit dem zarten gelben Haar, der mächtigen Elisabeth Joyes in die Arme und hatte von jetzt ab mit ihr zu stampfen und begann mit der ansehnlichen Lady so rasch zu schwenken zu schwanken, dass der Elisabeth die Haarklammern wegsprangen und ihre Matronenzöpfe im Kreis flogen.

So tollten und ringelten sich nun wieder fast alle Festgäste umeinander und zuckten, sprangen, hopsten, schwangen und schwirrten, und das Haupt des großen Grafen Cluricaun wogte wie eine Signalboje über der kleinen Martha und all den anderen wogenden Köpfen, dieser Herr auf Killmanroy glänzte wie ein Leuchtfeuer über den vielfach wallenden Schädelbewegungen, schimmerte rot und ruhig und groß und schwebte dick und still über fast hundert hitzigen Hüpfgesichtern.

Ja, wie ein Überlegener, wie ein wahrer Herrscher des Hauses schob der ledergepanzerte Graf die zierliche Martha nach wie vor umher, das Mädel versuchte, von dem prachtvollen Bauch des Adelsherrn angemessenen Abstand zu wahren, wollte sich zu eigenständiger Bewegung immer mal wieder freikämpfen, doch der Riese hatte seine schweren Arme über ihre schmalen Schultern gelegt, so dass ihr an seinem lederschuppigen Streithemd wenig Luft blieb, ja, in diesem Schraubstock wurde es ihr schließlich so hitzig und schwindlig, dass sie plötzlich in die Knie brach. Schnell jedoch hatte der Graf sie aufgefangen, hielt sie nun im Arm wie sonst Betty ihre saugende Piepsie und angesichts des ohnmächtigen Mädchens trafen auch sofort von allen Seiten fürsorgliche Frauenratschläge ein, nach diesen Mitteilungen trug Cluricaun die gute Seilerstochter, obwohl sie inzwischen längst wieder zu Sinnen gekommen war, vor allen anderen her, trug sie aus dem Saal hinaus, hinunter in die Badegewölbe, um dort dem Fräulein Martha eine Wasserkur zu machen.

Als der umfangreiche Ritter mit dem Riesenbaby im Arm krachend die Tür zum Wassertempel aufstieß und Dampfwolken in die Tanz- und Fresshalle schwallten, da war das für fast jeden Tanz-, Dampf- und Fleischfreund ein willkommenes Signal, da schob man sich nun allerseits hinterdrein, benebelt vom Wein, benommen vom Gefresse und Geschreie und vom dauernden Drehen und Schwingen, zog hinein in die minzwürzigen Spritz- und Schwitzdampfwolken, die nach Basilikum dufteten, ja, und auch nach Minze und Majoran und neuerdings ebenso nach den Lavendel- und Rosenölen Andalusiens, Küchenvettel Ann hatte auch dies mit ihren Hausgeistern wundersam vorbereitet.

So beseligt sie nun fast alle ins paradiesische Badehaus einfielen, es gab dennoch, zwischendurch, immer noch einige, die Übersicht behielten und Ziele verfolgten.

Auch die Musiker mussten nun von den Podesten hinunter, sollten mit hinein ins benebelnd benebelte Gewölbe, wo Herr Cluricaun inzwischen der schönen jungen Martha half, die Kleider zu öffnen und wo im Halbdunkel, zwischen den drehenden Gewürzwolken, die Mutigsten schon in die Zuber sprangen, aber da hatten sich einige in Gier und Eifer prompt vertan und Hitze gewollt und Kälte erwischt, da war nun abermals Geschrei und Gestoße im düster wehenden Dampf, und es dauerte im Gedrücke und Gedrängel geraume Weile, bis endlich jeder halbwegs den Ort gefunden hatte, an dem er sich vorerst behaglich fühlte, das ging nur mit Quietschen, Grunzen, Prusten und Rufen, aber nun konnten die Küchensklaven Weinhumpen nachreichen in den Dunst, das ließ alle Unbillen vergessen, alle bösen Gesänge und Zeichen, endlich hörte man nur noch Seufzen, Brummen und Säuseln, hörte man vor allem den Priester Kirwan nach Frau Betty verlangen, die aber versorgte ihre Tochter, und unterdessen ließ die kalbsäugige Julia nicht nach, sich an Pat heranzuglubschen, an den, der dringend Ausschau hielt nach Agnes.

Die hatte sich aus O'Flahertys kundigem Liebesgriff herausgewunden, aus dem knöchern lüsternen Zugriff weg in den Nebel und hockte nun vergnügt, ohne dass Pat sie zu Gesicht bekam, in einer abseitigen Nische neben Claire O'Brian und freute sich über deren Brüder David und Samuel, schimpfte und lachte mit denen um die Wette, denn was hatten die Söhne des Märchenmeisters angestellt? Statt, wie Jeremiah McDonnell ihnen befohlen hatte, mit Pferd und Wagen die größere, die nasse Hälfte seines großen rettenden Riesenseils unten am Hafen, vor McDonnells Schuppen, auf den Gestellen hin- und herzuspannen, damit das trocknen könnte, hatten die Schlimmbolde so lange gewartet, bis Vater und Tochter, bis Jeremiah und Martha zur Messe in Kirwans vierkantiger St. Nicholas-Kathedrale verschwunden waren und hatten dann, gottlose Brut, dasjenige ausgeführt, was dem losen George Blake nur wie im Vorübergehen als schöne Idee aus dem Maul gefahren war, hatten das wasserschwere Tau, das längste, das je in Galway geknüpft worden war, rings um des frommen Herrn McDonnells Steinhaus gewickelt, ja, mindestens fünfundfünfzig Mal hatten die Windungen rund um des Seilers

Haus gereicht, da würde Jeremiah, wenn er heimkehrte, mit Sicherheit alle himmlischen Heiligen um Hilfe anflehen müssen und am wirksamsten wohl doch wieder die Christusmutter Maria, gegen dieses offenkundig keltisch-irische, dieses ganz und gar heidnische Unheilszeichen. Jedenfalls war darüber in der Märchenmannsgrotte schallendes Gelächter und wer sie so lachen sah und kichern hörte, die schöne Agnes, der hätte nie glauben können, was die Joyes-Tochter alsbald machen würde, noch in dieser selben Nacht.

Eine Badestation weiter, hinter Claire und Agnes, David und Samuel, da hatte der Tobby Keats sich im Halbdunkel mit Helen, seiner Neuen, einen eigenen Zuber erkämpft und verteidigte ihn nun gegen Roy Gallagher, der sich unbedingt dazugesellen wollte, weil er zum einen nicht einsah, warum Küchenmägde nicht Jedermann zu Diensten sein sollten und warum zum anderen in diesem Zuber statt zwei nicht auch drei oder vier Leute Platz hätten, wenn sie miteinander nicht gar zu zimperlich täten, also gut, Tobby war nicht zimperlich und Helen tat, als wäre sie es gleichfalls nicht. Auch war der nächste Behälter inzwischen vollauf besetzt, da badete nämlich und umsorgte nun der dampfende Cluricaun, nur noch unvollständig bekleidet mit seinem Brustlatz aus Lederschuppen, die Tochter des frommen Herrn McDonnell, die niedliche Martha, die ab und zu von einer neuen Ohnmacht heimgesucht wurde oder jedenfalls etwas Derartiges darstellte, andere Maßnahmen traute sie sich bislang nicht zu gegenüber einer so hohen und berühmten engelländischen Herrschaft wie dem gefürchteten Mordgrafen und Großgrundbesitzer im öden Connaught.

Und dann stand da im Nebel endlich auch Betty Blake, Piepsie an der Brust, und befahl ins Ungewisse hinein Daniel, ihrem Mann, sich um seine Gemahlin zu kümmern. Daniel kam und kümmerte sich, öffnete ihr hinten am Kleid die Schleifen, die Hülle fiel und so prangte da jetzt, während Daniel den bestickten Rupfen versorgte, eine volle Mutterpracht in der feuchten Dämmerung. Bettys Prächtigkeiten wurden sogleich von Kirwan, dem Sänger und Priester, mit Hingabe begrüßt, aber auch von George, dem lockeren Schwager. Der geistliche Betty-

Verehrer küsste dem wandelnden Fleischpalast die linke Hinterbacke, der weltliche George die rechte, und beide geleiteten dann Piepsie und ihre Mutter in entferntere Gefilde, führten sie auf einen hölzernen Schwitzrost und erklärten und rühmten dort der prallen Frau die Vorzüge der Leibesfülle, priesen diese warmen Werte mit Mund und Händen und Beteuerungen und mit sorgfältigen Handreichungen, erklärten, wie wenig ihnen das Eckige und Dünne gelte, wie hinreißend dagegen das Feiste sei, das Schwere, Runde und Volle und wie allein das Leibhaftige das Wahrhaftige sei. Die wahrlich stattliche Betty musste von all dem eigentlich kaum mehr überzeugt werden, im Wohlgefühl ihres saugenden Kindes und der vier verehrenden Hände, im Genuss der schmeichelnden Worte und Wärme lehnte sich die Frau ganz und gar zurück und schloss ihre Augen mit Behagen.

In einer anderen Nische hielten Brauer O'Donnoghue und Seiler McDonnell, da sie zu denen gehören wollten, die Übersicht behielten, miteinander Rat. Besprachen die neue Lage, die für sie entstand, wenn in Galway künftig die Lynchs und die Joyes gemeinsam ihre Händel betrieben und allen anderen in der Stadt Preise und Mengen und Termine diktieren könnten.

Eine Station weiter, beim feurigen Jerez, tischte Flann O'Flaherty vor Jessy Murray und Patrick MacBride Schwänke auf aus seines und des Bruder Kirwan vormaligem wilden Weiberleben, Priester Alexander Kirwan habe schon bei seiner Ausbildung in Cork die besten Künste gelernt, vor allem die, wie man in des Bräutigams Christi Namen die Frauen nicht bloß herrichte zu duldenden Bräuten, sondern zu verzückt Lechzenden, ja bisweilen zu Rasenden.

In der Nische nebenan wollte sich der gottergebene Seiler Jeremiah den Bedenken des Bierbauers Douglas nicht ohne Weiteres anschließen, nein, untergehen würden Seiler und Brauer nicht, Seile, meinte McDonnell klug, würden so oder so gebraucht, ob beim Fischen oder beim Handeln. Seltener allerdings bei den Bierfuhren nach Cork oder Dublin. O'Donnoghue quengelte und sagte, wenn er, der Brauer, von der Zukunft rede, meine er nicht nur den Verkauf und Transport von

Bier oder von Segeln und Seilen, sondern vielmehr die neuen Umtriebe am Ort, den Aufstieg oder Untergang einer Stadt. Immer mehr würden in Galway die Entscheidungen im Rat, welche Brücke oder welche Mauer oder welcher Kai und welches Schiff gebaut, was verändert und was veranstaltet werden sollte, mit dem Blick auf den roten fremdländischen Saft getroffen, und da müssten sich die, die in Galway was anderes als zuchtlosen Protestantismus im Sinn hätten, zusammenschließen gegen die neue Übermacht, sonst würde das Unterste zuoberst gekehrt, würde das Teuflische, das Sittenlose über das Anständige geschüttet. Dazu hob Douglas O'Donnoghue den Schenkel, den er über den anderen gelegt hatte, herunter von diesem anderen und legte den anderen, der bisher der untere gewesen war, auf den, der bislang oben gelegen hatte. »Wahrlich, Jeremiah McDonnell, ich sage dir, es stehen Umwälzungen bevor.«

»Man muss geschmeidig bleiben«, murmelte Seiler McDonnell und nickte, der jesusmäßigen Redeweise des Braumeisters konnte er natürlich nur zustimmen, doch angestrengt schaute er zugleich in die Richtung, in der er seine Tochter vermutete, und wiederholte sein Gemurmel, wer weiterkommen wolle, der müsse sich als geschmeidig erweisen.

»Vormals«, so raunte in der Nebenkabine der rotgesichtige und zahnlückige Liebesheld O'Flaherty, »da versammelten wir hier in der Sakristei von St. Nicholas, just gegenüber den steinernen Sarkophagen der Lynchs, da versammelten wir dort jeden Freitag zur Komplet alle Jungfrauen aus der Oberstadt, da hatten wir sie alle Woche für Woche beisammen, zur Züchtigung.«

»›Züchtigung‹?« fragte Roy Gallagher, der sich in diesem Moment neben den alten O'Flaherty setzte und meinte, ein Wort aus einer Neuen Welt zu vernehmen.

»Es ging um Erziehung und in der Tat um Züchtigung, nämlich um die Befreiung des weiblichen Leibes, der bekanntlich seit tausend und mehr Jahren verachtet wird von den Papstbrüdern. Und welche dann von unseren Galwayer Jungfrauen wirklich bereit war zur Sühne, die musste sich schutzlos machen und hatte sich ganz und gar zu entkleiden.« Das versicherte dem Schiffsjungen der rotgesichtige und listige Flann O'Flaherty, und Roy hatte zu schlucken, nach vier Monaten Handelsfahrt gierte es ihn sehr nach Geschichten von gelüstigen Frauen und gierigen Männern.

»Man muss es Priester Kirwan lassen«, meinte der dürre Flann, »gelernt hat er's, und zwar von seinem Abt. Der konnte gezielt den heiligen Büßerschlag, so dass vor ihm die schönsten Leiber kreisten.«

»Vor Verlangen?«

»Vor was sonst! Jedenfalls zuckten sie zum Vollzug der Wandlung, zum ›dies ist mein Leib‹ und zu ›dies ist mein Blut‹, da wurden sie so begehrlich, dass sie dem himmlischen Bräutigam, jedenfalls seinem irischen Vertreter auf Erden, ergeben dienten und dass nach solchen Nächten selten eine Jungfrau genug hatte und nicht mehr begreifen wollte, wie sie so lange hatte Jungfrau bleiben können. Und am nächsten Freitag waren alle wieder zur Stelle und noch einige dazu.«

»Geschmeidig?« fragte eine Nische weiter der Brauer, wollte wissen, was der gelenkige Seiler unter diesem schlangenglatten Wort verstand, aber des Braumeisters frommer Freund Jeremiah McDonnell wollte ungern Genaueres vorbringen über seine Weise, mit den Oberen auszukommen. Und wollte eigentlich gar nichts gesagt haben gegen die oberen Herrschaften hier in Galway, die er insgeheim ganz offensichtlich verachtete, die er aber auch gut benutzte.

Der Brauer O'Donnoghue hielt den Schiffsbauer Marc Kelly, der eben durch die wallenden Schwaden vorübergeisterte, am Arm fest und zog ihn in seine Nische hinein mit der Frage, was denn er von dem künftigen Großhandelshaus Lynch & Joyes erhoffe. Noch sei es ja nicht so weit, sagte der Bootszimmermann, Lynch und Joyes gängelten ihre Sippen sicher noch gute zehn Jahre länger auf getrennten Wegen, und selbst danach – Kelly kratzte sich seinen Backenbart – und selbst danach käme der Schiffsbau wohl kaum aus der Mode, wie? sondern eher im Gegenteil –

Roy und Jessy hatten derweil zu schlucken an den Mitteilungen des

O'Flaherty und am feurigen Jerez, denn der Rotgesichtige setzte ihnen nun auseinander, wie neuerdings in den Deutschländern der Erzbischof von Mainz am Rhein seine Maitresse vor niemandem mehr verberge, sondern dass er die von den berühmtesten Malern als heilige Madonna habe abbilden lassen, so wie ja auch Galways Stadtpriester aufrichtig daran glaube, dass die Gipfel von Gottes Schöpfung sich am herrlichsten in den Schönheiten der Frauen verkörperten und dass nur, wer die Liebe praktiziere, wirklich die Schöpfung ehre.

Freilich, diese Mainzer Mutigkeiten mit den leibeigenen Schönen, die seien noch wenig gegen die Verwegenheit des Bischofs von Trier, der habe im vorigen Jahr seine Konkubine, mit der er inzwischen sieben Kinder hatte, als lebende Mutter Gottes auf einem Reliquienschrein feierlich durch die uralte Stadt Trier tragen lassen, die älter sei als Rom, die durch manche Jahrhunderte hindurch dieses Rom sogar ganz und gar ersetzt habe, dies alles sei wahr oder der Blitz solle ihn, Flann, treffen. Auch Stadtpriester Kirwan wisse dies aufs Akkurateste, auch Pater Ricardo, der freilich würde es niemals zugeben.

Dann schwieg er fünf oder sieben Sekunden lang und siehe, den O'Flaherty zerschmetterte kein Blitz. Und da er so glühend und trunken leben blieb, erzählte er, statt erschlagen zu werden, von engelsreinen Nonnen, die in ihren französischen Zellen nicht auf normalem Lager schliefen, sondern in dem Sarg, in dem sie sich am Lebensende begraben lassen wollten, nein, nie mehr in ihrem Leben verließen die Sarg und Zelle, und dies sei exakt das Dasein, dass der dürre Pater Ricardo ihnen allen hier insgeheim an den Hals wünsche.

Im Nachbarkabinett berichtete derweil Zimmermann Kelly, Lynch habe ihm erklärt, die wichtigsten Kaufleute des deutsch-römischen Kaisers, die Augsburgischen Sippen der Fugger und Welser, die hätten in Genua und in Antwerpen und in vielen anderen Hafenstädten je ein Dutzend oder mehr Schiffe vor Anker liegen, noch gestern habe Lynch ihm angedeutet, auch Lynch werde bald sein zweites und drittes Schiff in Auftrag geben, sobald nur Ronald Skerretts Galeone und Kellys eigene Boote vom Stapel gelaufen seien.

»Das ist die Erde«, lallte ein Abteil weiter blinkenden Auges der weib- und leibversessene Stadtpriester und nahm liebevoll die Oblate auf Bettys freier Brust in den Mund, die andere gab Töchterchen Piepsie nicht frei, höchstens unter Protest. Doch dann hielt Kirwan inne und sprach mit viel Bedeutung: »Dies hier, das sind die Erdbuckel, von denen wir uns mit Gottes Segen erschlagen lassen dürfen!« Sprach's und sank mit segnenden Gebärden wieder auf die Leibes- und Liebesfalten seiner derzeitigen Erdmutter.

Überall sehe man doch, so versicherte Schiffsbauer Kelly denen vom Hanf- und Biergewerbe, wie Galways florierende Aus- und Einfuhr, wie vor allem der Austausch mit Spanien, Italien und Portugal auch die übrigen Handwerke blühen ließe. Das könne man nun gerade vom Bier-Gewerbe nicht behaupten, wollte der O'Donnoghue gerade sagen, als plötzlich Fitzstephen Lynch zu ihnen in die Koje trat und sich, nur mit einem der neuen südlichen Tücher umwickelt, neben den Kelly setzte und den Brauer und den Seiler aufmerksam betrachtete. »Ich hoffe, niemand von euch ist an diesem Abend unzufrieden?«

Darauf schwiegen sie erst einmal, schauten sich gegenseitig an, niemand schien unzufrieden. Sogar der Banchee-Schock schien hier längst wieder verdampft. – »Ich hab es dir oft gesagt, Douglas O'Donnoghue, und auch dir, Jeremiah, jeder in Galway, auch du, Marc Kelly, du weißt es seit langem und offenbar am besten, jeder Tüchtige hier soll mit Gewinn mitmachen, nicht nur beim Handwerk, auch beim Handel in die Nähe wie in die Ferne, und am Ende sollte jeder, sogar der Braumeister, seinen eigenen Frachter fahren, denn es gibt für alle genügend Erlös.« Lynch schaute reihum in die Gesichter. Brauer und Seiler sahen zu Boden, Kelly aber nickte und sagte: »Ja, Douglas, Bier kannst du auch per Schiff verfrachten, nach Limerick wie nach Cork oder nach Dublin.«

»Und noch einmal wiederholt es euch hier euer gewähltes Stadtoberhaupt: Wer ein Schiff will, der soll es bauen, und wenn er tüchtig ist, kriegt er meine Hilfe und kriegt er mein Geld. Das sollte inzwischen jeder endgültig wissen.«

Der oberste Richter, Bürger, Händler und Bankier von Galway sprach noch manches Schöne in den Nebel, bis plötzlich der fröhliche Priester Kirwan um die Nischen-Ecke blickte: »Wovon hör ich euch reden? Vom Schiffsbesitz? ›Für alle‹? Besitz und immer noch einmal Besitz? In Galway am Ende lauter Lynche? Ach ihr lieben Geschäftsfreunde!« Alexander Kirwan nahm Platz neben dem Lord Mayor, seufzte, trank und sprach: »Wenn wir so, wie wir jetzt hier hocken, in hundert Jahren unter den Steinen liegen, Fitzstephen freilich unter den prunkvoll marmornen in unserer Kathedrale St. Nicholas, aber allesamt für dieselbe Dauer, nämlich für die schiere Ewigkeit, dann, bedenkt es, dann ist das schönste Leinen- oder Seidenhemd schon nach hundert Jahren zu Staub zerfallen und wohin, frage ich euch, wohin dann mit euerem gottverdammten Besitz? Unser letztes Hemd, wann lernt ihr das endlich, hat schlicht keine Taschen. Ich fürchte, ihr verfallt einer fürchterlichen Verwechslung. Ihr verwechselt das Leben mit dem Besitzen.«

Da sagte erst mal keiner ein Gegenwort. Neue Lavendelschwaden dufteten durch die Nischen.

Nebenan wusste Flann O'Flaherty inzwischen noch wüstere Dinge, die sich allesamt wirklich ereignet hätten auf dem Kontinent, in den protestantischen wie in den Papst-Ländern, und er stritt sich dann mit Steuermann Jessy Murray, der ja gleichfalls in Europa gut herumgekommen war, jedenfalls in den Hafenstädten, stritt sich, an welchen Orten es die brünstigsten Nonnen gebe, Jessy nannte die in Neapel. Nein, die gebe es in den Klöstern von Zürich und Lausanne und Nürnberg, jedenfalls nicht, wie man glauben sollte, im Französischen. Im Französischen hätten sich nämlich die frommen Frauen, wusste Weiberkenner Flann, gänzlich auf das Künstliche versteift, jawohl, O'Flaherty wusste sie genau zu beschreiben, die Kunst, die von den dortigen Nonnen aufs Pfiffigste entwickelt worden sei, denn die, so beteuerte er, nutzten geschnitzte Elfenbeinfinger, solche, an denen ein Säckchen mit heißer Milch hing, die sich diese französischen Frauen im spannendsten Moment ihrer Leibes-Freuden ins Innere hineinjubelten, *bijoux de religieuse* hießen diese Geräte, verzückende ›Nonnenkleinode‹ waren das und nur dazu da, dass die frommen Frauen ihre Hochzeit mit dem himmlischen Bräutigam so sinnenfroh wie möglich begehen konnten. Ach, gegen solche Genießerinnen habe Irland, obwohl es doch gleichfalls mehrheitlich katholisch geblieben sei, nur spröde und schier ahnungslose Betschwestern, doch insgesamt am begehrlichsten seien zweifellos die in Italien und auch die in den Deutschländern, schon allein deswegen, weil dort nicht nur Kirchenfürst Luther, sondern auch alle Bischöfe sich öffentlich auslebten mit der Freude der Frauen und weil im wilden Deutschland Mönche wie Nonnen in jederlei lebenslustiger Sitte keinen Frevel erblickten, sondern den wahren Gottesdienst, das inbrünstigste Gebet.

Da die Hausdiener der Küchenmeisterin Ann immerzu neue Kannen und Becher in die Nischen, Ecken, Winkel und Zuber reichten und weil sie stets emsig nachschütteten, musste an diesem irischen Ort, dem westlichsten in Europa, niemand bloß von französischen Klosterkünsten träumen oder von deutschen Orgien, nein, da glühten nun und dampften nicht nur in O'Flahertys Nische lüsterne Menschenhäute. Im Zwielicht und Dämmer kochten mehr und mehr ungeheuerliche Stimmungen, da hatte in der Wasserdampfhitze der junge Patrick Lynch gegen starke Leibeshitzen zu bestehen, denn den Pat bedrängte Julia Blakes glattes Fell, und um die Schmiegsame loszuwerden, stürzte Pat sich in den hinteren Kaltwasserbottich und als er wieder auftauchte und vorsichtig über den Rand des Fasses blinzelte, sah er, dass er Erfolg hatte. Julia, nicht gesonnen, sich ihr Recht auf Wallung nehmen zu lassen, zog weiter, in andere Reviere.

Doch nun verdunkelte sich sein Blick, der riesige Schatten des Herrn Cluricaun auf Killmanroy schob sich daher, und der Gewaltmann hielt unterm Arm noch immer sehr eng die sehr junge Martha, vor seinem Bauch aber hüpfte jetzt protestierend auch Herr Daniel Blake, Bettys kleiner Ehemann, den musste der Graf zur Seite schieben, Daniel aber hatte vor Körperfülle noch nie rechten Respekt, hatte nicht umsonst die umfangreiche Betty gefreit und ging hier nun den Killmanroy aufs Heftigste an und erklärte, Fräulein Martha sei kein angemessener Umgang für den Edelmann und drohte dem stattlichen Herrn mit Kate-Wörtern,

»Fröhliche Leute!« schrie er und »Zu spät!«, weil er hoffte, Hexenschreie könnten den Unhold wieder zur Besinnung bringen, »Überm Galgenplatz die Banchee!« krähte er mit sehr hohem, mit langem und pfeifendem ›i‹, doch Cluricaun, der mit Martha entschieden Angenehmeres im Sinn hatte als Galgenspäße, legte dem Winzling Blake seinen freien Arm ums Leibchen und schmiss ihn mit »Weiß Gott bist du zu spät!« zum Patrick Lynch ins Kaltfass. Der sah den Schatten des mächtigen Mannes weiterwanken mit dem verzagten Fräulein in den Armen und hörte in seinem Kopf immerzu die in sich selbst kreisenden Silben *sator rotas sator*.

John Fitzstephen Marcus Tullius Lynch, immer noch besorgt, auch bei diesem Fest weder jemanden zu bevorzugen noch zu übergehen, war in den Gewölben weitergegangen und hockte sich nun in einer anderen Abseite der Badegrotten zu zwei gälischen Fischern, zu ›Ureinwohnern‹, nämlich zu den Lachsfängern Ronn O'Connel und Mike Pitt, um auch ihnen Zuversicht und gute Launen einzureden. Die beiden Fischer jedoch hatten offensichtlich gar keine Fürsprache nötig, in Ruhe hörten sie sich an, was Lynch ihnen auseinandersetzte, dass keiner gezwungen sei, seinen Beruf zu behalten oder zu wechseln, jeder könne sein Brot mit dem verdienen, was er am liebsten mache – da nickten die beiden Rotbärte freundlich, zu nichts anderem waren sie seit langem entschlossen.

Lynch verabschiedete sich, ging weiter und setzte sich neben Graf Cork auf Larminie. Der lag auf einem erhöhten Bretterboden, ruhte auf dem Bauch und ließ sich von Gattin Esther und Frederic Fitzpatrick den Rücken walken mit einem Reisigbündel, das Bademeister Frederic schwang, und mit einem nassen Sacktuch, mit dem Ehefrau Esther zuschlug. Dermaßen prächtig im Takt waren Sänger und Gräfin, dass Lynchs Frage, ob Cork sich wohlfühle, vollkommen überflüssig schien, von tief unten aus den beträchtlichen Leibeswölbungen brummte der puterrote altenglische Landadelsmann und Leuteschinder unterm patschendem Schlagwechsel, wohl fühle er sich wie eine gedeckte Sau, jawohl, sehr wohl und aufs Angenehmste erhitzt, vom Henker wie von der Gattin.

In diesem Moment zogen aber im unsicheren Licht Musikanten vorüber, Schlag- und Pfeifenspektakel mischte sich da mit den Schlagtakten des Henkers und der Rittersfrau auf Larminie, »Greift die Grüße!« hörte man aus dem Dunkel rufen und »Spürt die Freude!«, verwirrende Masken tauchten da auf und schwirrten vorüber und Pat, der sich aus dem Kaltwasser wieder ins Warme geflüchtet hatte, in die Nische des Märchenmanns O'Brian, meinte, in dem Stimmenwirbel und unter den Masken den Gorge Blake erkannt zu haben, zum Beispiel jetzt, da zu hören war: »Hier und jetzt, ihr Freunde, schlürft das Goldene Himmelreich!« und wenn er recht sah, so hielt der Wörterwitzige zu diesem Gesang zwei andere Maskierte fest umschlungen, zwei weibliche.

Als diese trillernd zuckenden Schatten weitergewandert waren, pries Lynch, der unterdessen mit dem knorzigen Patrick MacBride zu reden versuchte, des Henkers Unterscheidungen, nämlich Frederic Fitzpatricks Einteilung der Welt in die Götter, an die er glaube, und in die Gnomen, die es gebe, und lobte dann auch William O'Brians Himmelsmärchen, in dem ausnahmsweise ein Reicher ins Paradies gelangte, aber mitten im Lob dieser neuesten Denkwürdigkeiten irritierte ihn plötzlich das dunkle Gesicht des römisch-katholischen Ricardo, ja, in den irrlichternden Schatten tauchte jetzt der spanische Pater auf, nur kurz, ebenso rasch wollte der wieder verschwinden, doch Lynch ging hinter dem Geistlichen her und als Ricardo sah, wer ihm folgte, stellte er dem Bürgermeister ohne Umstände die Frage: »Dies also ist er, euer ›herzwärmender Zauberspuk‹?«

Da sagte Lynch dem Soldaten der Kirche: »Und er ist es, wie Ihr seht, ohne irgendeine Furcht vor Verdammnis und Hölle.«

Ricardo blies heftig Luft durch seine dünnen Nasenflügel. »Gratuliere!« rief er und tauchte unter im Flackerlicht der Naphtaflammen, der Spukwolken und Nebelkappen.

Inzwischen hatte in einer anderen Ecke des dampfenden Labyrinths Patrick bei Claire O'Brian seine Agnes wiedergefunden, hatte sich in der O'Brian-Nische sofort gut eingenistet und zu der Behauptung verstiegen, frech gehe es zu an diesem Abend, denn wenn er die neusten Nachrichten richtig verstanden hätte, dann hätten Samuel und David O'Brian das Haus des Seilers komplett umwickelt, und er wollte eben weiter ausholen und vorschlagen, man solle allen, die mit dem Galway-Glück nicht einverstanden seien, ähnliche Streiche spielen, da näherte sich aus den wehenden Schwaden der junge Gomez und raunte Freundliches in Pats Ohr, »Gib acht, Gälisch-Lehrer!«, flüsterte er und verbeugte sich vor Agnes und dann, in der keltisch-gälischen Sprache: »Ihr gefallt mir!« und schon war die Amorettenfigur mit der hellen Bierhaut, schon war der Südländer wieder seitwärts in den Lavendelwolken verschwunden. Agnes fragte Pat, welche Frechheiten er dem Mann aus Malaga beigebracht habe, diesem Frauenfänger, der sich tarne als Madonnengesicht, und da war es, als schaue Agnes mit ihren hellgrauen Augen durch nebeldicke Tarnkappen bis tief hinein in Pats ängstliches Herz.

Jeremiahs Töchterchen Martha, die der Herrn Cluricaun nebenan sorgfältig trocken rieb, konnte nicht ahnen, dass ihr Vaterhaus inzwischen lückenlos zugebunden und eingewickelt war und vorerst nicht mehr zu betreten, obendrein wurde sie nun von ihrem gräflichen Verehrer irritiert, weil der zu seinen reibenden Übergriffen nun auch noch verwirrende Fragen stellte. – Ob sie seine Frau werden wolle. – Schon doch ja, aber warum denn? Ihr habt doch Frau Theodora. – Ein richtiger Mann braucht mehrere. Braucht Jüngere. Neuere. – Aha. – Und dann hörte sie verlockende Schilderungen vom vornehmen Leben auf Killmanroy, hörte Worte wie Schlösser, Kutschen, Rösser und Dienerschaft und die verdrehten ihn fast ganz, den Kopf der armen schönen Martha.

Stadtpriester Kirwan hatte unterdessen den geistlichen Bruder, hatte den Don Ricardo in eine Nebennische gezogen, und beide Priester hatten damit begonnen, mit der schönen Hilfe von jungen Küchenfrauen abwechselnd heiße und kalte Fußbäder zu nehmen und so die schwersten Gefährdungen und Versuchungen dieser Nacht herabzumildern, doch nun setzte sich Juan neben seinen dürren Vetter und fragte, was der von diesem irischen Masken-, Misch- und Nebelvolk halte. Ricardo antwortete: »Sind alles Geschöpfe Gottes.«

»Das heißt, mein Vetter kann seine Abscheu tapfer überwinden? jedenfalls mit freundlichen Wechselbädern für die Füße?«

Ricardo wollte eben sagen, vor Gottes Geschöpfen gebe es keinen Abscheu, da schlängelte sich Julia Blake auf die Bank ihm gegenüber, also auf Bruder Kirwans Bank, recht angetrunken schien sie und kraulte dem Galwayer Priester das doppelte Kinn. Und weil Juan ziemlich rasch durchschaute, dass Julia zwar den Alten kraulte, aber ihn, Juan, meinte, stahl er sich davon. Da richteten sich die Kalbsaugen auf den anderen Spanier, den dürren Vetter, gewalkt aber hat Julia weiter den feisten Alexander.

Im Winkel nebenan indessen tätigte man seriöse Geschäfte, da ging nun im Ernst ein Bieten, Nennen, Zurücknehmen und Beharren – wovon die Rede war? Vom Besitz natürlich und von dessen Vermehrung, vom Gewinnen, von den Preisen, die man nehmen werde für den neuen Jahrgang aus dem Süden, wie weit man da gehen könnte, ohne die weniger Zahlungskräftigen abzuschrecken. Na, und selbstverständlich ging es jetzt um Absprachen und um den Schwur, wonach in dieser Runde der großen vier Familien Joyes, Lynch, Blake und Skerett, der Stützen des Galwayer Haupthandels, kein Stamm den anderen unterbieten dürfe um eines raschen Extrageschäfts willen, nein, weder den Grafen noch den Klosterbrüdern zuliebe werde eine Extratour erlaubt sein, auch nicht für neue Kundschaft in Dublin, für die Geistlichkeit dort und für den Rektor und die Dekane der Universität.

Bei den Priestern im Nebengelass wäre jetzt statt einer politischen eine geistliche Debatte fällig gewesen, aber da spreizte nun der Dicke den Daumen von seiner Faust weg und zeigte auf die Handelsnische hinter seinem Rücken. »Für den Unterhalt sorgen die, für die Unterhaltung wir.«

»Bruder Kirwan, Gottes Offenbarung ist weder Unterhaltung noch Unterhalt.«

»Ach, die Geschichten um Jesus und seine Wundertaten sind, meine ich, von allen Märchen-Unterhaltungen die allerwundersamsten. Und Unterhalt haben wir beiden davon ebenfalls. Hinter dieser Nischenwand hocken aber nun unsere gottverdammten Reichen und haben ständig Sorgen um eben diesen Reichtum, wir dagegen sind töricht arm und praktisch sorgenfrei.«

»Reich sind wir im Geist, beschenkt mit den Gütern des Himmelreichs.«

»Aus Frankreich und Italien hörte ich, dass die Kirchenherren sich dort auch mit dem Irdischen reichhaltig versorgen. Obwohl das alles, so mahnen fast alle Jesusgeschichten, die Motten fressen und der Rost. Auch ihr Spanier habt ja wohl Eure Neue Welt nicht nur entdeckt, weil dort arme Seelen gerettet werden mussten, oder? Da wartete ja wohl Gold in Fülle, nicht wahr?«

»Nichts besitze ich!« fauchte Don Ricardo. »Nichts außer meiner Kutte, der Heiligen Schrift und meinem Vertrauen in Maria. Und in den dreieinigen ewigen Schöpfer.«

»Bravo. Mehr ist auch nicht nötig. Denn die Handelsherren dort drüben und die Herren in Malaga sorgen nicht schlecht für uns Geistesbrüder. Wir aber, im Gegenzug, sorgen ganz gut für ihre Unterhaltungen, erzählen ihnen die tollsten Geschichten vom Ewigen.«

Da schlug Ricardo gegen Kirwan das Kreuz, so dass sich der danach nur noch leise zu murmeln traute von Unterhalt und Unterhaltung und dass die irdische Herrschaft die geistliche trage und die kirchliche die weltliche, gerade so wie die Steinklötze in den Gewölben, von denen man ja auch nie so recht begreife, warum da selten oder nie was auf die Köpfe runterfalle.

Bei Lynch, Joyes, Blake und Skerrett lief in der Tat kluges Taxieren und Feilschen, kam es bei trüber Nebelfunzel zum Prüfen und Lauern, Vexieren und Vermuten, freilich, hier wurde mitten in der unterhaltsamen Nacht gut für den Unterhalt gesorgt und ernsthafte Arbeit geleistet. Und endlich, nachdem die Preise für Malter und Fass feststanden und für den nächsten Monat klar vereinbart waren, wollten sich alle daran auch halten, und es ist anzunehmen, dass jeder der vier Häuptlinge so viel Geschäftserfahrungen besaß, zu wissen, wie wenig ihm Extratouren einbrachten im Vergleich zur eisern eingehaltenen Verabredung. Feierliche

Worte fielen da, mit bedeutenden Gesten tranken sie einander zu und priesen das neue Galway-Gesetz, das solche Absprachen nicht nur erlaubte, sondern sogar vorschrieb, und ganz offensichtlich, das fühlten sie alle deutlich und waren sich sicher, strebte jeder nach nichts anderem als nach städtischem, nach allgemeinem Nutzen und Wohlergehen.

Kirwan, geschmeichelt von Fräulein Julias drängend kraulender Wärme, denn dieses schlimme, dieses tropfnasse Mädchen erhitzte ihm von Grund auf Fell und Fleisch, der erhitzte Kirwan also fragte in seiner Bedrängnis den spanischen Bruder: »Soll ich, frage ich Euch in allem Ernst, soll ich denn nun diese göttliche Mädchenhaut nicht ebenfalls streicheln dürfen? nicht pressen und fassen? Soll ihrem von Gott geschaffenen Samtbauch nicht das Beste zuteil werden, dessen wir fähig sind, höchste Achtung, tiefstes Interesse, kräftigste Hingabe, mit allem, wozu wir endlichen und dummen Kerle je in der Lage sind? Warum, guter Ricardo, wendest du dich weg? Warum verachtest du diese liebliche Zauberblüte eines Menschenkörpers? Siehst du, fühlst du das etwa nicht, dieses betörend Liebliche? Nur weil für dich die Weiber, wie es die Kirchenväter lehren, unrein seien und nieder? Eine höllische Versuchung sogar? Ja hat Gott denn nicht auch diese Julia Blake gemacht und derart schön werden lassen? Schickt sie uns etwa der Teufel? Oder sollen Frauen tatsächlich ein für allemal ein Fehler sein in der Schöpfung? so wie das fast alle katholischen Patriarchen und Kirchengründer behaupten? Fehler oder Versuchung? Prüfung? Wo lehrt denn Herr Jesus, dass sein himmlischer Vater Achtbare gemacht hätte, daneben aber Verächtliche? Traut ihr solche Schundarbeit und Niedertracht dem Herrn der Welt zu? Immer nur wir sind es, die sich Schund erlauben, die solche folgenreichen Unterscheidungen treffen. Der Gekreuzigte aber hat uns gesagt, was ihr dem Geringsten unter euch tut, das habt ihr mir getan! Fazit: Viel Spaß in der Hölle, Don Ricardo! Denn wahrlich, im Herdfeuer bei des Teufels Großmutter werdet ihr braten müssen, weil ihr ihn verachtet, den Schöpfer.«

»Verachtet?«

»In seinen allerschönsten Werken!«

Schlug nun seinerseits das Kreuz gegen den spanischen Priesterkollegen und sank mit Wonne der Julia an den Hals. Ricardo aber verachtete nicht etwa Gottes schönstes Werk, sondern den eigensinnig verderbten Bruder, wendete sich weg, würdigte den keines Blickes und sah sich nach allen Seiten um, suchte, sah zu, wie er aus der Nische des eifernden Kirwan verschwinden könnte. Wollte aber wohl auch das Anhimmeln der Schönen nicht unbedingt entbehren.

»Soll Julia«, fragte Kirwan, »jetzt nicht auch dich anfassen dürfen, dich mageren Bruder, sieh doch, fühl doch, wie begierig sie ist auf deinen Leib, ja, weil er dürr ist und von hartem Draht, aus festem Guss, das mag sie, das hat sie lieber als mich wulstig dralle Qualle. Welches Kreuz, goldener Freund Ricardo, welches schöpfungsfeindliche Kirchenkreuz verbietet Julia, zu tun und zu lassen, was sie will? Was verbietet ebenso dir, in dieser Feierfröhlichkeit zu fassen, an welche Haut und welches Glied auch immer? he! Statt zu tun, was sie möchte, beglotzt dies halbgare Fräulein kreuzbrav deine magerheilige Figur, deine süßen Goldschenkel, mit geilen Augen leckt sie in Gedanken an deiner strammen Haut hinauf und hinunter und zittert vor Bedrängnis beim Denken dessen, was sie für sündig halten soll. Und bleibt in ihrer unklaren Angst, schuldig zu werden, am Ende schafsbrav! lebenslang kreuzbrav wie Fischersmann Mulley Murray. Und verpasst – aus Angst vor der Hölle – in der Sehnsucht nach dem Himmel – die Welt? Nein, ich bin sicher, so ein Mädchen ist klüger als Eure gesamte alleinseligmachende Romkirche. Hört und seht Euch um, seht unsere goldene Galwaywelt! Zähes, hart gebratenes Höllengift Gomez, mach nicht mein Galway zum Gallenweg! Und antworte mir endlich, warum dürfen deine Schäfchen Gottes Schöpfung nicht im Genießen ehren? Bruder, antworte mir!« – Finster schallte Kirwans Stimme durch die düstere Abseite.

Und da Ricardo zwar nicht floh, aber auch nicht antwortete, sondern in zweifellos rein geistigen Meditationen verschlossen blieb, verschlossen in sich selbst, schüttete Kirwan, als wäre das die höllische Bratensoße, roten Wein über den blassbraunen Gomez-Schädel. Der Pater ertrug das unbewegt, saß in Erstarrung da und feingliedrig, nur seine schmalen Lippen öffneten sich ein wenig unter den blutroten Rinnsalen und durch die Tropfen des Gegensegens drang sein flehendes Geflüster. »Heilige Maria, Mutter Gottes, bitte für mich.«

In diesem Moment erhob sich aber rings in der halbdunklen Badehalle, in der viele Lichter schon ausgebrannt waren und wo die wenigen Flammen, die noch Licht gaben, mit dem Erlöschen kämpften, ein neuer gälischer Reigen der Wein- und Wasserseligen, maskierte Musikanten wanderten durch die Dampfwolken, zogen rings an den Nischen vorüber, rissen die Säufer und Schwätzer aus ihren Ecken heraus, so dass am Ende fast alle Liebeshungrigen und Trunkenbolde hineingerieten in einen stampfend kreischenden Zug der Tollen und Vollen, die rasten und hüpften nun auch an der Runde der Handelshonoratioren vorüber. Die jedoch ließen den Lindwurm weiterziehen, ließen die Tanzmasken sich tummeln, die vier Weisen ackerten auf anderen Feldern.

Betrunkene und Paare, die vom Wein oder vom Gegenüber genug hatten, nutzten den Tumult, sich wegzustehlen und anderswo auszutoben. »Goldenes Galway!« riefen die Tollhäusigen durch die Dunkelheit und »Fühlt, wie wir zusammenwachsen!« schrieen die durch die Nacht, da lallten die Saufnasen und ein Einzelner erklärte: »An die Getrommelten und an die Gepfiffenen, an die glaube ich.« So gickste der und so und wieder anders gurgelte das aus Hexengesichtern und Sheela-na-Gig-Fratzen. »Alle unter einem Hut ist nur für die Hüter gut.«

Im Gelächter und im Nebel standen sie sich plötzlich gegenüber, Pat und Juan. Der junge Lynch wusste nicht, warum er in diesem Moment die Stimme seiner Mutter zu hören meinte, die Stimme, die gesagt hatte, alle Männer auf der irischen Insel seien verflucht zu immerwährendem Wetten und Streiten. »Geht's dir gut?« fragte Pat den Gast.

»Wie im Lustschloss des König Artus«, antwortete Juan.

»Sei vorsichtig, dies ist keltischer Tumult, der ist unberechenbar.«

»Spanischer ebenso.«

»Mancher bleibt am Ende lebenslang hängen. Zwei Rüpel aus dem Claddagh wickelten um McDonnells Seilerhaus fünfundfünfzigmal sein längstes Tau!«

»Von fünfundfünfzig Elfen ließe auch ich mich gern umwickeln. Zum Beispiel von dieser.« Denn da erschien im schallenden Nebelgeschwalle die Zauber-Erscheinung Agnes, die Hüften nur knapp umhüllt von flandrischen Spitzen.

Juan streckte seine Hand gegen Agnes aus, gegen ihre Wange, so wie er das beim schwarzen Pferd begonnen hatte, diesmal tat er's mit gespreizten fünf Fingern.

»Dein Fingerspreizen hilft dir nichts«, sagte Pat, »Agnes ist unzähmbar.«

»Außerdem gehört sie ja dir.«

»Kirwan hat uns gewarnt vor dem Besitzen«, sagte Pat.

»Aber Elfen, hab ich gehört, sind frei, die soll man ausleihen dürfen.«

»Wäre ich eine Elfe«, lächelte Agnes, »hätte ich diesen eingebildeten Spanier längst fünfundfünfzigfach umschlungen. Und trau mich erst jetzt. Erst jetzt zum ersten Mal.« Und umarmte ihn und wollte ihn mit sich fortziehen.

Pat hielt sie fest, »Bin erst beim ersten Mal«, sagte sie, er aber flüsterte ihr ins Ohr und sie nickte und flüsterte zurück, ja, wenn der Mond überm Turm von St. Nicholas stehe, dann sei sie in seinem Zimmer, also recht bald. Und tauchte mit dem Gast ein in den lärmenden Nebeltumult der Geistermasken.

Die imitierten nun immerzu den Nachbargesang des Alexander Kirwan und zugleich die Frederic-Ballade, da wurde gerufen »Goldenes Galway!« und »Verschaff ich uns Lust!«, da kreischten Frauenstimmen, schmachteten Männerstimmen: »Spürt die Freude! Fühlt, wie wir zusammenwachsen! Schlürft das goldene Leiberreich!« Und eine einzelne Nebelfigur fragte »Immerzu wie Mulley kreuzbrav?« und eine andere tat traurig: »Mein Hemd hat keine Tasche!« und wieder eine andere säuselte: »Nimm mein Herz in beide Hände!« Darauf eine Singstimme: »Wer hat das bessere Los ergriffen?«, so tönten, schwallten und schweißten sich Worte und Sprüche, Gerüche und Glieder tolldreist umeinander.

Väterlich tatschte Lynch seinem vorübereilenden Sohn auf die Schulter, der jedoch strebte nun über die Wendeltreppe nach oben in sein Zimmer, wo er sich verabredet hatte. Natürlich war es noch viel zu früh, aber er war ungeduldig oder unsicher und als er aus seinem oberen Fenster blickte, sah er, wie der Mond über St. Nicholas stand, nicht mehr allzu sehr neben der Kreuzspitze. Agnes war freilich noch nicht hier.

Lief also wieder hinunter in den Lärm, Agnes Joyes war auch in den anderen Teilen der Lynchburg nicht zu sehen, nicht bei den Tanzenden, nicht in den Bade- und Trinker-Nischen. Bei ihren Freundinnen wie bei den Männern war sie nicht mehr und in den dunklen Nebeln der Betrunkenen erkannte er nur Helen, Julia und Claire sowie die Damen Esther und Theodora, auch Isobella O'Flaherty und Dorothy O'Donnoghue lagerten da in sehr bequemen Winkeln. Agnes jedoch und ihre Schwester Betty, die waren dort nicht. Auch Juan nirgends.

Wieder oben in seinem Zimmer, setzte er sich auf sein Bett und sah den Mond. In wenigen Momenten stand der dort, wo er beim Treffen stehen sollte. Der junge Mann versuchte die kreisenden Bilder in seinem Kopf einzufangen, zur Ruhe zu bringen. Was hatte sie gesagt? ›Bin erst beim ersten Mal‹?

Hielt sich den verwirrten Kopf.

Es war ihm was über die Treppe gefolgt und betrat nun sein Zimmer, ja, da stand Pater Ricardo und sagte, es habe so ausgesehen, als ob Pat Lynch jemanden suche. Nein, antwortete der, ich suche Ruhe, nur Ruhe.

Da ging Ricardo wieder hinab, schritt unten durch das brodelnde Badehaus und schien einer anderen Spur zu folgen.

Pat hatte jetzt nur noch den Wunsch, in seinem Zimmer zu bleiben und auf Agnes zu warten. Stützte das Kinn in die Hände, rieb sich die Augen. ›Unzähmbar‹. Sah das klare Mondlicht auf dem Boden. Stand auf, blickte aus dem offenen Fenster über die schimmernden Dächer. Hörte unten die unermüdliche Musik, immer so fort, immer so fort, *sator arepo tenet opera rotas*. Errichtet und vernichtet in ewigem Wettstreit. Hörte gedämpfte Schreie, Gequietsche, Gesang. Schaute die krumme

Straße hinunter. Warm war diese Nachtluft, kein Wind ging. Die Wimpel und die Banner hingen unbewegt durch die Straßen der leeren Stadt. ›Ausleihen‹?

Mit der Ausrede, ihr seine Rösser zeigen zu wollen, die Rösser von Killmanroy und seinen prächtigen gräflichen Kutschwagen, mit dem er nach Galway gekommen sei, hatte sich der mächtige Cluricaun eine der Laternen, die noch gut brannten, von der Wand genommen und hatte die süße Martha McDonnell in die Pferdeställe geführt.

»Hier ist bessere Luft, die wird dir gut tun, wenn dir das Feuchte und das Heiße so schlecht bekommt, so dass du dich dauernd gegen meinen Bauch lehnen musst«, so schnurrte der Ritter dem seufzenden Fräulein zu, hängte die Laterne hinter der Karosse und vor der Pferdenische an einen freien Holzhaken neben dem Ochsenjoch und ließ sich kurzerhand in einen frischen Heuhaufen sinken, wohin sie ihm, da sie auch jetzt wieder unter seinem breiten Arm stak, folgen musste, doch achtete der Adelsmann durchaus darauf, dass er die zarte Person nicht zerdrückte.

»Wo sind sie denn, die Rösser?« klagte sie leise, »Ihr wolltet zu den Rössern. Zu den Rössern, mit denen Ihr gekommen seid.«

»Ich bin dein Ross«, bestimmte der Herr.

»Ach, Graf.«

»Und du reitest jetzt auf mir.«

»Aber ich bin doch –, was wird das? ich bin doch kein Schoßkind.«

»Weiß Gott, du bist eins!«

Es half ihr nichts, sie wurde in den Sattel gehoben, dorthin, wo den Mordlord noch immer einige restliche Lederschuppen schützten und mit Ächzen beiseitegeschoben werden mussten, rittlings saß schließlich McDonnells zierliche Tochter, so fest hockte Martha auf dem Menschenberg, dass, eingeklemmt zwischen Cluricauns Bauch und Cluricauns Beinen, kein neues Absinken in die Ohnmacht mehr möglich war, sondern nur die eine oder andere leise Beschwerde. – »Ach, Herr Cluricaun.«

»Geht's dir gut, mein Schoßkind?«

»Was macht Ihr mit mir?«

»Die erste Nacht mache ich mit dir. Oder weißt du etwa nicht, was das heißt?«

»Mein Vater hat mir nichts erzählt von der ersten Nacht.«

Der Ritter aber hatte nun heftiger zu atmen und verrichtete seltsame Arbeiten. »Nichts davon erzählt? Das war ein Fehler von ihm. Nun erklär ich es dir. Zeige dir, wie das wahre Leben geht. Bin jetzt, wie die Priester und die Bibel sagen, dein Stecken und Stab. Dir wird nichts mangeln.« Und griff mit beiden Händen an ihre zarten Hinterbacken, stemmte das Mädchen ein wenig hoch und setzte sie auf die Stelle, die nach so vielen Mühen sichtlich besetzt und belohnt sein wollte. »Spürst du den Sattelknopf?«

»Was wird das, ach!«

»Hast hier in Galway die allerglattesten Bäckchen – und zwischen deinen Bäckchen so ein seidenzartes Kleinod – und ahnst nicht, was das jetzt wird? – Spürst du's nicht? Gottes kluge Zufälle wollen, dass mein Sattelknopf in deine Rosenblüte wundersam hineinpasst! – als wäre er – ach – dafür – oh ja – geschaffen –«

Die Jungfrau trauerte lauter, noch war sie intakt. Cluricaun indes stöhnte, gab sich inbrünstig Mühe, so dass zu weiteren Erläuterungen kein Atem blieb, nur noch: »Muss denn – immer erst ich – kommen – und –«, da traf ihn der Schlag.

Nicht der, den man bei solcher Mühe und bei so würdigem Alter und so massiger Gestalt hätte erwarten können, bei so viel Körperfülle und solch üppig fortgeschrittener Lebensreife, nein, da traf ihn ein ganz anderer.

Seiler Jeremiah McDonnell hatte fast die ganze Nacht hindurch seine Tochter immer mal wieder im Blick und hatte auch jetzt, auf der Suche nach ihr, die richtige Fährte wiedergefunden und erblickte nun hier, im Heu, diese praktische Belehrung und im selben Moment sah er an der Wand das Ochsenjoch. Diese harten Kanten aus Eichenholz, die schlug er mit Wucht dem Cluricaun auf den Schädel, so dass der es lebendig nicht überstand.

Überstanden dagegen habe es, so wurde später berichtet, noch eine ganze Weile Cluricauns ›Sattelknopf‹. So dringend sei sie gewesen, seine Drangsal, sagten sich die Männer und auch einige ältere Frauen, die als weise galten.

Für solche Erwägungen war aber plötzlich gar keine Zeit mehr. Für alle umständlichen historischen Erörterungen ging Galways Zeit nun plötzlich zu Ende. Das wurde jedem klar, der jetzt das Gesicht des Fitzstephen Lynch sah, der nach dem gellenden Schrei der Martha McDonnell, wieder in seine dunklen Robe gehüllt, zusammen mit Frederic Fitzpatrick und mit Fackeln im Kutschen- und Pferdegebäude erschien und den Erschlagenen erblickte. Neben dem halbnackten Grafen kniete im Heu der George Blake, George hob dem Herrn Cluricaun den Arm – und ließ ihn fallen. Und das war nun ein Moment, in dem derjenige, der als Schwätzer galt, kein Wort mehr wusste, in dem er nur noch schräg hinter sich hinaufblicken konnte auf den John Fitzstephen Marcus Tullius Lynch.

Hob dem noch mal den toten Arm. Ließ ihn fallen.

Das Richter-Gesicht wollte nach unten sinken, in erstarrtes Nicken, aber das unterbrach und verhinderte nun das Toben des Grafen Cork auf Larminie, den mussten sofort mehrere Männer festhalten und beruhigen, während Frauen sich zu kümmern versuchten um die verzweifelt schreiende, um die ganz und gar nackte Frau Theodora auf Killmanroy. Landgraf Cork aber war nur mit der Kraft von sechs Männern, drei Soldaten von Edwards Stadtgarde an jedem Arm, davon abzuhalten, auf der Stelle den Jeremiah McDonnell vollkommen zu zertrümmern, zu zerschmettern, zu erdrosseln oder sonstwie umzubringen, zum Beispiel eben mit diesem Ochsenjoch, das vor dem Täter im Heu lag, neben Cluricauns zerstauchtem Schädel. Bewegungslos, bleich stand der Seiler hinter dem Leichnam. Zu seinen Füßen, im Heu, das Eichenjoch.

Brüllend schob da der halbnackte Ritter sechs kräftige Galwayer hin und her und drückte die Gardisten, die ihm die Arme umklammerten, vor und zurück. »Loslassen! Elendes Pack! Ist in diesem Galway einem Grafen der britischen Krone verwehrt, was einem stinkenden irischen

Drecksack erlaubt ist? Lasst mich durch! ihr Ratten! Räuber! Engländer wollt ihr sein? erbärmliche Kriechkatholiken seid ihr, nichts als hinterhältige irische Kriechkatholiken!«

Da redete der alte Lynch sehr leise, aber deutlich, und das war, als der lärmende Edelmann Luft holen musste, ganz gut zu verstehen. Das neue gerechte Galway-Gesetz, das gelte für Engländer wie für Iren. Gelte für Besitzlose wie für Grafen.

»Galgen-Galway!« schrie aber da der Graf Cork und das Wort machte sehr bald die Runde. Galgen-Galway.

Corks Gebrüll war es, was Pat oben in seiner Kammer hörte, verstört stolperte er die Wendelstiege hinunter, ging dem Krach nach und gelangte in die Aufregung und begriff nichts, sah nur seinen Vater, hörte die leise beschwörende Stimme des Vaters, klare leise Auskünfte, hörte den Marcus Tullius auf den Rasenden einsprechen, auf den Gewaltmann, es dürfe niemand, so hörte er den Vater, gegen Galwayer Gesetz verstoßen, weder McDonnell noch Cork noch sonst irgendjemand, und wenn McDonnell gemordet habe, so würde der verurteilt, gleich morgen, schon morgen möge er, Graf Cork, der entscheidende Zeuge sein bei der Verhandlung oder besser noch, er solle morgen selber die Klage vorbringen.

Da brüllte der kräftereiche Cork auf und schrie: »Klage vorbringen? Hört ihr das? Esther! Theodora! Klagen! Theodora, hörst du diese Kaufmannskanaille? diese Kröten! Ratten! Zerschmettern werde ich dieses Papst-Pack, zermanschen, zerscheißen! Esther! Theodora! Kommt! Rösser! Wagen! Rösser! Die Waffen, warum hab ich keine Waffe!«

Ohne sich um den donnernden Ritter und die erbittert heulenden Gräfinnen zu kümmern, gab Lynch dem Gallagher und dem Fitzpatrick einen Wink. Fitzpatrick hatte inzwischen in diesem Nebengebäude neue Lichter gesteckt. Roy Gallagher und Henker Fitzpatrick gingen nun auf den Seiler Jeremiah McDonnell zu, der weiterhin ohne jede Bewegung, der mit hängenden Armen hinter dem Erschlagenen stand, hinter dem blutenden Cluricaun auf Killmanroy, fahlen Gesichts lehnte da der McDonnell an der Wand, und dort ergriffen sie ihn. Er leistete keinen Widerstand.

Ließ sich durch das Spalier der verwirrten halbnackten Festgäste auf den Hof hinausführen, dicht an Pat vorüber, niemanden blickte Jeremiah an, nur vor seiner Tochter Martha blieb er stehen, rief unter Schmerzen ihren Namen. Doch die Zitternde, in eine Pferdedecke gehüllt, wurde von Mary Lynch und von Dorothy O'Donnoghue, ihrer Tante, umarmt und beschützt. Da ging der Seiler McDonnell schluchzend mit den Bütteln hinaus. Und nach Jahren zum ersten Mal stand der Kerker von Galway nicht mehr leer.

Als sich das geklärt und herumgesprochen hatte, drängten nun auch die anderen aus dem Stall, standen dann draußen in Gruppen in den Dampfgewölben und auf dem Hof, kleideten sich an und begannen zu reden. Eine erste Stimme im Halbdunkel meinte, jetzt zeige sich, Kate habe recht gehabt. Auch Fitzpatrick, sagte eine andere Stimme, habe recht gehabt. Am übernächsten Tag werde jemand hängen auf dem grünen Platz, vor dem Osttor. Getroffen habe es also den Frommen. Den Seiler McDonnell.

Von draußen, von der krummen Hauptstraße her drangen wüste Flüche, knallende Kommandos, da ratterte nun der Kutschwagen über das Pflaster dahin, im Galopp jagte die Karosse des Herrn auf Larminie um St. Nicholas herum zum Nordtor hinaus, über die steinigen Wege in Richtung Connought.

Heute morgen noch, sagte Priester Kirwan und wunderte sich und wollte, dass sich alle wunderten, heute morgen noch habe sich der Jeremiah McDonnell gefühlt wie der König der Westküste, heute morgen, als alle Galwayer nur mit McDonnells Tau und auf McDonnells Kommando die Schiffe hereingeholt hatten. Und nun dies.

Dann wurde wieder geschwiegen. Wie erstarrt, wie gelähmt stand die gestörte Festversammlung. Und endlich hörte man dann doch den sehr viel weniger zerknirschten Ton des George Blake, und der Sprechbold erklärte: »McDonnell ist ein Esel. Ein kompletter Affe! Auch ihr Korinthenkacker hier, ihr wisst doch allesamt, dass an einem dreitägigen Sauf- und Fressfest, wenn es einigermaßen ordentlich läuft und wenn von der roten Gülle genügend fließt, dass da – mit Ausnahme von Kommandeur

Edward und Seiler Jeremiah und Pater Ricardo – dass da jeder mit jedem Unsinn anstellt, streitet, warm wird, Scherz treibt oder turtelt oder Leibeslust genieß mit ihr oder mit ihm, es sei denn, diese Edwarde und diese Jeremiahs vermehren sich von nun an wie die unschuldigen Englein, was Gott bislang zum Glück verhütet hat.«

Dass ausgerechnet George Blake Gott ins Feld führte gegen derart gottesfürchtige Leute wie Jeremiah und Ricardo, bereitete nicht nur Alexander Kirwan ein verwundertes Vergnügen, das sorgte auch bei den anderen Verwirrten fast schon wieder für freundliche Gesichter.

»George hat recht«, sagte Betty und ließ sich von ihrem Daniel am Rücken die Tunika zuknöpfen, »wenn jeder, der heute Nacht sein Wonnegrunzen hatte, erschlagen worden wäre, dann müssten sich jetzt allerhand Leute begraben lassen.«

Nach dieser Feststellung der Betty Blake kam sogar Munterkeit auf. Im hinteren Eck der Halle aber, dort, wo die Geschenke für den Gast aus Andalusien lagen, stand Pat, stand dort fast ganz allein. Der gelbe zarte Schopf leuchtete neben einer Fackelflamme, die im Erlöschen leckte und loderte, die bewarf Pats Gesicht mit Schattenfingern. Und Pat Lynch löste sich nun aus der Dunkelheit und ging zurück, tappte zurück durch die zerpanschten Badegewölbe, ging zurück zu dem Mordort und starrte von dort aus durch die Tür, die immer noch offen stand, dorthin, wo sonst der Schwarze gestanden hatte, der Rappe, der Hengst der Agnes Joyes.

Und plötzlich war wieder der Pater neben ihm, der stand da mit einer Naphtalampe, zog den Pat ganz hinein in den Stall und leuchtete in die leere Box. Und fragte, ob nicht auch Pat glaube, draußen auf der Heide, unter freiem Himmel sei jetzt sehr viel angenehmer zu atmen als in solch rauchig dumpfen Mordhallen – sein Vetter Juan jedenfalls, der habe völlig recht gehandelt. Und ging hinaus, ließ Pat allein im springenden Zwielicht. Und der ratlose junge Mann bekam nicht mit, wie geschickt die junge Julia dem zierlichen Geistlichen zu folgen verstand.

✠

Was hatte der geistliche Don geredet? von Juan, von der Heide und von freiem Himmel? Und Agnes war ›erst beim ersten Mal‹ gewesen? Juan war jetzt also auf und davon? mit Agnes? Sie mit ihm? Jedenfalls war jemand mit ihrem schwarzen Hengst davon. Wer denn sonst als sie? Und er?

Und Pat sah sie nun sehr deutlich, sah sie beide, wie sie auf dem schwarzen Rücken springend davonflogen, auf einem warmen Rücken, der sie wogend trug und schaukelte, der sie tanzend schwingen ließ, Haut gegen Haut schwangen da und berührten sich, die weiße, die helle Haut gegen die dunklere. Freilich, so war es jetzt, weit dort draußen, unter freiem Himmel. Da spannte sich jetzt körperwarm starker Fellrücken unter den Agnes-Schenkeln, und wenn der reitende Juan sich umblickte, dann sah der hinter sich in ihrem Haar das Mondlicht, Pat wusste doch sehr genau, wie das schimmerte und wie das war, so ein Ritt zu zweit durch die Mondnacht, jetzt war es zweifellos Juan, der ihre Augen blinken sah, ihre Zähne, lachend hielt sie sich an dem anderen fest, hielt in ihren Armen den schönen Spanier, klammerte sich an seinen Rücken beim schüttelnden Flug durch die Nacht, ihr Brüste spürte gewiss nun auch Juan, sicher auch ihren Mund, weich in seinem Nacken.

Konnte aber auch sein, dass Agnes auch bei dem jungen Andalusier lieber vorn saß, dass sie es war, die die Zügel führte und dann war es Juan, der sich klammerte, im Mondlicht glitten sie dahin, über die Heide hinter der Stadt und von hinten berührte er sie mit seinen Händen, ihren weichen Mund, ihre Schultern, ihre –

– ›und hexiger‹ ist sie, ›hexiger‹ und ›schöner‹. Flink, frech, ›katzenhaft‹, ›unzähmbar‹ –

– ›sei darum niemals betrübt‹, ›den Kopf nicht verlieren‹.

Patrick stöhnte, riss die Augen auf, wankte, ging ein paar Schritte zurück, ging weg von dieser mörderischen Stelle, zurück zur Burg und sah dann vor sich in der dämmrigen Nebelhalle den alten William O'Brian, auch der redete über den toten Cluricaun. Der wusste zum schlimmen Fall des Jeremiah eine alte Geschichte, hielt die dem forschen George entgegen. »Hab dich nicht so mit deinen Schlauheiten, George Blake. Möchte nicht wissen, was du getan hättest, an McDonnells Stelle.«

»Erleichtert wär ich gewesen, ungeheuer froh, endlich kommt mal einer und bringt meine trübe Martha in Geschwindigkeiten und auf den Geschmack – ins Leben – freilich leider nur ein alter mieser Raubgraf – aber besser der als immer nur Jeremiah McDonnells erlesen ausgedachtes jammervolles Marialein allein –«

»Du an McDonnells Stelle hättest ebenfalls zugeschlagen!«

»Nie!«

»Oh doch, oh ja, denn an McDonnells Stelle wüsstest du, wie McDonnells Frau umkam und dann würdest du jetzt nicht dermaßen leichtfertig daherreden. Aber wartet ab, das wird nun alles herauskommen. Schon morgen beim Gericht. McDonnell ist ein zähes Stück. Und Lynch ist ein gerechter Richter. Der kuscht auch vor Edelleuten nicht. Wir werden das alles zu hören kriegen.« Sprach's und schlurfte davon, der freundliche Märchenmann O'Brian. Der war sonst nicht gerade ein Bewunderer des frommen Jeremiah, aber dieser graukugelige Kopf kannte offenbar eine schlimme Jeremiah-Geschichte. Man würde sehen.

Pat ging durch die leere Halle zur Wendeltreppe hin, ging an dem George vorüber, als sähe und hörte er nichts, als lägen zwischen ihm und der Welt Wände, breite Mauern aus kantigem Speckstein. Ging hinauf im drehenden Hin und Her, am Philipps-Raum vorüber ganz hinauf in sein Zimmer, sah dort die leeren Betten. Setzte sich auf seins. Stand wieder auf, schaute zum Fenster hinaus, sah aber nicht mehr die bleichen Dächer, sondern wandte sich ab. Ging einen Schritt zur Tür. Ging dann aber nicht wieder die Treppe hinunter, sondern stieg aus dem Fenster hinaus, setzte den Fuß auf den steinernen Löwen, auf den Luchs-Speier, sprang hinunter auf das Vordach, von dort auf das Kapellendach und hinter dem Hof auf die Mauer, die ihn zur Straße am Kanalbach brachte, begegnete diesmal niemandem, nur einem Kater, der sich vor O'Brians Schafstall krumm gegen Pat buckelte, den hätte er gerne gepackt und erschlagen, wollte ihn auch greifen, aber der sprang weg. Unzähmbar.

Ihn widerte dieses Brauereiwasser an, auch der kleine leere Räucherofen hinter O'Brians Stall, er hasste das jetzt alles, die brüchigen Mauern, die dummen Steinhaufen rings um die Häuser und das Gestolpere beim Bowling Green, wo er selber die Wiese aufgegraben hatte, um Sheela-na-Gig zurückzuholen.

Der Mondhimmel war klar, nirgends blieb Dunst. Pat jedoch sah alles wie hinter Schleiern, balancierte benommen über die Joyes-Mauer, achtete kaum auf die herunterfallenden Steine und wäre auf dem Stalldach fast abgerutscht. Ihr Fenster war offen wie immer, nur angelehnt. Im Zimmer das Bett war leer.

Hockte im Fenster, wartete. Kein Geräusch. Sonst schmatzte hier der Wind in den Obstbaumblättern, jetzt regte sich nichts. Dann kamen unten die Alten. Elisabeth und John. Die bebrummten sich, knurrten eingeübte Hinweise, Türen wurde gestoßen, jemand schlug im Hof sein Wasser ab, Rufe, Stimmen. Dann Ruhe. Im Dach Mäusegeknispel.

Nur vom Fluss herüber unablässig das Rauschen. Der Mond stand jetzt tief, fern über dem glitzernden, überm wild rumorenden Corrib.

Wo waren sie jetzt, wohin ritten sie in dieser windstill milden Nacht?

Ihm war nun alles klar. Durch die Düfte von Heckenrosen und Holunder waren sie hindurchgetaucht – der junge Gomez hatte sie ›ausgeliehen‹. ›Elfe‹ Agnes – ›die gehört ja nun dir‹ – ›am Abend zuvor, bevor man sich bindet für immer‹.

Hatten sich draußen hinterm Eichenwald hinabsinken lassen, nein, Juan hatte sie gewiss elegant vom Pferd gehoben, geschickt, mit eleganten, mit geübten Griffen, hatte sie auf den Boden gestellt, dicht vor sich hin, hatte sie im Arm behalten, seine fünf Finger durch ihr Haar gleiten lassen – leihweise ihr Haar – das Mondlicht in seiner Hand und ihrem Haar – ihrem dunklen Haar – der junge Herr hat ihr dann das Mondlicht aus dem Haar geküsst – aus den hellen Augen – die sie geschlossen hielt – mit denen sie ihn anglitzerte?

Seine Agnes? Hatte diese Augenblicke zitternd herbeigesehnt? – im Kuss den längeren Kuss ersehnt – im längeren Kuss gewünscht, dass dies alles immer so fortgehen würde als keltischer Galway-Irrsinn – hatte ihm den Nacken gestreichelt – den Rücken – sein Haar – dunkles Spanierhaar in der warmen Nacht. Und waren, aber was denn sonst, waren dann aufs Moos gesunken, in die duftenden dürren Gräser, im Liebesgeflüster, und hatten nach alter Sitte, hatten in der Nacht vor der endgültigen Verbindung miteinander geschlafen – umschmeichelt von flinken Fingern, unter der würzigen Decke der Nacht –

Konnte diese deutlichen Bilder nun unmöglich länger ertragen, sein Kopf schien brüllen zu wollen, die Schädeldecke bekam Löcher, Pat musste aus diesem Joyes-Haus hinaus, musste weg von ihrem Kammerfenster, zurück über das Dach, in seiner Schwäche zitterten ihm jetzt die Knie, die Mauer zitterte er hinunter, fiel auf den Weg, sah hinter jedem Strauch Gestalten, bemerkte hinter einem Gebüsch tatsächlich eine Bewegung, meinte Ricardo zu erkennen, der sich wegdrehte, und hinter ihm Julia, mochte sein, in Wahrheit war's gewiss wieder Tobby Keats mit seiner Helen, stieß, weil er zurückblickte, gegen den Rauchofen der Biersäufer, fluchte, verwünschte O'Donnoghues Donnerstagskanal und das zufriedene Geglucker zwischen den Steinen, ging auf die leere verkrümmte Straße, die Straße schneller hinauf, am Lynch-Turm vorbei,

Geräusche da drinnen, da wurden jetzt Tische gerückt, die Halle neu hergerichtet, Ann und Frederic kommandierten Connought-Leute.

Und im Kerkerloch, sonst schwarz, war jetzt beleuchtete Mauer zu sehen. – Auch durchs Vernunftfenster schimmerte Licht.

Ging an all dem vorbei, zur oberen Abbeygatestreet hinüber, inzwischen bewegte sich auch hier kein Mensch mehr, doch, in der Toreinfahrt bei den Skerretts, da standen zwei, die, als er näherkam, auseinander fuhren, vielleicht George, vielleicht Tobby, das Mädchen wahrscheinlich Claire O'Brian, wie ganz und gar gleichgültig konnte ihm das jetzt sein, er ging weiter, achtete nicht auf Zurufe, ging schließlich durch das östliche Stadttor auf den irischen Platz hinaus, über den Turnier- und Galgenplatz weit hinaus auf die Heide, auf den weichen Weg nach Dublin.

Und hielt erst weit draußen still. Kein Geräusch hier. Auch vom unbändigen Corrib kein Rauschen mehr. Am Mondhimmel die blassen Sterne wie Flitter, billiger Kirchenflitter. Eine Weile horchte er genauer, glaubte Atmen zu hören. Erschrak dann beim Gehen. Aber ihn erschreckte nur das Knirschen unter den Füßen, jeder Schritt, jeder knickende Zweig, jedes trockene Blatt sorgte für Schrecken, die stolperigen Steine, alles quälte ihn. Den Weg nach Dublin quälte er sich langsam weiter, ging, ohne zu wissen, wohin, immer nur fort.

Dann war aber hinter einem Strauch, im Mondlicht, wirklich eine Bewegung. Eine Decke war da zu sehen, eine Pferdedecke? Die bewegte sich mit einem Körper, an einem Körper mit dunkler Haut, unter der dunkleren Haut eine hellere, Pat taumelte, stolperte wie blind, war schon zu dicht heran und wusste keine Ausrede oder Entschuldigung. Hatte unter der Kutte den Pater erkannt und das Mädchen.

Lief weg, hielt sich die Ohren zu, den Kopf. *Tenet rotas tenet*, »nein« atmete er, stolperte irgendwie weit draußen um die Stadt herum und ließ sich endlich beim Bienenhaus neben Kellys Holzschuppen fallen. Der Mond schien nun sehr tief, inzwischen sehr blass, das sah aus, als wollte es schon hell werden, schon Tag, er warf sich herum, lag flach, wollte nichts mehr hören, sehen, wissen, vergrub seinen Kopf unter den

Händen, verbarg sich vor der Morgendämmerung, steckte den lärmenden Kopf unter seine Arme und versuchte, gleichmäßig zu atmen und in Schlafbildern zu versinken.

Sah aber in diesen Bildern, wie sie im Mondschein harmlos losgezogen waren, durch die Stadt erst und über die Heide, lustig, die Dinge links und rechts als Sprach-Kalender benutzend, mal diese Hecke, mal jenen Baum oder jene Mauer und wie jeder das Wort in der spanischen oder in der keltisch-irischen Sprache zu sagen hatte und wie das jeweils nachzusprechen war vom anderen.

Warum konnte es so nicht gewesen sein? Das war ein gutes Schlafbild, darin war zu versinken. Selbstverständlich war es so, seine besten Freunde würden ihn keineswegs ausschließen, nie aussperren aus der Freundschaft. ›Wir sollten Freunde sein‹. ›Außerdem gehört sie ja nun dir‹ –

Aber warum, wenn denn wirklich alles harmlos war und freundlich und vergnügt, warum hatten sie ihn dann umgangen, tatsächlich ausgeschlossen?

Die Verabredung hatte Agnes nicht eingehalten. Stieß seinen Kopf auf den Sand – nein, so viele Stunden, eine ganze lange Nacht hindurch, so lang dauert kein Sprachspiel und kein Kalenderspaß. ›Jetzt pass auf, Keltisch-Lehrer!‹ Und Pat strengte sich ein zweites Mal an gegen die harten Bilder im Kopf, versuchte abermals, angenehmere zu finden, harmlosere, freundlichere, Wortwechsel beim reitenden Gälisch-Unterricht, beim Spaß unterwegs, beim elegant gezirkelten Benehmen. Und Pat Lynch wird darüber dann doch noch eingeschlafen sein, um von der süßen Musik der Schenkel zu träumen. Und schlief schließlich tief, bis in den Tag hinein.

Tag der Tat und Tag des Gerichts

Als er aufblickte, war es hell. Aus Zimmermann Kellys Holzschuppen summten Bienen dicht über seinem Kopf, wollten zu den riesigen Disteln, die zum Land hin üppig blühten, in großen violetten Farben. Pat stand auf, torkelte, im Schädel klopfte es. Musste einen Moment stehenbleiben.

Kein nachsichtiges Mondlicht mehr, sondern stark zupackendes Sonnenlicht, grell, neben ihm wilder Wein auf einer der trockenen Mauern, gelb in den Blättern und brüchig. Im Schatten darunter verdorrter Farn, den hatte er im Schlaf zerknickt. Alles nur Täuschung? Traum? Hatte jemand jemanden erschlagen?

Zögernd bewegte er sich zurück, zur Stadt hin. Ihm war, als müsste er sich ducken unter dem blendenden Himmel. Dieses lichte Himmelsgewölbe starrte wie ein riesiges Kalbsauge. Ging den Heideweg, immer neben dem Moor her, gelangte dann wieder auf den leeren Grünen Platz, auf den irischen, den Galgenplatz, querte die markierte Stelle, als Galgenplatz markiert, aber seit Jahrzehnten ohne Hinrichtung. Kam durch das Osttor in die Stadt, ging die gekrümmte verengte Straße hinab, die Zentralstraße, ohne dass ihn jemand sah, die Hauptstraße war noch leer, es war noch sehr früh, die Sonne stand jetzt überm Schuhmacherturm der Skerrets, aber am Himmel fehlte an diesem Tag der Dunst. Klar, von nun an kam keine Verhüllung mehr, blieb alles unverschleiert, sagte er sich. Nur in seinem Schädel nebelte es noch und schwallte, all diese neuen heftigen Stimmen, ›zu spät ihr fröhlichen Leute‹, ›Galgen-Galway‹, im Wettstreit immerzu –

Vor der Vaterburg versuchte er sich zu ducken, suchte unbemerkt da vorbeizukommen, aber das Ducken war gar nicht nötig, niemand war so früh unterwegs, auch von den Sklaven noch keiner, er ging die Straßenkurve weiter hinunter, traf in dieser ersten oder zweiten Tagesstunde keinen Menschen, weder Iren noch Engländer.

Als er McDonnells umwickeltes Haus sah, erschrak er. Nickte dann. Die Geschichte vom ewigen Verfluchtsein immerzu? Fünfundfünfzigfach? Wie konnte er das in den Badegewölben komisch finden und lauthals darüber lachen? Ging weiter, die vertrauten Hausmauern entlang, kannte in den Hausmauern jeden Moment, jeden Riss, jede Fuge, jedes Fenster und jede Verfärbung, wusste alle Hochzeitssteine und die Wappen, ging all diese Schritte wie im Traum, im Schädelnebel. Schleppte sich dann über den hinteren Joyes-Schuppen hinauf, auf das Hauptdach.

Die Knie zitterten wieder wie in der Nacht, ihr Fenster stand immer noch offen. In der Ferne das starke, das unaufhörliche Rumoren des starken Corrib. Sah endlich hinein in das offene Fenster, in ihr Zimmer. Sah das Bett.

Darin Agnes. Allein.

Im Schlaf.

Lange betrachtete er das Gesicht. Und glaubte, er habe es noch nie so genau gesehen. Habe noch nie bemerkt, wie schön sie war. Unsäglich schön. Aber es erschien fremd. Die geschlossenen Augen erschienen ihm fremd.

Ihr Atem unhörbar. Das Haar, die dunklen Strähnen, übers Kissen verteilt. Darin ihr Kopf, zur Seite gewendet, zum Fenster hin. Der schöne Kopf. Und die linke Hand lag so, dass der Zeigefinger die Lippen ein wenig auseinander schob.

Wollte sich von nun an sicher sein, dass er in dieser letzten Nacht alles nur geträumt hatte, und zwar falsch, falsch ausgedacht. Dass nur Weingeister und Gnomenspuk und die Missgunst des Paters ihm vorgegaukelt hatten, dass Agnes und Juan sich Berührungen beantwortet hätten und wie sie einander dann fragend ertasteten, wie sie sich einander Atem und Wünsche abgelauscht und sich zugestimmt hätten, ihre Hände sich

Ja sagten und die Zungen und die Lippen im Gespräch der summenden Gebärden, dieser saugenden und singenden, am Ende stumm brüllenden Gebärden, das war alles nur in seinen Gedanken gewesen.

Statt des Schreckenszaubers hörte Pat jetzt die Stille im Joyes-Haus. Presste sich die Faust vor die Augen, zog sich die Lieder auseinander mit den Handrücken – und sah wie zuvor seine Agnes vor sich, nein, keine Täuschung, sondern wirklich seine Freundin, schlafend, in Ruhe. Zum Greifen nah. Sah sie so gelöst dort liegen, so meerfrauenhaft schön, dass vollkommen sicher schien, alles war Spuk gewesen. Von einem missgünstigen Pater zurechtgeflunkerter und von den keltischen Leprechauns weitergeflunkerter Gespensterspuk. Kirchen- und Gnomengeister hatten ihn, Pat, zu foppen und zu quälen versucht. Oder zu prüfen. Mit Vergleichen, mit Wettstreitgedanken, mit Alpträumen. Unterm Fluch der Sheela-na-Gig und ihres klaffenden Gnomenschoßes.

Aber das war nicht geträumt. Sie lag vor kurzem noch nicht hier. Lag erst in dieser ersten oder zweiten Tagesstunde hier. Ruhig atmend. Zum Greifen nah. Vor kurzem hatte sie hier gefehlt. War zur Verabredung nicht gekommen.

Sollte er dies Gesicht berühren? schütteln? wecken? Die vorhandene Agnes, seine wirkliche Agnes wecken und mit ihr reden?

Wenn er ihr dann sagte, was alles in seinem Schädel zu sehen gewesen war, was würde sie antworten?

Er sah und hörte das schon. Flink hätte sie sich Ausreden zusammengegähnt, sah, wie sie seine Fragen abwehrte und zerredete, träge und zugleich katzenhaft rasch, er kannte das. Würde von ihr keine wahre Antwort bekommen, sondern neue Geschichten.

Statt dessen hörte er wieder die Mutter, die ihn festgehalten hatte. ›Die ist flink, die ist lebendig, ist wach‹ – ›dies alles hast du nicht so wie sie.‹ Und Betty hatte von ›Katze‹ geredet. Und ›hexig‹ gesagt.

Rutschte aus dem Fenster zurück auf das Dach, schaute nochmal zurück, auf das Haar und auf den Finger in den verschobenen Lippen. Stieg dann hinab und hat nicht mehr sehen können, wie hinter ihm, in der Kammer, die grauen Augen sich vorsichtig, blinzelnd geöffnet haben.

Kletterte in seiner Benommenheit alle Tritte wieder hinab, sprang unten in das ausgetrocknete Schweinefeld, stieg über die niederen Mauern zur hinteren Straße, wanderte durch die frühmorgendliche Seitenstadt, langsam an den noch schlafenden Nebenhäusern vorüber, dann auch hinter dem Kerker her, in den jetzt der Seiler gesperrt war. An Werktagen wäre im Hof um diese Zeit längst Betrieb gewesen, aber dieser Tag, ach, dieser Tag war ein ganz anderer.

Drang über die kleinere Hintertür ins Lynch-Haus, im Castle die drehende Treppe hinauf, vorbei am Raum mit dem Philippsfenster, in dem der Vater wohnte, ließ sich oben auf sein Lager fallen. Der Spanier war nicht im Zimmer.

Richtete sich wieder auf, hielt sich den Kopf und konnte vorerst wenig begreifen vom plötzlichen, vom vorzeitigen Ende des großen Drei-Tage-Gelages. Kannte ja schon von den eigenen Verwirrungen die wirklichen Ursachen nicht mehr, wusste nur den Vater in irgendeinem Unglück. In neuen großen Sorgen, nun über einen Mordfall. Ein Verhängnis, ein Unglück für die Stadt. Rätselte über den Täter McDonnell und über das immerzu gefährdete Galway.

Sah wieder die Risse in Galways goldenem Glück, kehrte lieber um, lief wieder hinunter und hinaus in die Helligkeit, sah am Lynch-Haus die spanischen Steingirlanden, die graugrünen Weinranken, das war alles auch jetzt so prächtig wie immer, erblickte die stechende Sonne und ging lieber die Straße weiter hinunter in Richtung St. Nicholas, sah dort neben dem Kirchenfenster die Meerfrau und darunter den blanken, großen, neuen Stein, der die Sheela-na-Gig hatte ersetzen sollen, die aber nicht ersetzt werden sollte, nicht verschwinden, hatte Kirwan verfügt, sah im Kirchengarten die Hummeln auf den Malven und in den Rosenblüten und an den Fuchsien und hörte und sah das schimmernde Gesirre, verwünschte die Unzucht in all den Kelchen, Rüsseln und Stempeln, Schlingmäuler allenthalben, schüttelte den Kopf über sich und über sein Verwünschen.

Ging über den wasserstarken Corrib aus der Stadt hinaus, über das vergilbende Gras neben den Pferdespuren, weiter und weiter, und gelangte endlich, über neue Distelwiesen und über die großen Steinringe zum Mount Golgatha, von wo aus endlich wieder die weite Bucht zu überblicken war mit der graugrünen Stadt am linken flachen Ende und am rechten Ende, in den Burren, der Black Head.

Und bemerkte, dass die Luft sich bewegen wollte.

Nach drei Tagen ging da zum erstenmal eine Brise. Von Süden kam sie. Eine neue Luftbewegung war das. Die ließ schon in der Nacht, die ließ an diesem Morgen keinen Dunst mehr zu, die machte das Himmelsauge groß und klar und tief.

Schmerzhaft hell schnitt das Licht in die Augen. Und das Meer war nicht mehr bleigrau, sondern gezeichnet. Zarte Kräuselungen zogen darüber hin, als sei die Bucht die alternde, die welke Haut eines riesigen Rückens. Mochte sein, nach so langer Ruhezeit wollte der sich schütteln. Von weit rechts, von den buckelnden Rändern der Galway-Bay tönte Unruhe, kleine erste Brandungen rührten sich.

Aus Kates Hütte stieg in dieser Frühe noch kein Rauch. Auch über den Wäldern drüben standen an diesem Morgen keine schwarzen Türme und Brandzeichen, alles schien klar. Nur sein sirrender Kopf schien ihm schwer, er sank auf den Stein, unter dem er sein Versteck bewahrte, seinen Traum, seine Abenteuer- und Reisegaleone. Spürte aber keine Lust, die kleine Plattengrotte zu öffnen und an dem Holz zu arbeiten. Fühlte sich sehr allein. Da er auf die Dauer nicht wusste, wohin er schauen sollte, vergrub er sein Gesicht, tat es zwischen die Knie.

✝

Der alte William O'Brian und einige andere, die sehr früh aufzustehen pflegten, selbst dann, wenn am Abend zuvor zu feiern gewesen war, die hatten die Hauptstraße als erste betreten, hatten die Nasen in die Luft gereckt, hatten gewittert und herausgespürt, dass der große Stillstand beendet werden würde, weil endlich die Luft wieder zu wandern begann.

Noch bevor sie einander diese Neuigkeit mitteilen konnten, waren Verschiedene vor dem Haus des frommen Übeltäters Jeremiah McDonnell stehen geblieben. Und versuchten, den Anblick, der sich da bot, zu begreifen. Einige, vor allem die Küchensklaven, die auch an diesem Tag nun doch wieder hinausgejagt wurden und die an Angst gut gewöhnt waren, sie, aber auch ältere Frauen, die meinten zu wissen, über Nacht seien Leprechauns aus dem Connaught in die Stadt eingefallen und hätten Jeremiahs Haus verflucht und zugebunden. Das Mörderhaus.

Andere, etwas weiter denkende wie Tobby Keats oder Jessy Murray und vor allem der alte Märchenmann William O'Brian, dem seine Enkel den Streich noch nicht gebeichtet hatten, die meinten, solche fünfundfünfzig Seilwindungen könnten durchaus auch eine Vorsichtsmaßnahme des klugen Richters Lynch gewesen sein. Das stets gut vorausdenkende Stadtoberhaupt hatte mit dieser Versiegelung einem Racheakt der Männer von Killmanroy und Cork zuvorkommen wollen, der Bürgermeister wollte das Haus des Totschlägers sichern.

Aber allzu genau wusste das hier niemand. Hatte denn nicht gestern, in Saus und Suff, irgendjemand im Übermut einen entsprechenden Fluch auf das Haus des Frömmlers Jeremiah ausgestoßen?

Auf der Straße, oberhalb und unterhalb des merkwürdig verwickelten Seiler-Gebäudes konnte man in dieser Morgenstunde beobachten, wie Zimmermann und Schiffsbauer Marc Kelly, sonst ein besonnener Mensch, sich die gespreizte Hand aufs Herz legte. Vor knapp zwanzig Jahren, als Lynch diese Herzensgeste in der Stadt bekannt gemacht hatte, da hatte der erfolgreiche Handelsmann und Richter mit diesem Gruß geschickt das Galwayer Kaufmannsdenken vereint mit einer alten keltischen Segensgebärde, denn zum einen musste man, so sagte er, um Gewinn zu haben, beherzte Unternehmen riskieren und Wagnisse eingehen, zum anderen konnte man mit diesem Herz- und Hände-Appell, so wussten das seit je alle Mütter und Großmütter, die Gnomen beschwichtigen, die unwägbaren Hindernisse, die Unbillen.

Mochte nun sein, dass Zimmermeister Kelly, wenn Kate recht behielt mit ihrem nächtlichen Feenschrei, demnächst ein Gerüst zu bauen hatte, draußen vorm Osttor, an der markierten Stelle, ein stabiles Gerüst, an dem man oben am Querbalken ein Seil mit Schlinge befestigte und an dem unten, aus dem Gerüstboden, die Klappe hinabfiel, wenn der Henker mit dem Fuß gegen die Verriegelung stieß.

In McDonnells Haus war nun in der Tat kein Eindringen mehr und kein Herauskommen. Aber von den Galwayern wollte da nun auch niemand mehr hinein. Tochter Martha war in der Nacht bei Dorothy O'Donnoghue geblieben, bei der Schwester der seit langem toten Mutter. Und die zwei Gehilfen des Jeremiah McDonnell, sonst in einem Nebenhäuschen untergebracht, die beiden Seilergesellen trauten sich nach der durchzechten, durchtanzten und plötzlich beendeten Nacht erst recht nicht mehr in das Anwesen ihres Herrn, in das Haus eines Grafenmörders. Wie fromm der auch sonst gewesen sein mochte, nun war mit Rache zu rechnen.

Und in Galway mit Gericht.

Die Frühaufsteher jedenfalls lenkte der seltene Anblick des verknoteten Hauses gleich wieder auf die neue Situation der Stadt. Und diese Situation, darin waren sich alle einig, stand plötzlich nicht mehr zum Besten. Solch wichtige Partner für den großen Weinhandel zu verlieren und gar zu Feinden zu haben, da endeten Spaß und Großzügigkeiten, in Handelssachen kannte das neue Galway-Gesetz strengste Bestrafungen. Ach, die Lage war jetzt so bedenklich, dass man beschloss, beim heutigen Gericht in der Lynchburg möglichst früh zu erscheinen, auch in der großen hinteren Halle würden bei der heutigen Verhandlung die Plätze sicherlich knapp.

Nur Keats und Gallagher, also Tobby und Roy, die wollten bei dem aufkommenden Wind viel lieber zum Fischen hinaus in die Bucht. Trotz allem wollten sie das. Nach langer Windstille, so hatten die Alten und die Kenner schon immer gesagt, stünden auch im Flacheren, zögen auch unterm Galgenberg gute Schwärme, Makrelen in Mengen, manchmal auch Schellfisch, dort, wo nun bald wieder die Brandung wütete und wo dann niemand mehr fischen könnte, jetzt aber, in diesen ersten Stunden nach der Ruhe, sei dort für einen guten Fang die allerbeste Zeit.

✠

Er sah, das Kinn auf die Hände gestützt, die Möwen stehen, im Aufwind. Sah die großen Vögel über sich in der Höhe, sah, wie sie sich vom Wind heben ließen, nur wenig zitternd standen sie im Aufwärtsstrom und blickten gierig. Sah die glänzenden Seevögel, wie sie nach einer geringen kippenden Bewegung der Flügel seitwärts wegschossen. Ja, fand er, so ist das. Ein winziges dummes Wort, und alles Schöne und Glänzende kippt und stürzt weg. ›Leihweise‹. ›Bin erst beim ersten Mal‹.

Eine andere Möwe flog nicht weg, sondern schien frei und fest in der Luft zu schweben, nur zwei Menschenhöhen über der Kante. Bewegte den Knopfaugenkopf in kleinen Rucken hin und her und schien jetzt ihn zu beobachten. Als würde eine wie Agnes ihn betrachten, spöttisch. Den Phantasten, den Träumer, den Ahnungslosen. Und hörte von allen Seiten Möwenschreie, ja, wie Gespött klang das, hörte dann wieder Agnes rufen und ihn täuschen, auch George witzelte und sogar Tobby, der Besteiger der schönen neuen Helen, Pat schloss die Augen, aber auch Pater Ricardo tauchte wieder auf und gab verdeckte Hinweise, schon duckte sich der wendige Priester wieder seitwärts davon, so rasch wie er aufgetaucht war. Pat sah, auch wenn er die Augen schloss, jeden, den er kannte, hörte Gelächter und sah sie alle unberechenbar ausweichen, zur Seite kippen, stürzen, verschwinden.

Konnte diese Bilder und Gesichter nicht länger ertragen, rutschte auf dem Stein, auf seinem Versteck herum, drehte sich zur Seite. Kehrte der aufwachenden See den Rücken. Sah am Hang die dürren langen Halme, sah, wie sie sich wieder im Wind zu biegen hatten. Böen flogen hinab über den Hügel, über die trockenen hohen Halme auf dem sanft festen

Erdbusen. Möwen wie Böen glitten in großen Wellen darüberhin, über die gelben Wiesen hinunter bis dorthin, wo vorgestern die Pferde gegrast hatten, das weiße und für Juan das schwarze.

Einen Falter beobachtete er, wie er zur Seite getrieben wurde, ein butterblumengelber, der hatte sich wohl noch immer auf Windstille eingerichtet, aber nun packten den die Böen, die ließen ihn torkeln und der Schmetterling musste sich das gefallen lassen. Pat tat den Kopf wieder zwischen seine Knie, ließ ihn hängen und sah dicht vor sich den schütteren Boden. Und zerdrückte mit einem Stein zwei Käfer, die sich paarten, warf den Stein über seine Schulter zurück, weit nach hinten, weit weg hinab, so wie er sonst Krebsscheren in die Halle geworfen hatte, die Hühnerschenkel, die Froschschenkel.

Drückte die Knie gegen die Augen und versuchte eine Weile, nur die Geräusche zu hören. All diese scharfen Töne der Seevögel, die auch durch zugedrückte Ohren ins Innere schneiden konnten. Die drangen tief in ihn ein und wollten lauter werden und lauter. Da nahm er die Fäuste wieder weg von den Ohren, hob den Kopf und blickte über das Land. Sah hinten am Horizont den glitzernden Corrib-Strom in seinen weiß schäumenden Sturzwellen.

Und dahinter, in der Ferne, glänzten die weiten Binnenseen, der Lough Corrib und die Moore des Connought im steigenden Licht. Und plötzlich, unten am Hang war da auch wieder Rauch aus Kates Kräuterhaus. Der stob nun aber seitwärts weg, wie mit Möwenschwingen.

Hob, um sich abzulenken, den Deckel von seinem Versteck. Wickelte das Fell auseinander, sah sein Geheimnis, seinen Traum vom eigenen großen Reiseschiff, sah sich das von allen Seiten an, fand aber keinen Zugang zur Arbeit am Holz, ja, ein Handelsschiff war das, für Kaufleute gemacht und für viel Fracht, fand keinen Anfang, steckte Holz und Messer zurück in das Fell, bündelte alles zurück, tat die Haut wieder unter den Stein, auch das Messer. Und schaute über die Knie wieder vor sich in den Sand zwischen seinen Füßen. Schob mit den Schuhen Erde über die beiden Käferreste. Hörte hinter sich eine Möwe energisch rufen und eine andere antworten, als meckerten und kicherten da George Blake und

Schwägerin Betty. Hatten denn nicht auch die zwei sorglos die Dinge so laufen lassen, wie sie halt laufen wollten oder sich halt ergaben, während der kleine Ehemann Daniel drei Monate unterwegs war in der Ferne, hatten da nicht auch die und vor allem George sich alles erlaubt, etwa nicht? und pries und tat das nicht auch unentwegt der Pfaffe, der dreiste Kirwan und hörte man solche Taten nicht auch immerzu von Flann O'Flaherty und war das denn nicht schon immer üblich gewesen in den letzen Tagen vor einer endgültigen Verbindung?

Das Kichern war verstummt. Nur noch der Wind? Nein, jetzt waren da auch andere Geräusche. Schritte? Husten?

Pat blickte auf. Den Weg herauf kam Juan.

Ja, er war's.

Unten in der Senke stand der Hengst. Stand dort und graste. Ihr Schwarzer.

Kam Juan zögernd? Pat erkannte, dass er sehr zögernd kam. Wie er sich heranmogelt, dachte Pat. Wie er sich vorwärts lügt. Sein spanisches Lächeln zeigt er auch jetzt, oder? Woher er sich dies elegante Lächeln besorgt hat. Und warum nun dieses Beißen unter meinem Magen? Warum jetzt dies kratzige Beißen?

Pat tat den Kopf wieder zwischen die Knie, aber dann stand er dicht neben ihm, dieser Gomez. Warum, dachte Pat, warum ertragen Berserker wie ich keine Fasanen und keine Priester und mögen keinen Wettstreit. Nicht einmal Möwen kann ich jetzt ertragen, geschweige denn diesen höflichen Hackschnabel hier.

Nun stand der schwer Erträgliche aber neben ihm, der schöne Spanier, und als Pat aufblickte, da tat der, als schaute er über die erneuerte Meeresbucht. Und redete. Konnte reden. »Das hatte ich mir gedacht.« Was wohl hatte der sich gedacht? »Dass du hier oben hockst. Bei deinem geheimen Versteck.«

Pat konnte Juans Stimme, konnte die Nähe des anderen nur schwer aushalten. War aber zu gelähmt, um aufstehen zu können und wegzustürzen.

»Und endlich neuer Wind. Gott sei Dank wieder Wind.«

Pat drückte seine Schuhe tiefer in den Sand. Hatte seinen Kopf tief zwischen seine Knie gesteckt, presste die Hände fest gegen die Knie und die Knie hart gegen die Ohren.

»Aber schwül ist es«, so hörte er den reden. »Noch immer spanisch heiß und hitzig, fast so heiß wie in euerem Wasserkeller.«

Die eleganten Töne hinter ihm, die schmerzten, die bissen und kniffen Pat Lynch in den Magen. Und zwischen die Ohren.

Und nun, als er wieder aufblickte, bemerkte Pat, wie sich vor seinen Augen die Linien verschoben, wie sich der Horizont zerteilte. Wie sich das alles verschob und verdoppelte, wie das Haus von Kate zwei Dächer bekam. Zwei Dächer übereinander.

»Und kaum kommt Wind, da sind auch schon neue Segel unterwegs. Rote Segel. Sind das eure? Kleine neue Fischerboote segeln da hinaus. Eure Claddagh-Leute?«

»Woher kommst du?«

Juan drehte sich von der Kliffkante zum Lynch zurück. Schien erschrocken, dass ihm da eine Frage gestellt wurde und was für eine. Nun setzte auch er sich. Aber gut drei Schritte entfernt. Hockte sich auf einen runden hellen Moränenstein. Griff sich ein wenig in den Kragen, als müsste er den aufknöpfen. »Woher ich komme? Aus der Stadt natürlich, aus deiner Wasserstadt Galway. Hab dich gesucht. Du warst nicht im Zimmer.«

Schaute prüfend auf den Jungen mit dem zarten gelben Haar. Auf den Haarschopf zwischen den Knien. Pats Frage war von dort unten gekommen, aus der Knietiefe. Der Spanier sah wieder über die Bucht. »Gut, dass ich dich gefunden habe. Ich wollte mit dir reden.«

»War's gut?«

»Gut?«

»Mit Agnes?«

Juan blickte ihn an, ernst, aber Pat blickte unter seine Knie in den Sand und dachte, sein Lächeln schafft er jetzt nicht mehr, der Schönling, der Gockel, das Lachen ist ihm vergangen, das spüre ich an seiner Stimme.

»Auch über Agnes wollte ich mit dir reden. Über Agnes Joyes. Deine Agnes.«

Pat drückte sich die Fingernägel in die Kniekehlen. Tief hinein, ohne sie noch zurückziehen zu können, um den Schmerz zu verringern.

»Pat, ich denke, wir zwei, denke ich, wir sind Freunde.«

Pat Lynch biss sich in die Lippen. Um abzulenken von dem schneidenden Schmerz, um die Fingernägel in seiner Haut besser ertragen zu können.

»Und das sollten wir unbedingt bleiben. Freunde. Und Freunde sollten reden miteinander. Über alles. Sieht fast so aus, als wäre ich in Galway der einzige, mit dem du über alles reden könntest.«

»Über Agnes?«

»Auch über Agnes. Was geht dich meine Agnes an, wirst du denken. Ich will es dir sagen. Dass auch bei euch, hier in diesem Galway, die Handelspolitik sich reindrängt in alles. Dass sie sich einmischt in das, was Leuten wie dir und mir am liebsten ist und am wichtigsten. In alles drängt sie sich rein, so dass der Sohn des größten Handelshauses sich hier oben ein heimliches Versteck machen muss. Pat, das ist wie bei uns in Andalusien. Das von deinem Vater nur bewundert wird. Hab ich dir nicht gesagt, dass auch ich verlobt bin?«

Pat drehte sich zur Seite, weg von dem Spanier. Eine Möwe setzte sich auf den Klippenrand. Die beobachtete die Kronprinzen. Hob sich aber wieder ab, mit hässlichen Schreien. Pat schob ihr seinen Blick nach und sah nun wieder zwei Vögel wegstürzen und glaubte dann, unterm Galgenberg ebenfalls Fischersegel gesehen zu haben, rote Doppelsegel, eines oder mehrere und wollte aber keine Segel sehen, wollte sich nicht ablenken und täuschen lassen, erst recht nicht von den flinklebendigen Augen in Don Juans Mariagesicht.

»Pat«, sagte der, bittend, »vielleicht bin ich der einzige, der dir solche Dinge sagen kann. Weil ich das alles ebenfalls ziemlich gut kenne, die verfluchte Politik in den großen Städten. Und weil ich bald wieder weg bin von hier. Weit weg, in drei Monaten ganz und gar fort. Vielleicht kann nur einer wie ich es dir sagen. Sagen will ich, Agnes und du, ihr beiden – du bist noch so jung – Agnes genauso, unheimlich jung, aber hungrig –«

Zum Wort ›hungrig‹ sah Pat das fremde Gesicht plötzlich in doppelten Kreisen, die Kreislinien schoben sich übereinander, und Pat hörte aus diesem Doppelgesicht mehrfache Stimmen. »Ich glaube«, sprachen die Stimmen, »Agnes und du, ihr seid zueinander wie zwei Buckel. Maria, was soll uns die Last.« So tönten die Stimmen und »versteh mich jetzt richtig« sagten die und »versteh, es geht um euch beide« raunte es um ihn herum, »es geht um Agnes und um dich« sagten die eleganten spanischen Stimmen, vermischt mit Frauenstimmen, »dies Hexige«, »dies alles hast du nicht so wie sie« und »werde deswegen nie betrübt« –

Juan hatte aufgehört zu sprechen, schaute auf den reglos gekrümmten Pat. Der presste sich immer noch in sich hinein. Juan aber wusste endlich keine Wörter mehr. Hatte kein Gerede mehr und schwieg.

Am südlichen Horizont, hinterm kahlen bleichen Black Head schienen Wolken aufzusteigen. Der Wind pfiff heftiger heran, sprang über die Kante des Mount Golgatha. Der junge Gomez wusste jetzt gar nichts Vernünftiges mehr. Allzu sehr war deutlich, in welch aufgeregter Spannung der dort hockte, der irische Freund mit dem seidenzarten Haar, gekrümmt in sich wie eine Stahlfeder. Blickte deshalb lieber gleichfalls vor sich hin, auf seine Schuhspitzen.

Und musste dann dennoch sprechen, wollte offen reden. »Wir, Agnes und ich, wir haben heute nacht«, sagte er, »einen Ausflug gemacht. Zusammen. Ein Ausflug wieder auf ihrem Rappen. Das war sehr gut. Und haben lange miteinander geredet. Sie ist klug. Sie reitet wunderbar. Verrückt unsinnig war das alles. Wie ja in dieser Nacht wohl fast alles rappelvoll war mit verrücktem Hunger, mit Galway-Unsinn, wie Agnes das nennt. Oder?« Diese braunen Maria-Augen sahen ihn lange an, prüfend. Nicht lange genug? »So eine wie Agnes, das wollte ich dir sagen, obwohl ich merke, dass du es nicht hören magst, die kann gar niemand besitzen – kann gar keiner haben und besitzen wie ein Haus – wie ein Schiff –«

Der Wind fegte Staub und Sand über die Felskante, die Brandung schlug jetzt anders, dröhnte da unten nun schwerer und dunkler, unter den gerissenen Felsen schlug es, begann es zu krachen. Tief unter den Bodenspalten und Steinrissen, die zu zittern schienen, erblickte Juan schwarz herumstürzende Wasser.

»Pat«, sagten die mehrfachen Gesichter, »versteh mich jetzt richtig« und redete in vielfachen Stimmen. »So eine wie deine Elfe – wie wunderbar – so eine Freie – so eine verrückt fröhliche Freie – wirklich wie eine Königin ist sie. Oder nicht? – Aber ich glaube, ich lasse das jetzt – sehe ziemlich deutlich, wie dich das gar nicht freut, sondern eher quält – hab ich recht?«

»Sag es!« stöhnte Pat.

»Was?«

»Hat du mit ihr geschlafen?«

Juan Gomez drückte sich nicht um die Antwort. Seine Gesichter schwebten unverändert, die leuchteten in mehreren Linien vor den neuen schnellen Wolken durcheinander, blickten ihn jetzt an mit vergnügten Augen. »Pat. Also ja. Auch das haben wir – an diesem toll verrückten Tag –«

Mehr vernahm Pat nicht. Tränen schossen ihm in den Blick, zerrissen ihm die Gesichter, Schreie dröhnten ihm ins Gehör, also doch, Patrick Lynchs einmalige Agnes hatte das getan, Tränenwasser zerteilte das Mariagesicht zum achtfachen Möwenkopf, zu elf irrwitzigen Sonnenfratzen und explodierte, denn ja, jetzt schlug Pat, nun trommelte der mit Berserkerwut in die Fratzen hinein und sah in seinen Tränen die Sonnen und die vermaledeiten Gesichter zwischen seinen Fäusten tanzen, all diese glatten miesen falschen Mariagesichter, »Hör auf!« schrieen die und »Hör mich an!« und »Pat!«

Juan war dann gestolpert. War nach hinten gestürzt, über die Felskante hinab, hatte keinen Halt gefunden, sondern war weggekippt, seitwärts weg und hinab.

Im Taumel keuchend hatte Pat sich an den Abbruch flach hingeworfen, die Arme voraus, als sei der Juan noch zu packen gewesen, begriff nichts, erfasste nichts.

Dann aber wohl doch, denn er schrie auf und kippte und wälzte sich in ganzer Köperlänge seitwärts über den Hang hinab, brüllte, biss sich in die Faust, krallte die Finger in die Steinfugen, in die Felsrisse, warf sich hin und her, schob sich dann auf dem Bauch und flach über den Boden seitwärts weg, robbte sich schreiend, zitternd weiter weg von der Kante, schabte Finger, Knie und Gesicht über die Steine, riss sich die Haut auf an den Plattenrändern, am Sand, Sturzwirbel vor Augen, Feuerflecken im Kopf und Schreie, die Schreie platzten stoßweise auf zu einzelnen Rufen, »Vaa-« stieß es aus seinem luftschnappenden Atem, »Vaa-« stürzte das aus seinen atemlosen Schreien hervor und röchelte sich dann ganz heraus: »Vaa-ter!«

Sah nichts mehr. Geblendet von Farben, betäubt von Schmerzen, von Schreien, drückte sich empor, sackte zurück, hob sich wieder hoch, torkelte. Und sprang dann in großen unförmigen Schritten den Hang hinunter. »Vaa-ter!«

Aus ihrem Kräuterhaus zitterte die alte Kate, sah den Patrick Lynch brüllend an ihrer Steinhütte vorbeispringen und fallen und sich wieder hochraffen und weiterstürzen mit viel zu großen und mit viel zu kleinen Schritten, sah und hörte, wie der einsame Junge im Stolpern und Fallen immer neu schrie und durch die Senke torkelte und im Moorwald taumelnd verschwand – zu hören noch lange – sein Schluchzen, sein Schreien – »Vater! Vater!« – da bekreuzigte sich die kleine alte Frau. Schlotterte zurück in ihre Hütte.

DIE HALLE IM LYNCH-CASTLE war besetzt bis auf den letzten Platz. Da saßen nun die Leute, die hier noch vor kurzem getafelt, gefeiert und getanzt hatten. Ja, und auch Graf Cork auf Larminie, er war erschienen. Der thronte ganz vorn, in der ersten Reihe, zwischen zwei grimmen Spießgesellen, und Cork trug nun ebenfalls sein Eisenhemd, zeigte sich an allen Gliedern geschient. Steif und stählern, so saß er da, aufrecht und tatendurstig. In der ersten Reihe hockte der und hatte sich offensichtlich entschieden, in Galway statt zu schlagen zu klagen. Erst mal.

Hinter dem Grafen Cork wurde im Saal nur sehr leise und unter vorgehaltener Hand geredet. Da wurde gerätselt und spekuliert über all das, was nun kommen könnte oder müsste, auch über all das, was gewesen war, über diese seltsam wunderliche Zuneigung oder vielmehr Zudringlichkeit des wüsten Herrn Cluricaun zur trüben und sehr jungen Martha McDonnell und dass es seit Jahren nun doch auch endlich mal wieder geschehen war, dass ein Ire aus Galway einen dieser englischen Raubgrafen erschlagen hatte.

Man raunte auch diese und jene Neuigkeit über das verwickelte Haus des Mörders, wie denn nun und wer denn das Anwesen des Jeremiah McDonnell in der vergangenen Nacht verschlossen hatte, raunte aber auch nochmal Mutmaßungen über den Banchee-Schrei der alten Kate. Andere, die klarer im Kopf sein wollten, bedachten, was der alte O'Brian noch in der Nacht angedeutet hatte von einem alten Jammer des Jeremiah McDonnell und vom entsetzlichen Ende seiner Frau, der Martha-Mutter.

Kaum einer bemerkte unterdessen, wie Julia Blake sich beim Kamin treuäugig neben Pater Ricardo setzen wollte. In der Nacht auf der Heide, was außer Pat niemand bemerkt hatte, da war ihm ihre Nähe angenehm gewesen, nun erhob er sich, zog sich auf einen hinteren Stuhl zurück, in einen engen Winkel beim alten Kamin, wo für einen Nachbarn kein Platz blieb, erst recht nicht für eine Nachbarin.

Dann öffnete sich die Tür zum Hof und es erschien Frederic Fitzpatrick, erschien in schwarzer Tracht, trug den Gerichtsstab und kaum war er beim Richtertisch angelangt, stieß er das gedrechselte schwere Stück dreimal auf den Steinboden. Schon beim ersten Hieb erhob sich die Versammlung. Als alle aufgestanden waren, erhob sich endlich auch der geschiente Ritter mit seinen beiden Haudraufs, zu dritt standen die drei umständlich auf und machten viel Gerassel.

Frederic Fitzpatrick trat zur Seite, und dann erschien in der Innentür der Lynchburg der Richter, es erschien John Fitzstephen Marcus Tullius Lynch. Mit raschen Schritten betrat er die Halle. Und auf seiner schwarzen Richterrobe erblickte man in goldener Farbe die Hände mit dem Herzen, ja, die Krone trug der, der das Herz in die Hände nahm. Der Lord Mayor stellte sich vor den großen Galwayer Gerichtsstuhl, von dem schon vor dreihundert Jahren John Lynch, der erste beurkundete Richter und Bürgermeister der Stadt, die Unabhängigkeit der Stadt verkündet hatte, Freiheit von den Gesetzen der umliegenden Grafschaften.

Und erst als Marcus Tullius auf dem alten Eichensitz Platz genommen hatte, setzten sich auch alle anderen in der Halle.

Und jeder blickte nun zur Hoftür, die Fitzpatrick öffnete. Zwei Stadtgardisten aus der Truppe des Kommandeurs Edward brachten ihn herein, den Jeremiah McDonnell, den blassen Seiler. Dem tat nun Fitzpatrick die Hand auf die Schulter und führte ihn zu dem eichenen Hocker, auf dem seit je die Angeklagten saßen. Die Soldaten stellten sich zu beiden Seiten der Tür auf, gestützt auf ihre Hellebarden, und starrten von dort aus und von nun an nur noch vor sich hin, so wie ihr grimmiger Herr es liebte, finster und offenbar ohne jede Anteilnahme.

Der Henker und Sänger also führte den Jeremiah McDonnell zu dem alten schmählichen Sitz für die Angeklagten, der keine Seitenlehnen hatte, nicht mal eine Rückenlehne. Ließ den Seiler sich dort hinhocken und ging selber, wankend vor Schiefheit, zum Platz des Schreibers, setzte sich an die Schmalseite des Richtertischs.

Erst als das alles geschehen war, blickte Lynch auf. Blickte nicht mehr mit seiner leutefreundlichen Miene. »Bürger«, sagte er, »ich eröffne einen außerordentlichen Tag des Galwayer Gerichts. Gerichtsräte sind auch an diesem Tag diejenigen Männer, die derzeit die gewählten Stadträte sind. Und diese Stadt- und Gerichtsräte haben jetzt auf den Stühlen hinter mir die ihnen gut bekannten Plätze einzunehmen. Nämlich: John Joyes. William O'Brian. Ronald Skerrett. Douglas O'Donnoghue. Flann O'Flaherty. Als sechster Rat wäre zu berufen Jeremiah McDonnell. Da er der Angeklagte ist, rückt ins Amt der nächste auf Frederics Stimmenliste, und das ist Marc Kelly.«

Hinter dem alten hohen Richterstuhl, an der Stirnseite des Saals, standen sechs Sessel vom Tisch der besseren Leute am Abend zuvor. Lynch wartete eine Weile, bis jeder der sechs Gerichtsräte dort seinen Platz gefunden hatte, bis alles Sesselrücken und Murmeln beendet war. Und fuhr fort: »Zur Verhandlung steht der Totschlag von Jeremiah McDonnell an dem Grafen Cluricaun auf Killmanroy. Ist jemand, frage ich, der die Anklage übernimmt?«

»Ja, es ist jemand«, schnaubte Cork auf Larminie.

»Es klagt Graf Cork auf Larminie, der Stadt wohlbekannt.« Lynch blickte zur Schmalseite seines Richtertischs, wo Frederic die Gänsefeder rührte und eifrig notierte. »Ist jemand, frage ich, der die Verteidigung des Bürgers McDonnell übernehmen will?«

»Ja, die übernehme ich«, rief O'Donnoghue aus der Reihe der sechs Räte. Die aufmerksameren Zuschauer bemerkten, dass der Braumeister, um sich zu melden, aufgestanden war, während sein Widerpart aus Larminie sich beim Melden in seinem Panzer nicht gerührt hatte.

»Aber das geht nicht, das wiederspricht den Regeln!« George Blake war aufgesprungen. »Douglas will den Jeremiah verteidigen und soll nachher selber das Urteil mitbestimmen. Als Verteidiger ist er parteilich. Außerdem ist er mit dem Angeklagten verschwägert. Dorothy O'Donnoghue ist die Schwester von McDonnells Frau.«

Fitzpatrick griff in die Richtung, in die er seinen großen Stab an die Wand gelehnt hatte. George beachtete diese Geste nicht, gab keine Ruhe. »Ein solcher Richter weiß doch schon jetzt, wie er urteilen wird.«

Frederic sprang auf und stieß den Gerichtsstab auf den Steinboden. Mit Wucht. Und es erhob sich Gemurmel.

»Das ist kein ehrliches Gericht!« schrie George so laut, dass ihn sein Nachbar, der Alte mit den Miesmuschel-Ohren, dass ihn sein Vater auf die Bank hinunterziehen musste. Doch auch im Sitzen setzte der Sprechbold seine Einwände fort, Frederic musste abermals mit dem Holz stampfen.

Dann sagte Lynch: »Wem das Galwayer Gericht nicht gefällt, der soll dafür sorgen, dass etwas Besseres Gesetz wird. Wir verfahren und richten strikt nach dem Bestehenden. Verteidigen oder anklagen kann seit je auch einer der Räte.«

Danach legte sich die Unruhe. Nur der alte Blake zischelte noch »Verfassung für immer!« Und stupste seinem nervösen Sohn in die Seite. Als es endlich wieder ganz still war, setzte sich O'Donnoghue zurück auf seinen Platz an der Stirnseite der Halle, nunmehr als Gerichtsrat und zugleich als Verteidiger des Seilers Jeremiah.

»Graf Cork, bringt Eure Klage vor!« sagte Lynch.

Diesmal erhob er sich, der Freund und Raufgeselle des erschlagenen Ritters, stand also rasselnd auf und schob beim Aufstehen mit seiner Hüfte das Schwert seines neben ihm sitzenden Bewaffneten ebenfalls in die Höhe, klirrend fiel es wieder herab. Graf Cork, erregt, kümmerte sich nicht um dieses Runterfallen und um den Lärm, sondern redete sofort los. »Ja, meine Klage bringe ich vor und die hat Hände und Füße wie ein Elefant, denn ich bezichtige diesen niederträchtigen Jammerlappen Jeremiah McDonnell des hinterhältigsten aller Meuchelmorde, weil er meinen Schwager, den hochgeborenen und sehr ehrenwerten Grafen Cluricaun, vollkommen grundlos und geradezu viehisch und heimtückisch den Schädel eingeschlagen hat mit einem Ochsenjoch, mit einem stinkenden Stück fürs Vieh, einem Stück aus Leder und Holz, jawohl, meuchlings und ohne irgendeinen offenen Kampf, hinterhältig, so wie das die Ratten machen und die Stinktiere, und daher verlange ich vom Galwayer Gericht, wenn es denn den Namen eines Gerichts überhaupt verdient, diesen McDonnell umgehend verrecken zu lassen am Galgen von Galway, obwohl es besser wäre, ich erwürgte diesen elenden Drecksack hier und jetzt auf der Stelle –«

Weiter konnte er nicht reden, nein, nicht nur Gemurmel, Tumult und Geschrei hatten sich erhoben und schallten von allen Seiten, von den Zuschauern wie von den Räten, sofort, schon bei den ersten Äußerungen des wutschnaubenden Herrn auf Larminie schallten Einsprüche und Zwischenrufe. »Unverschämter!« rief, rotgesichtig wie immer,

Flann O'Flaherty, »Kotzbrocken!« schrie MacBride und »Halunke!« wütete George, der ebenfalls weit vorn saß und sich nun zurückdrehte zum Publikum: »Scheiß doch der Satan auf die Ritter!«

»Auf die Engländer«, korrigierte MacBride.

»Raubritter!« wusste Betty Blake und wusste noch sehr viel mehr, aber ihr kleiner Ehemann Daniel sprang vor sie hin und hielt ihr den Mund zu.

Um Ruhe musste der Gerichts-Scherge Frederic kämpfen, musste wiederholt mit dem Eichenstab stampfen, wuchtig und immer energischer. Die Ruhe entstand schließlich, aber wohl nur deswegen, weil man wissen wollte, was nun Lynch zu sagen hatte.

»Graf Cork, Ihr habt hier lediglich Eure Klage vorzubringen, die Beschreibung eines Gesetzesbruchs. Wie alsdann diese Tat bewertet wird, welches Urteil gesprochen und wie dieses Urteil alsdann vollstreckt wird, das ist in Galway Ratssache und Richtersache.«

»Was zum Henker gibt es da zu raten und zu richten! einen Wehrlosen totzuschlagen, habt Ihr da etwa Schwierigkeiten, ihn gleichfalls hinüberzuprügeln in die ewige Hölle, ihn hier auf Erden zu zerschmettern und plattzumachen wie Maden oder Schmeißfliegen?«

»Kläger, wir haben Eure Vorwürfe gegen den Angeklagten gehört. Heimtückisch und vollkommen grundlos, sagt Ihr, hätte Jeremiah McDonnell den Ritter Cork ermordet, wir wissen das nun, der Schreiber hat das notiert, vorerst könnt Ihr Euch wieder setzen.«

Cork, mit vor Verachtung aufgeblasenen Backen, wollte sich setzen, doch dann brüllte er noch ein weiteres Wort in die Halle, eines, das er schon am Abend zuvor hatte hören lassen beim Anblick des Erschlagenen und das von nun an und für lange Zeit die Runde machen sollte an der irischen Westküste: »Galgen-Galway!«

Dann allerdings setzte er sich. Abermals quietschte sperrig das Schwert seines Leibgardisten und verklemmte sich zwischen den Sessellehnen. »Galgen-Galway« zischelte es durch die Reihen und dieses Wort verwandelte sich in diesem oder jenem findigen Kopf in die Frage, ob also nicht doch die wahre und neue Bedeutung des Stadtnamens der ›Galgen‹

war oder vielleicht auch ›Galle‹, keineswegs aber ›steinig‹ oder ›gälisch‹, also keltisch.

»Bevor ich den Angeklagten aufrufe«, sagte Lynch, »bitte ich, eines der Fenster zu schließen.« Windstöße waren in die Halle gefahren und hatten Frederic Fitzpatricks Gerichtspergamente wiederholt aufgebogen und zusammengerollt, hatten drei von ihnen vom Tisch geblasen, so dass Frederic nach dem Einsammeln nun noch immer damit beschäftigt war, Corks Anklage vollständig aufzuschreiben. Die sechs Räte, allesamt an der Stirnseite unter den zwei Fenstern sitzend, sorgten mit raschen Griffen für Windstille.

»Angeklagter, bekennt Ihr, dass Ihr die hier von Graf Cork beschriebenen Tat begangen habt, derzufolge in der vergangenen Nacht einer unserer Gäste, der Herr auf Killmanroy, von Euch erschlagen worden ist?«

Räte, Schreiber und Zuhörer schauten auf Jeremiah McDonnell. Der schien von den wilden Beschimpfungen und Verwünschungen des Ritters gar nichts gehört zu haben, den rührte auch jetzt ganz offensichtlich gar nichts, auch nicht die feierliche Anrede mit ›Ihr‹ und ›Euch‹, das schien ihn kaum zu erreichen, auch Fitzstephen Lynch hatte den Seiler sonst stets nur mit ›Jeremiah‹ angeredet, noch in der letzten Nacht. Aber dann kam endlich, nach langem Luftholen, aus dem engen Mund des Angeklagten eine kleine Stimme. »Ja. Zu dieser Tat bekenne ich mich.«

»Wollt Ihr Euch dazu genauer äußern? Uns die Gründe für Eure Tat erklären? oder soll das zuerst euer Verteidiger tun?«

McDonnell schwieg.

»Wollt ihr Euch zuvor mit Euerm Verteidiger besprechen?« fragte Lynch.

»Oder wollt ihr erst noch einen Honigkuchen essen mit goldener Gabel oder wollt Ihr eine Runde Karten dreschen?« kodderte Graf Cork, der sich vor Ungeduld und Hitze und Abscheu tief in seinen Hemdkragen greifen musste.

»Gebt dem Gericht Antwort«, mahnte Lynch den Angeklagten.

McDonnell stand auf, sagte aber nichts, setzte sich wieder. Und dann war zu hören: »Erst soll die Verteidigung sprechen.«

»Also bitte, Douglas O'Donnoghue. Nachdem sich McDonnell zu der Tat bekannt hat, hilf uns, sie zu verstehen. Gab es Gründe für seine Tat?«

Braumeister, Gerichtsrat und Verteidiger Douglas O'Donnoghue trat vor. Mit einigen ungewohnt schnellen Schritten tat er das und räusperte sich nun und hustete. Er hatte sich ganz offensichtlich einiges vorgenommen und zurechtgelegt, schien durchdrungen von der Wichtigkeit seiner Aufgabe, der hoffte nun wohl so etwas wie einen Tag des Zorns heraufreden zu können, einen Tag der Empörung gegen die Übermacht des Weinhandels in Galway, doch angesichts der großen Versammlung und des cholerischen und wehrhaften Grafen vorneweg waren ihm nun von all den guten Formulierungen, die er sich in der letzten schlaflosen Nacht ausgedacht hatte, die meisten und just die schönsten aus dem Gedächtnis verschwunden.

»Bürger. Wenn wir, die Bürger von Galway, uns in unserer eigenen Stadt nicht mehr gegen die Frechheiten, gegen die Übergriffe von fremden Herrschaften wehren dürfen, dann ist es, finde ich, mit den Freiheiten in unserer Stadt überhaupt nicht mehr gut bestellt.« Er schluckte, hatte ein paar Vergleiche vergessen und suchte die Fortsetzung seiner Rede. Schaute mit großen Augen auf den Angeklagten. McDonnell starrte nur wieder mit seinen engen Augen und mit dem verkniffenen Mund vor sich hin, betrachtete seine Knie und dachte nicht daran, seinem Verteidiger hilfreiche Stichworte vorzusagen.

»Dieser Angeklagte Jeremiah McDonnell«, sagte O'Donnoghue, »der ist uns allen bekannt als ein tüchtiger, als ein gottesfürchtiger Mann, der sein Handwerk seit je in Ehren betreibt und der auch seine Tochter Martha in ehrenhaften Sitten aufgezogen hat. Wenn nun ein solch ordentlicher Mann sich dazu hat hinreißen lassen müssen, in höchster Not jemanden umzubringen, wie hoch muss da diese Not ihn angesprungen haben, wie sehr muss da der andere an ihm und an seiner Tochter gefrevelt haben.«

»Was bitte hat Cluricaun gefrevelt, he!« Corks Posaunenstimme war so stark, dass O'Donnoghue zunächst mal nicht in der Lage war, zu antworten. Suchte, statt die Frevel des Herrn auf Killmanroy näher zu beschreiben, nach seinem vorgesponnenen Redefaden in Richtung auf die Benachteiligung des Biergewerbes, suchte einige Zeit vergeblich, dann aber ging es wieder weiter.

»Wie hinterhältig muss ein frommer Mann um teures Gut betrogen sein, wie feige muss an ihm gehandelt worden sein, wenn einer wie der fromme und fleißige Seiler McDonnell zu solch heftiger Gegenwehr hat greifen müssen!«

»Hinterhältig? Feige?« rief Cork. »Wer denn, zum Donner, war hier feige! Wer denn wohl war in diesem Ochsenstall des Hauses Lynch hinterhältig!«

Hinten an der Wand, in einer der dämmrig verwinkelten Ecken, in denen es ebenfalls keinen Nachbarplatz geben konnte, da hockte jetzt die kleine Kate und die wisperte »Frevel Frevel Höllenschwefel«.

»Wo bleibt der Gnom?!« polterte George, und es war klar, was er mit dieser Frage meinte, die er sonst nur zu Fitzpatricks Abendgesängen rief, der Bierbrauer sollte genauer reden, nicht so wolkig, sondern zur Sache.

»Sollte denn«, bemühte sich der O'Donnoghue, »sollte denn unser Freund McDonnell mit ansehen, wie seiner jungen, unerfahrenen, unbescholtenen Tochter Martha –«

»Unbescholten?« rief George, »ich jedenfalls hab Jeremiahs Mädchen immer mal bescholten! Tranfunzel hat sie auch O'Flaherty gescholten, und ich hab schon Weihnachten gesagt, sie ist der temperamentvollste nasse Waschlappen, der je in Lynchs Badehaus –«

Ruhe forderte Frederic Fitzpatrick Stampfstab. Und »Nicht noch mehr Beleidigungen!« mahnte mit leiser Stimme William O'Brian, der Märchenmeister.

Als es wieder still war, versuchte O'Donnoghue, seine komplizierte Rede fortzusetzen. »Sollte denn Jeremiah mit ansehen, wie seiner reinen, seiner stillen jungen Martha in gemeinster Weise die Ehre genommen würde? Nein, es ist keine Entschuldigung, wenn gesagt wird, dass dem Fräulein Martha das Temperament fehle oder auch, wenn gesagt wird, dass an solchen Festen die Sitten sich seit je sehr zu lockern pflegen, jedenfalls seit langem in Galway, im fröhlichen oder liederlichen Galway. Nein, deswegen darf ein erfahrener Mann in den Jahren seiner Weisheit und Kraft und erst recht ein, wie wir gehört haben, hochgeborener Ritter nicht die Unerfahrenheit, ja, die Wehrlosigkeit eines so jungen, eines so ahnungslosen Mädchens, die darf er nicht einfach ausnützen, deswegen darf er nicht den Umtrieb eines unserer übermütigen Stadtfeste zum Vorwand nehmen, sich dem Mädchen ehrenrührig und unziemlich zu nähern, ja, unziemlich –«

Bei dem Wort ›unziemlich‹ hatte George Blake laut zu gähnen begonnen, darum wiederholte O'Donnoghue dieses Wort mit Mut und Entschlossenheit, wusste aber dann nicht mehr weiter, hätte nun wohl erläutern sollen, was er sich unter ›unziemlich‹ vorstellte, aber wie sollte das gehen, da fielen ihm nur Dinge ein, die schwer zu sagen waren –

»Unziemlich?« murrte nun auch der Ankläger und witterte eine gute Gelegenheit. »Wie nähert sich denn einer wie dieser Bierkutscher auf ziemliche Weise einem Mädchen? mit Damasttüchlein zum Naseputzen? mit Kuchengäbelchen zum Hinternkitzeln?«

Da sprang Richter Lynch dem Verteidiger bei. »O'Donnoghue, versuch besser nicht, uns umständlich zu erklären, was dieser oder jener in Galway unter ›ehrenrührig‹ versteht oder unter ›unziemlich‹, das sieht offenbar jeder von uns jeweils so, wie er's gerade braucht. Der Ankläger aber hat betont, Jeremiah McDonnell habe einen Wehrlosen umgebracht, ›feige‹, so hörten wir und ›hinterhältig‹. Mal vorausgesetzt, dass Menschen wie Jeremiah McDonnell tatsächlich meinen können, der Erschlagene habe sich zuvor ›unziemlich‹ benommen, haltet ihr es für ein rechtmäßiges Mittel, einen ›Unziemlichen‹ zu erschlagen? Ihm ein für allemal das Leben zu nehmen?«

»Nein, für rechtmäßig kann ich das nicht halten. Aber für sehr verständlich. Und letztlich sogar für notwendig.«

»Hohooo!« rief Cork. »Englische Ritter zu erschlagen ist in dieser

Stadt ›verständlich‹? ›Notwendig‹?« Beide Worte machten nun rasch die Runde im Saal.

»Ratsherr O'Donnoghue«, sagte Lynch, »Ihr gebt zu, dass McDonnell einen erschlug, der wehrlos war?«

»Das war wohl so.«

»Warum war das Erschlagen ›verständlich‹?«

»Weil – weil Cluricaun einer unberührten, einer sehr jungen und ahnungslosen –«, Douglas fand keine Worte mehr, Lynch half ihm abermals.

»Ihr meint, nicht nur der erschlagene Graf sei wehrlos gewesen, sondern zuvor auch Martha gegenüber dem großen Herrn Cluricaun?«

»Ja, exakt so, wehrlos war auch Martha, so wie nachher Herr Cluricaun selber, der Fräulein Marthas Wehrlosigkeit ausgenützt und missbraucht hat. Gleiches hat dann McDonnell mit Gleichem vergolten. Doch, so meine ich es.«

»Aber wäre es nicht eines Vaters Sache gewesen«, fragte der Richter, »sein Kind wehrhaft zu machen? auch eine zarte Tochter? sie zu lehren, was alles an Gefahren umgeht und was Männer im Sinn haben und wie solche Gefahren rechtzeitig zu erkennen sind, wie man auch als junge Frau solche Gefahren überstehen kann? am besten, indem man ihnen rechtzeitig aus dem Weg geht? Wie kann ein so tüchtiger und frommer Mann, als den Ihr uns den Jeremiah McDonnell beschreibt, wie konnte der vergessen, seine Tochter zu lehren, das zu schützen, was die Edelleute Tugend nennen und die Kirchenleute Reinheit. Wer Ehre und Reinheit für Tugenden hält, darf der eine junge Frau so vollkommen wehrlos lassen? Und wären, wenn er, wie Ihr sagt, ihre Unbescholtenheit schützen zu müssen meinte, wären dann andere Mittel nicht nur rechtmäßiger, sondern auch angemessener gewesen und klüger und ›verständlicher‹?«

»Ihr vergesst, hohes Gericht«, O'Donnoghue suchte nun sehr nach den passenden Worten, wollte aber auch nicht allzu viel vom Leben des Jeremiah McDonnell ausplaudern, »Ihr überseht, dass dieser Vater seine Tochter allein zu erziehen hatte. Dass ihm die Ehefrau früh genommen wurde. Und welche anderen, welche klügeren Mittel meint ihr denn? In dem Augenblick, in dem dieser besorgte Vater den Ritter mit seiner Tochter im Heu erblickte, da war es für eine belehrende Unterweisung jedenfalls zu spät, im Gegenteil, da war es für ein sofort wirkendes, für ein rettendes Mittel allerhöchste Zeit!« An dieser Stelle Gekichere zu hören, verwirrte den Brauer. »Ich habe das Nötige gesagt.« Irritiert zog er sich zurück auf seinen Ratsstuhl.

Lynch betrachtete den Angeklagten eine Weile mit seinen ruhigen braunen Augen, wartete wohl, ob der Seiler nun von sich aus etwas zu seiner Verteidigung vortragen wollte, das war offenbar nicht der Fall. Darum rief er nun den Jeremiah namentlich auf und bat ihn, einige Fragen zu beantworten. Der Angeklagte erhob sich von seinem klotzigen Hocker, es wurde still in der Halle. Von der Straße her und durch die Fenster war Windheulen zu hören.

»Jeremiah McDonnell, ich frage Euch, wie lange war Eure Tochter gestern Abend mit dem Grafen Cluricaun zusammen?«

»Von Anfang an. Beide saßen von Beginn an nebeneinander. Ihr selber habt sie so plaziert. Stundenlang hatte Martha ihn zu ertragen, diesen Unhold.« Rasch und verknurrt sprach der Seiler und wenn man ihn recht verstand, dann versuchte der nun nichts weniger, als dem Hausherrn und Gastgeber John Fitzstephen Marcus Tullius Lynch Schuld zuzuschieben.

»Unhold?« rief Cork. »In dieser Stadt ist also derjenige, der erschlagen wird, der Unhold? und der Täter, ha! ist eine reine leidende Unschuld? Und wenn ein Ritter sich fürsorglich um ein schönes dummes Mädchen kümmert und ihr zeigen will, wie das Leben außerhalb dieser dummen Stadt aussehen könnte, dann ist auch diese Hilfe eine Untat?! Ich fasse es nicht.«

Da machten die Leute wieder Lärm, machten Zwischenrufe, wie überhaupt jede Aussage über ›diese Stadt‹ in Galway schon immer für Auseinandersetzungen sorgte. »Und solche Lügen erlaubt sich ausgerechnet dieser Leuteschinder Cork«, murrte Betty Blake. Frederic aber hob seinen Büttelprügel und drohte mit neuem Stabgestampfe.

Lynch hob ein wenig die Hände mit gespreizten Fingern. »Hiermit bestätige ich und bezeuge, dass der Angeklagte eine richtige Aussage gemacht hat. Frederic, nimm das zu Protokoll. Ich selber hatte Fräulein Martha neben den Grafen plaziert. Doch wenn es mithin richtig ist, dass Martha McDonnell und Graf Cluricaun an diesem Abend viele Stunden nebeneinander saßen und viel miteinander zu reden und zu tun hatten und dass der Angeklagte, dass Marthas Vater wiederum neben diesen beiden stundenlang gesessen hat und die beiden beobachten konnte, gab es dann für den Vater nicht schon sehr früh die Möglichkeit, zu erkennen, dass das, was der Ankläger nun Fürsorge und Hilfe nennt, in Wahrheit ein – wie die Verteidigung es nennt – unziemliches Treiben sein könnte? McDonnell, war es Euch denn absolut unmöglich, Gegenmaßnahmen schon sehr viel früher zu treffen? Klügere? Nicht gewaltsame im allerletzten Moment? Zum Beispiel indem Ihr bei Frederic oder bei mir für Euere Martha um einen anderen Platz gebeten hättet? Oder hättet Eure Verwandte, hättet die Frau des Braumeisters bitten können, das junge Mädchen ab Mitternacht lieber nach Hause zu bringen?«

McDonnell schwieg. Der Richter wandte sich zurück an den Verteidiger, gab die Frage an den weiter. »War das so vollkommen unmöglich gestern Abend?«

»Klügere Maßnahmen?« fragte Douglas vom Ratssitz aus. »Wer denn lehrt uns in Irland Klügeres gegen die Mächtigen!« Douglas O'Donnoghue erhob sich. »Lehren uns dies die tüchtigen altenglischen Kaufleute? Lehrt uns dies ihr Weinhandelswahn? Oder lehrte uns die Kirche jemals Klügeres gegen die Herren? Die sagt uns seit je, wir sollen gehorsam sein. Nicht nur gottesfürchtig sollen wir sein, sondern auch herrschaftsfürchtig.«

Das saß, das passte, da hatte der Brauer offenbar treffliche Einsichten formuliert, nun bekam er zustimmendes Gebrumm von den Zuhörern und deutlich war Bettys dunkle Stimme zu unterscheiden. »So ist es!« rief die Blake-Frau und wechselte ihre Piepsie von der einen Brust zur anderen, die Kleine wollte aber nicht weiter trinken, die war satt und schlief und so gab Betty, zumal sie diese Verhandlung mehr und mehr aufregte, das schlafende Töchterchen fort, reichte nun ihre dicke schlafende Piepsie an zwei ältere Frauen, die das Kind sehr gern nahmen und es von nun an um die Wette kosten und streichelten.

Das Beifallgesumse machte, dass Braumeister O'Donnoghue nun mit noch stärkerer Betonung weiterreden konnte und mit deutlich erhobenem Haupt. »Und dieser rechtschaffene und sehr gottesfürchtige Galwayer Bürger, der uns allen wohlvertraute Jeremiah McDonnell, der wollte überdies an diesem Abend immer noch seinen Glauben wahren, nein, nicht nur den an die alte Kirche, sondern auch seinen Glauben an die Ehrenhaftigkeit des Edelmannes von Killmanroy, an die tugendhaften Sitten eines sehr berühmten britischen Ritters –«

»Nein! Daran glaubte ich keinen Augenblick!« schrie plötzlich der Angeklagte, fiel seinem Verteidiger schreiend ins Wort, zitternd stand er plötzlich da, der Jeremiah, die verkniffenen, die verbitterten Züge waren endlich in Bewegung geraten, die hatten sich verwandelt in eine zornige Fratze. »Unsere englischen Herren sind nicht nur nicht ehrenhaft, sondern sie sind allesamt ganz und gar gottlos, ja, sie sind des Teufels, egal, ob sie katholisch tun oder reformiert anglikanisch, sie sind von Grund auf des Teufels und das – bei der heiligen Maria – das weiß keiner besser als ich, weil ich es hab blutig erfahren müssen.«

Der Brauer setzte sich. McDonnell aber blieb stehen und zitterte und wollte weiterreden und fand die Wort nicht.

Lynch fragte mit sehr ruhiger Stimme: »Jeremiah McDonnell, wenn Ihr die englischen Herren so einschätztet, wenn Ihr dieser festen Überzeugung seid, dann frage ich Euch erst recht, wie konntet Ihr dann einem solchen Mann, den Ihr als ›Unhold‹ bezeichnet, fast eine ganze Nacht lang Eure Tochter ohne Widerspruch überlassen – zu zweifelhaften Späßen? Hättet Ihr sie nicht einfach nach Hause bringen können, rechtzeitig in Sicherheit schaffen, oder hättet Euch offen an den Ritter wenden dürfen oder an mich, damit das, was Euch als unziemlich erschien, ein Ende fände?«

Nun setzte sich jeder im Saal so zurecht, dass er McDonnells Gesicht genau beobachten konnte. Aber mit einem »Ha!« und mit einem »Oh ja!« platzte nun wieder der gewichtige Cork in das Verhör, »nun erkenne ich, dieser Richter ahnt tatsächlich etwas von der Schlauheit und von den Mördergedanken dieser Canaille, oh ja, auch mich würde jetzt sehr interessieren, was diese Ratte sich gestern Abend gewitzt ausgerechnet hatte. Der Seiler selber war es, der gestern Abend teuflische Pläne verfolgte, er selber ist der Satansbraten, den er in uns Engländern sehen will, womöglich hoffte er sogar auf eine Mätressen-Karriere für sein süßes tolles Tochter-Früchtchen!« Zu jedem wichtigen Wort klopfte der Ritter auf Larminie, als hätte er wunderbare Einsichten gewonnen, mit seinen eisernen Pranken auf die Lehnen seines Holzsessels und machte prasselnden Lärm.

»Was sagt der Angeklagte zu diesen Vorwürfen?«

McDonnell antwortete mit enger Stimme, sprach jetzt sehr leise. »Ich habe meine Tochter niemandem, wie hier gesagt wird, ›überlassen‹. Ich habe meine Martha und ich habe auch diesen unsäglichen Herrn Cluricaun in jedem Moment im Auge behalten. ›Unziemliches‹ allerdings verfolgte dieser Teufelsgeselle von Anfang an, ja, ich habe stundenlang beobachten müssen, auf wieviele widerwärtige Arten er's versucht hat, sich an Marthas zarten und unschuldigen Leib zu vergnügen als ein wahrhafter Satansknecht. Nein, meiner Tochter wäre nichts passiert, im entscheidenden Moment habe ich aufgepasst wie ein Luchs.«

Viel Gerede blubberte nun wieder durch die Ratshalle, ›im entscheidenden Moment‹ hörte man fragen und ›wie ein Luchs‹ wiederholten nun andere und da gab es viele Zeugen, die bis ins Kleinste wussten, was alles der Graf mit dem schüchternen Mädchen angestellt hatte.

Fitzpatrick klopfte schließlich um Ruhe, und Lynch fragte weiter. »Das heißt, McDonnell, Ihr habt die fragwürdigen Dinge, die sich zwischen Cluricaun und Eurer Tochter abgespielt haben und die Ihr für teuflisch hieltet, in Ruhe mit angesehen? Und zunächst nicht verhindert? Über lange Zeit nicht verhindert? – weil? – warum?«

Der Seiler antwortete zunächst nicht. Dann murrte er leise und so, als ob er nur seinen Füßen etwas mitzuteilen hätte oder dem Steinboden.

»Wie denn, bitte, soll unsereiner gegen diese Herren Räuber etwas auf rechtmäßige Weise verhindern?«

»Wo Unrecht geschieht, da haben wir in Galway Gesetze.«

»Für alle!« rief George. »Verfassung für alle und für immer! Auch für Ritter!«

»Jetzt aber«, schrie Cork, »ist endlich Schluss mit diesem dämlichen Drumherumgerede, mit diesem Frömmigkeits-Quark, mit diesem Gesetzes-Gesäusel! Wie widerwärtig fauler Fisch stinkt das in diesem Galway zum Himmel! Lynch hat unfreiwillig die Wahrheit herausgefragt, dieser bigotte Drecksack von einer Verkaufs-Visage, von einem Stricke-Händler und Schlingen-Knüpfer, der hat meinen Freund Cluricaun einen ganzen langen Abend hindurch in eine Falle tappen lassen! dorthin, wo er ihn dann ungehindert erschlagen konnte! feige und bequem meucheln wollte er ihn, an diesem Abend von Anfang an!«

»Stimmt das?« fragte der Richter den Angeklagten. »War das alles sorgfältig berechnet? War Euer süßes Töchterchen von Anfang an eine schlaue Falle?«

McDonnell kaute eine Weile an den Dingen, ob er die sagen oder doch lieber verschweigen wollte. Und erklärte dann: »Allerdings. Ich wollte dieser großen Galwayer Festversammlung vorführen, wie gottlos, wie gnadenlos, wie satanisch die lutherischen englischen Herrschaften sind. Alle sollten es sehen. Und der Erfolg spricht für mich. Meine Tochter, meine geliebte Martha, sie ist trotz aller mächtigen Finessen Jungfrau geblieben. Und sollte dieses Gericht mich verurteilen, dann wird mich das nicht im Geringsten bedrücken, denn vor Gott und Maria stehen meine Tochter und ich rein da. Martha schon deswegen, weil zwar ihr junger Körper, aber in keinem Moment, und darauf kommt es an, ihr Leute, weil ihre Seele sich von diesem Schinder namens Killmanroy keinen einzigen Moment hat berühren lassen. Und auch den Vater kann kein Vorwurf treffen, weil ich obendrein im entscheidenden Augenblick die Reinheit und Ehre auch ihres Leibes zu retten wusste.«

Rasselnd sprang Cork auf: »Elende Schweinebacke von einem Katholiken! Heuchler! Ratte! Er beleidigt meinen toten Freund und rechnet großmäulig dem lieben Gott vor, wer hier rein ist und wer nicht! Widerwärtiger Kriechkatholik!« Und wetterte eine ganze Weile weiter mit solchen Wutworten, fast ohne Unterlass.

Mit rammenden Eichenstößen mahnte Frederic zur Ruhe. »Bei aller Erregung, Graf, Galways Gericht kennt nicht nur den Respekt vor den Toten, sondern auch Respekt vor einem Angeklagten. Solange der nicht vom Gericht verurteilt ist. In Galway leben Katholiken wie Protestanten und allerhand sehr verschiedene Leute, und all diese Religionen und Glaubenssorten genießen den Schutz unseres Gesetzes und in diesem Schutz der Menschenfreiheiten sehen wir keinen Quark, sondern das Allerhöchste, was auf Erden erreichbar ist.«

»Eine Religion von Heuchlern wird hier geschützt. Nicht aber ein aufrechter Ritter. Der an einem Festgelage, von dem uns versprochen wurde, da solle es vergnüglich zugehen und frei, sich beherzt um eine dumme Gans bemüht und versucht hat, ihr wenigstens die Anfangsgründe von fröhlicher und freier Lebensweise nahezubringen. Wehe! Diese widerwärtige Ratte, die hatte ihre Mannöver sorgfältig geplant, die hat in der Tat meinen Freund Cluricaun in eine Falle geraten lassen, ja, da habt ihr recht, Lynch, in eine Falle! Dieser Halunke aus dem Papst-Pack hat meinen Schwager eine ganze Nacht lang mit Lächeln und mit Nettigkeiten benebelt und in Sicherheit gewiegt. Cluricaun sollte annehmen, diese Giftotter von einem Netzflicker würde den fürstlichen Umgang mit seiner dummen kleinen Martha wohlwollend belächeln und gutheißen, ja, Vater und Tochter würden eines Ritters Interesse für die Spitzmaus womöglich als schmeichelhaft empfinden. Nein, dieser Seilersatan ist eine Kröte, eine elende Kröte, die man auf der Stelle plattstampfen muss, die ist nicht besser als all diese neue Kaufmannsbrut ringsum, die den englischen Adel kaputtmachen will, aber nein, jetzt treten wir zu!«

Cork hob seine Panzerpranken und seine eisernen Beine und klopfte und stampfte nun mit Händen und Füßen, rasselnd und krachend, als läge der dünne McDonnell bereits unter seinen Stahlschuhen. Und schnauzte dann weiter. »Diese verlogene Fratze! Auch seine Martha, das ist doch klar, die würde vögeln, was das Zeug hält, hätte sie nur die geringste Ahnung davon, hätte ihr frommes Väterchen sie nicht sorgfältig zum dummen und gehorsamen Täubchen abgerichtet, mit dem irgendein Mann am Ende machen kann, was er will!« Erst nach einer beschwichtigenden Gebärde des Richters, unterstützt von heftigen Stabstößen des Henkers und Sängers, gab der Herr auf Larminie einigermaßen Ruhe und setzte sich. Rasselnd und stampfend.

»Jeremiah McDonnell«, sagte Lynch, »was anfangs so schien, als sei das nur das entsetzte Aufbrausen eines Vaters, der empört war und erschrocken, das war in Wahrheit sorgfältig vorbereitet? vorausgeplant? geschickt kalkuliert?«

McDonnell schwieg, zog sich wieder in seine Verkniffenheit zurück.

»Als ein Mensch, der, wie uns O'Donnoghue geschildert hat, auf diejenigen Sitten großen Wert legt, die nach deiner Meinung rein sind, habt Ihr bewusst auf ein früheres Eingreifen verzichtet? vorsätzlich? Weil Euch etwas anderes wichtiger war, nämlich die Zuspitzung der Zugriffe und Übergriffe dieses Herrn auf Killmanroy bis zu dem Punkt, wo es im ›entscheidenden Moment‹ überaus ›verständlich‹ war, wenn der Vater rettend eingreift und zuschlägt?«

Jeremiah schwieg.

»Was muss da für ein Hass in Euch sein? Ein Hass, der Eure sehr junge Tochter – ich hörte, sie sei vierzehn Jahre – Gefahren aussetzte und Versuchungen, die Ihr selbst für gottlos haltet. Ein Hass, der Euch schließlich – gestern nacht – für Sekunden endgültig die gute Bürgervernunft geraubt habt. McDonnell, erklärt uns Eueren Hass.«

Der Angeklagte erhob sich. Und redete dann stockend. Mit mühsam ruhig gehaltener Stimme. »Was für ein Hass das ist, das fragt ausgerechnet Ihr? Richter Lynch fragt mich das, der meine Bitte, gegen Baron Seamus vorzugehen, vor nun fast zwölf Jahren, abgeschlagen hat? Der fragt nach meinem Hass und kennt ihn doch selber am besten! Und ich erkläre es hier allen, auch diesem Herrn auf Larminie, der kein bisschen besser ist als sein Schwager Seamus es war, denn bei den englischen Raubrittern ist einer so wie der andere.«

»Gott sei's getrommelt!« rief Patrick MacBride.

»Raubritter?« grollte Cork.

»Auch diesem vornehmen Herrn Ankläger sage ich es ins Gesicht und erinnere daran, wie meine Gemahlin umkam und wer sie geschändet hat. Baron Seamus, dem zu Willen zu sein sie sich weigerte im Wald von Whaley, der hat sie erschlagen, mit einem Holzprügel, um sie dann auch noch im Tod zu entehren –«

McDonnell machte eine Pause. Hatte Luft zu holen, brauchte mehr Atem als sonst, stand nun seitwärts abgewandt, schaute die Wand an und mehr und mehr die Balkendecke, redete wohl gar nicht mehr mit Lynch und mit dem Gericht und auch nicht mehr mit den Leuten in der Halle, sondern sah offenbar empor zu seinem ewigen Richter.

»Und Herr Lynch, der damals noch nicht Lord Mayor war, aber schon Richter in Galway, der klopfte schon vor zwölf Jahren mit seinen Händen auf das Galwayer Gesetzbuch: ›Der Wald von Whaley, tut mir leid‹, sagte damals Herr John Fitzstephen Marcus Tullius Lynch, ›der Forst von Whaley steht nicht auf dem Boden, auf dem dieses Stadtrecht gilt, Seamus verfällt dem Rechtsspruch der Grafschaft Larminie!‹ – Ja, und ob der Mordgraf Seamus seinem Vetter Cork auf Larminie und dessen Rechtsspruch jemals verfallen ist, das wisst ihr hier alle so gut wie ich, die ihr hier geduckt herumsitzt und an die Galwayer Gerechtigkeit glaubt. Und ihr wisst auch, wie bald darauf der Galwayer Weinhandel mit den Herren Cork und Seamus und auch mit Herrn Cluricaun ins großartige Blühen kam. Beim Geschäft ist euch jeder Teufel recht. Das wisst ihr hier ebenfalls, in der Niederstadt wie in der Oberstadt, die Handelspolitik bestimmt hierorts alles, auch das, was Recht ist. Was also, frage ich, soll ein Frommer allein gegen die englische Herrschaftsbrut ausrichten? Wenn inzwischen auch fast alle anderen in Galway ihre Wuchergeschäfte mit diesen gottlosen Bestien treiben und wenn sie inzwischen auch ihre Kinder untereinander so verkuppeln, wie es den Geschäften am besten bekommt, Hauptsache, der Handel wächst weiter und der Gewinn und das, weiß der Teufel, ist das wahre Galwayer Glück und Stadtrecht.«

»Angeklagter, sprecht jetzt zur Sache, zu euerem eigenen Fall«, mahnte der Richter. Aber der Tag des Zorns, den Braumeister Douglas O'Donnoghue allzu gern heraufgeredet hätte, der stand nun dem Jeremiah McDonnell bedrohlich deutlich im Gesicht. Niemand mehr im Saal, nicht einmal George, wagte, den erbitterten Seiler mit vorlauten Bemerkungen zu unterbrechen.

»Was also«, fragte McDonnell ein weiteres Mal, »was sollte ein Einzelner, ein Ohnmächtiger gestern Abend tun? Hätte ich mich beschwert, hätte ich zu hören bekommen, auch die Burg Killmanroy steht nicht auf Galwayer Grund, da gilt anderes Recht. Da bleibt einem Rechtschaffenen nichts anderes, als seinen gerechten Zorn runterzuschlucken und zu warten, bis eine Gelegenheit kommt.«

»Zu warten, bis er selbstherrlich handeln kann? gegen das hierorts geltende Gesetz?« fragte Lynch.

»Selbstherrlich?« fragte der Verteidiger.

»Nämlich als eigener Richter und zugleich Henker«, erklärte Lynch.

»Da hatte ich zu warten, bis mir der Herrgott eine Möglichkeit schenkte. Bis mir der Herr aller Herren nicht ein Herz, sondern dieses Ochsenjoch in meine beiden Hände gab. Zwar war es heute nacht nicht der Seamus, der hat sich vorigen Winter selber totgesoffen an eurem Jerez und am Sevilla, nein, jetzt war es sein Schwager Cluricaun. Aber wie gesagt, von denen ist leider einer so wie der andere. Der Killmanroy war keinen Deut besser, der wollte meiner Tochter nichts anderes antun als Seamus meiner armen Frau angetan hat. Und diesmal wäre das sogar in Lynchs Castle geschehen, im Hause des obersten Galwayer Rechtshüters selbst, mittendarin. Wahrlich, diese Niedertracht, die wollte und musste ich allen vorführen, und für die musste er büßen. Ist jetzt alles ›verständlich‹? Jetzt urteilt! Gott weiß, dass ich wahrgesprochen habe.«

McDonnell setzte sich auf das Höckerchen. Es blieb still im Saal. Man blickte sich an, einige versuchten, das Gesicht des Grafen zu erkennen, der mit seinen beiden Bewaffneten flüsterte. Aber da war nun auch das ernste Gesicht des Richters. Von dessen Namen sich kurze Zeit später der Name für eine Bestrafung ableiten sollte, die er soeben selber als

›selbstherrlich‹ missbilligt hatte, der Name für die Selbstjustiz, bei der eine Meute sich selber, jenseits der Gesetze, zum Richter einsetzt und zugleich zum Henker.

Lynch fragte, ob die Anklage nun ein weiteres Wort wünsche. Da rief Cork, ja, er wünsche das Wort. Und der erhob sich, schob sich in seinen Panzern empor und holte tief Luft, sah sich um in der dämmrigen Halle, blickte ins Publikum und sagte dann: »Nunmehr wissen wir alle, wie sich hinter einem frömmelnden Lächeln trefflich lügen, planen und rechnen lässt, auf Vorteile spekulieren, auf Hinterhalte – ach ja, es heißt, auf der Insel Irland gebe es, weil sie so unübertrefflich kirchenfromm sei, seit des heiligen Patricks Zeiten keinerlei Schlangen. Von jetzt an, Freunde, wissen wir das genauer.«

Danach wünschte niemand mehr zu sprechen, und der Richter bat die sechs Räte, nachzudenken und untereinander über ein gerechtes Urteil zu beraten, nach dem neuen Galway-Gesetz.

»Wetten wir?« Bettys Ehemann Daniel saß neben seinem großen aber jüngeren Bruder George. »Was wetten wir? Er wird hängen.«

»Um wieviel würdest du wetten?«

»Um viel. Zum Beispiel um diesen meinen Fingerring aus Silber mit Lynchs edler Parole – das Herz in beiden Händen gewinnt die Krone.«

»Den Ring solltest du nicht verwetten, den hat Bürgereister Fitzstephen dir persönlich geschenkt, zur Hochzeit mit Betty Joyes, der sollte dir Mut machen.«

»Aber jeder sieht doch, dass ich ihn nicht benötige. Jeder weiß doch, ich habe Mut. Also, George, was setzt du dagegen.«

»Nichts. Erstens bin ich ebenfalls sicher, dass Jeremiah hängen wird. Zweitens hab ich mir vorgenommen, das Wetten zu lassen.«

»Oh, du warst schon immer ein besonderer Vornehmer«, witzelte Daniel und musste kichern über seinen eigenen Wortspaß.

Doch da fuhr ihm seine Betty dazwischen und mahnte, sie sollten die Kindereien lassen, hier gehe es um Tod oder Leben.

Auch der alte MacBride, der Claddagh-Fischer, der knurrte, die McDonnell-Sache sei nicht zum Kichern. Ob sie nicht endlich kapierten, was hier vorgehe, ein Mann aus Galway habe sich erlaubt, einen englischen Lord zu erschlagen. Das bringe sie nun allesamt in Gefahr, die ganze Stadt, samt Claddagh und Connaught.

✠

Der Wind war scharf jetzt, der wirbelte den Staub in langen Fahnen über das ausgetrocknete Land. Der Rappe in der Wiesenmulde, als ein Windwirbel aus Staub und dürrem Gras auf ihn zuflog, der stieg hoch, sprang zur Seite und raste flüchtend davon.

Für Gallagher und Keats in ihrem schmalen Boot auf der Galway Bay war es bei dem aufkommenden Sturm endgültig unmöglich geworden, nah genug unter die Felswand zu kommen, dorthin, wo jetzt wieder die Brandung aufsprang und herumschlug. Beide jungen Fischer wussten zwar ziemlich genau die Stelle, wo das, was vom höchsten Punkt der Klippe heruntergestürzt war, aufgeschlagen sein musste, wussten das schon deshalb, weil Roy Gallagher als Junge mal versucht hatte, unterm Abbruch beim Mount Golgatha einen Schatz zu bergen, den der knauserige Greis Sean McDonnell vom alten Galgenberg hinuntergeworfen hatte, weil er diese Goldmünzen seinem Sohn Jeremiah auf keinen Fall hatte vererben wollen, »diesem verkorksten Leichenbitter«, so hatte der in den Wind geschrieen. Damals war der junge Roy unter der hohen Salzwand, war er in den Steintrümmern zuletzt bis dorthin durchgekommen, wo es am wildesten war, hatte aber zwischen den Felsbrocken nur Schiffsplanken gefunden und Ruderbretter und keinerlei Münzen.

Inzwischen wühlte sich die See von Stunde zu Stunde ins Wildere auf. Wer in diesem Getöse einen Herabgestürzten bergen wollte, der wagte selber sein Leben. Tobby Keats blieb im Boot zurück und hielt das Seil, das zu Roy Gallagher hinübergespannt war und mit dem Tobby den Freund notfalls wieder herauszuziehen hatte aus dem Tumult, zurück ins

Boot. Roy also kroch auf allen Vieren über die glitschig nassen, über die düster blinkenden Felsbrocken, kroch zwischen stürzenden und kippenden Massen vor bis unter die Wand und hielt Ausschau in das Tosende, das immer finsterer wurde, denn von Süden her stand jetzt eine schwarze Wolkenwand über Black Head.

✠

UND DANN, NACH EINER PAUSE, bat John Fitzstephen Marcus Tullius Lynch die sechs Räte um ihr Urteil. Einer nach dem anderen stand auf, trat vor und sagte seinen Spruch. Zuerst Ronald Skerrett, der hatte sich alles aufgeschrieben, der las sein Urteil ab. »Es war Mord. Es war ein lang geplanter, also absichtlicher Mord. Mein Urteil: Tod.«

Im Saal war es still. Als nächster erhob sich William O'Brian von seinem Ratssitz. Der brauchte keine aufgeschriebenen Sätze. »Ein Wehrloser erschlug einen anderen Wehrlosen. Und es war Gegenwehr. Spät zwar und listig und mit verwerflichen Mitteln, aber verständlich. Mein Urteil: Freispruch. Aber mit Aberkennung der Ratswürde, aller Rechte eines städtischen Ratsherrn.«

»Bravo, Alter!« mischte George sich ein und lobte den Freispruch für einen wie McDonnell, den er noch in der Nacht als Esel gelästert hatte, als kompletten Esel.

Fitzpatrick drohte ihm mit erhobenen Händen, in der einen der beiden Henkerhände sah man den Gerichtsstab, in der anderen die Feder, mit der Frederic jedes Votum in der Akte urkundlich notierte.

Dann stand Douglas O'Donnoghue auf, der Schwager des Angeklagten und sein Verteidiger, klar, wie der sich entscheiden würde. Der Brauer tat wieder einige schnelle Schritte nach vorn und urteilte und redete dann konzentriert und schnell. »Es war Jeremiahs einzig mögliche Gegenwehr. Mein Urteil: Freispruch. Und Wiedereinsetzung als Stadtrat.«

Danach sprach Marc Kelly, der Schiffszimmermann, zum ersten Mal nahm er Teil am Rat der sechs Stadtrichter. »Es war, finde ich, ein Mord. Heuchlerischer Mord, lang und in übler Absicht vorausgeplant und mit sehr riskanter Gefährdung einer sehr jungen, einer hilflosen Tochter. Nach dem Galway-Gesetz gibt es meines Wissens nur ein einziges Urteil, nämlich den Galgentod.«

Alsdann war die Reihe an Lynchs neuer Verwandtschaft. ›Kontrakopf‹ John Joyes richtete sich auf, fasste sich in seinen Gürtel und schickte zwei wacklige Blicke übers Feld der Zuhörerköpfe, einen ersten auf den Klotz von Larminie. Den zweiten ziemlich genau dorthin, wo George saß, den auch Joyes immer ein wenig zu fürchten schien wegen seiner vielfältigen Maulfertigkeiten. Dann aber hielt er sich an den Richter Lynch und, das Auge fest auf den neuen Verwandten John Fitzstephen Marcus Tullius gerichtet, erklärte John: »Es war heimtückische Absicht. Es war also Mord. Auch ich respektiere das neue Galway-Gesetz als das Bestmögliche, was uns allen je geschehen konnte, denn es gibt uns Freiheit und nicht nur für unsere Geschäfte. Mein Urteil: Tod.« Und setzte sich.

»Schönen Gruß vom Schwiegersohn!« giftete George Blake und hatte bittere Lacher auf seiner Seite. Ja, wo war eigentlich Johns neuer Schwiegersohn, wo war der junge Lynch? Und überhaupt fehlten noch immer einige der jüngeren Leute. Man sah sich um im Saal und fand weit hinten nur Agnes Joyes, allein saß sie da in den Schatten, nicht weit neben der alten Kate, sie, die Agnes, die sonst immer sehr gern weit vorn mitspielte, die Schöne, die ansehnliche, die nur zu gut wusste, dass sie so hübsch und liebreizend war und die sich entsprechend gern überall sehen ließ. Aber auch Juan Gomez fehlte noch. Man vergaß das erst mal wieder.

Denn inzwischen stand es drei zu zwei für das Todesurteil. Manche im Saal hatten die linke und die rechte Hand zum Zählen genutzt, die linke Hand für Freispruch, die rechte für den Galgen. Mit den Kobold- und Elfenfingern zählten auch an diesem Gerichtstag die meisten, an diesem Tag, den man in Galway und auch an der Küste auf Jahre hinaus nicht mehr vergessen würde.

Als letzter von den sechs Räten sollte der listige, der rotgesichtige Flann O'Faherty sprechen, der neben William O'Brian offenbar als einziger die alte Jeremiah-Geschichte genauer gekannt hatte, die Untat jenes Barons, deretwegen McDonnell seine große Frömmigkeit für einen entscheidenden Augenblick hatte vergessen müssen, die üble Geschichte vom Seamus auf Duilearga, der im Wald von Whaley gemordet und geschändet hatte, dort, wo die Lords das Sagen hatten und nicht das Galway-Gesetz, das alte nicht und das neue nicht.

Weiberfreund Flann bewies auch jetzt, fistelnd und zischend, einen wohlbedachten Familiensinn. »Was geschehen ist, das war, so urteile ich, eine späte, aber doch noch, wenn man an Martha als *virgo intacta* denkt, eine rechtzeitige –«, hier lachten die Schwankbrüder im Saal gern schon mal los, jedoch nicht zu laut, weil auch sie nichts überhören wollten und weil insgeheim nur allzu anerkannt war, dass derart blutige Streitgeschichten eigentlich gar nicht zum Lachen waren, »– jedenfalls höchste Zeit war es für eine grausame, wenn auch gut verständliche Gegenwehr. Mein Urteil: Eine ausführliche Zeit im Kerker, vielleicht drei Jahre, eine Männer-Akademie zum Nachdenken über die Pflichten eines Familienvaters, insbesondere für die unerfahrenen Jungfrauen, das täte vielen aber vor allem unserem tüchtigen Hanfverhökerer ziemlich gut und am Ende sogar seiner zierlichen Tochter.«

Leises Kichern und Seufzen ging durch die Reihen. Aber nun hieß es im fingerzählenden Todesspiel drei zu drei. Glucksen, aber auch Ächzen rang sich da aus einigen Kehlen, wie immer dann, wenn auf dem Grünen Platz vor dem Osttor mal wieder die alten Tjostkämpfe ausgetragen wurden und wenn die Kontrahenten gleich stark waren, so dass bei jedem Gegeneinanderrennen keiner aus dem Sattel stürzen wollte, bis endlich doch wieder ein Limericker oder Corker, obwohl die sich gern und lautstark als unbesiegbar priesen, im Sand saß.

Unentschieden stand die Partie für und gegen Jeremiahs Leben. Nun also erhob sich zur Stimmabgabe auch Richter Lynch und hatte, wie schon so oft in diesem Gericht und Rat, mit seiner letzten Stimme die Entscheidung in der Hand. Viele wussten nicht, ob sie jetzt ihn oder

McDonnell oder Cork anschauen sollten, schließlich aber zog doch der Herr des Lynch-Castle, zog Gerichtsherr Lynch mit seinen dunklen Augen die meisten Blicke auf sich.

»Bürger« sagte er, wie er es oft tat, wenn er zu reden hatte, »Bürger« sagte er auch jetzt, drehte sich kurz zurück, zur Stirnseite, zu den Fenstern, unter denen die Räte saßen. Im Gebälk hörte man den Wind, der immer stärker an den Scheiben rüttelte, einen Moment wartete Lynch noch, ob es wieder ruhiger würde, aber ein dumpfes Rumoren dort draußen, das blieb.

Und dann sagte auch er sein Urteil, sprach das, ohne die Stimme mehr zu erheben als vorher, viele, vor allem Ältere taten sich die Hand an die Ohren, um ihn genau zu verstehen. »Bürger. Die Blakes, die Joyes, die Lynchs und die anderen Stämme und Sippen, von denen jede, wie ihr wisst, einen Turm zu bauen hatten in unserer Stadtmauer, diese Familien kamen vor dreihundert Jahren, um das wehrhafte Galway zu begründen. Ich weiß, es hält sich der Vorwurf, sie seien als englische Eroberer gekommen, aus London hierher gesandt, damit im kargen Westen Irlands das Wilde verschwindet, das Barbarische oder das, was Leute wie Jeremiah McDonnell und O'Donnoghue gern das Unziemliche nennen.«

»Nein!« rief MacBride, »sie kamen, um uns klein zu kriegen!«

»Ich weiß, MacBride, diese Vorwürfe kenne ich seit langem und finde, in Galway sind sie längst lächerlich. Wenn es denn wahr ist, dass diese vierzehn Stämme einst als Eroberer kamen und als Unterdrücker, so ist es ebenso wahr, dass sie inzwischen diese Stadt lieben. Dass sie einer sehr armen Fischerstadt Wohlstand brachten und obendrein, seit fast hundert Jahren, auch die Künste, den Geschmack und die Schönheiten unserer spanischen Freunde. Vor allem aber haben diese vierzehn Stämme mit einer eigenen Verfassung der Hafenstadt Galway Unabhängigkeit beschert, Freiheit von allen Herren dieser Welt. Auch Freiheit von London. Was hier immer wieder vorgebracht wird, auch vom heutigen Angeklagten dieses Gerichts und von seinem Verteidiger, das klingt so, als würde Galways Freiheit nicht für alle gelten. Als gelte unsere Verfassung nur für Kaufleute und Herrschaften. Sie gilt aber, und das wissen alle und erfahren es täglich, sie gilt innerhalb der ummauerten Stadt real für alle!«

John Fitzstephen Marcus Tullius hatte zu diesen beiden letzten Wörtern, hatte zum ›für alle‹ seine rechte Hand auf seine Brust gelegt, dorthin, wo das Herz in den Hände zu sehen war. »Achtzigmal nennt die Chronik Galways den Namen Lynch als den eines frei gewählten Stadtoberhaupts. Und so wird ausgerechnet ein Lynch nicht derjenige sein, der dieses Galway-Gesetz ignoriert, dasjenige also, was schon in der alten Fassung jedem innerhalb dieser festen Mauern, aber auch auf der anderen Seite des Corrib, auch im Claddagh, ein Grundrecht auf Leben und Arbeiten garantiert. Jedem, einem Katholiken wie einem Protestanten, einem Grafen ebenso wie einem Fischer, einem Vater geradeso wie einer Tochter, einem Klugen geradeso wie einem Dummen. Und wer dann wie Jeremiah McDonnell dieses Grundrecht auf Leben missachtet, der hat sich damit selber aus unserer Stadtrepublik ausgeschlossen. Beide, McDonnell wie Cluricaun, hatten schon zuvor über die junge Martha McDonnell verfügt nicht wie über einen Menschen, sondern wie über ein Schaf oder Kalb oder wie über einen Stuhl oder einen Stapel Torf. Was dann der eine dem anderen antat, das war zwar Gegenwehr, aber mit unrechtmäßigen, mit unmöglichen, mit hirnverbrannten Mitteln. Mit feigen, mit bestialischen Mitteln. Mit einem Rückfall aus dem Vernünftigen und Menschlichen ins Barbarische, in das, was den Mitmenschen missachtet und missbraucht wie ein Ding. Unrecht richtete sich gegen Unrecht, ja, und Gewalt gebiert immer wieder nichts anderes als neue Gewalt. Geradeso handelte vor zwölf Jahren dieser Baron Seamus und missbrauchte die unglückliche Maeve McDonnell, so dass dieser vermeintliche Edelmann in Wahrheit ein vollkommen Unedelmütiger war. Tatsächlich ein Barbar. Gegen Mörder verfügt das Galway-Gesetz, das für immer und für alle gilt, die Todesstrafe.« Lynch nahm wieder Platz.

Einige sprangen auf. Frederic klopfte und stieß um Ruhe und kreischte, ohne dass man seine Worte verstand. Nun stand es fest, den Seiler und Stadtrat Jeremiah McDonnell erwartete der Galgen.

»Das letzte Wort hat der Verurteilte«, hörte man den Richter.

McDonnell wartete ab. Schnellte dann wie eine Feder von seiner Bank und stürzte drei Schritte vor. Erschrocken sprang Fitzpatrick ihm nach, auch die Stadtgardisten, bis zu diesem Moment starr wie zwei Ecksteine, hoben ihre Waffen, aber Jeremiah lief nicht weg, sondern der drehte sich nun um, wendete sich an die Zuhörer im Saal und verkündete mit einer Stimme, die er offenkundig für die Stimme der Ewigkeit hielt: »Das letzte Wort habe nun also ich? In dieser Stadt scheint es niemand mehr zu wissen: Das letzte Wort hat in jedem und auch in diesem Fall einzig und allein der Ewige in der Höhe!«

Dann blieb der Seiler, ohne noch weiteres zu erklären, stehen, wo er stand. Und ließ sich, den Blick dorthin emporgerichtet, wo für ihn das eigentliche Gericht wohnte und von wo er schon jetzt das wahre Urteil zu hören schien, von Edwards Mannen abführen. In den Hof hinaus, in den Kerker.

»Na also!« donnerte Ritter Cork zum Richter Lynch hinüber. »Weg mit ihm, weg mit dieser Pestbeule!«

Aber ehe weitere Beschimpfungen, bevor neue Reden geführt und Erklärungen laut werden konnten, kluge oder dumme, sprang an der Stirnseite, über den Häuptern der sechs Stadträte, eines der Fenster wieder auf und fuhr mit Staub und Laub und Lärm und mit dürren Grasbüscheln und Blättern der Wind in den Saal und unter die Papiere und zwischen die Leute und heulte und wirbelte in der Halle herum, Frederic Fitzpatrick sprang hierhin und dorthin, um sein Aufgeschriebenes einzufangen, man half ihm, reichte ihm die Blätter. Betty Blake stürmte nach vorn und verschloss das Fenster, riegelte es diesmal richtig und nachhaltig zu.

Dann kehrte der Hauptmann Edward O'Flaherty von Kerker und Hof zurück und übergab dem Henker und Sänger Fitzpatrick zwei Schlüssel. Den Delinquenten hatte der Kommandant persönlich ins Verlies gesperrt.

»Na also!« donnerte nochmal Cork auf Larminie, dann stand er auf, abermals rasselnd, blickte sich nach allen Seiten um, als nehme er auch jetzt aus dem Saal noch Widersprüche entgegen und getrost auch Zustimmung, und als niemand zu Äußerungen bereit war, setzte er sich mit klirrenden Schritten in Bewegung, marschierte er mit seinen gleichfalls geschienten und sehr bewaffneten Spießgesellen aus der Halle hinaus, mit metallenem Krach. Und zweifellos mit dem festen Vorsatz, daheim, auf Larminie, und in Dublin und in London den demnächst vor Galways Osttor hängenden Übeltäter McDonnell als das Resultat seiner geschickten Anklagekunst darzustellen.

Lynch indessen, blass und ohne solch sieghaftes Gespreize, winkte mit kaum wahrnehmbarer Handbewegung den Zimmermann Kelly zu sich und bat ihn, sich vom Henker Frederic die alten Zeichnungen des Gerüsts geben zu lassen, jenes Gestells, auf dem vor fünfundfünfzig Jahren der Köhler David Gallagher gehängt worden war. Nach diesen Plänen gelte es, bis zum nächsten Vormittag eine gleiche Vorrichtung auf dem Grünen Platz vorm Osttor der Stadt zu bauen.

Sprach's, ging aus dem Saal und ließ seine Galwayer, die er Bürger genannt hatte, allein, ließ sie zu wirren Gesprächen zusammenschwirren, ja, da eilten nun die Eifrigen von Gruppe zu Gruppe, um Meinungen zu sammeln, um Meinungen loszuwerden.

Da standen und saßen sie nun in Menschentrauben zusammen und es rührte sich keiner aus dem Saal, bevor nicht von Grund auf das Urteil und wie es zustandegekommen war, besprochen und hin- und hergewendet war mit vielfältigen Kommentaren, mit schimpfenden, aber auch mit lobenden. Da war nun zu rekonstruieren und zu verstehen, warum der eine Rat so, der andere aber anders geurteilt hatte, ob es beim einen die Freundschaft zu Lynch war und das Interesse an den blendenden Galwayer Geschäften, die ihm das Urteil vorgezeichnet hätten und ob beim anderen nicht doch noch Reste der von Jeremiah McDonnell eindrucksvoll beschworenen römisch-kirchlichen Gottesfurcht den Ausschlag gegeben hatten.

Flinkredner wie George Blake erklärten, dass dieser Seiler sich selber um Kopf und Kragen geschwätzt habe, dass er sich in den Netzen seiner eigenen Frömmelei verfing und seinen alten blinden Hass offen herausließ, seine Ansicht, Ritter, zumal anglikanische, seien seit je und per se gottlos und unbelehrbar und erschlagenswert und es käme nur drauf an, den richtigen Moment abzupassen und geduldig Gottes hohen Willen vorzubereiten. Und Betty pries des Flann O'Flahertys Extra-Urteil, dessen Vorschlag, eine dreijährige Lern-Akademie für extrem stumpfsinnige Väter einzurichten, bei denen die Töchter nicht Freiheit, sondern Furcht lernten. All dieses Hin und Her lobte am Ende der graue Kugelkopf William als das immerwährende Auf und Ab der alten und immer neuen Geschichte Galways, die ihn offensichtlich von Neuem entzücke.

✠

LYNCH LIESS SIE PALAVERN, seine aufgeschreckten Bürger, zog sich zurück in seinen Philipps-Raum, setzte sich dort an den Schachtisch, goss sich aus der Karaffe Roten in sein Römerglas, trank, schloss die Augen und betrachtete dann und bedachte abermals die Figuren und Zeichen, die da im düsteren Fenster zu sehen waren, trank und musterte diesmal besonders, wie am schwarz-weißen Rand des großen Fensterbildes das gut gebaute Schiff, wie dort die vorbildliche Kaufmanns-Galeone an Europas gefährlichen Westküsten sicher entlang fuhr, an all diesen vor- und zurückspringenden Felsenküsten Portugals, Spaniens und Frankreichs und Irlands, wie das, in kluger Berechnung der korrekten und gewinnbringenden Kurse, erstaunlich sicher an allen Klippen vorüberfuhr.

Schaute dann von dieser nützlichen Mathematik zurück in das helle und farbige Zentrum des Bildes, blickte auf den legendären tatkräftigen Herrscher, auf den König Philipp den Vernünftigen inmitten einer dunkel verworrenen Schlacht, in der dieser Monarch persönlich das Schwert schwang und dennoch die Übersicht behielt, beides zu gleicher Zeit. Ach, da hatte Lynch nun zu grübeln und seinen Träumen nachzusinnen.

Wer doch eben dies je auf Dauer fertigbrächte, dieses ständige Handelnmüssen zusammen mit dem gleichzeitigen Vernünftigbleiben.

Seine Hand, eben ausgestreckt, das Trinkglas wieder zu fassen, zögerte einen Moment, griff erst dann zu. Denn das Geräusch, das er hinter sich gehört hatte, kam von Ricardo. Der ließ sich, als wollte er seine Partie nicht aufgeben, ja als müsse er sie nun erst recht eröffnen, an der anderen Seite des Schachtischs nieder und schaute den Richter abwartend an.

Beide hatte ja nun ein beredtes Beispiel, hatten den vergangenen Tag im Kopf, die Verwirrungen beim vorzeitigen Ende des Festes und das anschließende Strafgericht, aber Lynch wollte jetzt nur in großer Konzentration auf sein Bild blicken, dachte weder an Zug noch Gegenzug, ihm schien, als sei jetzt jeder Gedanke an den dünnlippigen Geistlichen verschwendet.

Doch der Pater begann zu reden, ungefragt. »Lynch«, begann er. »Ihr habt zwar Euren Sohn, Euer einziges Kind nach dem ersten großen Christen Irlands benannt. Eure Gemahlin trägt zwar den Namen der Gottesmutter. Aber offenbar denkt Ihr, damit sei genügend Tribut entrichtet an die heilige Ordnung, die als einzige unsere Welt von ihren Übeln befreien kann.«

Ricardo machte eine Pause. Lynch widersprach nicht, obwohl er, wie er meinte, in seiner Begründung des Urteils eine andere und bessere Ordnung gegen alles Übel dieser Welt genannt hatte, nämlich die Grundrechte für jeden. Sagte lieber gar nichts, ließ sich erst mal auf kein Gespräch ein, hob ab und zu sein Trinkglas, trank und schien ganz und gar versunken in den Anblick des militanten Weisen in der frühen gläsernen Schlacht.

»König Philipp, den ihr da bewundert, der war, überseht das nicht, ein frommer Katholik. Der hielt, wie alle weisen Katholiken, wenig von der Weisheit des Volkes, aber viel von der Weisheit der Kirchenväter. Wer deren Weisheit achtet, wird zum vernünftigen Regenten.« Ricardo wartete ab. Auch dieser Zug zeitigte keinen Gegenzug. »Auch dieser König Philipp organisierte etwas gut Durchdachtes, ein Regiment der

Vernunft. Freilich eines der Gottesvernunft, der die heilige Weltordnung entsprang. Zwar ließ auch Philipp fremden Einfluss und Zauber zu, förderte ebenfalls die schönen Künste, ließ Paläste bauen im arabischen Stil, ließ Lieder singen nach morgenländischen Weisen, auch Liebeslieder und er unterschied klar zwischen weisen Arabern und mörderisch unvernünftigen Arabern. Hat aber bei all dem die allein seligmachende Gottes- und Papst-Ordnung in keinem Augenblick verleugnet. Sondern hat, während er die Kunstsinnigen verehrte, die Bestialischen bekämpft. Trotz aller seiner maurischen Paläste und Gesänge. Ihr dagegen, Ihr öffnet dem protestantischen Eigensinn alle Tore. Lasst Eure Galwayer sich berauschen am englischen Gift der Freiheit, nämlich der Zügellosigkeit. Und nach Eurem Vorbild hält sich inzwischen fast jeder Galwayer Bürger für einen kleinen Lynch. Sieht sich als Mitte der Welt, nimmt sein Los in die eigenen Hände und glaubt rundum an Euer ›Wohlstand für alle‹.«

Schickte einen weiteren neugierigen Blick, doch Lynch zeigte keine Wirkung. Da sah Ricardo Gomez wohl ein, dass er präziser werden musste. Und hob die fein gegliederte Hand: »Von Euch und von Eueren achtzig Vorgängern im Amt hörten die Galwayer über Jahrhunderte die Behauptung, jeder müsse nur sein Herz mutig genug in die eigenen Hände nehmen und sein Glück wagen, dann warte auf jeden eine Krone, nämlich das irdische Glück. Und zwar als Handelsgewinn. Und so fühlt inzwischen fast jeder hier in seiner Hand einen Glücksschmiedehammer. Jeremiah McDonnell nahm freilich keinen Hammer, sondern ein Ochsenjoch. Hielt und hält sich zwar für einen Katholiken, und doch meinte auch er, selbstherrlich zuschlagen zu dürfen.«

Weiß Gott, dies musste Lynch doch nun bedenken, die üblen Konsequenzen, die seine gut gemeinten Freiheits-Aussichten zur Folge haben könnten. Aus McDonnells Untat sprach Lynchs eigener Geist? Selbst diese Behauptung war offenbar noch immer nicht genügend ungeheuerlich, dass sie den Richter von seinem tatkräftigen Vorbild und Ratgeber im ›Fenster der Vernunft‹ Abstand nehmen ließ. Fitzstephen blickte inzwischen wieder am rechten Rand des Fensters auf und ab, auf diese mathematische Kühnheit, wo auf einer Kugel die vielen zackigen Umrisse des westlichen Europa zu sehen waren und das Kaufmannsschiff zwischen Winkelgraden und Längengraden und in kluger Navigation zwischen Erde und Sonne den sichersten Kurs vorgezeichnet bekam.

»Lynch, ich muss es Euch sagen, mit dem Geld der englischen Barone und der britischen königlichen Universitäten habt Ihr inzwischen allzu vielen protestantischen Freiheitsgeist in eure Stadt hineingelassen. Habt Euch und Euer Galway verkauft an dies fürwitzig eigensinnige Berechnen des Kurses. An dies dünkelhafte Denken, das sich einbildet, ein jeder sei Steuermann oder gar Kapitän des eigenen Lebensschiffs. So dass eine Rückkehr zum Heil der wahren Kirche inzwischen schon fast ein wirkliches Wunder wäre. Das Fest in der vergangenen Nacht hat es mir gezeigt, hat mir bewiesen, wie sehr Eure Bürger sich inzwischen auf schamlose Selbstüberheblichkeit eingelassen haben, so sehr, dass selbst ein scheinbar noch ganz und gar katholischer Mann wie Jeremiah McDonnell sein Glück nur noch auf sich selber gebaut hatte, auf seine eigene insgeheime Pfiffigkeit, auf berechnende Tatkraft. Wobei sie alle, auch Euer ungehobelter Stadtpriester Kirwan, von Gottes ewiger Ordnung so gut wie nichts mehr erwarten, dafür aber alles von der eigenen Schlauheit. Wenn Ihr diesen Irrwegen und diesem Hochmut weiterhin alle Freiheit gebt, dann richtet Ihr Eure Galway-Welt zugrunde. Denkt an mein Angebot.«

Wieder stand nun ein Schweigen im Raum. Diesmal also als christkatholisches, als römisches Angebot. Aber eine Antwort blieb aus. Lynch hätte nun gut sagen können, für einen wie McDonnell gebe es in Galway keinerlei Freiheit, sondern nach dem Gesetz die höchste Strafe. Aber er schwieg. Stumm ritt Philipp, stumm steuerte das Handelsschiff um Europas schwierige Küsten herum, stumm sann Lynch dem vernünftigen König wie der klugen Schiffsroute nach. Der Pater aber blickte zwischen dem denkwürdigen Fenster und dem Stadtlenker hin und her und sprach schließlich in einem Ton, als ob er drohen wollte. »Euer *experimentum medietatis*, Eure Lust, Mitte sein zu wollen, sich selbst absolut zu setzen, die ist im Grunde die fürchterlichste aller Sünden. Aller Absonderungen von Gott. Jedenfalls ist sie die verhängnisvollste. Der Frevel, sich selbst über alles zu stellen. Diese Grundsünde macht Euch nicht, wie Ihr hofft, frei, sondern abhängig. Kettet Euch für immer an die verworrenen Wege unseres eigenen Inneren und dieser endlichen Welt.«

»Sollen also wir Galwayer nunmehr zu Kreuze kriechen? Am besten bis nach Rom? Und soll die Gerechtigkeit wieder allein dem Jenseits überlassen bleiben? Jeremiahs hohem Gottesgericht? dem jüngsten Tag? Könnt Ihr mir verraten, wozu Gott uns diese Welt gegeben hat und unser Herz und unseren Verstand?«

»Um uns in Versuchungen zu führen. Mit den Lockungen des Irdischen, mit den Lockungen auch der Freiheitslüste. Eines selbstherrlichen Gefühls, Mittelpunkt zu sein. Die Menschen brauchen aber nicht Verstand, sondern brauchen Liebe.«

»Unser Verstand ist zweifellos sehr unzulänglich und unser Inneres rätselhaft verworren. Aber den Glauben, dass dieser Verstand uns nicht ganz ohne Grund ins Hirn geriet, diesen Glauben halte ich noch immer für den sinnvollsten von allen. Weil er uns Wege zeigt, wie wir Unzulänglichen, wie wir Zerstrittenen und Verwirrbaren unser Miteinander schrittweise und geduldig einigermaßen verbessern könnten. Und zwar ohne wechselseitiges Blutvergießen. Und ohne Ängste vor der Hölle. Und ohne Ängste vor irgendeiner unberechenbaren Herrschaft und auch vor dem, was Ihr Gott nennt.« Lynch blickte zurück, sah, wie Don Ricardo auch jetzt wieder nur halbwegs, wieder nur auf der Kante des dunklen Stuhls saß.

»Ach, ihr Priester, ihr wisst alle mit eueren Heiligen und mit eurer Bibel so bewundernswert und hinreißend genau, was der will und denkt und plant, der, wenn es ihn denn gibt, diese ungeheure, diese unfasslich große Welt geschaffen haben soll, und ich, mein Lieber, den Ihr für gottlos haltet, ich halte euer ständiges Gerede von Gott und seinen Wünschen und Plänen für eine schiere Anmaßung, für absolute Respektlosigkeit, ja sogar, um mit Euren Kategorien zu reden, für die perfideste Gotteslästerung. Denn der Unendliche, von dem in Europa und nun auch in Amerika immerzu die Rede ist auch bei allen Kriegen und

Machtkämpfen und Geschäften, dieser Unendliche ist, da bin ich mir ganz sicher, er ist unsäglich. Unsagbar. Undenkbar. Jedenfalls nicht sagbar von uns unzulänglichen Endlichen. Wir haben für diesen unsäglichen Schöpfer keinerlei Wörter, nur klägliche oder freche. Vielleicht ist Musik das Angemessene. Verzeiht, so sehe ich das. Und in unserer grandios verwirrenden Welt trotz unseres geringen Verstandes Wege zu finden, auf denen alle miteinander gut gehen und leben könnten, alle, Protestanten wie Katholiken wie Juden und sogenannte Heiden oder tiefgläubige Ungläubige, solche guten Wege zu finden, das ist, meine ich, aller Verstandesmühen wert. Und wenn Ihr mir von Liebe säuselt, dann frage ich Euch, wer denn lässt mehr Menschen schlachten als in ihrem Liebeswahn Eure sogenannte Liebeskirche. In Frankreich die Katarer, in Deutschland die Bauern, in Amerika neuerdings zu Millionen die sogenannten Heiden, klar, sind alles nur Barbaren –«

Ricardo stand auf, hob betend die Hände, schien die Hände zu ringen, gab dann auf und ging fort. Und hörte nicht mehr, was Lynch ihm hinterdrein murmelte. »Ihr Priester selbst seid es, die Ihr Euch absolut setzt in *postulatio medietatis*, im Alleinvertretungsanspruch. Angstbeamte seid Ihr, erpresst uns, droht mit Hölle und Tod. Und ergaunert Euch mit diesen Methoden seit nun mehr als tausend Jahren die prächtigsten Geschäfte und Vorteile –«

✠

Der fromme Spanier, von dem die meisten nicht recht wussten, ob er direkt aus Malaga gekommen war oder auf einem Umweg, nämlich auf dem Weg über Rom und über Dublin, dieser Pater Ricardo schritt schon wenig später wieder gazellenfüßig durch die menschenvolle Gerichtshalle, so geistergleich glitt der Schwarzäugige daher, dass in den Räsonierrunden, an denen er vorüberschritt, die Gespräche für Augenblicke verstummen mussten.

Erst als er genügend weit weg war, drüben im Vorraum unter dem Turm, da flackerten die Gespräche wieder auf. William O'Brian hatte erklärt, bei Lynchs Todesurteil habe zweifellos das neue Gesetz über den Verstoß gegen Handel und Wandel den Ausschlag gegeben. Nein, knurrte John Joyes, selbst wenn noch das alte Gesetz gegolten hätte, auch dann hätte Lynch nicht anders handeln können und den Jeremiah hängen lassen müssen.

Aber wozu nur, mischte Betty Blake sich ein, wozu denn ein Todesurteil überhaupt gut sei, ein einziger Umgebrachter sei ein Toter zu viel, wieso immer wieder eine unwiderrufliche Idiotie mit einer anderen ebenso unwiderruflichen beantwortet werde. Gegen Leute wie Jeremiah McDonnell könne man sich gescheitere Strafen ausdenken, O'Flaherty habe da einen sinnvollen Vorschlag gemacht, ja, da gebe es gewiss sehr viele bessere Wege als das Erwürgen oder Genickbrechen am Galgen.

Dieser Betty, der kamen da allerhand freimütige Worte aus dem schönen großen Mund und dann sagte sie, jetzt ohne ihr Töchterchen, solche Dinge sogar dem alten Herrn Skerrett, der auch jetzt wieder ein wenig hölzern und unentschlossen herumstand, der überhaupt selten redete, es sei denn, er sagte etwas, was er sich zuvor aufgeschrieben oder was er schon früher oft geredet hatte und was schon sein Vater just so gesagt hatte und der Großvater, diesem zähen Herrn also sagte Betty: »Solch ängstliche Knochen wie du, die hätten dem neuen Galway-Gesetz wahrscheinlich nie zugestimmt, hätte Lynch nicht ausreichend Schwachsinn aus der Vorzeit weiterleben lassen, und dazu gehört der verdammte Galgen. Oh ja, Skerrett, und auch du, Daniel und George, ihr alle, wann wird euch das endlich klar, einen Menschen totzumachen ist das Allerschwachsinnigste. Hat nicht Lynch auch heute wieder geredet vom ›Grundrecht‹ eines jeden Menschen? vom Grundrecht auf ›Leben‹? und ist denn nicht selbst dieser McDonnell nur ein Mensch in seiner Idiotie gewesen, ein tölpelhaft hilfloser?« Betty schaute energisch herum und blickte jeden der klugen Räte und Zuhörer an. William O'Brian jedoch erinnerte sie an die elende Tat des Barons Seamus im Wald von Whaley.

Da fühlte die volle Betty auf ihrem Arm die Hand der Mary Lynch, die Blinde berührte sie und sagte leise: »Was können Frauen schon tun gegen Herren, die wie aus Holz sind oder Eisen.« Und dann sah man, wie die beiden Frauen zur Seite gingen und ihre Köpfe zusammensteckten, die gingen Arm in Arm zu den hinteren Stuhlreihen und gingen dann wieder zu den vorderen Reihen und redeten offenbar über die Herren, die wie aus Holz sind oder aus Eisen, redeten nun aber auch über Juan und Pat, und Betty fragte Mary Lynch, ob sie wisse, was in der Nacht passiert sei mit ihrer Schwester Agnes, die wirke verändert, und wo denn jetzt Pat sei und wo Juan Gomez.

Derweil redeten sich die Männer daran fest, wie der Seiler McDonnell seine gerechte Wut nicht etwa ausgetobt habe, sondern wie er seinen Zorn auf hinterhältige Weise und sozusagen auf kleiner Flamme habe köcheln lassen, wie er diesen liebestollen Ritter Cluricaun auf Killmanroy erst einmal gründlich habe heißlaufen und am Ende habe auflaufen lassen auf das schädelberstende Ochsenjoch, da sei doch wohl in McDonnells glaubensstarkem Zorn zugleich eine kalt berechnende Falschheit am Werk gewesen.

»Eine Falle war das, ganz klar«, sagte George Blake.

»Eine Heuchelei wie bei den Huren war das«, erklärte Flann O'Flaherty, »eiskalt.«

»Wieso eiskalt? wieso wie die Huren?«

»So kalt wie die Huren unsere Leibeslust ausnützen und die Priester unsere Todesfurcht, so kalt berechnete Jeremiah die Geilheit des Räubers Cluricaun auf Killmanroy.«

Betty hatte derweil Mary Lynch zu ihrem Sitz in der vorderen Reihe geleitet, kam nun zurück und erkundigte sich ringsum, ob jemand wisse, wo jetzt Juan sei und Patrick Lynch, hörte aber keine Antwort, sondern nur Reden über ›Heuchelei‹ und ›hinterhältig‹ und ›eiskalt‹ und da mischte sie sich abermals ein und stimmte zu. »Oh ja, Heuchelei! Dem McDonnell war es egal, wie der Cluricaun sein Martha-Kind betatschte mit Fettfingern, wie einen Honigkuchen vermanschte und vernaschte er die arme Kleine, Schmiersack Cluricaun durfte das Tortenstückchen

Martha mit Schwanzeslust befingern und betasten, aber erst als auch noch ihr Häutchen drankommen sollte, erst da meinte dieser treue Kirchenknecht, diese fürsorgliche Bestie von Papa, dreinschlagen zu müssen. Zum Teufel mit diesen schwachsinnigen, mit diesen verlogenen Vätern und denen, die ihm dies ins Hirn gesäuselt haben!« Sehr viel Verachtung hallte da aus Bettys erfahrungssattem Leib. »Entweder es juckt mich oder es juckt mich nicht, daran ändert ein Häutchen so viel wie eine Möwe am Ozean verändert, wenn sie ihm ins Wasser scheißt.«

So erklärte das Betty Blake den Männern und wollte eben noch ihre volle Lache hinterherschicken, weil sie merkte, wie verwirrt die Alten und die Jungen sie nun anblickten und wie angestrengt allesamt nachzudenken begannen über das Häutchen als Möwenschiss –

– da aber wurde die Tür von der Straße her aufgerissen. Und in der Tür der Vorhalle stand Tobby Keats. Durchnässt stand der da und nach Luft ringend. »Lynch!«

Das klang wie ein Stöhnen, sehr laut.

Der Joyes-Knecht keuchte, der schluckte.

»Leute –«, der Mann im Eingang, im kleineren Vorraum unter dem Turm, der tat zwei Schritte auf die Leute zu, in die Halle hinein. Nur zwei Schritte und schaute sich um mit entsetzten Augen, als seien ihm die Augen geborsten. Sah von einem zum anderen, als suche er jemanden, dem er um den Hals fallen könnte, um sich auszuschreien.

»Wem denn – wem hier sag ich denn das?« Ging weitere Schritte, mitten im Gehen blieb Tobby stehen, stand fest. Glotzte wie erfroren gegen die Leute. Und im offenen Eingang sah man, wie stark es jetzt regnete.

»Wo ist er? der Richter –«

»Tobby, was ist passiert?« Betty streckte ihre Hände gegen den jungen Mann, der offenbar Hilfe brauchte.

Der ›Lynch‹-Ruf des Tobby Keats war durch die offenen Innentüren und über die Wendeltreppe bis vor das Philipps-Fenster hinaufgedrungen, war auch dort oben gut zu hören gewesen, und so erschien er jetzt in der Halle, der Richter. Trat in die sprachlose Runde, sah sich den Angstboten an und fragte nun ebenfalls, sehr ruhig: »Tobby, was ist passiert?«

Aber der bekam, als er den Richter Lynch sah, kein Wort mehr heraus.

»Sag's endlich!« fauchte Betty ihn an, zugleich duckte sie sich ein wenig und bat zugleich mit verengten Augen irgendwie um Schonung. Regen prasselte durch die offene Tür und gegen die Fenster, die der Sturm neu schüttelte.

Der tropfende Mann schwieg. So jämmerlich und elend kannte diesen Tobby Keats hier niemand, der war keiner von den aufs Maul Gefallenen, war auch keiner von der weinerlichen Sorte, eher von der frechen und pfiffigen. Jetzt verkroch er sich, wich aus in die Ecke, in der Lynch nicht war, dem er's doch hatte sagen wollen. Und fiel nun nicht dem Richter, sondern der Betty um den Hals, stammelte ihr irgendwas ins Ohr, keuchend.

Flüsterte aber so leise, dass es beim erstenmal niemand verstand, auch Betty nicht. Dass es erst beim zweiten Mal genügend viele Ohren im Saal hören konnten: »Juan – der Juan –«

»Was ist mit Juan?« Betty biss sich die Lippen.

»– ist tot.«

Betty schob den Tobby ein wenig von sich weg, als wäre der nicht richtig im Kopf. Als hätte der die Pest. Als sei der die Banchee.

Auch alle anderen schienen nun auszuweichen. Verzogen sich vor der Gefahr, unmögliche Neuigkeiten geflüstert zu bekommen. Ließen den Keats da stehen, wo er stand, den Rasenden, den Wahnsinnigen. Ließen ihn dort, wo Betty sich von ihm loszumachen versucht hatte.

Ließen den jungen Kerl aber nicht aus den Augen, überlegten, ob nun noch alles beisammen sei in diesem Saal und die Bänke jetzt nicht in die Balken fliegen müssten und die Lynchburg in Wahrheit ein Spielkartenhaus sei im Wind oder ob jetzt die Flut die Straße heraufgeflutet käme mitten in diese Halle hinein.

Aber da prasselte nur der Regen. Die Deckenbalken hielten das Dach weiterhin stabil. Bänke und Stützen rührten sich nicht, nur die Fenster ratterten und es schien zu blitzen. Nichts löste diesen verzerrten, diesen zitternden Tobby in Luft auf. Dieser hilflos verzweifelte junge Mann mit Namen Tobby Keats war vorhanden.

Und der hatte gezischelt, dass Juan tot sei.

Auf dem alten Kaminsims standen immer noch die drei Geschenke an den Gast aus Spanien. Dorthin, zum Kamin, unter den Tobby sich geflüchtet hatte wie in eine Steinhöhle, kam nun auch Lynch, näherte sich langsam um die Bänke und Stühle herum, stieß an eine Eckbank, stolperte und fing sich und ging auf den Kamin und den Keats zu, der da vorhanden war und kein Gespenst, der vor dem Feuerofen allein hockte und der sich nun aufrichtete mit seinen aufgerissen zerrissenen Augen. Und der Richter fragte ihn: »Keats, was hast du da gesagt?«

John Fitzstephen Marcus Tullius Lynch, als er dann auf die Antwort wartete, hatte ein Gesicht, das, obwohl es aus kalkbleichem Stein schien, zugleich zu zittern begann, ein grau geknittertes Gesicht war das, eher ein Stein als ein Gesicht, so sagte das später der William O'Brian in O'Donnoghues Bierhalle, das war kein Gesicht mehr aus Galway, kein Seemanns- oder Handelsmannsgesicht, sondern eines aus uralten Felsgespinsten, eines aus der Totenstadt hinterm Black Head.

»Junge! Sag es!«

Der Richter fasste den Keats bei den Schultern, der drehte sich weg, verdrückte sein Gesicht zur Seite, dahin, wo die Blake stand. »Betty, sag du's –«

Die Frau zuckte in den Schultern, sah sich mit Angstaugen in der Runde um und blickte dann zum Richter, mit Augen, die fürchteten, von einem Blitz geblendet zu werden, und sagte dann zum Richter Lynch: »Er sagt, Juan ist tot.«

Keiner wagte eine Bewegung, einen Ton. Nicht mal zu atmen schienen die Menschen in dieser Halle. Jeder hatte es nun gehört, jeder sah das Richtergesicht aus dem Totenreich hinter Black Head, dieses starr gefaltete, abgekräuselte Gesicht, das aus seiner Leichenhaut offenbar nicht mehr herausfinden konnte. Und das dann endlich leise und einfach das Wort ›Nein‹ hören ließ. Und noch mal, entschiedener: »Nein.«

Aber Keats sagte nicht ›Nein‹, sondern »Ja.«

Ohne den Tobby anzuschauen, presste Fitzstephen die Stirn gegen die Kaminquadern, hob den Kopf aber wieder hoch. »Keats«, sprach das Gesicht und blieb tot und sagte: »Keats. Sag, dass es nicht stimmt.«

Der antwortete: »Richter – es stimmt.« Schluckte und konnte dann nur noch laut heulen, ehe er endlich weitere Worte zu schluchzen vermochte. »Wir waren unterm Golgatha, wollten umkehren. Der Sturm kam zu stark. Und dann, unterm Salzhügel, da lag er im Wasser. Unterm Galgenberg. Bin jetzt vom Hafen herauf, rasch voraus. Roy bringt ihn. Hierher, mit Jessy, mit dem Karren. Ihr solltet es vorher wissen – damit ihr nicht – wegen dem Schreck –«

Tobby fand keine weiteren Reden, musste einfach aufhören mit dem Sprechen, und weil ihn jetzt niemand zum Weiterreden auffordern konnte und weil alle und auch der Richter ohne Worte waren und selbst Lynch keinen Blick mehr konnte und keine Bewegung, verzog Tobby sich unter die anderen, hinter die Betty Blake.

Nur den John Joyes hörte man. »Wenn das stimmt –« hörte man den, doch was der sagen wollte, das musste der erst einmal abbrechen. Erst nach vielen Atemzügen kam das andere dann schließlich doch noch heraus aus dem Joyes.

»Dann – aus. Schluss.«

Lynch, mit dem fremden Gesicht, stand vor dem Kamin, hatte seine Fäuste um das goldene Herz in den Händen gekrallt, das ihm vor der schwarzen Richterbrust hing. Schien aber nichts zu hören und nichts mehr zu kennen, setzte nur langsam Fuß vor Fuß und machte Schritte.

Die Schritte führten ihn von Vorraum und Kamin zurück, an der Eckbank langsam vorbei, führten ihn dorthin zurück, wo sein Platz war am Richtertisch. Die ihm im Weg standen, die wichen ihm aus. Lynchs Schritte brachten ihn zurück bis an den Richterstuhl, wo er in den Knien einknickte, mit den Händen die Lehnen griff, sich stützte, sich umwendete und auf den Sitz sank.

Nun saß er auf dem alten, auf dem dreihundert Jahre alten Gesetzessitz. Die Hände weiterhin auf den Lehnen, die Ellenbogen hochgestellt, den Kopf nach unten geneigt, sprach nichts.

Die in der Halle wagten es ebenfalls nicht zu sprechen, schauten sich kaum an. Elisabeth Joyes hielt beide Hände über ihren Mund und blickte mit ihren Augen so knapp über ihre Hand hinweg, als müsste sie sich die Augen schützen. Wenn man ihrem Blick folgte, dann sah man, Elisabeths Blick ging auf ihre jüngere Tochter. Agnes saß gekrümmt, saß wieder oder immer noch in dem hinteren Winkel. Die kehrte ihnen allen den Rücken zu, blickte in das steinerne Eck zwischen Halle und Vorhalle.

Und Tobby Keats, hinten bei Betty, der zog jetzt die Schultern, hob ein wenig die Hände, als ob er was falsch gemacht hätte, fragte mit vorsichtigen Blicken stumm rings in die Runde. Doch niemand sah ihn an oder hätte ihm raten können, was er hätte anders machen sollen – was denn jetzt überhaupt noch zu machen war.

Priester Alexander Kirwan stand mit offenem Mund, in Atemnot, schwitzend. Neben ihm zischelte Daniel Blake in die Miesmuschelohren seines Vaters, schreckensbleich zischelte der Daniel das Wort von John Joyes : »Aus. Schluss. Wenn das stimmt.« Und Großvater Blake wiederholte dann dasjenige, was er sich vom Auftritt des Ritters auf Larminie gemerkt hatte. »Galgen-Galway.«

Regenrauschen. Windrütteln. Sonst kein Geräusch. Durch den offenen Eingang sprangen Windstöße in die Halle. Nasse alte Blätter stoben herein und wirbelten und schienen zu fauchen, raschelten über den Steinboden.

Sogar Sprechbold George hielt seinen Mund. Selbst Bierbrauer O'Donnoghue blickte verstört, als sei er es gewesen, der allein durch seine herzhafte Missgunst diese Wendung der Dinge herbeigewünscht, der das Herz in den Händen oder die Kostbarkeit des Weinhandels zertreten hätte, und dermaßen endgültig habe er das ganz gewiss nicht gemeint.

Mary Lynch tastete sich vor. An den Bänken und am Stuhl des Schreibers fühlte sie sich vorwärts, zum Sitz des Richters. Fand dort den vorgebeugten Kopf ihres Mannes, nahm den Kopf in ihre zitternden Hände.

Seneschall und Henker Frederic Fitzpatrick aber blickte durch den Saal zur offenen Straßentür hin, als habe er dort Gnomenheere gesehen. Ging dann langsam, mit schiefen Schritten, zu der Tür, durch die der Keats hereingetreten war und die immer noch offen stand und die Unwetterböen hereinrasen ließ, neigte an der Tür seinen besonderen Kopf und schaute die Straße hinunter, dorthin, von wo der Unglücksbote gekommen war.

Und jeder sah, dass Fitzpatrick sich plötzlich noch enger gegen den Türpfosten drückte. Dass er ein Kreuz schlug. Dass er sich in den Eingang zurückwendete, denn von draußen wurde, in dem Regenschwall, da wurden nun offenbar etwas herangetragen, ja, jetzt sah man den Jessy Murray, Lynchs Steuermann, und da trugen nun Jessy Murray und der Matrose Roy Gallagher eines dieser leichten Boote heran, die nutzten das leichte Boot als Bahre, und diese Boote, wenn man sie über Land trug, die stülpte man über den Kopf und oft sah man am Hafen, im Claddagh und beim Salzhügel oder am untern Corrib zwei oder drei Gestalten hintereinander gehen, scheinbar alle ohne Kopf, weil sie über ihre Köpfe solch ein Boot gestülpt hatten. Nun aber trugen Muray und Gallagher das anders herum, die Öffnung nach oben, schleppten darin etwas heran und in die Lynchburg hinein und stellten die Bootsbahre in der Gerichtshalle auf die leere vordere Bank.

Segeltuch war quer darüber gedeckt. Weißes Tuch. Kein rostrotes Hooker-Segel von den Fischerbooten des Claddagh, sondern weißes Tuch, Segeltuch von den Galeonen. Das Tuch lag über einem undeutlichen Auf und Ab. Aus den Erhebungen hätte keiner eine Einzelheit herauslesen können, Fußspitzen etwa. Oder einen Kopf. Wären nicht diese rostbraunen Verfärbungen gewesen, Dunkelbraunes an dem Ende, an dem der Steuermann Murray das Boot getragen hatte. Verfärbungen, geronnene.

Lynch richtete sich aus dem harten alten Stuhl auf und näherte sich. Den Rücken vergebens streckend, näherte er sich dem Tuch, fasste das

Tuch an und hob es. Und erkannte den zerschlagenen Juan. Den Sohn des berühmten Señor Christophoros Gomez von Malaga. Der lag dort und war blutig und zerschlagen. Der alte Mann stöhnte und fiel auf die Knie.

Wind kreischte um das Haus, warf prasselnden Regen über die Fenster und in den offenen Eingang hinein, Türen im Badehaus schlugen. Einige Frauen hielten jetzt mit dem Schluchzen nicht mehr zurück, da war plötzlich, als Lynch das Tuch gehoben hatte, ein Ächzen, da waren Schreie.

Juan Gomez, der schöne reiche junge stolze liebenswerte Mann – zerschmettert.

Hinten, allein, in der letzten Bankreihe, im Eck an der Wand, Agnes. Ohne Bewegung saß sie. Nur ihre Hände im Schoß, die zitterten, die flatterten. Fanden keinen Halt, nicht an der Wand, nirgends. Niemand sah das.

In der kleinen Hoftür erlosch die Helligkeit. Kate, die kleine Frau Kate war von dorther hereingekommen. Jemand anderer, wahrscheinlich George, hatte die Straßentür geschlossen. Im Dunkel schlich sich Kate jetzt zur hinteren Wand, auf einen Platz nicht weit von Agnes. Hockte sich dorthin und saß nun da, die Lippen wie zum Sprechen bewegend.

Lynch an der Bootsbahre auf den Knien, mit dem Gesicht aus den fremden Welten, aus einer Welt weit hinterm Black Head. Dieses Gesicht wurde nun angefasst von Mary, die hatte sich dicht zu ihrem Mann hinübergetastet hatte und man wusste nicht, ob sie am Gesicht ihres Mannes Halt suchte oder ob ihre Hände dem Gesicht Halt geben sollten. Frederic Fitzpatrick kam mit einer Fackel. Fitzstephens Gesicht, das sah man jetzt, hatte die Farbe des hellen Segeltuchs. Lynchs Zitterhände hatten nach denen seiner Mary gegriffen.

George Blake und Steuermann Jessy Murray halfen dem Richter von den Knien auf, stützten ihn hoch. Marcus Tullius stand dann eine Weile, ohne etwas zu sagen oder zu tun. Aber ging dann plötzlich, unsicher im Schritt, aber so rasch fast wie sonst, ging in einer dringenden mechanischen Eile um den Gerichtstisch herum und zurück an seinen Sitz, nahm dort Platz und bat mit einer Stimme, die niemand mehr kannte, den Sänger und Kerkermeister, im Saal noch mehr Fackellichter zu zünden, viel mehr. Und forderte dann den Steuermann Jessy Murray auf, zu sagen, was er wisse und es war, als sei nun wieder oder noch immer Gericht und Verhandlung.

Murray, noch neben dem Boot, den breiten Regenhut in der Hand, erklärte, er sei am Kai gewesen im Hafen, um die Schiffe zu sichern vorm Sturm, habe dann die beiden Fischer kommen sehen. Mit dem Entsetzlichen. Was passiert sei? Da solle Lynch den Tobby oder Roy fragen, die beiden Fischer.

Lynch stellte seine Frage an Roy Gallagher. Der Matrose drehte sich halb um zu den Versammelten, von dort wieder zurück zum Richter. Frederic kam inzwischen mit neuen Lampen und Fackeln und zündete Licht auf Licht. Roy versuchte zu reden.

Sie beide, nämlich er und Keats, sie wären, weil dort schon oft Schwärme gestanden hätten nach Tagen mit ruhiger See, wären mit dem ersten Wind unter der Küste entlang zum Fischen, dorthin, wo See und Brandung sonst zu wild zum Fischen, fast bis unter den Salzhügel Mount Golgatha seien sie gekommen, und oben auf der Kante des alten Galgenbergs seien zwei Männer gewesen, und –

Frederic hatte nun alle verbrannten Lichter der Nacht ersetzt, es war heller geworden. Eine Weile hörte man das Getöse hinter Fenster und Türen, Lynch bat den Gallagher, weiter zu reden. Und lauter. Ob sie die Männer auf dem Salzhügel hätten erkennen können.

»Nein«, sagte Roy. Gerade hätten sie in ihren Booten mit dem Netzauslegen beginnen wollen und wollten schon lieber damit aufhören und lieber zurück, weil der Sturm zu rasch kam und zu stark wurde, als Tobby erschrocken hinaufgezeigt hätte und auch er, Roy, habe es deutlich gesehen und habe ein Schreien gehört. Ein anderer Mann habe da oben auf diesen hier – der Steuermann zeigte auf den Toten – habe auf den hier eingeprügelt, habe den über die Bruchkante gestoßen. Zweimal sei Juan – Roy stockte – sei der auf die Steinkanten geschlagen – von dort ins brandende Flachwasser – zwischen die Rundfelsen –

Sofort hätten sie ihr erstes Netz außen gelassen, hätten stattdessen versucht, weiter vorzudringen, an die Stelle, ja, an die Aufschlagstelle, aber wegen der schweren See sei das nicht sofort gelungen. Und endlich dann doch, weil nur einer hinaus sei, er, Roy, und der andere, Tobby Keats, habe ihn festgehalten am Tau, und hätten so den Leichnam schließlich gemeinsam herziehen können, aus der Brandung, ins Boot.

Während er dies alles sagte, der Roy Gallagher, ging enges Atmen durch die Leute, einige Frauen schluchzten nun wieder heftiger, auch von den Männern hörte man Nasenschnäuzen. Agnes Joyes hatte ihren Kopf hinabgekrümmt in den Schoß, hatte sich die Fäuste gegen das Gesicht gepresst. Die Leute in Galway kannten diese Haltung, kannten das von einem, der ihnen sehr vertraut war, kannten das von ihrem Freund Pat.

Und als jeder nun gehört und sich vorzustellen hatte, wie der schöne junge berühmte Gast aus dem Süden, wie dieser andalusische Juan Gomez in den Tod gestürzt war, da war es, als müsste jetzt jeder selber die Felsen hinab, müsste im Stürzen zweifach auf die Steinstufen aufschlagen, von doppelter Kirchturmhöhe bis hinunter in die Brechertrümmer.

Die meisten schlossen die Augen, um diese Entsetzensbilder zu vertreiben. Aber die waren sehr deutlich da, die kehrten wieder, sooft man nur das blasse Tuch erblickte mit den Erhebungen und mit dem braunen Rostrot. Die Sturzbilder hefteten sich in fast jedes Gesicht, so dass die Galwayer im Dämmer der Naphtalichter noch düsterer erschienen, im Fackelschimmer steinern bleich wie das Gesicht des Richters.

Hinten an der Wand nickte die Kräuterkate mit redenden Lippen. Bewegte ihre Lippen so stumm wie aufgeregt. Neben ihr hielt Agnes ihren Körper krumm, nach vorn gebeugt, die Hände zu Fäusten verkrampft, drückte die geballten Hände gegen Augen und Stirn.

Und in dieses unerträgliche Schweigen hinein stellte der Richter wieder eine Frage. »Was war zu sehen von dem anderen?« Das fragte er die beiden Fischer wieder mit der Stimme, die bislang noch nie von ihm zu hören war. Die Frage kam leise, aber unabweisbar. Roy holte tief Luft, hob die Hände, bewegte sie hierhin und dorthin und fand keine Antwort oder als könnte er die Frage unmöglich verstehen.

»Der andere, oben über der Wand. Wer war der?«

»Nichts mehr. Nichts war da zu sehen. Als ich später hochblickte, war der weg.«

»Tobby, hast du ihn gesehen?«

»Ja, Richter, aber dann war der weg.«

»In die Binsen«, murmelte Kate, ohne dass dies Wort außer Agnes irgendjemand im Saal hören konnte. »Ins Moor ist er«, so flüsterte sie und nickte.

»Der andere!« rief laut John Joyes. Das klang nun wie die Erinnerung an ein neues Lied.

Jawohl, der andere! Wer war der andere? Nun erwachte auch George Blake, schon schwirrten hellere Töne durch das Hallendunkel, schon wanderten Ratschläge quer durch die langen Schatten der Fackeln, diese Ratschläge sprangen wie Hoffungsschimmer gegen die ölgetränkte Pergamenthaut der zitternden Fenster. Ja, nun müsste man diesen anderen kriegen, den einfangen, der den Juan geschlagen, der ihn umgebracht hatte, den müsse man jetzt fassen, das sei der einzige Weg, ein neuer, ein befreiender – den Mörder packen!

Und da erhob sich auch schon, ohne dass er auf Anweisungen des Richters und Lord Mayors warten wollte, der George Blake und gestikulierte und teilte ein: »Auf, Leute! Den kriegen wir! den kreisen wir ein! In drei Gruppen! Die erste zieht hinterm Corrib übers Land innen herum, bis zum Whaley-Moor, die zweite geht außen an der Küste entlang und die dritte –«

Aber da krachte es. Als sollten alle Wände zerspringen. Da krachte mit gelbrotem Schwefelblitz durch Fenster und Türritzen ein Donner und knallte auf die erschrockene Gemeinde nieder und hämmerte dann und rollte mit langem dumpf schlagendem Grollen um die Lynchburg herum. George redet nicht weiter, sah wohl ein, dass in diesem Moment, bei diesem Unwetter, mit den Galwayern keine größeren Manöver zu machen waren.

Als erster erholte sich Bruder Kirwan. Den Priester Alexander plagte insgeheim fast immer ein schlechtes Gewissen wegen seines Lebenswandels, worin er der Schöpfung alle, der Kirche aber wenig Achtung schenkte. Aber erst bei solchen plötzlichen Begebenheiten wie Unglück und Wetterschlag trat sein unsicheres Gewissen zutage, und das entlud sich diesmal in dem Schrei »Meine Kathedrale!«, unter diesem Ruf sprang er zwischen den Bänken hindurch zum Ausgang hin, mit »Meine Kathedrale!« schob er Leute und Bänke beiseite und beeilte sich, weil dem Stadtpriester sicher schien, dieser Blitzknall habe seinen vierkantigen St. Nicholas-Turm zerborsten, obwohl der aus starken Steinmauern war.

Riss die Außentür auf – blieb dann aber vorm Ausgang stehen, draußen, im Regen, stand er plötzlich und stierte wie in Erstarrung. Weil der St. Nicholas-Turm tatsächlich zertrümmert war? weil ihm neue Blitze mit Hagelschlossen entgegenschlugen? im Entsetzen vorm tobenden, vorm metallen schmetternden Wetter?

Jedenfalls trat Priester Kirwan dann einen halben Schritt wieder zurück, verzagt und langsam, die Straße immerzu hinabstierend, und noch einen ganzen Schritt, kam fast ganz wieder zurück in die Tür.

Da ging auch Fitzpatrick zu ihm hinaus, um den Priester ganz in die Burg zurückzuholen und die Straßentür wieder zu schließen, denn Hagelbrocken, dick wie Hühnereier, sprangen jetzt in den Vorraum – doch auch Frederic, kaum war er neben dem Alexander draußen vor der Tür, zuckte gleichfalls zusammen, stand wie angewurzelt, bekreuzigte sich und blickte schiefen Gesichts, gnomenäugig, die Straße hinunter und dann von dort zurück, in die Halle zurück, zum Richter. Beide, Henker und Priester taten, als wäre draußen Banchee unterwegs oder als käme sie die Straße herauf, die steinerne Skulptur über der Tür, als wäre jener Große, der das Kleine küsst oder frisst, plötzlich zum Leben erwacht.

Wie unter einem Bann wichen sie beide zurück, machten taumelige Rückwärtsschritte in die Halle hinein, machten die Tür aber nicht zu, starrten vom Vorraum in das Wetter hin, einige Sekunden blieb alles im

Ungewissen, Eisbrocken prasselten auf die Schwelle und zuckten vor die Füße von Kirwan und Fitzpatrick –

Und dann erschien er auf der Straße. Nun für alle im Saal sichtbar. Langsam wie ein Meergeist. Verschrammt, durchnässt, entstellt – Patrick Lynch.

Blieb stehen in dem Wetterloch, starrte in die dunkle Menschenhalle, hatte die Arme herunterhängen, stand da in Hagel und Nässe, als gebe es weder Wasser noch Eisbrocken noch Blitze, stand da, als sei er zurückgekehrt als Elf oder als Toter, war zweifellos zu sehen in dem lärmenden rauschenden Türschlund – und hob nun ein wenig die Arme, ein bisschen nur die Hände und streckte die vor, hob seine Hände auf die versammelten Leute zu und sagte in einem heiser dünnen Ton, was nur die zwei Männer hören konnten, die an der Tür auch jetzt vor ihm zurückwichen, sagte nur ein Wort.

»Vaa-ter – «

Sagte dann wohl auch noch ein anderes Wort, das aber im Wetterkrachen niemand verstehen konnte, auch die zwei vorderen Männer nicht, setzte noch einmal an und sprach in das Wasserprasseln etwas, das, wie Kirwan später sagte, ›nicht gewollt‹ hätte heißen können, stürzte dann ganz rasch, mit den springenden, mit den ungleichen Schritten vor, sprang unterm blitzenden und lärmenden Licht in das Innere der Vaterburg, tat lange unförmige Schritte und geriet vor die Bootsbahre, schreckte zurück, schien sich zu schütteln, warf sich vor seiner Mutter auf die Knie und jammerte in ihren Schoß.

Ann, die Magd, kam mit Decken, und Betty riss nun dem Zerrütteten, dem Weinenden, den wasserschweren zerfetzten Kittel vom Leib, hüllte den jungen Pat Lynch in Decken und in Felle. Derweil krümmte und verzog der sich in sich selber, verbarg sein Gesicht in dem Schoß der Mutter und sagte in seinem Schluchzen kein Wort mehr, höchstens noch mal dieses »Va-ter« habe er geschluchzt, hieß es. Auf seinem Kopf sah man die Hände der Mutter.

Und der Vater? Lynch schien wie unbeteiligt, saß im hohen Stuhl wie ein Eckstein des Richthauses, wie Gebein aus der bleichen Geisterstadt

Black Head, erstarrt offenbar, zu Connemara-Marmor. Saß in seinem Gesetzesstuhl, blickte vor sich auf den Tisch und hielt in seinen Händen das Tuch, mit dem Mary ihrem Marcus Tullius die Stirn hatte trocknen wollen.

Frederic Fitzpatrick schloss die Tür zur Straße. Pat blieb verborgen unter Decken und Fellen und unter Marys Händen.

»Er war der andere.« Der dies in die Stille geredet hatte, das war der Matrose, der Fischer Roy Gallagher.

Inzwischen war niemand mehr in der Halle, der etwas hätte klar begreifen oder sagen können. Zu oft hatte sich in diesen letzten Stunden alles in Galway gewendet und dann wieder aufs Neue verändert von Grund auf, zu sehr und zu oft, als dass jetzt noch irgendwer vorgab zu wissen, was nun käme oder geschehen sei oder getan werden müsse.

Wenn es heißt, das Entsetzen könne Menschen lähmen, dann war dies in diesen Galwayer Augenblicken der Fall.

Lediglich Douglas O'Donnoghue besaß schließlich den Mut, seinen Platz zu verlassen. Der erhob sich und stolperte zu einem anderen Sitz, dorthin, wo er nicht allzu weit neben dem geistlichen Bruder Pater Ricardo saß. Wagte aber nicht, den dunklen Mann anzusprechen, der nun ebenfalls bleich erschien unter seiner südlichen Haut. O'Donnoghue wartete ab, war verwirrt und jedenfalls nicht sicher, dass er nun tatsächlich gekommen war über die Stadt Galway, der Tag des Zorns. Hätte das aber von dem klugen spanischen Geistlichen zu gern bestätigt bekommen. Könnte es sein, dass jetzt so etwas wie eine Wahrheit ins grelle Licht geraten war, nämlich dass dieser Lynch mit seinen großartigen Unternehmungen zu weit gegangen war und hochmütig Gott versucht hatte?

Vorerst gab es in diesem im Saal nirgends einen Winkel, in dem man hätte reden können. Für ein klärendes oder für ein feierliches Reden schien nirgends Platz, es fehlten Luft und Sprache. Die Gesänge und Geschichten von Fitzpatrick oder O'Brian, die man sonst so gern gehört hatte, die reichten nun ganz offensichtlich gar nicht mehr hin, die durchdrangen längst nicht mehr die Ereignisse, die seit gestern

Abend in immer höheren Wellen über der Stadt zusammengeschlagen waren.

Verzagt blickten einige auf Patrick Lynch, auf ihren Pat. ›Er war der andere.‹ Blickten auf das zarte gelbe Haar und konnten es unmöglich fassen, dass er ein Totschläger sein sollte. Dass er diesem schönen und sanften und höflichen Gast aus Malaga das Leben genommen haben sollte. Wie unter zu schweren Gewichten blickte man zwischen den drei Lynchs hin und her, vom Sohn zum Vater und zur Lady Mary und von dort zum Tuch mit der rostroten Verfärbung. Und einige fragten sich, wer hier die entsetzlichere Last zu tragen hatte. Und wie das alles denn nun enden sollte, unter den bergdicken Buckeln dieses Schreckenstages. Maria, das hattest du vor? ›Galgen-Galway‹, ›ewig blutiger Wettstreit‹, Wörterfetzen, Liedfetzen sirrten durch die Köpfe, auch Lateinisches geisterte, wie inneres Gewitter.

Agnes Joyes hatte sich jetzt bewegt, kam nach vorn, lautlos, bis in die vordere Stuhlreihe, die Joyes-Tochter hielt sich an ihren Vater, klammerte sich an John Joyes. Und der umarmte sie. Mutter Elisabeth setzte sich an die andere Seite der Agnes, die Joyes nun mindestens so verstört wie die drei Lynchs, verstört und untröstlich, auch hier wussten die Alten keinen Balsam, keine Erleichterung, konnten die Tochter nur umarmen, hilflos, sprachlos. Dieser Anblick war kaum zu ertragen, da sahen viele lieber hinaus in das blitzende Unwetter.

Der für Trost zu sorgen gehabt hätte, der Priester, der blickte zwischen Pat Lynch und dem Leichentuch und dem Richtertisch hin und her, der wollte nun eher seine Kathedrale St. Nicholas in Schutt und Asche wissen, wenn er dafür nur dieser unglücklichen Familie noch irgendeine Hilfe hätte geben können. Aber statt der bewährten Sprüche aus dem heiligen Buch und aus den alten keltischen Vorräten hämmerten dem Priester Kirwan nur wirre und verhexte Fluchschreie der alten Kate durch den Kopf oder drehten sich verquere Kehrreime des Henkers Fitzpatrick durchs Hirn.

Da verwünschte Kirwan seinen dröhnenden schwachen Schädel und blickte ratsuchend ebenfalls auf den spanischen Pater, doch den, der doch der Verwandte war, der Vetter dieses Erschlagenen, den schien das alles nur noch verschlossener und fremder zu machen und noch weiter zu entfernen. Der Stadtpriester schlug sich gegen seinen kahlen Kopf. Einen solchen Tag, das stand fest, hatte es in Galway nie gegeben.

Nun machte Lynch eine Bewegung. Nur eine einzige knappe Bewegung war das. Und fast alle hatten sie gesehen, diese Bewegung mit der Hand. Dem Gerichtsbüttel galt dieser Wink.

Frederic stakste heran, bog sich zu seinem Herrn herab, hörte ihm zu und nickte. Nickte, richtete sich wieder auf, zögerte einen Moment, brauchte erst einmal Atemluft, ging dann dorthin, wo neben der Hoftür noch immer der Stab lehnte, der Gerichtsstab, nahm den, hob den hoch, wendete sich zu den Menschen zurück und stieß das Holz auf den Steinboden.

Wie ein Schrecken fuhr das unter die Leute. Die waren sowieso schon totenstill, ganz und gar ruhig war es in dem Gerichtshaus. Und auch ohne das Stabstoßen überhörte nun niemand unter den Wettergeräuschen die fremd gewordene Stimme des Richters, nämlich die Mitteilung, dass sich jetzt die sechs Gerichtsräte wieder zu versammeln hätten so wie zuvor.

An der Stirnwand galt es abermals Platz zu nehmen? Nun begann hier und jetzt und an diesem Tag ein zweites Galwayer Gericht?

Als das heraus war, dass Lynch Gericht ausrief über den eigenen Sohn, da wurde es den Galwayern kalt im Leib. »Galgen-Galway«, murmelte nun auch George, ja, dem Schwätzbold fiel nach langem Schweigen nichts anderes ein als das, was der Lord und die Hexe gerufen hatten.

Auch Betty Blake, die noch vor kurzem eine so schöne wilde Rede gehalten hatte gegen das Aufhängen, die hatte keine Worte, die sah man, wie sie sich ihre langen Haare gegen die schüttelnden Schläfen drückte, wie sie sich die dunklen Strähnen in ihr Gesicht hineinriss und in den Mund stopfte, um darauf zu beißen.

Dann redete aber die alte Kate. Sagte ein Wort, das rasch die Runde machte, weil das diesmal alle sofort verstanden hatten, ein Wort, das seither im Wortschatz der Galwayer festsaß und dort geblieben ist. »Lynch«, so sagte die kleine verlederte Frau, und ihre schnellen Lippen entließen dann die zweite hörbare Hexenrede an diesem unfassbaren Tag, »richtet alles zugrunde.«

Das hat sich jeder gemerkt. Beides, dieses ›Galgen-Galway‹ und das ›Zugrunde-Richten‹, das gehörte offenbar zusammen und beides verstand man nun gut und beides ist geblieben bis heute, wann immer man vom Ruinieren reden will.

An diesem Tage musste es also so zugehen wie immer. Fitzpatrick stieß ein weiteres Mal den Gerichtsstab nieder. Und dann ging er zu Pat Lynch, zu der gebückten Gestalt in den wollenen Decken und Fellen, berührte den Pat an der Schulter, richtete ihn auf und leitete ihn zu dem Hocker hinüber, zu dem niedrigen Eichensitz des Angeklagten, auf dem zuvor Jeremiah McDonnell gesessen hatte und zum Tode verurteilt worden war.

Schon bei der Berührung schien Pat sofort gewusst zu haben, was verlangt wurde, Pat fügte sich ohne Willen. Saß nun da und rührte sich nicht. Sah jetzt auch nicht mehr nach seiner Mutter. Sah nur kreisende Köpfe auf sich gerichtet. Fremde Gesichter. Stimmen von sehr weit weg.

Aber unter den Stimmen war nun eine, die dröhnte tief drinnen in ihm, das war die Stimme des Richters, des Vaters. Dies Dröhnen wollte er als wohltuend empfinden. Er fühlte das dankbar und beschloss, nichts anderes mehr hören zu wollen. Nur noch die Geborgenheit in dieser einen eindeutigen Stimme.

Die sechs Räte nahmen Platz auf ihren Sitzen an der Stirnseite. Die schienen dorthin getrieben zu werden wie Hölzer, die das Wasser vor sich her strudelt. Doch einer von den Räten fand Mut und sprang vom Lehnstuhl wieder auf, Kontrakopf John Joyes, der Vater der Agnes, der eilte von der Stirnseite zurück zum Richtertisch, stellte sich neben den Lord Mayor und rief: »John Fitzstephen Marcus Tullius Lynch! Was du hier beginnst, das ist unmöglich! Dieses Gericht musst du abgeben!«

Lynch hob den Kopf. Stand dann langsam von seinem Richtstuhl auf, nahm das dunkle Tuch, das er noch immer in den Händen gehalten hatte, und band es sich um das Haupt, so dass es sein Gesicht ganz verdeckte. »Das Gericht«, sagte er mit einer Stimme, die klang, als sei sie unveränderbar, unerschütterlich und aus einer ganz anderen Welt. »Das Gericht gibt in Galway derjenige ab, dem von den Räten nachgewiesen wird, dass er die Gesetze nicht beachtet.«

Die Stimme machte eine Pause, als warte sie darauf, dass jemand nunmehr nachweise, hier werde gegen Gesetze verstoßen. Da aber niemand sich äußerte, nahm Lynch wieder Platz auf dem Richtstuhl. Joyes ging zurück auf seinen Sitz.

Und das dunkle Tuch redete weiter. »Die sechs Räte sind dieselben wie beim Gericht gegen Jeremiah McDonnell. Zur Verhandlung steht –«, die Stimme zögerte. Was sie jetzt mitzuteilen hatte, das schien unsagbar, »– steht Totschlag – an dem Gast aus Spanien – an Juan Gomez. Des –«, die Richterstimme verhakte sich, setzte ein zweitesmal an. »Des Totschlags angeklagt ist Patrick Lynch.«

Wie konnte ein Mensch, so fragten sich fast alle Leute in der Halle der Lynchburg, wie konnte ein einzelner Mensch so ungeheuere Dinge in so wenig Worte fassen. Lynch sprach leise, aber in dem Tempo, in dem er immer sprach. Der Mann tat unveränderbar. Einige jedoch meinten zu hören, dass seine Stimme geborsten war.

»Ist jemand, der die Anklage übernimmt?« Lynch wartete einen Moment. Es meldete sich niemand. Einige blickten zu Pater Ricardo hinüber, der war immerhin der Vetter des Erschlagenen, aber der rührte sich nicht.

»Die Anklage erhebt die Stadt Galway. Vertreten durch mich. Ist jemand, der die Verteidigung übernimmt?«

»Ja!« rief John Joyes und sprang wieder auf. »Das Verteidigen übernehme ich.«

Fitzpatricks Feder kratzte über eine frische Seite, da entstand ein neues Blatt für die Gerichtsakten. Gegen das Fenster prasselten Regenschwalle, das Donnerrollen war weitergezogen, kam jetzt aus ferneren Regionen. Agnes Joyes, da ihr Vater nun vorn bei den Räten saß, klammerte sich an ihre Schwester, an Betty Blake.

Pat hörte und sah seinen Vater nun sehr deutlich. Die kreisenden Köpfe waren zum Stehen gekommen, verschwanden hinter diesem einen, hinter dem tuchumhüllten Haupt. Dessen Stimme meinte er sehr gut zu kennen, diese Stimme tat ihm sonst sehr gut, klang aber nun verändert.

»Angeklagter«, sagte die Stimme. Jetzt konnte jeder den Riss hören. »Gestehst du«, fragte die Tuchstimme, »dass der, der hier liegt, dieser Juan Gomez, durch dich umgebracht worden ist?«

Diese Frage klang gar nicht wie eine Frage. Jedenfalls erhob sich am Ende die Stimme nicht, sondern der Ton sank am Schluss fast ins Lautlose. Diese Stimme hatte sich offenbar abgefunden mit dem, was nunmehr jedem klar, was unveränderbar war, diese zerrissene Flüsterstimme nahm das Gegebene hin, wie ein Sterbender im letzten Augenblick.

Pat stand langsam auf, schien zu wissen, dass ein Angeklagter aufzustehen hatte. Erhob sich von dem Schemel, sah auf die schwarzgoldene Richterrobe, atmete dreimal, viermal tief und sagte dann, kaum hörbar: »Ich gestehe es.«

Nach einer weiteren Pause tönte wieder tief in ihn hinein die vertraute, die veränderte Vaterstimme, und der Gerichtsbüttel schrieb diese neue Richterfrage sofort in das Protokoll: »Die Fischer Roy Gallagher und Tobby Keats haben bezeugt, es hätte überm Salzhügel einer auf Juan Gomez eingeschlagen, oben am Mount Golgatha. So lange habe der geschlagen, bis Juan Gomez von der Kante gestürzt sei. Warst du derjenige, der den Juan Gomez geschlagen hat?« Die Töne hinter dem Tuch taten auch jetzt nur, als würden sie nicht fragen, sondern nur feststellen.

In Pats Kopf lärmten andere Fragen, da begann sich wieder der Zorn um die acht Sonnen zu drehen und seine Fäuste auf die elf Mariagesichter einzuschlagen, um die gebrochenen Sonnen und um die Stimmen herum, um ›elfmal riskieren‹ und ›niemals den Kopf verlieren‹ und ›sie ist nicht so wie du, die Katze‹ –

»Was die Fischer gesagt haben, stimmt das und warst du der andere?«

Pat wollte sich ducken unter den Wörterhieben. Und zog es dann vor, eine rasche Antwort zu geben. »Ja. Es stimmt.«

»Du hast ihn hinuntergestürzt?«

Holte nochmal Luft und schaffte es dann, zu antworten. »Er ist – durch mich – hinuntergestürzt.« Das sagte er so kläglich in den Raum, dass viele ihr Gesicht verzogen wie unter Schmerzen.

»Kannst du uns sagen, warum du das getan hast?«

Die Antwort blieb lange aus, und dann lautete sie: »Ich will darauf nichts antworten.«

»Die Verteidigung hat das Wort.«

Handelsmann und Stadtrat John Joyes stand auf, trat von der Stirnseite langsam vor und ging bis kurz vor den Hocker des Angeklagten. »Pat«, sagte der, den Lynch Kontrakopf nannte und der jetzt versuchte, ruhig und beruhigend zu sprechen. »Pat Lynch, du solltest die Frage des Richters getrost beantworten. Denn es muss einen Grund gegeben haben. Einen Grund, der uns allen erklären kann, warum du das getan hast. Weswegen du auf Juan losgegangen bist. Er muss dich in Zorn gebracht haben. Er hat dich beleidigt, nicht wahr? Hat er das?«

Pat schwieg. Die Sonnen und die Fäuste kreisten schneller um das Madonnengesicht.

»Hat er dich in Wut gebracht?«

Nach einer Weile konnte Pat antworten. »Ich dachte, ja.«

»Und wie hat Juan das gemacht?« John Joyes gab ihm eine Pause. So sanft hatte man ihn noch nie fragen gehört. »Hat er dich gekränkt? Geschmäht? Oder?«

Nach einer längeren Pause sagte Pat: »Ich will das nicht sagen.«

»Er hat dich verhöhnt? hat dich schlecht gemacht? Obwohl es noch gestern beim fröhlichen Fest so aussah, als wärt ihr die besten Freunde?«

»Ich will das nicht sagen.«

Agnes drückte ihre Stirn gegen Bettys Schulter. Vorn im Saal fragte John Joyes weiter, freundlich und beruhigend und sanft wie selten. »Aber du hast gedacht, da sei ein Grund gewesen, der dich sehr wütend machte?!«

»Oh ja. Das dachte ich.«

»Pat, wir kennen dich alle hier. Kennen dich als einen gutwilligen

Jungen. Nur sehr selten warst du mal außer dir, wenn du meintest, es sei dir ein Unrecht geschehen. Da konntest du jähzornig werden oder voreilig – war es so etwas?«

»Wohl so etwas. Ja.«

»Bereust du, was du gemacht hast?«

Mit erstickter Stimme: »Aber ja – es ist – ich wollte, es wäre nicht so – unmöglich –«

»Ich danke dir.«

Joyes trat neben den Richtertisch. Pat setzte sich, versteckte sein Gesicht hinter den Enden der Decken, in die Betty und Ann ihn gewickelt hatten und die Ann nun auf den Hocker gelegt hatte. Zog die Enden zu sich hoch und versuchte, sich zu verhüllen.

»Gericht von Galway«, sagte Joyes, »ich finde nicht viel Schuld bei diesem Jungen. Es ist zwar Entsetzliches geschehen, es ist zwar der liebenswerte Juan Gomez nicht mehr lebendig. Und dennoch sehe ich, hier liegt gar kein Mord vor, sondern ein Streit. Eine Prügelei zwischen jungen Leuten. Aus einem Grund, der auch zwischen Freunden Streit bringt. In Neid, in Eifersucht. Oder in irgendeinem Missverständnis. Ein Streit, wie er auch unter guten Freunden beim Wettstreit möglich ist. Wenn auch in diesem Fall mit einem verdammt unglücklichen Ende. Achtzehn Jahre erst ist Pat alt. Und Juan, unser Gast, der Arme, war ebenfalls nur achtzehn. Ist nur achtzehn geworden. In diesem Alter hat man noch keine Weisheit, da reden wir und handeln oft rücksichtslos. Niemand hat je einen jungen Burschen auf Mord verurteilt, jedenfalls nie, weil er einen anderen, nach einem Fest, hat verprügeln wollen – Galwayer Räte! sprecht den Pat Lynch frei! Ihr seht den Unglücklichen, er ist gestraft genug!«

Joyes ging zur Stirnseite zurück, nahm dort Platz und blieb unruhig, saß nur auf der Kante seines Ratsstuhls, als wollte er sofort wieder aufspringen und weiterreden und immer noch einmal das Gleiche sagen und noch eindringlicher. Drehte sich nach allen Seiten um, schaute die anderen Räte an und dann wieder den Richter und die Leute im Saal, herausfordernd, blieb aber sitzen.

Da stellte Lynch eine weitere Frage an den Angeklagten. Leise sprach er die aus und wieder ohne fragende Betonung: »Pat, warum bist du hierher gekommen?«

Kaum war das gesagt, da sprang John Joyes wieder auf. »Was soll das?! Fitzstephen! Dein Sohn ist hierher gekommen, weil er in dein Haus gehört, in deine Familie. Und weil er ein reines Gewissen hat, weil er weiß, dass alles nur eine fürchterliche Dummheit war. Deswegen ist er gekommen! Mörder kamen freiwillig noch nie in einen Gerichtssaal!«

Aus dem Tuchgesicht kam unbewegt noch einmal die Frage. In der Stimme kratzte nun scharf und unüberhörbar der Sprung. »Pat«, sagte es aus dem Tuch und klang wie eine Drohung, »sag es uns selbst, warum bist du hierher gekommen?«

Durch Pats Kopf schleuderte jetzt dieses Vaterwort. Dieses Warum-Wort, das wirbelte gegen die Schläfen, scheuerte dröhnend darin herum.

»Weil – wie John Joyes es gesagt hat.«

Der junge Lynch begann dann aber aufzustehen, weil er merkte, dass er vergessen hatte, zu tun, was sich gehörte. Begriff nicht mehr, warum ausgerechnet die sonst immer so wohltuende Vaterstimme ihm diese Frage stellen musste. Wo sie doch im Grunde so angenehm schien und tief drinnen in ihm alles kannte und wusste. »Das – das musste doch sein.«

»Warum musste es sein?«

Pat Lynch blickte auf den Boden, auf die großen Steinplatten. Sah auch dort, in den nassen Steinflächen, seinen Vater in den blinkenden Fackellichtern.

Richter Lynch wartete. »Kamst du hierher, weil du ein reines Gewissen hattest? Oder weil du ein schuldiges hast –«

Dieses gespaltene ›weil‹, dieses ›reines‹ und dieses ›schuldiges‹, diese Wörter pochten nun gegeneinander und gegen seine Schläfen. »Weil«, antwortete Pat, »weil – ein schuldiges hatte ich.«

Und, nach einer Pause, in der ihm die Ohren zerspringen wollten unter dem Wort ›schuldiges‹, nach dieser Pause, in der ihm der Kopf zu platzen drohte, gelang es ihm zu sagen: »Er war doch Galways Gast – der

Juan – mein Freund –«, konnte dann nicht weitersprechen. Setzte sich, duckte sich unter die Decke.

Joyes rief: »Nein!«, sprang auf und kam drei Schritte nach vorn. »Jetzt, Leute, habt ihr sehen können, wie dieser Vater, wie dieser rabiate Fitzstephen Lynch seinem Sohn die Meinungen einredet! He, John, du machst es wie ein Priester, redest deinem guten Pat die Schuld ein!«

Aus dem Tuch drang die ruhige, aber geborstene Stimme. »Dieser Angeklagte ist, ohne dass einer ihm etwas einreden musste, hierher gekommen in das Gerichtshaus. Freiwillig. Weil er sich einer Schuld bewusst war. ›Er war doch Galways Gast‹, hat er gesagt. Es war nicht nur Mord, nicht nur der Verstoß gegen das Recht auf Leben. Es war auch das Vergehen gegen Galways Handel und Wandel.«

Der hinter dem Tuch machte eine Pause, wusste dann aber weiterzusprechen in der gleichen scheinbaren Unbeirrbarkeit. »Inzwischen hat der Angeklagte sich offenbar selber klargemacht, dass dieser grauenhafte Tod, dass dieser folgenschwere Mord einen nichtigen Anlass hatte. Einen, den er sich einbildete. Von dem zu reden er sich jetzt schämt. Jähzorn hat ihm den Verstand weggeblendet. Die Verteidigung selbst hat das sehr gut aus ihm herausgefragt. Dieser nichtige Anlass, der steht in irrsinnigem Missverhältnis zu den Folgen. Und die Folgen seiner Beleidigtheit, seines Jähzorns und auf jeden Fall seiner Unbedachtheit, die wiegen so schwer – so schwer – wie noch nie ein Fall zuvor war in Galway. Wünscht die Verteidigung abermals das Wort?«

Joyes wollte wieder das Wort. Stand noch immer neben dem Richter. »Richter Fitzstephen Lynch, du bist befangen. Bist als Richter befangen, weil du zugleich Vater des Angeklagten bist und obendrein der Oberste in dieser Stadt. Solange der Angeklagte, der dein Sohn ist, nicht aussagt, was ihn in Zorn gebracht hat, weil ihn irgendeine Scham vor seinem Vater und vor den anderen hier im Saal daran hindert, so lange bleiben in diesem Prozess wichtige Fragen unbeantwortet. Ob es sich zum Beispiel um eine Gegenwehr gehandelt hat oder nicht. Und solange Pat über das schweigt, was Juan ihm antat, so lange kann nicht entschieden werden, ob der Anlass, wie du sagst, ›nichtig‹ war oder nicht. Es ist Pat sogar hoch anzurechnen, dass er den Grund des Streits verschweigt. Dass er ganz offensichtlich über diesen toten Freund, dass er über den armen Juan Gomez nichts Schlechtes vorbringen will.«

Joyes setzte sich.

Aus dem Saal blickten hilfesuchende Gesichter auf den Mann hinter dem Tuch. Das Tuch bewegte sich nicht, auch nicht, als nun wieder die Stimme zu hören war. Die sagte: »Nicht als Lord Mayor und nicht als Vater, sondern als Richter weise ich darauf hin, dass ein Verschweigen der Gründe nur die Vermutung bekräftigt, dass die Gründe unerheblich waren. Offenbar so unerheblich, dass sich der Angeklagte inzwischen scheut, offen von diesen Gründen zu reden. Und weil er inzwischen das, was er getan hat und wie er zugibt, sehr bereut. Ob es so ist, frage ich den Angeklagten.«

Es kam keine Antwort. In Pat surrten die vielen Worte im Kreis. Die Vaterworte kreisten als Richterworte. Und nun hörte er neue: »Pat, du hattest gesagt, du bereust es. Schämst du dich?«

Nach kurzem Zögern kam dünn die Antwort. »Ja.«

Lynch, hinter dem Tuch, wartete. Niemand sprach. Den Regen hörte man rasseln, an den Türen und Fenstern war noch immer Ziehen und Zerren. »Wenn keiner mehr das Wort wünscht –«

»Doch, ich!« rief Kontrakopf John Joyes und sprang wieder auf. »Scham – Scham! dies kann doch, zum Teufel, nicht Pats letztes Wort gewesen sein. Scham ist kein Anzeiger für Schuld. Auch für eine bloße Dummheit schäme ich mich. Eigentlich sogar nur und einzig und allein für eine Dummheit!« Holte schnaubend Luft und sagte dann zugunsten desjenigen, der im Begriff gewesen war, sein Schwiegersohn zu werden: »Ich wiederhole, es ist dem Angeklagten hoch anzurechnen, dass er schweigt. Und das ist in Wahrheit kein Schuldbekenntnis, sondern das ist ein letzter, ein verzweifelter Freundesdienst! Und etwas anderes ist ebenso gewiss: die Tat geschah in plötzlichem Zorn – geprügelt hat er ja wohl nicht, weil er Galways Handel und Wandel schaden wollte!«

Joyes setzte sich. Lynch ließ eine lange Pause. Von fernher hörte man noch immer Gewittertöne. Im Saal hatte eine dicke Fliege zu surren begonnen, knallte gegen die helle Fensterhaut. Schließlich sagte Lynch: »Nach diesem Wort machen wir die Pause zur Beratung. Und dann bitte ich die sechs Räte um ihr Urteil.«

Bevor diese Pause zuende ging und die Männer ihre Urteile fällten, hat in der ersten Reihe Betty Blake ihre Schwester Agnes weinend umarmt. »Sie werden ihm nicht folgen«, flüsterte sie. Und dann umarmte sie auch, zur anderen Seite, Mary Lynch. Nur unter den Frauen sah man solche Umarmungen.

Und die Männer? Einige versuchten nun, irgendwas zu raten, zu urteilen oder vorauszusagen. Am weitesten kam da wohl auch jetzt der zungenflinke George, der schien mit Sicherheit zu wissen, Lynch könne nach dem Wahnsinn, der geschehen sei, vorerst gar nicht anders, dem bleibe fürs erste nur sein neues Galway-Gesetz.

»Vorerst? Fürs erste?« fragte ihn Daniel Blake, sein älterer, sein kleinerer Bruder. »Vorerst? Und was dann? Danach nur noch Heulen und Zähneklappern?«

In solcher Weise gingen im Hof wie in der Halle nun viele Gedanken und Fragen um, Seufzer und Ratlosigkeiten. Und dann endlich, obwohl es den meisten unvorstellbar schien, ein klares Urteil zu finden, das niemanden ruinieren könnte, sollten die sechs Räte wieder an der Stirnseite Platz nehmen und ihren Spruch fällen.

Als erster stand Marc Kelly auf. Da Lynch an diesem düsteren Tag beim zweiten Gericht die Räte nicht persönlich aufrief, hatte Fitzpatrick mit dem Finger auf den gezeigt, der zuerst urteilen sollte, auf den Schiffszimmermann Kelly.

»Leute«, sagte der, »mir ist, als spalte sich mein Kopf. Wenn man das neue Galway-Gesetz befragt, und nichts anderes sollen wir doch auch jetzt tun, dann verstieß das, was da passiert ist, gegen Handel und Wandel in dieser Stadt, zwar ohne Absicht, aber tatsächlich im Ergebnis. Und es verstieß zum zweiten gegen das Recht auf Leben, von dem Fitzstephen auch heute schon einmal zu reden hatte, als es um McDonnell und Cluricaun ging. Beide Verstöße, ihr wisst es, ahndet das neue Gesetz mit der höchsten Strafe. Ich urteile in diesem Galwayer Gericht zum erstenmal und kann das nur nach der Verfassung tun. Und die erkennt – auf Tod.«

Frederic wies nun auf den Märchenmann William O'Brian. Der redete ganz anders, nicht so erschrocken, nicht so ratlos. »Ihr Leute und ihr Räte und du, oberster Richter – alle in dieser Stadt, die du Bürger nennst, sind jetzt wie gelähmt. Weil wir nun nur noch die Folgen anstarren, die fürchterlichen Folgen, für den Handel und für Galway. Dieses verdammte Glück von Galway. Ein Wohlergehen, das da ganz offensichtlich über die Klippen in den Tod gestürzt ist. Aus welchem Anlass? Ganz offensichtlich aus einem nichtigen Anlass. Was passiert ist, das war, so scheint mir, eine offene Hilflosigkeit. Unter verrückten jungen Leuten. Unter Grünschnäbeln. Kronprinz Pat prügelte Kronprinz Juan. Und das war schon das ganze Verhängnis. Ein Streit unter unreifen Gockeln, endete im Unglück. Hätten sich beide unten im Badehaus prügeln sollen, nicht überm Klippenrand. Allzu vielen Dampf hatten die im Ranzen. Für den unglücklichen Pat Lynch: Freispruch!«

Eins zu Eins stand es nun, weh, wie würde das diesmal ausgehen, abermals unentschieden, so dass am Ende auch hier der Oberste die Entscheidung fällte?

Mit ähnlichem Gleichmut wie der Fischer und Märchenmann O'Brian, aber sehr viel kürzer redete nun sein Freund Flann O'Flaherty: »Freispruch, urteile ich. Aus denselben Gründen, die William genannt hat. Das Leben jedenfalls sollten wir ihm keinesfalls nehmen, das muss dieser sehr lebendige Kerl Pat Lynch doch erst noch lernen!«

Ronald Skerrett dagegen hatte wieder sehr sorgfältig einen Zettel vorbereitet, von dem er ablesen konnte, zunächst stockend, dann aber immer bestimmter und mit mehr und mehr Nachdruck. »Nach dem Galwayer Gesetz, das unserer Stadt Freiheit gibt und Sicherheit und Wohlstand und das uns geradezu ein goldenes Zeitalter beschert hat inmitten von Mord und Totschlag rings in unserem armen zerrütteten und geplagten Irland, nach diesem Gesetz, das wir um unserer Zukunft willen in der Tat achten sollten als das Allerhöchste und Heilsamste, das uns widerfahren kann, nach diesem Gesetz geht es nicht darum, ob einer für diesen oder jenen Gesetzesverstoß gute Gründe hatte oder nur falsche, sondern nach diesem Gesetz geht es einzig um Tatbestände. Und die sind in diesem entsetzlichen Fall leider sehr klar. Den wir hätten hüten sollen wie unser eigenes Kind, wozu uns der Bürgermeister mehrfach und flehendlich gebeten hat, der wurde umgebracht. Leichtfertig. Aus einem nichtigen Anlass, der nun schamhaft verschwiegen wird. Es ist dies das schwerste Urteil, das ich je zu fällen hatte, aber –«, Skerrett legte sich die gespreizte Hand aufs Herz, »– Verfassung für immer! Und diese unsere wahrhaft wohltätige Verfassung, die verlangt, Gott sei's geklagt, zweifach den Tod.«

Da sprang John Joyes auf, schien sehr empört und sagte: »Mein Urteil habe ich in dieser Verhandlung schon ausführlich begründet. Den Unglücklichen, diesen Reumütigen auch noch zu hängen, das hilft weder ihm noch uns, das nützt niemandem, das wird nicht mal unsere spanischen Freunde besänftigen können. Betty hat vollkommen recht, auf die eine Idiotie muss unter Christen wie unter Heiden wie unter vernünftigen Leuten nicht immer wieder auch noch eine weitere Idiotie getürmt werden. Den unumkehrbaren Tod eines Menschen zu erzwingen oder zu verlangen und ihn dann sogar zu exekutieren, so dass nichts mehr revidierbar ist, das ist und bleibt hilflose Hirnlosigkeit. Für den Übeltäter, der nun lebenslang genügend gestraft ist: Freispruch!«

Gerichtsordner Frederic notierte eine Weile, sah sich dann um und zeigte dann auf den Douglas O'Donnoghue.

Der kam zögerlich aus seinem Sitz hoch, ging zögerlich nach vorn und hatte dann Mühe, sich fest hinzustellen, der Braumeister. Machte dann Bewegungen mit beiden Armen, wie ein wahrer Schmerzensmann. Und sagte: »Ich fasse diese Freisprüche nicht. Nicht im geringsten. Wo hätte, frage ich, Patrick Lynch je ein Unrecht erlitten, das auch nur annähernd so bitter war wie zum Beispiel das, was Jeremiah McDonnell hat erdulden müssen. McDonnell jedoch wurde heute und hier zum Tode verurteilt. Vor dem Gesetz war seine Tat die gleiche Tat wie die des jungen Herrn Lynch. Totschlag an einem reichen Handelsfreund. Wenn das Urteil gegen McDonnell vor diesem Gericht rechtens war, um wieviel rechtmäßiger ist dann dasselbe Strafmaß in diesem neuen Fall, in dem kein Unhold mit sehr verständlichen Gründen vernichtet wurde, sondern ein guter Freund, ein Gast, den wir hatten hüten sollen und gastfreundlich bewirten. Aus törichtem Anlass geschah das, weil, wie wir gehört haben, ›zu viel Dampf im Ranzen‹ tobte. Den so freundlichen und manierlichen jungen Mann aus Spanien, diesen Gast der Stadt Galway nur deswegen umzubringen, weil zu viel Druck im Hirn war oder im Bauch? Ich plädiere selbstverständlich für die Höchststrafe.«

Und nun war sie da, die Fatalität. Nun war da wieder dies Drei gegen Drei. So murmelte es durch die Leute und dann auch laut durch den Saal. »Himmel hilf!« und »Galgen-Galway«.

Und wenn man das Gewispere der alten Kate richtig verstand, dann zischelte nun auch diese Wirrsinnige immerzu das, was wohl lautete: »Lynch ist der zu Grunde-Richter. Zu Grunde«.

Und so blieb plötzlich nur noch der Augenblick, in dem allen das Herz zu stocken drohte, wo allen nur noch solch ein Gezischel wie das der alten Kate den Kopf durchschwirren wollte, dieses schmerzliche Gewispere vom Zugrunderichten. Denn nun erhob sich also der Mann, der zitternde Vater unter dem Tuch, der stand nun da, hatte sein Gesicht noch immer in dem schwarzen Tuch verborgen, legte die Hand auf sein Herz und redete dann mit der geborstenen Stimme.

»Der das Verhängnis über unsere Stadt brachte, egal ob aus nichtigem Grund oder aus wichtigem, egal ob aus dampfendem Blut oder aus kaltem, egal ob er aus adeligem Blut ist oder aus gälischem Blut oder gar aus dem meiner eigenen altenglischen Herkunft – dieser Täter übernahm für seine Tat die Verantwortung. Indem er freiwillig vor dieses Gericht trat. Indem er nach der Tat ohne Umweg in diese Gerichtshalle kam, direkt und freiwillig. Er respektierte unser Vernunftgesetz als Allerhöchstes. Dafür, aber auch nur dafür – verdient er Dank.«

Lynch stockte, hatte zu schlucken, hatte seine Stimme immer wieder neu zu suchen. »Es – es war – in der Geschichte der Stadt Galway – die fürchterlichste aller Untaten. Mein Urteil – ohne Ansehen der Person –

allein auf der Basis eines segensreichen Gesetzes – im Namen von Galways Freiheit und Glück – ich kann nicht anders. – Tod.«

Sackte hinunter in den Sitz. Die meisten Räte und Zuschauer verbargen ihre Gesichter, »Nein!« hörte man ächzen. Gestöhnt wurde da, die meisten fassten es nicht, der Spruch des Vaters und obersten Richters hatte den Ausschlag gegeben. Nun war ganz offensichtlich gekommen, was sich einige wie Jeremiah und O'Donnoghue seit langem geheim und dann immer offener gewünscht hatten – der Tag des Zorns.

Eheleute hielten sich in den Armen. Die alten Blakes, die Joyes-Eltern, gewiss auch die Lynchs, sie wussten einander sonst keinen Trost. Weder fromme noch kluge Worte brachten nun Rat oder Hilfe für die Aufgescheuchten und Verschreckten.

Endlich schien begreifbar, warum die zwei grimmen Stadtgesellen des Hauptmanns Edward ihre Gesichter immerzu gleich finster hielten, mindestens so düster und unbewegt wie das ihres Anführers. Nun endlich, da sie die Bootsbahre mit dem bleichen, mit dem rostrot verfärbten Segel hinaustrugen, zur Kapelle hinüber, nun endlich passten die starren Finsterlingsgesichter zur Sache.

Schluchzer entluden sich wie tiefe schwere Krämpfe, als dann Frederic Fitzpatrick den Pat, seinen Pat Lynch, beim Arm zu nehmen hatte, um ihn hinter den Gardisten hinauszuführen, ebenfalls in den Hof, aber zum Kerker hin.

Die Seufzer schwollen nicht ab, der Jammer wurde nicht still, neue Rufe, Fragen, Klagen erhoben sich und wurden immer dringlicher. Aber da war, wohin man sich auch wendete, vorerst bei niemandem irgendeine Klarheit. Pater Gomez in seinem schwer zugänglichen Hallenwinkel, der war auf und davon, und die anderen, auch Priester Kirwan, sie alle, so schien es, glaubten nun höchstens noch so dunklen Worten wie denen der Hexe Kate und des Liedersängers Fitzpatrick.

Im Wirrwarr der Worte, der Fackellichtschatten und der umeinander drängenden Menschen mochte außer der fast blinden Mary niemand zur Kenntnis nehmen, wie Lynch, nachdem er sein Urteil gefällt hatte, hinabgerutscht war in eine Ecke seines großen schwarzen Richterstuhls, als wäre das Tuch nicht Versteck genug.

Alle, außer Mary Lynch, die sich an der hohen Rückenlehne des großen Gerichtsstuhls festhielt und die leise auf ihren Marcus Tullius einredete, alle anderen, die Galwayer Bürger samt ihrem sonst so fröhlichen priesterlichen Hirten Alexander, sie benahmen sich wie Vögel, die es fertiggebracht hatten, sich selber die Brust aufzupicken, um ihre Jungen zu füttern und die nun mit todeswütiger Aufregung hier und dort gegen Mauern flattern mussten.

Da gab es Fälle von Atemnot und Platzangst, man drängte hinaus, man scheute draußen den Regen nicht, manche begrüßten ihn gar als das alte reinigende Galwayer Fischerwetter, als ozeanisch unendliche Grundluft. Dort draußen jedenfalls jammerten und gackerten und fauchten und klagten und kollerten sie davon, durch die grauen, durch die dunkel glänzenden Straßen, unter den Wimpeln und Bannern hindurch, die nun nass an den Leinen hingen, die sich noch immer von Erker zu Erker spannten, von Turm zu Turm. Dem spanischen Gast zu Ehren.

✠

Die Galwayer fanden sich aber in den eigenen Häusern ebenso unerträglich. Sie starrten in den Regen, in die feuchte Dämmerung. Fanden keinen Geschmack an Schlaf oder Essen, fast jeder daheim fragte sich nun, was jetzt die anderen dächten oder unternähmen, wohin jetzt die Reise ging und wohin man sich jetzt überhaupt noch wenden könnte, und da nahm man die Regensachen von der Wand, die Felle und Mützen und Häute, und ging murmelnd wieder hinaus in das Wetter.

Sah wieder die Fahnen schlaff, schwer vom Regenwasser, sah die dunkle Kathedrale, unverbrannt, und sah, wie die Männer von Kellys Werft Bretter und Balken schleppten, durchs Osttor zum Irischen Platz. Man ging eilends weiter.

Und dann fand sich nach und nach fast jeder ein in Braumeister Douglas O'Donnoghues alter Bierhalle. Die Alten zuerst, die Räte. Dann auch die Jungen, und, als einzige Frau, Betty. Sie ließ ihre Piepsie an diesem Tage ganz sein, ließ sie zuhause. Kamen im Bier-Pub zusammen, sahen sich an, nur Kelly fehlte, der Zimmermann, der Schiffs- und Gerüstbauer, der hatte zu tun auf dem Galgenplatz. Sahen sich an, stumm. »Maria, das hattest du vor?« fragten die Blicke.

Still setzte sich einer nach dem anderen in den fast dunklen Raum, an die schwarzen Tischbretter, über denen Douglas die Tranlichter aufsteckte und zündete. Und hockten allesamt da, ohne die regennassen Häute abzulegen, die Felle, die Mützen, stumm, steif und sprachlos.

Vom Dunst der Menschen beschlugen die Fenster, und wäre nicht ab und zu die Tür wieder aufgegangen, um einen neuen Unglücklichen hereinzulassen, die Luft im Raum hätte der in Lynchs Badehaus an Nebeldicke kaum nachgestanden. Rings um die Schuhe sammelte sich Regenwasser, tropfte von den Häuten unter die Bänke, Rinnsale zogen in die Hallenmitte zum Ausguss, schwarze Rinnsale. Niemand sah dorthin. Niemand sprach.

Mochte sein, in den älteren Ohren surrte nun das *Sator arepo tenet opera rotas* und das spendete alles andere als Fassung und Mut. Ab und zu brummte O'Donnoghue, der selber das Bier nachstellte. Der Brauer bruddelte was von Gott und vom Ende unter die Leute, der hätte zu gern ein Gespräch gehört oder in Gang gesetzt. Darum ließ er sich's auch nicht nehmen, an diesem Tag die Töpfe selber zu bringen, hierhin und dorthin an den Tisch, schickte seine Dorothy in die Küche und lief emsig herum, es könnten ihm ja wichtige Murmellaute entgehen.

Ihm selber schoss gar zu viel durch den gewitzten Kopf, vieles was er noch hätte anbringen wollen, warum er so geurteilt hatte und nicht anders, für die Höchststrafe hatte er gestimmt, das wollte er begründen, aber rings die Gäste, die vielen Gäste, so viele wie seit zehn Jahren nicht in seiner Bierhalle, die stießen ihn mit ihren Blicken zurück, mit Augen, aus denen Witz und sumsendes Gemüt verschwunden, in denen die blanke Hilflosigkeit eingezogen war. Die hielten sich lieber an die schweren dunklen Tischbretter und ans bittere Dunkle. Trauten sich und anderen kein Wort mehr zu.

Endlich, nach einem lange dämmernden Schweigen, da war es Betty Blake, die reden konnte, die laut sagte, was Klügere ebenfalls schon erwogen haben mochten. »Jetzt«, sagte die starke Frau, »jetzt könnte nur einer was klären. Aber der hat jetzt keine Zeit mehr für uns.«

Niemand sagte dazu was.

»Frederic«, blubberte sie schließlich selber den Namen.

Am zarten Nicken einiger Köpfe hätte sie ablesen mögen, dass man ihr recht gab. Was half es, dass sie recht hatte, da blieb nur der Schluck aus dem irdenen Topf, das krumme Hängen über dem breiten Tisch und die verworrenen Gedanken an Frederic, an Lynchs Hausgeist, an den Gerichtsschergen, an den Sänger und Henker.

Andere, denen man nicht nachsagen konnte, dass sie irgendwas an den Gesängen des Frederic nicht mochten, gaben Zweifeln Ausdruck. Der erste, der nach Betty ein Wort wagte, war Alexander Kirwan, der Priester. »Fitzpatrick, wäre der jetzt hier«, sagte Kirwan, »an diesem Tag vergingen auch dem Luft und Lust zu singen. Bis heute war keins von seinen Finsternisliedern so schwarz wie das, was uns dieser Tag vorgesungen hat.«

Nach einer weiteren Weile, in der nur der Regen am Fenster zu hören war und im Dunkeln das Hinstellen der Becher, nach einer neuen bedrückenden Wartezeit war es der sonst so geschwinde George, dem es gelang, zu reden. »Frederic«, sagte er, »das ist wahr, hat immer gut gesungen. Wir haben ihn leider nicht immer verstanden. Wir hier aber, wir haben den Märchenmann.«

Einige im Raum schielten sofort auf den grauen Kugelkopf im hinteren Eck, auf William O'Brian. Aus dem roten runden Haupt, vom Grauhaar umrahmt, war noch in der Nacht zuvor die wahre Sage gekommen vom reichen und vom armen Galway-Mann im Himmel.

O'Brians Augen blieben halb geschlossen. Diese Augen schienen nur da zu sein, um im Topf auf dem Tisch den Schimmer des Bierschaums wahrzunehmen. Wenn Balladensänger Frederic nicht zugegen war, dann war es nicht selten der Märchenmann gewesen, der mit Elfen- und Gnomengeschichten Abendrunden erlöst hatte aus ihrem Schweigen, der die einsamen Träumer zu gemeinsamen machte.

Freilich, so wild und so laut und so irrwitzig wie Frederic konnte der alte William es nicht. In den fröhlichen Runden und bei verwegener Stimmung entschied man sich meist für die Balladen des Henkers, egal, wer darin mal wieder verschlungen wurde oder verzaubert oder getäuscht und bestraft. Mochte sein, dass man die Unglücke und Abstürze und Banchee-Signale nun nicht länger ertragen wollte, mochte sein, dass nun Williams Zeit gekommen war, höchste Zeit war's jetzt für Hilfe, für Trost.

Doch es erschien unvorstellbar, dass William einen Märchenweg wusste durch das Steingebirge, in die dieser Tag des Zorns sie alle gezerrt hatte. Eine Erlösung freilich wäre das und zu schön, als dass man sie sich durch allzu häufiges Hinüberschauen und durch zu große Sehnsuchts-Augen vorschnell verderben sollte. Da galt es und lohnte es sich zu warten.

Und was man kaum zu hoffen gewagt hatte, geschah. In die Stille hinein, ohne dass jemand ihn noch mit Worten aufgefordert hätte, sprach William O'Brian. Sprach mit leiser Stimme und erzählte eine neue See- und Fischergeschichte.

»In früheren Zeiten«, sagte er aus seinem hinteren finsteren Eck, »da lebte in Galway ein Mann, der hieß Brendan. Dun Brendan hatte sieben Söhne. Die ernährte er durch harte Arbeit auf dem offenen Meer. Eines Tages aber trieb der Sturm ihn viel zu weit hinaus, so dass er den Weg zurück nach Galway nicht mehr fand.

Gegen Abend, als der Sturm nicht nachlassen wollte und Brendan den Lebensfürsten anflehte, ihn zu seinen Söhnen zurückzubringen, da erblickte er ein Land. Das waren nicht die felsigen Aran-Inseln, sondern da schimmerten sanftere, weichere Hügel, über denen lichtete sich der Himmel. Und oben über den Höhen leuchtete in der Abendsonne rotgolden eine Stadt.

Im Hafen darunter landete Dun Brendan sein Schiff, da fand er freundliche Leute, die ihn beherbergten und pflegten, die ihm zu essen gaben und zu trinken und die wunderliche Geschichten wussten. Geschichten vom Überqueren des riesigen Atlantik und die untereinander soviel und herzlich lachten und Freude hatten und allesamt strahlten, dass es Brendan sonderbar vorkam und er bald merkte, dass er in der paradiesischen Stadt der Gnomen war.

Da ihm ihre munteren Händel und ihre wonnigen Sitten sehr gefielen und weil Sheela-na-Gig mit dem breiten Schoß ihre liebste Göttin war, wohnte er eine Weile unter diesen glücklichen Wesen und fragte erst nach achtundzwanzig Tagen, wie er wieder zurückfinden könnte nach Galway, zu seinen Söhnen. Da bekam er zu hören, er solle nur sein Schiff besteigen, das brächte ihn heim. Da wollte Brendan aber auch noch wissen, wie er später mal, mit seinen Söhnen, die goldene Stadt wiederfinden könnte. Da antwortete ihm der Älteste: ›Dun Brendan, es wäre besser, du vergisst uns. Sonst fändest du nie mehr Ruhe. Wir zeigen dir gern den Heimweg, kehr zurück, arbeite, aber mach dich nicht unglücklich in der Erinnerung.‹

›Vergiss uns‹, rieten ihm auch andere. Doch er wollte zu gern den sicheren Weg zur rotgoldenen Insel wissen, wollte den Kurs dorthin auch seinen sieben Söhnen beschreiben können. Er fragte, wen immer er traf, doch die Gnomen schwiegen oder warnten.

Erst in seiner letzten Nacht auf der Insel verriet es ihm eine Elfe, mit der er vergnügten und innigen Umgang hatte. ›Einmal im Jahr‹, sagte die Elfe, ›fünf Tage vor der kürzesten Nacht‹, und dazu spreizte sie ihre fünf Finger, ›da wächst vor Galway eine Brücke über das Meer. Diese Brücke ist ein goldenes Seil. Auf dem musst du hinübergehen. Sei nur getrost und mutig. Zum Abend hin, wenn die Sonne untergehen will überm Ozean, dann spannt sich das Seil nach Westen, von euerem Berg Golgatha weit über die Bucht hinaus, quer über den Atlantik bis hierher, bis in unsere Stadt. Willst du aber deine sieben Söhne mitbringen, dann lehre sie zuvor das Seilgehen, übe mit ihnen elf Jahre lang und lehre sie's richtig. Gib ihnen Sicherheit. Mach, dass sie das Gleichgewicht beherrschen.‹

›Wie soll ich sie richtig lehren, ihnen Sicherheit verschaffen? Was nennst du Gleichgewicht?‹

Doch die Elfe in seinen Armen war verschwunden.

Am nächsten Tag fuhr Dun Brendan sein Schiff bei gutem Segelwind aus dem Hafen, geleitet von aufmerksamen Delphinen. Die Tiere zeigten sich ihm im glitzernden Wasser, schwammen so lange vorweg, bis Black Head zu sehen war und die felsigen Aran Islands und er allein nach Galway zurückfand.

Zu Hause lehrte er seine Söhne, auf dem Seil zu gehen, sagte ihnen, dass sie beherzt und ihrer Sache sicher sein sollten, sie nickten und verstanden, wollten vernünftig sein, wollten von nun an Gleichgewicht halten zwischen Herz und Verstand, denn sie verehrten ihren Vater sehr. Er übte mit ihnen, ließ sie täglich über Seile balancieren, sie bewiesen glänzende Fähigkeiten und begriffen, dass ihr Glück von diesen Übungen abhing.

Nach elf Jahren, fünf Tage vor der kürzesten Nacht, führte Brendan am Abend seine Söhne auf die Höhe des Berges Golgatha. Von dort blickten sie nach Westen übers Meer und dann sahen sie in den Strahlen der untergehende Sonne deutlich das goldene Seil.

Die Mahnungen des Vaters im Ohr, die guten Fertigkeiten in ihren geschmeidigen Gliedern, so begannen nun alle Sieben, auf das Seil hinaufzutreten, und machten sich auf, einzeln, nacheinander, hinüberzugehen. Aber über dem Abgrund schwankten sie. Stürzten alle in die Tiefe und zerschlugen.

Da zerriss Brendan sich seine Kleider und wollte sich gleichfalls hinabwerfen. Doch seine Elfe erschien und er hörte sie reden. ›Du hattest es nicht geglaubt. Der Weg übers Seil, der Weg in die goldene Stadt ist zu schwer für euch. Ist unendlich schwierig, Leib und Kopf ins Gleichgewicht zu bringen. Ihr Menschen seid nicht schwindelfrei. Erdreichsteine seid ihr, die denken wollen.‹

Und dann waren Luft und Meer und Galway-Bay erfüllt von fünfundfünfzig guten Geistern:

Wer es verachtet
endet umnachtet.
Alle elf Jahre
warst du vernarrt.
Das Paradies
musst du vergessen.
Wer davon träumt
stürzt hart

Dun Brendan trafen diese Worte ins Innere und zerrissen es, er redete irre, starb und wurde vergessen. Aber von der Stadt und von dem goldenen Land hinter dem unendlichen Ozean, davon ging in Galway noch lange die Legende.«

William O'Brian schwieg. Jeder hielt nun still. Bedachte die Geschichte. Das Wasserprasseln an den kleinen Fenstern schien zu singen, und einigen war, als hörten auch sie deutlich den Gesang der Naturgeister. Fünfundfünfzigfach. Unterdessen rann das Regenwasser weiter von den Eichbohlen der Eingangstür her auf dem Steinboden in die Dunkelheit hinein, in langen schwarzen Zungen bis unter die Tische.

Jedem gab Williams Geschichte auf andere Weise zu denken. Und da war keiner, der nicht wusste, wer mit Brendan gemeint war und wer mit den Söhnen.

Das Paradies musst du vergessen? Was denn wären wir ohne unsere Träume, wollte George sagen, traute sich aber lautes Reden nicht zu.

»Ich glaube«, sagte Patrick MacBride als erster, »ich glaube, William hat wahrgesprochen. Jeder von uns ist ein verrückt gewordener Erdreichstein. Für siebzig oder achtzig Jahre lebendig. Und dann wieder wie vorher, ein Stein. Von Ewigkeit zu Ewigkeit.«

Als dann wieder geschwiegen werden sollte, beeilte sich Brauer O'Donnoghue, deutlich zu machen, dass auch er Williams Märchen verstanden habe. »Noch heute«, sagte er, »gibt es in Galway manchen, der andere zwingen will, auf Seilen zu gehen. Der das Fremde anstrebt, statt das Eigene zu lieben. Ich hab es schon oft gesagt und wiederhole es: Wo in Irland gibt es eine so wunderbare Wasserstadt wie Galway und nutzt es nicht. Bestes Brauwasser strömt überreichlich aus den Joyce-Bergen und dennoch weigert sich Galway, mit dem heimischen, mit dem Bier-Pfund zu wuchern. Träumt von Weinparadiesen. Träumt in seinem Weinwahn sogar von einem neuen Rom.«

Dem Brauer antwortete niemand. Nicht mal ein Nicken konnte er im trüben Licht erkennen und er sagte sich, dass seine Gäste sich nun wohl doch ein bisschen genierten vor ihm, weil sie an diesem Tag nach langer Zeit so zahlreich in seine Bierhöhle gekommen waren, die meisten nach Jahren zum erstenmal wieder.

Flann O'Flaherty, der schon den vierten Krug unter seinem roten Gesicht stehen hatte, kümmerte sich um den Braumeister wenig, wiederholte vielmehr den Pat MacBride. »Wahrgesprochen. Jawohl. Nur ein Kugelkopf wie der von Märchenmann William kann unsere Jammerstadt, kann unser zerstrittenes und verzwicktes Galway in eine so runde Geschichte wickeln. Weiß Gnom, Gott und Geier, wahrgesprochen. Häuft und baut Lynch Fass auf Fass, seit elf Jahren oder seit fünfundfünfzig, und schert sich einen Dreck drum, wie es drinnen gärt. Nicht nur in den Fässern. Wie der Druck rauswill aus den verrückt gewordenen Erdreichsteinen, die ins Grübeln kamen und ins Selberdenken. Und dass den Lynchs der Zapfen am Ende beim eigenen Söhnchen um die Ohren fliegen muss, das ist der Witz und das Tolle. Nein, nicht aus Irish Town trifft Galway der Schlag, nicht wir gegängelten Claddagh-Fischer, auch nicht die neidhammeligen englischen Kaufleute, irgendein anderer Stamm erschlägt Galways Glück, nein, das brave Goldsöhnchen Pat Lynch selber tut es.«

Nach einem tiefen Schluck konnte er weiterreden. »Alle Weisen hatten es anders vorausgesagt. Die versoffenen und verkauften Wasser-Iren, so prophezeiten sie, die Kelten, die Ureinwohner im Connaght und im Claddagh und mindestens der grimme Edward, wie ihr meine eigene taube Nuss nennt, der als erster würde dreinhauen eines Tages mit seinen achtzig gälischen Gaunern, na, hab ich es denn nicht immer geweint, hier ins schwarze Bittere und drüben in den Roten aus Andalusien: Flaherty Junior, den ihr den ›Grimmen‹ nennt, weil er dreinglotzt wie ein teutonischer Landsknecht von der Nürnburg, diesem Kälbertotstecher, dem die Mädchen nachblicken, weil sie meinen, solch große wilde Generäle, die erfüllten ihnen alle Träume wie dem Dun Brendan die Elfen auf der goldenen Sheela-na-Gig-Insel, dem aber läuft in Wahrheit seine Isobella nachts fort und drängt sich in mein dürres Gestell und weint und stemmt sich aus beim alten Flann. So trübe, liebe Leute, so trübe wie in meiner eigenen hohlen Edward-Nuss, so sah es auch in Lynchs glattem gelben Söhnchen aus und hinter all unseren anderen goldenen Traumbildern, glaubt's mir und glaubt's Williams wahrem Märchen, bei Lynchs eigenem Kronprinzen waren ein paar Bibelkapitel und Weisheiten vergessen worden, zum Beispiel die vom wunderbaren Gleichgewicht. Freilich –«, schränkte er ein und schob den Krug, den er sich schon wieder herangeholt hatte, nochmal ein wenig zurück, »– freilich weiß ich nicht, ob in der Bibel solche Kapitel übers Balancieren zwischen Bauch und Kopf überhaupt geschrieben stehen. Mir scheint, in der Bibel geht es nicht ums fröhliche Leben, da geht's immer nur ums richtige Sterben, hab ich recht, Alexander?«

Von Flann O'Flahertys erstaunlicher Bier-Rede fühlte sich Bibelverwalter Alexander Kirwan verwirrt, der Priester nickte zwar, seufzte aber: »Nein, Flann, sterbenstraurig hat Lynch uns seine Unternehmungen nie gelehrt. Vergesst nicht, wie er uns feiern ließ und völlen und singen, wie er allen Freuden und Künsten Freiheiten gab, noch letzte Nacht, wie er da glücklich war auch über mein Gejaule ›heute, hier und jetzt, ihr Freunde, schlürft das goldne Himmelreich‹ – wir wären ja noch immer mitten im Schlürfen und Prassen, wenn nicht einige von uns sich glatt überfreut und totgefeiert hätten. Nein, den Druck in den Fässern oder Steinen, den hat Fitzstephen immer gekannt, hat ihn rausziehen lassen wollen mit allem brimborischen Schabernack, ach nein, nur eins, wahrlich, nur eins stimmte nicht: Was Lynch mit uns wollte, das war wohl zu früh, das war für viele zu gut, zu scharf, zu golden, zu spritzig, da hatten die Geister recht mit ihren Warnungen, die Gnomen auf Dun Brendans

Insel: dem Denken, das die Lynchs nach Galway brachten, der Freiheit, der Lust und dem Herzschwindel, dem waren noch nicht alle hier gewachsen, nicht wahr? König Fitzstephen im Lande Ghue, der sang zu fremdartig seine Lieder, der spann zu frei seine Pläne, trieb's zu schnell und zu früh auf seinen Seilen, da hockten noch Dubliner oder spanische Patres und päpstliche Alps und allzu viele Buckel auf unseren Schultern. Und da schweigt sich allerdings auch die Heilige Schrift rundweg aus, über das fröhliche Leben im Diesseits und das Gleichgewicht auf den irdischen Seilen sagt sie nichts. So muss es dann immer wieder diese Abstürze geben.«

Unter dem Fenster saß die volle Mutter Betty in ihrem weiten Wollumhang wie ein grauer Berg, die hockte da und gluckte als einzige Frau hier, am dunklen Ende des großen Tischs, saß dort und schaute durch den O'Donnoghue hindurch, der mit seinem Bierbringen zu gern auch ihre Meinung herausgefordert hätte. Schaute aber durch ihn hindurch wie durch alle anderen Männer, blickte über die Köpfe hinweg schräg hinauf durch die trüben Scheiben, dachte sich auf die dunkle Gasse hinaus, dorthin, wo Lynchs hohes graugrünes Steinhaus stand, in dem auch Betty sich am Tag zuvor herumgeschwungen hatte und in das sich nun keiner mehr hineintraute, weil dort das Entsetzen eingekehrt war.

Drüben im Kerker steckte jetzt Bettys lieber Freund, der junge Pat. Der Verlobte ihrer Schwester, den hatte Stadthauptmann Edward jetzt zweifellos fest angekettet. Neben dem hinterhältigen Seiler. Ihren Blick richtete Betty weit hinaus aus der muffig feuchten Bierhalle und musste doch, so sehr sie sich mit den Augen und dem Verstand hinausdrängte, anhören, was links und rechts von ihr an den Tischen die geduckten und die verschreckten Männer zu murren hatten und zu grübeln.

Dem Recht Genüge tun, das musste er, der Richter, so munkelte jetzt der bedächtige Ronald Skerrett. Aber jetzt, wo sein Galway-Gesetz erfüllt sei, da werde Lynch den Urteilsspruch auch wieder zurücknehmen können, da werde er praktische Bedenken anerkennen und am Ende Gnade walten lassen.

An welche ›praktischen Bedenken‹ denn Ronald Skerrett denke, wollte da O'Donnoghue wissen, an solche, die sich gegen das gültige Recht richteten? gegen die Verfassung?

Gleich drauf hörte Betty einen Dritten und einen Vierten, und die Stimmen und Meinungen überkreuzten sich und wechselten immer abenteuerlicher. O'Brians Märchen und Flanns und Kirwans Kommentare hatten den Bann gebrochen, plötzlich konnten die Bierbrüder wieder reden, immer rascher und knapper flogen nun die Ansichten hin und zurück, jetzt hatten sie wieder ihre üppigen Worte.

Die Stadt Galway, so wusste Steuermann Jessy Murray, die stehe und falle freilich mit dem Galway-Gesetz, und er erinnere an die Losung ›Verfassung für immer‹, aber John Fitzstephen Marcus Tullius, der sei im Grunde ein feinsinniger und sehr mitfühlender Mann, alles andere als grausam, er, Jessy, müsse das wissen, über ungezählte Monate hinweg sei er mit diesem Kapitän gemeinsam unterwegs gewesen und hatte mit ihm Entscheidungen zu fällen, ja, Lynch werde sich aufschwingen zu einem Gnadenakt, auch wenn in der Verfassung von Gnade, so viel ihm bekannt sei, nichts geschrieben stehe.

»›Gnade vor Recht‹«, sagte O'Brian, »ist seit je ein Zeichen von großzügiger Herrschaft, von Souveränität.«

»Gnaden-Erweise adeln jede Verfassung, auch noch nachträglich«, philosophierte Skerrett.

»Verfassung für immer«, knurrte John Joyes. »Verfassung bis in den Abgrund und bis in den Untergang, so, Freunde, so denkt er und handelt unbeirrt nach Recht und Gesetz!« Und der Kontrakopf fügte hinzu, der Handel mit dem unglücklichen Vater Gomez, dieser ganze glorreiche Spanienhandel sei nun jedoch so oder so verdorben, Galway sei mit oder ohne Todesurteil ruiniert, aus sei es, aus, da helfe weder ein Gnadenakt noch auch ein vollstrecktes Galgenurteil, in der Tat, diese Hinrichtung könne Lynch sich erst recht sparen, schon einfach aus ›praktischen Bedenken‹. »Das müsste dem Alten in diesen Stunden klar werden, hoffentlich.«

George Blake aber meinte, die Galway-Geschäfte seien keineswegs ruiniert. Den Handelsmann möchte er sehen, der nicht auch dann noch Wege für seine Waren finde, wenn ihm seine Söhne Unsinn anstellten oder Dreistigkeiten, selbst wenn sie darüber abstürzten oder gehängt würden.

»Ob in Galway oder in Malaga«, seufzte Parick MacBride, »Gewinn und Vorteil gehen den englischen Herrschaften über alles. Dieser Besitzschwindel, der ist mindestens so übel wie der Paradiesschwindel. Da haben die Feen in Williams Märchen vollkommen recht.«

Nein, als Übel könne er das Handelsleben nicht sehen, erklärte der alte Skerrett. Der einzige Weg, das Geschäft mit Spaniern, Italienern und Portugiesen einigermaßen am Leben zu halten, der führe nunmehr über Lynchs Urteil und über die Vollstreckung dieses Urteils.

Das bekam sofort Widerspruch und heftiges Hin und Her, so lange, bis Priester Kirwan ächzte, ob denn nur Hirngespaltene hier säßen, ob denn außer William und Steuermann Murray keiner von ihnen ahne, was in diesem Augenblick drüben im John Fitzstephen Marcus Tullius umginge, in dessen Schädel in jedem Augenblick mehr Gedanken kreisten als in dieser duckmäuserigen Spelunke in Monaten und Jahren. Lynch sei niemals bloß Handels- und Gewinnmann gewesen und Schöpfer einer Neuen Welt, sondern immer auch und vor allem ein umsichtiger Mensch, ja, nämlich Vater, Freund und Gemahl, Hirte und Hüter nicht nur seiner Stadt, sondern auch seiner Familie.

George ließ nicht locker, Gedanken hin, Familiengefühle her, auch beim Stadtoberhaupt hätten die Geschäfte immer obenan gestanden, was denn bedeute es sonst, dass die Lynchs und die Joyes drauf und dran waren, alten Zank zu begraben und sich zu vereinen. Dem Gewinn sei's getrommelt und gepfiffen, dem vereinten Handel und Wandel zuliebe werde sich auch er, John Joyes, am Ende noch hinter den Todesspruch stellen, man werde sehen – Skerrett habe ja noch eben jetzt den entsprechenden Rat erteilt.

Nein, das werde man nicht sehen, fauchte der Kontrakopf. Was hülfe den Joyes ein gerettetes Lynch-Haus, wenn Pat am Galgen erwürgt sei. Was wirres Zeug hier gedroschen werde, so maulte der streitbare John

Joyes. Handel hin, Gewinn her, er bleibe bei seinem Kampf gegen den Richtspruch. Pat Lynch geschehe Unrecht.

Der miesmuschelohrige Großvater Blake befand, er höre Wolkenkuckucksgeschwätz, morgen oder vielleicht noch heute würden Herrn Corks rächende Reiter über Galway herfallen und über Edwards Stadtgarde und würden ihn selber aufhängen, den McDonnell, würden ihn spießen, rädern und vierteilen und dann den Richtersohn gleich ebenfalls und die Stadt brandschatzen.

Das sah der Märchenmann William anders, der wusste zu erzählen, Graf Cluricaun auf Killmanroy sei nicht nur mit Makel gestorben, sondern auch schon in Schanden gezeugt worden. Mit einer Schweinemagd aus den Connought-Sümpfen hätte es Cluricauns Vater im Suff getrieben, ja, mit einer gälischen und nun, da der edle englische Ritter auch sein Ende mit einer irischen Seilertochter verbracht habe, habe sich auf Killmanroy ein alter Hader endlich gelöst und könnte endlich Ritter D'Arcy, Zweitsohn zwar, aber, soweit die Zeugnisse glaubhaft wären, herrenmäßig englisch gezeugt, nun, nach McDonnells frommem Totschlag mit dem Ochsenjoch, könnte Raubritter D'Arcy seine rechtmäßige Lordschaft auf Killmanroy antreten, was ihm jahrzehntelang der ränkereiche Wechselbalg Cluricaun erfolgreich vereitelt hätte, sowohl mit Machenschaften über die englische Krone als auch mit Bestechungen des Dubliner Bischofs, der ihm immer aufs neue und gegen alles bessere Wissen die reine edle Abkunft bescheinigt habe. Nein, in der Cluricaun-Sippe würde nach Jeremiahs Tat nur noch Frau Theodora grimmige Gefühle hegen, die anderen dagegen eher dankbare und schon gar keine kriegerischen. Im ersten Gerichtsfall des gestrigen verrückten Tages, beim zertrümmerten Schädel des Herrn auf Killmanroy sei Galway fein heraus und Graf Cork auf Larminie habe sich sichtbar beruhigt.

»Den«, ergänzte Flann, »den hat sein Auftritt vor Gericht voll befriedigt, der setzt sich das Todesurteil gegen unseren frommen Seilknüpfer als glänzenden Zacken in die Familienkrone, der wird von seiner eleganten Verhandlungsführung noch seinen Kindeskindern erzählen.«

»Galways Jammer«, sagte der Querkopf Joyes, »Juans Todessturz und Lynchs Urteil, so etwas weckt in diesen Herren Großgrundbesitzern und Menschenschindern nichts als Schadenfreude. Nichts köstlicher, als wenn eine Bürgerstadt nur noch die Wahl hat zwischen Pest und Cholera.«

Da hielt Brauer Douglas O'Donnoghue sich nicht mehr im Zaum, von ›Galways Jammer‹ höre er hier immerzu. Und dann ließ er ihn los, seinen lang gestauten Groll, ja Kreuz und Kuckuck, was denn dies Gezeter um Pat Lynch solle, was denn von solchem Wehgeschrei sein alter Freund Jeremiah McDonnell würde halten müssen, wenn er etwa zu hören bekäme, wie in dieser lang verachteten Bierhalle ausgerechnet um den halbgaren, um den grünen Rauf- und Tückebold Pat graue Haare wüchsen, ob der nun hängen solle oder nicht, das aber über ihn, der einen Unhold umgebracht habe, keiner auch nur ein gutes und bewunderndes Wort finde. Wenn hier schon über Ausnahmen vom Gesetz gemunkelt würde und von Gnade, dann doch wohl in der Sache McDonnell, eines Rächers von unsäglichem Unrecht, und nicht wegen Patricks blindwütig kopflosem Totschlag. Bloß weil der ein lustig junges Luchs- und Löwengesicht habe, zöge man ihn dem Gottesfreund McDonnell vor?

Da seufzte Priester Kirwan und wollte eben ein einigermaßen freundliches Wort um den Seiler und ›Gottesfreund‹ herumstricken und dann aber auch um den anderen Galgen-Kandidaten, als die Tür der Halle sich öffnete.

Die Bierköpfe wandten sich dorthin, auch Betty richtete den Blick nun vom Fenster weg. Im matten Dämmerlicht des Eingangs stand da Mike Pitt, dieser Klotz, der stand da und aus seinem regentropfenden Fellmantel schien es zu dampfen, in der Faust jedenfalls hielt er ein Netz mit schweren Fischen, mit drei silbern glänzenden Seelachsen, die er, während die Galwayer allesamt im Lynchturm beim Gericht hockten, im stürzenden Corrib gefangen hatte, beim Gewitter.

Einen Moment lang blieb Pitt im Eingang, mochte sich wundern über die volle Halle. Schob dann langsam die Tür hinter sich zu, ging an den gut besetzten Sitzbänken vorüber und wollte zu Dorothy O'Donnoghue in die Küche.

Da hielt Flann ihn fest und redete, und fünf Krugfüllungen schwitzten ihm aus dem Rotgesicht: »Mike Pitt! Du bist hier der einzige, der noch klaren und gelüfteten Kopf hat. Du allein hast ihn nicht mitgemacht, den Affentanz auf Dun Brendans oder Lynchs Goldseil, das hinübergespannt ist über den Ozean bis in die Neue Welt und zu sagenhaftem goldenem Reichtum. Du bist geblieben, wo wir Idioten mit Biersausen im Hirn plötzlich alle wieder am liebsten hinwollen und nun wohl nie mehr hinkönnen. ›Zu spät zu spät, fröhliche Leute!‹ Mike, du bist geblieben am Corrib und auf der Galway-Bay beim Silberlachsfang, bravo, Pitt, hast gepfiffen auf spanische Paläste und Handelsschiffe – Halleluja, Pitt selig!« Und ließ dann den Pit, der nichts verstanden hatte, wieder los, damit er in die Küche gehen konnte, um Dorothy die Fische zu verkaufen.

Eine Weile blieb es still in der Bierhalle, still und fast dunkel war es jetzt. Hinten in der Küche wurde geredet, an den Biertischen wurde geschwiegen. Nur der Regen rauschte an den Fenstern seine alten und immer neuen Musikstücke.

»Flann hat recht«, sagte George. »Unsere Kauffahrtschiffe sollten wir jetzt verhökern, am besten an die Piraten von Connemara. Solange die Räuber noch nicht spitzgekriegt haben, in welcher Klemme wir stecken, bringen die Galeonen noch halbwegs gutes Geld.«

O'Flaherty schien belustigt, dass nun auch Schwätzbold George sich vor den keltischen Seeräubern zu fürchten beginne, womöglich auch vor der Vielmännerfrau Grace O'Malley.

George ließ sich aber nicht foppen, sondern blieb ganz ruhig. »Lass die alten Späße. Angst sollten wir, wenn schon, vor den Engländern haben. Sobald sich unser Jammer bis zur Themse durchspricht, werden die Londoner das so nutzen, wie sie seit je allen fremden Handel zerschlagen haben, um ihn selber zu betreiben. Ob mit Blockaden, mit neuen Steuern und Zöllen oder mit Gemetzel.«

»Auch unter Piratenflaggen tun sie das«, murmelte O'Brian, »und machen dann solche Räuberkähne zu ›königlichen Freibeuterschiffen‹.«

London werde, wusste MacBride, einen neuen Patron nach Galway schicken, einen bischöflichen oder gleich wieder einen militärischen. »Die dumme Kuh Galway gerät dann wieder zwischen bissige Jagdhunde und lässt sich melken, da hilft dann Lynchs Verfassung wenig.«

Da murrte John: »Ob die Kuh Galway je mit ihren Hörnern wirklich zustößt oder ob sie überhaupt je merkt, dass sie Stoßhörner hat, bezweifle ich, egal, ob Lynch nun die Verfassung bricht oder erfüllt – Kate dürfte recht behalten, ›zu spät, fröhliche Leute, zu spät‹.«

Und weil dann erst mal wieder geschwiegen wurde, meinte der alte Skerrett, präzisieren zu müssen. »Kühen ist noch nie eingefallen, ihre Hörner zu nutzen zum Stoßen und zum Spießen, und deswegen leben die Räuberritter angenehm bis in alle Zeiten.«

Damit war der Schwall der Reden vorerst versiegt. Allzu viele Unglücksworte standen im Raum, hingen dick und schwer über den Köpfen wie feuchter Dunst. Einige Männer schielten dorthin, wo Mike Pitt verschwunden war, man schien über den Fischermann nachzudenken. Andere starrten vor sich hin, auf das schwere Tischbrett, als wollten sie das Holz mit Blicken durchbohren.

Man sann nach, welche Vernunft oder welche Elfen denn jetzt noch helfen könnten. Sturm- und Sterbenächte hatte es gegeben, in denen die Kathedrale gemieden wurde, in denen die Leute aus Irish Town, aber auch Leute aus der Oberstadt bei Nebel, Wind und Nacht die Küste entlang stolperten. Ja, wer war nicht schon heimlich hinaufgeschlichen auf den zerbrechenden Salzhügel, zur Kräuter-Kate, um fürs kranke Kind oder für den sterbenden Vater Latwerge zu holen, Zimtsirup oder im Sommer den roten Saft vom Johanniskraut oder was sonst Kate aus Wurzelmark vom Eisenhut, Huflattich oder aus der Tollkirsche zu zerstoßen und mit Honig zu verflüssigen wusste.

Aber gegen das, was nun der Fall war, war da noch irgendein Kraut gewachsen?

Vinetas Glocken höre er, sagte Skerrett.

Atlantis, murmelte Großvater Blake.

Die einzige, die nicht klar zu wissen schien, dass gegen Galways Abstieg nichts mehr half, war offenbar Betty Blake. Ohne Unterlass sah sie durch die dunklen Scheiben dorthin, wo tags das hohe Haus zu sehen war, die grüngraue Lynchburg mit den Löwen- und Luchshäuptern, mit den steinernen spanischen Weinranken und Drachenspeiern und mit der denkwürdigen Doppelfigur gleich überm Eingang, die, wenn man sich traute, genau hinzusehen, mindestens so irritieren konnte wie die schlingenden Vulvamäuler der Sheela-na-Gigs.

Keiner hatte kommen sehen, was Betty nun tat. Mit einemmal sprang die große Frau auf, schlug auf den Tisch und schrie. »Jetzt reicht's!« Blitzend und plötzlich groß und ganz nah schimmerte ihr breites Gesicht auf die Männer hinunter, ja, ihre Augen schienen jedem in der Runde von Kopf zu Kopf ins Gewissen zu stechen. »Ihr Jammerlappen! Specksäcke! Jaulböcke und Saufgesichter! Da sieht man, was rauskommt, wenn Männer, immer nur Männer das Regieren machen – Katastrophen! Bankrott! Totschlag, Galgen, unendliches Gejammer! Auch in Williams wahrem Märchen sind es nicht umsonst Männer, Brendan und sieben Söhne, die ins Unheil kippen. Ach, ihr Bankfurzer, Stinktränen, Trübmolche, seit mehr als drei Stunden weint ihr hier in O'Donnoghues mieses Bier – und? was hat Pat Lynch davon? und was haben Fitzstephen Lynch und Mary Lynch davon? Nicht das Schwarze unterm Fingernagel haben sie von euerem feigen Geweine! Drüben über der Straße brennt es, und ihr Heulmäuler und Saufnasen sitzt hier dumm rum und spekuliert, was denn wohl am Ende, wenn alles zu spät ist, für euch übrigbleibt! Ihr Schlappärsche, ja, dich meine ich, Kirwan, und dich, Skerrett, Blake, Joyes, O'Brian, O'Donnoghue, MacBride, O'Flaherty und auch dich, Schwager George – ihr alle, keiner ausgenommen, auch mein eigener Erzeuger nicht, das Hirn hängt euch in dicken Bierklumpen im Schädel, könnt nur noch in O'Donnoghues Humpen winseln – Schluss damit! Ich mach das allein!« Und fuhr krachend aus der Bank, dass der Tisch sich hob und verschob, fuhr herum mit ihrem vollen Leib, raffte ihr Wolltuch vom Haken, stopfte es vor der Brust zusammen, stapfte zum Ausgang, riss die Tür auf und schlug sie hinter sich zu.

Verdatterte Männer blieben zurück. Die meisten krümmten kaum merklich den Rücken. Schielten zwischen Bierbechern und Nachbarn hin und her. Auf Bettys Kanonade wusste keiner einen Reim. Bis schließlich Redebold George aufsprang und was Halbfertiges bruddelte, was heißen mochte, er müsse jetzt Schlimmeres verhüten, wozu er nun ebenfalls aus dem Saufsaal hinaussprang, hinter seiner stattlichen Schwägerin her.

»Betty und George? die beiden zusammen?« Mit diesem Seufzer hielt es nun auch den John Joyes nicht mehr an seinem Platz. »Betty und George – was wird das!« So maulte er, stand da, starrte eine Weile ratlos. Und setzte sich wieder.

»Deine enorme Tochter, die erklärt jetzt dem Stamme der Lynchs den Weiberkrieg«, lästerte O'Flaherty.

»Ach Flann«, knurrte Joyes, »seit heute ist die Zeit für deine Witze vorbei.« Stand wieder auf, raffte sich seinen Fellumhang vor den Leib und stürzte murmelnd und verwickelt ins Anziehen und ins Überstülpen hinaus in die Regennacht.

Die Zurückgebliebenen waren nun ziemlich verdutzt, hielten sich an ihren Töpfen fest und schwiegen. Schließlich fragte Stadtpriester Kirwan: »Was werden die machen? Was meint ihr? Wird Betty wirklich ins Lynch-Haus gehen?«

»Wenn sie klug ist, dann geht sie zu Ricardo«, brummte Flann.

Kirwan, O'Brian und MacBride gaben ihm recht. Ach, wenn in dieser Stunde noch einer einigermaßen genau überblicken konnte, was geschehen war und was zu geschehen hatte, dann wohl nur noch dieser katholische Don Gomez, der aus Dublin gekommen war oder aus Rom. Oder aus beiden geistreichen Orten.

»Dabei hat Frau Betty vollkommen recht«, kratzte sich MacBride den breiten Kopf, »was tun müssen wir.«

»Aber überlassen wir jetzt ausgerechnet diesem verrückten Gewaltweib das Feld?« fauchte Flann. »Auch wenn George und John ihr hinterherlaufen, sie werden sie kaum bändigen, höchstens anstacheln zu neuem Irrlauf.«

»Das Beste wäre, auch wir gingen zu Ricardo.« O'Brian sagte das.

»Auf den spanischen Pater hört er, der alte Lynch. Vielleicht sogar jetzt noch.«

»Er hasst ihn«, wusste Kirwan.

»Und hört trotzdem auf ihn.«

»Jawohl, gehen wir zu Don Ricardo«, meinte Daniel Blake, »ehe meine wilde Gemahlin ihn verschlingt.«

»Ärgern und beleidigen wird sie ihn«, mutmaßte Bruder Kirwan.

»Statt Hilfe haben wir danach mehr Schwierigkeiten als zuvor«, ergänzte Skerrett.

»Mehr Schwierigkeiten kann ich mir eigentlich gar nicht vorstellen«, bemerkte O'Flaherty.

»So ist es«, polterte MacBride, »ich hab noch im Ohr, wie Lynch am Hafen geredet hat, als er Galway mal wieder mit Rom verglich. Und habt ihr verfolgt, wie er sein Söhnchen missbraucht? Er opfert es. Wie Abraham. Oh doch, Kirwan. Ich sehe, du schüttelst dein Haupt. Man müsste sogar sagen, Lynch tut wie Gott, opfert wie Gott seinen eingeborenen Sohn. Lässt ihn schlachten wie ein Lamm. Ich seh's doch schon. Und alles für seine wunderbare Kaufmannsrepublik.«

»Nein, McBride«, mahnte der Priester, »Lynch ist nicht dünkelhaft. Und sein Pat ist kein Lamm. Pat hat jemanden ums Leben gebracht. Und bereut das ganz und gar aufrichtig und will das unbedingt wiedergutmachen. Lynch und auch sein Sohn, beide sind keine, die sich für großartig halten. Nur sitzt Pat nun in jeder Weise im Kerker seines Vaters. Versteht sich nun als Märtyrer für die Republiksache, für Lynchs ›Verfassung für immer‹. Selbst wenn ich jetzt zu Pat Lynch ginge und sagen würde: Hier schließe ich dir den Kerker auf, hau ab! verschwinde über die Joyce-Berge, weit weg bis in die Neue Welt, die neuerdings Amerika heißt – dieser Pat Lynch, fürchte ich, würde das nicht tun. Er will, was er kindsköpfig kaputt gemacht hat, retten. Seines Vaters Neue Welt will er in Sicherheit bringen. Wiederherstellen. Durch seinen Tod. So denkt er. Da bin ich mir sicher.«

Da meldete sich O'Brian. »Mag sein, so denkt er. Jedenfalls bliebe er im Kerker. Das fürchte auch ich. Der bliebe dort festgekettet, wo er sich aus freien Stücken hinbegeben hat.«

»Unter Tränen kam er«, sagte Dorothy. Die Frau des Brauers räumte die Becher von Betty, George und John ab.

»Ja, unter Tränen.« Kirwan dankte Dorothy für diese Bemerkung und für den neu gefüllten Krug. »Opfern will er sich. Fürs kluge, fürs goldene ›Galway-Glück‹.«

»Sag ich doch«, sagte MacBride. »Dünkelhaft. Großartig. Selbstherrlich.«

»Und ausgerechnet Pater Ricardo wird eben dies alles gar nicht verhindern wollen«, wusste O'Brian. »Ricardo rechnet genau.«

»Wenn's in Ricardos fromme Pläne passt, dann wird Pat hängen«, ergänzte Patrick MacBride.

»Ja soll denn Pat etwa nicht hängen?« fragte O'Donnoghue. Auch von dem Braumeister war gut bekannt, dass er gut rechnete.

Eine kurze Pause folgte, dann rumpelten abermals die Ansichten aufeinander los, polterten und prallten quer über die Tische und gegeneinander. Ob O'Donnoghue tatsächlich für den Tod am Galgen sei.

Wie immer man hin- oder herrechne, erklärte der, Pat zu hängen bleibe Galways allerletzte Möglichkeit, aus dem Strudel jemals noch herauszukommen.

Nein, rief sein Frau, Pat zu hängen, das sei der letzte Irrsinn, draufgetürmt auf allen anderen Irrsinn.

Aber das Gesetz, rief der alte Skerrett, das neue Galway-Gesetz, die Verfassung! Schon war im Halbdunkel kaum ein Wort mehr klar zu verstehen, und O'Donnoghue schickte seine Frau, neues Bier in den Streit zu holen.

Derweil hatte George Mühe, seiner Schwägerin zu folgen. Betty ging nicht zum Lynch-Haus, auch nicht ins Kapellenhaus zu Pater Ricardo, nein, die lief die dunkle Middle-Street hinunter. Fast schwarz standen die Mauern in der Regennacht, nur wenig trübes Funzellicht drang hier oder dort aus den Wohnhöhlen. Geschwind hastete die Frau an all dem vorbei, über Pfützen sprang sie, und bog dann unten ins Joyes-Haus, ging dorthin, wo sie Kind gewesen war.

George versuchte Schritt zu halten, tropfnass hingen über den Straßen noch immer die Banner vom Jubeltag. Was wollte Betty in der Joyes-Burg, wen wollte sie in ihrem Vaterhaus erreichen und wofür gewinnen? George Blake betrat die vordere Halle durch den finsteren Eingang, da war aber niemand, leer stand auch der hintere Saal, auch die Küche, Schwägerin Betty war nirgends zu sehen oder zu hören, auch keiner von den Haussklaven. Die waren jetzt zweifellos im Claddagh, waren alle in Irish Town, um dort unter sich und hinter den dichten Vorhängen des Biertrinkens und der gälischen Geschichten die neuen, die unfasslichen Ereignisse zu begreifen und ihre aussichtslose Lage im allgemeinen Kopfrauschen zu ersäufen.

George blieb neben dem Kamin stehen, auf dem ein Talglicht brannte, horchte dann über die Treppe in den Turm hinauf. Irgendwo dort oben wurde geredet. Er stieg über die Steinstufen, hörte die Stimmen jetzt deutlicher. Im obersten Stock redeten hinter einer Tür weibliche Stimmen. Die Tür führte zum Dachzimmer der Agnes.

»Das wird er nicht tun. Niemals.« Das war die Stimme der Agnes.

Und danach die dunklere, die der Betty. »Glaub mir, auch ich kenne ihn, ganz gut sogar. Und wenn nicht du, dann werde ich dafür sorgen, dass er's tut.«

Er öffnete die Tür, sah Agnes in einem Lehnstuhl und sah Betty, wie sie ihre Schwester an den Schultern gepackt und offenbar geschüttelt hatte. Nun hörte sie damit auf und murrte: »Der Schwatzbold. Muss sich selbst hier noch einmischen.«

George schloss die Tür. »Euch hört man bis auf die Straße.«

Betty ging auf ihren George zu, umarmte und küsste ihn energisch, wendet sich dann aber zurück. »Tu so, als wäre er nicht hier«, riet sie der Schwester, hatte aber den Schwager fest beim Gürtel gepackt. »Ich will, dass Agnes ihm etwas – etwas schreiben soll.«

»Und ich«, sagte Agnes, »ich will Betty erklären, wie sinnlos das ist. Den kriegt keiner mehr herum, auch ich nicht und jetzt erst recht nicht. Weder mit Briefen noch auf andere Weise. Er macht das nicht mit.«

»Das werden wir sehen.«

»Was soll sie ihm schreiben?«

»Agnes beschreibt ihm einen Ausweg, und du, George, besorgst die Schlüssel. Frederics Schlüssel.«

»Zum Kerker? Unmöglich. Wie soll ich die bekommen. Und wie sollte sie ihm schreiben? In Geheimschrift? Latein?«

»Ja, sinnlos ist das«, klagte Agnes. »Er hasst mich. Die Wut, mit der er auf Juan losging, die –«, sie konnte nicht weiterreden, biss sich in die Finger.

Betty ließ den Schwager los, wendete sich zur Schwester. »Ja, die Wut, die galt zu gleichen Teilen dir. Gilt dir immer noch. Warum auch musstest du solchen Wahnsinn machen. Mit diesem entzückenden Spanier. Ich dachte, meine Schwester ist Feuer und Flamme für Galways Kronprinzen. Außerdem glaubte ich, sie wäre klug und würde nicht schon bei der Verlobung wie jeder Schwachkopf hier, wie jedes Huhn und jeder Hahn wegflattern in das erstbeste Hen- oder Stag-Vergnügen.«

»Es war nicht das Erstbeste.«

»Ich weiß, es war das allerbeste.«

Agnes kämpfte mit den Tränen. »Und du – hättest es nicht anders gemacht.«

»Wenn kein Risiko gewesen wäre. Jedenfalls nicht bei einer Verlobung, die das Glück von Galway stiften sollte.«

»Gerade dann!« Die Schöne warf ihren Kopf gegen Bettys Leib. »Er ist – er war –«

»Ja, er war. Begreif das endlich. Und jetzt muss auch dir endlich etwas einfallen. Was tun müssen wir. Bevor es auch von deinem Pat heißt, er ›war‹!«

»Er macht da nicht mit. Hast du ihn denn nicht gesehen? Das war nicht mehr sein Gesicht, nicht mehr seine Stimme. Ein Steingesicht. Schleicht seinem Vater hinterher, wie ein Hund.«

»So ist es«, sagte George, wollte sich aber aus dem Gespräch der Schwestern heraushalten, so weit wie möglich.

Die Schöne biss ihre Finger. »Ich hätte ihm alles erklärt. Hätte ihm auch dies erklären können, alles.« Die Unglückliche flüsterte diesen und noch viele Seufzer gegen den breiten Bauch der Schwester.

»Jungmänner«, sagte Betty, »kapieren wenig, verstehen keinen Spaß. Nur ihren Schwanz. Was denn, bitte, hättest du ihm erklären wollen? Dass dies eine besondere Pflege eines besonders wichtigen Gastes gewesen sei? Dass dies sein musste aus politischen Gründen?«

»Dass ich ihn liebe. Trotzdem liebe. Hätte ich ihm gesagt. Ja, ich liebe ihn, nach wie vor. Und so ist es. Liebe ihn immer noch, diesen idiotischen Berserker. Wirklich! Und am Ende hätte er's mir geglaubt. Vollkommen geglaubt. Alles hat er mir geglaubt, bisher. Jeden Unsinn, jeden Ernst. Dieser Galway-Gockel, so stark er ist, er ist von Grund auf folgsam, wie ein Hündchen. Und so dumm. Als er sah, dass auch Juan mich mochte und begehrte, haute er ab, drehte er durch. Und jetzt? ist er nur noch Vaters Sohn. Folgsames Haustier. Treibholz.« Schluchzte und klammerte sich an die große warme Schwester.

Die streichelte sanft und nickte. »Und das alles schreibst du ihm jetzt. Und das glaubt er dir schon deswegen, weil es wahr ist. Denn das ist alles vollkommen richtig, was du da sagst, dein junges Rindvieh Pat, das muss noch gründlich auf die Weide. Aber als erstes, noch heute Nacht muss er raus aus dem Turm. Weg von diesem Vater. Von diesem wahnsinnigen Galway-Verbesserer. So etwas schreibst du ihm, ist das klar? Und George besorgt uns die Schlüssel.«

»Unmöglich.«

»Du weißt, bei wem die Schlüssel sind. Und wo Fitzpatrick sie am Leib trägt oder wo er sie versteckt, das weißt du genau. Und wenn wir dann den Pat draußen haben, dann schaffst du, George, diese Verrückte hier und ihren irren Berserker Lynch junior außer Landes. Ja, beide halbgare Youngsters möglichst weit weg! hinten herum, über die Joyce-Berge, zum Onkel nach Dublin oder besser noch weiter.«

Agnes stand auf und ging auf George zu. »George, tust du das?«

»Er tut es, keine Sorge. Mein kleiner witziger Daniel hat kürzlich einen flinken alten Wagen geerbt, einen mit doppeltem Boden. Mit einem wunderbaren Raum unter den Füßen, für Gepäck und wichtige Dinge. Darin verstecken wir deinen Pat, darin kriegen wir ihn an Edwards Wachen vorbei durchs Nordtor.«

Agnes legte ihre Arme um George Blake. »Du tust das? Bringst uns weg?«

»Und zwar noch in dieser Nacht«, entschied Betty. »Die Nacht ist inzwischen halb vorüber, also kein Gesäusel, sondern Taten. Schon morgen, gleich früh will er die Vollstreckung, unser irres Oberhaupt.«

George schienen die neuen Aussichten nicht unangenehm, das erschien ihm geradezu verlockend. »Ihr Verrückten mit doppeltem Boden. William hat heute ein neues Märchen erzählt, danach sind wir alle nichts weiter als Erdreichsteine, die für siebzig und höchstens achtzig Jahre verrückt werden und ins Denken geraten, was prompt misslingt, so dass wir abstürzen. Und am verrücktesten, würde ich jetzt hinzufügen, lebt neben Fitzstephen Lynch die Agnes Joyes.«

»Ich halte mich nicht für verrückt.«

»Ach, du Kronprinzesschen, schon deswegen bist du irre, weil es viel vernünftiger gewesen wäre, du hättest nicht Pat, sondern mich genommen.«

»Hört auf mit eurer Geschichte.«

»Es musste ja der Kronprinz sein.«

»Hört auf damit, wenigstens jetzt. Und dies hier«, Betty Blake zeigte auf das Schmuckkästchen aus Spanien, »das nehmt ihr mit.«

Agnes tat entsetzt. »Das hat mehr Wert als die Lynch-Burg.«

»Eben deswegen nehmt ihr das mit. Im doppelten Boden. Mit diesen Kleinigkeiten kommt ihr bis Amerika.«

In der Bierhalle, wo nach O'Brians Märchen von der paradiesischen Inselstadt langes Schweigen geherrscht hatte und wo dann doch wieder heftiges Hin und Her aufflammte über das schier Unsägliche und offenbar Unlösbare, da hatte schließlich der Streit um O'Donnoghues rabiates Plädoyer für die Exekution die Männer in mehrere Lager geteilt. Am Ende waren sie sich immerhin einig, dass die Hinrichtung die übelste aller Lösungen war, also müsse die Exekution des Pat schleunigst verhindert werden, egal, ob man diesen Widerstand aus sehr verschiedenen Gründen wollte und ob man ihn mit den unterschiedlichsten Wünschen verband. Einige, wenn sie von Galway redeten und von Patrick, meinten schlicht die Rettung der guten Geschäfte, andere riefen nach Gnomen und Feen und nach Maria und eigentlich meinten sie allesamt irgendwie das derzeitige Goldene Zeitalter, die zusehends verklärten paradiesischen Zustände seit dem Beginn der klugen städtischen Reformen durch die Lynchs, ja, diese Zustände wuchsen über Nacht zu sagenhaftem Glanz und Licht.

Und so ergab es sich, dass in seiner Verwirrung am Ende nicht mal mehr O'Donnoghue genau wusste, ob Pat zu hängen habe oder nicht. So dass selbst der Braumeister zusammen mit den anderen tatsächlich folgerte, Patrick gelte es zu retten. Man müsse nun eilends zu diesem unmöglichen Vater, der zum Richterklotz erstarrt sei, so erklärte es Flann O'Flaherty, diesem Monster müsse man eine geharnischte Abordnung auf den Hals schicken, unterstützt oder, besser noch, geführt vom Priester Alexander Kirwan. Keine aufgeregten oder verrückten Leute wie Betty und George, sondern eine Abordnung vernünftiger und erfahrener Männer, die müsse nun schleunigst zur Lynch-Burg.

Das fand allgemein Zustimmung, einige rings an den Tischen erdachten bereits dem anglikanischen Priester, dem Leiter der Delegation, schöne Sprüche von wahrer Gerechtigkeit und Christlichkeit, von Milde und Barmherzigkeit. Andere aber meinten, bei diesem Lynch und seinem strengen Gesetzesglauben hätten nur klare Klugheiten Aussicht auf Erfolg. Oder gar Drohungen. Wer jetzt vor diesen Lynch hintrete, der solle nicht wolkig fromm herumreden, erklärte O'Flaherty, sondern der müsse handfest ankündigen, falls es morgen zur Hinrichtung komme, würden die gälischen Stadtsoldaten, dann würden Edward O'Flahertys achtzig Hellebardenträger ihre Dienste verweigern. Donnerwetter, ja, und eine solche Verweigerung finde, müsse man erklären, die Unterstützung von fast allen großen Familien der Stadt, nicht nur von denen aus dem Claddagh, aus der Niederstadt Irish Town.

Priester Kirwan rieb sich die Kopfhaut, suchte und schlürfte sich Rat aus dem Biertopf, ließ sich aus der Küche Brotfladen kommen und Lachs, da er den Mangel an guten Ideen schon immer sehr gern auf eine Leere im Magen zurückführte. Aber auch das Brot der Dorothy O'Donnoghue, so wunderbar das duftete und im krustigen Brechen krachte, das brachte den guten Geistlichen nicht weiter, der alte schwere Alexander fühlte sich gepeinigt, der verfügte jedenfalls nicht über jene interessante Mönchsbegabung, wonach man Schmerz als angenehm zu empfinden verstand.

Da sprang Braumeister O'Donnoghue in die Bresche. Dies war nun endgültig seine Stunde. Er bot sich an, die Abordnung zu führen. Möge Priester Kirwan nur immer mitkommen und flehentliche Bibelsprüche dreinflechten über die wahre Sohnesliebe, da hielten die heiligen Schriften ja vielerlei bereit, die Hauptsache jedoch, da habe Flann recht, die müsse in der Tat hart vorgetragen werden, da dürfe es keinerlei Missverständnisse geben.

Der Brauer hätte gern so und in alle Entschiedenheit weiter geredet, hätte ihn nicht der alte O'Brian unterbrochen. »Douglas, ich meine mich zu erinnern, du warst für die Todesstrafe. Wofür bist du neuerdings?«

»Gegen den Weinhandel ist er. Für sein Biergeschäft«, maulte O'Flaherty.

»Und hat begriffen«, ergänzte MacBride, »dass er sein Bier am besten dann verkauft, wenn Chaos qualmt.«

»Wofür also bist du jetzt?«

Douglas schüttelte den Kopf. »Die Mehrheit in Galway, das wird doch nun immer deutlicher, egal ob Geschäftsleute oder Fischerleute oder Frauen, ob Weinhändler oder Bierleute oder achtzig Stadtgardisten, die

Mehrheit, das fühle ich, will Begnadigung. Und wenn die entsprechenden Anträge von besonnenen Leuten vorgetragen werden, zum Beispiel von jemandem, der im Gericht nach der Verfassung geurteilt hat, also für den Galgen, dann kann Lynch solch ein Gesuch von so einem Stadtrat unmöglich abschlagen. Also von einem wie mir. Dann muss er das ernstnehmen. Dem Recht zunächst Genüge getan. Alsdann aber das vernünftige Gnadengesuch. Wer außer Kirwan geht mit?«

Diese Rede machte denen in O'Donnoghues niedriger Halle nun doch wieder einigen Mut. Zwar schüttelte der alte Skerrett den Kopf, aber die meisten fühlten jetzt sehr deutlich ihre Herzen schlagen für den jungen unglücklichen Lynch.

Den Bedächtigeren war dennoch nicht recht wohl. Vor allem der Märchenmann und der Vielweibermann, vor allem O'Brian und O'Flaherty vermerkten mit Sorge, wie ihr Gastwirt umgeschwenkt, wie aus einem Verurteiler ein Retter geworden war. Weil der offenbar durchschaut hatte, wie sie aussah, die Stimmung in der Stadt, und wie sich das am geschicktesten ausnutzen ließ gegen den alten Rivalen, den großen Weinhändler John Fitzstephen Marcus Tullius Lynch.

Also gut, nun mochte daraus der Braumeister die Hefe ziehen, die er brauchte für seine Zukunft, jetzt musste gehandelt werden. Mark Kelly, der Schiffszimmermann, unüberhörbar baute der dort draußen schon jetzt, in der Nacht, das Galgengerüst nach den alten Plänen.

Man bestimmte also außer Douglas und Alexander noch den Flann O'Flaherty zum dritten Mann in der Abordnung und schickte dann Priester, Brauer und Fischer mit gut abgewogenen Ratschlägen hinaus auf die Straße, hinüber zum hohen graugrünen Haus, das in dieser Stunde schwarz in die nasse Nacht ragte.

✠

»Warum sagst du nichts?« – In Lynchs großer Gerichtshalle standen Tisch und Bänke noch so, wie sie nach dem Todesurteil verlassen worden waren. Die Bänke zwar verschoben, zum Ausgang hin ein wenig beiseitegedrückt und quer. Niemand hatte bisher Zeit gefunden und Besinnung, Ordnung zu schaffen.

Die Schatten der erlöschenden und blakenden Fackeln und Lampenflammen, von denen seit dem Urteilsspruch noch immer einige brannten, vergrößerten die Verworrenheit der Sitzreihen.

»Warum sagst du nichts?«

Die Frage von John Joyes kam von der Stirnseite, von dort, wo beim Gericht die sechs Räte ihren Platz hatten und wo nun allein John saß und auf Antwort wartete von seinem alten Gegenüber John Fitzstephen Marcus Tullius.

Mary Lynchs Gestalt glitt in Umrissen am lichtspiegelnden Fenster vorüber, glitt dorthin, wo der Richterstuhl stand. »Wie soll er was sagen«, murmelte sie. »Lass ihn. Er kann unmöglich.« Mary sprach leise, als sei ein Kranker im Raum. »Denk dir, du säßest an seiner Stelle«, flüsterte sie. »Wärest heute der Richter gewesen und gleichzeitig der Vater. Denk dich an seine Stelle. Und dann versuch zu reden.«

Eine Weile wurde wieder geschwiegen. Draußen rauschte der Regen, pfiff Wind.

Dann lispelte wieder die Frau. Redete wie zu sich selber. »Marcus Tullius hat seinen nötigen Spruch getan. Mehr kann einer nicht tun. Mehr kann ein Mensch nicht denken. Das zerreißt das Gehirn.«

Tappte zurück zur anderen Hallenwand, schniefend, verschwand in der Tür zur Küche. Kam aber zurück mit einem Wachslicht, das sie auf den Richter- und Schreibertisch stellte. Nun erst war zu erkennen, dass ihr Mann immer noch in der Ecke des großen dunklen Stuhls lehnte. Nun freilich ohne das Tuch vorm Gesicht. Dieses Gesicht benötigte kein Tuch mehr.

Mary hielt eine Weile still, als betrachte sie ihren Mann, wendete sich wieder dorthin, wo an der Stirnseite John Joyes saß. »Er nimmt alles auf seine Schultern. Wie schon immer. Marcus Tullius ist Frederics König

Ghue.« Ging ein paar Schritte auf den Joyes zu. »Nur ist Marcus Tullius kein König. Und wenn einer meint, es könne irgendeiner mehr fühlen als er, mehr leiden, mehr denken – dann – dann lass ich den bei seiner Meinung.«

Ging umher, verrichtete neue Dienste, deren Zwecke nicht gleich zu erkennen waren. Finster blieb es im Raum. Lady Lynch aber fand sich zurecht in der verstellten Halle, sah die Dinge mit ihrem Leib und mit den Händen, bewegte sich zwischen den matt schimmernden Gegenständen mit Sicherheit und redete dazu ihre sehr leisen Worte. »Mehr wie er kann einer nicht Neues denken.«

Dann meldete sich wieder Johns Stimme. »Mary, ich glaub dir das alles. Aber eben darum, weil ich das genau so sehe wie du, meine ich, es gibt – in diesem Fall – einen Ausweg.« John Joyes Stimme zitterte. »Drüben in Cork, da gab es vor Jahren einen Richter, der einen Vetter verurteilen sollte. Dieser Richter hat durchgesetzt, dass im Fall seines Vetters ein anderer zum Richter wurde. Sie haben einen aus Waterford geholt. Ich meine, wir Räte, wir müssen das furchtbare Urteil deines Marcus Tullius nunmehr für ungültig erklären. Fitzstephen muss den Fall abgeben, an ein neues, an ein anderes Gericht, an ein unbefangenes. Wir sollten den Stadtrat einberufen und sollten –«

In der Innentür erschien Frederic. Das Talglicht auf dem Richtertisch beschien sein schiefes, sein tieftrauriges Gesicht. Aus dem drängten nun Worte in Kratzlauten, fast piepsend. »Sind Leute im Hof.«

»Wer?« fragte Mary.

»Kirwan. O'Donnoghue. O'Flaherty.«

»Sag ihnen, Lynch ist nicht wohl. Sie möchten ihn schonen, heute und morgen.«

»Sie bestehen drauf.«

»Frederic –«, das war die Stimme mit dem Sprung, »– mach mehr Licht. Und hol sie herein.«

Fitzpatrick ging wieder hinaus.

»John«, redete nun der Fitzstephen Lynch, mit müder, mit zerborstener Stimme. »Die Geschichte von dem Richter in Cork kenne ich. Aber auch ein anderer an meiner Stelle, John, auch ein anderer Richter hätte nach der Verfassung zu richten gehabt. Und meinst du, es hätte einer mehr gesucht nach einem Ausweg, nach einem, der noch gerechter war, noch genauer nach der Verfassung –«. Konnte nicht weitersprechen.

Es blieb still im Raum. Nach einer Weile kam Frederic zurück, setzte an den Wänden frische Fackeln ein und entzündete sie mit dem Talglicht. Als die aufflammten, wurde im hinteren Winkel eine vierte Gestalt sichtbar. Pater Ricardo.

Lynch, zusammengesunken im Richterstuhl, schien aber nur geradeaus zu blicken, in den Irrlauf der verschobenen Sitze und Bänke. Und schaute auch nicht auf, als sie vor ihm standen, die drei Abgeordneten des Bierhauses.

Nachdem Mary den Männern eine einladende Geste gezeigt hatte, setzten die sich, versuchten in den Bänken das Poltern und Schieben zu vermeiden. Alexander Kirwan hustete, jedoch sehr leise, in der Halle herrschte Schweigen.

O'Flaherty schaute zweifelnd herum, erkannte im Hintergrund den spanischen Pater. Brauer O'Donnoghue aber richtete herausfordernde Blicke auf den Richter. Und dann auf den Priester Kirwan.

Kirwan fasste sich in den Kragen, hustete etwas lauter, ächzte und begann zu brummen, als hätte er noch zu viel Bierschaum in der Kehle und auf der Stimme und müsste den erst mal beiseite husten. »John Fitzstephen Marcus Tullius«, begann er, »wir alle wissen –«

»Wir alle? Wer ist ›wir alle‹?«

Kirwan schaute verwundert. Auf eine so schnelle Gegenfrage war er nicht vorbereitet, hätte das von diesem müden Mann im Richtstuhl, wie der dort jetzt saß, hätte das von diesem scheinbar Leblosen nicht erwartet. Aber mit den Händen fand Kirwan erstaunlich rasch eine Antwort in seinem verschwitzten Kragen.

»Wir alle? Das sind die Menschen in Galway. Ob nun wir drei Männer hier, Bürger aus der Oberstadt, oder die Leute unten hinterm Fluss, die Iren, eben alle die, die du seit je kennst und die auch dich kennen und schätzen, Engländer wie Iren, all diese Menschen, das hatte ich sagen wollen, die wissen, was es dich gekostet hat, einen Spruch zu finden, wie du ihn heute in dieser Halle gefällt hast, streng nach dem Gesetz. Man könnte bei deinem Fall an Hiob denken oder an Abraham. Aber wenn man genau hinsieht, dann findet sich für deinen Fall kein Vergleich. So sehr ich auch die Heilige Schrift hinauf- und hinunterdenke, keine Geschichte ist ähnlich bitter. In deinem Fall nämlich kann der Richter, der gleichzeitig Vater ist und Händler und Oberhaupt und der unbedingt das Rechte tun will für sich und die Seinen, immer nur das Schlechte tun. Für sich und die Seinen. Was immer dieser Ärmste an Auswegen findet, er tut Fürchterliches.«

Kirwan schluckte. Als wollte Bierschaum seinen Hals verstopfen. Mary war es, die ihm zu kosten gab, vom spanischen Roten, den die Küchenfrau gebracht hatte. Der Priester trank gern, atmete tief, seufzte einigermaßen befreit, räusperte sich wieder und fuhr fort. »Keine andere vergleichbare Geschichte finde ich als die des Abraham, wo, wie wir wissen, ein Vater bereit war, seinen Sohn zu opfern. Wo dann aber der Gott selbst ihm das erlassen hat. Dem Abraham. Und keinen weiteren Fall finde ich alsdann, als nur noch den allerheiligsten. Den unseres himmlischen Vaters. Der ebenfalls seinen eingeborenen Sohn hingab für unsere Erlösung, für unsere miserablen Seelen.«

Erschöpft, als hätte er eine steile Treppe bezwungen, atmete Kirwan mehrmals kurz und tief, um dann besonders viel Luft in seine Schlussfolgerung zu pressen. »Dieser Vergleich jedoch, dieser letzte, der macht mich wirr. Fitzstephen, ja, er macht mich schwindlig. Denn ich finde, mit Gott dem Herrn, mit dem Weltenschöpfer, der alle Plage der Menschen auf sich und seinen Sohn lud, mit dem sollte sich niemand gleichstellen. Nein, so vermessen und so tolldreist darf keiner sein, dass er meint, er könne leisten, was allein der Allmächtige konnte. Und was dem biblischen Abraham erlassen wurde.«

Damit war er zu Ende. Klappte den Kopf hinab, sein Kinn fiel ihm auf die Brust und verdoppelte sich. Kirwan griff wieder zum Weinglas.

Den Bürgern im Raum war feierlich zumute. Niemand von ihnen hätte bestreiten wollen, dass diese Rede von allen Reden Kirwans, an die man sich erinnern konnte, die beste war. Dankbar und bewundernd blickte O'Flaherty auf seinen tüchtigen Priesterfreund, nickte, und mit der Hand, unten bei der Bank, im Dunkel, boxte er ein bisschen Anerkennung gegen dessen Bein.

In Lynchs Gesicht, in diesem Antlitz aus der Totenstadt hinterm Black Head, da schienen nun die Augen für einen Moment noch einmal Glanz zu bekommen. Doch schon als er die Antwort sagte, war das wieder erloschen, versunken wie in einem verfalteten Krater. »Dank, Alexander.« Presste dann die Lippen gegeneinander, so dass der Mund breit und die Lippen schmal wurden wie die Netzbänder über den Rollen, wenn ein kapitaler Hai, obwohl er sich unbändig wehrte, ins Boot gezogen wurde. Während Lynch so zu denken hatte, schienen ihm die Augen herauszutreten aus den zerknitterten Rändern. »Glaub mir«, sagte er dann, »glaub mir, es war nie meine Absicht, in solch einen Vergleich zu kommen. In den bin ich geraten wie der Lachs ins Netz. Und bin nun leider keineswegs dieser sagenhafte ›Lachs der Weisheit‹. Und wehe dem, so sagt es deine Bibel, wehe dem, über den so eine Last kommt. Allerdings, der kriegt sie zu spüren, seine Ohnmacht. Beim Allmächtigen, da hast du recht, da begreift er, wie hilflos er ist. Wie erbärmlich, wie armselig, wie kläglich. Weil er, was immer er unternimmt, nur Unheil anrichtet. In der Tat, nur Unheil. Dass er nämlich, was immer er anstellt, untergehen wird. Und dass ihm dies alles, wie meine Mary es gesagt hat, das Gehirn zerreißt.«

Lynch stockte. Die meisten im Raum verbanden mit diesen Worten Vorstellungen, die sie nicht zuende denken konnten und wollten. Und der Richter mochte nun oder konnte nicht mehr weiter reden. Schmerz verzog seine Züge, er biss sich auf die Lippen und wandte sich ab. Und ließ sie alle in dem steinernen Schweigen allein.

Es kommt vor, dass Leute sich zwar sehr leise unterhalten, dass sie fast flüstern, dass sie dabei aber doch zu schreien scheinen, weil ihnen gerade diese geflüsterten Mitteilungen überaus dringlich sind. Gerade so ging es jetzt zwischen Betty und ihrem Schwager George, mit dem sie hinter dem Blake-Turm, unten beim schäumenden Corrib, den Schuppen öffneten, leise, mit einem kleinen Licht, den Schuppen, in dem die Wagen des Ehemanns Daniel standen.

Betty stellte das Lämpchen auf eine Kiste, setzte sich neben das Licht. »Die Schlüssel«, flüsterte sie, »du weißt es, Fitzpatrick trägt die am Bauch.«

»Ich weiß. Alle an einem stählernen Ring.«

»Den Ring holst du dir.«

»Unmöglich. Was soll das. Nachts versteckt er den Ring.«

»Er bewacht ihn auch nachts.«

»Eben. Womöglich schläft er auf zwei Pfund Eisenhaken.«

»Nachts legt er den Ring mit allem daran beiseite, unter seinen Kittel, neben seinem Lager.«

»Du hast selbst diesen Mann besucht?«

»Das ist unsere Chance.«

»Und wo steht dieser Hocker? der mit dem Kittel?«

»Neben seinem Lager, wo bleibt dein Hirn.«

Sie stand auf und stellte sich vor eines der Fahrzeuge, George hielt das Licht, Betty öffnete die Tür, klappte im Inneren des Wagens ein breites Brett vom doppelten Boden hoch. Sie nickte ihm zu, schloss dann den Deckel, stieg in die Karosse, er folgte ihr und nun saßen sie auf der hinteren Bank und zischelten weiter.

»Ich weiß es besser, wohin Frederic seine Schlüssel tut. Nachts schließt er sie weg, der Schlaukopf. Hat nachts nur noch einen einzigen um den Hals. Den Schlüssel zu den Schlüsseln.«

»Dann weißt du, was du zu tun hast. Diesen verdammten Schlüssel zu allen Schlüsseln, den holst du dir.«

»Unmöglich. Ich in seiner Kammer? Besser eine Frau.«

»Vor Frauen kriegt er Krämpfe. Pickel. Schlaganfälle.«

»Aber nicht vor der Prinzessin, nicht vor Agnes. Agnes respektiert er, die muss zu ihm, muss es machen.«

»Unsinn. Agnes in Lynchs Castle? Da wäre klar, was sie da will.«

»Dann also du.«

»Wenn Frederic mich sieht, kriegt er Anfälle. Frauen hält er für Drachen, für Schlingmonster, für ihn bin ich Sheela-na-Gig!«

»Da hat er recht.«

»Red nicht rum, jedenfalls fürchtet er mich, die Schlüssel holst jetzt du dir. Du bist sein Freund.«

»Unmöglich. Hab ihn immer gefoppt.«

Einen Augenblick schwieg sie. »Eben drum. Weil du ihn kennst. Kennst ihn inwendig wie auswendig.«

George seufzte. »Ich bin sicher, er traut mir nicht.«

»Da sag auch ich, da hat er recht.«

»Verdammt, also dann. Dann versuch ich's. Ich greif mir den Gnom.«

»Bravo. Und außerdem –«

»Was außerdem?«

»Du musst ihn überzeugen.«

»Wovon?«

»Falls irgendetwas –«, Betty wollte es gar nicht erst aussprechen, dass irgendetwas misslingen könnte an dem gemeinsamen Befreiungsversuch.

»Falls was?«

»Falls – mein Gott, Frederic ist der Henker! Falls irgendwas mit den verfluchten Schlüsseln nicht so laufen sollte wie gewünscht, falls also am Ende alles nicht gelingen sollte, was wir jetzt machen wollen, dann ist doch wohl klar, dass er es nicht tun – darf – soll – dass er sich weigern muss! im entscheidenden Moment – sich verweigern muss! Verstanden?«

»Natürlich.«

»Natürlich ist das für ihn kein bisschen. Natürlich ist für ihn, dass er seit je, dass er seit mehr als fünfzig Jahren die Wünsche und Befehle seines Herrn ausführt – bis ins Letzte. Georgie, mach dem alten Frederic klar, dass mit allem Gehorsam jetzt Schluss ist, an diesem Tag, an dem es um Pat geht, um seinen geliebten Pat!«

»Mach ich. Ich versuch es. Obwohl mit ihm zu reden, das ist – eigentlich ist das alles unmöglich.«

»Unmögliche Tage öffnen unmögliche Gedanken.«

»Und was, bitte, machst jetzt du?«

»Ich? Ich kümmere mich um den Wichtigsten.«

»Um Lynch?«

»Der sprach sein Urteil. Punkt, aus, da gibt es nichts zu ändern. Ab jetzt aber geht es um eine Exekution. Und das geht nicht ohne Militär.«

»Du willst zu Edward?«

»Jetzt sofort.«

»Zum aufgeblasenen Edward, zur ›tauben Nuss‹?«

»Mal sehen, wie taub er wirklich ist.«

»Ausnahmsweise wünsch ich dir Erfolg.«

Umarmten sich, küssten sich, verließen dann leise den Wagen und den Schuppen und das Blake-Gelände.

✝

Inzwischen hatte Alexander Kirwan in der Gerichtshalle, nach langem Schweigen und nach einem langen Schluck, einen neuen Anlauf gefunden. Und sagte: »An diesem heutigen Gerichtstag haben viele dem Seiler Jeremiah vorgehalten, er habe seine Tochter unwissend gelassen. McDonnell habe seine Martha das Leben nicht gelehrt. So dass sie die Begierden der Herren und überhaupt die Gelüste des Leibes nicht gekannt hätte, des eigenen nicht und die der Männer nicht. Nun, nach diesem schauerlichen Unglück, da ist, fürchte ich, zu fragen, was denn eigentlich dein Sohn Patrick zu lernen hatte. Fitzstephen, wenn ich mir das ausmale, dann lernte dein Patrick wohl vor allem, Recht zu haben. Ein großes stolzes Haus zu besitzen. Ein Schiff. Zwei Schiffe. Eine schöne junge Frau zu besitzen. Womöglich die schönste in dieser schönen Stadt. Das alles, das Besitzen und das Recht, das war für ihn, fürchte ich, das Höchste und Wichtigste und Alleinseligmachende. Und als es gestern, in unserem gälisch fröhlichen Gelage so aussah, als könnte diesem jungen Mann ein interessanter Rivale den wunderbarsten Besitz weggenommen haben, diese schöne junge Agnes, diesen vermeintlichen Besitz, musste deinen Pat da nicht allergrößte Angst packen? Panik? Weil ihm Besitz alles war?«

Da schwiegen sie nun alle. Kirwan trank.

Der Richter blickte seitlich, ins Finstere. Hob dann, kaum merklich, eine Hand. »Deine Predigt, Priester, wird immer besser. Und ich, entsprechend, immer ratloser.«

»Lynch«, redete da der Brauer O'Donnoghue, aber der Richter wendete sich nicht zu ihm hin. »John Fitzstephen Marcus Tullius Lynch, erlaube auch mir ein Wort. Wenn morgen vor dem Osttor, auf dem Grünen oder Irischen Platz, wenn dort alles so gehen soll, tatsächlich so, wie du geurteilt hast –«

»Auch du, Donnoghue, hast so geurteilt.«

»Ich bestreite keinen Moment, dass unser Urteil rechtmäßig war.«

»Was bestreitest du dann?«

»Dass dieses Urteil auch vollstreckt werden muss. Denn da vor aller Augen und Ohren dem Recht Genüge getan wurde, darf nun auch Gnade walten. So denken fast alle in Galway. Auch diejenigen, die, wie ich, streng nach der Verfassung urteilten. Dein Freund Ronald Skerrett zum Beispiel sagte jetzt drüben im Bierhaus wörtlich, die anderen hier haben es mitgehört: ›Gnaden-Erweise adeln jede Verfassung‹.«

Auch dem Brauer reichte Mary nun vom Wein. Der trank den ziemlich gern, der begriff Marys Gabe als Anerkennung. Und sagte dann: »Nach einer Hinrichtung, John Fitzstephen, nach einer solch entsetzlichen, weil unwiderruflichen und unumkehrbaren Angelegenheit, da wird, das sehe ich sehr genau, da kann niemand mehr deine Gerechtigkeitsliebe preisen. Niemand mehr dein unerschütterliches Eintreten für Galways Glück. Sondern es werden viele, mit Schaudern, von deiner Unbeugsamkeit reden. Von deiner Härte, deiner Verstocktheit. Darum, wir drei flehen dich an, bestell nunmehr ein zweites Gericht. Ein Gnadengericht. Das wäre kein Rechtsbruch. Sondern das wäre ein neuer Glanz für die Galway-Gesetze, also letztlich sogar eine Stärkung der Stadt und am Ende sogar günstig für eure spanischen und eure portugiesischen Geschäfte. Hol dir aus Limerick den Richter Browne. Alle Rechtsgelehrten und alle Leute in Dublin und selbst die in Malaga, sie wären sich einig, das wäre kein Rechtsbruch. Es wäre rechtens und überaus vernünftig.«

Das Schweigen stand wieder in der Halle. Marys Atmen hörte man, gepresstes Atmen. Und den Regen hörte man und das Gläsersetzen der Küchenfrau Ann.

Lynch hielt sein Gesicht immer noch zur Seite. In dem Gesicht schien auch jetzt keine Bewegung.

Da kam John Joyes aus seiner Rats-Ecke heran. Neben dem schweren alten Richtstuhl blieb er stehen und schaute zwischen den drei Männern und dem Richter hin und her. »Ich weiß zwar nicht, weshalb Douglas nun so herzensgute und kluge Worte findet, Worte sogar für Galways Glück. Auch nehme ich nicht an, dass Fitzstephen sein Urteil nur den günstigen spanischen oder portugiesischen Geschäften zuliebe so und nicht anders gefällt hat, sondern sein Urteil vergleichen und prüfen musste an unserem neuen Galway-Gesetz. Und doch bestärkt mich, was Douglas jetzt gesagt hat, in meiner Hoffnung, dass hier in Galway, wo wahrlich die unterschiedlichsten Leute beieinander wohnen, genügend Menschen bereit wären, ein neues Gericht einzuberufen und anzuerkennen, ein Gericht über Pat Lynch, am besten unter dem Vorsitz dieses allerdings sehr angesehenen Richters Browne drüben in Limerick, ein Gericht, das ein neues Urteil spricht, weil von keinem Menschen auf der Welt verlangt werden kann, dass einer als Vater über sein eigen Fleisch und Blut mit klarem Kopf zu Gericht sitzen kann.«

Joyes schaute forschend, blickte von Kirwan zu Mary, die hinter dem Stuhl ihres Marcus Tullius stand und von der Kirwan und die anderen hofften, dass sie nun, da Lynch sie nicht sehen konnte, in ihrer Haltung oder in ihren Gebärden den drei Delegierten deutlich machen würde, was jetzt richtig und was jetzt nicht ganz so richtig war.

Doch Mary hielt ihr Haupt vollkommen ruhig, wenn man von dem zarten Zittern absehen will. Ihr altes schönes Lächeln war längst erstorben, war erstarrt zu bitteren Mundfalten. Ihre Hände lagen auf den Schultern des Mannes.

Ratlos schauten sich die anderen an. O'Flaherty wandte sich um, schaute in die hintere Halle, zu Pater Ricardo hinüber, doch der saß dort, als hätte ihn nicht der Herrgott gemacht, sondern der Steinmetz Costa aus Cadiz.

In dieser schrecklichen Stille starrten dann alle nur noch den an, auf dessen bleicher Stirn Schweißperlen standen. Und der nun sagte: »Wird mir denn irgendjemand nachweisen können, ich hätte nicht ›mit klarem Kopf‹ zu Gericht gesessen?«

»Das wird niemand sagen können«, urteilte William O'Brian. »Niemand bezweifelt, dass du mit bestem Verstand unser aller Wohlergehen bedacht und zugleich die alten wie die neuen Satzungen beachtet hast. Obwohl am Ende die Rechnung nicht aufging und ins Verrückte geriet. Du selbst siehst es genauso. Was immer du nun tust – wie hast du selber es gesagt? – es ›zerreißt‹ uns.«

Dann blieb es wieder still. Mary ging langsam hinaus.

»Douglas«, sagte der listige O'Flaherty dem Braumeister und redete so, dass der blasse Mann im Richtstuhl es gut hören konnte, »was jetzt noch zu tun ist, das liegt nicht mehr an ihm, das liegt nun allein an uns.«

»Was meinst du?«

»Du selbst hast es angedeutet. Es liegt nun an uns, ob dies hier ein Begräbnis wird oder ein Hochamt.« Flann schielte kurz zurück, zum Pater hinten in der Halle, hatte sich offenbar einiges vorgenommen. Rückte sich in seinem Sitz zurecht und stand schließlich auf.

»Denkt euch in diesen Fitzstephen hinein. Er kann ja nicht anders. Er muss ja beim tollen neuen Galway-Gesetz bleiben, bei seinen drei Grundsätzen, bei der ›Verfassung für immer‹. Und darum bleibt er auch bei seinen Urteilen. Gerechtigkeit. Wohlstand. Verfassung, das ist seine Religion. Und seine Gesetzes-Religion ist, meine ich, die übelste nicht, vielleicht sogar die einzig gute, wenn man bedenkt, wie viele Leute für alle anderen Sorten ihr Leben ließen.« Wieder der schnelle Blick zurück, zum Don Gomez. »Und selbst wenn es ihm als Vater das Herz zerreißt oder den Kopf spaltet, er für seinen Teil kann nicht anders. Und das bedeutet für uns –«, der Rotgesichtige stockte. Mary war zurückgekommen. Kühlte ihrem Mann mit einem nassen Tuch die Stirn, das duftete nach südlichen Kräutern.

»Das heißt für uns?« bedrängte Douglas den Flann und John Joyes nickte, erleichtert, dass jetzt O'Flaherty reden wollte. Dem O'Flaherty sah man nicht so rasch wie dem Brauer nur händlerische Absichten an.

»Das heißt«, sagte Flann und redete keineswegs leise oder mit verschwörerischem Flüstern, »das heißt, dass wir Pat Lynch ebenso wie Jeremah McDonnell dem Henker nicht ausliefern werden, aus was für Gründen immer. Das heißt, dass wir diesen unseren großartigen John Fitzstephen Marcus Tullius Lynch werden hindern müssen an einer Vollstreckung. Ja, das heißt das. Wir werden ihn hindern, zu tun, was er für Vernunft hält, nach seinen papiernen Vorschriften. Und nur wenn wir ihn zwingen, nur dann wahrt auch er sein Gesicht, als Vater. Dann ist er es, der die Verfassung korrekt bewahren wollte. Und muss nicht tragen, was in der Tat kein Mensch tragen kann. Muss seinen Pat nicht opfern. Wenn nämlich wir hier ihm den Gefallen tun und morgen den irisch-katholischen Pöbel auf dem Galgenplatz loslassen und achtzig Gardisten obendrein, wenn wir Auflauf machen und Sturm.«

Der Pater im hinteren Hallenwinkel zeigte keine Bewegung.

»Im Ernst«, sagte der Braumeister, »das ist es. Das wird es sein. Flann hat recht.« Und auch Douglas O'Donnoghue wandte sich nun noch einmal an den Richter, direkt und mit neuem Schwung. »Fitzpatrick, Würdest du unbeugsam bleiben, würdest du morgen stur dem Buchstaben deiner Galway-Gesetzes gehorchen und dem, was zugleich deine spanischen Geschäfte begünstigt – dann – dann würden sich morgen in Galway genügend Männer finden, die den Makel eines wilden Rechtsbruchs getrost ertragen. Wenn es denn tatsächlich ein Rechtsbruch sein sollte, deinen Sohn vor dem Strick zu retten –«

Da geschah es, dass Lynch sich erhob. Fast erschraken sie darüber. Die braunen Augen in dem Totengesicht blickten nun niemanden mehr an. Lynch schien, falls sich in diesem Steingesicht überhaupt noch ein Empfinden zeigte, für die Männer in der Halle nur noch Verachtung zu empfinden oder gar Ekel.

Unter seiner Maske aus der Totenstadt wandte er sich ab und ging langsam weg. Durch die Innentür ging er in den Turm hoch, hinauf in den Raum, den er für sich selbst und für Galways Glück als andalusisches Philippsfenster hatte einrichten lassen.

Als die Tür hinter seinem schleppenden Schritt sich geschlossen hatte, sahen sich die städtischen Männer ratlos an. Und traten dann näher zueinander, flüsternd, aufgeregt, einige zischten und knurrten, ja, die drei Bierhausboten steckten mit John Joyes die Köpfe dicht zusammen und waren sich rasch einig oder wollten es jedenfalls sein, einig darüber, dass Lynch ihnen jetzt selber ein Zeichen gegeben hätte, indem er Flann und Douglas die Widerstandsbilder ungestört und sehr deutlich hatte schildern lassen, die Pläne von einer offenen Meuterei, oder?

Verwirklichen also könnten, ja sollten sie diese Pläne durchaus, oder? So beredeten sie sich und taten nun wie Jäger, die endlich wissen, wo das Wild steht, und die nur noch einzuteilen haben, wer welche Strecke übernimmt.

Aus der raunenden Gruppe löste sich schließlich O'Flaherty und näherte sich noch einmal der Lady Mary. Flann wollte Gewissheit und zischelte: »Nicht wahr, Mary? Fitzstephen will es doch selber so, oder? Der will doch nun, dass wir ihn zwingen? Nicht wahr?«

Da wollte auch die Blinde die Halle verlassen, jedenfalls begann sie fortzugehen. Hielt aber, kurz vor der Tür, noch einmal an. Und sagte: »Nein. Er will keinen Aufruhr. Sein Urteil war richtig und wichtig. Aber was ihr tut, oh heilige Maria, das – das könnte noch um einiges richtiger sein.«

Sie holte tief Luft.

»Das ist alles, ihr Galwayer Männer.« Und ging hinaus, hinauf zu ihrem Mann.

Flann und die anderen sorgten noch in derselben Nacht dafür, dass dieser Bescheid der Mary Lynch Verbreitung fand. Marys Wort im Namen der Maria, das Wort vom ›richtig‹ und vom ›richtiger‹.

✠

Inzwischen hatte George Blake in der Nachtschwärze den Eingang zum Hof des Lynch-Castle unverschlossen gefunden, fand dann im Hof auch die enge Tür, die ohne Umweg ins Innere der Badegewölbe führte und im hinteren Eck zu der Nische oder Kammer, in der Frederic Fitzpatrick zu übernachten pflegte. Und inzwischen redete er auch schon sehr eindringlich, redete in dem dunklen Winkel mit dem Siebzigjährigen, mit dem Sänger und Henker, mit dem Haus- und Stadtmeister Frederic Fitzpatrick.

Der gab zwar vorerst keine Antworten, der schien an diesem einzigartigen Tag besonders viel getrunken zu haben. Schien aber mehr und mehr beeindruckt von dem, was der Sprechbold ihm zu sagen versuchte. Denn das krumme Gesicht, das in keinem seiner Teile je zu einem Ebenmaß gefunden hatte, das verzog sich immer häufiger und schließlich immer heftiger.

✠

Über die krummen und nassen nachtschwarzen Straßen Galways, an den schlaffen Bannern, Kränzen und Girlanden vorbei, am Opferstein beim Hafen vorüber, wo im Sturm die roten Fuchsien zur Seite gestürzt waren und weggeweht, auf der Brücke über den Corrib und bis in die unterste Vorstadt Claddagh, bis ins Viertel der Fischer eilten nun und pendelten Gruppen und Botengänger und Abordnungen, trieben geschäftig den Plan vom Sturm und Auflauf und Widerstand voran, den der rotgesichtige Flann O'Flaherty unterdessen einen rechtmäßigen, einen freundlichen irisch-katholischen Pöbelplan nannte.

Anweisungen wurden überbracht und Vorschläge. Neuerliche Beratungen hielt man in O'Donnoghues Bierhaus und benachrichtigte schließlich, noch in der Nacht, die Soldaten von Edwards gälischer Stadtgarde.

Auch Edward selbst wurde inständig unterrichtet, dort traf man merkwürdigerweise auf Betty Blake, die dem Kommandanten eine besondere, eine sehr engagierte Zuwendung zukommen ließ – in Windeseile sprachen sich Pläne für den nächsten Tag herum bis ins hinterste Fischerhaus der Iren-Stadt, keine Losung blieb ungedolmetscht, jeder kannte am Ende seine Rolle, wusste die Stichworte und Orte seines Auftritts, das hatten Flann, Douglas, John und William alles sinnvoll durchdacht und bestens vorbereitet.

Wie immer man das nannte, ob Umsturz oder Meuterei, da wurde nun vieles angezettelt, wurden auch Zufälle und mögliche Fehlgriffe vorausbedacht und auch Gegenmaßnahmen erwogen. Doch bei all dem sorgte sich Bruder Kirwan sehr, denn er sah wohl, dass die meisten, wenn sie ›Pat‹ sagten, eigene Vorteile meinten, Nutzen und Gewinn, den sie aus einer allgemeinen Veränderung der alten Lynch-Ordnung zu ziehen hofften.

Da schlich er sich fort, der Priester, stahl sich aus der Runde der geschäftigen Umtreiber und ging in seine Kathedrale St. Nicholas. In dem finsteren großen Haus dessen, der im Märchen des William O'Brian als Lebensfürst bezeichnet worden war, schlich er, nur ein Lämpchen vor sich hertragend, das Seitenschiff entlang und drang vor bis in die Schatten der hinteren Sakristei, tappte durch die hallende kühle Luft und hielt dort an und beleuchtete und betrachtete die prunkenden Steingrabmäler der großen alten Familien.

Die wappengeschmückten, die bilderwuchernden Steinwülste der englischen Dynastie-Gräber sah er sich an, als hätte er sie nie gesehen, sah die Ruhestätten der Kirwan, der Joyes, Blake, Skerrett, Browne und

Lynch, diese prächtig herausgemeißelten Reichtumssteine. Für die Grabmale der Lynchs hatte ein eigenes Querschiff errichtet werden müssen. Bedenkt, oh Nachgeborene, riefen all diese Steine, bedenkt und bewundert, was wir zu unserer Zeit gekonnt und geschafft haben. Diese unsere Prachtgräber künden im Tode, wozu wir fähig waren im Leben. Von unserer Macht in unseren Tagen zeugt dieser normannische oder englische und jener spanische Adel im irischen Marmorstein.

Kirwan stand da und sah blau aus und alt und verfroren. Stand zwischen den Grüften und hätte so gern auch hier seine Arme ausgebreitet und flehend »Goldne Freunde!« gesungen wie am Festabend in Lynchs Halle. Hätte jetzt sehr gern und mit Inbrunst gerufen »Greift die Grüße« und »Stoßt den Nachbarn nicht zurück!« und hätte in diesen Stunden vor allem nicht vergessen, daran zu erinnern, dass in Jedermanns letztem Hemd keine Tasche sei. Aber in Sankt Nicholas wehte ihn gar nichts an von Nähe und Nachbarschaft und Lebensdampf und Gier, die goldenen Freunde hier, die starrten kalt aus ihrem Connemara-Marmor, aus der schwarzroten Pracht ihrer Besitzdenkmale.

Da wandte der Unglückliche sich ab und fiel seitwärts vor dem nackten Mann am Kreuz nieder. Senkte sein Haupt bis auf die Steinplatten und schluchzte. »Oh Herr! Wehe über den Dünkel, über den Neidgeist, der diese Stadt zerrüttet! Fluch der Handelsreligion! Oh Herr, ich flehe dich an, gib uns wieder, dass wir teilen können wie auch du allen Besitz teilen konntest mit deinen Jüngern und auch mit den Frauen! Dass wir wieder brechen lernen und gemeinsam genießen alles, Brot und Wein und Fleisch und Haus und Freund und Freundin. Und uns wieder freuen an allem Irdischen in Heiterkeit und ohne Angst. Oh höre deinen ohnmächtigen, deinen verzweifelten Knecht.«

Schluchzen schüttelte den schweren Mann am Boden. Die Worte, nun staken sie auch ihm im Hals fest. »Oh Herr« kam nur noch hin und wieder hervor, so sehr erschütterte ihn alles und das Erschütternde kam ihm von tief innen aus dem Zwerchfell, von dort, wo man lachen will und Lust haben, wo aber auch die Angst sitzt und die Trauer. Und das warf ihn hin und her. Lange dauerte es, bis er ruhiger wurde und sich seinem Herrn mehr und mehr und fast kindlich anschmiegen konnte. Denn Kirwan lag keineswegs mit ihm im Kampf wie einst Hiob oder wie jetzt drüben der Richter Lynch.

»Ach du Unbegreiflicher«, klagte Alexander Kirwan, »hier liege ich vor dir nach alter Glaubensweise, flach vor dir, ergeben und in Ohnmacht. Und exakt dort liege ich, wo vor einem Menschenalter derjenige ebenfalls lag und betete, der kurz danach eine ungeheure Insel entdeckte, eine Neue Welt, die bei den lügenhaften Leuten ›Amerika‹ heißt, die also schon gleich bei ihrer Taufe diesen Lügennamen bekam von einem Herrn Amerigo, der vorgab, das alles entdeckt zu haben. Weh, auch John Fitzstephen Marcus Tullius Lynch hält sich für den Entdecker einer Neuen Welt. Glaubt, deine unfassliche Schöpfung neu erfinden zu müssen. Glaubt, Gier und Hader aus der Welt schaffen zu können. Den ewigen Wettstreit. Oh befreie uns von unseren Dünkeln – von der Rechthaberei – und – erlöse uns –«

Kirwan kam nun ganz und gar zur Ruhe. Das Zucken in seinem schluchzenden Leib war ihm endlich ganz vergangen. Dann, nach einer reglosen Zeit am Boden, erhob sich der Priester. Und aufrecht stehend sagte er zu dem Mann oben am Balken: »Und erlöse uns von dem Wahn, wir könnten irgendetwas besitzen.«

Erst weit nach Mitternacht kam Ruhe über die niedrigen Strohhütten unten im Claddagh, außerhalb der Stadtmauern, in Irish Town hinterm Fluss Corrib. Und es beruhigten sich auch die Umtriebe in der Oberstadt. Hinter den steinernen Bögen und gedrehten Säulen der englischen Handelsburgen im spanischen Geschmack wurde es still. Sehr spät erst verlosch das Licht in O'Donnoghues Brauhaus.

Eine Lampe schimmerte dann nur noch im Lynch-Castle. In der Mitte von Galway, wo sich die Hauptstraßen kreuzen, da schimmerte aus dem Haus des Richters noch immer an zwei Stellen Licht in die windige nasse Nacht hinaus. Das eine leuchtete aus einem Loch im Gefängnisturm, das andere sah man in Lynchs Fenster, im Bild des tatkräftig vernünftigen Philipp.

Seit Stunden saßen im Kerkerturm die beiden Verurteilten. In den entferntesten Ecken des hohen Raumes hockten sie, und es schien, als wollte da keiner den anderen beachten. Kehrten einander den Rücken zu. Pat starrte ausschließlich gegen die Steinwand. Jeremiah aber blickte, das Kinn auf die Fäuste gestützt, zum schwarzen Fensterloch hinauf. Ab und zu auch zur Tür oder zur Fackelflamme an der Wand. Das Licht flackerte nur schwach noch, hielt nun wohl kaum länger als eine knappe Stunde noch.

»Pat!« zischte McDonnell noch einmal. »He!«

Erhielt auch jetzt keine Antwort. Keinerlei Bewegung zeigte der andere.

»He, Patrick Lynch!« Und dann wieder »Du Unglückswurm!« Und kurz drauf: »Nun tu um Jesu willen nicht so, als hörtest du mich nicht. Jetzt, bitteschön, beende endlich deine Hochnäsigkeit. Hör mich an! Oh Heiland hilf. Er ist verrückt.«

Schaute wieder zum Fenster hinauf, von dort zurück zur Fackelflamme. Dann abermals zum jungen Lynch. »Je, Pat! Junge! Wir beide sitzen hier im selben Elend! Ist dir das etwa nicht klar? Jetzt hilft uns beiden nur noch, dass wir zusammen – im Namen der Mutter Gottes – oh Teufel, er hört nicht. Er will es nicht. Aber er muss, er hört mich durchaus, tut nur so.«

Kroch nun an seiner Kette so weit, wie es das Eisen erlaubte, kroch in die Richtung, in der er den starrsinnigen anderen sah und rief: »Bei allen Heiligen – auch wenn du mich verachtest, jetzt hilft uns beiden nichts anderes, als dass wir zusammen – irgendwie – wir hocken in dem selben verdammten Boot und das Boot verreckt! das geht unter! – Oder willst du hier jetzt nur noch den Narren machen, wie? Hast diesen vornehmen Don Juan umgebracht, etwas Idiotischeres hätte dir bei Gott nicht einfallen können, das hat dich gestört, dass deine Agnes ihn schöner findet als dich? He, wenn du meinst, der Tod sei für dich die gerechte Sühne, wenn du glaubst, der Henker sei für dich die Erlösung, dann begreife bitte, für mich ist er das nicht, ich habe zu sorgen für Martha, für ein unmündiges, für ein unschuldiges Wesen – he!«

McDonnell zog die Schultern, wandte sich ab. »Er hört mich tatsächlich nicht. Er ist idiotisch. Er ist wahnsinnig.«

✠

In der Nische des Badehauses redete George Blake weiter auf Fitzpatrick ein. Inzwischen hatte er alle ausgeklügelten Einleitungen und Umwege und Sprüche aufgegeben, nun ging er den alten Mann direkt an, den Henker und Sänger Frederic Fitzpatrick, Lynchs Haus- und Kerkermeister.

»Frederic«, beschwor er den Krummgesichtigen, »du weißt, wann immer ich dich ein wenig foppen und dir auch Unangenehmes sagen wollte, da hab ich nie lang herumgeredet, nicht wahr? Wenn deine Abendgesänge nicht rechtzeitig die Gnomen auftischten oder wenn Fitzstephen Lynch erklärte, das Hängen in Galway, das werde im Ernstfall der Frederic machen, da, das weißt du, bin ich dir mit Worten manchmal grob in die Paraden gesprungen, Schwätzbold nennen sie mich –«

Frederics Fitzpatricks unregelmäßige Schönheit geriet wieder unter Zuckungen und die verstärkten sich mehr und mehr, George wertete diese Erscheinungen als Zustimmung, George redete nun um so heftiger und bohrte stärker. »Und darum, guter alter Hausgeist, will ich auch heute Nacht gar nicht lang Spektakel machen, sondern dir gerade heraus sagen –«, George schaute sich noch einmal um im Halbdunkel des Badehauses, horchte, fand aber alles still, und flüsterte nun aufs Heftigste ins große krumme Ohr, »direkt heraus: Wir müssen ihn jetzt befreien. Rausholen aus dem Kerker, unseren, deinen Pat!«

Fitzpatricks schiefes Mienenspiel geriet nun so stark in Erschütterung, dass er sein Gesicht mit beiden Händen bedecken musste, als gelte es, seinen winkelreichen Kopf festzuhalten.

»Ich weiß, Frederic, du bist der letzte, der Patrick nicht die Freiheit wünschte. Nur fragst du dich, was denn kann einer wie ich arme Hausmaus dazu beitragen? Dem treuen Knecht beim Fitzstephen bleibt nichts, als den vermaledeiten Spruch des Herrn und Meisters in die Tat umzusetzen. Ausgerechnet du! Du hast das jetzt zu exekutieren. Der du den Pat seit Kinder-, seit Säuglingszeiten kennst. Der du ihn liebst. Niemanden kümmert es, was der alte Frederic jetzt fühlt und leidet. Den Frederic Fitzpatrick nimmt man immer nur dann ernst, wenn er uns Sauf- und Fressbrüdern mit seinen Balladen kommt. Wie du es aber zu solchen Liedern bringst, dass du einer bist mit mehr Einbildungskraft und Durchblick als alle Blakes, Joyes und Lynchs zusammen, das macht sich keiner klar. Du lieferst eh und je deine Arbeit, basta. Knecht bleibt Knecht, ob du unsere Abende mit Torfballen einheizt oder mit Mariagesängen oder mit Lustliedern. Selbst dann, wenn es darum geht, deinem kleinen Pat das Genick zu brechen, sollst du einfach nur gehorchen. Auch beim Erdrosseln darfst du nur deine Arbeit tun, Punkt. Den Pat mit den zarten gelben Haaren, den du achtzehn Jahre lang Tag für Tag um dich hattest, das ›Jungchen‹, das sollst du morgen aufknüpfen! Im Seil erwürgen!«

Sein um Erbarmen ringendes Greisengesicht hatte Frederic sehr tief in seine rissigen dürren Hände geduckt. Und das Zucken hatte den ganzen Körper ergriffen.

»Andererseits weiß ich«, sagte George, »und versteh auch das sehr gut – du liebst ja auch den Alten. Auch den kennst du von Kind an. Und weiß der Himmel, er ist ja auch der Klügste, den Galway je hatte. Den John Fitzstephen magst du mindestens so sehr wie den Pat, den Senior schätzt du ebenso wie fast alle hier als segensreich, als schieren Ausbund an Vernunft. Wohin du nun auch denkst, wohin du deinen Kopf auch hebst und quälst, Frederic, ich weiß, du fühlst dich wie in einer Knüppelgasse. In einer elenden Zwickmühle. Die zerschlägt dir dein Inneres, zerreißt dir deinen wunderbaren Poetenkopf.«

George Blake schaute eine Weile auf den alten Mann in der Holznische, der kaum vernehmlich ächzte, der sich von dem wortgewandten Redner fast ganz abgewendet hatte, so dass sich an seinem Leib der grobe Kittel ein wenig verschob und der Schlüsselgurt gut sichtbar wurde. Der junge Blake hätte jetzt nur danach zu greifen brauchen. Aber der wollte nun echte Einsichten, wirkliche Hilfen, die nicht durch Überrumpelung zustande kamen, sondern die so echt waren, dass sie dauerhaft blieben, dass sie dauerten bis zu diesem drohenden letzten und bittersten Moment auf dem Galgenplatz.

»Du siehst, Frederic, hier ist einer bei dir, der weiß, was alles du in dieser Nacht durchmachst. Und hier ist einer, der hat eine Lösung für dich. Eine Lösung für uns alle.«

Der Krummgesichtige, der Lynch-Knecht schien nicht zu reagieren. Die Erschütterungen aber in seinem alten Leib dauerten an, die schienen unstillbar.

»Ich könnte jetzt schlau sein und warten, bis du auf deinem Lager liegst und eingeschlafen bist. Obwohl ich mich frage, ob in dieser Nacht einer wie du schlafen kann. Gewiss ebenso wenig wie ich. Und dann könnte ich dir ohne Weiteres von deinem Bauch diesen Ring mit den Schlüsseln wegnehmen. Morgen früh wärst du dann kreuzunglücklich. Aber insgeheim, nicht wahr? wärest du dann unbändig froh, denn dann wärest du sicher, dein Pat ist weg, weit weg über alle Berge und Moore und niemand weiß wohin. Du würdest dich beschimpfen lassen müssen und würdest das gern ertragen, denn heimlich wärest du glücklich, weil Pat in Freiheit ist, weit weg von dieser Stadt, die ins Unglück stürzt. Aber mein Lieber – jetzt kommt der Augenblick, in dem wir zwei alten Gauner, die wir einander oft geärgert haben, zusammenhalten müssen. Und in dem wir ganz offen zueinander sein sollten. Frederic, alter Junge, erspar uns beiden alles Umständliche und Heimliche und Dumme. Nur nach außen, verstehst du, nach außen muss es dabei bleiben, dass heute nacht einer zu dir in die Kammer geschlichen ist und dich bestohlen hat. Aber, unter uns, du altes Wildschwein, gib mir jetzt den Kerkerschlüssel.«

Schon während dieser letzten Reden war Frederic ruhiger geworden. Nun hörten die schmerzlichen Anfälle ganz auf. Nur mit den Händen bedeckte er noch immer sein verstörtes Gesicht. Allmählich aber lösten sich nun diese Hände von den alten Augen, die Augen lugten aus den schiefen Stirnwinkeln hervor und schienen zu blinzeln. Und die Hände glitten tiefer hinab, über den Hals und die Brust hinab bis zu der Stelle, wo ein Gürtel das Bündel mit den Schließeisen hielt. Dort lösten die Hände zwei Exemplare vom großen Ring und hielten sie dem George Schwätzbold Blake hin. Der nahm die Stücke, der gab dem Alten mit »Bravo!« einen Kuss auf die Backe und ging weg, und hinter ihm öffnete sich der schiefe große Mund zu einem schmerzhaften Grinsen.

Aber der George hatte was Wichtiges vergessen, drehte sich in der Kammertür wieder um und kam zurück. »Noch etwas lass dir gesagt sein, du guter Geist in Lynchs Castle. Falls wider Erwarten unser sehr ernsthafter Widerstand morgen nicht so laufen wird, wie wir beide uns das von Herzen wünschen – falls die Flucht, weiß der Teufel warum, misslingen sollte und du dann morgen wider Erwarten dennoch auf das Gerüst steigen sollst – und sollst ihn hängen – du wirst das nicht tun – nicht wahr? – ist das klar?!«

Der große Adamsapfel im mageren Hals fuhr dem Fitzpatrick stark nach unten und stieg sofort wieder hinauf, und George, der den Alten inwendig kannte und auswendig, George Blake wusste, dies hieß ›Ja‹. Das Entsetzliche und das Unkorrigierbare, das würde Frederic dann selbstverständlich niemals tun.

✠

GALWAYS KERKER SCHLOSS SICH an das hohe Haus des Richters fast unmittelbar an, zunächst war da die Kapelle, dann das Verlies. Vom Lynch-Haus brauchte man nur über den Innenhof zu gehen in den Vorraum vor Don Ricardos Kapellenhaus, in dem Vorraum gab es zwei Türen, die eine Tür stand immer offen und führte in den Gebetsraum des Kapellenhauses, die andere war niedriger und schwerer und neuerdings verschlossen und führte in den Kerker.

Als Platz für die Verurteilten diente ein hohes Verlies, ein schmales Fensterloch zum Innenhof sorgte tags für dämmriges Licht, das Loch lag weit oben, fast drei Mannhöhen hoch über dem Grund. Für die Nacht hatte Frederic neben der Tür in eine Steinfuge ein Talglicht gestellt.

Dieses Licht war inzwischen fast ausgebrannt. Und noch immer saßen die beiden Gefangenen weit voneinander entfernt, so weit wie das in diesem Raum möglich war. Die kehrten einander nicht nur den Rücken zu, die wahrten auch den größtmöglichen Abstand. Saß jeder auf einem steinernen Quader. Am Fußgelenk eine Kette, deren anderes Ende in den Steinsitz gemörtelt war.

Und noch immer hielt Patrick die Augen offenbar geschlossen. Sah nicht den anderen im Raum und auch nicht dort oben die schwarze Fensteröffnung. Auch nicht das verlöschende Licht. Achtete weiterhin nicht auf die Gesprächsversuche des anderen. Unbeachtet hatte er auch die Geräusche draußen im Hof gelassen, die nun seit langem ganz verstummt waren. Wann immer dort noch Schritte oder Stimmen zu hören gewesen waren, nur McDonnell hatte zwischen dem Hofloch und der Tür hin und hergeschaut und blieb aufgeregt.

Seit langem war von draußen nur noch die Stille zu hören. Ein wenig Wind, bisweilen wieder der Regen.

Pat wollte nur, dass dieses dröhnende und bohrende Kreisen in seinem Kopf zur Ruhe kam, dieses Gewirbel aus Schreien, Schlägen, Sprüchen und Stimmen. Wünschte sich dringend einen großen, einen sehr langen Schlaf. Nicht den kleinen zwischen Tag und Tag, sondern den der Ablösung von allem Tun und Haben und Sein und Wettstreiten. Hätte es hinter oder unter diesem Verlies noch einen kleineren Raum gegeben, einen Keller, eine Gruft, etwas noch Engeres und noch Dunkleres, Pat Lynch wäre da hinein- und hinuntergekrochen.

Manchmal, wenn aus den Strudeln in seinem Kopf Worte auftauchten wie ›fünfundfünzigfach‹ und ›ihr ergänzt euch‹ oder ›leihweise‹ und all die Worte aus der vergangenen wilden Feiernacht hier gleich nebenan, wenn dann aber vor seinen Augen das ›Mariagesicht‹ tanzte wie in einem Mückenwirbel aus Faustschlägen und wenn darüber dann wieder die schwere Stimme des Vaters lastete mit dem ›nicht wahr, Pat, du schämst dich‹, dann schüttelte er sich, dann bedeckte er mit beiden Fäusten die Augen, duckte sich, verweigerte jedes Hören und Sehen und suchte dann mit den schmerzenden Augen die dunkelsten Stellen in seiner steinernen Kerkerecke und hätte seinen Schädel gegen deren Kanten gestoßen, hätte ihn nicht die Kette daran gehindert und hätte er nicht das Nichtsmachen allem anderen vorgezogen. Er fand es unerträglich, dass er das Atmen nicht einfach anhalten konnte.

So saß Pat Lynch da. Als Klotz auf einem Klotz, unansprechbar und unbrauchbar, jedenfalls für McDonnell, der diesen Jungen ohnehin hasste als den Glückspilz, den Kronprinzen, den Sohn des großen Patriarchen John Fitzstephen Marcus Tullius Lynch. Dennoch, diesen gestürzten Jüngling, den ging er nun immer noch einmal an und umwarb ihn.

Denn McDonnell blieb nach wie vor überwach, rutschte auf seinem Steinbrocken nach hierhin und nach dorthin, mehr und mehr bereitete es ihm Sorge, dass nun von draußen schon sehr lange keine Schritte, kein Schlurfen, kein Türenschlagen und überhaupt keine Geräusche mehr zu hören waren. Vom Hof her nur noch der Wind und die Regenschauer.

Ab und zu stieß Jeremiah einen größeren Schwall angehaltener Atemluft ärgerlich aus. Dann schob er seine Beine ein wenig zur Seite, nahm sie aber gleich wieder zurück an die alte Stelle oder er sprang von dem Sockel auf die Knie, kniete sich auf den Steinboden und betete und rang die Hände und lauerte dann wieder von neuem, mit verkniffenem Gesicht, lauschte dort oben hin, wo im Schwarz der Mauer das dunkelgraue Loch war, das offene Fenster. Wenigstens von seinem Verteidiger, dem

Brauer O'Donnoghue erhoffte er sich nun irgendeine Art Hilfe, eine Botschaft doch wenigstens –

Das Regnen hatte aufgehört. Es rauschte nicht mehr. Auch das schwere Tropfen vom Turmdach war vergangen. Windige Stille herrschte im Hof. War es da draußen wirklich still?

McDonnell drehte seinen Kopf ein wenig zur Seite, duckte sich, blickte wieder zum Fensterloch hinauf. War da nun nicht doch ein Schritt? Ein Tappen auf dem nassen Hofboden? Kam jetzt der alte Frederic, um noch einmal hereinzuschauen? Frederics Humpelschritt diesmal so leise? Frederic schlich nicht, der tappte einen deutlichen Hinkeschritt. Schlich da eine Katze, ein Hund?

Es flog etwas durch das Loch. Flog in den Raum. Das fiel klatschend auf den Steinboden und lag da. Hell schimmerte da plötzlich etwas auf dem Boden, mitten im Verlies. Ein Geldsack? ein Brief? Das vergehende Talglicht flackerte zu unruhig, als dass McDonnell genauer hätte erkennen können, was da gelandet war.

Jeremiah war aufgesprungen, war zur Mitte des Raums gestürzt, aber seine Kette war zu kurz, das Hereingeflogene erreichte er nicht. So flach er sich auch auf den Boden presste und sich ganz ins Flache streckte, mit seinen Händen sich dorthin dehnte und griff, wo das lag – ächzend blieb er liegen, drehte sich zur Seite, schüttelte an seiner Fußkette – Jeremiah kam diesem hellen Etwas um nichts näher.

Starrte von dem schimmernden Bündel hinüber zu dem Kerl mit dem hellen Haar. Der Junge hatte auch jetzt offenbar nichts bemerkt. Der starrte immer nur gegen die Wand, in den unteren Wandwinkel, wie zuvor.

Und dabei war klar zu erkennen, dass Pat das, was da in den Kerker geworfen worden war, würde erreichen können. »Pat!« zischte der Seiler, »Pat!« bellte McDonnell den anderen an und schnurrte, fauchte und pfiff und murrte leise die wütendsten Banchee-Flüche, Flüche von Schlangen und Satansbraten und Sheela-na-Gigs, das Allerteuflischste kam jetzt dem McDonnell durch die Kehle und der fromme Mann stierte dazu bösartig in das schwindende Licht, vor Aufregung flatternd und keuchend, blickte händeringend und grimassierend in den Raum zwischen sich und dem anderen, sah mit Entsetzensgesicht in Pats Ecke hinüber und dann wieder zur Tür, die geschlossen blieb und dann wieder zu dem hellen Schimmern auf dem Boden, nein, kein Frederic machte dort draußen jetzt seinen Kontrollgang. Stattdessen war klar zu sehen, wie das Licht in der Wand nun endgültig erlöschen wollte, wie das zu kämpfen schien, mit Erschrockenheit blickte McDonnell zurück auf das Ding am Boden, auf diese Botschaft von draußen. Und auf den regungslosen Pat Lynch.

»Pat! Pat Lynch!«

In dem Kerl mit dem hellen Haar rührte sich kein Fuß, keine Hand, nichts.

»Pat, wir haben eine Nachricht von draußen, eine Hilfe! Da, bei dir liegt sie, die liegt mehr bei dir als bei mir, schau doch, du kannst sie erreichen, musst da bloß hingehen, hingreifen, greif doch um Himmels Willen dort hin, wo das liegt, he, du Sausack, du beschissener Dreckskerl! beweg dich endlich! Mistknochen, verbohrter, verrückter!«

Jeremiah war außer sich, krallte sich mit den Händen in den Boden, grub seine Fingernägel in den Schmutz hinein, brach aus dem hart gestampften Bodendreck einen Steinbrocken heraus und schmiss den dem Pat mit Wucht in den Rücken.

»Nun guck doch endlich dorthin!« So giftete und zischte der Seiler und schaute wieder zurück zur Tür. Als könnte er sehen, wie hinter der Tür jetzt Fitzpatrick stünde oder jemand anderer, eine Wache, um die Verurteilten zu belauschen und vielleicht zu empfangen, wenn in dem Hineingeworfenen die Schlüssel wären.

»Sieh doch nur hin! Bitte sieh dorthin! Sieh, was da durchs Fenster kam!«

Pat hatte sich nach dem Schlag tatsächlich bewegt, ein wenig umgedreht. Und hatte sich dann sehr langsam aufgestellt und den Arm halb zum Rücken gebogen, um sich dort zu reiben, wo der Brocken ihn getroffen hatte. Hielt aber den Blick immer noch sehr weit weg in die dunkle Seite gerichtet, in große Entfernungen.

»Nun glotz doch endlich zu mir her! Da! Sieh dir endlich mal an, was da reingeflogen kam, grad jetzt, durchs Fenster, heb das auf, los! Komm! Beeil dich! nimm es! ein Brief oder was – wenn dir das egal ist, dann gib es wenigstens mir, ich hab ein Kind zu versorgen, das ist allein, ohne seinen Vater, klar, dir ist das alles egal nach deiner unsäglichen Dummheit, komm, du verfluchter Drecksprinz, los! wenn nicht dir selbst, dann hilf wenigstens mir und meiner Martha, du siehst doch, ich komm von hierher nicht bis dahin, Heiland, muss ich auch dir erst den Schädel einschmeißen, du widerliches Herrensöhnchen, du eingebildetes verdammtes Rindvieh – na siehst du, na wunderbar, ja endlich, und nun mach's doch auch auf, los!«

Pat war tatsächlich dorthin gegangen, das heißt, er hatte wie im Traum einen Fuß vor den anderen gesetzt, bewegte sich vorwärts, wie ein mechanisches Gestell, aufgezogen wie ein Uhrwerk, angetrieben von McDonnells Steinwurf und vom Geschrei des unmäßig aufgeregten Seilers, ging wie träumend zu der hellen Stelle, bückte sich und hob unter den zappelnden Kommandos des Jeremiah das Bündel vom Boden.

»Gib's mir! Öffne den Knoten, ja, roll das auseinander, darin sind Schlüssel! ich sehe das doch von hier aus!«

Hörte McDonnells Gekeife nicht, löste aber nun doch, wenn auch sehr langsam, die Verknüpfung, rollte das Umwickelte auseinander, sah das beschriftete Pergament und die beiden Schlüssel, las in den kurzen Augenblicken, in denen die Fackelflamme noch einmal aufblakte, die Schrift, erkannte die Handschrift, sah ihre Worte, hörte ihre Stimme. ›Bitte komm zu mir! Deine Agnes.‹

Diese Bettelworte, die schoben sich nun in seine kreisenden, in seine dröhnenden Gedächtniswirbel. Bitte komm zu mir? Das meldete ihm ›Deine Agnes‹? Das behämmerte nun seinen Hals, beklopfte seine Adern und Nerven, zuckte jetzt durch seine Finger wie elf Elfen durch jeden Finger, und die Finger ließen Papier und Schlüssel fallen. Der andere im Gefängnis schrie aber, Pat bückte sich, hob rasch das Papier und griff dann auch nach den beiden Schlüsseln.

Die beiden Eisenstücke schauten aus seinen Fingern heraus und warteten, als wollten sie irgendeine Antwort, die er nicht wusste.

McDonnell starrte mit aufgerissenen Augen auf den Zögernden, noch einmal schoss ein Schein vom Wachslicht an der grauen rauen Steinwand hoch und verschwand und schoss aus der Finsternis abermals hoch und versackte wieder –

»Worauf wartest du!« Jeremiah schrie leise, wollte nicht mit Schreien alles verderben, musste aber diesen verstockten jungen Lynch irgendwie erreichen. »Mann, begreif doch, Maria hat dir geholfen, dir und mir, das sind Schlüssel für uns beide, der kleinere ist für diese elenden Kettenschlösser, der große für die vermaledeite Tür dort, los nun! raus hier, ins Freie, schließ dir deine Füße auf, los, probier das!«

Pat blickte auf die Schlüssel, bog langsam die Knie und hörte, wie die Eisen redeten ›bitte komm!‹, das verstand er gut und konnte das kleinere Eisen ins Fußkettenschloss stecken, beim Umdrehen quietschte der Schlüssel ›Deine Agnes‹, hörte das Metall klacken ›komm!‹, schüttelte seine Füße, bewegte seine Füße plötzlich ganz unbehindert.

»Jetzt gib ihn mir! wirf ihn her!« McDonnells unterdrückte Stimme zitterte, winselte. »Los, schlaf nicht ein, wirf mir den hierher!«

Pat warf den kleinen Schlüssel wie etwas Lästiges, warf das gerne hinüber zu Jeremiah. Ging derweil langsam zur Tür. Wollte die Tür öffnen mit dem größeren Eisen. »Warte!« fauchte der Rasende hinter ihm her, hatte sich auf das Allerschnellste freigeschlossen, hatte ihn schon eingeholt und überholt und riss ihm den großen, den Kerkerschlüssel aus der Hand, schloss selber auf, schob das Tor zur Seite und tauchte ab in die Schatten der Hofmauer.

Pat stand drei, vier Atemzüge lang im offenen Ausgang. Hörte in seinem Schädel ihre Bettelworte. Zugleich die schweren Reden der Vater-Stimme.

Ging dann einen Schritt, hielt aber an, weil er wieder das Tuch sah vor der geborstenen Stimme, ging schneller, um diesem Bild auszuweichen, beeilte sich, wollte mit rascheren Schritten allen Nachtstimmen davonlaufen, folgte jetzt lieber dem ›Bitte komm‹, verließ wie nachtwandelnd den Hof und kam in die leere dunkle Straßenschlucht, ging die krumme Hauptstraße hinab, querte wie ein Geist die nächtliche Stadt, sah nicht die Schwärze der quadratischen Türme, sah nicht die Familienburgen gegen den wolkenjagenden Himmel, hörte auch nicht den Brauereibach und ging doch nun sehr sicher jeden Schritt über all diese Hindernisse, ignorierte die Ecke hinter O'Brians Schafstall, in der die Alten ihn festgehalten und beschwätzt hatten, hielt dann auf der hinteren Mauer gut das Gleichgewicht, fiel nicht, wurde von niemandem angesprochen oder aufgehalten, kam über das Vordach zum Hauptdach hinauf. Und kniete dann im Fenster der Agnes Joyes.

Obwohl sie auf ihn gewartet und gehofft hatte – als sie ihn nun plötzlich im Fenster knien sah, schrie sie leise auf. Erhob sich zitternd, tat ein paar schnellere Schritte zurück, zur Wand zurück, dorthin, wo die Tür war.

»Pat –«

»Ich sollte kommen. Hast du geschrieben.«

Der junge Lynch hielt das Papier in der Hand, hob es ein wenig hoch. Im dunklen Nachtfenster sah sie jetzt ihren ›Berserker‹ Pat. Den, der den Juan hinabgestürzt hatte.

»O, Pat, ja – es ist gut, dass du gekommen bist –«

»Warum? Warum ist das gut? Und warum sollte ich kommen?« Setzte seine Worte, wie er seine Schritte gesetzt hatte, wie im Traum. Unter den drehenden Rädern in seinem Kopf hatte er Mühe mit schnellen Wörtern, duckte sich unter der Vater-Stimme. »Warum hast du das geschrieben?«, zeigte ihr wieder den Zettel.

»Pat, Lieber, ja, das hab ich geschrieben, wusste keinen anderen Ausweg, hab dir das geschrieben zu den Schlüsseln, es ist gut, es ist wunderbar, dass du gekommen bist, mit dir reden will ich und schleunigst weg. Hatte gar nicht geglaubt, dass du –«

»Dass ich?«

»– dass du wirklich kommen würdest.«

»Warum hast du das nicht geglaubt?«

»Doch schon, nun ist es ja gut, jetzt bist du ja da.«

»Und warum – sollte ich – nun hier sein?«

»Pat – weil – mein Gott, lieber Pat, damit wir uns sehen, damit wir reden können, wir gehören doch zusammen – meine ich. Weil wir uns dann endlich alles erklären können – und alles wird wieder gut, woanders, meine ich. Wir sollten fort, noch diese Nacht!«

»Was sollten wir uns erklären?« Pat, der mit seinem wirren gelben Haar noch immer in der Nachtöffnung gekniet hatte, stieg nun vom Fenster ins Zimmer hinunter. Kam ein paar Schritte näher, setzte sich auf das Bett. Saß dort so, wie er oft dort gesessen hatte. »Worüber sollen wir reden?«

Agnes stand noch immer mit dem Rücken gegen die Tür, wagte nicht, zu ihm zu gehen. Schließlich ging sie hinter ihren hohen Lehnstuhl, stützte die Arme auf die Rücklehne, damit die zitternden Hände Halt hatten. So, hinter dem schweren Stuhl gestützt und geschützt, so schaute sie den nächtlichen Besucher an. Ihren Pat.

»Über alles müssten wir noch reden, meine ich. Über das, was passiert ist – Entsetzliches –«

»Ja.« Und erst nach langem Schweigen: »Also reden wir.«

Agnes sammelte mehrmals Luft, um Worte zu finden für das, was passiert war, fand aber keine.

Dann redete Pat. »Bitte, sag mir, was Mary zu all dem gesagt hat.«

»Deine Mutter, oh ja, sie hat mit meinem Vater geredet. Hat dem John gesagt, was Fitzstephen geurteilt hat, das musste er so urteilen. Nach der Verfassung. Für die Stadt war das wichtig und richtig.«

»Hat Mary das gesagt?«

»Wörtlich das.«

»Hat sie das auch Fitzstephen gesagt?«

»Ich war nicht dabei. Hat es wohl auch dem Marcus Tullius gesagt. Wichtig für das Glück von Galway sei das Urteil. Das Urteil ihres Marcus Tullius. Und hat aber dann weiter – meinem Vater – danach gesagt: Was ihr dagegen vorhabt, ihr Joyes und ihr Blakes und ihr alle, das ist um einiges wichtiger. Und richtiger. Hat sie gesagt. Wörtlich.«

»Und was ist das, das ›Richtigere‹? Ihr habt was vor?«

»Na klar, George und Betty und mein Vater und noch viele andere werden dich retten, auch der Brauer, auch Kirwan, auch Frederic.«

»Die alle? Frederic auch? Mich ›retten‹?«

»Pat, glaub mir, sie mögen dich, sie lieben dich, so wie ich! Und dass du diese Schlüssel bekommen hast, das war fürs erste das Wichtigste. George und Betty haben dir von deinem Frederic die Schlüssel besorgt.«

»Geklaut?«

»Frederic hat sie dem George gegeben, freiwillig. Und George hat sie dir ins Verlies geworfen. Fast alle hier wollen dir helfen, vor allem ich.«

»Du? Mir helfen? Wozu?«

»Wegzukommen aus diesem Galway.«

»Auch das findet sie ›richtiger‹? Mary?«

»Was sonst?! So jedenfalls hat sie geredet.«

»Du lügst nicht?«

»Oh Pat, jetzt nicht. Und auch vorher nicht.«

»Und auch vorher nicht?«

»Glaub es mir. Hab immer gesagt und getan, was ich wollte. Auch das Dumme.«

»Was?«

»So viel Vergnügung wie möglich wollte ich. So wie alle hier. Und dass ich dich liebe. Ja, das hab ich dir immer gesagt und das ist so geblieben! Wirklich und aufrichtig. Und heute nacht noch fährt George uns hier heraus, uns beide, in Blakes Wagen, in dem mit dem doppelten Boden, darin verstecken wir dich, wenn es durchs Nordtor rausgeht auf die Heide. Hinten über Ma'am Cross fahren wir in die Joyce-Berge hinauf, von dort nach Osten, am Ende bis Dublin oder bis England, irgendwohin, wo uns keiner kennt, Pat! Meinetwegen bis ins neue Land Amerika, Pat!«

Nun ging sie die paar Schritte und fiel tatsächlich vor ihm auf den Boden, ruckte sich gegen seine Knie, kniete vor ihrem Pat, dem Berserker, der auf dem Bett hockte, so wie er dort oft gesessen hatte. Rutschte ganz nah zu ihm hin auf ihren Knien, um mit ihren Händen seine Knie zu umfassen und um seine Knie zu küssen, wenigstens die. »He, du Verrückter, du unglücklicher verrückter Pat – hör auf deine Mutter, glaub ihr, dass es das Richtigste ist, zu fliehen! Es ist alles klug vorbereitet. So wie deine Mutter Mary, so denken in Galway fast alle! Vielleicht dein Vater nicht, aber sonst fast alle! Frederic hat dem George die Schlüssel freiwillig gegeben! freiwillig, hörst du? Alle lieben dich und fast alle beschimpfen mich – oh Pat!«, sie drückte nun ihr Gesicht fest gegen seine Knie, konnte seinen steinernen Blick nicht ertragen.

»Verzeih mir – meinen Unsinn – hab einen Moment gemeint, ich müsste alles so machen wie Betty, so toll, so frech – auch die hat am Abend vor der Hochzeit – oh Pat, aber wir beide, wir haben doch immer – jeden heimlichen Irrsinn haben wir wunderbar gefunden und jeden Spaß gemacht – immer – he, Pat, nein, ich lüge nicht – ich liebe dich! Wir zwei ziehen jetzt weg von hier, weit weg von diesem verfluchten Galway – lass uns das alles hier vergessen, unsere Dummheiten – deine wie meine – unsere schrecklichen Fehler – aber wahr ist, dass wir uns lieben!«

Schaute nun doch zu ihm auf, zu dem Steingesicht, flehend und hilflos. Versuchte, Pats Blick zu erreichen mit ihrem Blick und diese Augen auszuhalten. Aber ihr Gast, dieser fremde Gast in ihrem Zimmer, der Besucher mit dem anderen Gesicht, der nickte nur, und blieb abwesend.

»Ja«, sagte er, »Unsinn, Irrsinn, Fehler. Und die Stadt kaputt.« Legte zart seine Hände auf ihre Hände, einen sehr kurzen Moment nur. Sie wollte schon hoffen.

Er aber hob dann ihre Hände, tat die Hände von seinen Knien und stand auf. »Du hast recht. Lass uns den schrecklichen Unsinn vergessen. Vollkommen vergessen.« Ging zurück zum Fenster. »Hast von Grund auf recht. Weit weg von hier. So weit wie möglich.«

Und stieg wieder in das schwarze Fenster, zurück in die Nacht.

✠

Um diese Zeit etwa ging Mary Lynch auf die Suche, wollte den spanischen Pater Ricardo finden im Kapellenhaus, weil sie meinte, diese Nacht sei ohne den Rat des klugen Geistlichen nicht zu überstehen, weder von ihr noch von ihrem Marcus Tullius.

Öffnete leise die Tür zur großen Halle, um sich von dort in den Hof zu tasten und zum Kapellenhaus zu gelangen. Wollte die Halle durchqueren, als sie aus dem schwarzen Raum angesprochen wurde.

»Ist Lynch noch wach?«

»Oh Ricardo, zu Euch wollte ich. Gott sei Dank, auch Ihr findet keinen Schlaf. Ihr solltet wissen, jetzt braucht er Euch so dringend wie nie. Helft uns, steht ihm bei. Wenn Ihr könnt.«

Ging wieder zurück, stieg vor Don Ricardo her über die eng gewundene Steintreppe hinauf in den Raum mit dem Bild Philipps, das jetzt, gegen die Nacht, ohne das strahlende Leuchten im Mittelpunkt auskommen musste, das im unruhigen Schimmer der Naphtaflammen kaum mehr zu erkennen war, das nur nebelhaft glänzte.

Lynch saß an seinem Schreibpult. Den Körper, wie im Schreck, hoch aufgerichtet.

Auf dem Pult vor ihm zwei Bücher. Eine schwere Handschrift und ein gedrucktes Konvolut. Beide kostbar, beide ledergebunden. Beide hatte Pater Ricardo schon oft gesehen, im Vorübergehen. Auf dem Deckel der Handschrift war tief eingraviert das ›Herz in den Händen‹.

Das neuere, das Druckstück war ›Das Neue Gesetz der freien Stadtrepublik Galway‹. Das war verschlossen mit einem silbernen Seitenschloss. Daneben aber lag, aufgeschlagen, die Handschrift. Offenbar hatte Lynch in der Handschrift gelesen.

Ricardo blieb beim Schachtisch stehen. Mary trat neben ihren Marcus Tullius, wandte sich dort mit ihren blinden Augen zurück zu dem Geistlichen und war sich offenbar nicht sicher, wie sie diese verschiedenen Männer in ein Gespräch bringen sollte.

Doch auch jetzt fiel ihr etwas ein, denn sie wusste, was es mit dieser Handschrift auf sich hatte, sie hob den Codex vom Pult und bat den Spanier, sich neben den Schachtisch unter eines der Lichter an das Stehpult zu stellen und zu lesen, was soeben Fitzstephen gelesen hätte.

Mary trug die Schrift zu dem Stehpult, tastete mit den Fingern über das aufgeschlagene Blatt, als fühlte sie mit dem Zeigefinger die kunstvoll verzierten Titeleien und Initialen. Ricardo kam näher. Dies sei, sagte sie, das wichtigste Dokument in Lynchs Castle. Da handele es sich um das Hausbuch der Lynchs, um das Testament des ersten Galwayer Bürgermeisters John Lynch, der vor bald dreihundert Jahren von England in diese Stadt gekommen sei, im Namen und Auftrag der britischen Krone.

»Erst wenn Ihr das gelesen habt, erst dann, denke ich, wirst du meinen Marcus Tullius wirklich verstehen.« Ja, dieses Testament des ersten Galwayer Lynch solle in dieser schrecklichen Nacht auch Ricardo lesen, dies Zeugnis des ersten in der langen Reihe der Vorfahren ihres nun so unglücklichen Mannes, das stamme aus den Zeiten, in denen die Lynchs in dem Haus gewohnt hätten, an dessen Fassade noch immer die kapitolinische Wölfin zu sehen sei, das Gründungszeichen des großen und ewigen Rom, einst der mächtigsten Stadt der Welt.

»Den letzten Grund für all seine Gedanken und Urteile, den findet Ihr in dieser alten Schrift.«

Ricardo sah zu, dass er die Schrift unter dem Naphtalicht gut zurechtrücken und alles gut erkennen konnte. Da der Richter ihn weiterhin nicht zu beachten schien und weil auch Mary sich wieder neben ihren Mann zurückzog, begann der Spanier zu lesen.

›JOHN LYNCHS GALWAYER TESTAMENT oder Entwurf der vernünftigsten Bürgerverfassung.

Nach einem langen Leben, das mich in Handelsgeschäften durch England wie Europa geführt und durch das Mittelmeer, nach einem Leben, in dem der vormalige Fischerflecken Galway sein neues weltläufiges

Aussehen und Ansehen gewann als wehrhafte Kaufmannsstadt, merke ich wohl, dass meine Jahre gezählt sind und ich Platz zu machen habe hier auf der Erde für die Jüngeren, die an diesem Ort nun ihr eigenes Leben führen müssen.

Auf meinen Reisen habe ich viele Städte und Stadthäfen zu sehen bekommen als außer London noch Amsterdam, Bremen, Hamburg, Gent, Bordeaux, Lissabon, Cadiz, Malaga, Venedig, Neapel, Marseille und Genua und auch große Binnenstädte als vor allem Rom, doch auch Florenz, Mailand, Wien, Köln, Metz, Prag, Nürnburg, Augsburg, Bologna, Toulouse, Bordeaux, Nimes und Paris und noch sehr viele andere und haben mich solche Städte immer wieder zu verwunderter Betrachtung angehalten, wie denn ein solches Stadtwesen sich so vernünftig verfassen kann, dass es darin segensreich abgeht für die Unteren wie für die Oberen und wie es sich innerhalb der Stadtmauern ungleich leichter leben lässt als draußen in der ungeschützten Freiheit.‹

Ricardo hörte ein Geräusch. Mary Lynch hatte den Raum verlassen.

›Und da mir nun zuletzt ein gelehrter Mann erklärt hat, dass der Name ‚Politik' genommen ist von dem griechischen Wort ‚polis', dem Wort für ‚Stadt', und weil die Kunst, einen städtischen Staat zu lenken, schon für die Alten und zumal für die Klügsten dasselbe war wie die Kunst, das Miteinander-Leben der Menschen so klug wie ergötzlich gelingen zu lassen, und weil jahrelange Erfahrungen mir gezeigt haben, was alles zu beachten ist, wenn ein solches Gemeinwesen lebhaft blühen soll und weil auch mir dies immer wieder als das eigentliche und höchste Menschenkunstwerk erscheinen wollte, so will ich nicht versäumen, am Ende meines Lebens vom Geheimnis dieser Kunst den Nachfolgenden in Galway niederzulegen, was ich erkannt zu haben meine.‹

Der Spanier blickte noch einmal auf und sah, wie der Richter vor seinem matt glänzenden Philipps-Fenster weiterhin so saß wie zuvor, aufrecht und ohne Bewegung. Nur hatte er jetzt seine Hände von beiden Seiten gegen seinen Kopf gestemmt, als gelte es, den Kopf zusammenzuhalten.

›Der Name ‚Bürger', so lernte ich, ist von dem Wort ‚Burg' genommen, und ‚Burg', das sollte man wohl wissen, meint nicht immer nur die prunkenden Ritterhäuser auf Bergen und Bergspornen, sondern meint heute nichts weiter als die ummauerte Stadt selbst und heißen viele große Städte eben so, nämlich ‚Burg', als da sind Edinbourgh, Cherbourg, Strasbourg, Luxemburg, Freiburg, Regensburg, Augsburg, Hamburg, Nürnburg, Würzburg, Bourge, Rothenburg und viele mehr. Heißt also ‚Bürger' nichts weiter als Stadtbewohner.

Die Vernunft und Kunst des städtischen Bürgerwesens ist am besten zu erkennen, wenn man auf solche Städte herabblickt vom höchsten Kirchturm. Dann zeigt die Stadt oder Burg aus der Vogelschau wimmelnde Bewegung um feste Ruhe- und Standpunkte. Allem Unsteten sind durch Straßen, Mauern und Tore stabile Grenzen gesetzt und haben Bürger oder Städter ihre Sicherheit und Möglichkeit zum Leben offensichtlich nur dann, wenn sie sich mit den anderen Bürgern in ummauerte Bezirke hineinducken, vor allem hinter die Stadtmauern, aber auch hinter Hausmauern. Haben deshalb zwar Enge, aber auch Schutz. Schutz nicht nur vor Unwetter, sondern vor allem vor Überfällen und vor der Willkür der Fürsten und anderer Herren Räuber, wie es ja ein offenes Geheimnis ist, dass in allen Ländern keine Fürstenmacht je anders begründet wurde als durch Raub und blutige Gemetzel.

So wie dieses Bild aus der Vogelsicht oder vom Kirchturm, so ist das Gleichgewicht aus Bewegung und Ruhe auch innerlich zu sehen in der verbrieften Stadtverfassung. Welcher Bürger im Schutz der Stadtmauern Grund und Rechte hat, von dem ist gefordert, dass er aus seinem Stand- und Ruhepunkt heraus größtmögliche Unternehmungslust zeigt und Beweglichkeit, indem er sein Herz in beide Hände nimmt als ein Handelsmann oder Handwerksmann in Gewerben und in Künsten.

Mithin ist die Pflicht des nicht raubenden, sondern handelnden Bürgers zum einen die fröhliche Bewegung, namentlich von Einbildungskräften, Herz, Mut, Ehrgeiz, Wettstreit, Aufwärtsstreben, Geschicklichkeit, Austausch und Witz, zum anderen aber auch Ruhe, namentlich Innehalten und Rücksichtnehmen auf das verbriefte Recht auch aller anderen Leute innerhalb derselben Mauern, also die Beachtung der Verfassung, die erst das gute Miteinander möglich macht. Wie die Stadtmauer so umgeben die Stadtgesetze das Handeln und alle Unternehmungen und machen das Lebendige erst im Einschränken möglich. Dies Gleichgewicht zwischen Phantasie und Regel, zwischen Lust und Rücksicht erscheint mir als das Hauptgeheimnis des Stadtwesens, nämlich der ‚Politik'.

So eine Stadtburg erscheint wie ein weisheitsvolles Instrument, das unser menschliches Gemeinleben vom Rauben ins Vernünftige führen und also überhaupt erst erträglich machen kann. Und da ist offenbar alles Äußerliche auch innerlich zu verstehen und alles Innerliche auch äußerlich, da die Mauern Weisheiten sind und die Weisheiten Mauern. Wer freilich glaubt, das glückliche Gemeinleben gelte nur für diese oder nur für jene, nur für die Oberen oder nur für die Unteren oder nur für die Frommen oder nur für die anders Frommen oder etwa nur für diesen Stamm oder nur für jene Familie und nicht etwa für jeden Menschen und allen gemein oder wer da womöglich glaubt und behauptet, das Menschenglück sei bereits vollendet, so sind in all diesen Fällen solche behauptenden Menschen nichts als Idioten, nämlich ohne Aufwärtsstreben, Witz und Wettstreit und Weiterdenken, denn es ist niemals ein glückliches Menschenleben, das Gehorsam, Ruhe und Stammesdisziplin will statt der im wahren Bürgerleben ständig neu nötigen Erfahrungen im Riskieren, Austauschen, Ausprobieren, Vergleichen und Verbessern.

Der Tod im Kopf, die versteinerte Ruhe ist die eine der beiden Gefahren für alle Gewerbe und Künste und Gemüter. Die andere Gefahr ist das Gegenteil, das Aus-dem-Häuschen-Sein. So gefährlich des Kaufherrn Ausfahrten auch sind über Land oder See, seine Reisen, die er den Rittern wie den Räubern abgeguckt hat, sie sind lebensnotwendig und so bleibt es für jedes Gemeinwesen ganz unverzichtbar, dass der Bürger auszufahren und zu erfahren hat und nie aufhören darf, den Schutz der Mauern und alles Gegebenen wieder aufzusuchen und neu zu verlassen. Doch tut der Stadtmensch oder Bürger solche Ausfahrten nicht um ihrer selbst willen, nie im bloßen Durst auf Abenteuer oder Gewinn wie ein fahrender Ritter oder Räuber, sondern auch beim Reisen bleibt ein Städtischer immer im Dienst an seinem Handel und an seiner Stadt und an den Mitbürgern, bleibt der Handelsmann auch draußen in der Welt insgeheim stets im Mauerrahmen der Stadtverfassung, selbst im fernsten Afrika oder Asia, und bleibt bei allen Ausfahrten sein wahrhaftes Ziel die Heimkehr.

Seine alten Stand- und Ruhepunkte wird er reicher als zuvor betreten, mit neuen Waren, neuen Erfahrungen und mit wachsendem Reichtum in Gütern und im Gemüt, mit Gewinn, den er nie erlangen wird ohne Wagnis und Probieren und Austausch mit dem Fremden, was er sich von den irrenden Rittern und Räubern und Abenteurern abgesehen hat als deren besseres Teil.

In den Häusern wirkt dasselbe Gesetz vom Gleichgewicht wie in der Stadt. Danach ist Bewegung für sich, ist absolute Abenteurerei ebenso schädlich wie das Gegenteil, die bloße Ruhe, Blödheit und der Tod im Kopf. Auch in den Häusern, wo gutes Leben ist, sind Stetes und Unstetes in Balance, Türen und Fenster lassen durch oder aber versperren und soll ein Haus weder ein Kerker sein noch ein offenes Windloch und Hurenhaus.

Austauschende und vergleichende Nachbarschaft im Haus sind so notwendig wie die Ausfahrten der Handelsleute aus der Stadt und wie der Erfindungswitz in den Künsten, ja, es gibt, scheint mir, kein Glück ohne Austausch und Künste, worin die Städte, die ich sah, die ansehnlichsten und schönsten Beispiele entwickelt haben durchs ganze Jahr in den verrücktesten Geselligkeiten, nämlich im Handel mit Geschichten und Gedanken und Nachrichten, in Geschicklichkeiten und Klugheiten bei den Handwerken und bei unserem immer neu zu leistenden Haupt-Abenteuer, der Balance zwischen dem Tod in absoluter Raserei und dem Tod im absoluten Stillstand.

Das Stadtwesen oder die Politik halte ich für die wichtigste, für die entscheidende Fertigkeit des Menschen, und die ist in Gefahr immer dann, wenn im Ganzen oder in den Häusern oder in den Zünften oder in den Verfassungen und in den Köpfen der Einzelnen Bewegung und Ruhe aus dem Gleichgewicht geraten. Meisterschaft in der Balance, im gerechten und im wohlfahrenden Miteinander, Erfahrungen in dieser wichtigsten der Künste, dem glücklichen Bürgerleben, gebe ihre Vernunft den Bewohnern des irischen Galway.

Gegeben am Sankt Patrickstag 1262

John Lynch.‹

✠

Ricardo blätterte leise wieder zurück, las einige rot herausgehobene Worte noch einmal und erkannte in dieser wundersamen Schrift deutlich die drei Vernunftsätze, die Fitzstephen Lynch ganz offensichtlich diesem Testament entnommen hatte. ›Gleichgewicht‹ war dunkelrot ausgemalt und zweifach unterstrichen. Das Schriftstück war sauber ausgeschrieben, von John Lynchs eigener Hand stammte wohl nur seine Unterschrift, der Namenszug zeigte große zitternde Bögen im ›J‹ und im ›L‹. Eine Notiz am unteren Blattrand besagte, dass er am Michaelistag 1263 im Alter von neunundsiebzig Jahren sein segensreiches Leben beendet habe.

Sah hinüber zum schwarz glimmenden Fenster. Lynch saß immer noch bewegungslos. Seine Hände hingen jetzt über die Stuhllehnen herab. Weiße Hände. Der Mann noch jetzt in schwarzer Robe. Im dunkel gebeizten Holz hatte er sich zurückgelehnt wie um zu schlafen, jedenfalls hielt er die Augen geschlossen.

Mit Vorsicht, als dürfe er kein Geräusch machen, stand der Pater auf, trug die schwere Schrift, das Hausbuch der Lynchs, wieder hinüber und legte sie so, wie sie gelegen hatte, vor den Richter, auf das Schreibpult.

Lynch schlief nicht, öffnete die Augen. Schien aber den leisen dünnen Ricardo nicht zu bemerken. Der wartete einige Augenblicke, schaute zwischen der Handschrift und dem starren Mann hin und her. Und sagte: »Mary bat mich, das zu lesen. Und mit Euch zu reden.«

Kam keine Bewegung in Lynchs Gesicht.

»Ich weiß, es ist spät. Vielleicht zu spät. Aber –«, den Pater schien der Mut zu verlassen vor diesem unansprechbaren Mann. Er seufzte, sah dann wieder dorthin, wo die beiden Bücher lagen, und konnte weiterreden, »– noch einmal erinnere ich an mein Angebot.«

Wartete einen Moment, und als Lynch auch jetzt nicht reagierte, legte Ricardo die Hand auf die Schrift. »Ich erneuere mein Angebot. Erst recht jetzt, nachdem ich dies Testament der Lynchs kenne. Diese Schrift von einer Politik ohne Gott.« Schaute den Richter mit großen dunklen Augen an.

Lynch schien sich ein wenig von ihm abzuwenden.

»Als Mary meinte, ich sollte dies lesen, da hatte sie sehr recht. Diese denkwürdigen Weisheiten, die erklären mir Euer Unglück. Ihr glaubt, auf Seilen gehen zu können. Glaubt, aus eigener Kraft wagemutig das Balancieren probieren zu dürfen. Wollt offenbar schon auf Erden eine vollkommene Wohlgeratenheit, ein Paradies. Ein Goldenes Galway. Diese Schrift bestätigt mir, dass Ihr in wundersamen Einbildungen befangen seid. In dem Traum von einem vernünftigen Miteinander der Menschen. Die als Bürger rein aus sich selbst heraus Maß zu halten wüssten zwischen all den Gegensätzen, in die uns die Schöpfung gestellt hat. Diesen Menschen, diesen Engel in der Stadt und in der Politik, den wird es nie geben. Auf Erden nie.«

Während der Pater so redete, ging er langsam hin und her, und nun schaute auch er sein Gegenüber nicht mehr an. Nur noch gelegentlich, rasch und flüchtig, wenn er mitbekommen wollte, ob seine Worte Wirkung hatten.

»Dieses Wunschbild von Einklang, Gerechtigkeit und Gleichgewicht, vom Ausgleich zwischen Bewegung und Ruhe, zwischen dem Einzelnen und dem Gemeinwesen, dies wunderbare Bürgerkunstwerk, es ist ein Luftschloss. Ein Wolkenkuckucksheim. Weil es davon träumt, Leidenschaften, Irrwitz und Blödheit für immer ausschließen zu können, in dicken Mauern fest einzuschließen oder auszuschließen, so wie dort Euer Fürst Philipp alle Blindheit und Verranntheit der Heiden zu vernichten wusste. Die Menschennatur aber und die Elemente und die Triebe und der Eigennutz und die anderen Dinge des Teufels, die lassen sich nicht aus dieser Welt schaffen. Nicht mit Stadtmauern und nicht mit Vernunftgesetzen. Ihr selber habt das nun bitter erfahren müssen an Euerm eigenen Sohn. Weder bändigt Ihr aus eigener Kraft Hunger und Liebe, die Leidenschaften nach unten, noch bannt Ihr aus eigener Kraft die Leidenschaften nach oben, die Wünsche nach ewiger Liebe.«

Pater Ricardo ließ sich von der Erstorbenheit in Lynchs Gesicht, ließ sich von diesem bleichen Black-Head-Antlitz nun nicht mehr irritieren. Ging ein wenig in den Hintergrund, warf im Fortgehen schnell wieder einen Blick zurück, um den Richter vielleicht doch noch bei einer Bewegung zu ertappen, ging bis zur Tür und kam wieder daher in seinem gestochen eleganten Zierschritt, kam, bis er zwischen Fitzstephen Lynch und dem nächtlich grauschwarzen Fenster stand.

»Ich weiß, was Ihr nun denkt. Der soll mir endlich weggehen mit seinem ›Angebot‹. Soll mich verschonen mit seinem erpresserischen Kirchen-Gott, ja, vom ›Erpresser-Gott‹ habt Ihr früher mal geredet. Der soll mir weggehen mit einem Gott, der den Menschen heimsucht und betäubt mit Unsäglichem und mit Unabwendbarem. Der ihn überfällt aus verschiedenen Richtungen gleichzeitig, als wollte er ihn spalten. Und der ihm dann, wenn er hilflos am Boden liegt, gnädig die Hand reicht. Nicht wahr, einem solchen ›Erpresser-Gott‹ gebt Ihr nicht nach. Ihr seht, ich kenne Euch ganz.«

Der Pater wandte sich nun dem dunklen Fenster zu, schaute daran hinauf und hinab, als gelte es, die Güte der handwerklichen Arbeit zu prüfen, die Farben und die bleiernen Glasfassungen, aber auch die Genauigkeit der Winkel beim Berechnen des schwierigen Segelkurses. Drehte sich dann wieder um und schaute auf den schweigenden Mann, der, obwohl Mary Wasser und Wein hingestellt hatte, nichts trank.

»Euer traumhafter Irrweg ist, denken und handeln zu wollen wie Gott. Als gelte auch für Euch das auf den Weltenschöpfer gemünzte ewige Errichten und Zugrunderichten, das *Sator arepo tenet opera rotas*, von dem ich in Euerer Stadt wiederholt reden hörte. Alles, auch das Unmögliche wollt Ihr aus eigener Kraft schaffen, selbstherrlich. Selbst nach dieser fürchterlichen Tragödie glaubt Ihr noch immer an Euere eigenen Kräfte. Hasst den Kirchen-Gott, wie man einen Erpresser zu Recht hassen müsste. Ach, und vergesst, dass auch der Schöpfer angewiesen sein könnte auf Geschöpfe, die IHM helfen. Die ihn lieben. Dass auch er angewiesen sein könnte auf ein Gleichgewicht zwischen seinem unendlichen Witz und unserem höchst endlichen Tun und Lassen. Denn wenn wir tatsächlich geschaffen sind ›nach seinem Bilde‹, dann haben nicht nur wir von ihm zu hoffen, sondern auch ER von uns. Das, so glaube ich, ist in allem das zentrale Geheimnis. Ausgleich, Glück und Gleichgewicht – ohne IHN werden sie nie gelingen.«

Ricardo ging zum Schreibpult und griff zum zweiten Wasserglas, das Lady Mary ihm gefüllt hatte. »Aber genug von diesem Mysterium. Mit dem verschone ich Euch jetzt. Mein Angebot ist eines, das ein Bürger in Eurer Lage gar nicht mehr ausschlagen kann. Weder aus reiner Vernunft noch aus praktischer. Weil es Euch auch jetzt noch helfen wird wie die Stadtmauern Eurer Stadt.«

Der schlanke wendige Mann ging in den Raum zurück, hielt die Arme auf seinem Rücken gekreuzt. Drehte sich vor der Tür abermals um und kam zurück. »Lynch, es ist nur noch wenig Zeit. Darum keine Umwege. Eure Lage ist ausweglos. Euer Rang als Bürgermeister, als Handelsherr und als Richter ist dabei, unterzugehen. Vor wenigen Stunden habt Ihr die Drohungen gehört. O'Donnoghue, Kirwan, O'Flaherty und John Joyes wollen morgen früh zusammen mit den Katholiken aus der Unterstadt und mit Hauptmann Edward und seiner Garde die Vollstreckung verhindern. Pöbel und Mob werden Euer Urteil missachten, und damit Euer Gesetzeswerk. Ich hörte, wie einige Euch einen Gerechtigkeits-Idioten nannten. Nach dem Unglück am Mount Golgatha verfolgen sie nun nur noch ihre niederen, ihre chaotischen Interessen, sind sie beherrscht von ihren Lüsten und Begierden und vom Egoismus der Familien und der Stämme, keinesfalls vom Städtischen, vom Politischen. Von allem anderem als von dem Gleichgewicht, das in dieser alten Schrift so wunderbar beschworen wird. Ein

Traum bleibt sie, die Gerechtigkeit auf Erden. Sie bleibt eine Sache des Himmels.«

Ricardo Gomez schaute kurz auf den stummen Mann, ging dann und redete weiter. »Galways Glück und Zukunft hängt in der Tat davon ab, dass die neue Stadtverfassung bestehen bleibt und zugleich der Handel mit Spanien. Doch wie immer das morgen früh endet, es ruiniert das Kunstwerk der achtzig Bürgermeister namens Lynch. Weil vor den Augen und Ohren der Galwayer Bürger das Vorbild zerbricht. Ohne diesen vorbildlich vernünftigen John Fitzstephen Marcus Tullius Lynch wird das alles zerfallen und vergehen. Selbst solche, die keinen direkten Vorteil darin sähen, wenn der junge Patrick am Leben bleibt, selbst solche wie der schlaue Bierhändler, sie werden morgen meutern und die Vollstreckung verhindern. Weil Protestantismus und Überheblichkeit und Selbstdünkel und lutherische Selbstherrlichkeit in ihre Köpfe geblasen wurde, der Dünkel, sie seien die Mitte der Welt und bräuchten nur ihr Herz und ihre Werkzeuge in die Hand zu nehmen und könnten dort, wo jeder seines eigenen Glückes Schmied sei, getrost zuschlagen. So dass nunmehr alle Vernünftelei sich auch gegen denjenigen Stamm erhebt, der den Vernunftgott in diese Stadt gerufen hat. Die Freiheitstrunkenen wollen nunmehr vollkommen frei sein auch von ihrem König Ghue, der geglaubt hatte, bereits wirkliche ›Bürger‹ vor sich zu haben, irdische Weisheitsengel. Armer König Ghue, in Wahrheit hat er nur Spießbürger und Familienväter, deren Vernunft nicht weiter reicht als bis zur Nasenspitze, also bis zum nächsten kurzen Vorteil.«

Don Ricardo hatte sich vor seinem regungslosen Zuhörer in Hitze geredet, sprach nun mehr und mehr mit eleganten Bewegungen der Arme und Hände und bemerkte nicht, dass Lynch all diese Bewegungen gar nicht sehen wollte, dass die klug berechneten Worte ihn nur schmerzten. Gerade noch rechtzeitig wurde dem Pater klar, dass es diesem Mann hier nicht nur um die große Politik ging, sondern zugleich und noch heftiger um das eigene Kind, um die Rettung des geliebten Sohnes. Und auch da hielt Ricardo sich nun nicht mehr zurück und erklärte, Walter Lynchs Sohn Patrick sei, das könne er leider nicht anders sagen, keineswegs so etwas wie ein Unschuldslamm, sondern sei tief verflochten in die Irrwege der Lüste und Leidenschaften, ja, der habe noch vor kurzem in unzulässiger Weise die von ihm, von Ricardo sorgfältig vergrabene steinerne Teufelsfratze wieder ausgegraben, habe die Sheela-na-Gig, habe den Todsünden-Stein wieder ans Tageslicht geholt und wer so frevle – ach! – Ricardo unterbrach sich und zeigte fragende Armbewegungen, als suche er dringend Rat gegen höllische Gewalten.

»Lynch, ich biete Euch an: Lasst morgen den spanischen Pater predigen auf dem Irischen Platz. Lasst den reden zu den Leuten von Galway, wenn sie aufgebracht gegen Recht und Gesetz verstoßen wollen, um das Leben Eures Sohnes zu retten aus purer Spießbürger-Schlauheit. Lasst mich zu ihnen reden aus den tausendjährigen Erfahrungen, die unsere Kirche mit ihren Schäfchen hat sammeln können, lasst mich Euer Gerichtsurteil untermauern aus dem Alten Testament, lasst mich mit den ewigen Bildern und Vergleichen die Weisheit des Moses und seiner Gesetze beschwören, die Weisheit des römischen Rechts ebenso wie die Weisheit und die Erfahrungen unsererer römischen Kirche, all ihre Erfahrungen mit den niederen Trieben und Bosheiten. Und wenn Eure alte Handschrift so großen Wert legt aufs ständige Erneuern und Verbessern, so gehört es zu den ältesten Erkenntnissen der Weisen, dass in Notzeiten nur noch der Rückgriff auf das Alte das Neue ermöglicht. Am Haus der Gründer Galways, Ihr selbst weist gern darauf hin, nährt noch jetzt Roms kapitolinische Wölfin die hilflosen Kinder Romulus und Remus, die danach die Stadt aller Städte gegründet haben, das ewige Rom. Und auch der weise Moses konnte nur mit strengsten Gesetzen die Kinder Israels durch barbarische Finsternisse führen, mit Vorschriften, die hart waren, die aber am Ende bei den Israeliten so hoch im Kurs standen, dass vor diesen Gesetzen sogar die Opferung des eigenen Sohnes möglich schien, ja nötig. Oh Lynch, lasst mich zu den Kindern Galways über das Opfern reden, und nun aber nicht mit der Kraft der Vernunft, die Euch in dieser Nacht aus diesem dunklen spanischen Fenster gar nicht mehr leuchten will, die in der neuen Galwayer Finsternis verblassen musste in der teuflischen Schwärze, die über diese Stadt gekommen ist. Lasst mich morgen nicht bloß reden von Gerechtigkeit und Wohlfahrt und Verfassung, sondern lasst mich am Tag der Vollstreckung die ganze schrecklich peitschende Kraft der alten Kirchenväter beschwören und ihrer Opferbereitschaft, lasst sie mich verzaubern, die hilflosen Kinder Galways, lasst sie mich zurückverzaubern in die Liebe und in die Macht dessen, was mit unserem Kopf niemals zu erfassen ist, an dessen Größe und Allgewalt jeder Gedanke seit je und für immer erlahmen muss.«

Pater Ricardo stand nun vor Fitzstephen Lynch, hatte seine gespreizten Hände beschwörend vor ihm ausgebreitet, wartete einen Moment und noch einen weiteren und fuhr dann fort, nur wenig verhaltener. »Richter Lynch, und wenn dann Euer unverzichtbares Todesurteil vollstreckt ist, dann steht Ihr nicht da als ein Geächteter, als ein unmenschlicher Vater im Verhängnis, sondern im Gegenteil, dann umleuchten Euch Geist und Glanz einer überirdischen, einer zeitlosen Gerechtigkeit. Und statt Euch zu verdammen, werden sie Euch am Ende verehren wie einen Heiligen.«

Weiterhin stand Ricardo da, in unveränderter Haltung. Seine gespreizten Hände, die Linke wie die Rechte, sollten nun unwiderstehlich auf das bleiche Gesicht in dem alten spanischen Lehnstuhl ausstrahlen. Aber das Gesicht bewegte sich nicht.

Da setzte der Pater ein letztes Mal an, leiser als zuvor, so leise, als könnte in diesem nächtlichen Zimmer ein Unbefugter mithören. »John Fitzstephen Marcus Tullius Lynch, nicht nur priesterliche Magie, nicht nur geistlichen Beistand biete ich Euch an. Gleichzeitig will ich als Bürger helfen. Als Freund. Als Mensch einem Menschen von dieser Welt. Einem aus der schwer getroffenen Sippe der Lynch hilft einer aus der Sippe der Gomez. Auch da hoffe ich, der Stadt Galway mit aller Energie, trotz der Untat hier, die Handelswege nach Malaga und nach Cadiz übers Jahr wieder zu öffnen, auch da, auf der Ebene des Tages, des Nutzens und des irdischen Glücks weiß ich einiges auszurichten, glaubt es mir.«

Er sah Lynch nun zuversichtlich an, nahezu lächelnd. Trat einige

Schritte zurück, ging wenige Schritte rückwärts, zu dem düsteren Vernunftfenster hin, nahm Abstand von dem dunklen alten Mann und streckte, rückwärtsgehend, mit Hingabe beide Arme nach ihm aus, auch jetzt mit den gespreizten Fingern, und flehte: »Lynch! Nach allem, was ich von Eurer Lage erkenne – dies ist Eure letzte Gelegenheit – Euer einzig möglicher Weg aus der Hölle! Lasst mich Euch zur Seite stehen, Euerer Stadt dienen – als Spanier – als Priester – als Freund – erwecken wir Galway mit vereinten Kräften zur wahren Neuen Welt – führen wir Eure schöne Stadt mit Kaufmannsvernunft und mit biblischem Feuergeist empor zur alten Größe, zur Herrlichkeit Roms!«

Pater Ricardo Gomez blieb stehen, behielt seine Arme ausgestreckt und ebenso alle Finger beider Hände in bedeutend gespreizter Haltung, verlangte nun mit dieser besonderen Geste der Galwayer Überlieferungen unweigerlich eine Antwort von dem Mann in dem Stuhl.

Und der gab sie.

Der stützte sich auf die Armlehnen, stemmte sich empor, ächzte: »Wer aber schützt je Gott, den Unfasslichen, vor solchen Gauklern!« Wankte drei, vier Schritte auf den Geistlichen zu, hob beide Arme zu ihm auf, als wollte er ihn umarmen und der Pater hätte sicherlich sekundenlang damit rechnen und es tatsächlich erwarten und wünschen können, dass Lynch nun auch ihn umarmen würde, so wie er in der festlichen Nacht den anderen umarmt hatte, den Priester Kirwan.

Richter Lynch aber packte den dürren Mann mit bebenden Armen unter den Achseln, brüllte, der Hals blähte sich vor Anstrengung, brüllte ein ungeheures »Nein!« in die Nacht, hielt den Spanier fest umklammert und »Nein« ächzte er, stemmte den Geistlichen stöhnend hoch, hielt den Entgeisterten über sich und schmetterte ihn dann unter einem berstenden dritten »Nein!« durch das Fenster der Vernunft in die Nacht hinaus.

Tag der Entscheidung

Als sich in der Frühe des nächsten Tages die ersten Galwayer vor dem Lynch-Haus einfanden und als sie an diesem sonnigen Morgen im oberen Stock des hohen Turms das Philippsfenster vollkommen zertrümmert sahen, da war keiner, der das nicht als letztes finsteres Vorzeichen erkannt hätte, als Alarm, als Signal für ein kommendes entsetzliches Unheil, das an diesem Tag endgültig über die Stadt hereinbrechen werde. Vor den farbigen Scherben auf der Hauptstraße bekreuzigte sich fast jeder, obwohl Bruder Kirwan erklärt hatte, das Leidenskreuz zu schlagen, das sei, seit der reiche Papst in Galway nichts mehr zu melden hätte, unnötig, ja schädlich. Von der Ansicht Roms, wonach für alle Schäfchen diese Welt nur ein Jammertal bleibe und ein Schmerzenskreuz, von dieser lähmenden Meinung sei man seit den Taten des tapferen Herrn Luther zum Glück befreit.

Doch bei der heiligen Mutter Gottes, wer hatte in dieser Stadt am Atlantik nun überhaupt noch das Meinen und das Sagen? Nicht nur das Fenster der Vernunft starrte hohl und tot, mit Schaudern begann man obendrein zu begreifen, was dieses zweideutige Steinbild in Wahrheit bedeutete, das der spanische Künstler Costa zwischen Portal und Philippsfenster hatte anbringen lassen. Nun war klar, dieses Große, das küsste das Kleine nicht, das biss es, das fraß es.

Die Schrecken der wartenden Leute wuchsen aber noch, als nun im ersten Morgenstrahl durch das östliche Tor die alte Kate hereingeschlichen kam und mitteilte, dass in der Nacht der Pater Ricardo bei ihr gewesen sei in der Hütte auf dem Mount Golgatha, angeklopft habe der und um Einlass gefleht, blutend aus vielen Wunden, »alle elf Wunden verbunden.« Richter Lynch nämlich habe den Priester Ricardo Gomez, ja, den habe der wilde Fitzstephen in der Nacht durch sein Philipps-Fenster auf die Straße hinausgeworfen und habe so, mit dem fortgeschleuderten Herrn Ricardo, zugleich sein eigenes Wunderbild zerschlagen in elf mal fünfundfünfzig gläserne Stücke. »Richter richtet zum Grunde Gott sei's getrommelt«. Auf das Pflaster gestürzt habe Lynch den Geistlichen, aber alle Splitterwunden habe Kate ihm verbunden.

Mit dem Geistlichen der alten Romkirche hatte Lynch seinen Vernunftglauben zerstört?

Dieser Don Gomez war den Galwayern schon immer sonderbar erschienen, der war stets recht fremdartig durch diese Stadt stolziert, aber durfte man ihn deswegen dermaßen misshandeln? diesen Verwandten des großen spanischen Geschäftsfreundes Juan Gomez? Nachdem schon dessen schöner junger Sohn in Galway entsetzlich zu Tode gekommen war?

Alles Weitere erzählte der sonst eher maulfaule Fischersmann Mike Pitt. Ja, die Kate habe recht, habe den armen Pater Ricardo mit Salben und Kräutern pflegen müssen, alsdann aber hätte der sich geweigert, mit ihr in die Stadt zurückzukehren, diese Stadt halte der Spanier für gottlos, die werde er nie wieder betreten. Herr Ricardo habe dann den Ort im Norden weiträumig umgangen und dort den Corrib mit Mike Pitt als Fährmann überquert, um nach Osten davonzuhumpeln in Richtung Dublin, erst mal nur bis zum Kloster Clonmacnoise am breiten Shannon, oh ja, der spanische Gottesmann, so wusste Pitt, habe das Galwayer Gemeinwesen von Grund auf verflucht und der Stadt den tiefsten Niedergang vorhergesagt. Die segnende Hand des einzigartigen römischen Herrgotts, die sei von Galway für immer abgezogen, ja, für immer habe Ricardo die Bewohner dieser Stadt allesamt verwünscht.

Als die Wartenden das von Mike Pitt hörten, schienen sie sich wegzuwenden, wagten sie nur noch verstohlen an der Lynchburg hinaufzublicken zu der Fensterhöhle und von dort wieder hinab zu dem fürchterlichen Steinbild über der Straßentür, in dem der spanische Künstler Costa ganz offensichtlich einen Vater abgebildet hatte, der seine eigene missratene Brut tötete.

Um so aufmerksamer hörten einige aber weiterhin die neu-alten, die unguten Sprüche aus den Lederlippen der alten Kate, Laute, die zu entziffern waren als ›zu Grunde‹ und ›richten‹ und die mit vielen Zahlen operierten und mit Latein, Fitzstephen, so glaubten einige die Kräuterfrau zu verstehen, sei der letzte Lynch, der in Galway regiert habe. Und heute, jetzt und hier werde nicht Jeremiah McDonnell, sondern ein junger Lynch diese wirre Welt verlassen, oh doch, bei der Todesfee Banchee, am grünen ›Irischen Platz‹, am Galgen.

Doch dann kam vom rotgesichtigen Flann O'Flaherty ein ganz anderer Ton, »zur Hölle mit der Hexe«, Pitt und vor allem diese kauderwelschende Kate habe keinerlei Ahnung von dem, was jetzt in Wahrheit geschehen werde und Flann deutete mit Lust an, was nun geplant war als Aufruhr, als gut vorbereitete Meuterei des Pöbels aus Irish Town, dieser Pöbel, den die Londoner seit je ›*people*‹ nannten, den, so flüsterte und knurrte der dürre O'Flaherty, den werde man jetzt kennenlernen, ja, die Claddagh-Leute würden es nun allerdings beseitigen, dieses verstockte Gallen-Galway, dieses Galgen-Galway der Lynchs und der feudalen Stämme.

Leute aber wie der Märchenmann O'Brian oder wie Steuermann Jessy Murray, die schüttelten auch jetzt den Kopf und glaubten weder dem Flann noch der Kate oder dem Pitt, und Jessy erklärte, wer eine so treffliche Tat wie Fitzstephen Lynch vollbringen konnte und den hinterhältigen Rom-Pater aus dem Fenster geschmissen habe, dem bescherten weder Galways Gnomen noch die freundlichen Iren der Niederstadt ein übles Ende und der Fluch des Don Gomez sei ganz und gar unwirksam wie jedes Verwünschen aus Neid und Missgunst.

Kurz darauf sagte, was Jessy gesagt hatte, der Roy Gallagher seiner Freundin Claire weiter und die sagte es dem Tobby, und Tobby Keats berichtete dann all dies seiner Helen, die es der Küchenvettel Ann nicht verschwieg und so ging das die krummen Straßen hinauf und hinunter und stand am Ende allgemein fest: Es werde trotz allem an diesem Tag der Entscheidung noch alles gut enden.

Einige glaubten aber lieber dem Kräuterweib, glaubten heimlich mehr dem pfiffigen Kinderkörper als dem Steuermann Murray oder dem heftigen O'Flann O'Flaherty oder dem wunderbaren Kugelkopf William. Immerhin, ein Groll auf den Richter Lynch und auch auf dessen eigensinnigen Sohn, der war nun deutlich zu spüren.

Inmitten der stolzen schönen Stadt, in der kluge Leute gehofft hatten, die Bürden alles dessen, was schon wenig später, was schon in den barocken Zeiten ›Mittelalter‹ hieß, all diese irischen Alps und Buckel aus finsteren Jahrhunderten seien in diesem Galway am frühesten von der Vernunft vertrieben worden, in dieser wehrhaften und sinnvoll geordneten und von Stammesfehden befreiten Stadt, im Zentrum dieser Stadt, vor Lynchs Haus also sah man nun mehr und mehr Gesichter, die unter dem grauen Morgenwind grübelnd dreinblickten, höchst nachdenklich, viele nur noch betrübt und bedrückt, jedenfalls sah man kaum ausgeschlafene Blicke, sondern etliche kummervolle.

Dagegen begannen Flann und andere von Befehlen zu raunen. Einige Claddagh-Leute taten aufgeregt, die wussten von verabredeten Zeichen. Auf den Brauer Douglas O'Donnoghue habe man zu achten, hieß es, und wenn das erste nicht gelinge, dann werde ein zweites folgen. Genaueres wusste keiner, Genaueres sei jetzt viel zu wichtig, als dass es jeder wissen durfte, geheim bleiben musste das vor allem vor geistlosen Frauen wie der glubschäugigen Julia, die ihrem seltsamen Pater Ricardo nachweinte, aber auch vor geistlosen Kerlen wie dem Hauptmann Edward.

Einige Frauen beschwerten sich, dass Priester Kirwan noch immer nicht hier sei, dass nicht wenigstens der den gälischen wie den englischen Leuten Mut mache und genaue Auskunft gebe. Von den altenglischen Männern sei mal wieder kein klarer Bescheid zu erlangen, ausgerechnet in dieser vertrackten Stunde wüssten nicht mal Elisabeth Joyes oder Betty Blake etwas Unmissverständliches, immerhin ginge es bei all den Gerüchten offensichtlich nicht nur um Jeremiah McDonnell, sondern auch und vor allem um Frau Elisabeths Schwiegersohn, um den noch vor zwei Tagen mit Agnes Joyes verlobten Patrick Lynch. Die am Ende Widerstand leisten sollten, die Leute aus der Niederstadt, die wüssten wieder mal schier nichts Genaues, unmöglich sei das.

Doch Isobella O'Flaherty widersprach, sie wusste etwas. Nicht von ihrem Flann wusste sie das, sondern von Williams Frau, von Agatha O'Brian, die hätte etwas Unerhörtes geäußert, und die alte Mutter Blake selber soll ihr das anvertraut haben und die wiederum habe das von ihrer energischen Schwiegertochter Betty Blake und wenn sogar die es sage – und ja, nun sehe man, wie diese Betty jetzt ärgerlich zur Seite blickte und tat, als höre sie nichts – dann müsse das ja wohl stimmen, denn die alten Blakes und der John Joyes, die hätten doch seit je unter der Hand die engsten Kontakte gepflegt zum Lynch-Castle.

Und was sei geschehen? In der vergangenen Nacht hätten die beiden Gefangenen sich befreien können. Oder seien befreit worden, ja. Wirklich? Beide Insassen seien längst heraus aus dem Kerkerturm. Oder seien jedenfalls herausgewesen. Gewesen? Also wieder eingefangen?

Nein, davon sei reinweg nichts bekannt, widersprach Roy Gallagher. Roy persönlich habe, und was er nun flüsterte, sprach sich in Windeseile durchs Spalier der Leute, er, Roy, habe heute früh den Jeremiah McDonnell tatsächlich frei herumlaufen sehen, nein, kein Gespenst war das, sondern den frommen Totschläger habe er erblickt hinter O'Donnoghues Bierhaus, wo er Leute zusammenbringen wollte, die ihm helfen sollten, sein verwickeltes Haus aufzuknüpfen.

Also waren die beiden Verurteilten frei? beide Mordmenschen auf und davon? die Galgen-Kandidaten? Pat und Jeremiah nicht mehr im Kerker?

Also keine Hinrichtung? Oder alles doch wieder ganz anders?

Keine Hinrichtung – diese Aussicht sprach sich herum, und wenn man genauer hinsah, bemerkte man in manchen Gesichtern schon auch eine gewisse Enttäuschung. Zumal in den Mienen derjenigen, die seit dem Frühesten in der Morgenkühle vor Lynchs Castle standen, die sich günstige Plätze erstanden hatten, die besten direkt gegenüber der Lynch-Burg oder auch bei Freunden in einem der Fenster über der schiefen Hauptstraße, die zum östlichen, zum großen quadratischen ›Irischen Platz‹ hinaufführte. Dort war über Nacht das Galgengerüst fertig gestellt worden und erteilte in der Morgensonne unmissverständliche Auskunft.

Tobby Keats, der Helenfreund und Hausknecht bei den Joyes, von dem man wusste, dass er unter großer Gefahr den jungen Spanier aus der Brandung unterm Mount Golgatha herausgeholt hatte, der schob jetzt frech sein gälisches Breitmaul in die Unterredungen der Frauen, der schien seine Verschrecktheit, mit der er gestern in Lynchs Burg den Tod des schönen Juan zu schildern hatte, rundum vergessen zu haben. Tobby Keats jedenfalls rief nun lauthals, jawohl, sie würden es demnächst alle erleben. Nämlich was? Ha, dass die feinen englischen Ladies, die Damen Joyes oder Blake oder Skerrett und auch all diese anderen Halbedlen, dass die demnächst ebenfalls Netze zu säubern bekämen und zu flicken, Segel zu nähen, Fische zu trocknen und zu räuchern und zu verkaufen, spätestens dann würden auch diese königlich altenglischen Damen begreifen, dass Kate recht gehabt habe mit ihrem ›zu spät, zu spät‹, von heute an sei es vorbei mit all dem prächtigen Gewinn, mit dem grandiosen spanischen Weinhandel. »Und wenn unsere edlen britischen Ladies sich dann immer noch nach ihrer alten Stammessitte Weintrauben aus Andalusien wünschen, dann wird ihnen das Wünschen nichts mehr helfen, dann müssen sie halt Stachelbeeren rasieren.«

Diese Aussicht fand zwar beifälliges Gelächter, ließ einige aber auch ärgerlich werden, diese ungehobelte Dreinmischung missfiel vor allem solchen Frauen, die wie Isobella O'Flaherty zwar fast als ›Ur-Irinnen‹ hätten gelten können, sogar als ›Ureinwohnerinnen‹ des Connought, die aber seit langem englischer taten als die Engländerinnen, jedenfalls britischer als die vornehmen Damen der vierzehn altenglischen Stämme.

Weh, die Zeiten verdrehten sich, früher jedenfalls hätte dieser Tobby Keats so unverschämt nicht reden können. Und was eigentlich bedeutete es, dass seit kurzem ein eleganter Reisewagen zu sehen war, drüben, hinter dem Irischen Platz stand der in Richtung Nordtor, offenbar fahrbereit. Davor ein Rappe und ein Apfelschimmel, vor einer fahrtüchtigen Kutsche. Hatten diese Pferde nicht dem Pat Lynch gehört oder der Agnes Joyes? oder beiden? Und war das nicht die neue Karosse des Daniel Blake?

Alles in dieser Morgenstunde wollte sich verwirren, der hart gepflasterte Straßenboden schien sich zu bewegen oder gar zu öffnen, Kinder begannen zu plärren, weil ihre Mütter ihnen nicht genügend Aufmerksamkeit schenkten, die Mütter wickelten die Winzlinge wie sich selber in Schafswolldecken und Felle, weil der Wind kühler als sonst vom Meer her die Straße hinaufblies.

Seit kurzem aber richteten sich die Blicke in eben diese Richtung. Zum Hafen hin. Denn von der Unterstadt her, aus der katholischen Iren-Gegend kam nun dumpfer Trommelton.

Ein einfacher, gleichbleibender Schlag drang da herauf, vom Corrib-Fluss her und vom Hafentor, und in diesem unteren Stadttor wurde sie nun sichtbar, die gälische Garde des Hauptmanns Edward O'Flaherty. Lahm und wichtig, in dumpfem Langsamtritt schritten sie heran, die achtzig Kampfknechte mit ihren Lanzen und Spießen, mit ihren breiten Stahlschultern und mit den Kriegsgesichtern unter den spanischen schwarzen Nasenhelmen, angeführt von dem hoch gewachsenen und an diesem sonnigen Morgen ungemein missmutigen Sohn des rotgesichtigen listigen Flann. Sein grimmer Edward, obwohl er auch heute wieder seinen prächtigen Stab mit den herrlichen Falkenfedern über sich schwang und hoch hinauf in die Luft stieß, um ihn von dort ebenso heftig wieder nach unten zu reißen, nur um ihn, bevor er ihn abermals nach oben stieß, bedeutend hin und her zu schwingen, dieser Herr Edward also, der mit der einen Hand seinen prächtigen Falkenfederstab aufs Prächtigste vorführte und der in der anderen Hand senkrecht den noch viel längeren Spieß mit einem blitzenden Ende aus Stahl hielt, der schien all seinen ungeheuren Zorn in diesen großartig blinkenden und stockschwingenden Auftritt legen zu müssen.

Und den Groll des Kommandeurs Edward wollten die meisten an diesem Tag gar nicht mehr belächeln, diesen Zorn schien man nun endlich ganz zu verstehen und zu akzeptieren, in der Tat, dieser Mann bedachte Großes und Böses, wie war das auch zu ertragen von einem so starken Kerl, das Gerücht, dass die fünf Kinder eines solch stattlichen Befehlshabers vom eigenen rosafarbenen Vater gezeugt worden seien, nein, dieses energische, dieses furchteinflößende Hauptmanns- oder Generalsgesicht, das verlangte Respekt. Und an diesem denkwürdigen Tag schien der prunkvolle Edward seine Verfinsterung nicht nur seiner persönlichen Unbill zu schulden, sondern an diesem kalten Vormittag verkörperte dieser große Mann ganz offensichtlich all jene Verhängnisse und Schatten, die sich seit kurzem über die Stadt der vierzehn Stämme gesenkt hatten, ja, Herrn Edwards empört grimmiges Antlitz meinte nun ganz gewiss Widerstand, Aufruhr und Meuterei, zweifellos zog er mit seiner kecken Schar trotzig aus gegen die Frechheit und Anmaßung der alten wie der neuen Lynch-Gesetze mit ihren verhängnisvollen Folgen.

Wer diesen auftrumpfend schreitenden Riesen betrachtete und nun ihm und seiner breitschultrigen Garde Platz zu machen hatte nach rechts und nach links an den Straßenrand, der spürte, dass dieser Tag – gleichgültig, was sonst noch in diesen kühlen Stunden passierte – ein Tag des Haudegens Edward O'Flaherty werden würde, ein Tag der Wiederherstellung seines ramponierten Rufs. Und man begriff nun, weshalb sich angesichts dieses Finsterlings vorerst niemand mehr hervorwagte als Widersacher oder Spötter, weder der Sprüche-George noch Priester Kirwan noch der sonst so aufsässige Braumeister Douglas O'Donnoghue, keiner von denen war vor dem Lynch-Turm zu sehen. All diese energischen Trommelhiebe machten jedem, der etwa noch gezweifelt hatte, schlagartig klar, wem dieses herrliche Militär im entscheidenden Moment zu willen sein würde – nicht etwa der Stadtregierung der Lynchs und der Joyes, nein, dem alten katholischen Groll, dem neu belebten Aufbegehren aus der Unterstadt.

Edwards wilde Mannen freilich, vorerst schritten sie nur dumpfsinnig vor sich hin, unbeirrbar voran. In jedem der achtzig Gesichter wiederholte sich auf verschiedenste Weise dieses düstere Edward-Antlitz, erschien wie eine achtzigfache ingrimmige Erbitterung, immer wieder neu sah man da die von den ältesten Überlieferungen so gern erzählten Züge von Wichtigkeit, von Entschlusskraft, Mannesmut und Heldentum. Ältere wie jüngere Zuschauer strahlten Bewunderung, schienen erquickt von der glänzenden Schau.

Vorm Lynch-Haus aber, bei der Hofeinfahrt, da scherte Kommandeur

Edward und sein starker Trommler Pat Murray seitlich aus, dort stellten sich diese beiden Imposantesten vor das Tor und ließen die grimme Horde an sich vorüberschreiten, weiter die Straße hinauf. Als ungefähr die Hälfte seiner achtzig Spießgesellen vorübergestampft war, stieß Herr Edward mit der einen Hand seinen Falkenfederstab zu einem besonders verwegenen Zeichen in die Luft, schlug mit der anderen Hand den schweren Spieß gegen das Straßenpflaster und brüllte zu diesen klaren Gebärden eines seiner gälischen Machtworte. Darauf blieb der gesamte Haufen stehen. Die eine Hälfte noch unterhalb, die andere schon oberhalb des Eingangs zum Richterkastell.

Dann schritten Kommandant und Trommler und zwei Bewaffnete in die Hofeinfahrt, und da die wütenden Trommelhiebe nun verstummt waren, drängten die Galwayer sofort mutig näher und bildeten schon wieder neue aufgeregte Gesprächsgruppen, in denen sie sich ihre jüngsten Bobachtungen mitteilten, vor allem natürlich über die Außerordentlichkeit von Edwards Grimm. Hörten sich aber auch gegenseitig genauere Überlegungen ab über das zerstörte Spanienfenster und über den verwundeten und geflohenen Priester Gomez und was man aus all dem zu schließen hätte – unerbittliche Vollstreckung beider Urteile? energischer Schutz dieser Exekution durch Edwards martialische Garde? oder aber nunmehr irisch-katholischer Aufstand, an dem sich diese Hellebardenträger mit ihren großen Schulterstücken und stählernen Lanzen entscheidend beteiligen würden? Reiften hinter Edwards umwölkter Stirn nicht seit eh und je aufrührerische Gedanken?

Frierend sah man hinauf zum zerbrochenen Philippsfenster, hinter dem vielleicht eben jetzt neuste Verfügungen erlassen wurden, so oder so. Diese kleine böse Skulptur über dem Eingang zum Turm, dieses verschlingende Vater-Sohn-Bild, das jedenfalls verhieß nun nichts Küssendes mehr, nichts Liebevolles, nur noch Schauerliches.

Und man sah höher hinauf zum Himmel, wo jetzt die hohen Morgennebel aufgerissen waren, wo am klaren Firmament grauweiße Wolken nach Osten flogen, als ob sie hinter dem andalusischen Priester hersegeln müssten in Richtung Clonmacnoise und in Richtung Dublin, hinter dem klügsten Geistlichen her, der sich je einem Lynch entgegengestellt hatte. Der nun aber, wenn man Kate glauben durfte, aus Lynchs Castle buchstäblich hinausgeflogen war, ein intelligenter, aber zweifelhafter Mann, der die Stadt offenbar verflucht hatte.

Unterm Wechsel von Sonne und Wolken, im Vorüberhuschen von Licht und Schatten über die nässeglänzenden Steinwände hätte man fast übersehen, dass unter den Leuten inzwischen auch George stand, diesmal nahezu unauffällig. Tobby Keats wollte sogar beobachtet haben, dass Agnes Joyes am frühen Morgen mit Schwester Betty in die Kutsche gestiegen sei, in den Reisewagen, der beim Galgenplatz in Richtung Nordtor wartete. Und nun kam George und schwieg, ein seltenes, ein wunderliches Ereignis, ein schweigender George Blake, das bedeutete endgültig, es bereitete sich Ungewöhnliches vor. Ja, und nun stand da plötzlich auch Douglas O'Donnoghue, von dem in der vergangenen unruhigen Nacht die meisten Botschaften und Anweisungen an die Männer ausgegangen waren, wussten einige. Auch Schiffszimmermann Kelly war jetzt zu sehen, der Erbauer des Galgengerüsts. Neben Mike Pitt auch O'Connell, sein Freund, und in der Menge, roten Gesichts und die flinken Lippen nun zum Schweigen aufeinandergepresst, Edwards Vater Flann O'Flaherty.

Und während man nun jeden mit Blicken befragen wollte und wenigstens in den Gesichtern zu lesen versuchte, was denn nun an den Gerüchten wahr sei, ob die Verurteilten nicht längst davon seien oder was sich jetzt wirklich ereignet habe oder geschehen würde, entging den meisten, dass sich auch Priester Alexander Kirwan hatte blicken lassen, in dunkler langer Kutte war der aus seiner Kathedrale Sankt Nicholas gekommen, war hinter der Menge über eine kleine Seitengasse zum Lynch's Castle gelangt und sofort im Eingang untergetaucht.

War es womöglich nicht Edward, sondern der protestantische Priester, der dem Lynch den keltischen Widerstand melden würde? einen Aufruhr der Iren? die Bedingungen des ›Pöbels‹?

»Alles Geschwätz«, zischte Patrick MacBride, »auch dieser sogenannte freie Priester Kirwan verdankt seine sehr angenehme Stellung den englischen Herrschaften, allen voran Lynch. Und auch heute wird sich dieser Herr Kirwan der Handelsreligion beugen.«

»Er wird versuchen, dem elenden Fitzstephen Trost zu spenden«, korrigierte ihn O'Brian. »Trost auch der unglücklichen Mary. Vor allem ihrem Marcus Tullius. Einem, so fürchte ich, endgültig Untröstlichen.«

Abermals kam man überein, dass nun sehr viel Verschiedenes möglich sei. Glück ebenso wie Jammer, Fortschritt wie Rückschritt, Aufstand wie Unterwerfung.

Mit Spannung, mit Seufzern und langen Atemzügen blickten die Leute an dem stolzen Haus hinauf, zum zerbrochenen Prachtfenster und von dort wieder hinüber zu Betty und George. Betty, die volle Frau, die sonst immer so wohlgemut wirkte, sah ganz und gar bekümmert aus, ja, verzweifelt, stand ohne ihre Piepsie da, schon dies kein gutes Zeichen, stand da, ohne zu reden. Und dann sah man, wie Schwätzbold George sich dieser Betty näherte und gleichfalls kein Wort hervorbrachte, untrügliches Zeichen von Unbill, ja, von Unabänderlichem.

O'Donnoghue und O'Flaherty hatten sich neben die Einfahrt zum Hof der Lynchburg stellen können. Wie es schien, standen sie dort mit wachen, mit frechen, mit unternehmungslustigen Blicken, offenbar noch immer mit außerordentlichen Plänen.

Die Ungewissheiten vor Lynchs Richterburg, diese allzu vielen offenen Fragen hier, die spannten sich nun um die Brustkörbe, die umklammerten das Atmen, die bohrten sich in die Magengruben. Da half es wenig, dass sich bei fast allen herumgesprochen hatte, was Mary Lynch gesagt hatte in der letzten Nacht, jene leise Bemerkung, wonach ihres Mannes Todesurteil richtig war, wichtig für Galways Glück, dass aber anderes denkbar sei. Und dieses andere sei ›richtiger‹.

Eben jetzt beugte sich George seiner Schwägerin zu, hatte sie ein wenig nach hinten gezogen, kam nun nah an ihr Ohr heran und raunte und fragte. »Was also ist jetzt gewesen? Mit dir und dem herrlichen Hauptmann? Auf welcher Seite steht er? Was hast du erreicht? Du siehst zerwühlt aus, zerknittert.«

»Nichts da.«

»Nichts da? Nichts erreicht?«

»Nichts«, zischte die barocke Frau. »Gar nichts war da zu erreichen. Nichts, was sich hatte rühren wollen. Was Flann von dem Riesen erzählt, ist kein Kneipengeflunker.«

»Wahrheit?«

»Große stämmige Waschlappenwahrheit.«

»Und? Bleibt er also gehorsam, der Held?«

»Folgsam. Dem Marcus Tullius.«

»Welch ein Tag. Dieser 16. Juni ist der erste in diesem Jahr 1555, in dem Topf Betty keinen Deckel fand.«

»Schandmaul. Ich halte das Warten hier nicht länger aus.«

Betty blieb aber stehen und schien überaus unglücklich. George dagegen drängelte sich nun zu Flann und Douglas und hinter den beiden in die Lynch-Burg hinein. Betty sah in der Tat verwüstet aus, entstellt, düster, ja, so finster, wie man sie bislang kaum je gesehen hatte, auch nicht nach den dreistesten Nächten in den Badehäusern der Wasserstadt Galway. Eine halbe Nacht lang hatte die starke Frau versucht, den ansehnlichen Hauptmann Edward von dem zu überzeugen, was, wie sie fand, nun seine wahre Heldenaufgabe gewesen wäre, hatte all ihre sehr beträchtlichen und hitzigen Mittel eingesetzt und das war ganz und gar vergebens gewesen. Nirgends Aufruhr.

✠

PRIESTER KIRWAN, INS LANGE DUNKLE Kirchengewand gehüllt, nämlich in dasjenige für die Trauerfälle, hatte die dunkle Halle des Lynch-Castle betreten und im ersten Augenblick glauben wollen, dieser Saal sei leer, er wollte schon weiter hinaus und hindurch in den Hof, doch dann sah er, dass sie da in der Dunkelheit standen, Fitzstephen und Mary Lynch. Und neben ihnen Edward und der Trommler Murray und die zwei Offiziere, drei mächtige Kerle standen da mit Spießen, aber nun sah er auch den jungen Ronn O'Connel und Roy Gallagher, Ronn und Roy – die standen an den Enden eines weißen Sarges.

Das alles hatte Alexander Kirwan, geblendet vom grellen Sonnenlicht auf der Straße, zunächst nicht erkennen können. Und bei der Tür zum Hof sah er den Frederic Fitzpatrick, ebenfalls in einer dunklen bodenlangen Kutte, in der Henkerkutte. Wie ein Märtyrer stand der da, wie einer, der selber hingerichtet werden soll. Das Gesicht seitlich geneigt, schmerzlich verzerrt.

Kalten Schweiß spürte der Stadtpriester. Die Versammlung hatte offenbar nur noch auf ihn, Kirwan gewartet, denn nun, als soeben auch Flann, Douglas und George die Halle betraten, ging Richter Lynch auf die Tür zu, die zum Hof führte, ging da hinaus und Fitzpatrick folgte ihm, mit humpelnd lahmem Gang. Die vier Gardisten schritten hinterdrein, Kirwan schloss sich an, unsicheren Schritts, ging gleichfalls auf den hellen Hof hinaus. Nur Mary und George blieben in der Halle zurück, neben Ronn und Roy und dem offenen weißen Sarg.

Am anderen Ende des Hofs aber stieß dann der Henker und Sänger Frederic Fitzpatrick seinen Schrei aus. Seinen gut vorbedachten, einen wohlvorbereiteten Schrei.

Und da sah Lynch nun, was Frederic zuerst erblickt hatte. Die Nachfolgenden drängten sich um den Sänger und Henker, Mary und George sahen das durch die offene Hoftür, sahen draußen den Frederic, wie der sich mit entsetzter Miene den Schlüsselgurt vom Leib zog und ihn hochhob, so dass alle seinen eisernen Schlüsselring sehen konnten.

Hielt die vielen Schlüssel hoch über seinem leidenden Kopf, die Eisen blitzten in die Sonne. Stand da, mit zitternden Händen, mit zitternden vielerlei Gesichtszügen, und hob und zeigte die Eisenstücke. Küchenfrau Ann trat näher und sagte es laut. »Und die zwei fehlen – der für das Verlies – und der für die Ketten –«

Da ging Fitzstephen Lynch rasch weiter vor, eilte zum Kerkerturm, schleppend und eilig zugleich, sein Fitzpatrick hinterher, schwankend.

Im Vorraum zum Verlies war dann der Richter stehen geblieben, ohne Schrei, aber nun war er es, der erstarrt stand. Als könne Lynch jetzt unmöglich noch irgendeine Bewegung machen, so sah Kirwan den Richter vor der Kerkertür stehen, mitten im Gehen wie versteinert.

Denn die Tür zum Verlies stand eine Handbreit offen. Frederic schlich sich an Lynch vorbei, schlurfte um ihn herum, schob die schwere Tür ganz auf und – nun stieß Frederic an diesem Vormittag seinen zweiten Schrei aus. Diesmal einen unvorbereiteten.

Denn was er nun sah, das hatte er nicht erwarten können, höchstens befürchten. Was er da erblickte, das schickte diesem alten, treuen Mann Schlottern in die Glieder, Schauder über den Leib. Eiseskälte, die nun all sein Zucken und Zwerchfellzittern neu entfesselte. In der Mitte des offenen Kerkers nämlich, in dem hohen leeren Raum sah er Patrick Lynch. Der stand da, mit hängenden Armen, unbewegt. Auf die grauen Wandsteine starrend.

✠

In der Halle hatte die Mutter beide Schreie gehört. War beim ersten noch einfach stehen geblieben, als hätte sie sofort herausgehört, ob der Schrei echt war oder vorbereitet. War aber nach diesem zweiten Schrei in ein Wanken geraten, war gegen den großen schwarzen Richterstuhl gesunken und benötigte Halt. George kam rasch, stützte die Blinde, half ihr in den Sitz.

»George?«

»Ja, ich bin's.«

»Hast du's gehört?«

»Fitzpatrick war das.«

»Warum musste der schreien?«

»Es ist was mit den Schlüsseln. Er vermisst die Kerkerschlüssel.«

»Warum schrie er ein zweites Mal?«

»Das würde auch ich gern wissen, ich geh hin, ich sag es dir.«
George ging nach draußen und erfuhr im Hof von Alexander Kirwan, was passiert war, und als er wieder in die Gerichtshalle kam, schien Mary

in dem großen schwarzen Lehnstuhl sehr verändert. »George? Also was war? Sag es!«

»Oh Mary.«

»Sag es.«

»Die Schlüssel sind weg, zum Kerker, zu den Ketten.«

»Ja gut. Aber danach, der zweite Schrei. Ein Banchee-Ton.«

»Ja.«

»Warum!«

»Das Verlies stand offen.«

»Ja gut!« Da wollte sie aufstehen, zitternd. »Also ist Pat doch weg, nicht wahr? Oder? George, sag es! Ist Pat etwa –«

George Blake, der sonst so pfiffige, der schlaue, der wortgewandte Mann schluckte. Hatte seine Hände schon ausgestreckt, wollte die Mutter festhalten, auffangen, stützen. »Zur Hölle, ja. Nur Jeremiah ist weg.«

Und war schon bei Lady Lynchs Armen, stützte sie, ließ die Zitternde zurücksinken in den harten schwarzen spanischen Stuhl, wo sie nun elend schluchzen musste. Wo sie zittern und heulen musste. »Mein Verrückter – mein Lieber – mein armer Tollkopf – Richter – zum Grunde –«

»Ich versteh das nicht, verstehe den Pat nicht«, sagte George. Weil er irgendwas sagen wollte.

»Aber, George – nicht wahr? jetzt ist doch die Reihe an Frederic, nicht wahr? Jetzt wird Frederic das doch unmöglich tun –«

»Unmöglich. Und wenn – wir würden ihn hindern.«

»– das kann der doch gar nicht, nicht wahr? George, ist es nicht so? Sag es mir, du kennst Frederic am besten!«

»Niemals wird er das machen. Unmöglich. Unvorstellbar. Hab das heute Nacht mit ihm beredet. Hast recht. Frederic kann das gar nicht. Das ist vollkommen ausgeschlossen.«

DRAUSSEN, HINTERM OSTTOR der Stadt Galway lag und liegt seit je der ›Grüne Platz‹ oder der ›Irische‹, dem grünen irischen Binnenland zugewandt, der Heide, den Mooren, dem Torfland, ein weites Quadrat, umgeben von niedrigen Mauern und von Viehgattern und Hütten, ein Platz, auf dem vormals die Bauern aus dem Connought ihre Rinder, Schafe und Schweine trieben und wo sie Markt hielten und wo früher auch normannische Ritter ihre Wettspäße vorführten und sich gegenseitig aus den Sätteln in den Sand warfen und wo zuletzt Fitzstephen Lynch solche barbarischen Sitten bei den Sommerfesten gern nachspielen und verspotten ließ. Und darum nennen manche den Platz noch jetzt den Irischen Platz. Der war der neue Galgenplatz.

Und an diesem Tag, unterm wechselnd hellen Vormittagslicht, da stand am nördlichen, am markierten oberen Ende des großen Quadrats das Gerüst. Das leuchtete, war aus frischem hellen Fichtenholz. Eine helle Treppe führte auf eine Plattform. Und in den Boden dort oben hatte Kelly eine breite Klappe eingefügt, die von einem Holzpflock gehalten wurde. Der Henker musste, wenn er dem Verurteilten die Schlinge um den Hals gelegt hatte, mit dem Fuß gegen diesen kleinen Pflock treten, dann fiel die Klappe nach unten und wer darauf gestanden hatte, der stürzte hinab, in den Halsstrick. Der Strick, hergestellt vom Seiler Jeremiah, der hing nun schon da, die Schlaufe sah man schweben, die baumelte im Wind, mannshoch über der Holzklappe. Das alles wartete nun auf den Seiler und auf den Pat Lynch.

Während rings über die Weite des Platzes aufgeregt Kinder herumliefen, standen viele Ältere seit langem vorn am Gerüst, bereit, von Beginn an genau zu sehen, wie denn nun und an wem hier Urteile vollstreckt würden, ob an zweien oder einem oder an keinem und wie das ablaufen würde und ob andere das für gerecht hielten und was man über diesen Vorgang denken durfte und was lieber nicht.

Bisher schien alles exakt nach den neuesten gesetzlichen Bestimmungen vollzogen zu werden. Und nun tönte auch bis hier heraus, schallte kräftig durch Tor und Stadtmauer hindurch der Schlag des Trommlers, und aus dem Osttor kamen und eilten und stolperten jetzt immer mehr

Menschen, irisch katholische wie altenglisch protestantische, die drangen da heraus und bildeten sofort wieder Spalier und beugten die Köpfe vor, um in die Stadt zurückzuschauen, um vorneweg wiederum ihn zu betrachten, den finsteren Edward, der unbeirrbar den gefiederten Stab in die Höhe stieß, von Schritt zu Schritt, und der in seiner anderen Hand den längsten und größten von allen achtzig Spießen trug, während hinter ihm Trommler Murray seinen Schlagstock niederhieb und Schritt für Schritt den gleichen entschiedenen Ton herstellte.

Ihnen folgten die vierzig vorderen Spießgesellen, da schimmerten nun deren blanke Eisenschultern in doppelter Mannesbreite, da erschien im dunklen Torbogen die erste Hälfte dieses waffenstarrenden gälischen Haufens, der kam wie ein Hellebardenwald daher, und dieser Wald trat dann heraus ins Helle, die Waffenspitzen und Nasenhelme und Achselschienen blitzten in der Morgensonne und wanderten, Schrecken verheißend, auf das Grün zu, auf den großen Irischen Platz hinaus. Alle diese Männer hielten ihren Blick dumpf versunken in den eintönig wuchtigen Schlag, ach, es schienen diese vierzig Grimmigen nichts als Finsternis zu verkünden, Unheil. Ende. Aus. Schluss.

Hinter den Soldaten trugen dann vier andere Männer den weißen offenen Sarg durch das Tor in die Sonne. Jeder konnte sehr gut sehen, wen da in diesem Moment das Himmelslicht beschien. Ein bleiches junges Gesicht aus Malaga. Der Gast lag da. Und auf seinem zerstörten Leib sah man seine Geschenke, den dunklen russischen Teppich und darauf die hölzernen hellen Hände mit dem Herzen und der Krone darauf. Die vier Träger, in schwarz wehenden Umhängen, trugen zu zweit vorn, zu zweit hinten, Knechte vom Lynch-Haus trugen, alle Vier in langen spanischen Mänteln und unter den breiten Schwarzhüten kaum zu erkennen.

Und wer da etwa noch fragen wollte, wen sie da trugen, dem antworteten an den Seitenwänden des Sarges die spanischen Fahnen. Fahnen, die zwei Tage zuvor unten am Hafenplatz zum Empfang geleuchtet hatten in der Hitze und unterm fröhlichen Geschrei all der Leute, die nun zu sehen bekamen, was aus all dem hochfahrenden Jubel geworden war.

Aus dem Größenwahn, meinten einige. Aus dem Stolz der Handelsstadt Galway.

Hinter dem Sarg trat er dann selber aus dem Stadttor, John Fitzstephen Marcus Tullius Lynch. In der schwarzgoldenen Robe des obersten Richters, so kam er heran, bleich und von seinen Bürgern mit Schrecken kaum mehr zu erkennen. Nicht mehr der Freundliche, der wegweisend Leutselige. Wer da jetzt sein Gesicht sah, der meinte, diesen Anblick gar nicht mehr aushalten zu können, zersprungen schien dies Gesicht. Zerstört und zersplittert wie das Fenster der Vernunft.

Was aber war nun dran an den Gerüchten von Befreiung und Aufstand? Nichts?

Denn im Torschatten, gleich hinter dem Lord Mayor, kaum zwei Schritte hinter ihm, da erschien sein Sohn Patrick Lynch. Ohne Fesseln ging der junge Verurteilte. Frei hingen ihm die Arme, im erdfarbenen Kittel ging er, auch jetzt der Hals frei, ohne Kragen. In der Sonne leuchtete das dichte helle Haar, das seidenzarte.

Wo aber blieb der Seiler Jeremiah McDonnell? Was war also mit der nächtlichen Befreiung? Nur den Jeremiah hatten sie herausgeholt? nicht auch diesen hier?

War das denn denkbar, dass dieser hier, dass der tatsächlich, wie es nun hieß, aus freien Stücken im Kerker geblieben war? freiwillig den Gang zum Galgen antrat? Nachdem er sich schon gestern freiwillig dem Gericht gestellt hatte, da war der nun obendrein, in der vergangenen Nacht, aus freien Stücken auch noch zurückgeblieben in der geöffneten Todeszelle?

Das war nicht denkbar. Aber es war so.

Wenig später, als im ›Galgen-Galway‹ der bittere Gallenweg bis an das Ende durchschritten war und von diesem Patrick Lynch bis an das letzte Ende von allen Wegen, da wusste jeder, dass es so gewesen war. Und wer das nicht glauben wollte, der konnte sich das, als alles vorbei war und als den untröstlichen Frederic niemand mehr anzusprechen wagte, da konnte man sich Pats Freiwilligkeit von Alexander Kirwan bestätigen lassen. Und da gab es dann fast niemanden mehr, der das noch verstehen wollte.

Der leidende Kerkermeister Frederic Fitzpatrick, der folgte jetzt dem Pat und seinen beiden Bewachern. Der Henker ging unterm langen dunkelbraunen Kuttenrock, schon im schattigen Osttor erkannte man ihn an seinem hinkend schwankenden Gang. Kopf und Gesicht aber blieben unter der Kapuze fast ganz verborgen. Vielen, die diese Gestalt sahen, sank alle Hoffnung. Denn dieser Zug, diese mit Stahl und Spießen bewehrte Folge von Soldaten, Sarg, Richter, Täter und Henker, das alles redete eine Sprache, die niemand missverstehen konnte.

Da würgte sich fast allen, die das sahen, die Luft im Hals. Und an den verschiedensten Stellen im Spalier, in den beiden langen Zuschauerreihen hörte man unter Murrays unentwegten Stoßschlägen immer öfter atmende Stöße, die wie Aufschreie klangen. Das waren Schmerzensschluchzer, und nicht nur von Frauen hörte man diese Laute, auch von Männern.

Hinter dem Sänger und Henker Fitzpatrick ging der Priester. Was wollte hier und jetzt der Kirwan? Was würde der noch ausrichten? noch ausrichten können? Eine Rettung für Pat? Eine wirkliche Hilfe wäre höchstens von den weiteren vierzig Stadtgardisten zu erwarten, die nun, mit ihrer zweiten Kolonnenhälfte, den Schluss des Zuges bildeten.

Aber auch die Gesellen im zweiten Soldatenzug, die schritten so verpanzert und marmorn einher, so gut dressiert oder von den Trommelhieben gebannt, auch von denen war offenkundig nichts zu hoffen. Streng und korrekt wie Räderwerke in den Nürnberger Uhren schritten die mordsmäßig geschulterten Panzermänner und Spießer daher, so unwiderstehlich, so mit geballter und gebannter Manneskraft, dass es schwerfiel, sich vorzustellen, dass von solch verdrossenen Menschen jemals ein Aufruhrfunke springen könnte.

Doch war denn nicht, so fragten sich kluge Frauen wie Elisabeth und Isobella, war denn nicht in den letzten drei Tagen schon so manches geschehen, was keiner sich je hätte vorstellen können? Hatten die Galwayer nicht alle zusammen an einem meilenlangen Strick enorme Schiffe in ein und derselben Richtung gezogen? In dieser Stadt war vieles, fast alles möglich, auch das, was noch nie dagewesen war.

Elisabeth Joyes erblickte in der Menschenreihe auf der anderen Straßenseite ihre Tochter Betty, sah in dem sonst so glatten und fröhlich feisten Gesicht bös verquollene Züge, ja, Betty sah verstört aus, von ihrer witzigen Streitlust war nur noch heller Jammer geblieben, Zorn über die Vergeblichkeit ihres Ansturms diese ganze Nacht hindurch gegen Männer und Hirnlosigkeit und Manneskraft. Dieser gewaltige Edward war, das hatte sie begreifen müssen, tatsächlich das, als was ihn sein Vater so gern bezeichnet hatte. Der Fürchterliche, der vermeintlich Markige war nichts weiter als eine hohle und taube Nuss.

Hauptmann Edward O'Flaherty, mit der Spitze des Zuges beim Hochgerüst angelangt, stellte sich neben die Holztreppe. Trommler Murray stellte sich auf die andere Seite des Aufgangs. Die übrigen Soldaten bewegten sich, zum Schlag der Trommel, um das quadratische Gerüst ganz herum und nahmen, in geringen Abständen voneinander, Aufstellung rund um die Hinrichtungsstätte. Am Ende hatten alle achtzig den Rücken gegen das hohe Podest gekehrt, hatten den Galwayer Galgen vollkommen umringt gegen die Leute, gegen Pöbel und People. Und konnten hinter ihren hohen Schilden die Menschen, die nun von allen Seiten näher traten, mit ihren störrisch einfältigen Gesichtern ausdruckslos anstarren. »Erdreichsteine«, murrte George Blake, er murmelte die Märchenwahrheit.

All dies lief offenbar noch immer keinen Deut anders, als Richter Lynch es angeordnet hatte und wie es im neuesten Galway-Gesetz vorgeschrieben war. Der Trommler bei der Treppe schlug unerbittlich den ständig gleichen Schlag. Wenig sonst war zu hören auf dem weiten Platz. Fast nur dieser herzschlaglähmende Lärm. Aber dazu auch ein Schniefen hier und da, Atemstöße. Schrecken und Beklemmungen suchten sich Luft zu schaffen. Zerdrückte Töne wollten aus dieser und jener Kehle, aus Hälsen, die zum Atmen viel zu eng zu werden drohten.

Was halfen Seufzen und Klagerufe, man trug nun den Sarg die Stufen hinauf. Priester Kirwan folgte. Oben setzten die vier Haussklaven das helle Holz auf dem Gerüstboden nieder, dicht an den Rand, hinter der spanischen Flagge den Schrein, der dort oben jetzt für alle weithin sichtbar war, als letzter Wohnraum des schönen Juan.

Die Sargträger verließen das Galgengerüst, an ihrer Stelle stiegen zwei Gardisten die Stufen hinauf, Herrn Edwards Offiziere, die gingen oben nach links und nach rechts und blieben an den äußeren Ecken des Gerüsts stehen, je einer an jeder Seite. Ihre langen Lanzen stellten sie hart auf den Boden und hielten die von nun an mit ausgestreckten Armen weit von sich weg und mit den unnachgiebigen Gesichtern.

Dann kletterte, langsam, greisenhaft langsam, Lynch die Stufen hinauf. Gebot von oben her mit kaum merklicher Handbewegung dem Trommelschläger Ruhe.

Gleich hinter ihm, kaum zwei Schritte nach ihm, in die Stille hinein folgte sein Sohn. Ging, als hätte er sich in des Vaters Schatten zu ducken. Auch oben ging er dem Vorbild dicht hinterher und trat mit ihm unter die Galgenschlinge. Blieben dort beide stehen. Der Vater wendete sich um, so dass alle auf dem Platz ihn sehen konnten, der Sohn tat das Gleiche. Da standen sie nun, der eine und der andere Lynch. Welch fürchterliche Gesichter.

Pat hielt den Kopf gesenkt, sah vor sich auf den Gerüstboden. Mit hängenden Schultern, hängenden Armen. Fitzstephen dagegen blickte über die Leute hin, dann aber zur Treppe zurück, sah dem Henker entgegen.

Frederic hatte gewartet, bis beide Lynchs oben stehen geblieben waren. Jetzt setzte auch er sich in Bewegung, der Mann in der Kapuzenkutte, der Henker. Stakste unsicher zur Treppe, wollte tatsächlich dort hinaufsteigen?

Im selben Augenblick eilte nun der George Blake aus der Menge nach vorn, hinter den alten Fitzpatrick sprang er, bis an die Treppe lief er heran und ergriff von hinten Frederics Kapuze. Zog sie dem Alten vom Gesicht, so dass der schiefe krumme Kopf mit dem weißen wirren Haar in der Sonne aufleuchtete.

»Schluss!« schrie George. »Schluss jetzt mit dem Wahnsinn! Zum Teufel und zum Henker, jetzt ist hier Schluss!«

Und dann erschien da auch der Braumeister O'Donnoghue. Der wollte nun wohl an George und an Frederic vorbei die Treppe hinaufstürmen, aber unter einem starken Kommandoruf versperrte Hauptmann Edward mit seiner eigenen starken Lanzenwaffe den Aufgang, sperrte die Treppe mit seinem quer vorgehaltenen Spieß.

O'Donnoghue nickte, drehte sich auf der unteren Treppenstufe um und rief: »Bürger von Galway! Es kam genug Unglück über unsere Stadt! George hat recht, von jetzt an ist Schluss!«

George Blake, immer noch Frederics Kapuze haltend, rief: »Ja, Schluss! Stoppen wir das Allerschlimmste! Hindern wir diesen ehrenwerten Sänger Frederic Fitzpatrick daran, auf geschehenes Unglück neues zu türmen und unseren geliebten Freund Pat zu erwürgen!«

Da trat auch John Joyes nach vorn, richtete aber sein Wort nicht an die Menge, sondern der Kontrakopf rief so laut, dass es auch die Menge gut hören konnte, zum Richter hinauf: »Fitzstephen! Nun gib ihn frei! Tu es freiwillig! Sieh dich um! Alle Galwayer, alle, die noch einen Funken Verstand haben, wünschen deinem unglücklichen Sohn das Leben! Lynch, bestell ein anderes Gericht! nun füg dich republikanisch dem Willen deiner Bürger! Sonst, Fitzstephen, sonst müsstest du dich unserer Gewalt fügen! Verhindere, dass wir dich und deine stupiden Soldaten zwingen!«, und John Joyes zog, was niemand für möglich gehalten hätte, aus seinem Wams eines dieser neuen englischen oder spanischen Eisenrohre, aus denen man bleierne Kugeln abfeuern, mit denen man Menschen durchlöchern konnte und offenbar auch Panzer, jedenfalls lederne.

Von oben her, vom alten wie vom jungen Lynch, hörte und sah man keinerlei Antwort. Weder beim Vater noch beim Sohn war eine Bewegung zu erkennen.

»Dann haut die hohle Nuss weg! Holt Pat herunter!« Das war die Stimme der Joyes-Tochter Betty Blake.

Ein oder zwei Sekunden Stille. »Nun tut es! Der General Edward ist ein lächerliches Wind-Ei! Schieß, Vater, schieß ihm ins blöde Bein, holt euch den Pat!«

Stille. Niemand sprang vor, niemand redete mehr. Blickten alle zu Lynch hinauf und zu John Joyes und auch auf die Stadtsoldaten. Und keine bleierne Kugel flog.

Auch von der hinteren Ecke, von dem Winkel, von dem aus die Straße zum Nordtor hinunterführte, dort blickte aus dem fahrbereiten Wagen Agnes Joyes auf den Platz hinunter und weil, wie erhofft, ihr geliebter Freund nicht von dem Gerüst herunterkam und niemand ihren Pat zu ihr in den Wagen brachte, wäre sie in diesem Moment wahrscheinlich aus der Karosse gesprungen oder aber doch schon davongefahren mit dem Fahrzeug, in dessen doppeltem Boden, in Decken gehüllt, etwas lag, was kostbarer war als die größte der Galwayer Handelsgaleonen, hätte sich nun nicht in dieser jungen Frau dort, wo Angst und Lust und Hoffen und Schrecken zuhause sind, alles dermaßen zusammengekrampft, dass auch sie, entgeistert, wie ihr Vater John Joyes, zu keinem Wort und zu keiner Bewegung und zu keiner Tat mehr in der Lage war.

»Warum holt ihn denn niemand!« kreischte Betty und war außer sich und drängte nach vorn und ruderte durch die Menge.

Aber da sprang doch noch einer vor, von hinten stieß der sich durch die Leute bis an die Treppe, bis vor die Lanzen und Schilde und rief: »Macht diesem Teufelstreiben endlich ein Ende! diesem gottlosen!« Und alle erkannten Jeremiah McDonnell, den Seiler, den anderen, der hier und heute hätte hängen sollen in einem seiner eigenen Seile. Der aber schrie jetzt zum Hochgerüst hinauf: »Ja, Schluss ist jetzt, Schluss mit deiner Höllenherrschaft, die über Leichen geht! Jawohl, sieh her, häng mich doch auf, wenn du kannst – niemals mehr kannst du das! aus ist es! Schluss!«

Da zog ein Schatten über den Platz. Und John Fitzstephen Markus Tullius Lynch hob die Arme. Und er umarmte seinen Sohn. Küsste seinen Sohn auf den Mund. Und dann, aus der Umarmung heraus, ergriff er die baumelnde Seilschlinge und legte sie dem Pat um den Hals.

»Nein!« Betty schlug sich die Fäuste auf die Augen und fiel um.

»Lynch!« brüllte John Joyes, im Schock, und schoss und verfehlte.

Und John Fitzstephen Lynch blickte mit einem Gesicht, das die Galwayer gesehen haben, das sie nie mehr vergaßen und das sie niemals beschreiben wollten, blickte nun mit seinem zerstörten Steingesicht auf die Menge hinab, legte seine Hand dorthin, wo sein Herz zersprang, und stieß mit dem Fuß den Pflock weg. Die Tür klappte hinunter, Pat fiel in die Schlinge und hing. Mit gebrochenem Genick.

Nachbericht

Mary Lynch, so überliefert es die älteste Galwayer Chronik, als der blinden Mary berichtet wurde, was am Galgenplatz geschehen war, was ihr Mann,was ihr Markus Tullius getan hatte mit ihrem Kind Pat, da überlebte sie es nicht.

Der letzte Bürgermeister mit Namen Lynch wurde nie wieder in der Stadt gesehen. Es heißt, er sei wahnsinnig geworden, sein Haar weiß, sein Gesicht verwüstet.

Aber sein Name wurde benutzt. Wann immer später von Selbstjustiz zu reden war, nutzte man den Namen und sprach vom ›Lynchen‹. Wobei freilich der entscheidende Unterschied in Vergessenheit geriet: Im ältesten, im Galwayer Fall wollte keine aufgebrachte Menge jemanden exekutieren, gegen das Gesetz, sondern da wollten aufgebrachte Menschen verhindern, dass jemand exekutiert wurde, nach dem Gesetz.

Agnes und George setzten sich ab, die flohen noch in derselben Stunde. Flohen aus der zerrütteten Stadt, aus den Ungeheuerlichkeiten dort, es war für beide nicht einfach, aber sie wussten einander seit je gut zu trösten. Fuhren mit dem Reisewagen des Daniel Blake durch das einsame keltische Connought hinauf in die Joyce-Berge und von dort in weitem nördlichen Bogen nach Osten, bis nach Dublin und von Dublin später nach London. Und wanderten dann wohl, heißt es, aus nach Amerika, jedenfalls ihre Kinder.

Galways Handel mit Spanien verfiel. Dafür sorgte nicht nur die Geschichte, die hier erzählt wurde, sondern auch die Regierung von Königin Elisabeth I., endgültig dann Diktator Cromwell. Unter Cromwells puritanischer Aufsicht wurde Galway von englischen Truppen belagert, erobert und entmachtet, wurde der Ort wieder zum kleinen katholischen Fischereihafen, nicht annähernd mehr eine Konkurrenz für London. Der Traum von Größe oder gar von Rom, der Traum von Sicherheit und Gerechtigkeit und von einem Goldenen Galway, der Traum vom Glück der unterschiedlichsten Bürger war dann ganz und gar dahin. Und von den menschenfreundlichen Leistungen und Erkenntnissen der zahlreichen Stadtväter namens Lynch war später nie mehr die Rede.

Vom steilen Salzhügel, vom alten Galgenberg blieben nach ozeanischen Orkanen nur wenige Reste. Geblieben ist freilich der Name Salthill. Irlands sonst so bizarre Atlantikküste ist bei Galway inzwischen so flach wie nirgends sonst.

1912 schloss der Dichter James Joyce seinen Zeitungsartikel über die ›Stadt der Stämme‹ mit folgenden Worten:

»Die alten spanischen Häuser zerfallen. Die Burgen der großen Familien sind zerstört. Unkraut wächst in den Fenstern und Innenhöfen. Über den Torbögen verblassen die in Stein geschnittenen Wappen der Stämme, auch die kapitolinische Wölfin mit den Zwillingen.«

Aber man weiß, es dominierten weiterhin Wettstreit und Schwangerschaften, in Galway wie in Irland. Und auch heute noch steht im Zentrum der Stadt – nicht weit von St. Nicholas, nicht allzu weit entfernt von der größten anglikanischen Kirche in der katholischen irischen Republik – der steinerne Burgturm der Lynchs, grünlich grau und mit spanischer Steinmetzkunst geschmückt. Im Inneren dieses vierkantigen Kastellturms, in Lynchs Castle residiert heute die AIB, das ist Irlands größtes Kredit-Unternehmen. Residiert dort mit den wachsenden Erträgen eines neuen Goldenen Zeitalters, einer europäischen Neuen Welt.

Und in der Europäischen Union fand die alte Stadt Galway zu neuer Blüte, verwandelte sich und wuchs abenteuerlich rasch im ökonomischen Rausch des ›keltischen Tigers‹. Der Ort, so sagt man, ist am Beginn des neuen Jahrtausends die am schnellsten wachsende Stadt Irlands, vielleicht Europas. Vor allem die krumme alte Hauptstraße wirkt tags unerhört belebt, ist geschäftig wie nie zuvor und auch nachts, Stockwerk über Stockwerk, lärmt und fiebert da ein ungewöhnliches Kneipenleben.

Und nach wie vor sieht man über dem Eingang zur ›Vereinigten Bank von Irland‹ dieses rätselhafte Wesen, sieht man an der mediterranen Fassade der Lynch-Burg die steinerne Figur vom Großen, das ein Kleines küsst. Oder frisst.

Inhalt

Bildlegenden

Vorsatz:
Eine Karte der Atlantik-Stadt Galway zur Zeit der Lynch-Ereignisse. An der mittleren Straßenkreuzung sieht man Lynch's Castle, darunter die Kathedrale St. Nicholas. Oben erkennt man am linken Rand eines rechteckigen Platzes (heute ›Eyre Square‹) den Galgen.

Seite 8:
Die Wappen der vierzehn ältesten Familien Galways, darunter die der Familien Lynch, Joyes, Blake und Kirwan.

Seite 23:
Kirchenfigur im keltisch-englischen Sprachgebiet (›Sheela-na-Gig‹).
»Sheela-na-Gigs are primarily sacred religious symbols but their very nature has tended to work against them and historians have been reluctant to treat them seriously. The use of the image spread rapidly during the 11th–15th centuries, an era known for its ›Celtic revivalism‹. Ireland has by far the greatest number of Sheela-na-Gigs which is due to the later practice of placing them on castles.«
Jack Roberts/Joanne McMahoon 1997 in »An illustrated Map of the Sheela-na-Gigs«.

Seite 33:
Wasserspeier an einer Mauer der Kathedrale St. Nicholas, Galway.

Seiten 65 und 67:
Steinerne Doppelfigur und Wappen an einer Fassade, einmal total, einmal näher.

Seite 139:
Lynch's Castle in Galway in einer Darstellung aus dem 17ten Jahrhundert.

Seite 345:
Die Kathedrale St. Nicholas in der Altstadt von Galway ist die größte anglikanische Hallenkirche in der Republik Irland – und die Grabkirche der Lynchs.

Seite 402:
Der ›Claddagh-Ring‹.

ISBN 978-3-940086-21-1

Umschlaggestaltung: Christiane Hemmerich Konzeption und Gestaltung, Tübingen.
Herstellung, Gestaltung und Satz: niemeyers satz, Tübingen.
Druck und Bindung: Pustet, Regensburg.

Mehr über das Verlagsprogramm von Klöpfer & Meyer
finden Sie unter *www.kloepfer-meyer.de*

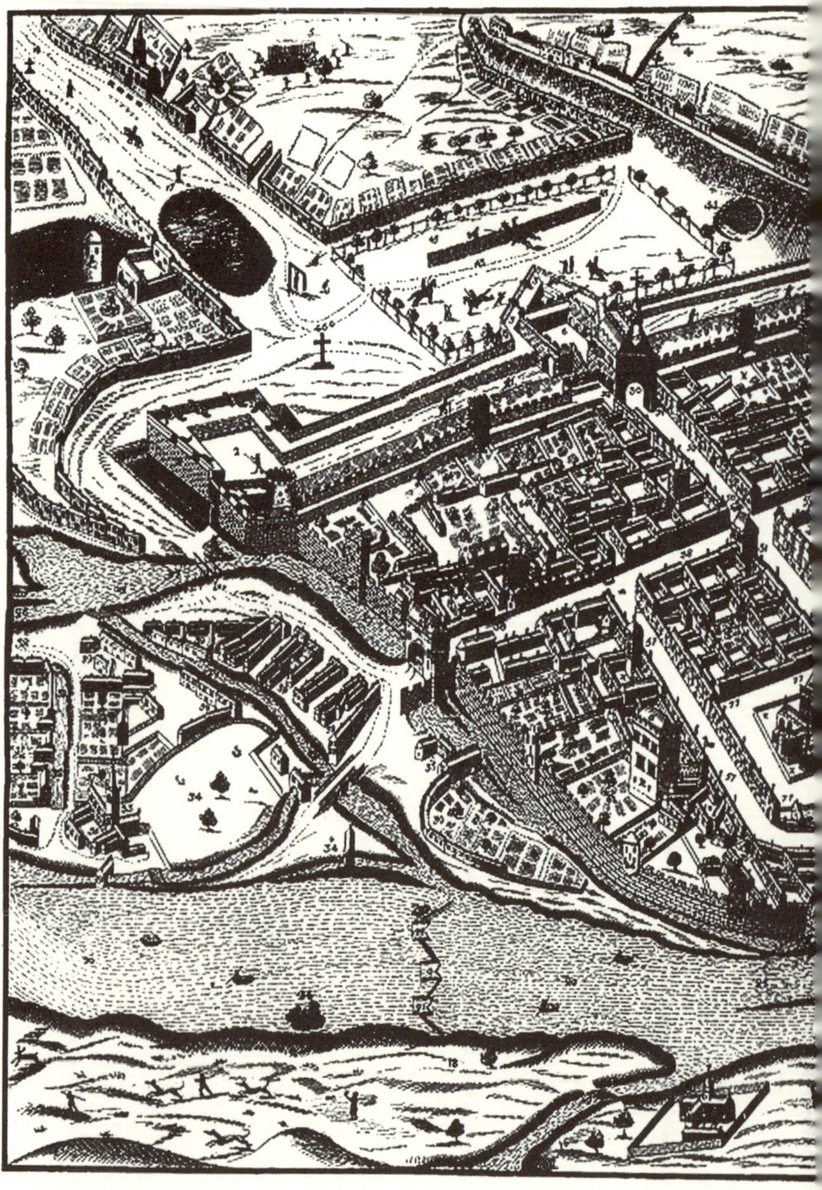